U0907985

国学典藏书系

品大家之精粹，赏千古之奇文　研习智者训诫，追寻圣者人生

唐宋八大家全集

中华文学的巅峰成就　受益终生的传世经典

黎娜　编著

北京联合出版公司
Beijing United Publishing Co.,Ltd.

图书在版编目（CIP）数据

唐宋八大家全集 / 黎娜编著 . —北京 : 北京联合出版公司，2015.3
ISBN 978-7-5502-4743-7

Ⅰ . ①唐… Ⅱ . ①黎… Ⅲ . ①唐宋八大家—古典散文—散文集②唐宋八大家—古典诗歌—诗集 Ⅳ . ① I214.01

中国版本图书馆 CIP 数据核字（2015）第 031763 号

唐宋八大家全集

编　　著：黎　娜
责任编辑：张　萌
封面设计：中英智业
责任校对：王　宁
美术编辑：宇　枫

出　　版：北京联合出版公司
地　　址：北京市西城区德外大街 83 号楼 9 层　100088
经　　销：新华书店
印　　刷：北京德富泰印务有限公司
开　　本：720 毫米 ×1040 毫米　1/16　印张：26　字数：620 千字
版　　次：2015 年 9 月第 1 版　2015 年 9 月第 1 次印刷
书　　号：ISBN　978-7-5502-4743-7
定　　价：59.00 元

前言

唐宋八大家是唐宋时期八大散文作家的合称，即唐代的韩愈、柳宗元，宋代的欧阳修、苏洵、苏轼、苏辙、曾巩、王安石。其中“三苏”里面苏洵是父亲，苏轼是兄长，苏辙是弟弟，这家人又有“一门三学士”的美誉。故唐宋八大家也可用“唐有韩柳，宋为欧阳、三苏和曾王”来概括。

这八大家是怎么由来的呢？这里面还有一个渊源。

最初，明朝初年有一位叫朱右的文人，收录了这八位作家的散文作品，出了一本集子，命名为《八先生文集》。后来，有个叫唐顺之的文人，他也编选了一本《文编》，这集子主要选录的作品，还是这八位的。到了明朝中叶，古文家茅坤在前者的基础上又加以整理、汇编，出了《唐宋八大家文钞》，该书共160卷。自此，“唐宋八大家”便得名。

由于这八位作家的文学观点比较接近，都主张实用，反对骈体，因而“唐宋八大家”一经提出，便被后人普遍接受，成为文学史上的专有名词。

说起唐宋，人们不免想到唐诗宋词。在中国文学的发展史上，唐诗宋词铸就了中国古典文学的辉煌，可是，这一时期，散文的发展也是不容忽视的。

唐朝初年，大多数文人因袭了六朝以来流行的骈体文风。“骈文”讲究辞藻、对偶、用典、声律，掣肘太多，为此，以韩愈、柳宗元为代表的唐代文学家发起了一场“古文运动”，旨在革新文体、文风和文学语言，使之恢复先秦两汉时散句单行的“古文”。他们提出“惟陈言之务去”，即不说旧话、套话，着力于语言的新颖、独特，又标举“文从字顺各识职”，即追求文句的妥贴和流畅，这就从词汇和语法两方面建立起新型“古文”的标准，就不只是先秦两汉“古文”的简单还原了。

散文的发展在韩、柳的提倡下取得了很大成就，但韩、柳之后，古文运动就没落了，靡丽浮泛的骈文重又统治文坛，这就要求宋代文坛必须提出新的革新方案。欧阳修一马当先，成为这次散文革新运动的领袖。他继承了韩、柳的思想，但也并不绝对摒弃骈文，在词采、声调等方面，他很注意吸收骈文的长处，使散文更加健康地发展。欧阳修的散文平易流畅，清新自然，具有婉约含蓄之风。如《醉翁亭记》《秋声赋》等。

继欧阳修之后，苏轼为宋代散文的发展做出了杰出的贡献。苏轼气度恢弘，才气纵横，诗、文、词、赋、书、画皆擅长。他的文章汪洋恣肆，如万斛泉源。如《石钟山记》《前赤壁赋》等，都体现出娴熟的艺术技巧。

另外，宋代其他散文家如苏洵、苏辙、曾巩、王安石也各有特点。苏洵善辩，苏辙温醇厚重，曾巩平正周详，王安石斩截有力，深得韩、柳真髓。

总之，经过这八大家的革新，散文终于取代骈文，完全占据文坛江山，韩愈也因此被苏轼称赞为“文起八代之衰，道挤天下之溺”。

八大家除散文创作取得很高的成就外，诗词方面也很可观，本书在重点突出八大家散文创作成就的同时，对韩愈、柳宗元的诗，欧阳修、苏轼、苏辙、王安石的词也一并铺陈，希望有助于读者管中窥豹，触类旁通，了解唐宋散文的价值，并从这笔宝贵的文化遗产中汲取滋养。

目录

欧阳修

苏 洵

曾 巩

苏 轼

柳宗元

苏 辙

韩愈

韩愈（768—824），字退之，南阳人。少孤，刻苦为学，尽通六经百家。贞元八年，擢进士第，才高，又好直言，累被黜贬。初为监察御史，上疏极论时事，贬阳山令。元和中，再为博士，改比部郎中、史馆修撰，转考功、知制诰，进中书舍人，又改庶子。裴度讨淮西，请为行军司马，以功迁刑部侍郎。谏迎佛骨，谪刺史潮州，移袁州。穆宗即位，召拜国子祭酒、兵部侍郎。使王廷凑归，转吏部，为时宰所构，罢为兵部侍郎，寻复吏部。卒，赠礼部尚书，谥曰文。愈自比孟轲，辟佛老异端，笃旧恤孤，好诱进后学，以之成名者甚众。文自魏晋来，拘偶对体日衰，至愈，一返之古。而为诗豪放，不避粗险，格之变亦自愈始焉。集四十卷，内诗十卷；外集遗文十卷，内诗十八篇。今合编为十卷。

原道

道教是李唐王朝的国教，中唐时期，统治阶级又崇尚佛教，佛道盛行，儒学衰落，固有的封建秩序受到冲击，大唐帝国出现了思想危机，这对帝国的长治久安极为不利。作为儒学忠实的拥护者、卫道者和“道统”的继承者，韩愈深感只有大力提倡忠君孝亲的孔孟之道，才能有效地制止犯上作乱的发生，巩固中央政权，并毅然地举起了复兴儒学的旗帜。

韩愈在文中鲜明地提出了“道统”的观念，主张尊孔孟，排异端，认为只有儒家学说才符合封建社会的利益。指出佛教和道教学说无视社会现实，无视国家的安定团结，扰乱了封建的等级秩序；大兴佛寺道观、供养僧侣更加重了人民的负担，造成了社会的贫困；坚决主张毁灭佛道两家的学说并禁止他们的活动：“人其人，火其书，庐其居。”韩愈借儒家“道统”排斥佛老，这本是为了维护李唐王朝的统治，无可厚非，但将佛老指斥为异端，主张将其彻底毁弃，这并不符合人类文化传承的原则，将圣人定为人类物质生活、社会生活和文化生活的创造者更显得有些荒唐。

【原文】

博爱之谓仁，行而宜之之谓义，由是而之焉之谓道，足乎己无待于外之谓德。仁与义为定名，道与德为虚位。故道有君子小人，而德有凶有吉。老子之小仁义，非毁之也，其见者小也。坐井而观天，曰天小者，非天小也。彼以煦煦为仁，孑孑为义，其小之也则宜。其所谓道，道其所道，非吾所谓道也；其所谓德，德其所德，非吾所谓德也。凡吾所谓道德云者，合仁与义言之也，天下之公言也。老子之所谓道德云者，去仁与义言之也，一人之私言也。

周道衰，孔子没，火于秦，黄老于汉，佛于晋、魏、梁、隋之间。其言道德仁义者，不入于杨，则入于墨；不入于老，则入于佛。入于彼，必出于此。入者主之，出者奴之；入者附之，出者污之。噫！后之人其欲闻仁义道德之说，孰从而听之？老者曰：“孔子，吾师之弟子也。”佛者曰：“孔子，吾师之弟子也。”为孔子者，习闻其说，乐其诞而自小也，亦曰：“吾师亦尝师之云尔。”不惟举之于其口，而又笔之于其书。噫！后之人虽欲闻仁义道德之说，其孰从而求之？甚矣！人之好怪也！不求其端，不讯其末，惟怪之欲闻。

古之为民者四，今之为民者六；古之教者处其一，今之教者处其三。农之家一，而食粟之家六；工之家一，而用器之家六；贾之家一，而资焉之家六。奈之何民不穷且盗也！古之时，人之害多矣。有圣人者立，然后教之以相生养之道。为之君，为之师，驱其虫蛇禽兽，而处之中土。寒，然后为之衣；饥，然后为之食；木处而颠，土处而病也，然后为之宫室。为之工，以赡其器用；为之贾，以通其有无；为之医，药以济其夭死；为之葬埋祭祀，以长其恩爱；为之礼，以次其先后；为之乐，以宣其湮郁；为之政，以率其怠倦；为之刑，以锄其强梗。相欺也，为之符玺斗斛权衡以信之；相夺也，为之城郭甲兵以守之。害至而为之备，患生而为之防。今其言曰："圣人不死,大盗不止。剖斗折衡,而民不争。"呜呼！其亦不思而已矣！如古之无圣人，人之类灭久矣。何也？无羽毛鳞介以居寒热也，无爪牙以争食也。

是故君者，出令者也；臣者，行君之令而致之民者也；民者，出粟米麻丝，作器皿，通货财，以事其上者也。君不出令，则失其所以为君；臣不行君之令而致之民，则失其所以为臣；民不出粟米麻丝，作器皿，通货财，以事其上，则诛。今其法曰："必弃而君臣，去而父子，禁而相生养之道，以求其所谓清净寂灭者。"呜呼！其亦幸而出于三代之后，不见黜于禹、汤、文、武、周公、孔子也。其亦不幸而不出于三代之前，不见正于禹、汤、文、武、周公、孔子也。

帝之与王，其号虽殊，其所以为圣一也。夏葛而冬裘，渴饮而饥食，其事虽殊，其所以为智一也。今其言曰："曷不为太古之无事？"是亦责冬之裘者曰："曷不为葛之之易也？"责饥之食者曰："曷不为饮之之易也？"传曰："古之欲明明德于天下者，先治其国；欲治其国者，先齐其家；欲齐其家者，先修其身；欲修其身者，先正其心；欲正其心者，先诚其意。"然则古之所谓正心而诚意者，将以有为也。今也欲治其心，而外天下国家，灭其天常，子焉而不父其父，臣焉而不君其君，民焉而不事其事。孔子之作《春秋》也，诸侯用夷礼，则夷之；进于中国，则中国之。《经》曰："夷狄之有君，不如诸夏之亡。"《诗》曰："戎狄是膺，荆舒是惩。"今也举夷狄之法，而加之先王之教之上，几何其不胥而为夷也？

夫所谓先王之教者，何也？博爱之谓仁，行而宜之之谓义，由是而之焉之谓道，足乎己无待于外之谓德。其文，《诗》《书》《易》《春秋》；其法，礼乐、刑、政；其民，士、农、工、贾；其位，君臣、父子、师友、宾主、昆弟、夫妇；其服，麻丝；其居宫室；其食，粟米果蔬鱼肉。其为道易明，而其为教易行也。是故，以之为己，则顺而祥；以之为人，则爱而公；以之为心，则和而平；以之为天下国家，无所处而不当。是故，生则得其情，死则尽其常；郊焉而天神假，庙焉而人鬼飨。曰："斯道也，何道也？"曰："斯吾所谓道也，非向所谓老与佛之道也。尧以是传之舜，舜以是传之禹，禹以是传之汤，汤以是传之文、武、周公，文、武、周公传之孔子，孔子传之孟轲；轲之死，不得其传焉。荀与扬，择焉而不精，语焉而不详。由周公而上，上而为君，故其事行；由周公而下，下而为臣，故其说长。然则如之何而可也？曰："不塞不流，不止不行。人其人，火其书，庐其居，明先王之道以道之。鳏寡孤独废疾者有养也。其亦庶乎其可也！"

【译文】

广泛地对群众施行仁爱，就叫做仁；实行适合实际的仁，就叫做义；遵循仁义的要求并实施它，就叫做道；内心充满仁义之念而不需要外界的赋予，就叫做德。仁和义是肯定的有实在内容的名称，道和德是假定的没有实际内容的名称。因此道有君子之道和小人之道，德有凶险之德和吉祥之德。老子把仁义看得很渺小，并非诽谤仁义，而是他的见识短浅。就如同坐在井里看天却说天小一样，实际上并不是天小啊。他把小恩小惠看做仁，把谨小慎微看成义，因而，他小看仁义是当然的了。他说的道，是指他的道，并非我说的道。他说的德，是说他的德，并非我说的德。凡是我说的道德，是体现仁和义的标准，是天下的公论。老子说的道德，是抽掉仁和义的具体内容来说道德的，是他一家之言。

自从周道衰微，孔子死后，到秦时焚书坑儒，到汉朝盛行黄、老之学，到晋、魏、梁、隋之间盛行佛教。那些讲道德仁义的人，不是加入杨朱学派，就是加入墨翟学派；不是加入道教，就是加入佛教。加入那一家，必定会排除这一家。加入那一家就以那一家为主，反对这一家就以这一家为奴；加入那家就加以附和，反对这家就加以诋毁。唉！后代的人如果想听听仁义道德的学说，到底该听从哪一家的说法呢？道教徒说："孔子是我们祖师的学生。"佛教徒说："孔子是我们祖师的学生。"信奉孔子学说的人听惯了那些说法，欣赏它的荒唐而且轻视自己，也附和着说："我们的老师也曾经向他们学习过。"不仅在嘴里说这种话，而且还把它写在书上。唉！后代的人虽然想学习仁义道德的学说，可是到哪里去寻求它呢？人们喜欢新奇的思想实在是太严重了，不探究它的本源，不探寻它的结果，只想听新奇的说法。

古代的民众有四个等级，现在的民众有六个等级。古代负责教化的人只占其中之一，如今负责教化的人要占其中之三。现在务农的只有一家，吃粮食的却有六家；做工的只有一家，用器具的却有六家；做生意的只有一家，需要供应财物的却有六家。怎么能不使百姓贫困而去盗窃呢？远古的时候，人民遇到的灾害太多了。有圣人出来，这才把相互生存、相互供养的方法教给他们，替他们设立君主，替他们设置老师，替他们赶跑那些虫、蛇、禽、兽，让他们定居在中原地区。冷了就教他们做衣服；饿了就教他们种庄稼；睡在树上就可能掉下来，住在洞里就容易生毛病，这就教他们造房屋。给百姓设立工匠来供给他们的用具，给百姓设立商贩来互通他们之间的有无，给百姓发明医药来挽救他们以防因病早死，给百姓定出葬埋祭祀等制度来增加他们之间的恩爱，给百姓制定礼节来安排他们的秩序，给百姓创造音乐来排解他们的烦闷，给百姓制订政令来约束他们的懒惰，给百姓设立刑法来除去他们之中的强徒。为了防止相互欺骗，就给他们制定符玺、斗斛、权衡来使他们遵行；为了防止互相掠夺，就教他们学习修筑城墙、制造武器来保护自己。灾害即将发生，就提醒他们事先做好准备；祸患将要发生，就给他们做好预防。现在道家却说："倘若圣人不死，大盗就不会终止。倘若打破了斗斛，折断了秤杆，百姓就不会争夺。"唉！那只是没有好好想一想罢了！如果古时候没有圣人，那么人类早就灭亡了。为什么呢？因为人类没有羽毛鳞甲来抵御严寒酷暑，没有爪牙来争夺食物啊！

因此，君王是发号施令的，臣子是执行君王的命令来推行给人民的，人民是生产粟米麻丝，制作器具，交流财物侍事奉那些在上面的人的。君主不发令，就放弃了做君主的职权；臣子不执行君主的命令来推行给人民，就丧失了臣子的职责；人民不生产粟米麻丝，制作器具，交流财物来侍奉那些在上面的人，就要受到惩处。如今他们的主张是："必须抛弃你们的君臣，撇开你们的父子，禁止你们的相生相养的办法，来求得所谓清静和寂灭的境界。"唉！他们也幸亏出现在三代以后，没有被夏禹、商汤、周文王、武王、周公、孔子等圣人所贬斥；他们也不幸没有出现在三代以前，没有被夏禹、商汤、周文王、武王、周公、孔子等圣人所纠正。

帝和王，他们的称号虽然不同，但他们能成为圣人的原由却是一样的。夏季穿葛布衣裳，冬季穿皮毛衣服，口渴就喝水，肚子饿就吃饭，这些事情虽然不同，这些事情被称为明智的缘故却是一样的。如今道家却说："为什么不学习上古的无为而治呢？"这就好比指责冬天穿皮毛衣服的人说："你为什么不穿简便的葛布衣服呢？"指责肚子饿了吃饭的人说：

“你为什么不做喝水那样简便的事情呢？”《礼记·大学》篇说：“古时候想在天下显示完美德行的人，一定要先治理好国家；想治理好他的国家的人，一定要先整治好他的家庭；想整治好他的家庭的人，一定要先修养他的身心；想修养他的身心的人，一定要先端正他的思想；想端正他的思想的人，一定要先使他的念头诚实。”那么，古时候所说的端正思想而又诚心诚意的人，是会有所作为的。如今所谓的修养身心，却是要摒弃天下国家，灭绝天理人伦。做儿子的不把他的父亲当做父亲，做臣子的不把他的君主当做君主，做百姓的却不做他应该做的事情。孔子撰写《春秋》时，诸侯中有用夷狄礼节的，就把他当做夷狄，夷狄中有用中原的礼节的，就把他当做中原国家。《论语》说：“夷狄有君主，还不如中原的各诸侯国没有君主。”《诗经》说：“抗拒夷狄，惩戒荆舒。”如今却拿夷狄的礼法，放在先王的教化上面，那不是几乎全都变成夷狄了吗？

我所说的先王的教化究竟有什么内容呢？广泛地爱大众叫做仁；实行适合实际的仁叫做义；遵循仁义的要求并实现它叫做道；内心充满仁义之念，而不需要外界的赋予，这就叫做德。它的典籍有《诗经》、《尚书》、《易经》、《春秋》；它的准则有礼仪、音乐、刑法、政治；它的民众有士人、农民、工匠、商人四类；它的名分有君臣、父子、师友、宾主、兄弟、夫妇；人民穿的有麻布、丝绸两类；人民的住房有宫、室两种；人民吃的是粟、米、果、蔬、鱼、肉。它作为道理是容易懂的，它作为教化是容易实行的。因此，用它治身，就和顺而吉祥；用它对待别人，就仁爱而公正；用它来修养身心，就和平而舒畅；用它治理天下国家，就没有什么地方不适当。所以，活着就能享受正常的人情，死后就能得到正常的待遇；祭天就能使天神下降，祭祖宗就能使祖宗享受。有人会问：“这种道究竟是什么道？”回答说：“这是我说的道，不是前面说的老子和佛家的道。”唐尧拿这传给虞舜，虞舜拿这传给夏禹，夏禹拿这传给商汤，商汤拿这传给周文王、武王和周公，周文王、武王和周公传给孔子，孔子传给孟轲；孟轲死了，就没有得到可传的人。荀况和扬雄，选取得不精确，阐说得不详细。从周公以上，都是在上面做君主的人，所以王道的措施能够顺利实行；从周公以下，都是在下面当臣子的人，因此仁义之说只能长久流传。既然如此，那么，怎样做才可以呢？我认为：“佛老的邪说不堵塞，圣人的道就不会流传；佛老的邪说不制止，圣人的道就不会通行。应当使和尚、道士还俗，烧毁佛老的书籍，把寺观改建成民房，阐明先王之道以诱导他们。让鳏夫、寡妇、孤儿、孤老、残废人和病人都得到抚养。如果做到这样，那大概就可以了吧！”

原毁

中唐时期，统治阶级内部矛盾重重，互相诋毁诽谤。力图有所作为，匡救时弊的韩愈更成了众矢之的，被流言飞语所包围，于是作此文以宣泄自己对这一恶习的不满。文章援古证今，指出“怠”与“忌”，即懒惰与嫉妒是毁谤产生的直接原因，而毁谤已形成一股习以为常的社会风气，积重难返。文末对“事修而谤兴，德高而毁来”的社会现实表达了深沉的悲愤，同时也流露出无可奈何的情绪。

文章运用对比的修辞手法，一开一合，写得形象生动，耐人寻味。

【原文】

古之君子，其责己也重以周，其待人也轻以约。重以周，故不怠；轻以约，故人乐为善。闻古之人有舜者，其为人也，仁义人也。求其所以为舜者，责于己曰：“彼，人也；予，人也。彼能是，而我乃不能是！”早夜以思，去其不如舜者，就其如舜者。闻古之人有周公者，其为人也，多才与艺人也。求其所以为周公者，责于己曰：“彼，人也；予，人也。彼能是，而我乃不能是！”早夜以思，去其不如周公者，就其如周公者。舜，大圣人也，后世无及焉；周公，大圣人也，后世无及焉。是人也，乃曰：“不如舜，不如周公，吾之病也。”是不亦责于身者重以周乎！其于人也，曰：“彼人也，能有是，是足为良人矣；能善是，是足为艺人矣。”取其一，不责其二；即其新，不究其旧。恐恐然惟惧其人之不得为善之利。一善，易修也；一艺，易能也。其于人也，乃曰：“能有是，是亦足矣。”曰：“能善是，是亦足矣。”不亦待于人者；轻以约乎？

今之君子则不然。其责人也详，其待己也廉。详，故人难于为善；廉，故自取也少。己未有善，曰：“我善是，是亦足矣。”己未有能，曰：“我能是，是亦足矣。”外以欺于人，内以欺于心，未少有得而止矣。不亦待其身者已廉乎！其于人也，曰：“彼虽能是，其人不足称也；彼虽善是，其用不足称也。”举其一，不计其十；究其旧，不图其新。恐恐然惟惧其人之有闻也。是不亦责于人者已详乎？夫是之谓不以众人待其身，而以圣人望于人，吾未见其尊己也。

虽然，为是者有本有原，怠与忌之谓也。怠者不能修，而忌者畏人修。吾尝试之矣，尝试语于众曰：“某，良士；某，良士。”其应者，必其人之与也；不然，则其所疏远，不与同其利者也；不然，则其畏也。不若是，强者必怒于言，懦者必怒于色矣。又尝语于众曰：“某，非良士；某，非良士。”其不应者，必其人之与也；不然，则其所疏远，不与同其利者也；不然，则其畏也。不若是，强者必说于言，懦者必说于色矣。是故事修而谤兴，德高而毁来。呜呼！士之处此世，而望名誉之光，道德之行，难已！

将有作于上者，得吾说而存之，其国家可几而理欤！

【译文】

从前的君子，他们要求自己严格而且全面，对待别人宽恕而且简约。严格且全面，所以就不会懒惰；宽恕而且简约，所以别人愿意做好事。他们听说古时有个名叫舜的人，他大仁大义，他们就研究舜所以成为舜的原因，责问自己说：“他是个人，我也是个人。为什么他能这样，我却不能这样？”他们日夜地思考，丢弃那些不像舜的地方，趋向那些近似舜的地方。他们听说古代有个名叫周公的人，他为人多才多艺。他们就研求周公所以成为周公的原因。责问自己说：“他是个人，我也是个人。为什么他能这样，我却不能这样？”他们日日夜夜地思考，抛弃那些不像周公的地方，趋向那些类似周公的地方。舜是一位伟大的圣人，后代没有人赶得上他；周公也是一位大圣人，后代中也没有人赶得上他的。这个人却说：“不如舜，不如周公，是我最大的缺陷。”这不正是对自己的要求很严格而且全面吗？他对别人却说：“那个人能够做到这样，这就可以算得上是一个善良的人了；能够擅长这个，这就可以算是一个有技能的人了。”采取他的一个优点，不要求他具有两个优点；选取他现在的表现，不追究他从前的表现。担心别人得不到做善事的好处。一件善事是容易做得好的，一种技能是容易学到手的。他对别人，就说：“能够做这样的善事也就可以了。”又说：“能够擅长这样的技能，也可以了。”这不正是对待别人宽恕而且简约的表现吗？

当今的君子却并非如此。他要求别人完备，对待自己却要求不高。要求完备，所以别人就难于做善事；要求不高，所以自己的收获很少。自己没有长处，竟然说：“我擅长这样，也就可以了。”自己没有技能，居然说：“我做到这样，也就可以了。”对外拿这种话欺骗别人，内里拿这种话欺骗自己，还没有取得一点成绩就停止不前了。不是对自己的要求太低了吗？他对别人，就说：“他虽然能够这样，但他的人品却是不值得称赞的；他虽然擅长这样，他的功用是不值得称赞的。”举出他的一个缺点，却不考虑他的其他优点；追究他过去的表现，而不考虑他现在的表现。担心别人获得名誉。这不是对别人的要求太全面了吗？这就是不拿众人的标准对待自身，却拿圣人的标准去要求别人，我真的看不出他是在尊重自己啊。

虽然如此，这样表现的人是有根有源的，这就是说他们有懒惰和妒忌的毛病。懒惰的人是不求上进的，妒忌别人的人是害怕别人上进的。我曾试过，试着对大家说："某某是好人，某某是好人。"那些附和的人，必定是那个人的朋友；要不，就是跟他疏远的人，或者是跟他没有利害关系的人；否则，就是害怕他的人。若不是这样，性格粗暴的人一定会在说话中表现出愤怒的情绪，性格懦弱的人一定会在脸色上显现出愤怒的神情。我又曾经告诉大家说："某某不是好人，某某不是好人。"那些不附和的人，必定是那个人的朋友；要不，就是同他疏远的人，或者是跟他没有利害关系的人；否则，就是害怕他的人。若不是这样，性格粗暴的人一定会在说话中表现出高兴的神情，性格懦弱的人一定会在脸色上显露出高兴的神色。因此，事情做好了，诋毁就产生；道德高尚了，诽谤就来了。唉！读书人处在这种时代，希望名誉显著，道德流传，真是太难了！

处于上位的准备有所作为的人，听到我的话，并且记住它，就可以将国家治理得差不多了吧！

获麟解

麒麟本是祥瑞之物，但由于其"不畜于家，不恒有于天下；其为形也不类，非若马、牛、犬、豕、豺、狼、麋鹿然"，故常人不认识它，偶尔发现它反而认为它是异类，为不祥之物。作者以麟自喻，认为麟之所以成为祥瑞，是由于出现在圣人在位的时候，否则就将被认为不祥之物。而自己生不逢时，未遇明主，怀经世奇才而不被世人理解，反而被讥刺为异端、另类，这和麟的遭遇实无二致。

【原文】

麟之为灵，昭昭也。咏于《诗》，书于《春秋》，杂出于传记百家之书，虽妇人小子，皆知其为祥也。

然麟之为物，不畜于家，不恒有于天下；其为形也不类，非若马、牛、犬、豕、豺、狼、麋鹿然。然则虽有麟，不可知其为麟也。角者，吾知其为牛；鬣者，吾知其为马；犬、豕、豺、狼、麋鹿，吾知其为犬、豕、豺、狼、麋鹿，惟麟也不可知。不可知，则其谓之不祥也亦宜。

虽然，麟之出，必有圣人在乎位，麟为圣人出也。圣人者，必知麟，麟之果不为不祥也。

又曰：麟之所以为麟者，以德不以形。若麟之出不待圣人，则谓之不祥也亦宜。

【译文】

麒麟确确实实是一种灵异的动物。在《诗经》中被歌咏，在《春秋》中也有记载，在历史传记和诸子百家的书中层见迭出。即使是妇女和孩子也都知道麒麟是吉祥的动物。

然而麒麟这种动物，在家里不养，天下也不常有，它的样子和其他动物不相像，不像牛、马、猪、狗、豺、狼、麋鹿的样子。既然这样，就算有麒麟，也认不出它是麒麟啊。有两只角的我们知道它是牛，颈上长鬃毛的我们认得它是马，猪、狗、豺、狼、麋鹿，我们认得它们是猪、狗、豺、狼、麋鹿，只有麒麟不能够认出来。既然不能认出来，那么，人们说它是不祥之物也是自然的。

虽然如此，但是麒麟的出现，必定是有圣人在位的时候，麒麟是为圣人出现的啊。圣人肯定是认得麒麟的，麒麟果真不是不祥之物啊。

我还认为：麒麟之所以叫做麒麟，是根据它的德性，而不是根据它的形状。假如麒麟的出现，不等到圣人在位的时候，那么说它是不祥之物也是对的。

杂说一

这是一篇托物寓意的杂文。文中作者把龙比作君，把云比作臣，说明君臣之间的关系如同龙和云的关系，只有相互依靠，才能有所作为。

【原文】

龙嘘气成云，云固弗灵于龙也。然龙乘是气，茫洋穷乎玄间，薄日月，伏光景，感震电，神变化，水下土，汩陵谷。云亦灵怪矣哉！

云，龙之所能使为灵也。若龙之灵，则非云之所能使为灵也。然龙弗得云，无以神其灵矣。失其所凭依，信不可欤？异哉！其所凭依，乃其所自为也。《易》曰："云从龙"。既曰龙，云从之矣。

【译文】

龙吐口气就变成云，云本来就比不上龙灵异。然而龙乘着这片云，可以在辽阔无边的太空中到处遨游，接近太阳和月亮，遮挡住它们的光辉，使雷电震撼，使变化神奇，使雨水浸润大地，淹没丘陵深谷，云也称得上灵异了啊！

云，是龙能够使它变成灵异的。像龙那样的灵异，就不是云的作用了。但是龙得不到云，就不能显出它的灵异了。失去它所依托的，真的就不行了吗？奇怪啊！它所依托的，竟然就是它自已所制造的。《易经》中说："云跟着龙。"既然叫龙，云当然跟着它了。

杂说四

这是一篇寓意深刻的杂文。文中以千里马喻人才，颇为中肯。在韩愈看来，人才总是有的，但如果人才不能被识别和扶持，就会被埋没，故"世有伯乐，然后有千里马；千里马常有，而伯乐不常有"。文章还通过对千里马不幸遭遇的描述，揭露了当时统治者压制甚至糟踏人才的罪恶，表达了作者愤懑不平的心情。

【原文】

世有伯乐，然后有千里马。千里马常有，而伯乐不常有。故虽有名马，只辱于奴隶人之手，骈死于槽枥之间，不以千里称也。

马之千里者，一食或尽粟一石，食马者不知其能千里而食也。是马也，虽有千里之能，食不饱，力不足，才美不外见，且欲与常马等不可得，安求其能千里也！策之不以其道，食之不能尽其材，鸣之而不能通其意，执策而临之曰："天下无马。"呜呼！其真无马邪？其真不知马也！

【译文】

世上是先有伯乐，然后才有千里马的。千里马是经常有的，然而伯乐却不是经常有的。

所以就算有了名马，也不过是在不识货的人手中受屈辱，和普通的马一样老死在马厩中，也不用千里马的名称来称呼它。

马当中能够日行千里的马，有时一顿要吃完一石小米，喂马的人不了解它能够日行千里而喂养它。这样的马，虽然有日行千里的能耐，但是吃不饱，力量不够，特长就不能显示出来，想要跟平常的马一样表现都做不到，怎么要求它能够日行千里呢？鞭策它，不按照马的习性；喂养它，又不能满足它的食量；吆喝它，又不懂得它的心思。拿着鞭子对着它说："天下没有好马。"唉！难道真的没有好马吗？实在是不认识好马吧！

师 说

韩愈在这篇文章里阐述了从师学习的重要性。文中开宗明义地指出："古之学者必有师。师者，所以传道受业解惑也。人非生而知之者，孰能无惑？惑而不从师，其为惑也，终不解矣。"点明了从师学习的重要性。作者认为"古之圣人，其出人也远矣，犹且从师而问焉。"而"今之众人，其下圣人也亦远矣，而耻学于师。"这是非常荒唐的，并赞扬了"巫医、乐师、百工之人，不耻相师"的良好学风。文章谴责了"位卑则足羞，官盛则近谀"的不良社会风气，主张"无贵无贱，无长无少，道之所存，师之所存也"。要像圣人那样广泛地"从师而问焉"，只要闻道在先即可为师，只要学有专长即可为师。"弟子不必不如师，师不必贤于弟子"，师生可以互相学习。作者的这些主张和见解对于纠正当时的不良风气，端正学风，显然是有积极意义的。

【原文】

古之学者必有师。师者，所以传道受业解惑也。人非生而知之者，孰能无惑？惑而不从师，其为惑也，终不解矣。生乎吾前，其闻道也固先乎吾，吾从而师之；生乎吾后，其闻道也亦先乎吾，吾从而师之。吾师道也，夫庸知其年之先后生于吾乎？是故无贵无贱，无长无少，道之所存，师之所存也。

嗟乎！师道之不传也久矣，欲人之无惑也难矣。古之圣人，其出人也远矣，犹且从师而问焉；今之众人，其下圣人也亦远矣，而耻学于师。是故圣益圣，愚益愚。圣人之所以为圣，愚人之所以为愚，其皆出于此乎？爱其子，择师而教之；于其身也，则耻师焉，惑矣。彼童子之师，授之书而习其句读者，非吾所谓传其道、解其惑者也。句读之不知，惑之不解，或师焉，或不焉,小学而大遗，吾未见其明也。巫医、乐师、百工之人，不耻相师。士大夫之族，曰师曰弟子云者，则群聚而笑之。问之，则曰："彼与彼年相若也，道相似也。"位卑则足羞，官盛则近谀。呜呼！师道之不复可知矣。巫医、乐师、百工之人，君子不齿。今其智乃反不能及，其可怪也欤！

圣人无常师。孔子师郯子、苌弘、师襄、老聃。郯子之徒，其贤不及孔子。孔子曰："三人行，则必有我师。"是故弟子不必不如师，师不必贤于弟子。闻道有先后，术业有专攻，如是而已。

李氏子蟠，年十七，好古文，六艺经传皆通习之，不拘于时，学于余。余嘉其能行古道，作《师说》以贻之。

【译文】

古时候求学的人一定要有老师。老师是传授道理、学业、解答疑难问题的人。人并非一生下来就懂道理、有知识的，谁没有疑难的问题呢？有疑难问题而不请教老师，那成为疑难的问题终究也不会解决了。出生在我之前的，他懂得道理本来比我早，我应该向他学习；出生在我后面的，他懂得道理要是也比我早，我也应当向他学习。我学的是道理，哪里用得着管他出生在我前面，还是在我后面呢？因此，不论地位高贵还是卑贱，无论年龄大还是年龄小，哪里有道理哪里就有老师。

唉！从师学习的风气失传已经很久了，要人们没有疑难问题也是很困难的。古时候的圣人，他们远远超过一般人，尚且跟着老师学习请教；现在普通的人，他们远不如圣人，却把从师学习当做羞耻。因此，圣人就更加圣明，愚人就更加愚笨。圣人成为圣人，愚人成为愚人的原因，大概都是这一点吧！人们爱自己的孩子，就选择老师来教他；而他自己，却把从师学习当做羞耻，这太糊涂了。那些孩子们的老师，是教给孩子们读书和学习书中句读的，不是我所说的那种传授道理、解释疑难问题的。读书不懂得断句，疑难问题不得解释，有的（指前者）从师学习，有的（指后者）却不向老师学习，小事学习，大事却丢弃了，我看不出他们明理的地方。巫医、乐师、各种手工业工人，不把从师学习当做羞耻的事。士大夫等一类人，称谁“老师”、谁“学生”等，就很多人聚集在一起讥笑人家。问他们为什么这样，他们就说：“他和他年纪差不多，学问也相仿。”称地位低的人为师，就感到可耻，称呼官职高的人为老师，就近于奉承。唉！从师学习的风气不能恢复，从这里就可以知道了。巫医、乐师和各种手工业工人，是士大夫们瞧不起的。现在士大夫们的智慧反而不如他们，真是奇怪啊！

圣人没有固定的老师。孔子向郯子、苌弘、师襄、老聃请教过问题。郯子的徒弟，他们的贤能还不及孔子。孔子说：“三个人一起行走，其中一定有可以作为我的老师的。”所以说，学生不一定不如老师，老师不一定比学生高明。懂得道理有先有后，技能、业务各有专长，不过这样罢了。

李家有个叫蟠的孩子，今年十七岁，爱好古文，六经的经文和注解全都学了，他不受时俗的拘束，来向我学习。我赞许他能实行古人从师学习的正道，写了一篇《师说》来赠给他。

进学解

本文重在阐释进德修业的道理，指出“业精于勤，荒于嬉；行成于思，毁于随”。作为读书人怕的是自己学业不能精通，而不是怕不被主管官署发现；怕的是自己品德修养没有长进，而不是主管官署考核不公。但作者也借诸生反驳与先生辩解，渲泄了怀才不遇的苦闷。

【原文】

国子先生，晨入太学，招诸生立馆下，诲之曰：“业精于勤，荒于嬉；行成于思，毁于随。方今圣贤相逢，治具毕张，拔去凶邪，登崇俊良。占小善者率以录，名一艺者无不庸。爬罗剔抉，刮垢磨光。盖有幸而获选，孰云多而不扬？诸生业患不能精，无患有司之不明；行患不能成，无患有司之不公。”

言未既，有笑于列者曰：“先生欺余哉！弟子事先生，于兹有年矣。先生口不绝吟于六艺之文，手不停披于百家之编；记事者必提其要，纂言者必钩其玄；贪多务得，细大不捐；焚膏油以继晷，恒兀兀以穷年。先生之业，可谓勤矣。觝排异端，攘斥佛老；补苴罅漏，张皇幽眇；寻坠绪之茫茫，独旁搜而远绍；障百川而东之，回狂澜于既倒。先生之于儒，可谓有劳矣。沉浸浓郁，含英咀华；作为文章，其书满家。上规姚姒，浑浑无涯；周《诰》、殷《盘》，佶屈聱牙；《春秋》谨严，《左氏》浮夸；《易》奇而法，《诗》正而葩；下逮

《庄》《骚》，太史所录，子云、相如，同工异曲。先生之于文，可谓闳其中而肆其外矣。少始知学，勇于敢为。长通于方，左右具宜。先生之于为人，可谓成矣。然而公不见信于人，私不见助于友。跋前踬后，动辄得咎。暂为御史，遂窜南夷。三年博士，冗不见治。命与仇谋，取败几时。冬暖而儿号寒，年丰而妻啼饥。头童齿豁，竟死何裨？不知虑此，而反教人为？”

先生曰：“吁！子来前！夫大木为杗，细木为桷，欂栌、侏儒，椳、闑、扂、楔，各得其宜，施以成室者，匠氏之工也。玉札丹砂，赤箭青芝，牛溲马勃，败鼓之皮，俱收并蓄，待用无遗者，医师之良也。登明选公，杂进巧拙，纡余为妍，卓荦为杰，校短量长，惟器是适者，宰相之方也。昔者孟轲好辩，孔道以明，辙环天下，卒老于行。荀卿守正，大论是弘，逃谗于楚，废死兰陵。是二儒者，吐辞为经，举足为法，绝类离伦，优入圣域，其遇于世何如也？今先生学虽勤而不由其统，言虽多而不要其中，文虽奇而不济于用，行虽修而不显于众。犹且月费俸钱，岁靡廪粟。子不知耕，妇不知织。乘马从徒，安坐而食。踵常途之促促，窥陈编以盗窃。然而圣主不加诛，宰臣不见斥，兹非其幸欤？动而得谤，名亦随之。投闲置散，乃分之宜。若夫商财贿之有亡，计班资之崇庳，忘己量之所称，指前人之瑕疵，是所谓诘匠氏之不以杙为楹，而訾医师以昌阳引年，欲进其豨苓也。”

【译文】

国子先生早晨走进太学，召集全体学生站在学舍下面，教导他们说：“学业的精通是因为勤勉，而它的荒废是由于玩乐；品德是因为思考而成就，而它的败坏是由于对自己要求不严。现在圣君有贤臣辅佐，法令得以完全施行，除去凶恶奸邪的小人，提拔英俊善良的人。有极小优点的人都被录取，有一技之长的人都被任用。搜罗选拔并且磨炼造就人才。也许也有侥幸而选上的，谁说多才反而不被荐举的呢？只要你们学业精通，不要怕主管官署看不清；只要品德有所成就，不要怕主管官署不公正。”

话还没有说完，有人在行列里笑着说：“先生骗我们吧！我们跟随先生学习，到如今已经有好几年了。先生嘴里不停地朗诵六经的文章，手不停地翻阅百家的书籍，对于记事的史传一定作出提要，对于说理的文章必定探索其中深奥的道理。不厌其繁，务求取得，无论大小都不舍弃。常常点上灯烛，夜以继日地读书，一年到头不辞辛苦。先生对于学业，可以说勤奋了。抵制异端邪说，排斥佛教和道教；弥补儒学的缺漏，阐明圣道的精微。寻找毫无头绪的断绝了的道统，独自广泛地搜寻圣人的遗绪，远接孔、孟的事业。防堵泛滥的百川，使它东流入海，力挽狂澜。先生对于儒学，付出了辛苦的劳动。沉浸在意味浓厚的典籍中，用心地体味着书中的精华。写起文章来，书籍堆满了屋子。向上学习虞夏之书，深远无边；周代的《诰》、殷代的《盘庚》，艰深而难读；《春秋》文辞简约，寓有褒贬；《左传》记事铺张而扩大；《周易》变化奇妙而事理正常；《诗经》义理光大而辞藻华美。向下一直到《庄子》、《离骚》和太史公的《史记》，扬雄和司马相如的著作，有同工异曲之妙。先生的文章，内容博大而文辞奔放流畅。先生少年时代从开始懂得学习起，就勇于实践；成年以后通达事理，处理问题都十分合适。先生的为人，可以说完备了。但是在公的方面不被人们信任，在私的方面得不到朋友的帮助。进退两难，动不动就被指责。才担任了御史，就被降职到边远的南方。做了三年的博士闲官，不能显出治理的才能。命中注定要和仇敌打交道，随时都会倒霉。在暖和的冬天，孩子却喊冷；在丰收的日子里，妻子却叫饿。头顶秃了，牙齿脱落了，直到老死，也不会有什么好处？不知道考虑这些，反而在这里教训别人吗？”

先生说：“吁，你到前面来！如同是盖房子，那些大木料做大梁，小木料做椽子，做斗拱、短柱或者门枢、门橛、门检和门柱等，各自都得到适宜的用场，用来建造房屋，这是木匠的工巧。地榆、朱砂，天麻、青芝，牛溲、马勃，败鼓之皮，兼收并蓄，等待需要时取用而没有遗漏，这是医师的高明。用人明智，选拔公正，各种人物，都能进用。厚重和缓为美好，旷达豪放为杰出，比较优劣，按照他们的才能安排适合的工作，这是宰相用人的方法。过去孟轲善于辩论，孔子之道因而得以阐明，他周游列国，车辙遍天下，最后在奔走中度过了一生。荀卿信守孔子之道，把儒家的学说发扬光大，他为了逃避毁谤到了楚国，结果还是丢了官，老死在兰陵。这两个大儒，他们的言论成为经典，行为成为模范，超越所有的儒者，达到了圣人的地步。然而他们在社会上的遭遇又怎样呢？现在我学业虽然勤奋，但不能遵循儒家的道统；言论虽然多，却不能把握要点；文章虽然写得好，然而对于实际应用却没有帮助；虽然重视品行的修养，可是不被人们所了解和重视。尚且每月领取俸钱，每年消耗禄米；儿子不懂得种田，妻子不知道织布；乘着马跟着仆人，安坐着不劳而食；拘谨地走着寻常道路，看些古书抄袭一点。但是圣主也不加责罚，宰臣也不加斥逐，这不正是我的幸运吗？动不动就遭到毁谤，名声跟着被毁，被放置于闲散的职位，也实在是应该的。至于考虑利禄的有无，计较官职的高低，忘记了自己的才能和什么位置才相称，却指责前人的毛病，这就是所谓责问工匠不把小木桩做柱子，指责医师用菖蒲作长寿药，却想推荐他的豨苓呀。”

圬者王承福传

本文是韩愈为泥瓦匠王承福写的一篇传记。文章通过对一个自食其力的泥瓦匠的言行的记叙与评议，谴责了那些“薄功而厚飨”、“贪邪而亡道”的饕餮之徒，指出“食焉而怠其事，必有天殃”，向他们提出了严重的警告。

【原文】

圬之为技，贱且劳者也。有业之，其色若自得者。听其言，约而尽。问之，王其姓，承福其名，世为京兆长安农夫。天宝之乱，发人为兵，持弓矢十三年，有官勋，弃之来归。丧其土田，手镘衣食。余三十年，舍于市之主人，而归其屋食之当焉。视时屋食之贵贱，而上下其圬之佣以偿之。有余，则以与道路之废疾饿者焉。

又曰：“粟，稼而生者也。若布与帛，必蚕绩而后成者也。其他所以养生之具，皆待人力而后完也。吾皆赖之。然人不可遍为，宜乎各致其能以相生也。故君者，理我所以生者也；而百官者，承君之化者也。任有小大，惟其所能，若器皿焉。食焉而怠其事，必有天殃，故吾不敢一日舍镘以嬉。夫镘易能，可力焉，又诚有功，取其直，虽劳无愧，吾心安焉。夫力易强而有功也，心难强而有智也。用力者使于人，用心者使人，其亦宜也。吾特择其易为而无愧者取焉。

“嘻！吾操镘以入富贵之家有年矣。有一至者焉，又往过之，则为墟矣；有再至三至者焉，而往过之，则为墟矣。问之其邻，或曰：‘噫！刑戮也。’或曰：‘身既死，而其子孙不能有也。’或曰：‘死而归之官也。’吾以是观之，非所谓食焉怠其事而得天殃者邪？非强心以智而不足，不择其才之称否而冒之者邪？非多行可愧，知其不可而强为之者邪？将贵富难守，薄功而厚飨之者邪？抑丰悴有时，一去一来而不可常者邪？吾之心悯焉，是故择其力之可能者行焉。乐富贵而悲贫贱，我岂异于人哉？”

又曰：“功大者，其所以自奉也博。妻与子皆养于我者也，吾能薄而功小，不有之可也。又吾所谓劳力者，若立吾家而力不足，则心又劳也。一身而二任焉，虽圣者不可为也。”

愈始闻而惑之，又从而思之，盖贤者也，盖所谓独善其身者也。然吾有讥焉，谓其自为

也过多，其为人也过少，其学杨朱之道者邪？杨之道，不肯拔一毛而利天下。而夫人以有家为劳心，不肯一动其心以畜其妻子，其肯劳其心以为人乎哉？虽然，其贤于世之患不得之而患失之者，以济其生之欲，贪邪而亡道，以丧其身者，其亦远矣。又其言有可以警余者，故余为之传，而自鉴焉。

【译文】

做泥瓦匠这种工作，是卑贱并且劳苦的。可是有个人从事这项职业，他的神色好像很满足的样子。听他的话，简洁而透彻。问他，知道他姓王，名叫承福。他家世代是京兆长安的农民。天宝之乱的时候，招募人当兵，他就拿了十三年的弓箭，立了足以当官的战功，可是他放弃当官，回到了自己的家乡。家里的土地已经没有了，于是他拿起泥刀来维持生活。三十多年来，他住在雇他干活的主人家中，付给主人房租和伙食的费用。根据当时房租、伙食费的贵贱而增减做泥水匠的工价来偿还他。若有多余的钱，他就拿来给路上的残废人、患病者和饥饿的人。

他又说："谷子是经过耕种而后生长的。至于布和绸，一定要养蚕纺织才能得到。其他用来维持生活的东西，都是要依赖人力才能制成的。这些我都需要。但是一个人不可能全部去做，应当各尽其能，互通有无而生活。所以君主的责任是管理我们，使我们得以生存。而各级官吏的责任是辅佐君主推行教化。责任有大小，看他们的能力来决定，就像容器一样。只知道吃用却又懒于做事，那么就一定会有天降的灾祸。因此我一天都不敢放下泥刀去玩乐。抹灰涂墙是简单的技能，只要肯用气力就能够做好。确实做出了成绩，就会拿到报酬，虽然辛苦，却没有什么惭愧的，我的心是安稳的。体力活是容易强行发挥并做出成绩来的，而心智就难以强行使它变得聪明了。劳力的人，被人役使；劳心的人，役使别人，这也是应该的。我不过是挑那些容易做而拿了报酬又问心无愧的事情去做。

"唉！我拿着泥刀进出富贵人家已经有多年了。有的地方曾经到过一次，后来再路过那里，就已变为废墟了；有曾经到过两次三次的地方，后来再走过那里，也已经变为废墟了。问他们的邻居，有人说：'唉！因犯法而被杀了。'有的说：'主人已经死去，他的子孙不能保住产业啊。'有的说：'主人死后，产业归公了。'我从这里看到，他们不就是因为只吃不做因而遭到天灾的吗？不正是强使心智聪明而智力又不够，不加选择地盲目去做与他的才能不相称的工作的吗？不正是那种多干问心有愧的事，明知不应该做而硬是要干的吗？是因为富贵难以守住，微薄的功劳反而得到丰厚的享受呢；还是兴旺和衰败有一定的时运，一来一去，不能久长的呢？我心中忧愁，因而就选择我力所能及的事情来做。为富贵而高兴，为贫贱而忧愁，我难道同人家有什么两样吗？"

又说："功劳大的，他用来供养自己的物资就多。老婆孩子都是要靠我养活的，我能力微薄，功劳又小，不要老婆孩子也应该。我是所谓从事劳力的人，假如成了家而力量不够，那么心就要劳苦了。一个人肩挑两副担子，就算是圣人也是不能做到的。"

开始时我听到这话感到怀疑，然后再想了一下，这个人可能是一个贤人，或许是人们所说的独善其身的人。但是我也要批评他，说他为自己考虑得太多，为人家考虑得太少，他也许是学习杨朱学说的人吧？杨朱的学说，就是不肯拔自己一根毫毛来对天下有利。而这个人认为有家劳心，不肯费一点心来养活他的老婆孩子，难道又肯为别人劳心吗？虽然如此，他比起世界上那些既担心得不到利益，又担心失去利益的人，为满足自己生活中的欲望，贪图不义之财而忘记道义，因而丢掉性命的人，又相去很远了。他的话又有能警戒我的地方，因此我给他立传，自己引为借鉴。

新修滕王阁记

滕王阁自王勃、王绪、王仲舒三人作文记之，后世便鲜有相关美文，而韩愈此记当属其中凤毛麟角者。就历代“记”体文章来说，该文也同样可谓名篇佳构。如果让一个庸才来写，此文便只会颂扬王仲舒的德政，摹写滕王阁的美景，这种写法，即使天花乱坠，也仍然是老生常谈，没有引人之处。韩愈不愧为一代文豪，他提笔挥洒之际独辟蹊径，创造出曲径通幽的别致效果，使文章别具趣味，不落窠臼。韩愈一生没有到过南昌，无缘目睹滕王阁及周边景物，也没机会了解“新修”的详细过程，而又要奉命作记，下笔颇难。倘若写虚构的景致，不管如何铺叙渲染，终究会大为失色，难免“假、大、空”且会沦为粗俗之文。作者通篇妙就妙在不提滕王阁美景怎样，而只是反复讲自己未得“登望之乐”的原由与感慨，笔意缠绵，文情婉转，于空幻之中捕获了灵感，把对王仲舒的颂赞处理得恰到好处，不露谀态媚骨，又避免了凭空捏造，真正是匠心独运，妙不可言。

【原文】

愈少时则闻江南多临观之美，而滕王阁独为第一，有瑰伟绝特之称。及得三王所为序、赋、记等，壮其文辞，益欲往一观而读之，以忘吾忧。系官于朝，愿莫之遂。十四年，以言事斥守揭阳，便道取疾以至海上，又不得过南昌而观所谓滕王阁者。其冬，以天子进大号，加恩区内，移刺袁州。袁于南昌为属邑，私喜幸自语，以为当得躬诣大府，受约束于下执事，及其无事且还，倘得一至其处，窃寄目偿所愿焉。至州之七月，诏以中书舍人太原王公为御史中丞，观察江南西道，洪、江、饶、虔、吉、信、抚、袁悉属治所。八州之人，前所不便及所愿欲而不得者，公至之日，皆罢行之。大者驿闻，小者立变。春生秋杀，阳开阴闭。令修于庭户数日之间，而人自得于湖山千里之外。吾虽欲出意见，论利害，听命于幕下，而吾州乃无一事可假而行者，又安得舍己所事以勤馆人？则滕王阁又无因而至焉矣。

其岁九月，人吏浃和。公与监军使燕于此阁，文武宾士皆与在席。酒半，合辞言曰：“此屋不修，且坏。前公为从事此邦，适理新之，公所为文，实书在壁。今三十五年而公来为邦伯，适及期月，公又来燕于此，公乌得无情哉？”公应曰：“诺。”于是栋楹梁桷板槛之腐黑挠折者，盖瓦级砖之破缺者，赤白之漫漶不鲜者，治之则已。无侈前人，无废后观。

工既讫功，公以众饮，而以书命愈曰：“子其为我记之。”愈既以未得造观为叹，窃喜载名其上，词列三王之次，有荣耀焉，乃不辞而承公命。其江山之好，登望之乐，虽老矣，如获从公游，尚能为公赋之。

元和十五年十月某日，袁州刺史韩愈记。

【译文】

我小时候就听说誉满江南的临观美景很多，而滕王阁独独排在第一位，有瑰丽、奇伟、绝妙、独特的称赞。等到看了三王所作的序、赋、记等（即王勃《滕王阁序》、王绪作的赋，及中丞王公所作《修阁记》），觉得文章写得很是壮美，更加想要去观赏细读，以便忘却自己的烦恼。在朝中做官，没有能如愿。元和十四年，因为上书发表意见（指上《论佛骨表》），被贬官到潮州，贪图走便道更快些，走了海路，未能途经南昌去观赏滕王阁。这个冬天，因为天子进大号，施恩于潮州区内，让我移职到了袁州，袁州对南昌来说是隶属都邑，我窃自欣喜庆幸，自认为应能够亲自进见太府，受其下执事的约束，在没有公事回去后，如能到滕王阁那儿去，该能一饱眼福，了却心愿了。到袁州后的七月里，诏命让中书舍人太原的王公做御史中丞，前来视察江南西道；洪、江、饶、虔、吉、信、抚、袁八州都属于治理范围。八州的人，这以前不便于做以及愿意去做却没有做成的事，在王公到达那天，全都停止进行。大的工程（方面的情况）于驿站间流传，小的马上就变动。春天生息秋天除掉，阳开阴闭，让几日之内在庭户间建成，而人却自得于湖山千里以外。我虽然想提出意见，讨论其中利害，在幕下听候命令，可是我们州却没有一件事可以用来作借口出行的，又怎么能舍掉自己要做的事来劳顿馆人？这样，又没有理由可以去滕王阁了。

这一年九月，百姓、官吏关系和谐，王公和监军在滕王阁设宴，文官、武将、宾客、士人都就座了。酒饮到一半，都说："这房子再不修理，就要坏掉了。以前王公您在这地方做事，正好整修翻新过，您所写的文章，还写在壁上，现在三十年后，您到这儿来任父母官，恰逢周年整月，您又来这儿设宴，您难道这么无情吗？"王公答应道："好吧。"于是，主梁、柱子、屋梁、椽子、门板、门槛有腐朽、发黑、弯曲折断了的，盖瓦、级砖有破了缺了的，红白浸染不鲜明了的，都加以修整治理。不比前人奢侈，不荒废后代可观赏的美景。

工程已结束，王公和大家一起喝酒相庆，并写信命令我说："你一定替我记下这件事！"我虽然因没能到现场观赏而感叹，但还是很高兴能在这件事上留名。文章排在三王之后，是一种荣耀啊！于是并不推辞，而是接受了王公的命令。那江山的美景，登高望远的快乐，即使我老了，如果能够和王公一起游览，还可以为王公作赋。

元和十五年十月某日，袁州刺史韩愈记。

答张籍书

《新唐书》载："籍性狷直，尝责愈喜博塞及为驳杂之说，议论好胜人，其排佛老，不能著书若扬雄、孟轲以垂世。"张籍先后两次以书诘责，韩愈也作两书作答，这是第一书。文中虽有强词夺理之处，写来却颇费曲折，用笔伸缩很有玄机。因韩与张之间交情较深，所以在动笔时相当用心，既要维护朋友间的情谊，避免生硬的口气，又要表明自己的立场，给对方明确的答辩。如果开篇就开始辩驳，肯定会有板着脸教训人的嫌疑，于是作者起笔先叙述两人结交的过程，写得亲热而动情；接着便是更为亲热的表示：忽而讶其无书，忽而幸其有书。这种铺垫使后面的逐条批驳得以在宽松的气氛中展开，尽量照顾了朋友的颜面。此文主旨虽是讲经论道，但不掺陈腐言辞，作者信手拈来，辩驳处无激烈之词，自信中含冲和之气，通篇隐现出大家风范。文章语言质朴、简洁，体现了韩愈作文的一贯风格。

【原文】

愈始者望见吾子于人人之中，固有异焉；及聆其音声，接其辞气，则有愿交之志。因缘幸会，遂得所图，岂惟吾子之不遗，抑仆之所遇有时焉耳。近者尝有意吾子之阙焉无言，意仆所以交之之道不至也。今乃大得所图，脱然若沉疴去体，洒然若执热者之濯清风也。然吾子所论，排释老不若著书，嚣嚣多言，徒相为訾。若仆之见，则有异乎此也。

夫所谓著书者，义止乎辞耳。宣之于口，书之于简，何择焉？孟轲之书，非轲自著，轲既殁，其徒万章、公孙丑相与记轲所言焉耳。仆自得圣人之道而诵之，排前二家有年矣。不知者以仆为好辩也。然从而化者亦有矣，闻而疑者又有倍焉。顽然不人者，亲以言谕之不入，则其观吾书也，固将无得矣。为此而止，吾岂有爱于力乎哉？

然有一说：化当世莫若口，传来世莫若书。又惧吾力之未至也。三十而立，四十而不惑，吾于圣人，既过之，犹惧不及；矧今未至，固有所未至耳。请待五六十然后为之，冀其少过也。

吾子又讥吾与人人为无实驳杂之说，此吾所以为戏耳；比之酒色，不有间乎？吾子讥之，似同浴而讥裸裎也。若商论不能下气，或似有之，当更思而悔之耳。博塞之讥，敢不承教。其他俟相见。

薄晚须到公府，言不能尽。愈再拜。

【译文】

我刚开始在人群中见到您时，您本异于常人；等到听了您的声音，接触到您的文章，就有了和您交往的愿望。因为缘分，很幸运地和您相会，于是得以满足心愿，不只是您不嫌弃我，也是我碰到的时机好啊！最近，曾经遗憾得不到您的意见，以为是我和您交往的途径（道行）不够呢。现在才大大满足了心愿，一下子就像积年老病突然间离身一样轻松；就像拿着热东西的人突然吹到凉风一样清新。但您所说的：排斥佛老，比不上写书，吵吵嚷嚷好多话，只白白地互相指责。在我看来，却与此不同。

所说的写书，大义只限于文辞。口头宣传、写于简上，有什么挑的呢？孟轲的书，不是孟轲自己写的，是他去世之后，弟子万章、公孙丑一起记下孟轲说过的话写成的。我自从得到圣人的大道并宣传它，抵制佛、老两家，已经有些年头了。不了解我的人，以为我喜欢辩论，但听从我，被我的宣传教化了的也有，听了以后有所怀疑的人数又要比前者多一倍。固执听不进我的话的，亲自用话教育都听不进去，那么看我的书也必将无所收获，为了结束这种情况，我怎么会舍不得力气呢？

但也有一种说法：教化当世，没有比亲口宣传更好的方法；世代流传，没有比著书更好的方法了。又担心我的能力达不到，三十岁当有所成就，四十岁当不再疑惑，我和圣人相比，既担心过火又担心不够。何况，现在没有达到（圣人要求的那样），本来就有不能及的地方。请让我等到五六十岁以后再来做著书的事吧，希望可少犯些错误。

您又指责我和众人做没有实际内容、驳杂的议论，这是我开玩笑的，和酒色相比，毕竟还是有差异的吧？您指责这一点，就像一同洗澡却批评裸体一样。若是说商量讨论我没能谦虚些，恐怕是有的，我会认真考虑并改正的。对于博杂不通的指责，我斗胆不敢听从教导。其他的等见面后再谈。

临近傍晚我要到公府去，不能详细说。韩愈再拜。

上宰相书

韩愈曾评价柳宗元“不自贵重”，责备他热衷名利。然而通过这篇文章可以看出，韩愈本人也曾求仕心切，同样有过躁动的官场恶习。司马光对此颇有微词：“夫岁寒然后知松柏之后凋，士贫贱然后见其志……观其文，知其志，其汲汲于富贵，戚戚于贫贱如此……”但是平心而论，像韩愈这样作书自荐以求功名者，在当时并不鲜见。况且此文并无肉麻的吹捧和狂妄的自诩，写来落落大方，一本正经。文章首先很自然地引用《诗经》，又转而引用《孟子》，似乎与正文并无联系；写到中间，便迅疾转到论述君相身上，笔势跳跃不同寻常；接着又开始自然地叙写自己的文学与遭遇，好像再次与正文脱节；而结尾处作者以寥寥数语又论及君相，并将山林之士与自己夹杂来写，顺便照应了《诗经》、《孟子》。笔力相当畅快，结构相当巧妙。写此文时韩愈二十八岁，虽然才华横溢，但终究是青年气盛，文字稍欠裁炼，不如晚年文章凝练老辣。

【原文】

正月二十七日，前乡贡进士韩愈，谨伏光范门下，再拜献书相公阁下：

《诗》之序曰："菁菁者莪，乐育材也。君子能长育人材，则天下喜乐之矣。"其诗曰："菁菁者莪，在彼中阿。既见君子，乐且有仪。"说者曰：菁菁者，盛也。莪，微草也。阿，大陵也。言君子之长育人材，若大陵之长育微草，能使之菁菁然盛也。"既见君子，乐且有仪"云者，天下美之之辞也。其三章曰："既见君子，锡我百朋。"说者曰："百朋"，多之之辞也。言君子既长育人材，又当爵命之，赐之厚禄，以宠贵之云尔。其卒章曰："泛泛杨舟，载沉载浮。既见君子，我心则休。"说者曰：载，载也。沉浮者，物也。言君子之于人材，无所不取，若舟之于物，浮沉皆载之云尔。"既见君子，我心则休"云者，言若此，则天下之心美之也。君子之于人也，既长育之，又当爵命宠贵之，而于其才无所遗焉。孟子曰：君子有三乐，王天下不与存焉。其一曰："乐得天下之英才而教育之。"此皆圣人贤士之所极言至论，古今之所宜法者也。然则孰能长育天下之人材，将非吾君与吾相乎？孰能教育天下之英才，将非吾君与吾相乎？幸今天下无事，小大之官各守其职，钱谷甲兵之问，不至于庙堂。论道经邦之暇，舍此宜无大者焉。

今有人生二十八年矣，名不著于农工商贾之版。其业则读书著文，歌颂尧舜之道，鸡鸣而起，孜孜焉亦不为利。其所读皆圣人之书，杨墨释老之学，无所入于其心。其所著皆约六经之旨而成文，抑邪与正，辨时俗之所惑。居穷守约，亦时有感激怨怼奇怪之辞，以求知于天下，亦不悖于教化，妖淫谀佞诪张之说，无所出于其中。四举于礼部乃一得，三选于吏部卒无成。九品之位其可望，一亩之宫其可怀。遑遑乎四海无所归，恤恤乎饥不得食，寒不得衣，滨于死而益固，得其所者争笑之。忽将弃其旧而新是图，求老农老圃而为师。悼本志之变化，中夜涕泗交颐。虽不足当诗人、孟子之谓，抑长育之使成材，其亦可矣；教育之使成才，其亦可矣。

抑又闻古之君子相其君也，一夫不获其所，若已推而内之沟中。今有人生七年而学圣人之道以修其身，积二十年，不得已一朝而毁之，是亦不获其所矣。伏念今有仁人在上位，若不往告之而遂行，是果于自弃，而不以古之君子之道待吾相也，其可乎？宁往告焉，若不得志，则命也。其亦行矣！

《洪范》曰："凡厥庶民，有猷、有为、有守，汝则念之。不协于极，不罹于咎，皇则受之，而康而色。曰：予攸好德，汝则锡之福。"是皆与善之辞也。抑又闻古之人有自进者，而君子不逆之矣。曰"予攸好德，汝则锡之福"之谓也。抑又闻上之设官制禄，必求其人而授之者，非苟慕其才而富贵其身也，盖将用其能理不能，用其明理不明者耳。下之修己立诚，必求其位而居之者，非苟没于利而荣于名也，盖将推己之所余，以济其不足者耳。然则上之于求人，下之于求位，交相求而一其致焉耳。苟以是而为心，则上之道不必难其下，下之道不必难其上。可举而举焉，不必让其自举也；可进而进焉，不必廉于自进也。

抑又闻上之化下，得其道，则劝赏不必遍加乎天下，而天下从焉，因人之所欲为而遂推之之谓也。今天下不由吏部而仕进者几希矣，主上感伤山林之士有逸遗者，屡诏内外之臣，旁求于四海，而其至者盖阙焉。岂其无人乎哉？亦见国家不以非常之道礼之而不来耳。彼之处隐就闲者亦人耳！其耳目鼻口之所欲，其心之所乐，其体之所安，岂有异于人乎哉？今所以恶衣食，穷体肤，麋鹿之与处，猿狖之与居，固自以其不能与时从顺俯仰，故甘心自绝而不悔焉。而方闻国家之仕进者，必举于州县，然后升于礼部、吏部，试之以绣绘雕琢之文，考之以声势之逆顺，章句之短长，中其程式者，然后得从下士之列。虽有化俗之方，安边之策，不繇是而稍进，万不有一得焉。彼惟恐入山之不深，入林之不密，其影响昧昧，惟恐闻于人也。今若闻有以书进宰相而求仕者，而宰相不辱焉，而荐之天子，而爵命之，而布其书于四方。枯槁沉溺魁闳宽通之士，必且洋洋焉动其心，峨峨焉缨其冠，于于焉而来矣。此所谓劝赏不必遍加乎天下，而天下从焉者也，因人之所欲为而遂推之之谓者也。

伏惟览《诗》、《书》、《孟子》之所指，念育才锡福之所以，考古之君子相其君之道，而忘自进自举之罪，思设官制禄之故，以诱致山林逸遗之士，庶天下之行道者知所归焉。

小子不敢自幸，其尝所著文，辄采其可者若干首，录在异卷，冀辱赐观焉。干渎尊严，伏地待罪。愈再拜。

【译书】

贞元十一年正月二十七日，前乡贡进士韩愈，谦恭地伏在光范门下，两次拜礼，向宰相阁下敬献文章：

《毛诗》序中说道："茂盛的莪草，是人乐于培育的材料。君子能够使人才生长孕育，那么天下人会对此觉得开心。"那首诗说："茂盛的莪草，在那片丘陵上。君子看到它以后，喜欢它，觉得它有美好的形态。"郑玄解释说：菁菁，茂盛。莪，小草。阿，大的山陵。这是说君子可以使人才生长孕育，就像大丘陵使小草生长孕育一样，能够让它长得很繁茂。"君子看到它以后，喜欢它，觉得它有美好的形态"之类的话，天下人用这些言辞赞美它。诗的第三章说："君子见到我以后，赏赐给我很多财物。"郑玄解释说："百朋"是形容赐的东西多的词语，这是说君子既然能够使人才生长孕育，就应该再任命他官职爵位，赏赐给他丰裕的俸禄来宠爱重视他，等等。诗的最后一章说："在水面上航行的杨木船，或深或浅，君子看到我以后，我的心就很美妙了。"郑玄解释说：载，指装载。沉浮，指东西。这是说君子对于人才，没有不使用的，就像船对于货物一样，不管浮的还是沉的都要装载它，等等。"君子看到我以后，我的心就很美好了"之类的话，是说如果君子这样做的话，天下人的心都会美好了。君子对于人才，使他生长孕育以后，应该再任命他官职爵位来宠爱重视他，这样一来对于他的才华就没有什么遗漏的地方了。孟子说："君子有三种情趣，统治天下的时候就没有共存的了。"其中之一是说："喜欢得到天下的杰出人才来培育他。"这都是圣贤之人最合乎常理的论断，从古到今应当效法的原则。既然这样，那么谁能够使天下的人才生长孕育呢？难道不是我的皇上和宰相吗？谁能够教育天下的杰出人才呢？难道不将是我的皇上和宰相吗？幸而现在天下太平，大大小小的官员，各自坚守自己的职责，有关财物、收成、征战的问题，不需要拿到庙堂上讨论。讲到治国的闲暇，除了培养教育人才以外，应当没有比这更大的事情了。

现在有人长到二十八岁了，名字没有列在农民、工人、商家的户籍中，他的事业就是读书。写文章，称颂尧舜之道，鸡一叫就起床，勤勤恳恳、不求利益。他读的都是圣人的书，杨朱、墨子、佛教、道教之类的学术，没有进入他思想的。他写的东西都是概括六经的主旨而组成文章，排除邪说、归于正统，分辨时下习俗混乱不清的东西，在贫穷的环境中生活仍然守礼，也偶尔会有感激或怨恨之类奇怪的言辞，以它们为求得天下人理解的工具，也不与教化相违背，妖邪谀媚狂妄的说法，没有在言辞中出现的。四次在礼部应试，只成功了一次，三次被吏部选拔终于没有成就。九品官的位置只能看着，一亩大的房子也只能想着。焦躁不安，四海之中没有可以作归宿的地方，忧虑哀愁，饥饿但没有东西吃，没有衣服御寒，接近死亡而意志更加坚定，已经得到官职的人争相嘲笑他，一时间想要丢弃旧习的圣贤之书而另谋新出路，求老农民老园丁做老师。为自己本来志向的变化而悲伤，半夜里涕泪交流。尽管他不够拿《诗经》与孟子的话来作比较，但假如让他生长孕育使他成才，也会成功；教育他使他成长，也会成功。

又听说古代的君子辅助他的君王，只要有一个人没有得到他应得的位置，就仿佛是自己把他推到水沟里一样。现在有人活了七年在学圣人的道理来修养自身，积累了二十年，但不得不毁于一旦，这也是没有得到他应得的位置啊！仔细想想，现在有仁德的人官居高位，假如不去向他通报一声就离去，这是甘于自暴自弃，而不用古代君子的方式来对待我的宰相，那可以吗？我宁可去禀告他，如果不得志，那是命。我当归隐田园。

《洪范》中说："凡是那些平民百姓，有智谋的、有作为的、有操行的，你要记着他们。对于那些既无大善，又无恶行的人，他们也应该受皇上的任用。他们流露出感激的神态，表示说：'我一定喜好德行，你就封赐爵禄给他'。"这都是与人为善的训诫。又听说古代有自己推荐自己的人，君子不谢绝他，这就是表示说："我一定喜好德行，你就封赐爵禄给他。"又听说上面安排官爵俸禄，必须要找到合适的人把它交给他，我不是仅仅羡慕那些财物可以使我富贵，而是想用那些职能来治理我无权治理的事，用那些清楚的东西来梳理不明白的东西。下面修养自身、行事正直、一定要求得俸禄居官的人，不仅仅是被利益覆没而求名声的名誉，而是想发挥自己有余力的东西补充那些不够的。既然这样，那么上面寻找官员、下面追求官位，取他们相互追求的交点就可以把他们的目标统一在这儿了。如果拿这个作为心态，那么上面的方式不会为难下面，下面的方式不会为难上面。可以举荐就举荐，不必求全他自荐；可以进荐就进荐，回避自荐是不必要的。

或者又听说上面教化民众，如果它的规律已被掌握，那么奖励不必给全天下人而全天下人都会跟从，依顺人想做的事情就推行它，就是这个情况的说法。现在天下人不从吏部挑选而当官的人几乎没有，皇上伤感在隐居山林的人当中有散失遗漏的人才，几次诏谕内外的臣子，到全国各地用其他方式寻求，但来的人还是很少。这样的人难道没有吗？也是因为见到国家不用特别的方式来礼遇他所以不来罢了。那些隐居闲散的人也是人！他耳目鼻口想得到的东西，心里所喜欢的东西，身体安乐的地方，难道会和普通人不同吗？现在之所以穿旧衣、吃粗粮，温饱问题无法解决，麋鹿和他共处，猿猴与他同居，既然自己本来就不能去顺应时尚，因此自己心甘情愿断绝仕途而不后悔。而且刚刚听说国家考官职的人，一定要被州县举荐，然后上调到礼部、吏部，考他骈文的对仗、音律的高低、形式的齐整，符合规定格式的人，这以后才能够跟随在下士的行列中。假如有教化百姓的方法、安定边疆的谋划，不从这个途径稍微进献一点儿，一万条也得不到一条。他又担心进的山还不深，入的林还不密，躲得无影无踪。悄无声息，担心被人听到。现在好像听说有用书信进献给宰相而求官的人，宰相不认为他羞耻，举荐给皇上，任命他爵位，向全国公布他上的文章。隐居山林默默无闻而志向高远、心胸宽广的人，一定都将会开心地动这个心思，庄重地戴上系绳的帽子，悠然自得地前来进书。这就是所谓奖赏不必给全天下人而全天下人都会跟从的情况，这就是所谓顺从人的想法来推行它的情况。

我只领受《诗》、《书》、《孟子》的教诲，思考培养人才、赏赐禄位的途径，考证古代君子辅佐君王的方式，把自己进献和举荐的错误忘掉，考虑设置官爵俸禄的原因，来吸引山林间散失遗漏的人才，那么天下流落的人才都会知道以何处为归宿了吧。

我不敢自己抱着侥幸，以前写过的文章，就摘抄了几篇不错的，抄在别的纸上，希望您不怕麻烦看一看。冒犯您的尊严，我伏地等着领罪。韩愈再拜。

与李翱书

李翱是唐代古文家，与韩愈交情很好，互相视为知己，是可以推心置腹的朋友。李曾向当时权贵张建封推荐韩，称其为豪杰之士，并赞誉韩是天下数百年才有的奇才。但事情并不如意，在张建封的帮助下，韩愈仅获得了府推官的卑微职位。对志向宏大的韩愈来说，寄人篱下的生活肯定非他所愿，但英雄失路，无法出头，只能忍辱负气暂受困顿。李翱曾劝他舍去这个小官前往京师寻求前程，可韩愈早已对朝廷心灰意冷，便婉拒了朋友的好意。此文正是对李翺的答复。文中说家累无所托，入京无所资，迫不得已，只有栖身篱下，自责自悲，反复嗟叹。而李翺的处境当时也颇为艰难，和韩愈相似，于是韩文既为自己伤悲，又为李翺鸣不平，借以抒发抑郁之气。文章读来句句是泪，字字带血，写得极其悲壮感人。孙琮云："……极愤懑中自有笔歌墨舞之妙。"

【原文】

使至，辱足下书。欢愧来并，不容于心。嗟乎，子之言意皆是也！仆虽巧说，何能逃其责邪？然皆子之爱我多，重我厚。不酌时人待我之情，而以子之待我之意，使我望于时人也。

仆之家本穷空，重遇攻劫，衣服无所得，养生之具无所有，家累仅三十口，携此将安所归托乎？舍之入京不可也；挈之而行不可也。足下将安以为我谋哉？此一事耳。足下谓我入京诚有所益乎？仆之有子，犹有不知者，时人能知我哉？持仆所守，驱而使奔走伺候公卿间，开口论议，其安能有以合乎？仆在京城八九年，无所取资，日求于人，以度时月。当时行之不觉也，今而思之，如痛定之人思当痛之时，不知何能自处也。今年加长矣，复驱之使就其故地，是亦难矣！

所贵乎京师者，不以明天子在上，贤公卿在下，布衣韦带之士谈道义者多乎？以仆遑遑于其中，能上闻而下达乎？其知我者固少，知而相爱不相忌者又加少。内无所资，外无所从，终安所为乎？

嗟乎！子之责我诚是也，爱我诚多也，今天下之人有如子者乎？自尧舜已来，士有不遇者乎？无也？子独安能使我洁清不污而处其所可乐哉？非不愿为子之所云者，力不足，势不便故也。仆于此岂以为大相知乎？累累随行，役役逐队，饥而食，饱而嬉者也。其所以止而不去者，以其心诚有爱于仆也。然所爱于我者少，不知我者犹多，吾岂乐于此乎哉？将亦有所病而求息于此也。

嗟乎！子诚爱我矣，子之所责于我者诚是矣。然恐子有时不暇责我而悲我，不暇悲我而自责且自悲也。及之而后知，履之而后难耳。孔子称颜回"一箪食，一瓢饮，人不堪其忧，回也不改其乐"。彼人者，有圣者为之依归，而又有箪食瓢饮足以不死。其不忧而乐也，岂不易哉！若仆无所依归，无箪食，无瓢饮，无所取资，则饿而死，其不亦难乎！子之闻我言，亦悲矣。嗟乎！子亦慎其所之哉！

离违久，乍还侍左右，当日欢喜，故专使驰此候足下意，并以自解。愈再拜。

【译文】

您派来送信的使者到了，感谢您给我写信。我欢快和惭愧的心情搅和在一起，似乎心里都要满了。唉呀！您说的道理都是对的！我即使能够辩驳，又怎么能逃避那些责备呢？但这都是您看得起我，对我关怀深厚。我不考虑社会上的人如何对我，但凭着您对我的关心，我又对社会上的人抱有期望。

我家里本来很穷，又遭到抢劫，衣服被抢了，用来维持生活的东西都没有了，家里的人口多达三十个，我将带着他们去哪里呢？抛下他们到京城去，不行；带着他们走，也不行。您告诉我将怎么做呢？这是一件事情。您说我到京城去，的确有好处吗？我纵然有您这样的朋友，但您还有不了解我的地方，社会上的人又怎么能了解我呢？对自己想法的坚持，驱使我在公卿大夫之间奔走伺候，开口发表议论，但我说的又怎么能符合他们的心意呢？我在京城八九年，没有得到任何援助，每天都靠乞求别人过日子。当时行动起来没什么感觉，现在想起来，就像痛完了的人回想当时正痛的时候，不知道怎么坚持下来的。今年年纪更大了，又被驱使到老地方来，这又难了啊！

我之所以看重京城的原因，不就是因为这里上有圣明的皇帝，下有贤德的臣子，还没当官但可以与他们一起讨论道义问题的读书人很多吗？像我这样到处奔走但不明其理，能够做到向上汇报向下传达吗？了解我的人本来就少，了解而互相亲爱、不互相猜忌的人又更少。往里没有能够帮助的人，往外没有可以跟从的人，到底是为什么？

唉呀！您对我的批评的确是对的，您对我的感情的确是深厚的，现在天下人还有像您这样的吗？从尧舜的时代以来，贤士有不受知遇的吗？没有吧？您怎能让我既保持高洁的秉赋，不必乞援度日，又能得其所乐呢？不是我不愿意照您说的到京城去，只是因为心力不足，形势不方便的缘故。我在这儿难道觉得和他们非常亲密吗？很多人在一起，一个接一个地忙忙碌碌，饿了就吃东西，饱了就寻欢作乐。那些人中也有不想让我离开的，是因为他心里的确有爱惜我的感情。但是爱惜我的人少，不了解我的人多，我怎么会为这些高兴呢？是因为也会有些暂时解决不了的困难，在这里想临时缓解一下。

唉呀！您的确爱惜我，您对我的责备确实是对的。但是我恐怕您会为来不及责备我而可怜我，来不及可怜我而自责自怜。亲身经历过以后才能够了解，亲身经历过以后才知道困难。孔子称赞颜回说："每天只吃一小箪饭，喝一小瓢水，别人忍受不了这种艰苦生活，颜回却始终不改变他乐观的态度。"那样的人，有圣人作为依靠，又有一小箪饭和一小瓢水保证不会困顿，他不忧虑而感到快乐，不是容易的事情吗！像我这样没有依靠，没有一小箪饭，没有一小瓢水，没有可以得到的援助，那么饥饿致死，不也是容易的吗！您听到我这些话也会感到伤心吧！唉呀！您也要慎重地选择自己的生活道路！

我们分开已经很久了，突然回到您的周围，我当天就非常高兴，所以专门派人骑马到您那儿去征求您的意见，并用来宽慰自己。韩愈再次拜谢。

与崔群书

此文作于贞元十八年，时韩愈任国子四门博士，而崔群则任宣州观察判官。崔群与韩愈是同榜进士，两人相知极深。本文是作者感遇之作，言辞间充满牢骚，明明在发泄自己的愤怨，却巧托他人作为喷口，行文结构颇具匠心。写这封信时，作者深为自己与友人的相似处境而感慨，每个段落中都有许多曲折之处，忽而是宽解之语，忽而是推赞之举，忽而是相思之情，忽而是慰藉之心，把一个不得志的人物形象写得呼之欲出，读来让人伤感。此文笔力奇宕，笔路灵活，沉郁顿挫的语言既含蓄有味，又富有真情实感。文中一波三折的情绪变化极具生活气息，而似愤似宽、似赞似劝的写作语言同样亲切自然，就像两个知心朋友促膝谈心，互相劝勉，掺杂些替对方打气的奉承话，这也算是一种美丽的真实。作者在文中看似推重友人，而暗中在抬高自身，处处流露出自己的落魄失意之怨，这种笔法十分高明。

【原文】

自足下离东都，凡两度枉问，寻承已达宣州，主人仁贤，同列皆君子，虽抱羁旅之念，亦且可以度日，无入而不自得。乐天知命者，固前修之所以御外物者也，况足下度越此等百千辈，岂以出处近远累其灵台耶？宣州虽称清凉高爽，然皆大江之南，风土不并以北。将息之道，当先理其心，心闲无事，然后外患不人。风气所宜，可以审备，小小者亦当自不至矣。足下之贤，虽在穷约，犹能不改其乐，况地至近，官荣禄厚，亲爱尽在左右者耶？所以如此云云者，以为足下贤者，宜在上位，托于幕府则不为得其所，是以及之，乃相亲重之道耳，非所以待足下者也。

仆自少至今，从事于往还朋友间一十七年矣。日月不为不久，所与交往相识者千百人，非不多，其相与如骨肉兄弟者，亦且不少。或以事同；或以艺取；或慕其一善；或以其久故；或初不甚知，而与之已密，其后无大恶，因不复决舍；或其人虽不皆入于善，而于己已厚，虽欲悔之不可。凡诸浅者，固不足道，深者止如此。至于心所仰服，考之言行，而无瑕尤；窥之阃奥，而不见畛域；明白淳粹，辉光日新者，惟吾崔君一人。仆愚陋无所知晓，然圣人之书，无所不读，其精粗巨细，出入明晦，虽不尽识，抑不可谓不涉其流者也。以此而推之，以此而度之，诚知足下出群拔萃，无谓仆何从而得之也。与足下情义，宁须言而后自明耶？所以言者，惧足下以为吾所与深者，多不置白黑于胸中耳。既谓能粗知足下，而复惧足下之不我知，亦过也。

比亦有人说足下诚尽善尽美，抑犹有可疑者。仆谓之曰："何疑？"疑者曰："君子当有所好恶，好恶不可不明。如清河者，人无贤愚，无不说其善，伏其为人，以是而疑之耳。"仆应之曰："凤皇芝草，贤愚皆以为美瑞；青天白日，奴隶亦知其清明。譬之食物，至于遐方异味，则有嗜者，有不嗜者；至于稻也，粱也，脍也，炙也，岂闻有不嗜者哉？"疑者乃解。解不解，于吾崔君无所损益也。

自古贤者少，不肖者多。自省事已来，又见贤者恒不遇，不贤者比肩青紫；贤者恒无以自存，不贤者志满气得；贤者虽得卑位，则旋而死，不贤者或至眉寿。不知造物者意竟如何，无乃所好恶与人异心哉？又不知无乃都不省记，任其死生寿夭耶？未可知也。人固有薄卿相之官、千乘之位，而甘陋巷菜羹者。同是人也，犹有好恶如此之异者，况天之与人，当必异其所好恶，无疑也。合于天而乖于人，何害？况又时有兼得者耶？崔君，崔君，无怠，无怠！

仆无以自全活者，从一官于此，转困穷甚，思自放于伊、颍之上，当亦终得之。近者尤衰惫，左车第二牙无故动摇脱去；目视昏花，寻常间便不分人颜色；两鬓半白，头发五分亦白其一，须亦有一茎两茎白者。仆家不幸，诸父诸兄皆康强早世，如仆者又可以图于久长哉？以此忽忽，思与足下相见，一道其怀。小儿女满前，能不顾念？足下何由得归北来？仆不乐江南，官满便终老嵩下，足下可相就，仆不可去矣。珍重自爱，慎饮食，少思虑，惟此之望。愈再拜。

【译文】

自从您离开东都洛阳以来，两次劳烦您写信问候我，不久又接到消息说您已经到达宣州，主人仁义贤德，同事的人都是君子，虽然怀有寄居他乡的念头，也尚且可以过日子，无论到哪里都觉得自然舒适。乐天知命，这本来就是前代的仁人对待外部环境的态度。更何况您超越这些人百倍千倍，哪里会因为仕途方面的得失而牵累心灵呀！宣州虽然清凉高爽，但都在长江南岸，风俗环境和北方的不一样，疗养休息的办法，首先应当调整自己的心情，心里平静没有是非，这以后疾病就不能侵入。环境天气合适的，可以周到防备，也不会得小病。您是位贤德的人，即使处在贫穷困苦的环境中，还能够不改变乐观的态度，况且您的地位与长官相近，职位荣耀，俸禄优厚，亲人都在身边呀！我之所以说以上这些话，是认为像您这样贤德的人，应该身居高位，托身于幕府之中，不能算是得到了应得的位置，因此提到了这些，就是与您相互尊重的缘故，不是期待您做到。

我从小到现在，周旋于有交往的朋友之间，已经有十七年了。时间不能说不长，和他们交往相识的人有千百个，人数并不少，其中交情像同胞兄弟的也不少。有的因为是同事，有的因为看中他擅长于某一技艺，有的是仰慕他的某一方面的美好品德，有的是因为相处的时间很长，有的开始不太了解，但和他关系已经很密切，这以后又没有太坏的地方，自然也就不再分开，有的人品虽然不能都算入高尚的行列，但对我已经很好，即使想反悔也做不到了。所有那些交情浅的人，当然不值一提，而深的也就达到这种程度。至于我心里仰慕佩服，考察他的言语行动没有缺点过失，从暗处来观察也没发现有闭塞自私之处，坦荡光明，像太阳的光辉一样天天崭新的人，只有崔先生一个人。我愚笨浅陋没有见识，但是圣人的书，我也没有不读的，其中精妙的或粗略的、重大的或细微的、表现得直接或表现得含蓄的地方，虽然我不能都了解认识，但也都探索它的奥秘。由这方面来推断和衡量，的确知道您是一位出类拔萃的人，不要说我的结论是没有根据的。我和您的情义，难道一定要说出来以后才明白吗？之所以要说的原因，是害怕您认为我深交的人很多，心里多半没有分辨是非的能力。既然说能够大致地了解您，但又害怕您不理解我，这也是我的不对。

最近也有人说，您虽然的确十全十美，但恐怕仍然有可怀疑的地方。我问他有什么怀疑，怀疑的人说："君子应当有喜好和憎恶的东西，喜好和憎恶不能不分清楚。像崔清河这样的人，无论别人是贤德还是愚昧，没有不说他好的，都佩服他的为人，我因此而怀疑他。"我回答他说："凤凰灵芝，贤德和愚昧的人都认为它们美好吉祥；青天白日，奴隶也知道它们的清新明亮。就好像食物一样，对于远方怪异的风味，有的人喜欢吃，有的人不喜欢吃。而稻谷、高粱、细肉、熟食，哪里听说过有不喜欢吃的人呢？"怀疑的人这才明白。明不明白，对于我的崔先生来说，并没有影响。

自古以来贤德的人少，不贤的人却很多。从我懂事以来，看到贤德的人常常得不到赏识任用，不贤的人却一个接一个地做官；贤德的人常常无法生存下去，不贤的人却生活滋润；贤德的人即使得到一个卑微的职位，不久也就会去世，不贤的人却健康长寿。不知道上天的意图究竟是什么，莫非它的喜好和憎恶与人的心思不一样？也不知道是不是上天对人的行为都不考察记录，任凭人们生或死、长命或短寿？没法知道。人固然有轻视达官显贵而情愿住破房子、吃野菜的。同样是人，还有喜好与憎恶有差别的情况，更何况上天和人呢，当然必定有喜好和憎恶不同的情况了。与天意相符而与人心相背，又有什么坏处呢？况且还有两者兼得的时候呢？崔先生啊崔先生，不要懈怠，不要懈怠！

我没有什么让自己长寿的办法，在这个地方当个小官，越来越穷困，想要辞去官职，生活在伊水、颍水之上的愿望，应当也终究会实现。我近来尤其衰老疲惫，左牙床第二颗牙齿无缘无故地松动脱落了；眼睛看不清东西，平常时候就分辨不出人的脸色；两鬓半白，头发也白了五分之一，胡须也有一两缕白的。我家里不幸，父亲和各位兄弟都是在壮年早早离开了人世，像我这样的人又怎么可以希望活得长久呢？我因此而精神恍惚，想要与您相见，一诉我的衷肠。但小孩子都在眼前，能不挂念吗？您有什么办法可以回北方来吗？我不喜欢江南，打算官期一满就在嵩山下终老，您可以来看我，我就不能离开了。珍重和爱护自己，小心饮食，避免烦恼，这就是我对您唯一的期望。韩愈再拜。

平淮西碑

元和十二年八月，宰臣裴度为淮西宣慰处置使，兼彰义军节度使，请愈为行军司马。平定动乱后，随裴度还朝。诏命他撰碑记平淮战事，于是便有了此文。当时先入蔡州擒吴元济者李愬功第一，而此碑辞多叙裴度事，因此本文历来备受争议。茅坤云："通篇次第战功摹仿《史》、《汉》，而其辞旨特自出机轴。其最好处在得臣下颂美天子之体。"李商隐《韩碑》云："公退斋戒坐小阁，濡染大笔何淋漓。点窜《尧典》、《舜典》字，涂改《清庙》、《生民》诗。"孙琮《山晓阁唐宋八大家选·韩昌黎集》卷三云："一起，从天眷大唐，祖功宗德，原原委委说来，何等阔大……然后入平蔡始末，记廷议、记命帅、记战阵、记克敌、记赦宥、记论功，段段写来如临其境，浩浩荡荡，山岳皆惊……”历代评论家给予此文极高的评誉，认为作者叙事有法，抑扬起伏，可谓钧天之奏。而康熙《御选古文渊鉴》卷三十六云：“浑噩似诰铭，高古如《雅》、《颂》，体裁弘巨，断为唐文第一。”

【原文】

天以唐克肖其德，圣子神孙，继继承承，于千万年，敬戒不怠，全付所覆，四海九州，罔有内外，悉主悉臣。高祖、太宗，既除既治；高宗、中、睿，休养生息；至于玄宗，受报收功，极炽而丰，物众地大，孽牙其间；肃宗、代宗、德祖、顺考，以勤以容，大慝适去。稂莠不薅，相臣将臣，文恬武嬉，习熟见闻，以为当然。

睿圣文武皇帝，既受群臣朝，乃考图数贡，曰：“呜呼！天既全付予有家，今传次在予，予不能事事，其何以见于郊庙？”群臣震慑，奔走率职。明年，平夏；又明年，平蜀；又明年，平江东；又明年，平泽潞；遂定易定，致魏、博、贝、卫、澶、相，无不从志。皇帝曰：“不可究武，予其少息。”

九年，蔡将死。蔡人立其子元济以请，不许。遂烧舞阳，犯叶、襄城；以动东都，放兵四劫。皇帝历问于朝，一二臣外，皆曰：“蔡帅之不廷授，于今五十年，传三姓四将，其树本坚，兵利卒顽，不与他等。因抚而有，顺且无事。”大官臆决唱声，万口和附，并为一谈，牢不可破。

皇帝曰：“惟天惟祖宗所以付任予者，庶其在此，予何敢不力。况一二臣同，不为无助。”曰：“光颜，汝为陈、许帅，维是河东、魏博、郃阳三军之在行者，汝皆将之。”曰：“重胤，汝故有河阳、怀，今益以汝，维是朔方、义成、陕、益、凤翔、延、庆七军之在行者，汝皆将之。”曰：“弘，汝以卒万二千属而子公武往讨之。”曰：“文通，汝守寿，维是宣武、淮南、宣歙、浙西四军之行于寿者，汝皆将之。”曰：“道古，汝其观察鄂岳。”曰：郃、汝帅唐、邓、随，各以其兵进战。”曰：“度，汝长御史，其往视师。”曰：“度，惟汝予同，汝遂相予，以赏罚用命不用命。”曰：“弘，汝其以节都统诸军。”曰：“守谦，汝出入左右，汝惟近臣，其往抚师。”曰：“度，汝其往，衣服饮食予士，无寒无饥。以既厥事，遂生蔡人。赐汝节斧、通天御带，卫卒三百。凡兹廷臣，汝择自从，惟其贤能，无惮大吏。庚申，予其临门送汝。”曰：“御史，予闵士大夫战甚苦，自今以往，非郊庙祠祀，其无用乐。”

颜、胤、武合攻其北，大战十六，得栅城县二十三，降人卒四万。道古攻其东南，八战，降万三千。再入申，破其外城。文通战其东，十余遇，降万二千。愬入其西，得贼将，辄释不杀，用其策，战比有功。

十二年八月，丞相度至师，都统弘责战益急，颜、胤、武合战益用命。元济尽并其众，洄曲以备。十月壬申，愬用所得贼将，自文城，因天大雪，疾驰百二十里，用夜半到蔡，破其门，取元济以献，尽得其属人卒。辛巳，丞相度人蔡，以皇帝命赦其人。淮西平，大飨赉功，师还之日，因以其食赐蔡人。凡蔡卒三万五千，其不乐为兵，愿归为农者十九，悉纵之。斩元济京师。

册功：弘加侍中；愬为左仆射，帅山南东道；颜、胤皆加司空；公武以散骑常侍帅鄜、坊、丹、延；道古进大夫；文通加散骑常侍。丞相度朝京师，道封晋国公，进阶金紫光禄大夫，以旧官相，而以其副总为工部尚书，领蔡任。既还奏，群臣请纪圣功，被之金石。皇帝以命臣愈。臣愈再拜稽首而献文曰：

唐承天命，遂臣万邦。孰居近土，袭盗以狂。往在玄宗，崇极而圮。河北悍骄，河南附起。四圣不宥，屡兴师征。有不能克，益戍以兵。夫耕不食，妇织不裳。输之以车，为卒赐粮。外多失朝，旷不岳狩。百隶怠官，事亡其旧。

帝时继位，顾瞻咨嗟。惟汝文武，孰恤予家？既斩吴蜀，旋取山东。魏将首义，六州降从。淮蔡不顺，自以为强。提兵叫欢，欲事故常。始命讨之，遂连奸邻。阴遣刺客，来贼相臣。方战未利，内惊京师。群公上言，莫若惠来。帝为不闻，与神为谋。乃相同德，以讫天诛。

乃敕颜、胤、鄘、武、古、通，咸统于弘，各奏汝功。三方分攻，五万其师。大军北乘，厥数倍之。常兵时曲，军士蠢蠢。既翦陵云，蔡卒大窘。胜之邵陵，郾城来降。自夏入秋，复屯相望。兵顿不励，告功不时。帝哀征夫，命相往厘。士饱而歌，马腾于槽。试之新城，贼遇败逃。尽抽其有，聚以防我。西师跃入，道无留者。

额额蔡城，其疆千里。既入而有，莫不顺俟。帝有恩言，相度来宣：诛止其魁，释其下人。蔡之卒夫，投甲呼舞；蔡之妇女，迎门笑语。蔡人告饥，船粟往哺；蔡人告寒，赐以缯布。始时蔡人，禁不往来；今相从戏，里门夜开。始时蔡人，进战退戮；今旰而起，左餐右粥。为之择人，以收余惫；选吏赐牛，教而不税。

蔡人有言，始迷不知。今乃大觉，羞前之为。蔡人有言，天子明圣；不顺族诛，顺保性命。汝不吾信，视此蔡方；孰为不顺，往斧其吭。凡叛有数，声势相倚；吾强不支，汝弱奚恃；其告而长、而父、而兄；奔走偕来，同我太平。淮蔡为乱，天子伐之。既伐而饥，天子活之。

始议伐蔡，卿士莫随。既伐四年，小大并疑。不赦不疑，由天子明。凡此蔡功，惟断乃成。既定淮蔡，四夷毕来。遂开明堂，坐以治之。

【译文】

上天因为唐能恪守它的旨意，保佑唐圣子神孙代代继承，千万年也不终止。又因唐恭敬谨慎一直不懈怠，上天将所覆盖之处全部交给了它，统治四海九州，不分内外，全由唐来主管，都要对唐称臣。唐高祖、唐太宗开创了基业，并初步治理，唐高宗、中宗、睿宗，休养生息。到玄宗时，国家达到极盛，功业最为显赫丰厚，物品丰富，版图广大，但邪恶的苗头却隐藏其中。其后是肃宗、代宗，到了德宗，继承先辈之位，德宗因其宽容大度，留下了藩镇祸害未能根除，所任用的官员都只知吃喝玩乐，（对藩镇的跋扈）各自为政习以为常，认为是理所当然的事。

睿智圣明文武双全的皇帝（宪宗）接受群臣朝拜之后，就考察版图计算贡赋，说道："哎呀！上天既然将全天下交给我们李家，现在传位传到我，我如果不能做出点事业来，将有什么脸面来见郊庙的列祖列宗呢？"大臣们都为之震恐害怕，争抢着做好本职工作。第二年就平定了夏，又一年平定了蜀，又一年平定了江东，再过一年又平定了泽潞，于是平定了易、定两州，致书给魏、博、贝、卫、澶、相，没有不顺从朝廷意愿的。皇上说："不能一直用武力，我还是稍微停息休整一下吧。"

元和九年蔡州大将去世，蔡州的人请求拥立旧将的儿子吴元济为节度使，天子没有允许。于是蔡军就焚烧舞阳城，进犯到叶城和襄城，威胁了东都洛阳，他们放纵军队四处劫掠。皇帝多次和朝中大臣商议对策，除了一两个大臣外，都说："蔡州将帅不由朝廷任命（的现象）到如今已经有五十年了，已传了三个姓的四名大将了，他们基础雄厚，武器锋利，士兵勇猛，和其他藩镇不可相提并论。趁时机安抚他们和他们友好相处，可保他们顺从不生事变。"大官主观臆断一提倡，其他人随声附和，都主张这样，似乎已成决议，不可辩驳。

皇帝说："上天和祖先之托付我重任，大概就是这个（削平藩镇），我怎么敢不努力？况且还有一两个大臣同意讨伐，还不算没有任何帮助。"又说："光颜，你是陈、许两州的大帅，凡是河东、魏博、郾阳三地所有在编部队，都由你率领。"又命令说："重胤，你原来有河阳、怀两地军队，现在我给你加兵，凡是朔方、义成、陕、益、凤翔、延、庆七地所有在编部队，都由你率领。"又说："弘，你带兵率一万二千人，带着你的儿子公武前往讨伐。"又说："文通，你固守寿州，凡是宣武、淮南、宣歙、浙西四地部队驻扎在寿州的，都由你率领。"又说："道古，你去鄂岳做观察使。"又说："郃，任你为唐、邓、随三州主帅，让他们各自带兵参加讨伐。"又说："度，你任御史，前往视察监督部队。"还说："度，只有你和我意见统一，你要辅佐我，奖赏那些听从命令的人，惩罚那些不服从命令的人。"又说："弘，你以节都的身份统率各路军马。"还说："守谦，你是我的左右侍从，以天子近臣的身份前去慰问军队。"又说："度，你去了那里，要给士兵们足够的衣服饮食，不要使他们受冻受饿。平定蔡州之后，要体恤蔡州的百姓。我赐给你符节和斧钺，赐你通天御带，以及三百名护卫的士兵。凡是现在这里的朝中大臣，你可以自行选用让他们跟从你，你只须考虑任用贤士和有才能的人，不必忌惮大官。庚申日，我会亲自去城门送你。"又说："御史，我怜惜士兵和将领作战会非常辛苦，自今天以后，如果不祭祀宗庙，就不要使用音乐了。"

颜、胤、武三人合力攻打蔡州北部，大的战役有十六次，夺取栅城县二十三座，使敌军四万人投降。道古攻打东南部，打了八次仗，收降了一万三千人，接下来攻入申州，攻破了申的外城。文通攻打东部，和敌军作战十几次，俘获敌军一万二千人。李愬攻入蔡州西部，俘获敌人将领，都马上释放而不处死，利用降将的计谋，战斗中一再立功。

元和十二年八月丞相裴度来到军队中，都统弘更加急切地督促战斗，颜、胤、武三军联合作战也更加卖命，吴元济把他的部队全部合在一处躲开防备着。十月壬申日，李愬利用俘虏的敌将，从文城借着大雪天快马奔驰了一百二十里，在半夜时到了蔡州城，攻破城门，抓住了吴元济献上，于是吴元济属下所有人马全数被抓获。辛巳日，丞相裴度来到蔡州，传皇帝的命令赦免了蔡州降军。淮西被平定之后，大肆设宴庆功。军队回师那天，还把粮食赐给了蔡州百姓。蔡州降卒一共有三万五千人，其中不想再当兵而愿意回家务农的占到十分之九，朝廷把他们全部释放，并在京师把吴元济斩首。

战后评功封赠如下：弘，加封侍中；李愬任左仆射，并做山南东道的大帅；颜、坊、丹、延四地军队；道古进为大夫；文通，加封为散骑常侍。丞相裴度到京师朝觐，还在路上时就被封为晋国公，后来又封金紫光禄大夫，仍任宰相。并让他的副手做工部尚书，做蔡州节度使。回来上奏完毕以后，大臣们请求记载圣上的功德，刻于金石之上。皇帝命令臣下韩愈（来办理），臣下韩愈拜了两次，磕头行礼以后，献上文章，写道：

唐朝顺承上天的旨意，臣服了上万邦国。熟悉居住在附近的人，袭击盗贼和狂徒。到玄宗时，国家达到极盛进而开始衰败，黄河以北藩镇凶悍骄恣，黄河以南的藩镇又附和而起。四位圣明贤君不宽宥他们，多次举兵讨伐，但未能成功征服，只好增加兵力戍守。男人们耕作了却没有饭吃，女人们织了布却没有衣裳穿。朝廷派车到各地去给士兵们筹集运送军粮。外地的官员大多不按期朝觐，天子例行的巡视也被废置，百官懈怠、玩忽职守，办事也不再依据旧有的规章制度。

宪宗皇帝继位时，曾环顾而感慨："你们文武百官，谁体恤祖宗传下的家业！"天子斩杀了吴蜀地区的叛贼，马上又收复了太行山以东地区。魏地一员将领首先起义归顺，六个州都跟着顺从了中央。只有淮西蔡州不归顺，自认为势力强大。他们率领兵马挑衅，想要像以前那样割据一方。刚刚下令征讨，就触怒了另一奸诈的藩将，他们暗地里派遣刺客，来刺杀宰相和大臣。刚开战时形势不利，惊动了京城。许多公卿大臣上书，都说不如给些恩惠安抚他们。天子不理睬这些建议，坚持自己的主张，并任用观点一致的人为助手来完成上天的责罚诛杀。

于是就敕令颜、胤、愬、武、古、通六人都由弘统领，各人去征伐贼寇立功。他们从三个方向分头进攻，共率了五万军队。大部队往北乘胜掩杀，往往数倍于敌军。敌兵经常败北，士兵们很担心。翦灭陵云叛军后，蔡州兵力大为困窘。在邵陵打了胜仗后，郾城的叛军赶紧来投降。从夏天打到秋天，军队驻扎的营地（连绵不断），可以互相望得见。即使军士困顿不振奋了，还不时传来战功。天子哀怜出征的将士，命令丞相前往慰问。将士们吃饱后，高兴得唱起歌，连马都在马槽边兴奋得腾跳。到新城试战了一次，叛军一碰上就溃败了。他们抽调了自己所有的东西，聚在一起来防备抵御我军，我西路部队冲进来以后，路上什么都没有能剩下来。

战乱不休的蔡州，方圆上千里，攻破占领以后，没有一地不归顺的。天子有恩典的圣言，让丞相裴度来传给他们：诛杀只限于罪魁祸首，释放他手下的兵士百姓。蔡州的士卒，都扔掉盔甲欢呼跳舞。蔡州的妇女都站在门口高兴地谈论。蔡州百姓报告说闹饥荒，朝廷就用船装着粟去救济他们。蔡地百姓说寒冻，朝廷就赐给他们缯布御寒。刚开始的时候，蔡州的人彼此间不相往来，现在，他们一起谈笑嬉戏，院门夜里还开着。当初，蔡州的人，前进就要战斗，后退就要被杀；现在，睡足了才起床，左边有吃的，右边有喝的。天子为他们选择贤人来管理，替他们选择官吏，赐给他们牛，教化他们却不征赋税。

蔡州的人有这样的说法：开始的时候迷惑不知晓，现在才完全明白过来，为以前所做的事羞惭。蔡州的人也有这样说的：天子睿智圣明，不归顺就灭族，归顺了就能保住性命。你要是不相信我，看看蔡州吧，谁要是不顺从朝廷就要改正。凡是叛军都有定数，他们凭声势相互依恃；我们势力强盛得都支持不住，你们势弱的又有什么可依仗？去告诉你们的长官吧，告诉你的父亲、兄弟，快快一起赶到这边来，来和我们一起享用太平。淮西蔡州发生叛乱，天子讨伐了他们；虽然战争过后闹了饥荒，但天子救活了蔡州饥民。

刚开始讨论征伐蔡州时，公卿和士大夫都不愿跟随，讨伐持续了四年，大大小小的官员都产生了怀疑，不赦免叛贼也不怀疑胜利，那是由于天子的圣明。这次伐蔡成功，主要是靠果断才成功的。平定淮西蔡州以后，四方蛮夷都来臣服。于是，天子当朝，藩镇臣服，尊卑秩序既定，天下大治。

毛颖传

此作以史为戏，巧夺天工，被誉为千古奇文。当时，连韩愈的学生张籍也对老师的游戏笔墨大惑不解，认为本文诙诡滑稽。历朝累代，这种对本文的非议持续不断，然而更多的人却对此文极为推崇。柳宗元曾如此叹服："吾索而读之，若捕龙蛇，搏虎豹，急与之角，而力不敢暇。"作者借笔喻人，以游戏的笔法，凭空撰造而又写得头头是道，行文生动曲折，饶有情趣。写家世有兴衰之感，写遇合有出处之奇，写才学便见学富五车，写性情便见超俗不群，写宠幸便见信任无两，写朋友便见相处融洽，写退休便见衰老赋闲，写子孙便见族姓繁衍……文中借毛笔的身世与经历来反映官场现象，是有一定现实意义的，作者寓说教于游戏中，或庄或谐，不失为一篇奇妙之作。评者多以为作者写此文模仿《史记》笔法，文中自有高古之气。

【原文】

毛颖者，中山人也。其先明视，佐禹治东方土，养万物有功，因封于卯地，死为十二神。尝曰：“吾子孙神明之后，不可与物同，当吐而生。”已而果然。明视八世孙㲃，世传当殷时，居中山，得神仙之术，能匿光使物，窃恒娥，骑蟾蜍入月，其后代遂隐不仕云。居东郭者，曰㕙，狡而善走，与韩卢争能，卢不及。卢怒，与宋鹊谋而杀之，醢其家。

秦始皇时，蒙将军恬南伐楚，次中山，将大猎以惧楚。召左右庶长与军尉，以《连山》筮之，得天与人文之兆。筮者贺曰：“今日之获，不角不牙，衣褐之徒，缺口而长须，八窍而趺居，独取其髦，简牍是资，天下其同书，秦其遂兼诸侯乎！”遂猎，围毛氏之族，拔其豪，载颖而归，献俘于章台宫，聚其族而加束缚焉。秦皇帝使恬赐之汤沐，而封诸管城，号曰管城子，日见亲宠任事。

颖为人强记而便敏，自结绳之代以及秦事，无不纂录。阴阳、卜筮、占相、医方、族氏、山经、地志、字书、图画、九流、百家、天人之书，及至浮屠、老子、外国之说，皆所详悉。又通于当代之务，官府簿书，市井货钱注记，惟上所使。自秦皇帝及太子扶苏、胡亥、丞相斯、中车府令高，下及国人，无不爱重。又善随人意，正直、邪曲、巧拙，一随其人；虽见废弃，终默不泄。惟不喜武士，然见请亦时往。累拜中书令，与上益狎，上尝呼为“中书君”。上亲决事，以衡石自程，虽宫人不得立左右，独颖与执烛者常侍，上休方罢。颖与绛人陈玄、弘农陶泓及会稽褚先生友善，相推致，其出处必偕。上召颖，三人者不待诏，辄俱往，上未尝怪焉。

后因进见，上将有任使，拂拭之，因免冠谢。上见其发秃，又所摹画不能称上意。上嘻笑曰：“中书君，老而秃，不任吾用。吾尝谓君中书，君今不中书邪？”对曰：“臣所谓尽心者。”因不复召，归封邑，终于管城。其子孙甚多，散处中国夷狄，皆冒管城，惟居中山者，能继父祖业。

太史公曰：毛氏有两族，其一姬姓，文王之子，封于毛，所谓鲁、卫、毛、聃者也。战国时，有毛公、毛遂。独中山之族，不知其本所出，子孙最为蕃昌。《春秋》之成，见绝于孔子，而非其罪。及蒙将军拔中山之豪，始皇封诸管城，世遂有名，而姬姓之毛无闻。颖始以俘见，卒见任使。秦之灭诸侯，颖与有功，赏不酬劳，以老见疏，秦真少恩哉！

【译文】

毛颖，是中山人。他的祖先是兔子，帮助大禹治理东方，养育万物，有了功劳，于是被封在卯地，死后成为十二神之一。他曾经说：“我的子孙是神灵的后代，不同于其他动物，应当从口中吐生出来。”以后真的就是这样。兔子的第八代孙叫㲃，历来传说他在殷商时住在中山，学到神仙法术，可以隐身又能役使鬼神，终于拐骗了恒娥，骑上蟾蜍飞进月宫。他的后代就隐居起来不肯做官了。其中有个住在东郭的叫㕙，狡猾矫健而又善于奔跑，他跟韩卢比赛高低，韩卢赶不上他。韩卢恼羞成怒，串通宋鹊合谋杀害了东郭㲃，还把他的全家剁成肉酱。

秦始皇时，蒙恬将军带兵南下征伐楚国，驻扎在中山，准备举行大规模的狩猎来向楚人示威。吩咐军中左右庶长和军尉，按照《连山》卦来占卜吉凶，得到上天帮助人类的卦兆。卜官祝贺说：“今天所获的猎物，不长犄角也不长利牙，身穿粗布衣服，嘴上有缺口并且长着长长的胡须，全身有八个孔窍并且盘腿而坐，专门选拔他们其中的俊豪，文书籍簿都有了依靠。天下将要统一文字了，秦国将要最后兼并六国吧！”于是出去打猎，包围了毛氏家族，俘虏他们的豪长，用车载着毛颖回去，在章台宫里向秦王献了俘虏，把毛氏家族集合起来然后加以看管。秦始皇让蒙恬赐给毛颖汤沐，并把他封在管城，称为管城子，从此，日益得到秦始皇的亲近、宠爱和信任。

毛颖为人博学强记并且聪敏伶俐，从远古结绳时代一直到秦朝的史事，没有他不编纂记录的。阴阳、卜筮、相术、医方、族氏、山经、地志、字书、图画、九流、百家、研究自然和人性的书，以及佛教、老子、外国的学说，他都有详细的了解。他又很精通当代的事务，官府簿记、文书、市场账目，只要皇帝使唤派遣，没有什么不会做的。从秦始皇帝到太子扶苏、公子胡亥、丞相李斯、中车府令赵高，以及下边的普通百姓，没有不喜爱看重他的。毛颖又善于顺从别人的心意，不论正直、邪曲、巧拙，完全顺从别人的意愿，即使被抛弃不用，也始终保持缄默不向外人泄露。只是不喜欢武士，然而如果受到武士的邀请也按时前往。累官升迁做了中书令，跟皇帝更加亲近，皇帝曾经称他叫“中书君”。皇帝亲自处理日常政事，每天要看一石重的文书，这时即使宫中妃妾也不能侍立在他的左右，唯独毛颖和拿灯烛的太监常常侍从。等到皇帝休息他才退下。毛颖跟绛州人陈玄、弘农人陶泓、会稽人褚先生很交好，互相推举引荐，他们不论在职退职，都一定偕同。皇帝召见毛颖时，三个朋友不等召见就一起去了，皇帝也从没因此怪罪他们。

后来有一次毛颖上殿朝见皇帝时，皇帝打算派他担负某项使命，毛颖立即摘下帽子推辞，皇帝看见他头顶秃了，又想到他近来几次谋划都不符合自己的心意，于是用取笑的口吻说：“中书君如今年老又发秃，不能胜任使命。我曾称你‘中书’，现在你不是个称职的中书了吧？”毛颖回答说：“臣下就是所说的‘竭尽心力’的人。”从此秦始皇帝就不再召见他，让他回到自己的封地，最后死在管城。他的子孙很多，散居在中原和边远蛮夷之地，都冒称管城毛氏，其实只有住在中山的一族，能够继承祖父辈的事业。

太史公说：毛氏有两支宗族，其中的一支姓姬，西周文王的儿子封在毛地的，就是所说的鲁、卫、毛、聃四个诸侯国中的毛氏。战国的时候有叫毛公、毛遂的。只有中山这一族不知道它是从哪个祖先分出来的，他们的子孙却最为繁盛。《春秋》这部书写成时，毛氏曾与孔子断绝关系，可是这并不是他的罪过。到了蒙恬将军选取中山俊豪，秦始皇把毛颖封在管城，这时毛氏当中姬姓一族就没有再听说了。毛颖起初以俘虏身份被秦始皇召见，最终得到皇帝的重用，秦国消灭诸侯各国，毛颖参与其中是有功劳的。给他的微薄封赏，远远不能跟他的功劳相符，因为他年老就被冷落疏远，秦朝真缺少恩义啊！

祭十二郎文

十二郎是韩愈的侄子，韩愈三岁丧父，从小由大哥大嫂抚养，和十二郎生活在一起，叔侄感情非常深厚。十二郎死时不满四十岁，韩愈得知他去世的消息，十分悲痛，写下了这篇祭文。文中追忆自己和十二郎两人幼年时孤苦伶仃，相依为命；长大后各自谋生不能互相照料；以及得到凶讯后的极度悲伤的心情和告慰死者的一些打算。写得情意真挚，扣人心弦，不愧为祭悼之文中的“千年绝调”。

【原文】

年月日，季父愈闻汝丧之七日，乃能衔哀致诚，使建中远具时羞之奠，告汝十二郎之灵。

呜呼！吾少孤，及长，不省所怙，惟兄嫂是依。中年，兄殁南方，吾与汝俱幼，从嫂归葬河阳。既又与汝就食江南，零丁孤苦，未尝一日相离也。吾上有三兄，皆不幸早世。承先人后者，在孙惟汝，在子惟吾，两世一身，形单影只。嫂尝抚汝指吾而言曰：“韩氏两世，惟此而已！”汝时尤小，当不复记忆。吾时虽能记忆，亦未知其言之悲也！吾年十九，始来京城。其后四年，而归视汝。又四年，吾往河阳省坟墓，遇汝从嫂丧来葬。又二年，吾又佐董丞相于汴州，汝来省吾，止一岁，请归取其孥。明年，丞相薨，吾去汴州，汝不果来。是年，吾佐戎徐州，使取汝者始行，吾又罢去，汝又不果来。吾念汝从于东，东亦客也，不可以久，图久远者，莫如西归，将成家而致汝。呜呼！孰谓汝遽去吾而殁乎！吾与汝俱少年，以为虽暂相别，终当久相与处，故舍汝而旅食京师，以求斗斛之禄。诚知其如此，虽万乘之公相，吾不以一日辍汝而就也！

去年，孟东野往，吾书与汝曰：“吾年未四十，而视茫茫，而发苍苍，而齿牙动摇。念诸父与诸兄，皆康强而早世，如吾之衰者，其能久存乎？吾不可去，汝不肯来，恐旦暮死，而汝抱无涯之戚也。”孰谓少者殁而长者存，强者夭而病者全乎？呜呼！其信然邪？其梦邪？其传之非其真邪？信也，吾兄之盛德而夭其嗣乎？汝之纯明而不克蒙其泽乎？少者强者而夭殁，长者衰者而存全乎？未可以为信也。梦也，传之非其真也？东野之书，耿兰之报，何为而在吾侧也？呜呼！其信然矣！吾兄之盛德而夭其嗣矣！汝之纯明宜业其家者，不克蒙其泽矣！所谓天者诚难测，而神者诚难明矣！所谓理者不可推，而寿者不可知矣！虽然，吾自今年来，苍苍者或化而为白矣，动摇者或脱而落矣。毛血日益衰，志气日益微，几何不从汝而死也！死而有知，其几何离？其无知，悲不几时，而不悲者无穷期矣！汝之子始十岁，吾之子始五岁，少而强者不可保，如此孩提者，又可冀其成立邪？呜呼哀哉！呜呼哀哉！

汝去年书云：“比得软脚病，往往而剧。”吾曰：“是疾也，江南之人，常常有之。”未始以为忧也。呜呼！其竟以此而殒其生乎？抑别有疾而至斯乎？汝之书，六月十七日也。东野云：汝殁以六月二日；耿兰之报无月日。盖东野之使者，不知问家人以月日；如耿兰之报，不知当言月日。东野与吾书，乃问使者，使者妄称以应之耳。其然乎？其不然乎？

今吾使建中祭汝，吊汝之孤与汝之乳母。彼有食可守以待终丧，则待终丧而取以来；如不能守以终丧，则遂取以来。其余奴婢，并令守汝丧。吾力能改葬，终葬汝于先人之兆，然后惟其所愿。

呜呼！汝病吾不知时，汝殁吾不知日，生不能相养以共居，殁不得抚汝以尽哀，敛不凭其棺，窆不临其穴。吾行负神明，而使汝夭，不孝不慈，而不得与汝相养以生，相守以死。一在天之涯，一在地之角，生而影不与吾形相依，死而魂不与吾梦相接，吾实为之，其又何尤！彼苍者天，曷其有极！自今以往，吾其无意于人世矣！当求数顷之田，于伊、颍之上，以待余年。教吾子与汝子，幸其成；长吾女与汝女，待其嫁，如此而已。呜呼！言有穷而情不可终，汝其知也邪？其不知也邪？呜呼哀哉！尚飨。

【译文】

某年某月某日，在你的小叔叔韩愈听到你去世消息后的第七天，方才能含悲忍痛来表达心意，派建中从远道送去时新美味的祭品，祭告你十二郎的灵魂：

唉！我从小便死去了父亲，等到长大，早已不记得父亲的样子，只能依靠哥哥和嫂嫂抚养。哥哥时值中年便死在南方，当时我和你都还很小，跟着嫂嫂把哥哥的棺木送回河阳的祖坟安葬。后来又和你到江南谋生，孤苦伶仃，从来不曾有一天彼此离开过。我上面有三个哥哥，都不幸很早就逝世。继承先人的后代，在孙子一辈中只剩下你，在儿子一辈中只剩下我，两代单传，只感到形单影只。嫂嫂曾经一边抚摸着你一边指着我说：“韩家两代，只剩下你们这两个人了！”你那时比我更小，可能记不得了；我当时虽然已经能够记事，可是也不懂得她话中所含的悲痛啊！我十九岁的时候，方才到京城里来。打那以后过了四年，才回去看望你。又过了四年，我到河阳去扫墓，碰着你送嫂嫂的灵柩来安葬。又过了两年，我在汴州辅助董丞相，你来探望我，住了一年，要求回去接家眷。第二年，董丞相去世，我离开汴州，结果你没有来成。这一年，我在徐州协理军务，派去接你的人刚走，我又离职，结果你又没有来成。我考虑到假使你能跟我到徐州，徐州也是客地，不可能长久住下去。如果作长远的打算，倒不如回到河阳去，准备安顿好家庭然后来接你。唉！谁想到你会这么快地离我而去呢？当时，我和你都还年轻，认为虽然暂时彼此分别，终归要长久住在一起的。所以我离开你到京城去旅居，以谋求些微不足道的俸禄。如果真的晓得事情会是这样，即使让我做极其显赫的公侯卿相，我也不愿意离开你一天而去就职的！

去年，孟东野去你那里的时候，我写了一封信让他带给你，说："我还不满四十岁，而视力已开始模糊，头发已开始花白，牙齿也开始动摇。想起伯父、叔父和哥哥们，都是在身强力壮的中年就相继逝世，像我这样衰弱的人，怎么能够活得长呢？我不能离开职守，你又不肯来，只怕早晚间我死去，你就要空抱着无穷的悲哀而遗憾终生了。"谁想到年轻的人会死去，年长的人反而活着，强壮的人会早死，老病的人反而生存下来呢？唉！难道确实是这样吗？是做梦吧？是传来的消息不真实吧？假使确实是这样，那么我哥哥空有很好的德行却使他的儿子短命吗？你空有忠厚聪明的品质却不能承受他的德泽吗？年轻的强壮的早死，年长的衰弱的却生存吗？真不相信这是真实的。也许是做梦，也许是传来的消息不确实吧？那么东野的信，耿兰送来的消息为什么在我身旁呢？哎呀！可能是确实的了！我哥哥有很好的德行却后继无人了！你有忠厚聪明的品质应当继承他的家风的，如今却不能承受他的德泽了！真应了所谓的天命难测，神意难明了！所说的事理不能推究，寿命不能预料真是确实呀！虽然如此，但是我从今年以来，花白的头发有的变成全白了，动摇的牙齿有的脱落了，身体也日益衰弱，精神一天天地衰减，不多久就会随你而去了！死了后假使有知觉，那么我们现在又能分别多少时候呢？假使没有知觉，我的悲伤也就不会有多久，而不悲伤的时候就没有穷尽了。你的儿子才十岁，我的儿子才五岁，年轻而强壮的人都不能保全，像这样的小孩子，还能指望他们将来成家立业吗？哎呀，伤心啊！哎呀，伤心啊！

你去年来信说："近来得了软脚病，常常发作，而且有时很厉害。"我说："这种病是江南的人常得的。"不曾把它当做可忧虑的事。唉！难道竟然因为此病而丢掉了性命吗？还是另有毛病才弄到这样的呢？你的来信，是六月十七日写的。东野说：你死在六月初二；耿兰报来的消息中没有你死的日期。可能东野的使者不知道问家里人日期，耿兰的报告，又不懂应该讲明日期。也许东野在给我写信时，才问使者，使者就胡乱说个日期来应付罢了。到底是不是这样呢？

如今，我派建中来吊祭你，慰问你的孩子和你的乳母。他们假如还有粮食能守到丧期结束，就等到丧期结束以后接他们来；假如不能守到丧期结束，就马上接他们来。其余的奴婢，都叫他们为你守丧。我若有财力能够替你改葬，最终会把你葬在祖先的墓地上，这样才能了却我的心愿。

唉！你生病我不晓得时间，你死亡我不晓得日期，活着不能互相照顾，在一起生活，死时又不能亲手抚着你的遗体痛哭以充分表达我的哀痛，入殓时不能靠在你的棺旁，安葬时不能亲临你的墓穴。我的所作所为对不起神灵，因而使你短命死亡，我不孝不慈，不能和你互相照顾着生活，厮守着死去，终生一个在天涯，一个在地角。你活着的时候身影未曾和我的形体互相依傍，死去以后魂灵又不能跟我在睡梦中相会，是我自己造成这种情况的，还能怨恨谁呢？苍天哪，我的悲痛怎么会有尽头！从今以后，我对人世没有什么留恋的了！还是回到故乡去，在伊水或者颍水旁边买几顷地，来度过我的晚年吧。教育我的儿子和你的儿子，希望他们能茁壮成长；抚养我的女儿和你的女儿，使她们都有个好归宿，我所能做的不过这样罢了。唉！话有说完的时候，可是哀痛的心情却不可能终结。这些你到底知道不知道呢？

哎呀，伤心啊！希望你的灵魂来享用祭品！

祭鳄鱼文

唐宪宗（李纯）元和十四年，韩愈因谏迎佛骨得罪了唐宪宗而被贬为潮州刺史，这就是他所说的“一封朝奏九重天，夕贬潮州路八千”。潮州地处蛮夷之地，地势潮湿，多毒蛇猛兽，水族怪类。当时鳄鱼在大小河流繁殖盛行，危及老百姓的生命财产，民怨极大，希望官府能为民除害。韩愈到任后，先礼后兵，写下了这篇告诫和驱逐鳄鱼的文章。文中郑重宣告刺史受命守土的重大责任。历数并痛责鳄鱼的罪状，向鳄鱼指明正当的出路和顽抗的下场，义正词严，立场坚定，态度鲜明，表现了作者疾恶如仇的思想和为民除害的决心。

【原文】

维年月日，潮州刺史韩愈，使军事衙推秦济，以羊一、猪一，投恶溪之潭水，以与鳄鱼食，而告之曰：

昔先王既有天下，列山泽，罔绳擉刃，以除虫蛇恶物，为民害者，驱而出之四海之外。及后王德薄，不能远有，则江、汉之间，尚皆弃之以与蛮、夷、楚、越；况潮岭海之间，去京师万里哉？鳄鱼之涵淹卵育于此，亦固其所。今天子嗣唐位，神圣慈武，四海之外，六合之内，皆抚而有之。况禹迹所揜，扬州之近地，刺史、县令之所治，出贡赋以供天地宗庙百神之祀之壤者哉！鳄鱼其不可与刺史杂处此土也！

刺史受天子命，守此土，治此民，而鳄鱼睅然不安溪潭，据处食民畜、熊、豕、鹿、獐，以肥其身，以种其子孙，与刺史亢拒，争为长雄。刺史虽驽弱，亦安肯为鳄鱼低首下心，伈伈睍睍，为民吏羞，以偷活于此邪？且承天子命以来为吏，固其势不得不与鳄鱼辨。

鳄鱼有知，其听刺史言：潮之州，大海在其南。鲸鹏之大，虾蟹之细，无不容归，以生以食，鳄鱼朝发而夕至也。今与鳄鱼约：尽三日，其率丑类南徙于海，以避天子之命吏。三日不能，至五日；五日不能，至七日；七日不能，是终不肯徙也，是不有刺史听从其言也。不然，则是鳄鱼冥顽不灵，刺史虽有言，不闻不知也。夫傲天子之命吏，不听其言，不徙以避之，与冥顽不灵而为民物害者，皆可杀！刺史则选材技吏民，操强弓毒矢，以与鳄鱼从事，必尽杀乃止。其无悔！

【译文】

某年某月某日，潮州刺史韩愈派遣军事衙推秦济，用一只羊、一头猪，投入恶溪的深水里，来给鳄鱼吃，并且警告它说：

从前先王统治天下以后，封闭山林湖泽，用罗网捕，用利刃刺，来消灭成为老百姓大害的虫蛇一类恶物，把它们赶往四海之外。到后代帝王，德泽微薄，不能保有边远地区，即使长江、汉水一带，也一并放弃了，把它们让给蛮、夷、楚、越等族，何况潮州在五岭和南海之间，离开京城极其遥远呢？鳄鱼在这里潜藏繁殖，当然也是它的适合的场所。但是，当今皇上继承大唐帝位，既神圣，又仁慈威武，四海之外，宇宙之内，都在其安抚统治之下。何况潮州是大禹足迹所到之地，处在古扬州的境内，属于刺史、县令管理之地，是他们出贡品、赋税来供给天地、宗庙、百神祭祀所用的地方呢！鳄鱼可不能在这块土地上跟刺史混杂居住！

刺史接受皇上的命令，守卫这个地方，管理这里的百姓，可是鳄鱼非常凶悍，不肯在深潭里安居，盘踞此地，吃掉百姓的家畜以及熊、野猪、鹿、獐等野兽，以养肥自己，繁殖后代，和刺史对抗争雄。刺史虽然平庸懦弱，又怎么肯向鳄鱼低声下气，小心恐惧，不敢正眼而视，以致被百姓和官吏所耻笑，在这里偷生苟活呢？再说，奉了皇上的命令来任职，在情理上当然不得不同鳄鱼讲明道理。

鳄鱼假使有灵性，可要听听刺史的话：潮州这地方，大海就在它的南边，大的像鲸鱼和鲲鱼，细小的像鱼虾和螃蟹，没有哪一种不被容纳的，可以在此繁殖生息。鳄鱼早晨出发，晚上就可以到达。现在我跟鳄鱼约定：在三天之内，要带领你的同伙向南搬到大海里去，来回避皇上任命的官吏。三天不能，就延到五天；五天不能，就延到七天。如果七天还不离开，那就是鳄鱼始终不肯搬走了，也就是其心目中没有刺史，不肯听从他的话了。假使不是这样，那么，就是鳄鱼愚钝无知，刺史虽然有言在先，但是鳄鱼不会听，也不能理解。傲视皇上的命官，不听他的话，不肯搬走来回避他，和愚钝无知而成为百姓的祸害的，都应该杀掉。刺史就要挑选有才能有武艺的官吏和民丁，拿起强弓毒箭，来同鳄鱼周旋，一定要杀完才停手。可不要后悔！

柳子厚墓志铭

柳宗元是唐代杰出的散文家和诗人。顺宗永贞元年（805年）因参加王叔文等人领导的政治革新运动失败而被贬为永州司马。宪宗元和十年改贬永州刺史，元和十四年（819年）卒于柳州。尽管韩愈和柳宗元的政治见解和哲学思想并不一致，但这并不影响他们的深厚友谊，而且他们共同倡导古文运动，使古文创作出现了可喜的局面。本文是韩愈为柳宗元写的墓志铭。文章叙述其生平，称颂了他被贬后关心人民疾苦、真心为人民办事的政绩，对朋友重义气的美德，赞扬他的杰出的才华，刻苦自励的治学精神；对他的不幸遭遇寄予了深切的同情。全文字字发自内心，笔端饱含情感，体现了作者与死者的君子之交，读来感人肺腑。

【原文】

子厚，讳宗元。七世祖庆，为拓跋魏侍中，封济阴公。曾伯祖奭，为唐宰相，与褚遂良、韩瑗俱得罪武后，死高宗朝。皇考讳镇，以事母弃太常博士，求为县令江南。其后以不能媚权贵，失御史。权贵人死，乃复拜侍御史。号为刚直，所与游皆当世名人。

子厚少精敏，无不通达。逮其父时，虽少年，已自成人。能取进士第，崭然见头角，众谓柳氏有子矣。其后以博学宏词，授集贤殿正字。俊杰廉悍，议论证据今古，出入经史百子，踔厉风发，率常屈其座人，名声大振，一时皆慕与之交。诸公要人争欲令出我门下，交口荐誉之。

贞元十九年，由蓝田尉拜监察御史。顺宗即位，拜礼部员外郎。遇用事者得罪，例出为刺史。未至，又例贬永州司马。居闲益自刻苦，务记览，为词章，泛滥停蓄，为深博无涯涘，而自肆于山水间。

元和中，尝例召至京师，又偕出为刺史，而子厚得柳州。既至，叹曰："是岂不足为政邪？"因其土俗，为设教禁，州人顺赖。其俗以男女质钱，约不时赎，子本相侔，则没为奴婢。子厚与设方计，悉令赎归。其尤贫力不能者，令书其佣，足相当，则使归其质。观察使下其法于他州，比一岁，免而归者且千人。衡湘以南为进士者，皆以子厚为师。其经承子厚口讲指画为文词者，悉有法度可观。

其召至京师而复为刺史也，中山刘梦得禹锡亦在遣中，当诣播州。子厚泣曰："播州非人所居，而梦得亲在堂，吾不忍梦得之穷，无辞以白其大人，且万无母子俱往理。"请于朝，将拜疏，愿以柳易播，虽重得罪，死不恨。遇有以梦得事白上者，梦得于是改刺连州。呜呼！士穷乃见节义。今夫平居里巷相慕悦，酒食游戏相征逐，诩诩强笑语以相取下，握手出肺肝相示，指天日涕泣，誓生死不相背负，真若可信。一旦临小利害，仅如毛发比，反眼若不相识，落陷阱，不一引手救，反挤之又下石焉者，皆是也。此宜禽兽夷狄所不忍为，而其人自视以为得计。闻子厚之风，亦可以少愧矣。

子厚前时少年，勇于为人，不自贵重顾藉，谓功业可立就，故坐废退。既退，又无相知有气力得位者推挽，故卒死于穷裔，材不为世用，道不行于时也。使子厚在台省时，自持其身，已能如司马刺史时，亦自不斥。斥时有人力能举之，且必复用不穷。然子厚斥不久，穷不极，虽有出于人，其文学辞章，必不能自力，以致必传于后如今，无疑也。虽使子厚得所愿，为将相于一时，以彼易此，孰得孰失，必有能辨之者。

子厚以元和十四年十一月八日卒，年四十七。以十五年七月十日，归葬万年先人墓侧。子厚有子男二人：长曰周六，始四岁；季曰周七，子厚卒乃生。女子二人，皆幼。其得归葬也，费皆出观察使河东裴君行立。行立有节概，重然诺，与子厚结交，子厚亦为之尽，竟赖其力。葬子厚于万年之墓者，舅弟卢遵。遵，涿人，性谨顺，学问不厌。自子厚之斥，遵从而家焉，逮其死不去。既往葬子厚，又将经纪其家，庶几有始终者。

铭曰：是惟子厚之室，既固既安，以利其嗣人。

【译文】

柳子厚，名宗元。他的七世祖叫柳庆，担任过北魏的侍中，受封为济阴公。曾伯祖父叫柳奭，担任过唐朝的宰相，同褚遂良、韩瑗都因为得罪了武后，在唐高宗时被害。父亲叫柳镇，因为要侍奉母亲，便辞掉太常博士之职，要求到江南去做县官。以后，又因为不肯阿谀当权大臣，丢掉了御史之职。当权大臣死后，才又被任命为侍御史，是个出名的刚直之人。同他交往的，都是些当代的知名人士。

子厚年轻时就精明敏慧，没有什么事不明白通晓。当他父亲还在世时，他虽然年轻，但已经像个大人，一举便考中进士，崭露头角，大家都称赞柳家出了个好儿子。以后又因为考取博学宏词科，被任命为集贤殿正字。他才能出众，有骨气，很勇敢，发表议论时引古证今，熟练运用经史和诸子百家的学说，见识高超，气宇轩昂，常常能够使在座的人心悦诚服，因此名声大震，当时人们都仰慕他，愿意同他交往。许多显要人物抢着想叫他做自已的门生，众口一词地推荐他，赞扬他。

贞元十九年，他从蓝田县尉升任监察御史。顺宗继承帝位后，改任礼部员外郎。碰上当权的人获罪，因此按旧例被贬谪出去做刺史。还不曾到任，又转贬为永州司马。他在闲暇的时候，治学更加刻苦，努力记诵和阅览书籍，所写的诗文像水一样，有时汪洋恣肆，有时停止积聚，使人感到既深又广，无边无际，而他自已则任意地游山玩水。

元和年间，曾经按规定被召回到京城，接着又同其他的人一道出去做刺史，子厚被派到柳州。到任以后，他慨叹说："这里难道不能推行政治教化吗？"他依据当地的风俗，替他们规定了教化禁令，全柳州人民都顺从、信赖他。那里有个风俗习惯，若拿儿女作抵押向人借钱，如果到约定日期不按时赎回，只要利息和本钱相等，就把人质没收充当奴仆或者婢女。子厚给他们想尽办法，使他们都能赎回去。其中那些特别穷苦，财力达不到的，就命令债主记下他们应得的工资，等到工资和借款相抵，就责令债主归还那个人质。观察使把子厚的办法推广到别的州，等到满一年，释放回家的人质将近一千人。衡山、湘水以南那些打算考进士的举子，都拜子厚做老师。其中经过子厚亲自讲授指点的，写的文章都中规中矩，有观赏价值。

他被召回到京城又出去做刺史时，中山刘禹锡（字梦得）也在被遣出去的人当中，该去播州。子厚流着泪说："播州不是人住的地方，而且梦得的老母亲还健在，我不忍心看到梦得这样窘迫，弄到没有话语去宽慰他的母亲。再说，也万万没有母子一道往边远地方去的道理。"准备向朝廷请求，呈递奏章，情愿拿柳州换播州，纵使再次得罪，送了命也不悔恨。刚巧碰上有人把刘梦得的困难情况奏明朝廷，刘梦得因此改任连州刺史。唉！人在危难之时才能真正显得出节操和道义。今天，有些人平时居住在里巷的时候，彼此仰慕交好，吃喝玩乐互相邀请往来，融洽地聚在一起，假惺惺地有说有笑，互相表示谦逊，握手言欢时像要掏出心肝给对方看，指着天上的太阳，涕泪俱下地发誓：不管死活都不做对不起对方的事，真像可以信得过一样。一旦碰着极小的利害，不过像毛发那样，就翻脸像不认识似的。别人掉下陷阱，不但不肯伸一伸手去援救，反倒推他下去，再丢下石头，这种人，到处都是啊。这些坏事是连禽兽和野蛮人都不忍心做的，而那些人却以为做得很对。他们若听到了子厚的风格，也会因此稍微有一点惭愧吧！

子厚以前年轻时，勇于帮助别人，自己不晓得保重和爱惜自己，认为功业可以立刻成就，所以累遭贬斥。贬斥以后，又没有一个知己、有权力、有地位的人推荐提拔他，所以终于死在荒凉的边远地方，才能不被当世所用，理想也不能在当时实现。倘使子厚在当御史、员外郎的时候，自己约束自己，能像做司马刺史时那样，也自然不会被贬斥。倘使被贬斥时有个有权势的人能够保举他，也一定会被重新起用，不至于穷困终身。然而，假使子厚被贬斥的时间不长，穷困不到极点，虽然才能比别人高，但是他的文学辞章，也一定不能自己刻苦努力以至于必然像今天这样传到后代，这是毫无疑义的。即使让子厚得到了自己所希望的，在一个时期内做了大官，拿那种想象的情况来换取这种现实的情况，哪一种合算，哪一种失算，必定有能分清它的。

子厚于元和十四年十一月初八逝世，终年四十七岁。元和十五年七月初十，其灵柩被安葬在万年县祖坟旁边。子厚有两个儿子：大的名叫周六，刚四岁；小的名叫周七，子厚逝世后才出生。两个女儿，都还幼小。他的灵柩能够运回万年县安葬，费用都是观察使河东人裴行立君出的。裴行立有气节，重信用，同子厚结交，子厚也为他尽过心力，死后终于得到了他的帮助。安葬子厚在万年县墓地的是他的舅表弟卢遵。卢遵，涿州人，性格谨慎，研究学问不知疲倦。从子厚被贬斥之日起，卢遵就跟随着他并且把家安在他那里，直到他死去也不离开。安葬好了子厚后，又打算安排料理好他的家事，也算是个有始有终的人了。

铭文说：这是子厚的墓穴，既坚固，又安静，有利于他的后代子孙。

雉带箭

原头火烧静兀兀，野雉畏鹰出复没。
将军欲以巧伏人，盘马弯弓惜不发。
地形渐窄观者多，雉惊弓满劲箭加。
冲人决起百馀尺，红翎白镞随倾斜。
将军仰笑军吏贺，五色离披马前堕。

此诗为诗人于贞元十五年（799）随张建封在徐州射猎时所作。此诗不仅用最经济的手法分合交错地描写了射者、射技、观射者和被射物……而且暗示了诗人的"诗法"，即查晚晴所谓"以留取势，以快取胜"。评论韩诗的人，多以这首诗作为韩诗的范例之一。

"原头火烧静兀兀，野雉畏鹰出复没。"此二句描写了狩猎前猎场肃穆的景象。"兀兀”，这里形容火光冲天，火势盛大的样子。“出复没”，写野雉惊出又躲藏。语本梁武帝（萧衍）诗：“出没看飞翼”。一本作“伏欲没”，非。朱熹说：“雉出复没，而射者弯弓不肯轻发，正是形容持满命中之巧，毫厘不差处。改作‘伏欲’，神采索然矣！”句意为，原野上火光冲天，火势盛大，野雉被猎火驱出草木丛，一见猎鹰，吓得又急忙躲藏起来。

“将军欲以巧伏人，盘马弯弓惜不发。”此二句描写了将军蓄弓待发的神态。顾嗣立说：“二句无限神情，无限顿挫。公（指韩愈）盖示人以运笔作文之法也。”程学恂说：“二语写射之妙，全在未射时。是能于空处得神。”句意为：将军想当众表演自己的神功巧技，故而，骑马盘旋不进，拉满劲弓，却并不轻易发箭。

“地形渐窄观者多，雉惊弓满劲箭加。”这两句描绘了逐猎的过程。用曹植《七启》：“人稠网密，地逼势胁”句意。意即野雉受惊而飞，蓄满待发的弓箭也同时射出，野雉应声而中。将军的高超射技可见一斑。句中一“惊”一“满”一“劲”一“加”，紧凑简练，干脆有力，前文“巧”字之意于此全出。

“冲人决起百馀尺，红翎白镞随倾斜。”这两句突出了被射中的猎物挣扎的情形，逼真地描述了猎物从被射中直到死亡的全过程，衬托出了将军高超的射技。句意为，那只受伤的野雉带着箭冲着人高高地飞起，一番挣扎之后，终于筋疲力尽，悠悠而堕，染血的羽毛和雪亮的箭镞亦随之倾斜落下。

最后一句“将军仰笑军吏贺，五色离披马前堕”则描写了将军射中猎物后把猎物挂在马前，随行军吏都来祝贺的情形。至此，将军狩猎射雉的全过程，从猎物出现到“出复没”到被射中挣扎直至死亡；从将军蓄势等待到一发中的直到得意地挂猎物于马头接受祝贺，戛然而止，然余响不绝，韵味无穷。

清人朱彝尊《批韩诗》有载：“句句实境，写来绝妙，是昌黎极得意诗，亦正是昌黎本色。”道出了韩愈善于捕捉艺术形象用来描述客观事物的艺术手法，亦正是此诗之妙处。

猛虎行

猛虎虽云恶，亦各有匹侪。
群行深谷间，百兽望风低。
身食黄熊父，子食赤豹麑。
择肉于熊豹，肯视兔与狸。
正昼当谷眠，眼有百步威。
自矜无当对，气性纵以乖。
朝怒杀其子，暮还飧其妃。
匹侪四散走，猛虎还孤栖。
狐鸣门两旁，乌鹊从噪之。
出逐猴入居，虎不知所归。
谁云猛虎恶，中路正悲啼。
豹来衔其尾，熊来攫其颐。
猛虎死不辞，但惭前所为。
虎坐无助死，况如汝细微。
故当结以信，亲当结以私。
亲故且不保，人谁信汝为?

《猛虎行》，为古题乐府相和歌。韩愈此篇为一首咏虎诗，诗人以虎喻人，具有很强的现实针对性和教育意义。

“猛虎虽云恶，亦各有匹侪。群行深谷间，百兽望风低。”“匹侪”，指同伴。“望风”，指观察对方动静。句意：虽然说猛虎很凶恶，但也各自有自己的同伴。它们成群结队在深谷间穿行，百兽见了它们便望风而逃。在首二句中，诗人描绘了“猛虎虽恶，亦有匹侪”的现象。后二句诗人则通过“群行”“百兽望风低”烘托了猛虎的威猛可怕。

“身食黄熊父，子食赤豹麛。择肉于熊豹，肯视兔与狸。”“身”，指猛虎。“麛”，幼鹿，这里用来泛指幼兽。“择”，选择、挑选。句意：猛虎吃过老黄熊，幼虎也吃过小赤豹。它们专在熊豹中挑选好肉，压根儿也看不上兔子与狐狸。这几句描绘的是老虎的食性，进一步突出了猛虎的可怕。

“正昼当谷眠，眼有百步威。自矜无当对，气性纵以乖。”“矜”，自夸。“当对”，对手。“纵”，放纵。“乖”，乖戾、暴戾。句意：它白天在山谷中躺着，百步之内都能感到它眼中的威风神气。它自夸没有一个对手，脾气性格越来越放纵而暴戾。这几句写虎的脾性。前两句写出了猛虎的不怒自威。后两句则通过“自矜”、“纵以乖”刻画出了猛虎自以为是和不可一世的骄蛮。

“朝怒杀其子，暮还飧其妃。匹侪四散走，猛虎还孤栖。”“妃”，这里指雌虎。“飧”，晚餐。句意即：早上这只猛虎在一怒之下，杀死了自己亲生的儿女，晚间又吞食了自己的妻子。伙伴们因害怕而四散离去，只剩下猛虎独自孤独地栖息。诗人在这里通过“食子飧妻”体现了猛虎“纵以乖”的习性，突出了它的凶残与可怕。

“狐鸣门两旁，乌鹊从噪之。出逐猴入居，虎不知所归。”狐狸在猛虎的门边嗥叫，乌鹊也跟着嚷啼。猛虎出门去捕捉食物，猴子跑来占据了它的窝巢，猛虎却不知道回哪儿去。前两句描写了猛虎离群后，其他动物高兴的样子。后两句则刻画了离群后的猛虎到处游荡，显得非常的狼狈，孤单无依。

“谁云猛虎恶，中路正悲啼。豹来衔其尾，熊来攫其颐。”“衔”，嘴含。“攫”，抓取。“颐”，面颊。句意：谁说猛虎凶恶？你看它在路途中哭得正凄惨。赤豹用嘴咬住了它的尾巴，黑熊用爪抓伤它的面颊。诗人这几句描写的是猛虎的悲哀，以前是“择肉于熊豹”，而现在众叛亲离的它却被“豹来衔其尾，熊来攫其颐”。真可谓虎落平阳，与犬羊何异！

“猛虎死不辞，但惭前所为。虎坐无助死，况如汝细微？”“不辞”，不怕。“坐”，因为。句意：猛虎虽然不怕死，却对以前的行为感到惭愧起来。凶猛的老虎尚且会因为孤立无援而死去，更何况像你这样弱小细微的人呢？诗人在这几句诗中，不仅通过“虎坐无助死”描写了猛虎悲惨的下场，而且由猛虎之死，引出了自己的感叹。诗人用猛虎的“惭前所为”告诉人们千万不可任意残害同类，不可作恶多端，否则不会有好下场，猛虎如此凶猛，尚且无法逃脱“无助死”的结局，更何况是弱小细微的人呢？

“故当结以信，亲当结以私。亲故且不保，人谁信汝为？”“故”，指朋友。“亲”，指亲人。“私”，即恩私，恩情。句意：对朋友当以诚相交，对亲人当以情相待。如果连亲人朋友都无法在你身边待下去了，又有谁相信你的为人呢？诗人用“结以信”、“结以私”告诉人们应该如何对待自己的亲人朋友，这是诗人从猛虎悲惨的下场中所体悟到的人生哲理。

全诗用拟人的笔调刻画了猛虎暴戾、凶残，最终导致众叛亲离、命丧黄泉的形象，夹叙夹议，非常生动，体现了诗人“奇崛险僻”的诗风。诗的末尾论“死”、讲“信”、议“私”，又纯粹是在“以文入诗”。这一切都鲜明地体现了韩诗的一惯特色。

嗟哉董生行

淮水出桐柏山，东驰遥遥千里不能休；
淝水出其侧，不能千里——百里入淮流。
寿州属县有安丰，
唐贞元时县人董生召南隐居行义于其中。
刺史不能荐，天子不闻名声。
爵禄不及门，门外惟有吏，
日来征租更索钱。
嗟哉董生，朝出耕，
夜归读古人书，尽日不得息
或山于樵，或水于渔。
入厨具甘旨，上堂问起居。
父母不戚戚，妻子不咨咨。
嗟哉董生孝且慈，人不识，
惟有天翁知，生祥下瑞无休期：
家有狗乳出求食，鸡来哺其儿。
啄啄庭中拾虫蚁，哺之不食鸣声悲。
彷徨踯躅久不去，以翼来覆待狗归。
嗟哉董生，谁将与俦？时之人夫妻相虐，
兄弟为仇，食君之禄而令父母愁。
亦独何心？嗟哉董生无与俦。

此诗作于贞元十五年或十六年，意在赞美董生不仕之举，揭示世风日下，世道堪忧的社会现实。董生，名召南，亦作邵南，寿州人，很有才名和德行，韩愈视其为同辈人之楷模。韩愈文集中还收有《送董邵南序》，是后于此诗写的，而意在送董生出仕，与此诗相反，是因为当时朝中的政治环境已发生了变化，不能以思想前后矛盾论。

诗人从写景着手而开篇：“淮水出桐柏山，东驰遥遥千里不能休；淝水出其侧，不能千里——百里入淮流。”此段意即淮水源于桐柏山，向东流去，千里迢迢没有止境。淝水则源于其侧，却不能像淮水一样东流千里——不过百里便流入了淮河。此段中“不能千里”与“千里不能休”相对比，暗指董生胸怀奇才，却又不能驰骋千里，施展才华，为后文“刺史不能荐，天子不闻名声”埋下伏笔。

随后诗人由写景而引出所叙之事：“寿州属县有安丰，唐贞元时县人董生召南隐居行义于其中。刺史不能荐，天子不闻名声。爵禄不及门，门外惟有吏，日来征租更索钱。”“寿州”，在今安徽寿县。“安丰”，在今安徽霍丘县西。此段意即贞元年间，寿州的属县安丰，有一个很有才华的人姓董名召南，在此隐居。由于寿州刺史没有向朝廷举荐他，致使皇帝也不知道他的名声。这样一个有才华的人不仅没有享受到爵位俸禄，官府反而天天派人来收租索钱。这一段将董生隐居不仕，家境清贫的情况托盘而出。

接下来诗人开始具体叙述董生虽怀才不遇，但不自怨自艾，而是甘守清贫的高尚品行：“嗟哉董生，朝出耕，夜归读古人书，尽日不得息，或山于樵，或水于渔。入厨具甘旨，上堂问起居。父母不戚戚，妻子不咨咨。”“甘旨”，美好的食物——用以奉养父母。“戚戚”，心里忧愁。“咨咨”，叹息声。此段意即你看董生早上出门不辞辛苦地耕种，晚上还不忘读古人圣贤之书。整天几乎没有休息，要么上山去砍柴，要么下河去捕鱼。回家还亲自下厨为家人做可口的饭菜，问候父母的起居，让父母和妻子都过得很好，从不哀声叹气。这一段通过对董生日常生活的描写，充分体现了此人的好学、忠厚、仁孝，是不可多得的人才，却不为人知，从一个侧面反映了朝廷的昏庸，同时对董生的安贫乐道表示了赞美。

于此诗人笔锋又变："嗟哉董生孝且慈，人不识，惟有天翁知，生祥下瑞无休期：家有狗乳出求食，鸡来哺其儿。啄啄庭中拾虫蚁，哺之不食鸣声悲。彷徨踯躅久不去，以翼来覆待狗归。""狗乳"，哺乳期的母犬。此段意：哎！像董生这样慈孝的人，居然不为世人所知，只有老天爷知道，于是不断为董家降下祥瑞：你看董生家中的母犬外出找食的时候，家中的鸡便跑来喂养乳狗儿，在院子里"啄啄"地捕捉虫蚁，见小狗不食而悲鸣，就不断在小狗旁徘徊，久久不肯离去，用它的羽翼遮蔽着小狗，给予它温暖，直到它的母亲归来。真可谓"上天不虚应，祸福各有随"（韩愈《归彭城》），就连老天也感动于董生的慈孝而降下了犬豕同乳之"祥瑞"。诗人用这些祥瑞进一步赞美董生的慈孝，连禽兽都可为之动情，何况人乎？

于是诗人发出了自己的感叹："嗟哉董生，谁将与俦？时之人夫妻相虐，兄弟为仇，食君之禄而令父母愁。亦独何心？嗟哉董生无与俦！""与俦"，和他对比，跟他相类。此段意：董生啊董生，谁又能和他相提并论呢？现在的人，夫妻间互相虐待，兄弟间反目为仇，就连食君俸禄的人还要让父母悲伤哀愁。这到底是怎样的一种世道呀！哎，没有人能和董生的品行相提并论了。诗人在感叹世风日下的同时，更深感董生品行之可贵。先将"谁将与俦"作问语，末句又用"无与俦"作肯定语，读来颇让人玩味。

此诗句法别具一格，以文为诗，散漫自由，有奇险之意，亦有错综之美，更有让人咀嚼玩味之所。虽是一篇赞美贤人不仕之诗，读来却别有一番韵味。

山石

山石荦确行径微，黄昏到寺蝙蝠飞。
升堂坐阶新雨足，芭蕉叶大支子肥。
僧言古壁佛画好，以火来照所见稀。
铺床拂席置羹饭，疏粝亦足饱我饥。
夜深静卧百虫绝，清月出岭光入扉。
天明独去无道路，出入高下穷烟霏。
山红涧碧纷烂漫，时见松枥皆十围。
当流赤足踏涧石，水声激激风吹衣。
人生如此自可乐，岂必局束为人鞿。
嗟哉吾党二三子，安得至老不更归？

此诗作于贞元十六年（800年）或十七年（801年）。诗虽以"山石"为题却并非为咏"山石"而作，只是取首句首二字为诗题而已。此诗全用"单行"，为七古散文化的典范。

"山石荦确行径微，黄昏到寺蝙蝠飞。升堂坐阶新雨足，芭蕉叶大支子肥。""荦确"，奇高险峻的样子。"微"，窄小。"支子"，即栀子，属茜草科的常绿灌木，夏天开白花，有浓烈的香味，是我国人民历来所喜爱的观赏植物。句意为，山石奇高险峻，小路狭窄不平，来到寺中时已是黄昏时分，蝙蝠在空中飞舞。步出厅堂，坐在台阶上，观看寺内草木雨后景象，只见芭蕉叶子宽大，栀子花叶厚肥。这四句用平直浅白、简括凝练的语言把因山石奇险高峻、道路窄小难行而黄昏才至寺中看到的景象描绘得清清楚楚，让观诗者也禁不住想随诗人去此寺中一探究竟。

接下来的四句写得极有情趣。“僧言古壁佛画好”，寺中僧人告诉我寺中古壁上的佛画画得很好。下句似乎该是把这壁画来赞美一通了，不料却是“以火照来所见稀”；“铺床拂席置羹饭”，铺开大床展开卷席添置羹饭。似乎该是精美的素馔了，结果却是“疏粝亦足饱我饥”。接连两联，都是下一句直接否定了上一句。这种“无有”之美，“否定式”之美，是韩诗的独创。就是这些被艺术的强力纳入诗内的世界中的“反美”之美、“不美”之美，构成了韩诗“狠重奇险”的境界。在这一切都结束之后，“夜深静卧百虫绝，清月出岭光入扉”。夜已经深了，静卧在床上聆听昆虫的鸣叫声，直至其消失。冷冷的清月洒下的月光，照入了门扉。诗人在夜寺的静谧安逸中缓缓入睡。

“天明独去无道路，出入高下穷烟霏。山红涧碧纷烂漫，时见松枥皆十围。当流赤足踏涧石，水声激激风吹衣。”转眼第二天到了，诗人见到了另一番景象：天明以后独行在烟云迷茫的深山中，辨不清道路，走出了这个山谷，又进入了那个山谷，一上一下，时高时低。山上的树叶一片红色，鲜艳夺目；涧中的流水清澈碧绿。松栎粗大繁茂。赤脚走在涧水中，踏着涧水中的石子，听着潺潺的水流声，看着衣服被风拂动。这几句把诗人怡然自得的闲情逸志描述得淋漓尽致，体现了诗人闲适的心情，也把诗人对山林幽雅的隐居生活的向往引到了正题上来，于是有了“人生如此自可乐，岂必局束为人鞿；嗟哉吾党二三子，安得至老不更归？”的结尾。“局束”，犹言拘束，局促。“为人鞿，为别人所控制，不得自由。鞿套在马口上的缰绳。句意为，人生如能像这般怡然自乐，又何必去受他人的束缚呢，我们几个人，怎样才能在这里待到老也不复归去呢？至此诗人把心中对山林生活的向往之情全部倾泻而出，而那种不能脱于尘世、隐居避世的惆怅也深蕴在其中了。

全诗波澜起伏、神采飞动，“短幅中有龙跳虎卧之观”（汪婉《批韩诗》）。元好问有名的《论诗绝句》中曾提到“拈出退之山石句，始知渠是女郎诗”，渠（他）指宋诗人秦观，说秦观的诗如“有情芍药含春泪，无力蔷薇卧晚枝”之类，是一种婀娜作态的美，终不及韩愈的诗如“山石荦确”的刚健美，男性的美。查晚晴以为此诗“写景无意不刻，无语不僻；取径无处不断，无意不转。”语虽夸饰，确也说出了韩愈诗创作方法上的特点。

湘 中

猿愁鱼踊水翻波，自古流传是汨罗。
𬞟藻满盘无处奠，空闻渔父叩舷歌。

此诗作于贞元二十年（804年）春。早在贞元十九年冬，韩愈官至监察御史时，当时唐王朝已处于内外交困的不利局面，藩镇割据，穷兵黩武。对外失控的唐王室却不思励精图治、逆境奋发，反而去追求更为腐朽糜烂的生活。“宫市”扰民已成为当时极为严重的社会问题，民怨鼎沸，亟需釜底抽薪。而连年干旱，更使大片禾黍歉收，饿死者相望于道。身为监察御史而又常以儒家道统继承人自居的韩愈于是上书唐德宗，请求罢除“宫市”，开仓放赈，救济灾民，减轻农民负担，没想到因此而触犯了德宗。同时由于韩愈与朝中力主政治改革的王俭、王叔文等人政见不合，遭到了改革派的排挤和打击。这次上书后，韩愈被贬为阳山（今广东阳山县）令。十二月，韩愈离开京城，前往岭南，途经湘江，触景伤怀而写下了这首《湘中》绝句。

汨罗江，是湘江的支流，是战国时屈原投水殉国的地方，千百年来，迁客骚人途经此地，发出了多少怀才不遇，报国无门的感慨！韩愈上书遭贬，心情是非常郁闷的，而他的深层次悲痛却在于对国家的前途感到黯淡。诗的开头“猿愁鱼踊水翻波”便是此种心情的表现。一叶孤舟行驶在浪涛翻滚的湘江，与其说是此去岭南路途并不平坦，不如说是宦海沉浮、人生仕途并不平坦。胸怀经纶大计，却又无用武之地，这是怎样的一种悲哀！而舟行江中所见所闻则是哀啼的寒猿在为行人唱愁歌，不懂是非的鱼儿在水中欢跳（古人常云：平生最爱鱼无舌，游遍江湖无是非）。猿是解人性的，哀啼之声使人愁上加愁；鱼是不分是非的，其嬉戏欢跳则使人愁上加悲。悲愁之气如此浓烈，置身江中岂能不悲哉，更何况是遭贬之人！

而这湘江的支流汨罗江又恰是屈原矢志殉国的地方。屈原因数谏怀王，握瑾怀瑜，不同流合污，以忠直见放，与自己上书力陈时弊，不被德宗赏识，又不为朝中诸大夫所容而被贬谪蛮荒，颇有相似的地方。于是同病相怜，惺惺相惜，便引出了诗人想在此处祭奠屈原，以示忠贞的想法。可“蘋藻满盘”，屈原到底在何处投江，魂归何处，面对着两岸到处蔓延的蘋藻，又不知何处才是祭奠忠良的地方。看来自己的忠贞不仅不能被昏庸之辈所容忍，即使是找一个与自己志同道合的知音倾诉也不可得，岂不是惆怅悲哀之中又增添了几分孤独？结尾“空闻渔父叩舷歌”更是意味悠长，借《楚辞》中的《渔父》篇渔父劝屈原放弃忠贞，与世人随波逐流、同流合污，表达诗人最大的悲哀不是皇上不察其忠，同僚嫉妒其直，而是整个社会的人都不理解他的这种忠直行为。古诗中渔父、樵夫、农夫指的都是普通老百姓，韩愈上书本是为天下苍生着想，为图存社稷着想，可连普通老百姓都不理解其良苦用心，他还指望去实现什么兼济天下的理想？从上到下都如此的糊涂，这国家的命运、个人的前途又怎不令人忧心忡忡呢？

全诗着墨不多，却又字字用力，容方丈于咫尺，化无尽的悲哀于寒猿、鱼跃、蘋藻、渔歌之中，付之湘水，引起读者无尽的叹息和悠长的惆惘。

题木居士

火透波穿不计春，根如头面干如身。
偶然题作木居士，便有无穷求福人。

此文作于贞元末年。唐代耒阳（在今湖南省）鳌口寺内供着一根木头偶像，它原是一个树根，却像人形。被某些人神化，称它为“木居士”，于是前来这里烧纸化钱祈福的人络绎不绝。韩愈路过此处，作诗二首以讽之。此为其一。张芸叟说，后来耒阳县令把木居士“析而薪之”，或许是受了此诗的训导。

诗的头两句叙述了木居士的来历：原来不过是山中的一块木头，不知经过多少年的雷电火烧、雨水冲刷，才成了“根如头面干如身”的形状。所谓的木居士不过是一块冥顽不灵的朽木而已。后两句则猛地一转，这朽木只是因为形状有些像人而被某些人偶然题作了“木居士”，没想到那些善男信女竟将它奉若神明，向它祈福祷告者络绎不绝。一块朽木只因为偶然间有了“木居士”的这一雅号，便猛然间身价倍增，引来无数香火，真是滑稽可笑。

此诗无情地揭露了社会现实中许多假的丑的事物表面与内在的不一致。香烟缭绕，一群善男信女对着一块朽木顶礼膜拜，在一片庄严的气氛中，上演一出荒唐的闹剧。诗人对木居士刻薄的讽刺，其实也就是对求福人愚昧无知的嘲笑。

八月十五夜赠张功曹

纤云四卷天无河，清风吹空月舒波。
沙平水息声影绝，一杯相属君当歌。
君歌声酸辞且苦，不能听终泪如雨。
洞庭连天九疑高，蛟龙出没猩鼯号。
十生九死到官所，幽居默默如藏逃。
下床畏蛇食畏药，海气湿蛰熏腥臊。
昨者州前捶大鼓，嗣皇继圣登夔皋。
赦书一日行万里，罪从大辟皆除死。
迁者追回流者还，涤瑕荡垢清朝班。
州家申名使家抑，坎坷只得移荆蛮。
判司官卑不堪说，未免捶楚尘埃间。
同时辈流多上道，天路幽险难追攀。
君歌且休听我歌，我歌今与君殊科：
一年明月今宵多，人生由命非由他，
有酒不饮奈明何！

张功曹，名署，河间人。因排行十一，又称张十一功曹。张署与韩愈同于贞元十九年（803年）被贬——韩愈贬阳山令，张署贬临武（今湖南省内）令。贞元二十一年（805年）同遇赦并同移江陵府——韩愈为法曹参军，张署为功曹参军。

永贞元年，顺宗退居为太上皇。诗人和张署在顺宗即位后就遇赦而调职江陵，他们在郴州逗留了一段时间，又得到了宪宗即位的消息，眼看着周围的许多人免罪的免罪，调职的调职，升官的升官，诗人和张署却一直未得到新的任命。于是，诗人有感于张署的歌声和自己的遭遇作了此诗。

“纤云四卷天无河，清风吹空月舒波。沙平水息声影绝，一杯相属君当歌。君歌声酸辞且苦，不能听终泪如雨。”“纤云”，纤细的浮云。“四卷”，指天空中云彩消失。“河”，指天上的银河。“舒”，舒展开来。“波”，指月的光波。“属”，倾注。《仪礼·士婚礼》：“酌玄酒，三属三尊。”引申为劝酒。句意为，天空中纤细的浮云飘散消失，月亮初升时，银河尚未出现；清风在月夜吹拂，月光如水波般倾洒在大地上。沙滩平坦，水波渐渐平息，四顾无人，万籁俱寂。我手捧一杯美酒，劝你放歌一曲。你的歌声酸楚、歌辞悲苦，我未能听完便已泪如雨下。诗的首段描绘了一种皓月当空、清风送爽的优雅意境。正是在这种意境中，诗人和遭遇相同的友人张署互相劝饮、把酒当歌，张署的歌声在诗人心中引起了强烈共鸣，郁怀难抒，故而使诗人未能“听终”便已泪如雨下了。

诗的中段则是对张署歌辞的描述，而这实际上也是诗人自己的遭遇与感慨。

“洞庭连天九疑高，蛟龙出没猩鼯号。”“连天”，形容茫无边际。“九疑”，九疑山，即苍梧山，在今湖南省宁远县境内。“鼯”，鼯鼠，形似松鼠，栖树穴中，昼伏夜出。句意为，碧水连天的洞庭湖和高高的九疑山啊，蛟龙在水中出没，猿猴鼯鼠在山中哀号。这两句写旅途的艰险荒凉，张署的悲歌从这里开始。

“十生九死到官所，幽居默默如藏逃。下床畏蛇食畏药，海气湿蛰熏腥臊。”“十生九死”，意同“九死一生”。“藏逃”，躲藏的逃犯。“药”，指蛊毒，传说中用毒虫制成的危害人的生命的药。“蛰”，蛰伏，指毒虫毒蛇。句意为，九死一生方才抵达被贬官之所，默默地幽居在这边远之地有如躲藏的逃犯。在床下害怕被毒蛇所伤，吃东西又害怕被蛊毒所害。这里空气湿热，充满了蛰伏着的毒虫毒蛇所散发出的腥臊味儿。这几句是对谪居地生活环境的描述，表明了张署在临武的险恶处境，对现状的不满暴露无遗。

张署的歌意于此猛转："昨者州前捶大鼓，嗣皇继圣登夔皋。赦书一日行万里，罪从大辟皆除死。迁者追回流者还，涤瑕荡垢清朝班。""昨者"，昨天。"嗣皇"，继嗣的皇帝，指宪宗。"继圣"，继承帝位。"登"，进用。"夔皋"，夔和皋陶，传说时代舜的两位贤臣。"大辟"，死刑。"除死"，赦免死罪。"迁者"，迁谪的人，指因获罪而被贬谪的官员。"追回"，指召回京城。"流者"，指因犯罪而被流放到荒远地区去的人。"还"，放回来。"涤瑕"，洗涤瑕疵。"荡垢"，荡除污垢。"涤瑕荡垢"此处指革除朝中弊政。"清朝班"，清除朝中的奸邪。句意为，昨天州衙前忽然擂动大鼓，说新皇继位要选用贤臣。赦免文书日行千里，犯有死罪的人都被免除了死刑。被贬谪的官员又被召回朝中，流放荒地的犯人也被召了回来。革除了朝中的弊政，除去了朝中的奸邪。这几句写新皇登基，大赦天下，启用贤臣，清除弊政。这使困苦不堪的张署又看到了希望。

"州家申名使家抑，坎坷只得移荆蛮。判司官卑不堪说，未免棰楚尘埃间。""州家"，刺史。"申名"，上报名字。"使家"，观察使。"抑"，压制。"坎坷"，本指道路坑坑洼洼，这里比喻不得志。"荆蛮"，指江陵地方。江陵即荆州，周代属楚国。"判司"，州郡诸曹参军的统称。参军是刺史的辅佐官吏。"棰楚"，棒杖一类的刑具。这里作动词用，指被鞭挞。据唐制，参军簿尉有过错须受笞杖之刑。句意为，州官申请提升我们，却被观察史压下了，官场不得志，只得移官至荆蛮之地，担任那小小的江陵府曹，官位低卑说不得，还要忍受大官吏的欺压，受那笞杖之刑。这几句从满怀希望又一次跌入失望的深谷，张署不得不再次接受眼前这不得志的现实。

在现实面前，张署终于发出了自己的慨叹："同时辈流多上道，天路幽险难追攀。""上道"，上路回京，意即被召回朝廷做官。"天路"，指进身于朝廷的道路。"幽险"，幽昧险碍。句意为，以前同时遭贬的人都已被召回朝廷重新为官，而自己却不得升迁，这通向朝廷的路是多么的幽昧险碍，难以攀援啊！此二句承上"州家申名使家抑"而发，体现了对宦海浮沉的极度失望与厌倦，是张署屡受打击后的心声，幽然低沉。

"君歌且休听我歌，我歌今与君殊科：一年明月今宵多，人生由命非由他，有酒不饮奈明何！""且休"，且停。"殊科"，不一样，不同类。"多"，这里指中秋月最圆、最亮。"明"，明月。句意为：你且停住歌声听我来唱，我的歌声和你不一样：一年中明月今晚最圆最亮，人生是由命运决定的而不是其他原因，有酒不饮怎对得起这良辰美景！这几句是诗人打断张署歌声后自己所唱的歌辞，是他安慰张署的话。从他发出的人生由命的牢骚和听歌落泪的表现来看，其实他与张署一样，心里也满是幽愤之情。

本诗借转述友人的遭遇，表达了诗人对朝廷的不满和怀才不遇的苦闷。全诗条理清晰，语言畅晓，写景叙事都比较生动，是韩愈的代表作之一。

谒衡岳庙，遂宿岳寺，题门楼

五岳祭秩皆三公，四方环镇嵩当中。
火维地荒足妖怪，天假神柄专其雄。
喷云泄雾藏半腹，虽有绝顶谁能穷。
我来正逢秋雨节，阴气晦昧无清风。
潜心默祷若有应，岂非正直能感通。

须臾静扫众峰出，仰见突兀撑晴空。
紫盖连延接天柱，石廪腾掷堆祝融。
森然魄动下马拜，松柏一径趋灵宫。
粉墙丹柱动光彩，鬼物图画填青红。
升阶伛偻荐脯酒，欲以菲薄明其衷。
庙令老人识神意，睢盱侦伺能鞠躬。
手持杯珓导我掷，云此最吉馀难同。
窜逐蛮荒幸不死，衣食才足甘长终。
侯王将相望久绝，神纵欲福难为功。
夜投佛寺上高阁，星月掩映云曈昽。
猿鸣钟动不知曙，杲杲寒日生于东。

此诗作于永贞元年（805年）。贞元十九年（803年）因京畿大旱而上书请宽民徭被贬为连州令的韩愈，在永贞元年遇赦，离开阳山到郴州待命。九月，在由郴州赴江陵府赴任途中游衡山时写下了此诗。在韩愈众多“以文为诗”的诗中，这是一首写得生动、形象的纪游诗。南岳衡山坐落在湖南衡阳的北端，山上有衡岳庙，是古今游人向往的名胜。

“五岳祭秩皆三公，四方环镇嵩当中。”本诗开篇即先由总述五岳转而叙述衡岳，不仅写出了衡岳的气势和气象，也突出了衡岳的地位，立意高远，起笔不凡。古代帝王的祭祀典礼中，因“三公”是全国的最高军政首长，故对“三公”的典礼是最高级别的。这里用“五岳祭秩皆三公”来借喻五岳的尊崇，祭祀按对三公的典礼进行。“火维地荒足妖怪，天假神柄专其雄。”“火维”，犹说火乡，《初学记》引《南岳记》说：衡山“下踞离宫，摄位火乡，赤帝馆其岭，祝融托其阳，故号南岳”。“维”，隅。“足”，多。“假”，授予。“柄”，权力。这两句讲述了关于衡岳的神话传说：东岳泰山（在山东），西岳华山（在陕西），北岳恒山在（山西），南岳衡山（在湖南），中岳嵩山（在河南），在这五岳之中，只有衡岳在炎热荒僻的南方，古人认为这里有很多妖魔鬼怪在作祟，天帝便授权给衡岳之神，让他专制妖怪，雄镇南荒。韩愈在《送廖道士序》中有云：“南方之山，巍然而高大者以百计，独衡为宗。最远而独为宗，其神必灵。”紧跟着诗人笔锋一转，勾勒出了衡山山势的险奇：“喷云泄雾藏半腹，虽有绝顶谁能穷。”半山腰中，不时喷泄出云雾，缭绕的云雾遮住人的视线，虽然高高的山顶就在上面，但如此险绝，怎么能攀登上去呢？诗人在句中用一“喷”一“泄”一“藏”，把衡山云雾之奇之美描绘得甚为贴切。

接下来诗人便开始叙述登山的过程，边叙事、边写景。“我来正逢秋雨节，阴气晦昧无清风。”我来时正好碰上秋雨绵绵的时节，天气阴晦、空气潮湿，沉闷而又无风。这二句欲扬先抑，把登山前秋雨欲来，天气阴晦的景色描绘了出来，给人以郁闷、压抑之感。然后诗人笔锋一转，诗意顿扬：“潜心默祷若有应，岂非正直能感通。须臾静扫众峰出，仰见突兀撑晴空。”衡岳之神灵在诗人的“潜心默祷”下被“感通”了，使得天气由阴转晴，而且云雾全消，山峰也显露了出来。把自然现象归结在自己的虔诚祈祷上，这是诗人的夸饰而又谐谑的说法。后来苏轼作《潮州韩文公庙碑》时居然信以为真，说是“公之精诚能开衡山之云”。句中“正直”二字别有深意，何焯云：“正直，谓岳神。《左传》：‘神，聪明正直而壹者也。’”接下来诗人便描写了因云雾消散而显露出来的山峰：“紫盖连延接天柱，石廪腾掷堆祝融。”句中“紫盖”、“天柱”、“石廪”、“祝融”是衡山七十二峰中的四个峰名。七十二峰以祝融峰为最高，故以“堆”字来形容。“连延”二字描摹出了衡山连绵不断的样子，“腾掷”二字表现的则是衡山山势的起伏不平。此四句写云雾散而山峰现，前二句为虚，后二句为实，虚实结合、虚实相生，实为妙句。

随后诗人便开始写谒庙的过程，这也是全诗中心之所在。“森然魄动下马拜，松柏一径趋灵宫。粉墙丹柱动光彩，鬼物图画填青红。升阶伛偻荐脯酒，欲以菲薄明其衷。庙令老人识神意，睢盱侦伺能鞠躬。手持杯珓导我掷，云此最吉馀难同。”“松柏一径”，夹路都是苍松翠柏。“灵宫”，指岳庙。“动光彩”，指白色的庙墙和朱红色的廊柱互相映衬而光彩飞动。“伛偻”，弯腰，表示恭敬。“荐”，进。“脯”，肉干。“菲薄”，不丰盛。“庙令老人”，管理神庙的老人。“睢”，张开眼睛。“盱”，闭着眼睛。这里“睢盱”是偏义复词，偏于睢。“侦伺”，窥察。“鞠躬”，敛身致敬的样子。“杯珓”，是古代的一种简单的占卜工具，用玉或蚌壳、竹木制成，形状略似瓢，共两片，可分可合。占卜时，把两片合起掷在地上，看其俯仰情况以定吉凶。此段大意：诗人望着令人心惊魄动的群峰，不由得下马揖拜，拜过之后，便顺着松柏间的一条小路向衡岳庙走去。进庙之后，只见白色的庙墙和粉色的廊柱交相辉映，光彩浮动，上面用青红的色彩画满了神鬼图形。诗人于是登上台阶弯着腰向神像进献酒肉，想以这些菲薄的祭品来表明他的虔诚。掌管神庙的老人懂得神的意旨，他在一旁窥视着诗人，并鞠躬致礼。老人手持着卜具指示诗人投掷，说在这儿占卜是最灵验的，在别的地方很难收到这样的效果。此诗写到此处诗人似乎该占卜自己的命运了，孰料却引出了诗人的一腹牢骚：“窜逐蛮荒幸不死，衣食才足甘长终。侯王将相望久绝，神纵欲福难为功。”“窜逐”句，贞元十九年诗人被贬阳山，贞元二十一年（805年）正月，顺宗即位，大赦天下，韩愈到郴州待命，八月，宪宗即位，又颁大赦令，韩愈改官江陵府法曹参军。句意为，自已被贬于蛮荒之地所幸不死，今后只求衣食粗安能长此而终，就算是心满意足了。至于封侯拜相之事，早就不敢奢望，甚至想都不敢想了。神明纵然想保佑我、赐福于我，恐怕也于事无补了！这番牢骚正是当时诗人不满情绪的充分体现。

最后四句是诗人在归结标题“宿岳寺”之意。“夜投佛寺上高阁，星月掩映云曈胧。猿鸣钟动不知曙，杲杲寒日生于东。”“曈胧”，隐约不现的样子。“曙”，天亮。“杲杲”，太阳初出时的光辉。此段大意：夜晚在衡岳庙投宿，我登上高阁就寝，星月掩映，天空中云彩朦胧。我入睡之后连猿声啼叫、寺院钟声相继响起都没听见，一觉醒来，天已大亮，一轮红日已从东方升起。“猿鸣钟动不知曙”，源自谢灵运《从斤竹涧越岭溪行》诗中：“猿鸣诚知曙”，这里反用其意。诗人在身遭贬谪之后，满腹牢骚，此刻却一觉睡到天亮而不闻“猿鸣钟动”，足可见其胸怀之旷达。

此诗融写景、抒情、叙事为一体，然章法井然，且意境开阔，一韵到底，给人一种清新开阔的美感。

湘中酬张十一功曹

休垂绝徼千行泪，共泛清溪一叶舟。
今日岭猿兼越鸟，可怜同听不知愁。

此诗作于永贞元年（805年），诗人由衡州赴江陵途中。诗人和张署遭贬后同时遇赦，从边远蛮荒之地赶赴新的地方赴任，心中不免有一种劫后余生的感慨，喜多于悲，此诗反映的正是诗人的这种心境。

当初诗人和张署二人同时遭贬，诗人为阳山令，张署为临武令，都在极为边远荒蛮的边塞之地。前途的阴霾，环境的恶劣曾让二人壮志顿消，感慨于仕途的浮沉不定和自己的遭遇而黯然泣下，“未报恩波知死所，莫令炎瘴送生涯”（韩愈《答张十一功曹》）。此时二人忽逢大赦，得以脱离偏远的蛮荒之所，诗人心中的喜悦难以自抑，感到原本暗淡的前途又是一片光明，于是，止住哭泣，“休垂绝徼千行泪”，和张署“共泛清溪一叶舟”，赶往江陵赴任。在首句淡淡的哀愁之后，次句“泛舟”、“清溪”忽地一转，明丽而畅快，让人在眉头微皱后猛然舒展，心中豁然开朗。

而后两句“今日岭猿兼越鸟，可怜同听不知愁”实是，“可怜岭猿兼越鸟，今日同听不知愁”。“可怜”，这里作可爱解。句意：我们两人因遇赦而再次听到猿啼鸟唱，却感受不到以前的那种哀愁郁闷了，反而转觉可爱。在此之前，诗人在被贬谪途中听闻此声是“猿愁鱼踊水翻波”（韩愈《湘中》）。心情之对比，于此顿见一斑。猿啼鸟鸣本是哀音，诗人在这里却故写哀音而闻之不哀，反觉可爱，进一步将内心的喜悦表露出来。其心不可谓不巧，其立意不可谓不绝。

此诗表现了韩愈遇赦北移时的乐观心情，用语奇崛，笔力遒劲，体现了中唐以后的绝句注重炼意的这一特点。

赠唐衢

虎有爪兮牛有角，虎可搏兮牛可触。
奈何君独抱奇材，手把锄犁饿空谷！
当今天子急贤良，匦函朝出开明光。
胡不上书自荐达，坐令四海如虞唐？

此诗作于元和三年（808年）。诗人于元和二年以国子博士分司东都时，唐衢是韩愈的宾客，二人相交甚厚，情同良师益友。

《旧唐书》列传第一百十：“唐衢者，应进士久而不第。能为歌诗，意多感发。见人文章有所伤叹者，读讫必哭，涕泗不能已。每与人言论，既相别，发声一号，音辞哀切，闻之者莫不凄然泣下。尝游太原，属戎帅军宴，衢得与会，酒酣言事，抗音而哭，一席不乐，为之罢宴。故世称‘唐衢善哭’。”

“虎有爪兮牛有角，虎可搏兮牛可触。奈何君独抱奇材，手把锄犁饿空谷。”本诗开篇以“虎有爪”而“可搏”，“牛有角”而“可触”立意，劝告唐衢不要像手持锄犁却“饿空谷”的农人一样埋没了自己的才能，要像虎牛一样有爪就去“搏”，有角即去“触”，充分发挥自己的才能，干一番轰轰烈烈的事业。这一串连喻语意清新、比拟贴切、通俗流畅。

诗人作此诗正逢宪宗急求贤良之士，以整顿朝纲有所作为之时。《资治通鉴·唐纪》五十三有载：宪宗元和三年，“夏四月，上（指宪宗）策试贤良方正直言极谏举人。伊阙尉牛僧孺、陆浑尉皇甫湜、前进士李宗闵，皆指陈时政之失，无所避。”唐代自武后朝开始便设“匦院”（收集意见的官署），玄宗朝又设“知匦使”（掌管收集意见的官），并设有“匦函”（就是意见箱）。故诗人告诉唐衢：“当今天子急贤良，匦函朝出开明光。胡不上书自荐达，坐令四海如虞唐？”希望他能够上书到“匦函”中自我举荐，以期得到朝廷重用，这样野无遗贤，人尽其才，社会不久就会出现尧舜时代的盛况。此处“坐令四海如虞唐”句，实是告诉唐衢此时世道正好，朝廷正在广求贤才，像你这样的有识之士，一定要把握时机。

韩愈一生非常重视为朝廷发现人材、培养人材并举荐人材，此诗正是他引贤荐贤的生动写照。

石鼓歌

欧阳修《集古录》云："石鼓文在岐阳，初不见称于前世，至唐人始盛称之。而韦应物以为周文王之鼓，至宣王刻诗尔，韩退之直以为宣王之鼓。在今凤翔孔子庙，鼓有十。先时散弃于野，郑余庆始置于庙，而亡其二。皇祐四年，向传师求于民间，得之，十鼓乃足。石鼓文可见者，其略曰："我车既攻，我马既同"。又曰："我车既好，我马既祐。君子员猎，员猎员游。麀鹿速速，君子之求"。又曰："左骖幡幡，右骖騝騝。秀弓时射，麀豕孔庶。"又曰："其鱼维何，维鱮与维鲤。何以橐之，维杨与柳。"

张生手持石鼓文，劝我试作石鼓歌。
少陵无人谪仙死，才薄将奈石鼓何！
周纲凌迟四海沸，宣王愤起挥天戈。
大开明堂受朝贺，诸侯剑鸣相磨。
搜于岐阳骋雄俊，万里禽兽皆遮罗。
镌功勒成告万世，凿石作鼓隳嵯峨。
从臣才艺咸第一，拣选撰刻留山阿。
雨淋日炙野火燎，鬼物守护烦㧑众。
公从何处得纸本？毫发尽备无差讹。
辞严义密读难晓，字体不类隶与科。
年深岂免有缺画，快剑斫断生蛟鼍。
鸾翔凤翥众仙下，珊瑚碧树交枝柯。
金绳铁索锁纽壮，古鼎跃水龙腾梭。
陋儒编诗不得人，二雅褊迫无委蛇。
孔子西行不到秦，掎摭星宿遗羲娥。
嗟余好古生苦晚，对此涕泪双滂沱。
忆昔初蒙博士征，其年始改称元和。
故人从军在右辅，为我量度掘臼科。
濯冠沐浴告祭酒，如此至宝存岂多！
毡苞席裹可立致，十鼓只载数骆驼。
荐诸太庙比郜鼎，光价岂止百倍过。
圣恩若许留太学，诸生讲解得切磋。
观经鸿都尚填咽，坐见举国来奔波。
剜苔剔藓露节角，安置妥贴平不颇。
大厦深檐与盖覆，经历久远期无佗。
中朝大官老于事，讵肯感激徒媕婀！
牧童敲火牛砺角，谁复著手为摩挲。
日销月铄就埋没，六年西顾空吟哦。
羲之俗书趁姿媚，数纸尚可博白鹅。
继周八代争战罢，无人收拾理则那。
方今太平日无事，柄用儒术崇丘轲。
安能以此尚论列，愿借辩口如悬河。
石鼓之歌止于此，呜呼吾意其蹉跎！

此诗作于元和六年（811年）。全诗体势典雅，以枯燥的“金石学”入诗，却写得十分有生气，为后来以学术为内容写诗的人，开辟了一条新的途径。

石鼓，是我国传世的珍贵文物，是今存最早的石刻。其形如鼓，所以俗称“石鼓”。学者们又叫它为“猎碣”，因为那上面刻的是周秦贵族田猎纪功的事。一共是十首组诗（四言诗），分刻在十个鼓形的石上，是《诗经》三百零五篇以外仅见的作品。书体是大篆，刻镂精工，因此在文学史、文字发展史、美术史，尤其是在考古学方面，均占有极重要的地位。

全诗从内容上看可分为三大部分，第一部分为首四句。前两句“张生手持石鼓文，劝我试作石鼓歌”，开门见山，直点题意：张籍手中拿着石鼓文字的拓片，要我尝试着作一篇“石鼓歌”。后两句“少陵无人谪仙死，才薄将奈石鼓何”，是诗人的自谦之词，感叹自己恐难以胜任：没有了杜少陵这样的人，谪仙李太白也死了，我这样才疏学浅的人又怎能为如此珍贵的石鼓作一篇好诗呢！诗人在叹息李、杜二人逝去，无人能为“石鼓歌”的同时，也表明了自己跃跃欲试的心态。

第二部分乃是全诗之中心，也即诗人所作之“石鼓歌”，可分为前后两个段落。其实关于石鼓的年代，一直到现在为止，都考订不一，争论不休。韩愈和其他唐代学者，差不多都一致认为是周宣王时代的遗物，是太史籀写的。故前一段一开始韩愈便写道：“周纲凌迟四海沸，宣王愤起挥天戈。大开明堂受朝贺，诸侯剑珮鸣相磨。搜于岐阳骋雄俊，万里禽兽皆遮罗。”“周纲”，周王朝的统治。“纲”，本义是总揽全网的大绳，一般用“王纲”喻封建政治枢纽。“凌迟”，衰微，没落。“四海沸”，喻天下骚乱，群雄割据。“宣王”，周厉王（姬胡）的儿子，名靖，旧的史书称他为周代“中兴之主”。他在位四十六年，对于抵抗当时异族的侵入，是颇有些功绩的。“愤起”句，指的是公元前824年与西戎，公元前823年与严、荆蛮、淮夷、徐戎的战争等。“天戈”，即王师。“明堂”，周天子举行朝会、祭祀、晏功、选士等大典的地方，犹如后世的大礼堂、大会场之类。“鸣相磨”，相摩擦发声。“遮罗”，拦路，罗列周围。这几句意为，周王朝的统治衰微、没落了，天下骚乱、群雄割据。周宣王愤然而起，指挥王师进行战斗，一扫混乱的局面。于是，打开举行朝会大典的大堂之门，接受四方诸侯的朝贺，前来朝贺的诸侯的佩剑互相摩擦，响声不绝。宣王在岐阳狩猎时更是英姿雄发，万里之地的禽兽都被他一并网罗。这几句描写周宣王的丰功伟绩和他的威武英姿。句中的“鸣相磨”三字，用剑珮相摩擦而发声映衬出了诸侯朝会之盛；“遮罗”二字也同样有异曲同工之效，用以形容禽兽之多，拦路、罗列周围，也映衬了狩猎气势的宏大。随后，诗人写道：“镌功勒成告万世，凿石作鼓隳嵯峨。从臣才艺咸第一，拣选撰刻留山阿。雨淋日炙野火燎，鬼物守护烦㧑诃。”“镌功”，刻石记功。“勒成”，刻成文字。“拣选撰刻”，谓拣石、选工、撰文、刻字。“山阿”，即山丘、山陵。““㧑诃”，指守护之严。“㧑”，指挥。“诃”，斥禁。这几句意为，宣王决定刻石记功，以告万世。在凿石鼓的时候毁掉了高峻的山峰。随从的臣子才艺不愧为天下之冠，通过拣石、选工、撰文、刻字把宣王的功绩保存在了石鼓上，留在了山陵之中。石鼓在山陵上经受雨淋日晒、野火燎烧，神鬼之物将它牢牢守护。行文至此石鼓的来历叙述完毕，诗人把笔锋一转，“公从何处得纸本？毫发尽备无差讹”。直问张籍是从何得到这石鼓的拓片——纸本的，竟然非常完备没有差错。诗的行文至此非常自然地过渡到叙述石鼓的内容上来，让人看后无丝毫牵强之感。

“辞严义密读难晓，字体不类隶与科。年深岂免有缺画，快剑斫断生蛟鼍。鸾翔凤翥众仙下，珊瑚碧树交枝柯。金绳铁索锁纽壮，古鼎跃水龙腾梭。陋儒编诗不得入，二雅褊迫无委蛇。孔子西行不到秦，掎摭星宿遗羲娥。嗟余好古生苦晚，对此涕泪双滂沱。”“辞严”，文辞严正。“义密”，文义隐秘。“读难晓”，文字难以认识。“隶与科”，隶字与蝌蚪文字。隶字是秦汉时代的通用文字（那时的简体字）；蝌蚪文字是更古的象形文字。按：石鼓文是大篆，所以这里说“字体不类隶与科”。“编诗”，指《诗经》的编成。“二雅”，即小雅和大雅——《诗经》的一部分。“褊迫”，狭窄。“掎摭”，摘取。“羲娥”，即羲和与嫦娥，并言日月。这几句大意为，这石鼓上的文章文辞严正，文义隐密难以读懂，而且撰文所用字体不像隶字和蝌蚪文。年代久远了难免有所漏掉的东西。但文体遒劲，就像快剑斩断蛟鼍，字迹犹如鸾飞凤舞群仙下凡，又似那珊瑚绿树枝干交错，笔锋奇劲像金绳铁索钩连，飞动如古鼎入水龙腾织梭。浅陋的儒生没有将之编入诗籍，使二雅大为减色。孔子东行从没有到达秦国，他选诗只摘得星宿而忘了日月，没有收入石鼓文。可叹我好古却只恨生得太晚，面对石鼓文只能涕泪滂沱。此段中诗人运用了一连串的比喻句来形容石鼓文字体和笔画。从“快剑”句至“古鼎”句，一路连喻，表明石鼓入土以后，土石相结，出土以后，风雨剥蚀，于是那上面的字形或如鸟群，或如树枝交错，或如绳索纽结……体现了石鼓文字的结体之奇、用笔之雄。此处“快剑”句和“古鼎”句各有出处，杜甫《李潮八分小篆歌》中有：“况潮小篆逼秦相，快剑长戟森相向。八分一字值千金，蛟龙盘拏力屈强。”《史记·封禅书》亦云：“宋太邱社亡，而鼎没于泗水彭城下”；《史记·始皇本记》又说秦始皇东巡还，过彭城时，“欲出周鼎泗水，使千人没水求之，不得”，这里喻指字没有了，如一片水波，难寻其迹。偶尔略见笔画，也像飞龙一瞥而过，或现首不现尾，或现一鳞半爪，字的全形终不可见。此前的这一大段详尽地叙述了石鼓的来历和石鼓文的内容。

“忆昔初蒙博士征，其年始改称元和。故人从军在右辅，为我量度掘臼科。濯冠沐浴告祭酒：如此至宝存岂多！毡苞席裹可立致，十鼓只载数骆驼。荐诸太庙比郜鼎，光价岂止百倍过。圣恩若许留太学，诸生讲解得切磋。观经鸿都尚填咽，坐见举国来奔波。剜苔剔藓露节角，安置妥贴平不颇。大厦深檐与盖覆，经历久远期无佗。中朝大官老于事，讵肯感激徒媕婀。牧童敲火牛砺角，谁复著手为摩挲。日销月铄就埋没，六年西顾空吟哦。羲之俗书趁姿媚，数纸尚可博白鹅。”“右辅”，在首都右（西）边辅翼之地。《三辅黄图》载：汉时“以渭城以西为右扶风，长安以东属京兆尹，长陵以北属左冯翊，以辅京师，谓之三辅”。右辅即右扶风，在唐代为凤翔府。时韩愈有故人为凤翔节度府从事。“科”，“窠”的借字。“臼科”，坑坎，这里指安置石鼓的凹形底座。“祭酒”，官名。指郑馀庆，时郑馀庆为国子祭酒。自晋迄清，国子祭酒一职，为国家最高学术机关首长，以年高、望重、学富者任之。“苞”，这里用作动词，同“包”。“郜鼎”，春秋时代青铜器。《春秋》桓公二年：“取郜大鼎于宋。”“光价”，它的光辉、价值。“鸿都”，一作“洪都”，即鸿都门，后汉灵帝光和元年设立，是当时讲学之处。“填咽”，充塞、拥挤。灵帝熹平四年，蔡邕等奏请“正定六经文字”，并书写经石刻文，立于太学门外，这就是有名的“汉石经”。《后汉书·蔡邕传》载：“及碑始立，其观视及摹写者，车乘日千馀两（辆），填塞街陌。”韩愈误以观经太学门为观经鸿都门。“坐见”，将见。此为预料之词。“颇”，偏斜，不平。“期无佗”，希望没有什么意外。“佗”，同“他”。“中朝大官”，指郑馀庆。“媕婀”，犹豫不决貌。“羲之”句，王羲之，字逸少，晋人，大书法家，世称“书圣”。他的书法为千余年来习行书、草书、真书者所宗。尤其是唐代，帝王、臣民，都重“王字”，成为一时的风尚。韩愈谓其字为“俗书”，意谓其字是通俗的书写体，与秦以前的篆书，秦以后的隶书等古字体相对而言。这句话实有所本，《晋卫夫人贴》载：“卫有一弟子王逸少，甚能学卫真书，咄咄逼人，笔势深精，字体遒媚。”吴德旋《初月楼论书随笔》说韩愈此句道：“意欲推高古篆，乃故作此抑扬之语。”“博”，取之他人。这里有换得之意。“数纸”句，《晋书·王羲之传》：“性爱鹅，山阳有一道士，养好鹅，羲之往观焉，意其悦，故求市之（交易、购买）。道士云：‘为写道德经，当举群相赠耳。’羲之欣然，写毕，笼鹅而归。”这一部分是诗人的回忆：回想当年刚蒙征召任国子监博士时，那年刚好改年号为元和。当时我有位朋友在凤翔节度府任从事，他为我量度挖掘了安置石鼓的凹形底座。我净身沐浴后求见国子祭酒郑馀庆，告诉他像石鼓文这样的至宝世间还能有多少！现在不仅只需毡包席裹便可以运到，而且载这十只鼓只需几头骆驼。把它们放在太庙里和春秋时代的青铜器相比，它的光辉、价值又岂止百倍于斯啊！若能蒙皇上恩准而留在太学，学生们便可互相讲解切磋了。太学门外观看“汉石经”的人群尚且如此拥挤而充塞。石鼓文一旦留于太学，举国之学子肯定都将前来观摩。剜去上面的苔藓露出来文字节角，把石鼓安置平稳，不偏不颇。太学中有大厦屋檐的遮蔽，石鼓文虽历经久远可能不会有什么意外吧。可郑馀庆老于事故，拒不及时采纳我的请求，只会犹豫推托。结果牧童在上面打火，牛也在上面磨角，还会有谁用手来抚摸爱护它呢！就这样日销月铄，石鼓文终于被埋没，六年来我只能西望而枉自吟哦。如今，王羲之的通俗的书写体盛行于世，想当初王羲之以几纸“俗书”便换取了白鹅，没想到这价值连城的石鼓文却无人问津。这一段回忆叙述了石鼓文的经历，点明了石鼓文的价值，字里行间流露出对石鼓上古篆文体流失埋没的遗憾。

然后诗人的笔端又转入了现实之中，写道：“继周八代争战罢，无人收拾理则那。方今太平日无事，柄用儒术崇丘轲。”“继周八代”，周以后的八个王朝。樊汝霖云：“今以石鼓所在言之，其秦、汉、魏、晋、元魏（北魏）、齐（北齐）、周（北周）、隋八代欤？”“丘轲”，孔丘、孟轲。这四句大意为，周朝以后的八个王朝相继争战，没有人再去切磋这石鼓的篆文了。现在正逢天下太平无事，朝廷应该以孔、孟的儒家学说来治理天下，可是石鼓文至今没能引起大家的重视。此四句是诗人的失望之言，句中的“收拾”二字，翁方纲有云：“收拾二字，合上讲解，切磋义俱在其中。”而一个“那”字，却含有奈何、为什么之意，将诗人的无奈之意全盘托出。最后借一句“安能以此尚论列，愿借辩口如悬河”结束第二部分，句意为，谁能再将石鼓文收列呈上，让大家得以畅所欲言地切磋辩论。石鼓之歌，至此已尽尾声，诗人表明了自己希图再现石鼓文的愿望。

第三部分承前，表达了诗人深深的喟叹：“石鼓之歌止于此，呜呼吾意其蹉跎！”我所作的石鼓之歌到此为止，可惜我的呼吁又有谁应和呢？一声长叹，全文顿息！

此诗体现了诗人对祖国文物的热爱，诗人为呼吁朝廷保护石鼓文，慷慨陈词，批评朝官，无所畏惧。因而全诗充满了激情，真挚感人。全诗融叙述、描写、抒情、议论为一体，用词奇崛，体现了韩诗怪奇的风格。纵观全诗，行文如流水，一泻而下，逼真而形象的比喻，更让人感到气势非凡，在枯燥的“金石学”中，让人体味到诗的美感与魅力。

春雪

新年都未有芳华，二月初惊见草芽。
白雪却嫌春色晚，故穿庭树作飞花。

此诗作于元和十年（815年），是诗人诗集中一篇新颖别致的小品，表达了早春来临时的喜悦。

立春之日往往在新年的前后几天，一旦新年到了，也就标志着春天到了。首句“新年都未有芳华”看似普通，却含蓄地表达了那些经过漫漫冬日，急切地盼望春天来临的人们的焦急心情：春天都已经到了，怎么还没有看见芳草和鲜花呢？正在焦急之时，却猛然于“二月初惊见草芽”。春天在这草芽儿中姗姗来迟，但毕竟是来了。一个“惊”字，表现了人们的新奇、惊讶和欣喜，耐人玩味；而“初”字则饱含了人们对春来得太晚的叹惋之情。这些感情都隐藏于诗句的背后，让人细细揣摩而方得其味。前句一“未有”，后句一“初见”，在诗中一抑一扬，更给人以波澜起伏之感。

“白雪却嫌春色晚，故穿庭树作飞花。”这二句写得极富神韵。雪本来就是造成春天迟迟不来的原因，大雪霭霭，何处寻春呢？却又因雪而感到了春的到来，因为飞舞的雪花使人联想起即将绽满枝头的芳花。虽然春寒料峭，但草已发芽，鲜花马上就要盛开了，毕竟春天的气息已在到处弥漫了。这不能不让人佩服诗人构思之奇巧，也平添了几分情趣。从“草芽”到“飞花”，由静写到动，让人从乍暖还寒中感到了盈盈春意。

诗人此诗构思新奇，独具风采，将二月里的春色写得如此新巧而充满生气，表达了诗人对大自然四季更迭、景象翻新的欣喜之情。

调张籍

李杜文章在，光焰万丈长。
不知群儿愚，那用故谤伤？
蚍蜉撼大树，可笑不自量。
伊我生其后，举颈遥相望。
夜梦多见之，昼思反微茫。
徒观斧凿痕，不瞩治水航。
想当施手时，巨刃磨天扬。
垠崖划崩豁，乾坤摆雷硠。
惟此两夫子，家居率荒凉。
帝欲长吟哦，故遣起且僵。
翦翎送笼中，使看百鸟翔。
平生千万篇，金薤垂琳琅。
仙官敕六丁，雷电下取将。
流落人间者，太山一豪芒。
我愿生两翅，捕逐出八荒。
精诚忽交通，百怪入我肠。
刺手拔鲸牙，举瓢酌天浆。
腾身跨汗漫，不著织女襄。
顾语地上友，经营无太忙。
乞君飞霞佩，与我高颉颃。

此诗作于元和十年（815年）或十一年（816年）。方世举云：“此诗极称李、杜，盖公素所推服者。而其言则有为而发。”

张籍字文昌，和州乌江（今安徽省和县）人，唐代重要诗人之一。他与王建、元稹、白居易等一样，都是中唐时代诗文改革运动中的重要人物。他们的诗新意多于古意。张籍诗以乐府见长，为韩愈所赏，他与韩愈关系密切，是属于“韩门”这一文学集团的重要作家。韩愈荐他做官，任水部员外郎，后为国子司业。有《张司业集》行世。

诗人在作此诗的时候，李白、杜甫在当时还不曾受到普遍的尊重。在韩愈以前，李名高于杜，到韩愈那时，又有人尊杜抑李。韩愈推崇李、杜诗歌的高度成就，于是作此诗时将李、杜并提。

此诗可分为三节，首节为前六句。在这六句中诗人斥责了“不知群儿愚”对李、杜两位大诗人的“谤伤”，讥笑这些无知幼稚的人是“蚍蜉撼大树，可笑不自量”。诗人认为李、杜的文章“光焰万丈”，是不灭的、不可企及的。这几句中的“蚍蜉撼大树，可笑不自量”一联广为后人传诵，常常被用来讽刺无知不自量力的小人。而“李、杜文章在，光焰万丈长”更成为李、杜文章的标榜。

次节为中间的二十二句。前十句诗人感叹生于李、杜之后，只能在梦中瞻仰他们的风采。特别每当谈到李、杜光彩四溢的诗篇时，就联想到他们兴酣落笔的情景，那情景简直就像大禹治水那样挥动着摩天巨斧，把山崖峭壁劈开，被堙遏的洪水一下子倾泻出来，天地间回荡着山崩地裂般的巨响。诗人用“斧凿痕”、“治水航”喻指了李、杜的巨大成就和贡献。“斧凿痕”喻指他们的艺术技巧，“治水航”喻指他们的创作道路，批评了当时的人们只看见了前者而没看见后者。《吕氏春秋·古乐》有载曰：禹“凿龙门，通谬水以导河”。中间六句则由气势磅礴的幻想中猛然跌落，“惟此两夫子，家居率荒凉”，感叹李、杜生前不遇。然而天帝要使诗人永远不停地吟唱，便故意给了他们升沉不定的命运。他们好比被剪了羽毛而被囚禁笼中的鸟儿，痛苦无奈地看着笼外的百鸟自由地飞翔。最后六句惋惜李、杜的诗篇大多散失，被仙官派遣神兵给拿去了，流传于人间的，只是泰山的毫末之微。

第三节前八句表现了诗人努力追寻李、杜的执著精神。并因此而产生联想：在一霎间诗人终于能与前辈诗人的精神相感通了，于是，诗人反手拔出大海中长鲸的利齿，高举大瓢，畅饮天宫中的仙酒。又忽地腾身而起，遨游于广漠无穷的天空中，自由自在，发天籁之音，甚至于连织女织的天衣也不屑去穿了。“刺手拔鲸牙，举瓢酌天浆”二句又有称誉李、杜而自己想学习李、杜之意，似暗用杜甫《戏为六绝句》“未掣鲸鱼碧海中”和李白《短歌行》“北斗酌美酒，劝龙各一觞”句意。魏泰《临汉隐居诗话》：“高至于酌天浆，幽至于拔鲸牙，其思赜深远如此，讵止于曹、刘、沈、宋之间耶？”方世举亦云：“酌天浆以喻高洁，拔鲸牙以喻沉雄。”最后四句乃是点题之笔，诗人恳切地劝导张籍，不要老是钻在书堆里去寻章摘句，应该向李、杜学习，在诗歌的广阔天地中高高地飞翔。

纵观全诗，笔势波澜壮阔，恣肆纵横，充满了探险入幽的奇思幻想。诗文如江河般浩浩荡荡、奔流直下，个中又曲折盘旋、激溅飞泻、变态万千，令人有心摇意骇、目眩神迷之感。

韩愈在中唐的诗坛开辟了一个重要流派。而《调张籍》也就恰如诗界异军突起的一篇宣言，它本身的风格亦最能体现韩诗奇崛雄浑的诗风。叶燮《原诗》说：“韩诗为唐诗之一大变。其力大，其思雄。”诗人以其雄健的笔力、凌厉的气势，驱使着宇宙万象而罗于诗中，表现了宏阔奇伟的艺术境界。这对纠正大历年以来诗坛一贯软熟褊浅的诗风，起了积极的作用。

听颖师弹琴

昵昵儿女语，恩怨相尔汝。
划然变轩昂，勇士赴敌场。
浮云柳絮无根蒂，天地阔远随飞扬。
喧啾百鸟群，忽见孤凤凰。
跻攀分寸不可上，失势一落千丈强。

嗟余有两耳，未省听丝篁。
自闻颖师弹，起坐在一旁。
推手遽止之，湿衣泪滂滂。
颖乎尔诚能，无以冰炭置我肠！

颖师是来自天竺的僧人，宪宗元和年间，在长安，以弹琴著名。韩愈在听了颖师弹琴以后，通过自己的感受，写了这首诗赞美颖师的高超的弹奏技艺。此诗大约作于元和十一年（816年），诗人在诗中以形象的语言，生动新颖的比喻，细腻的刻画，绘声绘色的描写，把诉诸于听觉的琴音，转化为具体鲜明的艺术形象，给人留下了深刻的印象。中唐诗人都爱以诗描写音乐之美，如白居易的《琵琶行》，李贺的《李凭箜篌引》等。而描写琴声的深邃却要数韩愈此诗为最好。

“昵昵儿女语，恩怨相尔汝。划然变轩昂，勇士赴敌场。浮云柳絮无根蒂，天地阔远随飞扬。喧啾百鸟群，呼见孤凤凰。跻攀分寸不可上，失势一落千丈强。”“昵昵”，亲近的意思。“尔汝”，“尔”和“汝”都是你的意思，古人只有最亲密的人才以“尔”、“汝”相称。“轩昂”，雄壮激昂。“喧啾”，热闹而众多的声音。“千丈强”，比千丈还多的意思。起首这十句，主要描写了琴声的五种变化。《西清诗话》中有载：“‘昵昵儿女语，恩怨相尔汝’，言轻柔细屑，真情出见（现）也。‘划然变轩昂，勇士赴敌场’，精神愈谨，耸观听也。‘浮云柳絮无根蒂，天地阔远随飞扬’，纵横变态，浩乎不失自然也。‘喧啾百鸟群，忽见孤凤凰’，又见颖师孤绝，不同流俗下俚声也。‘跻攀分寸不可上，失势一落千丈强’，起伏抑扬，不主故常也。皆指下丝声妙处，惟琴为然。琵琶格上声，乌能尔耶？退之深得其趣，未易讥评也。”《彦周诗话》亦云：“‘浮云柳絮无根蒂，天地阔远随飞扬’，此泛声也，谓轻非丝，重非木也。‘喧啾百鸟群，忽见孤凤凰’，此泛声中寄指声也。‘跻攀分寸不可上’，吟绎声也。‘失势一落千丈强’，顺下声也。善琴者此数声最难工。”诗人在描写琴声的五种变化之时，所借用的俱是五种各不相同的典型意象，用亲密的小儿女的喃喃细语喻指琴声的“轻柔”，用勇士赴沙场杀敌喻指琴声的“轩昂”，用满天飞扬的浮云柳絮喻指琴声的“自然随意”，用杂乱的百鸟群中出现一只凤凰喻指琴声的孤傲，用爬山者再上攀一寸都感到艰难而失手则一落千丈喻指琴声的起落，句句贴切，丝丝入扣，让人随着视觉的感受不知不觉沉浸于琴声的美妙中，随着画面的更换、琴声的变化心情宕荡起伏，完全融入了诗境中而不能自拔。而颖师的琴技也由此可见一斑。

当品诗者还在深味于琴韵之美妙时，诗人却把笔锋陡转，把品诗者从虚幻的琴声里拉到了现实中来：“嗟余有两耳，未省听丝篁。自闻颖师弹，起坐在一旁。推手遽止之，湿衣泪滂滂。颖乎尔诚能，无以冰炭置我肠！”“省”，懂得。“丝篁”，即丝竹管弦等乐器，这里借指音乐。“遽”，急。“滂滂”，流溢的样子。“诚”，确，果。“能”，指颖师善长弹琴。“以”，用。句意为，我有两只耳朵，平时也没有少听“丝篁”之声啊。但我一听到颖师弹琴，便连忙起坐站在他的身旁。琴韵起伏变化，听众任其擒纵，我赶紧推掉颖师的手，琴声戛然而止，我却已经是泪水涟涟，打湿了衣服。颖师啊你的琴技真的很高超了，请你不要再用琴声让我忽冷忽热，心潮剧烈起伏，我真的受不了啦！最后这几句写诗人听琴的深切感受，进一步衬托颖师琴艺之高妙。末了这一句“无以冰炭置我肠”更是将对颖师高超琴技的描写推到了顶峰。“冰炭”，犹如说水火——两不相容，而颖师却用琴声将“冰炭”置于诗人之“肠”，让他感到忽冷忽热，把琴声这种虚无的东西化作了有形的“冰炭”和切身的感受，可谓妙绝！

全诗文笔生动流畅，诗人以其独到的笔力和独特的眼光将颖师之琴声有形化，让人观之有物，听之有声，是一篇难得之佳作，历来为人们所称道。

次潼关，先寄张十二阁老使君

荆山已去华山来，日出潼关四扇开。
刺史莫辞迎候远，相公新破蔡州回。

元和十二年（817年）七月，韩愈任彰义行军司马，随裴度一起至蔡州督战，参加了有名的“淮西之役”。元和十二年冬战争结束，韩愈随裴度凯旋而归，将至潼关时，抑制不住内心的激动，写下了此诗，表达了破贼凯旋归来的喜悦之情。“次”，停驻。“张十二阁”即是张贾，时为华州刺使。

前两句总写大军凯旋归来抵达潼关时的雄壮场面。“荆山已去华山来”，“荆山”，在今河南省阕乡县南。“去”，离开。“华山”，又称太华山，在今陕西省华阴县南。此句使用句中排比，从荆山写到华山，一句之中把荆山到华山之间的遥远路程拉得很近，好似咫尺之隔。表达了大军破贼，凯旋班师，希望早日回到长安的迫切心情。一“去”一“来”，用拟人化的手法，把静止的高山一下子写活了，仿佛高山正在为这支胜利之师高唱赞歌，为他们的归来夹道欢迎。“日出潼关四扇开”，此句场面更为宏大，潼关城内，人们奔走相告，大门尽开，准备迎接胜利归来之师。同时，日出东方，冰雪消融，暗示藩镇割据的局面行将结束，这实际上是在为“元和中兴”的气象唱颂歌。诗人寓情于景，虽无抒情之句，其情已寓其中，让人浮想联翩，将胜利豪情抒发到了极致。

后两句诗人换用了第二人称，用抒情的笔调告诉华州刺史张贾要亲自犒军。“刺史莫辞迎候远”，“刺史”，指张贾。“迎候远”，潼关虽距华州一百二十里，但裴度以宰相领军平蔡州，凯旋而归，作为华州刺史的张贾必须迎候。此句让人感觉仿佛诗人便是主人翁一样，得意自豪之情流露在字里行间。“相公新破蔡州回”，“相公”，指的是主帅裴度。裴度初任淮西宣慰招讨处置使，后加任门下侍郎同平章事兼彰义节度使。裴度是自请前去督战的，他出发时曾对宪宗说：“臣若灭贼，则朝天有期；贼在，则归无日。”末了这句正好写出当日之预期在今日兑现了，表达了诗人对裴度丰功伟绩的由衷赞美和对结束藩镇割据、重新统一的坚定态度。

此诗为政治抒情诗，笔锋刚韧有力，抒发了胜利之后的万丈豪情，表达了诗人坚决拥护消除藩镇割据，海内一统的坚定态度。

华山女

街东街西讲佛经，撞钟吹螺闹宫庭。
广张罪福资诱胁，听众狎恰排浮萍。
黄衣道士亦讲说，座下寥落如明星。
华山女儿家奉道，欲驱异教归仙灵。
洗妆拭面著冠帔，白咽红颊长眉青。
遂来升座演真诀，观门不许人开扃。
不知谁人暗相报，訇然振动如雷霆。
扫除众寺人迹绝，骅骝塞路连辎軿。
观中人满坐观外，后至无地无由听。

抽簪脱钏解环佩，堆金叠玉光青荧。
天门贵人传诏召，六宫愿识师颜形。
玉皇颔首许归去，乘龙驾鹤来青冥。
豪家少年岂知道，来绕百匝脚不停。
云窗雾阁事慌惚，重重翠幔深金屏。
仙梯难攀俗缘重，浪凭青鸟通丁宁。

此诗作于元和十三年（818年）末或十四年（819年）初。韩愈是儒家的忠实卫士，主张排斥佛道。唐宪宗晚年信佛好道，任方士柳泌为台州刺史，让他去天台山找灵花异草以炼长生不老之药。韩愈对此极力反对，并于元和十四年春作《论佛骨表》而遭贬。此诗反映了佛道二教的泛滥，并借华山女以色相诱骗人们信教及被皇上召入后宫一事，揭露了道观及宫廷的肮脏和丑恶。

诗的前四句写佛教声势之盛："街东街西讲佛经，撞钟吹螺闹宫庭。广张罪福资诱胁，听众狎恰排浮萍。"东街、西街到处都在开坛讲经，宫廷里也在吹螺撞钟，大做法事。和尚们大肆宣传福罪之说诱惑和威胁人们。来听讲经的人互相邀约，拥挤不堪，有如水上的浮萍，大堆大片，推来推去。整个社会迷信佛教之风于此可见一斑。这无疑会动摇儒家孔孟思想在人们心目中的神圣地位。这是韩愈之所以一个劲儿地以道统自居，力主排佛的主要原因。

与佛教盛大的场面相对的是道教的衰落，"黄衣道士亦讲说，座下寥落如明星"。穿着黄色道袍的道士也在开坛讲经，座下听讲的人却寥若辰星。这与佛事之盛形成了鲜明的对比，这就为下文华山女以其"灵异"和"色相"来争取信教之人做好了铺垫。这两句过渡得自然贴切，毫无牵强之感。

接下来诗人转入正题，开始叙述华山女是如何以"非常"手段来招揽听众和信徒的："华山女儿家奉道，欲驱异教归仙灵。"华山女家世代信奉道教，面对佛教势力的猖獗，她想驱除佛教，让大家重新信奉道教。可是，一个小女子凭什么去力挽道教江河日下的局面呢？这就引出了下文："洗妆拭面著冠帔，白咽红颊长眉青。遂来升座演真诀，观门不许人开扃。不知谁人暗相报，訇然振动如雷霆。扫除众寺人迹绝，骅骝塞路连辎軿。观中人满坐观外，后至无地无由听。抽簪脱钏解环佩，堆金叠玉光青荧。""帔"，道袍。"扃"，门扇。"骅骝"，这里泛指马。"辎"，车的前帏。"軿"，车的后幔。"辎軿"代指车辆。"青荧"，形容金玉的光泽。此段大意：女道士着意打扮，戴上道冠，穿上道袍，搽粉涂脂，深画眉毛，然后升坛作法，演示"真诀"，并声称不许人开门打扰。却又暗中差人四下宣传，这样一来，整个京城为之轰动。前来观摩者络绎不绝，"街东街西讲佛经"再没人听了；先前高僧讲经时"听众狎恰排浮萍"的热闹场面移到了道观中，高车大马迤逦相随，前来听讲者相望于道。道观内外人满为患，以至于后来者竟无插足之地，无法听到女道士讲经的声音。那些来听经的贵妇人当场解下她们的首饰和环軿，慷慨施献财物。刹时金玉成堆、金光闪闪。在这场佛道争夺信徒的较量中，华山女凭借"高明"的手段，终于取得了胜利。诗人在刻画出华山女"高明"手段的同时，也揭示了人们的愚昧无知。

民间信仰由佛转道，佛事日衰而道事日盛，这不能不引起皇帝的关注。于是乎，"天门贵人传诏召，六宫愿识师颜形。玉皇颔首许归去，乘龙驾鹤来青冥。豪家少年岂知道，来绕百匝脚不停。云窗雾阁事慌惚，重重翠幕深金屏。仙梯难攀俗缘重，浪凭青鸟通丁宁"。"浪凭"，漫凭、任凭。"青鸟"，我国古代神话中西王母的使者和侍者。《汉武故事》："七月七日，上（指汉武帝）于承华殿斋正中，忽有一青鸟从西方来集。上问东方朔，朔曰：‘此西王母欲来。’有顷，王母至，有三青鸟如乌，夹侍王母旁。”“丁宁”，即叮咛，嘱咐的意思。此段大意：太监手捧皇帝诏书前往道观召华山女入宫，皇上身边的六宫粉黛也争先恐后想一睹这女道士的风采。皇上召见了华山女后，对华山女的姿容道貌非常满意，特许她回去收拾完毕，然后前来宫中长年住下，为自己讲经说道。其实先前那些富家子弟根本就听不懂道家的那一套理论，只不过惊羡华山女的美貌而不断地在她的周围打转，现在华山女深居宫中，“云窗雾阁”、“重重翠幔”，深不可测，高不可攀，其身份、地位又岂是一般人所能接近的，那些富家子弟也只能凭借青鸟传递消息与她秘密相约，保持联系而已。此段多用比喻，将皇宫喻为天宫，将其中物事也喻为天宫中的物事，好像华山女果真上天了，然而却“俗缘重”、“通丁宁”，一个传道之人尚如此，又如何渡化他人。华山女之“道义”学说不攻自破，其以色相诱骗信徒之举昭然若揭。在辛辣的讽刺后，也影射了皇帝的迷信之深。

本诗是一首讽喻诗，以轰动一时的社会新闻为题材，反映了佛道之争给人们思想上带来的混乱。并借对华山女讲经说道的欺世之举的刻画，否定了神仙之说，规劝人民不要迷信。

左迁至蓝关示侄孙湘

一封朝奏九重天，夕贬潮阳路八千。
欲为圣明除弊事，肯将衰朽惜残年？
云横秦岭家何在？雪拥蓝关马不前。
知汝远来应有意，好收吾骨瘴江边。

元和十四年（819年）正月，韩愈因上《论佛骨表》反对崇佛而触怒了宪宗皇帝，被贬为潮州刺史。这首诗是诗人在离开长安后不远的途中所作。“左迁”，降职。“蓝关”，即蓝田关，一名珮关，在今陕西省蓝田县南。“湘”，韩湘，韩愈的侄儿韩志成的儿子，字北渚，后来于长庆三年中进士，官至大理丞。他便是民间传说中“八仙”之一的“韩湘子”。

“一封朝奏九重天，夕贬潮阳路八千。”“封”，即“封事”，指上给皇帝的意见书。“潮阳”，一名潮州，在今广东省潮州市。“九重天”，借指深宫。“八千”，长安至潮阳路程的估计数字。句意为，早上给皇帝送呈了一封谏书，晚上便被贬往八千里外的潮阳。元和十四年正月，唐宪宗派宦官和部分僧人从凤翔法门寺护国真身塔内，将所谓释加文佛指骨一节迎到长安宫廷内供奉，三天后又送长安各寺庙，于是在京城内外掀起了王公大臣们疯狂的宗教迷信活动。韩愈鉴于奉佛给人民造成的巨大危害，同时佛教的教义有违儒家学说，因而写了《论佛骨表》上呈宪宗皇帝，表明了自己的观点，这在当时是值得肯定的，但却被贬谪潮阳。“朝奏”与“夕贬”在句中互相对举，用来形容获罪之速，这是忠言直谏的诗人所始料未及的。

“欲为圣明除弊事，肯将衰朽惜残年？”“圣明”，古代封建文人美化当朝皇帝的说法。“弊事”，有害处的事，指迎佛骨的活动。“衰朽”，老迈无用的人。句意为，一心只想为圣上革除朝政中的弊端，又怎会在乎自己这风烛残年的身躯呢？被贬潮阳的韩愈此时已经五十二岁了，面对君命他无可奈何，却仍不改初衷。这两句表达了他为国为民的一片忠心，这是一种孤注一掷的情绪，一种为“大我”而牺牲“小我”的精神。句中的“圣明”、“弊事”亦相对成趣，不失为一种辛辣的讽刺。

“云横秦岭家何在，雪拥蓝关马不前。”“秦岭”，横贯陕西南部的山脉。句意为，离开长安以后，我深感前途渺茫，看到白云横亘的秦岭，我真不知道自己今后的归宿在哪里？来到大雪拥塞的蓝田关，连马儿也不肯前行了。诗人此刻是系念家人，还是在伤怀国事？是老马畏途，还是英雄失路？此中情绪，恰若“云横秦岭”、“雪拥蓝关”，使我们感到了一种大气磅礴的震撼力量。句中的“横”、“拥”二字可谓精练奇崛，体现了诗人一贯的诗风。曾有善画者据此句而绘图，山岭重叠，雪景模糊，人马行其间，俱有畏寒凌兢状，观之令人心神惨然。

“知汝远来应有意，好收吾骨瘴江边。”“汝”，指韩湘。“瘴江边”，这里指潮阳。当时岭南一带多瘴气。句意为，我知道你远道而来，是怕我此去凶多吉少，抛尸他乡，于是同我一道到潮州去，以便今后好收掩我的尸骨。潮州是瘴疠之地，自古被谪宦者视为畏途，而且诗人此时年事已高，故诗人在诗末以“好收吾骨瘴江边”作结，表达了对此去前景的忧虑。诗意至此由激越转为沉痛，令人大有痛彻肺腑之感。

此诗写得苍凉沉雄，卷洪波巨澜于方寸，将诗人犯言直谏之姿展露无遗，在铮铮铁骨衬托之下，烘托出一派英雄末路的凄凉氛围，读来感人肺腑，回味无穷。

柳州罗池庙诗

荔子丹兮蕉黄，杂肴蔬兮进侯堂。
侯之船兮两旗，度中流兮风泊之。
待侯不来兮不知我悲！
侯乘驹兮入庙，慰我民兮不嚬以笑。
鹅之山兮柳之水，桂树团团兮白石齿齿。
侯朝出游兮暮来归，春与猿吟兮秋鹤与飞。
北方之人兮为侯是非，
千秋万岁兮侯无我违。
福我兮寿我，驱厉鬼兮山之左。
下无苦湿兮高无干，粳稌充羡兮蛇蛟结蟠。
我民报事兮无怠其始，自今兮钦于世世！

此诗作于长庆二年（822年）。诗集中并未记载，乃自文集录出。原附《柳州罗池庙碑》之后，文末云：“余谓柳侯生能泽其民，死能惊动福祸以食其土，可谓灵也已。作迎享送神诗以遗柳民，俾歌以祀焉。而并刻之。……其辞曰……”因此收录者把此诗正名为《柳州罗池庙迎享送神歌辞》，前五字，本原题；后六字，本原文。

“柳侯”谓柳宗元。柳宗元于元和十年（815年）被贬为柳州刺史，元和十四年（819年）卒于柳州任上，元和十五年（820年）归葬万年（今陕西西安市郊）。但柳州人民却为他立了衣冠冢，罗池即在其旁。柳宗元死后，当地百姓奉他为“罗池神”，并立庙以祀。因为柳宗元替人民做了不少好事，尤其是得到汉、壮各族人民的好感，所以这样来纪念他、崇奉他。韩愈则不管柳宗元得罪过朝廷，他认为柳宗元是存德于人民的，就“因神设教”撰写了庙碑，并撰了这首歌辞，在当时，曾受到了“朝中士大夫”们的非议。但这首诗却流传了千年，石刻现在还嵌在“柳侯祠”的右壁，世称三绝：“韩文、苏字、柳侯碑”。

“荔子丹兮蕉黄”，红红的荔枝啊黄黄的大蕉。文章以景着笔，引出下句“杂肴蔬兮进侯堂”，“杂肴蔬”，即所谓“珍”、“素”，都是祭物。句意为，人们把这些祭物进献于柳侯的祠堂。“侯之船兮两旗，度中流兮风泊之。待侯不来兮不知我悲！”柳州人以他们传统的方式用插着双旗的船来迎接罗池神——柳侯，船在中流，被风漂泊，却迟迟不见柳侯到来，真是让人悲伤啊！这一段从上祭到迎侯直至柳侯未至而众人悲伤，把人们对柳侯的敬仰和爱戴之情一笔托出。其中“侯之船”句，《五百家注音辩昌黎先生文集》引朱廷玉云：“柳人迎神，其俗以一船两旗，置木马、偶人于舟，作乐而导之登岸，而趋于庙。”马其昶《韩昌黎文集校注》亦引陈景云云：“舟中树两旗，设寓焉，以迎神，此岭外祀神旧俗。见南宋临邛韩本注。”

“侯乘驹兮入庙，慰我民兮不嚬以笑。鹅之山兮柳之水，桂树团团兮白石齿齿。侯朝出游兮暮来归，春与猿吟兮秋鹤与飞。”“嚬”，同“颦”，皱起眉头。“鹅之山”，鹅山在柳州市南，与柳侯祠一江之隔。柳宗元《柳州山水记》中作“峨山”。“柳水”，即柳江，它环绕着柳州的东、南、西三面。“团团”，圆大如盖的样子。“齿齿”，排列如齿的样子。此段大意：柳侯的灵魂骑着马儿到来了，他和人民在一起，柳州大地上充满了欢乐。鹅山上的桂树圆大如盖啊，柳江边的白石排列如齿。柳侯早上出游晚上归来，春天有猿猴和他一起吟唱，秋天有白鹤与他一起飞翔。寥寥几句把一片和谐安祥的气氛跃然纸上。其中“秋鹤与飞”，或可作“秋与鹤飞”，似因为上面是“春与猿吟”，这是诗人有意的错综，有如屈原《九歌·东皇太一》中的“吉日兮辰良”，不是“吉日兮良辰”。

随后诗人把笔锋一转，用第一人称代词“我”代表柳州人民来陈述，“北方之人兮为侯是非，千秋万岁兮侯无我违”。北方朝中的那些士大夫啊为了柳侯的事议论纷纷，但是千秋万岁啊，柳侯都不要离开我们。句中“侯无我违”即“侯无违我”，把动词与宾语互换位置，让“我”作复数第一人称代词。诗人同时还希望“福我兮寿我，驱厉鬼兮山之左。下无苦湿兮高无干，秔稌充羡兮蛇蛟结蟠。我民报事兮无怠其始，自今兮钦于世世！”“厉鬼”，凶恶的鬼，灾害的鬼。“下无”句，“下”指地，“高”不是指天，也是指地。柳州地区高下不平，从江边到山头，都有人民耕种、垦植。“秔”，大米。“稌”，糯米，即北方所称江米。这是柳州人民主要的农作物。“充羡”，充足有余。“结蟠”，蛰伏，冬眠，是说蛇蛟不出来伤人。“报事”，报告事情。“无怠其始”，像以前一样。“钦”，尊敬。此段大意：柳侯之神请赐福寿于人民，驱除山中的凶恶厉鬼。使低处无水灾，高处无旱灾，让粮食充足有余，蛇蛟不出来伤人。人民向州官报事时也和以前柳侯做刺史时一样。柳州人民对您的尊敬从现在开始一直会延于世世代代！在此段中，诗人用人民自己的语言，表现了他们对柳宗元思念不忘的深厚情感。其中“驱厉鬼”一句出自传世《龙城石刻》残片：“龙城柳，神所守。驱厉鬼，出匕首。福土氓，制九丑。”是柳宗元的手迹。从前的人曾怀疑《龙城石刻》，殊不知韩愈这首诗已语语有据。

韩愈是一个热情而富于想象的人，他那上天入地捕捉奇伟事物的爱好和才能，充分表现在他的诗篇里。在这首《柳州罗池庙迎享送神歌辞》中他叙述了柳宗元死而为神的灵异，并融进了对柳宗元的尊重、仰慕之情，个中味道，值得细细品味。

早春呈水部张十八员外

天街小雨润如酥，草色遥看近却无。
最是一年春好处，绝胜烟柳满皇都。

此诗作于穆宗长庆三年（823年），原有两首，此选其一首。张十八即张籍，时任水部员外郎。全诗风格清新自然，读来有春风扑面之感，语言看似平淡无奇，实际上绝非平淡，正像韩愈自己所说：“艰穷怪变得往往近平淡”（《送无本师归范阳》），这种“平淡”着实来之不易。

“天街小雨润如酥，草色遥看近却无。”在被如奶汁般的小雨滋润了一天后，当又一个黎明来临之时，春草芽儿便从大地中探出了柔嫩的头，从远处望去，一片朦胧，充满了盈盈生意。淡淡的草色和着微风扑面而来，给人以欣欣然的爽意。但是当你满怀着新奇与喜悦欲走近一观时，却又见地上稀稀朗朗的芽全然没了颜色。全诗的点睛之笔便在这一句“草色遥看近却无”中，早春之妙处，亦全在这一远一近，一淡一疏之间。即使是高明的水墨画家，此时恐怕也难以用传神之笔绘其神，可韩愈做到了，一句之间，兼摄远近，于空处传神，写出了早春的肌质与神韵，好一幅早春图！而这观春的背景又是满天如酥的纤细雨丝，透过雨丝遥望草色，早春草色的朦胧之美就更加突出了。

“物以稀为贵”，早春的草色是很娇贵的。诗末两句通过对比，进一步突出了早春草色的可贵，远胜过皇城中的处处烟柳。“最是一年春好处，绝胜烟柳满皇都。”早春的草色淡而雅，也是早春特有的标志，柔嫩而饱含水分，象征着春回大地，万象更新。而烟柳虽美却满城皆是，不足为奇。而且到了暮春三月，颜色一浓，也就不惹人爱了。“新年都未有芳华，二月初惊见草芽”（韩愈《春雪》），严冬方尽，余寒犹厉，乍见美妙之春色，心头又惊又喜，这时淡淡的草色是大地唯一的装饰；可是到了晚春时节，“草木知春不久归”（韩愈《晚春》）时，即使柳条儿绿得再好，因为失却了那份新鲜感，便无人会用心去看了。

诗人笔摄早春之魂，那种淡雅的、似有似无的色彩，给人以无穷的美感，让人久久回味，是绘画远所不及的。

学诸进士作精卫衔石填海

鸟有偿冤者，终年抱寸诚。
口衔山石细，心望海波平。
渺渺功难见，区区命已轻。
人皆讥造次，我独赏专精。
岂计休无日，惟应尽此生。
何惭刺客传，不著报雠名。

精卫，小鸟名。传说炎帝的女儿在东海淹死，化为精卫鸟，每天衔西山的木石来填东海（见《山海经·北山经》）。后常用“精卫填海”比喻不畏艰难，意志坚决。有人认为精卫填海，不自量力，讥讽为“造次”之举，诗人有感于此，遂作此篇，赞誉这种“专精”精神。

“鸟有偿冤者，终年抱寸诚。口衔山石细，心望海波平。”句意为，鸟类中立志报仇雪恨的精卫鸟，它经年累月都抱着一片赤诚之心。其口中所衔山石虽然细小，心中却希望能以此把波涛汹涌的瀚海填平。这几句简述“精卫衔石填海”事。“偿”，指报复，报仇。左思《魏都赋》云：“稌秖精卫，衔木偿怨。”精卫衔石“偿冤”，“终年”二字，显示其复仇时间之长，终年不息；“抱寸诚”，表明其复仇决心之坚，决不放弃。精卫鸟本已十分微小，其口中所衔山石之“细”可想而知。然而它却要用这一颗颗细小的山石把淹死过自己、波涛汹涌、浩渺无垠的大海填平，何其艰难，其复仇“偿冤”之“寸诚”何其坚贞。

“渺渺功难见，区区命已轻。人皆讥造次，我独赏专精。”句意为，瀚海浩渺，衔石填海之功真是难以实现，炎帝女儿的区区小命早已变得轻无虚缈。人们都讥讽精卫填海是轻率鲁莽之举，我却欣赏它这种专心致志的精诚之心。“渺渺”，指水面辽阔。“区区”，即微不足道。“造次”，指仓猝，轻易。精卫鸟为淹死在东海的炎帝女儿的灵魂所化，它衔石填海，以雪淹死之恨，山石如此之小，东海如此之大，此“功”真是太难以实现了。更何况淹死之事早成过去，其灵魂早已升入天宇，变得虚无缥缈。精卫鸟似乎真有点不自量力，不识时务，因而被众人称为“造次”之举。然而诗人力排众议，笔锋一转，“我独赏专精”，认为其勇可嘉，值得敬佩。“专精”二字，照应次句“终年抱寸诚”，加以“我独赏”引领，立场坚定、鲜明，力扫千军。

“岂计休无日，惟应尽此生。何惭刺客传，不著报雠名。”句意为，何必要计量有没有功成休息之日，只愿能够付出此生全部努力而已。为什么要对史书上留下了刺客的传记，而报仇之士的名字都没有人著述感到惭愧呢？“刺客传”，指《史记》中的《刺客列传》，多记载行杀报仇之侠客。“雠”，通“仇”。这四句紧承“专精”二字而写，连用两个反问句，语气排山倒海，表明只问耕耘，不问收获，只求实现报仇夙愿，不求浪得虚名。这既是赞誉精卫鸟，同时也是诗人自勉。其坚贞不屈，立志必达之情志，斩钉截铁，掷地有声。

这首诗可谓是诗人对“精卫衔石填海”事的评论，诗中既称赞了精卫鸟这种一心报仇雪恨，不畏艰难，矢志不渝的“专精”精神，也可说是诗人的自勉。全篇笔力雄健，精神兀傲，笔势驰骤，波澜老成，意象旷达，句字奇警，奇险豪纵，快心露骨。清人沈德潜云：“善使才者，当留其不尽。昌黎诗不免好尽，要之意归于正，规模宏阔，骨格整顿，原本《雅》、《颂》，而不规工于风人也。品为大家，谁曰不宜！”（《唐诗别裁》）

晚 春

草树知春不久归，百般红紫斗芳菲。
杨花榆荚无才思，惟解漫天作雪飞。

韩诗《游城南十六首》中十六首诗并非诗人一时之作，大约作于元和年间，《晚春》是其中的一首，是韩诗中颇富机趣的一首，抒发了珍惜春光的美好愿望。

浅观全诗，这首诗所描绘的是一幅郊游时看到的“群芳斗妍图”：“草树知春不久归，百般红紫斗芳菲。杨花榆荚无才思，惟解漫天作雪飞。”春天就快要过去了，花草树木都千方百计想将它留住，于是乎一下子百花齐放、姹紫嫣红、繁花似锦、吐艳争芳。就连原本缺色少香的柳絮和榆荚也不甘平庸，因风而舞，化作了片片飞雪。寥寥数笔，顿让人感到满眼风光。

深味此诗，“无才思”三字着实费人咀嚼。有人认为个中深意在于劝人珍惜匆匆流逝的光阴，抓紧时间勤于学业；也有人认为此为谐趣，借嘲弄“杨花榆荚”没有红紫美艳的颜色，来喻指没有才华的人写不出有文采的诗篇；更有人不得其解，存疑曰：“玩三四两句，诗人似有所讽，但不知究何所指。”（刘永济《唐代绝句精华》）又有清人朱彝尊说：“此意作何解？然情景只是如此。”

如雪的杨花，乃晚春所特有的景物之一。试想，若从这幅晚春图中抹掉这星星点点的白色，不觉得小有缺憾吗？何况，谢道韫咏雪以“柳絮因风”而自古称美；诗人亦有句云：“白雪却嫌春色晚，故穿庭树作飞花。”（《春雪》）

其实“无才思”三字并非是诗人嘲弄人的字眼，而是有所喻指，有所褒扬，在元和诗坛上，韩愈十分推崇当时并不为时人所重的孟郊、贾岛，这二人奇僻瘦硬的诗风，正是当时诗坛的别调，属“杨花榆荚”之列，但他们并不因“无才思”而藏拙，不避“班门弄斧”之嫌，扬长避短，争鸣争放，像为晚春添色的“杨花榆荚”般为诗坛添色。诗人对他们的创作成果是推崇的，对他们不为流俗所左右，甘愿冒“无才思”之大不韪的精神是高度赞扬的。正是他们，给死气沉沉的元和诗坛带来了新鲜的气息。

游太平公主山庄

公主当年欲占春，故将台榭压城闉。
欲知前面花多少，直到南山不属人。

太平公主是唐高宗（李治）第三女，武则天所生，初招薛绍为驸马，绍死，再嫁武承嗣，三嫁武攸暨，是武氏集团的重要人物。《新唐书·诸帝公主列传》说她权震天下，封至万户，“田园遍近甸（京郊），皆上腴（最肥美的土地）。吴、蜀、岭峤，市作器用，州县护送，道相望也。天下珍滋谲怪充于家，供帐声伎，与天子等。侍儿曳纨闉者数百，奴伯、妪监千人，陇右牧马至万匹。”玄宗初立时，她被赐死，死后“簿（登记）其田赀，㲄宝（珍宝）若山，督子贷，凡三年不能尽”。韩愈这首诗，正是通过描写这位权震天下，封至万户的太平公主，从侧面揭露了唐代当权贵族不可一世的气焰和对土地掠夺的惊人程度。

“公主当年欲占春，故将台榭压城闉。”此二句将一个骄横贪婪、欲壑难填的公主形象跃然于纸上。时局动乱，人间不平之事难以枚举，有权势者可占地、占屋，甚至占人妻女，可又有谁能独占春色？只有这骄蛮刁横的太平公主“欲占春”，为了霸占春光，她大建山庄别墅，广修园林水池，其豪华气派竟然让“城闉”为之减色。一个“压”字形象地烘托出山庄台榭的气势和惊人规模以及当年太平公主权倾朝野的嚣张气焰，只此两句，已足见诗人炼字之精，推敲得当。

“欲知前面花多少”，山庄别墅，本为权贵之辈的游乐场所，因此往往广植花木，刻意雕饰。第三句问“花多少”，照应首句的“春”字，承上启下，转而引出末句之新意，花到底有多少呢？看吧，“直到南山不属人”！“南山”，即为终南山，于此可见公主山庄占地之广袤，从长安城边一直到终南山都是她的山庄别墅。如此大的地方竟然“不属人”，照应了首句中的一个“占”字。“直到”所示，表面意为深感惊叹，无所臧否，却深寓褒贬于其中，本诗最为绝妙之处也在于此，须知诗人所绘的均是“当年”往事，太平公主已逝，山庄犹在，而且“前面”即是，但它属于谁呢？诗人在文中并未言明，但现在确乎不属于公主了。过去“不属人”，现在又对人开放了。这正是对公主“欲占春”的绝妙讽刺！全诗到“不属人”处戛然而止，让无限的感慨见于言外，给读者留下了想象的空间。

此诗语言平白简练，寓意深刻，讽刺辛辣，读来让人玩味。

王安石

王安石（1021—1086），字介甫，号半山，江西抚州人。他是宋神宗时的宰相，曾倡导变法，是一位进步的政治家。其诗、词均独具一格，为时人所尊崇。有《临川先生歌曲》存。

材 论

本文论述了人才对天下治乱安危的极端重要性，提出统治者对人材的访求和任用是否持积极态度，能否为人才的产生创造良好的环境是人才能否涌现的关键。

本文中着重论述选材之道，先以驽骥作比，谏谕统治者对人才应“试之之道，在当其所能”，又以南越之斡用之不得其方，则效用大异来说明统治者对人才应“铢量其能而审处之”。借以阐明正确的选材之道，并抒发其在位者未及深思而妄言“天下果无材”之哀。提出只有对人才采取正确的态度才会促使贤材辈出的观点。

【原文】

天下之患，不患材之不众，患上之人不欲其众，不患士之不欲为，患上之人不使其为也。夫材之用，国之栋梁也，得之则安以荣，失之则亡以辱。然上之人不欲其众、不使其为者，何也？是有三蔽焉。其尤蔽者，以为吾之位可以去辱绝危，终身无天下之患，材之得失无补于治乱之数，故偃然肆吾之志，而卒入于败乱危辱，此一蔽也。又或，以谓吾之爵禄富贵，足以诱天下之士，荣辱忧戚在我，吾可以坐骄天下之士，将无不趋我者，则亦卒入于败乱危辱而已，此亦一蔽也。又或不求所以养育取用之道，而諰諰然以为天下实无材，则亦卒入于败乱危辱而已，此亦一蔽也。此三蔽者，其为患则同，然而用心非不善而犹可以论其失者，独以天下为无材者耳。盖其心非不欲用天下之材，特未知其故也。且人之有材能者，其形何以异于人哉？惟其遇事而事治，画策而利害得，治国而国安利，此其所以异于人也。上之人苟不能精察之，审用之，则虽抱皋、夔、稷、契之智，且不能自异于众，况其下者乎？世之蔽者方曰：“人之有异能于其身，犹锥之在囊，其末立见，故未有有其实而不可见者也。”此徒有见于锥之在囊，而固未睹夫马之在厩也。驽骥杂处，饮水食刍，嘶鸣蹄啮，求其所以异者，蔑矣。及其引重车，取夷路，不屡策，不烦御，一顿其辔而千里已至矣。当是之时，使驽马并驱，则虽倾轮绝勒，败筋伤骨，不舍昼夜而追之，辽乎其不可以及也，夫然后骐骥騕褭与驽骀别矣。古之人君，知其如此，故不以天下为无材，尽其道以求而试之，试之之道，在当其所能而已。夫南越之修簳，镞以百炼之精金，羽以秋鹗之劲翮，加强弩之上而彍千步之外，虽有犀兕之捍，无不立穿而死者，此天下之利器，而决胜觌武之所宝也，然用以敲扑，则无以异于朽槁之挺。是知虽得天下之瑰材桀智，而用之不得其方，亦若此矣。古之人君，知其如此，于是铢量其能而审处之，使大者、小者、长者、短者、强者、弱者无不适其任者焉。如是则士之愚蒙鄙陋者，皆能奋其所知以效小事，况其贤能智力卓荦者乎？呜呼！后之在位者，盖未尝求其说而试之以实也，而坐曰“天下果无材”，亦未之思而已矣。或曰：“古之人于材有以教育成就之，而子独言其求而用之者，何也？”曰：“因天下法度未立之后，必先索天下之材而用之。如能用天下之材，则能复先王之法度，能复先王之法度，则天下之小事无不如先王时矣，况教育成就人才之大者乎？此吾所以独言求而用之之道也。”噫！今天下盖尝患无材。吾闻之：六国合从，而辩说之材出；刘、项并世，而筹划战斗之徒起；唐太宗欲治，而谟谋谏诤之佐来。此数辈者，方此数君未出之时，盖未尝有也。人君苟欲之，斯至矣（今亦患上之不求之，不用之耳）。天下之广，人物之众，而曰果无材可用者，吾不信也。

【译文】

管理天下的忧患，不在于担心人才不多，而是担心在上位的人不想使人才众多；不担心士人不想有所作为，而是担心在上位的人不想他有所作为，可以任用的人才都是国家的中流砥柱，得到人才国家就会安宁繁荣，失去人才国家就会覆灭受辱。身居上位的人却不想使人才众多、不让他有所作为是出于什么原因呢？这是因为有三种偏见。其中最大的偏见，是认为自己的地位可以消除侮辱断绝危患，一生都不存在危害国家的事情，人才的得失，对于兴盛衰败的命数是没有用处的，所以就心安理得满足自己的欲望，最终导致败亡危难，这是一种偏见。还有人以为我的爵位俸禄富贵，足以吸引天下的士人，荣辱喜忧都决定于我，我可以坐在这里傲视天下士人，没有人不奉承我，但最终也走到了败亡危难受辱的地步，这又是一种偏见。又有人不去寻求培养挑选任用人才的办法，只是满怀忧虑地认为天下没有有才能的人，那么最终也会导致败亡危难受辱的局面，这又是一种偏见。以上三种偏见，他们产生的祸患一样，只有用心并不是不好尚且能够评论一下他的失误的，是那种认为天下没有人才的。他的内心并非不想任用天下的人才，只是不明白罢了。况且有才能的人，在外形上和其他人有什么分别呢？只是他们遇到什么事都可以办好，筹划对策可以切中利害关系，治理国家就会安定向好的方向发展，这是他们与别人不同的地方。身居上位的人如果不能仔细观察、审慎任用，即使他们有皋、夔、稷、契那样的智慧，也不能和众人区别开来，更不用说是职位低的人了。世上有偏见的人会说：“身怀奇异才能的人，好比锥子放在了皮囊之中，他的锋芒马上就能表现出来，因此向来没有有本事而不能显露的事。”这些人只看到了锥子放在皮囊里，却没看到马厩里的马匹。劣马和良马混杂在一起，喝水吃草，鸣叫踏咬，要找出他们的不同之处太困难了。等到用它们拉车，走在平坦的路上，良马不用多次挥鞭，也不用驾驭，一抖缰绳就可奔驰千里。与此同时，让劣马和良马并驾齐驱，即使把车轮弄倒了、缰绳拉断了，伤筋动骨、昼夜不止地奔跑，也远远赶不上良马。这样以后才能辨别出骐骥騕褭和驽骀的分别。古代的君主，懂得这个道理，因此不认为天下没有人才，用尽所有的办法去发掘人才并加以测试，测试的方法，在于和他本身的能力一致而已。南越的长箭，箭头用的是经过千锤百炼的精铁，括羽用的是秋鹗的硬翮，搭在质量好的弓箭上就能够射到千步以外，即使对方用犀牛皮的铠甲保护，也无不立刻穿透而死，这种天下出奇的锋利武器，是制胜取得成功的宝物，但用来敲打东西，就和枯槁腐朽的木棍没有区别。由此可以知道即使得到了杰出的人才，有杰出的智慧，不按正确的方法使用，也像这样一样。古代的君主，明白这个道理，可以估量他的才能而谨慎地为他安排个职位，使每个人的大小、长短、强弱全都适合各自的工作。像这样即使是蠢笨鄙陋的士人，也都能够竭尽全力做好一些小事，更何况那些有着卓越突出智慧的人呢？唉！后代的官员，并没有寻求过这种学说并运用到实际的工作中去，反而凭空说世间的确没有人才，也没有认真思考过。有人说：“古代有一整套培养造就人才的办法，你却只谈到了搜求和任用人才，这是为什么呢？”我的意见是：“天下的法制没有确立之前，一定要先搜求天下的人才加以任用。如果能寻求到天下的人才，就能恢复先王的法度，能恢复先王的法度，那么天下的小事就都像先王的时代一样了，何况像教育造就人才这样的大事呢？因此我才只说搜求和任用人才的方法。噫！现在的天下曾经担心没有人才。我听说，东方六国采用合纵的谋略，而游说智辩的人才就出现了；刘邦和项羽并存于当世，而策划战斗的人就出现了；唐太宗想治理好天下，而出谋划策勇于进谏的副手就出现了。这几种人，在这几位帝王出现前不存在，如果国君想得到他们，他们自然会出现。天下这样广大，人物这样众多，却说果真没有人才可以使用，我是不相信。

对疑

本文阐释了对当时朝廷下发的一道敕书所涉内容的疑问。指出，以孝治天下并非只做表面文章，而在于采取一些切实可行又符合实际的措施。否则，不但不能达到预期目的，反而会引起公卿大夫的困窘。文章用较大篇幅分析了这项在当时情况下难以执行的政策，它并非是学习先王用权变的方法来处理事务，而是违背先王安慰、抚恤士大夫之原意，从而为此项政策的不合理性找到理论根据。

文末以疑问作结，绵里藏针。笔墨之外，此敕书内容之荒谬尽显无遗。

【原文】

己亥敕书："自今内殿崇班以上，大丧致其事，供奉官以下则勿致，如其故。"于是有疑者，以为供奉官以下亦士大夫也，而朝廷独遇之如此，顾而问曰："今子以谓如何？"尝窃原朝廷之意以对曰：先王之制丧礼，不饮酒，不食肉，不御于内，以致其哀戚者，所谓礼之实，而其行之在我者也。不论其人之贵贱，不视其世之可否，而使之同者也。然而有疾则虽贱者亦使之饮酒而食肉，此所谓以权制者也。或不言而事行，或言而后事行，或身执事而后行者，所谓礼之文，而其行之在物者也。论其人之贵贱，视其世之可否，而为之节者也。视其世之可否而为之节，故金革之事，则虽贵者亦有时乎而无辟，此所谓以权制者也。今欲使三班趋走给使之吏，大丧则皆无以身执事，而从古者卿士大夫之礼，此固盛世之所宜急，而先王以孝理天下之意。然而事又有先于此者。古之时，卿大夫之丧，所以听身不执事者，为其可以不身执事也。其可以不身执事者，何也？古之人君于其卿士大夫之丧，所以存问养恤者，盖不诎于其在事之时，其有大丧而得不以身执事者，以其臣属足使而禄赐足以事养故也。今三班趋走给使之吏，其素所以富养之，非备厚也。一日使去位而治丧者，则朝廷视遇与庶人之在野者无以异。庶人之在野者，所以葬祭其先人，畜养其妻子，有常产矣。三班趋走给使之吏，去位而治丧者，则其使令非有臣属，事养非有禄赐，一日无常产，则其穷乃有欲比于庶人而不得者。若用事者不为之忧此，而曰"汝必无以身执事"，则亦有饿而死者耳！然而世之议者方曰："今之小吏去位而治丧者众矣，吾未见有饿而死者。"夫今之去位而治丧者，自非多积馀藏，有以活身，则孰能无以身执事者乎？今欲使之去位而治丧者，故欲使其致丧之实而无以身执事也。苟不能使之无以身执事，而徒使之去位，则岂盛世之所急，而先王以孝理天下之意也？愚故曰事又有先于此者，谓所以存问恤养士大夫如古之时者，今之所先也。夫明吾政以赡天下之财，而存问恤养士大夫如古之时，此吾之所易为也。仰无以葬祭其先人，俯无以畜养其妻子，然且去位而治丧，无以身执事，以致古者士大夫之礼，此人所难行也。舍吾之所易为而忽不谋，曰："是皆先王之事，非吾今日之所能为也。"操人之所难行而诛之不释，曰："古之士大夫皆然，尔奚事而不为？"朝廷或者以为此非先王以权制丧、内恕及人之道，故止而不为。虽然，愚亦有疑焉，欲内恕以及人而不为吾之所易为者，何也？

【译文】

己亥这一天皇上颁布诏书说："从今往后内殿崇班以上的官员，遇到家中大丧可以退职回家，供奉官以下的不允许，一如既往。”于是有人发出疑问，认为供奉官以下也属于士大夫，朝廷却这样对待他们，就问我说：“你认为怎么样？”我曾经推究朝廷的意思回答他们说：先王在服丧礼时，不喝酒，不吃肉，不在内宫居住，来表达自己内心的难过，这就是所说的实实在在的礼节，是否实施全在于自身。不管人的地位的高低，也不看时代是否允许，执行礼节都是相同的。然而有病的人即使身份低微也要让他喝酒吃肉，这就是所谓的用权变的方法施行礼节。有的人不需要讲话却可以做成事情，有的人说完话再把事做成，有的人自己亲自去做之后把事做成，这就是所谓礼节是外在的，要看对什么事物施行。评论人地位的高低，看时代是否允许执行，对礼节加以节制。看时代是否允许对礼节进行约束，所以涉及战争的事情，有时连地位高贵的人也不能回避，这是所说的用权变的方法节制。现在想让三班大臣充当供人驱使的差吏，遇到大丧都不要执行事务，按照古代公卿大夫的礼仪去做，这本来就是太平盛世应该重视的，也是先王用孝治理天下的本意。可是有的事情又比这些要紧。古时候，公卿大夫遇到丧事，可以听凭他们不用办理事务，是因为他们可以不用处理事务。为什么能够不用处理事务呢？古代君主在公卿大夫遇到丧事时，给予他们的安慰补贴的恩惠，并不少于为官时，遇到大丧可以不用亲身处理事务，是因为大臣们的部下足以办理好事物，俸禄全额发放足以侍奉的缘故。如今朝内大臣充当了奔走驱使的差吏，日常给他们的待遇又不丰厚。一旦让他们辞去职位回家治丧，朝廷的待遇就和平常百姓没什么分别。平民百姓，可以殡葬祭祀祖先，抚养妻子儿女，是因为他们有确定的产业。供皇上奔走驱使的朝廷官员，辞去职位去治丧，手下没有服役人员，没有俸禄供养家人，一天没有固定的收入，就会走投无路即使想和平民百姓相提并论也无法办到。如果执政者不知道为此担忧，却说“你再也不要亲自办理任务了”，那么也会出现因饥饿而死的士大夫。可是世上一些议论者会说：“现在，小官吏辞去职位治丧的很多，我也没有见过有饿死的。”现在辞职治丧的人，如果不是有多余的储藏，能够养活自身，谁又能不亲自处理政务呢？现在让他们辞职治丧，就是让他们真的去办理丧事而不再处理政务，如果不让他们处理政务，只是让他们辞职，这难道是太平盛世的要务，是先王用孝治理天下的原意？所以我说有的事务比这件事急迫，我认为像古代那样慰问抚恤士大夫，才是今天首先要做的事。使国家政治清明从而使天下财利充足，像古时候那样安慰抚恤士大夫，对我们来说就容易做了。如果士大夫对上不能殡葬祭祀祖先，对下不能养活妻子儿女，尚且辞职去办理丧事，不再在朝廷任职，可是仍想按照古代士大夫的礼仪，这是人们不能做到的。放弃我们容易做的而疏忽不加谋划，说：“这些都是先王的事情，并非我们现在所能做的。”用别人难以完成的事情做借口而不停地指责，说：“古代的士大夫都这样，你为什么做不到呢？”朝廷中有人认为这并非先王用权变的方法办理丧事、内心饶恕自己和别人的办法，所以停止不做。即使这样，我心里也有疑问，想在内心宽恕自己和别人却又不做那些不难做的事，这是什么原因呢？

委任

荆公为文，多深思远识，本文亦如此。

针对当时官吏选拔标准有失偏颇之现实，荆公以其治天下之自觉奋笔疾言，指陈时弊，畅快淋漓。文中援古证今，辞意切直，笔力更觉遒劲。

通篇大意在于谏诤当政者法古代贤王委任官吏之道：但求其用，不求其全；信其忠而不疑其伪。并着重指出，为君者对待臣属应推心置腹，做到“任之重而责之重”，则君臣和协、上下同心。文以“常人之性，有能有不能，有忠有不忠，顾人君待之之意何如耳”作结，则政事之阙失，事理之曲直毕现。读之令人神动。

【原文】

人主以委任为难，人臣以塞责为重。任之重而责之重，可也；任之轻而责之重，不可也。愚无他识，请以汉之事明之。高祖之任人也，可以任则任，可以止则止。至于一人之身，才有长短，取其长则不问其短；情有忠伪，信其忠则不疑其伪。其意曰："我以其人长于某事而任之，在它事虽短何害焉？我以其人忠于我心而任之，在它人虽伪何害焉？"故萧何刀笔之吏也，委之关中，无复西顾之忧；陈平亡命之虏也，出捐四万馀金，不问出入；韩信轻猾之徒也，与之百万之众而不疑。是三子者，岂素著忠名哉？盖高祖推己之心而置于其心，则它人不能离间，而事以济矣。后世循高祖则鲜有败事，不循则失。故孝文虽爱邓通，犹逞申屠之志；孝武不疑金、霍，终定天下大策。当是时，守文之盛者，二君而已，元、成之后则不然，虽有何武、王嘉、师丹之贤，而胁于外戚竖宦之宠，牵于帷嫱近习之制，是以王道浸微，而不免负谤于天下也。中兴之后，唯世祖能驭大臣，以寇、邓、耿、贾之徒为任职，所以威名不减于高祖。至于为子孙虑则不然，反以元、成之后三公之任多胁于外戚竖宦、帷嫱近习之人而致败，由是置三公之任而事归台阁，以虚尊加之而已。然而台阁之臣，位卑事冗，无所统一，而夺于众多之口，此其为胁于外戚竖宦、帷嫱近习者愈矣。至于治有不进，水旱不时，灾异或起，则曰三公不能燮理阴阳而策免之，甚者至于诛死，岂不痛哉！冲、质之后，桓、灵之间，因循以为故事。虽有李固、陈蕃之贤，皆挫于阉寺之手，其馀则希世用事全躯而已，何政治之能立哉？此所谓任轻责重之弊也。

噫！常人之性，有能有不能，有忠有不忠，知其能则任之重可也，谓其忠则委之诚可也。委之诚者人亦输其诚，任之重者人亦荷其重，使上下之诚相照，恩结于其心，是岂禽息鸟视而不知荷恩尽力哉？故曰："不疑于物，物亦诚焉。"且苏秦不信天下，为燕尾生，此一苏秦倾侧数国之间，于秦独以然者，诚燕君厚之之谓也。故人主以狗彘畜人者，人亦狗彘其行，以国士待人者，人亦国士自奋。故曰：常人之性，有能有不能，有忠有不忠，顾人君待之之意何如耳。

【译文】

君王对委任官员感到为难，大臣看重尽到自己的职责。委任的担子越重要求他的越多，这是可以的；委任的担子很轻要求他的却很多，这是不行的。我也没有什么见识，请让我用汉朝的事情说明这个道理。高祖任命官员时，可以委任的才委任，可以停止的就停下来。关系到每个人的自身，才能有大有小，选择才能大的而舍弃才能小的；情义有真有假，相信他的忠心而不怀疑他的虚假。他的意思是说："因为某人擅长某事我才使用他，在其他方面他不擅长有什么害处呢？因为某人忠于我，才任用他，他对别人虚假有什么关系呢？"所以虽然萧何是个管文案的小官，把整个关中交给他治理，不再担忧西部的安危；陈平是个逃亡的俘虏，送给他四万金而不过问账目的出入；韩信是个轻薄狡猾的家伙，让他带领上百万的军队也没有怀疑。这三个人难道平时以尽忠出名吗？只不过因为高祖十分信任他们，别人不能挑拨离间，才可以把事办成。后代遵循高祖的事例就很少有失败发生，不遵循就会失败。因此虽然孝文帝喜欢邓通，还是能达成申屠嘉的心愿；孝武帝不怀疑金日磾和霍光，最终才决定了天下大事。在这个时候，极力坚持用文教治国只有这两位君主，元帝、成帝之后却不是这样，即使有何武、王嘉、师丹这样的贤人，却受到外戚宦官的胁迫，迷恋于后宫和近侍，因此王道逐渐消失，不免受到天下人的议论。光武帝中兴以后，只有世祖可以管理运用臣子，任用寇、邓、耿、贾等人，所以他的威名不小于高祖，到了子孙，他们却不这样想，反而认为元帝、成帝以后三公受到外戚宦官和后宫近侍的威胁才导致失败，从此把三公的职责归到台阁，只给他们一个高贵的空头衔而已。然而台阁大臣地位不高事务繁多，不能一致，被众人的言论左右，更加地受到外戚宦官、后宫近侍的胁迫。到了不能治理得天下平安的地步，不时发生水旱灾害，有时还有其他怪异的景象，有人就说三公不能调理阴阳，也想不出计策免除混乱，甚至有的三公被杀了头，怎么不让人痛心呢？冲、质以后，到了桓帝、灵帝时，却又按照前朝的旧路办事，虽然有李固、陈蕃这样的贤人，也被宦官打败，其他人都只是迎合世俗保全自身而已，国家政治怎么能确立起来呢？这就是委任得轻而要求过重的缺陷。

唉！普通人的本性，有的有才能有的没有才能，有的忠心有的不忠，知道他有能力就可以委以重任，认为他忠心就可以正式授以官职。委任真诚的人，他会献出自己的真诚，委以重任的，他也会承担这个重任，使国君和下属以诚相待，在心中常存恩义，难道禽鸟见到这种情况就不知道感激戴德尽心尽力吗？因此说："不怀疑事物，事物也就有诚心。"苏秦不信任天下人，就只相信燕国，一个苏秦周旋于几个大国之间，他却只对燕国这样，实在是因为燕国国君恩待他。所以国君把人当做狗、猪来畜养，人们的行为也就像狗和猪一样，对待别人用对待国士的礼仪，别人也会像国士一样自我奋起。所以说：平常人的本性，有的有才能有的没才能，有的忠心有的不忠心，只看国君怎么样看待他们了。

风 俗

有感于当时社会风俗之陋，荆公言他人之所未言，作成此文。文中处处流露出众人皆醉我独醒之意蕴，其拳拳之心，跃然纸上。

本文开篇即点出"风俗之变，迁染民志，关之盛衰，不可不慎"。此警策奇笔提纲挈领，亦为文章之血脉。针对社会上奢靡之风盛行，以及重商趋利等弊端，荆公极意论驳、大加挞伐，言简而所思远。在当时世风日下之时，荆公振臂高呼，激昂文字，以图匡扶天下，唤醒世人，廓清奢华、颓废之风，并为此开出一剂良药，提供一服解决顽疾之方。不失其政治家之本色。

本文立意高远，义理明晰，严正有体，行文畅达舒展，自首至尾，如一笔书。其纡余从容之风令人叹羡。

【原文】

夫天之所爱育者民也，民之所系仰者君也。圣人上承天之意，下为民之主，其要在安利之。而安利之要，不在于它，在乎正风俗而已。故风俗之变，迁染民志，关之盛衰，不可不慎也。君子制俗以俭，其弊为奢。奢而不制，弊将若之何？夫如是，则有殚极财力僭渎拟伦以追时好者矣。且天地之生财也有时，人之为力也有限，而日夜之费无穷，以有时之财，有限之力，以给无穷之费，若不为制，所谓积之涓涓而泄之浩浩，如之何使斯民不贫且滥也？国家奄有诸夏，四圣继统，制度以定矣，纪纲以缉矣，赋敛不伤于民矣，徭役以均矣，升平之运，未有盛于今矣，固当家给人足，无一夫不获其所矣。然而窭人之子，短褐未尽完，趋末之民，巧伪未尽抑，其故何也？殆风俗有所未尽淳欤？且圣人之化，自近及远，由内及外。是以京师者风俗之枢机也，四方之所面内而依仿也。加之士民富庶，财物毕会，难以俭率，易以奢变。至于发一端，作一事，衣冠车马之奇，器物服玩之具，旦更奇制，夕染诸夏。工者矜能于无用，商者通货于难得，岁加一岁，巧眩之性不可穷，好尚之势多所易。故物有未弊而见毁于人，人有循旧而见嗤于俗。富者竞以自胜，贫者耻其不若，且曰："彼人也，我人也，彼为奉养若此之丽，而我反不及！"由是转相慕效，务尽鲜明，使愚下之人，有逞一时之嗜欲，破终身之资产，而不自知也。且山林不能给野火，江海不能实漏卮，淳朴之风散，则贪饕之行成，贪饕之行成，则上下之力匮。如此则人无完行，士无廉声，尚陵逼者为时宜，守检押者为鄙野。节义之民少，兼并之家多，富者财产满布州域，贫者困穷不免于沟壑。夫人之为性，心充体逸则乐生，心郁体劳则思死，若是之俗，何法令之能避哉？故刑罚所以不措者此也。且坏崖破岩之水，原自涓涓；干云蔽日之木，起于青葱。禁微则易，救末者难。所宜略依古之王制，命市纳贾，以观好恶。有作奇技淫巧以疑众者，纠罚之；下至物器馔具，为之品制以节之；工商逐末者，重租税以困辱之。民见末业之无用，而又为纠罚困辱，不得不趋田亩；田亩辟，则民无饥矣。以此显示众庶，未有辇毂之内治而天下不治矣。

【译文】

上天喜爱抚育的对象是百姓，百姓追随的是君主。圣人对上承继上天的意志，对下做万民之主，主要在于使百姓安定并对他们给予恩惠。这样做的要点不在别的，只在于端正风俗而已。所以风俗改变了，逐渐波及百姓的思想，关系着国家的兴亡，不可以不慎重。君子用节俭制约风俗，弊端是讲究奢华。奢华却不加以制止，又该怎么解决这些缺陷呢？像这样，就会竭尽财力超越自己的等级去追求时尚。并且天地生产财物是有固定时间的，人作的努力也有限，而日夜的花费无止无休，用有季节限制的财力和有限的人力去供应无止境的消费，假如不加限制，就变成了所说的一点一滴积攒起来却马上花了出去，怎么会不使百姓贫苦呢？国家遍及华夏，继承四圣的道统，用制度求得安定，用法纪聚合百姓，收取赋税不会伤及百姓，徭役平均分配，升平的国运从来没有像今天这样兴盛，本来应该家给人足，没有一个人不会得其所需。可是穷人的孩子连粗布短衣也不完整，商人巧饰不实的行为没有完全得到抑制，什么缘故呢？大概是风俗还没有变得完全淳厚吧？圣人的教化，从近处扩及远处，从内部影响到外部，所以京城是风俗的关键所在，四面八方都注视着京城并加以仿效。加上士民富庶，各种财物汇集，崇尚节俭很困难，而向奢侈改变很简单，甚至于开创一种潮流，凡是新奇的衣帽车马、器物玩乐的用具，早晨出了新鲜款式，傍晚就会风行于四方。手工艺者炫耀无用的技能，商人囤积居奇，年复一年，喜欢工巧炫目的本性没有穷尽，崇行的风尚多次改变。所以有的东西还没有破旧就被人毁掉了，有人遵循旧的风俗就被人嘲笑。富人相互之间攀比，穷人把比不上别人当做耻辱，而且说："他是人，我也是人，他的奉养这样豪华，我却比不上。"从此竞相仿效，一定要力求鲜艳醒目，使一些愚昧的人，为了满足一时的欲望，就终身陷入破产的地步，自己却还不知道。况且山林不能供得上野火的焚烧，江海也受不住不停地泄漏，淳朴的风俗没落了，那么贪婪的风俗形成了，形成了贪婪的风俗，国家上下财力匮乏。如此一来每个人都不再有良好的品行，士人没有廉洁的声誉，崇尚欺压逼迫成了当时流行，坚持法度成为鄙陋。主张节义的百姓减少了，兼并他人的家庭多了，富人的财产遍及各州县，穷人走投无路死在路边。人的本性，内心充实身体安逸才感到活着是种乐趣，心情郁闷身体劳苦就想到死亡。像这样的风俗，什么样的法令能避免呢？刑罚不能实施就是这个原因。并且冲毁河岸的洪水源自涓涓细流；遮挡云彩、太阳的大树从郁郁葱葱的小树长起。禁止微小的坏事简单，到了最后再抢救就困难了。应该做的是要完全依照古代先王的制度，确定市集容纳商贾，观察他们的好恶。有用各种奇特技艺迷惑民众的，把他关起来进行惩处；至于各种饮用器具，辨别等级加以限制；手工艺者和商人加重租税使他觉得贫困和屈辱。百姓看到他们的行业没有用处，又受到拘禁、处罚、贫困和屈辱，不得不回归农业。土地都开垦出来，百姓就不会饥饿了。把这些显示给大家看，从来没有说京城治理好了而天下却管理不好的。

读《孟尝君传》

本文是一篇读史评论，作者发前人之所未发，认为孟尝君并非人们所说的是礼贤下士之君子，不过是位“鸡鸣狗盗之雄”而已，以兵强马壮，民殷国富而著称的齐国没能得志于天下，正是因为孟尝君把持齐国朝政，而其手下的三千门客并无一个是范雎、张仪一类的人才。玩些雕虫小技尚可，真正让他们振废起衰，除旧布新，举百万之众争胜天下，他们就毫无办法了。全文只有八十八个字，却写得气势雄壮，抑扬顿挫，曲折反复，给人以新鲜、明快的感觉。从侧面反映出作者的自负心理。

【原文】

世皆称孟尝君能得士，士以故归之，而卒赖其力，以脱于虎豹之秦。

嗟乎！孟尝君特鸡鸣狗盗之雄耳，岂足以言得士？不然，擅齐之强，得一士焉，宜可以南面而制秦，尚何取鸡鸣狗盗之力哉？

夫鸡鸣狗盗之出其门，此士之所以不至也。

【译文】

世上的人都说孟尝君能够善待礼让有真才实学的人，因此有真才实学的人都去投奔他，他最后也确实依靠这些人的力量，终于从虎豹一样凶狠的秦国脱逃出来。

唉！孟尝君只不过是鸡鸣狗盗之流的头目罢了，怎么能说是礼贤下士之人呢？如果不是这样，那么凭借着齐国的强大，只要得到一个有真才实学的人，应该就可以南面称王，制伏秦国，还用什么鸡鸣狗盗的人呢？

鸡鸣狗盗之流在他的门下出现，这才是有真才实学的人不到他那里去的原因啊。

同学一首别子固

本文是一篇临别赠言，文中表达了对曾巩及孙侔的赞美与推崇之情。曾巩与孙侔素不相识，亦不曾有过书信来往，而二人的节操及对很多问题的看法又极其相似，考其缘由，只因为“学圣人而已矣”。作者借二人不相识而能相知阐明了圣人之道对于普通人进德修业是多么重要，对于规范人们的行为品德的效果是多么明显。作者此文名为赠别，其实是在为当时蓬勃兴起的诗文革新运动呐喊助威，既表达了作者对二人的真挚友情，更反映出作者的高尚志向。

【原文】

江之南有贤人焉，字子固，非今所谓贤人者，予慕而友之。淮之南，有贤人焉，字正之，非今所谓贤人者，予慕而友之。

二贤人者，足未尝相过也，口未尝相语也，辞币未尝相接也。其师若友，岂尽同哉？予考其言行，其不相似者何其少也！曰：学圣人而已矣。学圣人，则其师若友，必学圣人者。圣人之言行岂有二哉？其相似也，适然。

予在淮南，为正之道子固，正之不予疑也。还江南，为子固道正之，子固亦以为然。予又知所谓贤人者，既相似又相信不疑也。子固作《怀友》一首遗予，其大略欲相扳以至乎中庸而后已。正之盖亦常云尔。

夫安驱徐行，轥中庸之庭，而造于其室，舍二贤人者而谁哉？予昔非敢自必其有至也，亦愿从事于左右焉尔，辅而进之，其可也。

噫！官有守，私有系，会合不可以常也。作《同学一首别子固》，以相警且相慰云。

【译文】

长江之南有一位贤人，表字子固，他不是现今世俗所说的那种贤人，我仰慕他，同他做了朋友。淮河的南边也有一位贤人，表字正之，他同样不是现今世俗所认为的贤人，我也仰慕他，便交了朋友。

这两位贤人，从来不曾相互往来过，也不曾交谈过，也没有书信和礼物上的来往。他们的老师和朋友，难道都一样吗？我仔细考察他们的言行举止，那些不相像的地方非常少啊！用一句话来总结，他们不过都学习圣人罢了。学习圣人，那么，他们的老师和朋友也一定是学习圣人的人。圣人的言行，难道会有两样吗？他们的言行相似也是必然的。

我在淮南，向正之说起了子固，正之不怀疑我的话。回到江南，又对子固谈到正之，子固也认为我的话是对的。因此我又知道我所说的贤人，他们既相像，又彼此相信，毫不怀疑。子固作了一首《怀友》诗赠给我，他的大概意思是希望相互帮助一直到达中庸的境界才算结束。正之曾经也这样说过。

稳稳地前进，缓缓地行走，逐渐达到中庸的境界，然后领略它的精深微妙之处，除了这两位贤人还有谁能呢？过去，我不敢肯定自己能够达到这种境界，不过希望在他们身边学着做罢了；经过他们的帮助我进入这种境界也是可能的。

唉！做官的人有职责要遵守，而私下里还有私事牵累，聚会不会经常有啊。于是我写了《同学一首别子固》，以之来相互鼓励，又相互安慰。

游褒禅山记

本文是一篇游记，但作者将描写、叙述和议论结合得很紧密，表达了对人生进取的深沉感喟。文章指出“夫夷以近，则游者众；险以远，则至者少。而世之奇伟瑰怪非常之观，常在于险远，而人之所罕至焉，故非有志者不能至也”。人生在世进德修业，必须自始至终有坚忍不拔的毅力，努力开拓，才能达到比较高的境界。那些本来通过努力就可以达到较高境界的人由于没有努力坚持，致使功亏一篑，这在别人看来是好笑的，而自己最终也会为自己没有能坚持到底而后悔不已。一个人只要矢志不渝，朝着自己的目标尽了自己最大的努力，即使没有达到也会觉得问心无愧，无怨无悔。

【原文】

褒禅山，亦谓之华山。唐浮图慧褒始舍于其址，而卒葬之，以故其后名之曰褒禅。今所谓慧空禅院者，褒之庐冢也。距其院东五里，所谓华山洞者，以其乃华山之阳名之也。距洞百馀步，有碑仆道。其文漫灭，独其为文犹可识，曰花山。今言华，如华实之华者，盖音谬也。

其下平旷，有泉侧出，而记游者甚众，所谓前洞也。由山以上五六里，有穴窈然，入之甚寒，问其深，则其好游者不能穷也，谓之后洞。予与四人拥火以入，入之愈深，其进愈难，而其见愈奇。有怠而欲出者，曰：“不出，火且尽。”遂与之俱出。盖予所至，比好游者尚不能十一，然视其左右来而记之者已少。盖其又深，则其至又加少矣。方是时，予之力尚足以入，火尚足以明也。既其出，则或咎其欲出者，而予亦悔其随之，而不得极夫游之乐也。

于是予有叹焉。古人之观于天地、山川、草木、虫鱼、鸟兽，往往有得，以其求思之深而无不在也。夫夷以近，则游者众；险以远，则至者少。而世之奇伟、瑰怪、非常之观，常在于险远，而人之所罕至焉，故非有志者不能至也。有志矣，不随以止也，然力不足者，亦不能至也。有志与力，而又不随以怠，至于幽暗昏惑，而无物以相之，亦不能至也。然力足以至焉，于人为可讥，而在己为有悔；尽吾志也，而不能至者，可以无悔矣，其孰能讥之乎？此予之所得也。

予于仆碑，又以悲夫古书之不存，后世之谬其传而莫能名者，何可胜道也哉！此所以学者不可以不深思而慎取之也。

四人者：庐陵萧君圭君玉，长乐王回深父，予弟安国平父、安上纯父。

【译文】

褒禅山，又叫华山。唐朝的和尚慧褒开始在这个地方居住，最后就葬在这里，因而从那以后就把这座山称为褒禅山。今天所说的慧空禅院，就是当年慧褒和尚房屋和坟墓的所在地。距离慧空禅院东面五里路，有个地方叫做华山洞，因为它是在华山的南面，所以这样命名它。距离华山洞一百多步，有块石碑倒在路旁，碑上的文字已经模糊不清了，不过其中残存的还有字形的字，还能辨认出是“花山”。如今华山的华，好像是华实的“华”字，大概是音读错了。

洞的下面平坦开阔，有一股泉水从它的旁边涌出，在洞壁上题字留念的人很多，这就是所谓前洞。从山路向上走五六里，有一个洞，幽暗深邃，走进洞内感到身上凉意很重。问它有多深，就是那些喜欢游览的人也不能走到它的尽头，人们把它叫做后洞。我和四个人拿着火把走进去，进洞越深，前进就越困难，看到的景观也越奇妙。有一个人疲倦得不想再进去，就说：“不出去的话，火把就要烧完了。”于是我就跟他们一同退了出来。大概我们所到的地方，跟爱好游览的人所到的相比还不到十分之一，可是观察洞的两旁，来过这里而且题字留念的人却不多。因为洞越深，到的人就越少了。但这个时候，我的体力还能够前进，火把还可以照明。大家出来以后，就有人责怪那个要出来的人，我也懊悔自己跟着他们一道出来，因而不能尽享游览的乐趣。

因此，我有些感慨。古代的人对于天地、山水、草木、虫鱼、鸟兽等经过观察，往往会有心得，这是由于他们思考问题深刻而且没有什么不思索的。那些平坦而且近的地方，游览的人就多；危险而且偏远的地方，来的人就少。然而世上奇妙、雄伟、壮丽、怪异、非同平常的景色，常常在危险而且偏远的地方，人们却很少到那里去。所以，没有坚强意志的人是无法到达的；有了坚强意志，又不轻易地停止不前，但是体力不充沛的人，也是无法到达的；有了坚强意志和充沛体力，又不马虎、懒惰，碰到幽深昏暗看不清楚的地方，却没有像火把那样的东西去帮助他，也是不能到达的。可是体力足够到达而停止不前，这在旁人是可以讥讽的，在自己是要懊悔的。假如尽到了我的最大努力还不能到达的话，就可以不用懊悔了，谁又能够讥讽他呢？这就是我的心得啊。

对于倒在地上的石碑，我又有些叹惜那些古代书籍不容易保存，后代人错误地传下去，结果不能弄清事情真相的情况，怎么能够说完呢！这就是做学问的人不能不深刻地思考、慎重地选取的原因。

同我一道游览的四个人，是庐陵萧君圭，表字君玉；长乐王回，表字深父；我的四弟安国，表字平父；七弟安上，表字纯父。

泰州海陵县主簿许君墓志铭

本文是作者为海陵县主簿许平所写的一篇墓志铭。文中简要介绍了他的家世，称赞了他为时人所赞赏的才德。继而写其怀才不遇，并借此发表感慨："辩足以移万物，而穷于用说之时；谋足以夺三军，而辱于右武之国。"对许平生逢太平盛世而未能一展其抱负，郁郁而终的遭遇深感迷惑不解与同情。文末写其死后之家庭境况，对其不幸逝世表示沉痛的哀悼。

【原文】

君讳平，字秉之，姓许氏。余尝谱其世家，所谓今泰州海陵县主簿者也。君既与兄元相友爱称天下，而自少卓荦不羁，善辩说，与其兄俱以智略为当世大人所器。宝元时，朝廷开方略之选，以招天下异能之士。而陕西大帅范文正公、郑文肃公争以君所为书以荐，于是得召试，为太庙斋郎；已而选泰州海陵县主簿。贵人多荐君有大才，可试以事，不宜弃之州县。君亦常慨然自许，欲有所为，然终不得一用其智能以卒。噫！其可哀也已！

士固有离世异俗，独行其意，骂讥笑侮困辱而不悔，彼皆无众人之求，而有所待于后世者也，其龃龉固宜。若夫智谋功名之士，窥时俯仰，以赴势物之会，而辄不遇者，乃亦不可胜数。辩足以移万物，而穷于用说之时；谋足以夺三军，而辱于右武之国，此又何说哉？嗟乎！彼有所待而不悔者，其知之矣！

君年五十九，以嘉祐某年某月某甲子，葬真州之扬子县甘露乡某所之原。夫人李氏。子男：瑰，不仕；璋，真州司户参军；琦，太庙斋郎；琳，进士。女子五人，已嫁者二人：进士周奉先，泰州泰兴令陶舜元。

铭曰：有拔而起之，莫挤而止之。呜呼！许君而已于斯，谁或使之？

【译文】

君名平，表字秉之，姓许。我曾经做过他的家谱，他就是家系中所说的现在任泰州海陵县主簿的。许君过去因为同哥哥许元相互友爱而被天下人赞扬，又从小与众不同，卓越超群，不受世俗约束，善于辩论，同他的哥哥都因为聪明而有谋略被当代的有名望的人所器重。宝元年间，朝廷开设方略科，想要招揽天下有特殊才能的读书人。陕西大帅范文正公、郑文肃公争着把君写的文章向朝廷推荐。这样，君就得到征召进京应考，结果做了太庙的斋郎。不久，又被选任为泰州海陵县主簿。大臣中许多人推荐君认为君有卓越的才能，可以让他担任比较重要的工作，不应该把他弃置在州、县小官的队伍中。君也时常慷慨自许，希望有所作为，可是始终等不到一次机会施展他的才能就死去了。唉！真是太可悲了！

读书人当中本来就有这样的人，他们远离世俗，不合时宜，照其意旨独自行事，受到人们的责骂、讽刺、嘲笑、侮辱，甚至弄到穷愁困苦也不后悔。他们不像一般人那样对富贵有所要求，而是对后世有所期待，因此他们的受挫折、不得志是必然的。至于有智有谋、热衷于功名的读书人，他们窥测时机，随机应变，去找钻营权势利益的机会，却往往碰不上，这也是数不清的。辩才足够改变万物，却在重视游说的时代受穷；出谋划策足以取代元帅，但在崇尚武力的国家却遭到屈辱，这又怎么解释呢？唉！那些对后世有所期待、即使穷困也不后悔的人，可能晓得其中道理吧！

君去世的时候年纪只有五十九岁，于嘉祐某年某月某日，安葬在真州的扬子县甘露乡某处的墓地中。夫人姓李。有四个儿子：大的叫瑰，没有做官；第二个叫璋，任真州司户参军；第三个叫琦，任太庙斋郎；第四个叫琳，是进士。女儿五个：已经出嫁的两个，大女婿是进士周奉先，二女婿是泰州泰兴县知县陶舜元。

铭辞说：有人提拔他，起用他；没有人排挤他，阻碍他。唉！许君在这么小的官位上却无所作为，是什么人使他这样的呢？

祭范颍州文

本文为悼念范仲淹而作。范公自罢政事后六七年间连贬徙邓、杭、青三州，皇祐四年(1052年)，仁宗命他徙知颍州。在途经徐州时奄然长逝。本文即作于此年。文中深切缅怀了“庆历新政”主持者的功绩，并对其迅速夭折的悲剧发出慨然长叹。

荆公为人多气岸，不妄交，所交者皆天下名贤，故于其殁而祭。其文多奇崛之气、悲怆之思，读之令人不禁掩卷涕洟。本文中，荆公对于范公这位特殊绝人物极力摹写，其用字造语，皆奇创动人，中间所叙事略多为细事，然音节高亢，有力揭示与烘托了范公之大节。

【原文】

呜呼我公，一世之师。由初迄终，名节无疵。明肃之盛，身危志殖。瑶华失位，又随以斥。治功亟闻，尹帝之都。闭奸兴良，稚子歌呼。赫赫之家，万首俯趋。独绳其私，以走江湖。士争留公，蹈祸不栗。有危其辞，谒与俱出。风俗之衰，骇正怡邪。蹇蹇我初，人以疑嗟。力行不回，慕者兴起。儒先酋首，以节相侈。公之在贬，愈勇为忠。稽前引古，谊不营躬。外更三州，施有余泽。如酾河江，以灌寻尺。宿赃自解，不以刑加。猾盗涵仁，终老无邪。讲艺弦歌，慕来千里。沟川障泽，田桑有喜。戎孽猘狂，敢齮我疆。铸印刻符，公屏一方。取将于伍，后常名显。收士至佐，维邦之彦。声之所加，虏不敢濒。以其馀威，走敌完邻。昔也始至，疮痍满道。药之养之，内外完好。既其无为，饮酒笑歌。百城晏眠，吏士委蛇。上嘉曰材，以副枢密。稽首辞让，至于六七。遂参宰相，厘我典常。扶贤赞杰，乱冗除荒。官更于朝，士变于乡。百治具修，偷堕勉强。彼阏不遂，归侍帝侧。卒屏于外，身屯道塞。谓宜耇老，尚有以为。神乎孰忍，使至于斯。盖公之才，犹不尽试。肆其经纶，功孰与计？自公之贵，厩库逾空。和其色辞，傲讦以容。化于妇妾，不靡珠玉。翼翼公子，弊绨恶粟。闵死怜穷，惟是之奢。孤女以嫁，男成厥家。孰堙于深？孰锲乎厚？其传其详，以法永久。硕人今亡，邦国之忧。矧鄙不肖，辱公知尤。承凶万里，不往而留。涕洟驰辞，以赞醪羞。

【译文】

哎！我的先生，您是举国上下的师长。从开始到终结，您的名节没有一点瑕疵。清明严肃之气十分浩大，身虽处于危难志向却更坚定。正道被摈弃，您大声疾呼斥责这不正之风。您建立的业绩，在京城中广为传颂，您摈弃奸邪之徒奖掖良善之士，连小孩子都为您的明智之举欢呼称颂。从王公贵族到老百姓都对您无比钦佩。因为别人为了私欲而诽谤您，因而使您颠沛流离。士人们争着挽留您，就是因此而受到处罚也不怕。一旦有对您不利的话语人们就争着来为您辩护。风俗败落之后，人们就害怕正气而对邪气感到舒心。您最初艰难地跋涉，人们又是怀疑，又是嗟叹。而您仍努力实践自己的愿望不因为别人的疑嗟而回头。因此，仰慕您的人渐渐增加了起来。您是先辈的大儒之首，您行事总是以骨气为重。您在被贬之后，更加忠勇。您按照古圣先贤之道行事努力地进行工作。又换到三州去做官，您又在那里施行恩惠，您的恩泽就像江河之水，给人民很多关爱。窝藏赃物的人自首之后，您就不再加之以刑罚。狡猾的盗贼被您的仁义所感动，一直到老都再没有邪念。千里之外的人都慕名而来为您歌唱。水沟和河流都被治理，田地桑木都生长良好。可恶的外族头领骄狂异常，竟然敢攻打我们的国土。皇上命人出征，您也在其中。在行伍之中做了将领，您的名字后来也得以显扬，您招收士人来辅助军事，选用了国中的杰出人才。您的名声之大，连胡人也不敢再来犯边。借着您的余威，赶走了敌人，使我们的国土、人民都完好无损。后来到了颍州，这里全是破旧损坏，您治理它将养它使这里到处都变得很好。然后无为而治，喝酒歌唱笑傲山林。到处是人民安定，官吏逊良。皇上夸奖您是人才，想封您做枢密副使。您上书辞让有六七次之多。后来当了宰相，您就清理了法令规章，提拔优秀的人才，开拓未经治理的地方。朝廷上官吏们在改变，乡村之中士人们也发生了变化。各种制度都得到了完善，使不良之行没有发生的可能。以后您的措施没有被执行，就随侍在皇帝身边。最后又被摒弃于外，生活窘迫，大道不被知闻。您说自己虽然老了，可仍有余力做事。神怎么能忍心，就让事情到了这一步呢？先生的才华，仍不能完全发挥出来，谈论起经典来，谁又可以和您相提并论呢？自从先生发达之后，家里的钱财就不足了。您使自己言辞与面貌都十分和蔼，也能表现出孤傲的品性。教导妻妾们不要多用珠宝，儿子们不要厌恶一般的织物和粮食。您怜悯死者和穷人，说如果那样生活就是很奢侈了。您把孤女也嫁出去了，男子成了家。谁对圣人之道了解得比您深，谁的品德比您更好？我为您作传，希望后来人永久地仿效。大人现在死去了，这是国家的忧患。那些不肖之徒却仍为侮辱您而不遗余力。在万里之外听到了您去世的凶信，我却不能亲自前去，我哭着写下祭辞，以当做祭酒的辅助之物。

子 贡

这是一篇置疑的文章。作者开篇就提出怀疑史传上记载的子贡的事迹是流传错误，认为子贡不是儒生。作者有条不紊地从三个方面论证了这个观点。“夫所谓儒者，用于君则忧君之忧，食于民则患民之患，在下而不用，则修身而已。”而子贡只是孔子的学生，是普通的老百姓，此其一。《史记》上说子贡为了救鲁国而到处游说，而使五个国家发生了战乱，这个说法不合情理，此其二。第三，作者觉得在当时的社会环境下不会因为自己的国家安全而使诡诈去消灭别的国家，因为这样不合乎道义。所谓“己所不欲，勿施于人”。全文论点鲜明，论证周密，文笔也明白晓畅。

【原文】

予读史所载子贡事，疑传之者妄，不然，子贡安得为儒哉？夫所谓儒者，用于君则忧君之忧，食于民则患民之患，在下而不用则修身而已。当尧之时，天下之民患于洚水，尧以为忧，故禹于九年之间三过其门而不一省其子也。回之生，天下之民患有甚于洚水，天下之君忧有甚于尧，然回以禹之贤而独乐陋巷之间，曾不以天下忧患介其意也。夫二人者，岂不同道哉？所遇之时则异矣。盖生于禹之时，而由回之行，则是杨朱也；生于回之时，而由禹之行，则是墨翟也。故曰：贤者用于君则以君之忧为忧，食于民则以民之患为患，在下而不用于君则修其身而已。何忧患之与哉？夫所谓忧君之忧，患民之患者，亦以义也。苟不义而能释君之忧，除民之患，贤者亦不为矣。《史记》曰：齐伐鲁，孔子闻之，曰：“鲁，坟墓之国。国危如此，二三子何为莫出？”子贡因行，说齐以伐吴，说吴以救鲁，复说越，复说晋，五国由是交兵。或强，或破，或乱，或霸，卒以存鲁。观其言，迹其事，仪、秦、轸、代无以异也。嗟乎，孔子曰：“己所不欲，勿施于人。”己以坟墓之国而欲全之，则齐、吴之人，岂无是心哉，奈何使之乱欤？吾所以知传者之妄，一也。于史考之，当是时，孔子、子贡为匹夫，非有卿、相之位，万钟之禄也，何以忧患为哉？然则异于颜回之道矣。吾所以知传者之妄，二也。坟墓之国，虽君子之所重，然岂有忧患而谋为不义哉？借使有忧患为谋之义，则岂可以变诈之说亡人之国，而求自存哉？吾所以知其传者之妄，三也。子贡之行，虽不能尽当于道，然孔子之贤弟子也，固不宜至于此，矧曰孔子使之也。太史公曰：“学者多称七十子之徒，誉者或过其实，毁者或损其真。”子贡虽好辩，讵至于此邪？亦所谓毁损其真者哉！

【译文】

我读史传上记载的子贡的事迹，怀疑是流传错误，不然，子贡怎么会成为儒生呢？所说的儒生，侍奉国君就为国君分忧，吃百姓的粮食就为百姓忧虑，处于下位不被任用就修养自身而已。尧做天子时，天下人民苦于洪水的祸患，尧把洪水当做自己的忧愁，所以禹治水九年屡次经过家门都没有去看一看自己的儿子。颜回出生时，天下百姓的忧虑比洪水还要严重，天子的忧虑也比尧厉害。但颜回像禹那样贤能却在陋巷中自己怡然自乐，一点也不介意天下人的忧患。这两个人难道不是一条路上的人吗？他们处于不同的时代而已。出生在禹的时代却有颜回的举动的人是杨朱；出生在颜回的时代却有禹的行为的人是墨翟。所以说贤能的人被国君任用就把国君的忧虑当做自己的忧虑，吃苍生的粮食就把百姓的忧患当做自己的忧患，处于下位不被国君使用，就修养自身罢了。和忧患有什么联系呢？所说的为国君的忧虑而忧虑，为百姓的忧患而忧患，也要根据道义。假如不讲道义也能解除国君的忧虑、排除百姓的忧患，有才能的人也不会去做的。《史记》上记载：齐国攻打鲁国，孔子听说了这件事，就说："鲁国是我们的父母之邦。国家已经如此危急，你们为什么还不出国去想办法？"于是子贡出国游说齐国去进攻吴国，游说吴国去救援鲁国，再去游说越国、晋国，从这以后这五个国家发生了战乱，有的强大了，有的败亡了，有的混乱了，有的称霸了，最终使鲁国保留下来。看他说的话和他做的事，和苏秦、张仪、陈轸、苏代没什么区别。唉！孔子说："自己不想要的，也不要强加给其他人。"自己想使自己的祖国保存下来，那么齐国、吴国的人难道就没有这种心情吗？为什么使别的国家发生战争呢？我知道流传失误，这是一个理由。从史实来考察，那时，孔子、子贡只是普通的平民百姓，并没有卿相的地位，万钟的俸禄，哪里用得着忧虑呢？这样就和颜回的处世原则相违背了。我知道流传失误，这是第二个理由。父母之邦，即使被君子所重视，难道可以因为有忧患而进行不义的谋划吗？假如有为了忧患出谋划策的道义，难道能够用权变诡诈的说法消灭别人的国家、使自己的国家保存下来吗？我知道流传失误，这是第三个理由。子贡的行径虽然不能说完全合乎道义，却是孔子的好学生，原来不应该这样做，假装说是孔子让他做的。太史公说："学习的人都称赞孔子的七十个学生，有的赞誉者言过其实，有的诋毁者破坏了事情的本来面目。"子贡即使喜好辩论，难道会达到这种地步吗？这也是所说的破坏了事情的真相啊。

大人论

大人，即有德之人。在文中，作者认为神、圣、大人三者都是圣人的名称。之所以称呼不同，是因三者指代不同，"由其道而言谓之神，由其德而言谓之圣，由其事业而言谓之大人"。古之人，必先敬德修业，然后才能成为圣，然后才能成为神，即"神非圣则不显，圣非大则不形"。作者在文章末尾批评了那种认为"德业之卑，不足以道"的观点，并反问"夫为君子者，皆弃德业而不为，则万物何以得其生乎"，言辞恳切，令人警醒。

文章充满辩证的哲学意味，需细细品读，方可领悟其中三昧。

【原文】

孟子曰："充实而有光辉之谓大，大而化之之谓圣，圣而不可知之之谓神。"夫此三者，皆圣人之名，而所以称之之不同者，所指异也。由其道而言谓之神，由其德而言谓之圣，由其事业而言谓之大人。古之圣人，其道未尝不入于神，而其所称止乎圣人者，以其道存乎虚无寂寞不可见之间。苟存乎人，则所谓德也。是以人之道虽神，而不得以神自名，名乎其德而已。夫神虽至矣，不圣则不显，圣虽显矣，不大则不形。故曰，此三者圣人之名，而所以称之之不同者，所指异也。《易》曰："蓍之德圆而神，卦之德方以智。"夫《易》之为书，圣人之道于是乎尽矣，而称卦以智不称以神者，以其存乎爻也。存乎爻，则道之用见于器，而刚柔有所定之矣。刚柔有所定之，则非其所谓化也。且《易》之道，于《乾》为至，而《乾》之盛，莫盛于二、五，而二、五之辞皆称"利见大人"，言二爻之相求也。夫二爻之道，岂不至于神矣乎？而止称大人者，则所谓见于器而刚柔有所定尔。盖刚柔有所定，则圣人之事业也；称其事业以大人，则其道之为神，德之为圣，可知也。孔子曰："显诸仁，藏诸用，鼓万物而不与圣人同忧，盛德大业，至矣哉。"此言神之所为也。神之所为，虽至而无所见于天下。仁而后著，用而后功，圣人以此洗心，退藏于密，及其仁济万物而不穷，用通万世而不倦也，则所谓圣矣。故神之所为，当在于盛德大业。德则所谓圣，业则所谓大也。世盖有自为之道而未尝知此者，以为德业之卑，不足以为道，道之至，在于神耳，于是弃德业而不为。夫为君子者，皆弃德业而不为，则万物何以得其生乎？故孔子称神而卒之以德业之至，以明其不可弃。盖神之用在乎德业之间，则德业之至可知矣。故曰神非圣则不显，圣非大则不形。此天地之全，古人之大体也。

【译文】

孟子说："充实而有光芒叫做大，大了再变化叫做圣，圣到了不可了解的地步叫做神。"这三者都是圣人的名称，之所以称呼不同，因为指代的不同。从道来说叫做神，从德来说叫做圣，从工作来说叫做大人。古代的圣人，他的道并不是没有到神的地步，但他的称呼却只保持在圣的地步，是因为他的道只存在于虚无缥缈看不见的地方。如果存在于人民群众之间就是所说的德。因此人的道虽然奇妙，却不能用神来称呼自己，叫作德还可以。神虽然是至高境界，不到圣却不显露，圣虽然显露，达不到大的程度就体现不出来。所以说，三者都是圣人的名称，之所以称呼不同，因为指代不一样。《易经》上说："蓍的德圆而神，卦的德方且智。"《易》这本书，完全包含了圣人之道，但把卦称作智不叫做神，这是由于它存在于爻中。存在于爻中，道的作用通过器用表现出来，刚柔被器用决定。刚柔决定于器用，就不是所说的变化。并且《易经》的道理，《乾》卦是最高的，可是《乾》卦的极盛在二、五爻，二、五爻的爻辞都说："利见大人"，是说两爻互相求证。这二爻的道理，难道达不到神的程度吗？却只说"大人"，就是指由器用表现出来而刚柔被器用决定。刚柔由外物决定，这是圣人的事业，把这种事业叫做大人，那么它的道是神，德是圣，就可以明白了。孔子说："在仁中表现出来，藏在使用之中，鼓动万物而不和圣人有相同的忧虑，盛德大业就达到了顶点。"意思是说神做的事。神做的事虽然到达极致但在天下却没有显示。有了仁然后表现出来，使用以后才会有功绩，圣人用这些洗涤心灵，随后把它放在秘密之处，等他用仁拯济万物而无穷无尽，通行于万代而不知劳苦，就是所说的圣了。所以神做的事情体现在盛德大业上。德就是所谓的圣，业就是所谓的大。世上有自己从事的道可是从来没有人了解这一点，认为德业不值一提，道的极致在于神，于是放弃了德业不去做。做君子的人都舍弃了德业不去做，万物怎么能获得生命呢？所以孔子称赞神但最终把德业的实现当做神，以便表示德业不可以放弃。神的运用存在于德和业之间，那么德业的实现就可以了解了。所以说没有圣，神就不会显露，没有大，圣就不能体现。这是天地的全部，古人的大体观点。

老　子

老子，姓李，名耳，又名老聃，春秋时期战国人。相传为道家学派创始人。老子主张"无为”而治，甚至主张社会倒退回“小国寡民”的时代。其著作《道德经》比较详细地叙述了无为的思想。老子的思想，不仅在今天看来是消极的，在当时也是消极的。王安石作为一个锐意进取的政治家，对这种思想无疑持批判态度。他的这篇文章，便体现了他对老子的无为思想的否定，认为“则亦近于愚矣”。

【原文】

道有本有末。本者，万物之所以生也；末者，万物之所以成也。本者出之自然，故不假乎人之力，而万物以生也；末者涉乎形器，故待人力而后万物以成也。夫其不假人之力而万物以生，则是圣人可以无言也、无为也；至乎有待于人力而万物以成，则是圣人之所以不能无言也、无为也。故昔圣人之在上，而以万物为己任者，必制四术焉。四术者，礼、乐、刑、政是也，所以成万物者也。故圣人唯务修其成万物者，不言其生万物者，盖生者尸之于自然，非人力之所得与矣。老子者独不然，以为涉乎形器者，皆不足言也、不足为也，故抵去礼、乐、刑、政，而唯道之称焉。是不察于理而务高之过矣。夫道之自然者，又何预乎？唯其涉乎形器，是以必待于人之言也、人之为也。其书曰：“三十辐共一毂，当其无，有车之用。”夫毂辐之用，固在于车之无用，然工之琢削未尝及于无者，盖无出于自然之力，可以无与也。今之治车者，知治其毂辐而未尝及于无也，然而车以成者，盖毂辐具，则无必为用矣。如其知无为用，而不治毂辐，则为车之术固已疏矣。今知无之为车用，无之为天下用，然不知所以为用也。故无之所以为车用者，以有毂辐也；无之所以为天下用者，以有礼、乐、刑、政也。如其废毂辐于车，废礼、乐、刑、政于天下，而坐求其无之为用也，则亦近于愚矣。

【译文】

道术有根本有末流。根本是万物生长的基础，末流是万物成材的条件。根本出于自然，所以不用假借人力就可以体现出来，万物依靠它生长；末流涉及外形器用，所以要依靠人力然后万物才会成长。不用假借人力万物可以依靠它生长，圣人能够不用说、不用做；到了要依靠人力然后万物才能长成，这就是圣人不能不说、不能不做的原因。因此当时圣人执政时，把万物生长、长成当做自己的职责，一定要有四种治理措施。这四种措施就是礼法、音乐、刑罚、政治，是万物长成的条件。所以圣人尽心于培养万物长成，而不说使万物生长，可能是因为生长的东西效法自然，不是人力能够实现的。老子却不这样，认为涉及外形和器用，都不值一提、不值得去做，所以抵触取消礼法、音乐、刑罚、政治，只称讲道。这是不能洞察事理而又要求过高的错误。道是自然的东西，又为什么要进行干涉呢？只是因为涉及外形器用，一定要等人去说，等人去做。《老子》上讲：“三十车辐共用一毂，因为它是空的才会安在车上。”毂辐能有用处，本来就在于车没有用处，可是工匠砍削雕琢木料从来没有达到无的地步，是没有用到自然的威力，可以不用参与。现在造车的人知道造出毂辐从来没有达到无的地步，但可以把车造成，是因为毂和辐备好了那么无就有了用处。如果明白无的用处却不去造辐和毂，那么造车的技术必然就生疏了。现在知道无可以用于造车，用于治理天下，却不明白用来干什么。所以无可以用于造车是因为有了毂和辐；无能用于管理天下是因为有了礼法、音乐、刑罚和政治。假如在车上废弃了毂和辐，在天下废弃了礼法、音乐、刑罚和政治，只是坐着等待无发生作用，也是近乎愚蠢了。

荀卿

本文围绕“智”与“仁”表达了两种不同的观点。荀子认为：智者应先使人知己，然后才能知道别人，然后才能自己知道自己；仁者应先使人爱己，然后才能爱别人，然后才能自己爱自己。王安石则认为：智者应先了解自己，然后才能了解别人，然后才能让别人了解自己；仁者应先爱自己，然后才能爱别人，然后才能让别人爱自己。

文章论辩有力，譬喻生动鲜明，文字亦洗练。

【原文】

荀卿载孔子之言曰："'由，智者若何？仁者若何？'子路曰：'智者使人知己，仁者使人爱己。'子曰：'可谓士矣。'子曰：'赐，智者若何？仁者若何？'子贡曰：'智者知人，仁者爱人。'子曰：'可谓士君子矣。'子曰：'回，智者若何？仁者若何？'颜渊曰：'智者知己，仁者爱己。'子曰：'可谓明君子矣。'是诚孔子之言欤？吾知其非也。夫能近见而后能远察，能利狭而后能泽广，明天下之理也。故古之欲知人者，必先求知己，欲爱人者，必先求爱己，此亦理之所必然，而君子之所不能易者也。请以事之近而天下之所共知者谕之。今有人于此，不能见太山于咫尺之内者，则虽天下之至愚，知其不能察秋毫于百步之外也，盖不能见于近，则不能察于远明矣。而荀卿以谓知己者贤于知人者，是犹能察秋毫于百步之外者为不若见太山于咫尺之内者之明也。今有人于此，食不足以厌其腹，衣不足以周其体者，则虽天下之至愚，知其不能以赡足乡党也，盖不能利于狭，则不能泽于广明矣。而荀卿以谓爱己者贤于爱人者，是犹以赡足乡党为不若食足以厌腹、衣足以周体者之富也。由是言之，荀卿之言，其不察理已甚矣。故知己者，智之端也，可推以知人也；爱己者，仁之端也，可推以爱人也。夫能尽智仁之道，然后能使人知己、爱己，是故能使人知己、爱己者，未有不能知人、爱人者也。能知人、爱人者，未有不能知己、爱己者也。今荀卿之言，一切反之，吾是以知其非孔子之言，而为荀卿之妄矣。杨子曰："自爱，仁之至也。"盖言能自爱之道则足以爱人耳，非谓不能爱人而能爱己者也。噫，古之人爱人不能爱己者有之矣，然非吾所谓爱人，而墨翟之道也。若夫能知人而不能知己者，亦非吾所谓知人矣。

【译文】

荀卿记录了孔子的话说："'仲由，智者怎么样，仁者怎么样？'子路说：'智者使人明白自己，仁者使人爱自己。'孔子说：'可以算是士了。'孔子又问：'赐，智者怎么样，仁者怎么样？'子贡说：'智者明白别人，仁者爱别人。'孔子说：'你可以算是士中的君子了。'孔子又问：'颜回，智者怎么样，仁者怎么样？'颜渊说：'智者明白自己，仁者爱自己。'孔子说：'可以算是明君子了。'这真的是孔子说的话吗？我知道不是。能看到近的然后能观察到远的，能施利给小范围然后才能泽被广大，算是能了解天下的事理了。古代人想了解别人，必须要首先明白自己，想要爱别人一定先要爱自己，这也是理所当然，是君子也改变不了的道理。用身边人所共知的事情来作个比方。现在有一个人，在咫尺之内都不能看见太山，即使天下最笨的人，也知道他不能看到百步之外的细小毫毛，这是不能看到近处的东西就不能看清楚远方。而荀卿认为了解自己的人比了解他人者更智慧，这就好比能看到百步之外细小毫毛的人比不上在咫尺之内看到太山的人看得清楚。如今有这样一个人，食不果腹、衣不蔽体，即使天下最愚蠢的人也明白他不能供养同乡，不能在小范围内施利也就不能泽被广大。而荀卿以为爱自己的人比爱别人的人贤明，这就好比这种人奉养同乡比不上那种食能果腹、衣能蔽体的人有钱。由此来说，荀卿所说的话非常不能明察事理了。因此明白自身是智慧的起始，可以推广去了解别人；爱自己是仁的开端，可以推广去爱别人。能完全推行智和仁，然后让别人了解自己、爱自己。所以能使别人了解自己、爱自己的人，没有不能了解别人、爱别人的。能了解别人爱别人的人，没有不能了解自己、爱自己的。现在荀卿所说的话完全都与此相反，因此我知道这并非孔子的话，是荀卿自己捏造的。杨子说："爱自己是仁的极致。"是说能够爱自己就能够爱别人，并不是说不能爱人却能爱自己。噫，古人爱别人却不能爱自己的人是有的，但并不是我所说的爱别人，而是墨翟所说的爱别人。至于能了解别人却不能了解自己的情形也不是我所说的了解别人。

复仇解

本文对复仇行为进行了分析。作者认为：在治世，不应采取个人复仇行动，而应当上告，通过统治者"施刑于其仇"；反对个人直接或"书于士"而实施的复仇。而在乱世无处伸冤时，则可以复仇；然而在有"复仇之禁"，复仇行为会带来杀身之祸，因而使家庭绝嗣的情况下，则应将仇恨深藏于心，不去进行复仇。全文层层论辩，由仇之缘起，讲到古说，再讲到处仇之道。行文流畅，"极意论驳，自成一家之言"。

【原文】

或问复仇，对曰：非治世之道也。明天子在上，自方伯、诸侯以至于有司，各修其职，其能杀不辜者少矣。不幸而有焉，则其子弟以告于有司，有司不能听；以告于其君，其君不能听；以告于方伯，方伯不能听；以告于天子，则天子诛其不能听者，而为之施刑于其仇。乱世则天子、诸侯、方伯皆不可以告。故《书》说纣曰："凡有辜罪，乃罔恒获。小民方兴，相为敌仇。"盖仇之所以兴，以上之不可告，辜罪之不常获也。方是时，有父兄之仇而辄杀之者，君子权其势，恕其情而与之，可也。故复仇之义，见于《春秋传》，见于《礼记》，为乱世之为子弟者言之也。《春秋传》以为父受诛，子复仇，不可也。此言不敢以身之私，而害天下之公。又以为父不受诛，子复仇，可也。此言不以有可绝之义，废不可绝之恩也。《周官》之说曰："凡复仇者，书于士，杀之无罪。"疑此非周公之法也。凡所以有复仇者，以天下之乱，而士之不能听也。有士矣，不能听其杀人之罪以施行，而使为人之子弟者仇之，然则何取于士而禄之也？古之于杀人，其听之可谓尽矣，犹惧其未也，曰："与其杀不辜，宁失不经。"今书于士则杀之无罪，则所谓复仇者，果所谓可仇者乎？庸讵知其不独有可言者乎？就当听其罪矣，则不杀于士师，而使仇者杀之，何也？故疑此非周公之法也。或曰："世乱而有复仇之禁，则宁杀身以复仇乎？将无复仇而以存人之祀乎？"曰：可以复仇而不复，非孝也；复仇而殄祀，亦非孝也。以仇未复之耻，居之终身焉，盖可也。仇之不复者，天也。不忘复仇者，己也。克己以畏天，心不忘其亲，不亦可矣。

【译文】

有人问复仇的事情，我回答他说：这不是太平盛世的做法。贤明的天子在位，从方伯、诸侯一直到各有关部门，各自实施他们的职责，被误杀的无辜者就很少了。如果不幸有了这种事，那么无辜者的子弟告到有关部门，有关部门不能处理；告到国君那里，国君不能处理；告到方伯那里，方伯也不能处理；告到天子那里，天子责备那些不能处理的人，而天子就为他处罚了他的仇人。到了乱世，天子、诸侯、方伯就都不能告了。所以《尚书》上说纣王：只要是犯有枉杀无辜罪行的人，只要你搜罗总能捉得到。百姓兴起，相互间变成仇敌。仇恨之所以出现，是因为上司不能上诉，无辜的罪行不能经常获得昭雪。在这个时候，有杀死自己父亲、兄长的仇恨，那么就杀掉仇人，君子权衡情况，饶恕了他并和他结交是可以的。所以复仇的大义记录在《春秋》里、《礼记》里，替那些身处乱世做人子弟的谈一谈。

在《春秋传》里认为父亲被杀、儿子为父报仇是不可以的，意思是说不敢因为私人恩怨危害天下的公事。又认为父亲没有被杀，儿子为父报仇是可以的。意思是说不因为有可断绝的义气放弃不可断绝的恩情。《周官》上说：“凡是复仇的人，上书给掌管的人，杀了他不算有罪。”我猜测这不是周公制定的法律。那些借机复仇的人，是因为天下处于乱世，司法长官不能处理才出现的。有了司法官员，不让他办理杀人的罪行去执行法律，却让那些做子弟的人复仇杀人，那还要司法长官并给他俸禄干什么？古代对杀人的罪行，处理时可以说考虑到各个方面了，但还害怕有没想到的事情，说：“与其杀掉无辜者，哪如放过证据不足的人呢？”现在上报给司法长官，杀了他不算犯罪，果真是所说的可以报仇的人吗？又哪里知道他没有辩解的言辞呢？当处理他的罪行时，不被司法长官杀掉，却让仇人杀了他，这是什么缘故呢？所以我怀疑这不是周公制定的法律。有人说：“世道大乱就禁止人们复仇，那么是宁愿杀掉自身去复仇呢？还是不去复仇而保存后代呢？”我认为：能够复仇却不去做，是不孝；去复仇却没有了后代，也是不孝。不去复仇的耻辱，牢记终生是可以的。不能复仇，这是天意。不忘记复仇，决定于自身。抑制自己敬畏上天，心中不忘记自己的亲人，不也是可以的吗？

卜说

占卜的术士“挟奇而以动人”，赚取了奢华的生活，内有锦衣玉食，外则香车宝马，整日穿梭于达官显贵之家，追随崇拜者自旦至暮，如影随形，欲操其业者不可胜数。而与之形成鲜明对照的是，像王安石这样研究圣人言论，修炼各种技术，“张之能为天子营太平，敛之足以絃身正家”的有为之士，却郁郁不得志。面对这种荒谬的社会现实，作者不由得深深发出感慨。

【原文】

古者卜筮有常官，所诹有常事。若考步人生辰星宿所次，訾相人仪状色理，逆斥人祸福，考信于圣人无有也，不知从何许人传。宗其说者，澶漫四出，抵今为尤蕃，举天下而籍之，以是自名者，盖数万不啻，而汴不与焉。举汴而籍之，盖亦以万计。予尝视汴之术士，善挟奇而以动人者，大抵宫庐、服舆、食饮之华，封君不如也。其出也，或召焉，问之，某人也，朝贵人也；其归也，或赐焉，问之，某人也，朝贵人也。坐其庐旁，历其人之往来，肩相切，踵相籍，穷一朝暮，则已错不可计。窃异之，且窃叹曰：吾侪治先圣人之言，而修其术，张之能为天子营太平，敛之犹足以愿身正家，顾未尝有公卿御官若是其即之勤也。或曰：“子知乎？渴者期于浆，疾者期于医，治然也。子诚能为天子营太平，愿身正家，彼所存势与位尔。势不盈，位不充，则热中，热中则惑。势盈位充矣，则病失之，病失之则忧。惑且忧，则思决。以彼为能决，子亦能乎？不能，则无异其即彼疏此也。”因瘖不复异，久之，补吏淮南，省亲江南。有金华山人者，率然相过，自言能逆斥祸福。噫！今之世，子之术奚适而不遇哉？因以《卜说》谂之。

【译文】

古代占卜有常设的官员，有固定的事情向他咨询，像考察人的生辰、星宿的位置，根据人的面貌脸色判定命相，预测人的祸福，考证有没有圣人，不知从谁那里传下来的。学习这些学说的遍布四方，至今天特别繁多，整个天下都依靠他们，凭借这些扬名的，不止有几万人，而这些和卜筮没有关系。而靠卜筮借以谋生的也有数以万计。我曾经见过占卜的术士用奇特的招数打动人心，大部分术士的住宅、车马、饮食极其奢华，封君也不能与其相比。他们出去时，有人召唤，问是谁，他说某人，是朝廷的大官！回来时，有人赐给东西，问是谁给的，他说是某人，是朝中的显贵。坐在他家旁边，历数往来的人物，并肩接踵，从早到晚，数目已经混乱不能计算。私下里很奇怪，我叹惜说：我们这些人研究先圣人的言论，修炼各种技术，使用时可以辅助天子达成太平盛世，不用时足以正身立家，也没有哪一位公卿大官像他们这样忙碌。有人说："你知道吗？口渴的人盼望水，生病的人渴望诊治。你确实能为天子营造太平盛世，能正身立家，他们依靠的是权势和地位。权势不多，地位不高就会热衷这种事，一追逐这种事就迷惑。权势充足地位高升，又会担心失去，担心失去就忧虑。迷惑并且忧虑就想决断。因为他们能替人决断，你也能吗？不能。因此他们亲近卜者而疏远你就毫不稀奇了。"因此我就醒悟了，不再奇怪。过了很长时间，我到淮南任职，到江南省亲。有一位金华山人，轻率地来访问我，他自己说能预测人的祸福。噫！这个时代，你的本领去哪不能有好的际遇呢？于是写了这篇《卜说》来劝说他。

相鹤经

《相鹤经》相传为浮丘公所作，据说浮丘公姓李，是周灵王时的一个道士。周灵王的太子晋，即王子乔，喜欢吹笙作凤鸣。游于伊洛之间时，遇到浮丘公，被引上嵩山修炼二十年，后在缑氏山巅，乘白鹤仙去。浮丘公所授于王子乔的《相鹤经》，被保存在嵩山的石室里，淮南王刘安上山采药时偶然得到，《相鹤经》遂得以流传下来。王安石在这里记录了其内容。

【原文】

鹤者，阳鸟也，而游于阴，因金气、依火精以自养。金数九，火数七，六十三年小变，百六十年大变，千六百年形定。生三年顶赤，七年飞薄云汉，又七年夜十二时鸣，六十年大毛落，茸毛生，乃洁白如雪，泥水不能污，百六年雌雄相视而孕，一千六百年饮而不食，胎化产，为仙人之骐骥也。夫声闻于天，故顶赤，食于水，故喙长，轻于前，故毛丰而肉疏，修颈以纳新，故天寿不可量。所以体无青黄二色，土木之气内养，故不表于外也。是以行必依洲渚，止不集林木，盖羽族之清崇也。其相曰："隆鼻短喙则少瞑，露睛赤白则视远，长颈疏身则能鸣，凤翼雀尾则善飞，龟背鳖腹会舞，高胫促节足力。"其文，李浮丘伯授王子晋，又崔文子学道于子晋，得其文，藏嵩山石室。淮南公采药得之，遂传于近代。熙宁十年正月一日，临川王某笔。

【译文】

鹤是一种阳鸟，却在阴地游荡，借助金气、依靠火精养护自己。金数是九，火数是七，因此六十三年一小变，一百六十年一大变，一千六百年才定形。出生三年头顶变红，七年飞到天空之上，再过七年在夜晚十二时鸣叫，六十年大毛脱落，长出茸毛，变得纯洁如雪，泥水也不能污染，一百六十年雌雄相看而孕育，经过一千六百年只饮水不吃食物，胎化出生，成为仙人的坐骑，叫声闻于上天，所以头顶变红，饮水所以嘴长，前部轻所以羽毛丰盈肉质疏松，修长的脖子可以呼吸新鲜空气，因此老天赐给它的生命很长。因此在它的身体上没有青色和黄色，因为体内培养土木二气，所以不体现在外表。因此行动一定依附沙洲，绝不停在林木之上，是飞禽类中的清高之士。它的样子是："高鼻短嘴可以少睡觉，眼睛突出红白分明能够看清远方，长脖瘦身可以鸣叫，凤凰的翅膀孔雀的尾巴使之紮长飞翔，乌龟的后背和鳖的腹部可以跳舞，长脚短节足部有力。"这段文字是李浮丘伯写给王子晋，崔文子向王子晋学道，学到了这篇文字，保存在了嵩山的石室里。淮南公采药得到了，于是流传到近代。熙宁十年正月一日，临川王安石记。

伤仲永

这是一篇伤天才之作。方仲永五岁就“自是指物作诗立就，其文理皆可观者”。这样一个天才，他的父亲不是悉心培养他，而是“父利其然也，日扳仲永环谒于邑人，不使学”。以至成年，便“泯然众人矣”。作者最后提出了一个发人深思的道理：如果有天资却没有后天的培养，也只能成为普通人。

全文行文流畅自然，语言朴实，字里行间流露了作者深切的惋惜之情。

【原文】

金溪民方仲永，世隶耕。仲永生五年，未尝识书具，忽啼求之。父异焉，借旁近与之，即书诗四句，并自为其名。其诗以养父母、收族为意，传一乡秀才观之。自是指物作诗立就，其文理皆有可观者。邑人奇之，稍稍宾客其父，或以钱币乞之。父利其然也，日扳仲永环谒于邑人，不使学。

予闻之也久，明道中，从先人还家，于舅家见之，十二三矣。令作诗，不能称前时之闻。又七年，还自扬州，复到舅家，问焉。曰：“泯然众人矣。”王子曰：仲永之通悟，受之天也，其受之天也，贤于材人远矣。卒之为众人，则其受于人者不至也。彼其受之天也，如此其贤也，不受之人，且为众人。今夫不受之天，固众人，又不受之人，得为众人而已邪！

【译文】

金溪人方仲永，祖上世代务农。仲永五岁时还没见过书写的用具，却突然哭着要这些东西。他父亲感到很吃惊，就借了附近人家的纸笔给他，他随即写下了四句诗，并且自己题写了诗名。他的诗以孝敬父母、亲近族人作为主题。传给村子里的秀才看。从此以后他便能指着一个事物立即作出诗来，那些诗的文采、旨意都相当不错。县里的人觉得他很特别，他们或者稍微宴请他父亲一下，或者用钱来购买，以得到仲永的诗文。他父亲以为这样可以牟利，便天天带着仲永到处拜访县中的人，而不让他学习。

我听说这件事很久了，直到明道年间跟从父亲回老家，才在我舅父家见到他，那时他已经十二三岁了。再让他作诗，却不能作出传说中的那样的诗了。又过了七年，从扬州回家，又到舅父家，问到他。人们说：“仲永已经和常人一样了。”王子（王安石自谓）说道：“仲永的悟性，是先天获得的，因而他后天的才能远远超越了一般的人才。他最后沦为常人，则是后天的教育不够的缘故呀！有先天的才能，就会非常智慧，但如果没有后天的培养，也会成为常人。现在即使没有获得上天的资助，固然是常人，但如果有天资却没有后天的培养，也只能成为普通人呀！”

答司马谏议书

本文写于1070年2月底。2月27日，反对变法的司马光给王安石写来一封长信，对新法进行指斥。王安石的回信已佚。此文为收到司马光第二书后写成。司马谏议，即司马光，为反对王安石变法的守旧派核心人物，也是著名历史学家，当时任翰林学士兼侍读学士、右谏议大夫。王安石当时身为宰相，实施新法，遇到了包括司马光在内的重重阻力，因而激愤地说："人习于苟且非一日，士大夫多以不恤国事，同俗自媚于众为善。"作者在文中拿盘庚迁都作比较，从而表达了自己不后悔的志向。全文字里行间体现了王安石傲岸倔犟的性格，也从侧面体现了他自负的心理。

【原文】

某启：昨日蒙教，窃以为与君实游处相好之日久，而议事每不合，所操之术多异故也。虽欲强聒，终必不蒙见察，故略上报，不复一一自辩。重念蒙君实视遇厚，于反复不宜卤莽，故今具道所以，冀君实或见恕也。

盖儒者所争，尤在于名实。名实已明，而天下之理得矣。今君实所以见教者，以为侵官、生事、征利、拒谏，以致天下怨谤也。某则以谓受命于人主，议法度而修之于朝廷，以授之于有司，不为侵官；举先王之政，以兴利除弊，不为生事；为天下理财，不为征利；辟邪说，难壬人，不为拒谏。至于怨诽之多，则固前知其如此也。

人习于苟且非一日，士大夫多以不恤国事、同俗自媚于众为善。上乃欲变此，而某不量敌之众寡，欲出力助上以抗之，则众何为而不汹汹然？盘庚之迁，胥怨者民也，非特朝廷士大夫而已。盘庚不为怨者改其度，度义而后动，是而不见可悔故也。如君实责我在位久，未能助上大有为，以膏泽斯民，则某知罪矣。如曰今日当一切不事事，守前所为而已，则非某之所敢知。无由会晤，不任区区向往之至。

【译文】

安石启：昨天多谢您来信指教，我认为和您长期交往相好，却每每讨论问题不能取得一致的看法，是因为我们彼此所持的政见多有不同的原因。我虽然想强辩，但考虑到怎么样也不会被了解，因而只是简单地回答您，不再一一自辩了。又想到您对我的爱护与重视，因此在来往书信中不宜草率冒失，故而现在我详细地说一说事情的原委，希望您能够宽恕我。

大概儒者所争论的事情，特别是名声和实际。一旦名声和实际的问题明了了，天下的是非曲直之理也就把握住了。您现在用来教导我的观点是：认为我冒犯了官员的权利，生事扰民，与人民争夺财物，拒绝纳谏，因此招致了天下人的仇恨和诽谤。但我却认为：接受了皇帝的命令，在朝廷之上议论法律和制度并且修改使之完善，然后交给有关部门去实施，不是侵犯官员的权利；应用和施行古代贤君的政策，以使有利的政策得到施行，去除弊端，不是扰民滋事；为天下理财，不是为了取得利益；批评不正确的言论，驳斥小人，不是拒绝纳谏。至于仇恨和诽谤的增多，那是我在做这些事之前就知道的。

人们习惯于因循守旧并不是一天了，士大夫们大都不体恤国情，而且以与流俗相合和讨好众人为正确的行事之道。因此皇上才想改变这种情况，而我也不考虑政敌的力量有多么大，只是想着出力辅佐皇上来反抗这种势力，因此，众人怎么会不穷凶极恶地抨击我呢？盘庚迁都之时，有怨言的是老百姓，不仅仅是士大夫们。盘庚没有由于有人埋怨就改变自己的想法，那是因为他认为自己的想法是合理的然后再行动，因此没有可以后悔的原因。如果你责怪我在这个位子上很久了却还没能帮助皇上大有作为，以使人民受到实惠，那么，我已经知罪了。如果说目前我们应该什么事都不做，只是墨守前代的陈规就行了，那么我就不敢接受了。没有机会和你见面，但我仍对您十分景仰。

答曾子固书

曾子固，即曾巩，字子固，唐宋八大家之一，是王安石的好朋友。王安石晚年罢居江宁，老弱多病，且好读佛经。本文即是对曾巩勿读佛经之劝的答复。曾巩认为“佛经之乱俗”，作者首先便反驳“某但言读经，则何以别于中国圣人之经？”然后以扬雄博览群书而不迷误，能明白圣人之道为例，说明自己“子固视吾所知，为尚可以异学乱之者乎？”最后提出现在使礼俗混乱的因素在于士大夫们沉浸在利欲之中，用语言相互吹捧，而不知自律修身。文章说理透彻有力，非把对方驳得心服口服不罢休。文章末尾的观点足见作者卓越的见识。

【原文】

某启：久以疾病不为问，岂胜向往！前书疑子固于读经有所不暇，故语及之。连得书，疑某所谓经者佛经也，而教之以佛经之乱俗。某但言读经，则何以别于中国圣人之经？子固读吾书每如此，亦某所以疑子固于读经有所不暇也。然世之不见全经久矣，读经而已，则不足以知经。故某自百家诸子之书，至于《难经》、《素问》、《本草》、诸小说，无所不读。农夫、女工，无所不问。然后于经为能知其大体而无疑。盖后世学者，与先王之时异矣！不如是，不足以尽圣人故也。扬雄虽为不好非圣人之书，然于墨、晏、邹、庄、申、韩，亦何所不读？彼致其知而后读，以有所去取，故异学不能乱也。惟其不能乱，故能有所去取者，所以明吾道而已。子固视吾所知为尚可以异学乱之者乎？非知我也。方今乱俗不在于佛，乃在于学士大夫沉没利欲，以言相尚，不知自治而已。子固以为如何？苦寒，比日侍奉，万福自爱。

【译文】

安石启：长期以来由于有病未能问候你，我心里对你非常向往！上封信里我因为怀疑你没有时间读经书，因此谈到了这件事。接连接到你的信，信中一直怀疑我说的经是佛经，就教导我说佛经会扰乱礼俗。我只是说读经，哪里把经书和中国古圣先贤之经相区分了呢？你每每这样看（误解）我的信，这也是我之所以怀疑你没有时间读经的缘故呀。

然而世人已经很久不能看清经书的全貌了，只是停留在读读经书，并不会理会经书的实质。因此我对从诸子百家的著作到《难经》、《素问》、《本草》、小说家的书，无所不读。对于种田的农夫和做针线活的农妇，都不耻下问。然后才认为对经书的大意有了确切的理解并且毫无疑问。大概因为后代学习圣人之道的人，因为和先王的时代有所不同，不这样做，不能够尽懂圣人的缘故吧？扬雄虽说不好甚至非议圣人之书，可是他对墨子、晏子、邹子、庄子、申不害、韩非的著作，又有哪一种不读呢？他是为了增加自己的知识量才去读书的，因而有所取舍，儒家之外的学说不能使他对于儒学有所迷误，正因为他不迷误，因而才有能力去取舍诸书的思想，所以能明白圣人之道。你看我所具有的知识的程度，是否还能被其他学说迷惑呢？你这是不了解我呀！现在使礼俗混乱的因素不是在于佛学之说，而是在于士大夫们沉浸在利欲之中，用语言相互吹捧，不知道自律修身的缘故。你认为这个观点怎么样？最近天气太冷了，祝你万福，希望你自己保重好自己。

桂枝香

登临送目，正故国晚秋，天气初肃。千里澄江似练，翠峰如簇。归帆去棹斜阳里，背西风，酒旗斜矗。彩舟云淡，星河鹭起，画图难足。

念往昔、繁华竞逐，叹门外楼头，悲恨相续。千古凭高，对此漫嗟荣辱。六朝旧事如流水，但寒烟、衰草凝绿。至今商女，时时犹唱，后庭遗曲。

桂枝香，词牌名。此调六体，本词属正体，双调一百零一字。据《填词名解》，唐裴思状元及第后赋诗，有“夜来新惹桂枝香”句；又，袁皓及第后赋诗，有“桂枝香惹蕊珠香”句，词名略出于此。又名“疏帘淡月”。这首词属于登高怀古之作，大笔挥洒，气象宏阔。对于词的写作背景历来说法不一，多数人认为是王安石罢相后，闲居金陵时所作，也有认为是其变法前担任江宁知府时所作。词的上阕写景状物，对“古帝王之都”金陵进行了描写，风格壮丽苍茫。下阕则写登临所感，抒发了吊古伤今的情结。

“登临送目，正故国晚秋，天气初肃。”故国：故都，指代金陵（今江苏南京市）。登上金陵城楼极目远眺，正值晚秋时节，天气已初步显露出一丝肃杀的气息。词人起调高昂，“登临送目”总启全篇的意境。初肃：天气已开始有了肃杀之气。“晚秋”、“初肃”开门见山点明了时令。

“千里澄江似练，翠峰如簇。”练：白绢。簇：聚集，簇拥。千里澄明的江水有如一条洁白的绢，翠峰簇拥，怀抱着古老的金陵城。“澄江似练”化用谢朓“澄江静如练”的意境。此句写远景，大笔勾勒，勾画金陵城虎踞龙盘的气势。“千里”极言长江浩荡之势，“澄”字极写江水之清。“似练”既是写江面之明洁如练，又烘托出词人登临之处的虎踞之势。这几个画面组合在一起就构成了一派阔大清远的境界，给人以荡胸生云之感。

“归帆去棹斜阳里，背西风，酒旗斜矗。”此二句一写江面，一写江岸，境界同样雄浑。句意：归来的航船沐浴在斜阳的余晖里，江岸上，酒家的幌子随风飘扬。此二句色彩凝重，给人以强烈的视觉感受。正因为有“斜阳”，归帆才愈见醒目；正因为有“西风”，才有酒旗飘舞。词人炼字之精准，于此可见一斑。

“彩舟云淡，星河鹭起，画图难足。”星河：银河。此处借指长江。鹭起：南京西南的长江中有白鹭洲，故曰“鹭起”。句意：淡淡的云霭中，长江像一条天河，彩船翩翩过往，如在云端游弋，清如素绢的江面上几只白鹭在翻飞起舞。这样的美景，纵然是高明的画家也难以将之绘出啊。词人铺叙勾勒有条不紊，景致穿差错落有致，终以“画图难足”收束上文，场面雄浑，境界苍凉。江山壮美如画，却蕴涵了几分“意态由来画不成”的诗家感慨。

“念往昔、繁华竞逐，叹门外楼头，悲恨相续。”门外楼头，语出陈后主亡国的典故。隋文帝开皇九年（589 年），杨坚派大将韩擒虎南下灭陈，兵临城下时，陈后主还在宫中绮阁楼上与宠妃张丽华寻欢作乐，演唱靡靡之音《玉树后庭花》，结果亡国被俘。唐杜牧《台城曲》讽之为“门外韩擒虎，楼头张丽华”，用语颇深。追念往昔，这里车水马龙何等繁华，然一朝兵临城下竟酿成了千古的悲哀。这六朝的兴亡历史是多么的相似，如出一辙，虽是一朝延续着上一朝的悲恨，却没有人从中警醒。“门外楼头”浓缩了杜诗的内涵，简明凝练，笔力千钧。词人行文至此，触景生情，引发了内心的感慨。

“千古凭高，对此漫嗟荣辱。”千百年来，不知多少仁人志士登临此地，但他们也只能空叹兴亡荣辱而已。

“六朝旧事如流水，但寒烟、衰草凝绿。至今商女，时时犹唱，后庭遗曲。”六朝：指东吴、东晋、宋、齐、梁、陈六个朝代，因其均建都金陵，故称。六朝的往事如流水般逝去了，只有当年的寒烟碧草依旧连延着天际。时至今日，那酒肆茶楼的歌女还在经常演唱陈后主的《玉树后庭花》。末句催人警醒，寓意深邃，真可谓：“商女不知亡国恨，隔江犹唱后庭花。”这样的收束有如重锤敲山震虎，亡国之音，犹时时可闻，亡国的前车之鉴，又岂可不慎。

王安石不是一个普通的文人墨客，他是以一个政治家、改革家的立场来论兴亡的。上阕纵观江山如画，于热爱无限中流露出了几分凄凉；下阕则站在历史的高度感叹六朝皆以覆亡而告终，旁敲侧击地警示当代，含蓄地指出：纸醉金迷的糜烂生活是最终导致一个个朝代纷纷土崩瓦解、悲恨相续的根本原因。

全词一气呵成，沉郁悲壮，宋人杨湜云："金陵怀古，诸公寄调〔桂枝香〕者，三十余家，唯王介甫为绝唱，东坡见之叹曰：'此老乃野狐精也。'"（《古今词话》）

千秋岁引

别馆寒砧，孤城画角，一派秋声入寥廓。东归燕从海上去，南来雁向沙头落。楚台风，庾楼月，宛如昨。

无奈被些名利缚，无奈被他情担阁，可惜风流总闲却。当初漫留华表语，而今误我秦楼约。梦阑时，酒醒后，思量著。

千秋岁引，又名千秋岁令、千秋万岁等，此调属正体，双调八十二字。《钦定词谱》说："此即〔千秋岁〕调，添字减字，'摊破'句法，自成一体。与〔千秋岁〕较，唯前段第二句减一字，后段第一句、第二句各添二字，第三句添一字，前后段第四、五句各添两字，结句各减一字，摊破作三字两句。王安石创调。这是一首对景抒怀之作，大概作于罢相后退隐金陵时。词上阕描写秋光，下阕抒写人生的感慨。

"别馆寒砧，孤城画角，一派秋声入寥廓。"砧：捣衣石。寥廓：辽阔，这里指天空。客馆中传出捣衣的声音，孤城上画角嘶鸣，一派秋声弥漫在无边的天空。"别馆"、"孤城"、"秋声"写出了境况的凄寂。

"东归燕从海上去，南来雁向沙头落。楚台风，庾楼月，宛如昨。"楚台风：清新凉爽的风。宋玉《风赋》说："楚王游于兰台，有风飒至，王乃披襟以当之曰：'快哉！此风。'"庾楼月：这里指秋月。《晋书·庾亮传》载，晋庾亮因讨平叛乱有功，以中书令迁都督江、荆、豫、益、梁、雍六州诸军事，为征西将军，镇守武昌。曾于秋夜与僚吏共登南楼望月，谈笑竟夕。这里是说：东归的海燕向海上飞去，南来的大雁落在了沙头的汀洲上。那清新爽朗的楚兰台之风，那赏心悦目的庾楼之月啊，仿佛就在昨天。候鸟的一来一往，流露出词人对人生如梦的无奈。追想当年楚襄王游兰台之豪兴以及庾亮登楼赏月的谈笑风生更反衬出词人此时处境的悲凉。"楚台风，庾楼月"两用典故拓宽了词境，自然过渡到了下文的抒情。

"无奈被些名利缚，无奈被他情担阁，可惜风流总闲却。"担阁：耽搁。无奈此生被名利所束缚，被各种琐事烦愁所耽搁，在名利场上疲于奔命，辜负闲却了多少风流美景。换头三句词人直抒胸臆，表达了被名利束绊被人情所耽搁的种种人生无奈。翻然悔悟，憬然惧之。

"当初漫留华表语，而今误我秦楼约。梦阑时，酒醒后，思量著。"华表语：据《搜神后记》载，辽东人丁令威，到灵虚山学道，后化鹤归来，落在了辽东城边的华表柱上，有少年不识欲举弓射之，鹤在空中盘旋而歌曰："有鸟丁令威，去家千年今来归；城郭如故人民非，何不学仙冢累累。"歌毕飞入高空。秦楼：原是指秦穆公为其女弄玉所建之楼，亦名凤楼，后指美人所居之楼。汉乐府《陌上桑》云："日出东南隅，照我秦氏楼。秦氏有好女，自名为罗敷。"这里指恋人幽会之所。想当初是那样热衷朝政，踌躇满志，而今又误了秦楼相会的佳期。此一时，彼一时，待梦尽酒醒之时，我思量，究竟是为了什么这样做呢？结尾这几句是词人对此生的回味、咀嚼和苦苦思索，沉重悲哀，似醍醐灌顶言不由衷，无怪乎杨慎在《词品》中云："荆公此词，大有感慨，大有见道语，既勘破乃尔，何执拗新法，铲灭正人哉！"当然杨慎如此评价王安石变法有失公允，但变法失败之后的王安石对自己的所作所为的反悔之情确是显而易见的。

王安石毕生从政，可以说大半生都在政治斗争的旋涡中生活，风云叱咤一时，也历尽了人世艰辛，变法失败后更是一度失意怨愤，大有退隐追仙之想。这首词寄寓着政治上失意的沉痛感喟，颇耐人玩味。正如明代李攀龙所评“不着一愁字，而寂寂景色，隐隐在目，洵一幅秋光图，最堪把玩”（《草堂诗余隽》）。

欧阳修

欧阳修（1007—1072），北宋文学家、史学家。字永叔，号醉翁、六一居士，吉州吉水（今属江西）人。天圣进士。官馆阁校勘，因直言论事贬知夷陵。庆历中任谏官，支持范仲淹，要求在政治上有所改良，被诬贬知滁州。后官至翰林学士、枢密副使、参知政事。主张文章应“明道”、“致用”，对宋初以来靡丽、险怪的文风表示不满，并积极培养后进，是北宋古文运动的领袖。散文说理畅达，抒情委婉，为“唐宋八大家”之一；诗风与其散文近似，语言流畅自然，其词婉丽。有《欧阳文忠公集》。

朋党论

宋仁宗庆历初，范仲淹任参知政事，改革弊政，推行新政，起用大批革新之士，朝野上下呈现出欣欣向荣的气象。但是以夏竦（sǒng）、吕夷简等为首的守旧派势力不甘心失势，继续阻挠历史前进的车轮，他们诬蔑攻击范仲淹、韩琦、欧阳修等革新派人士为“朋党”，作者针对他们别有用心的攻击，写了这篇《朋党论》，以正视听。

作者并不回避“朋党”二字，开宗明义指出“朋党之说，自古有之”，理直气壮，直封对方之嘴。但朋党有君子、小人之分。君子“以同道为朋”，是“真朋”；小人“以同利为朋”，是“伪朋”。接着纵论史实，援古证今，阐明要治理好国家，必须“退小人之伪朋，用君子之真朋”。最后指出君主应当对此引以为戒，当此革新进取之时，千万不要为小人的胡言乱语而乱了方寸。

【原文】

臣闻朋党之说，自古有之，惟幸人君辨其君子小人而已。大凡君子与君子，以同道为朋，小人与小人，以同利为朋。此自然之理也。

然臣谓小人无朋，惟君子则有之。其故何哉？小人所好者禄利也，所贪者财货也。当其同利之时，暂相党引以为朋者，伪也。及其见利而争先，或利尽而交疏，则反相贼害，虽其兄弟亲戚，不能相保。故臣谓小人无朋，其暂为朋者，伪也。君子则不然。所守者道义，所行者忠信，所惜者名节。以之修身，则同道而相益；以之事国，则同心而共济。终始如一，此君子之朋也。故为人君者，但当退小人之伪朋，用君子之真朋，则天下治矣。

尧之时，小人共工、汙兜等四人为一朋，君子八元、八恺十六人为一朋。舜佐尧，退四凶小人之朋，而进元、恺君子之朋，尧之天下大治。及舜自为天子，而皋、夔、稷、契等二十二人并立于朝，更相称美，更相推让，凡二十二人为一朋，而舜皆用之，天下亦大治。《书》曰：“纣有臣亿万，惟亿万心；周有臣三千，惟一心”。纣之时，亿万人各异心，可谓不为朋矣，然纣以亡国。周武王之臣，三千人为一大朋，而周用以兴。后汉献帝时，尽取天下名士囚禁之，目为党人。及黄巾贼起，汉室大乱，后方悔悟，尽解党人而释之，然已无救矣。唐之晚年，渐起朋党之论。及昭宗时，尽杀朝之名士，或投之黄河，曰：“此辈清流，可投浊流。”而唐遂亡矣。

夫前世之主，能使人人异心不为朋，莫如纣；能禁绝善人为朋，莫如汉献帝；能诛戮清流之朋，莫如唐昭宗之世。然皆乱亡其国。更相称美、推让而不自疑，莫如舜之二十二臣，舜亦不疑而皆用之。然而后世不诮舜为二十二人朋党所欺，而称舜为聪明之圣者，以能辨君子与小人也。周武之世，举其国之臣三千人共为一朋。自古为朋之多且大，莫如周，然周用此以兴者，善人虽多而不厌也。

嗟乎！治乱兴亡之迹，为人君者可以鉴矣！

【译文】

臣听到有对朋党的议论，这是自古以来就有的，我只希望君主区别他们是君子的还是小人的。大体上，君子和君子是因为有共同的道义才结成朋党的；小人和小人是因为有共同的私利而结成朋党的。这是极为自然的道理。

但是，臣以为小人没有朋党，只有君子才有朋党，那是什么缘故呢？小人喜爱的是俸禄，贪图的是财物。在他们利益一致的时候，暂时彼此勾结形成朋党，那是虚伪的。等到他们看见有利可图时，就争先恐后，力争抢在前头，如果无利就相互疏远，甚而彼此伤害，即使他们的兄弟亲戚，也不能互相顾全。所以，臣以为小人没有朋党，他们暂时结成朋党是虚伪的。君子却不是如此。他们所坚持的是道义，所实行的是忠信，所爱惜的是名誉气节。用这种思想来修养身心，就能共同坚守道义而且互相帮助；用这种思想来治理国家，就能同心合力而且一起获得成功。始终如一，这就是君子结成的朋党。所以，作为君主，应当斥逐小人结成的假朋党，进用君子结合的真朋党，这样天下就能达到大治了，随之而来的那就是太平景象。

唐尧的时候，小人共工、汙兜等四个人结成一个朋党，君子八元、八恺等十六个人结成一个朋党。虞舜辅佐唐尧，逐退了四凶小人的朋党，进用了八元、八恺君子的朋党，唐尧的天下因此得到大治，天下太平。等到虞舜自已做了天子，皋陶、后夔、稷、契等二十二个人一起在朝堂上做官，互相尊重，互相谦让，共计二十二人结成一个朋党，虞舜都信用他们，天下也因此得到大治，天下太平。《书经》上说：“殷纣王有亿万个臣子，就有亿万颗心；周武王有三千个臣子，却只有一颗心。”殷纣王的时候，亿万臣子各自怀着不同的心思，可以说没有结成朋党了，但是殷纣王终于因此亡国。周武王的三千个臣子形成一个大朋党，周朝却因此兴盛起来。后汉献帝时，天下的著名人士几乎全被逮捕囚禁起来，看做同伙的党人。直到黄巾军起义，汉朝大乱，才后悔醒悟，完全解除了所谓党人的囚禁，并且释放他们，可是已经没有办法挽救汉朝天下大乱的局面了。唐朝末年，渐渐兴起了朋党的论调。到了昭宗的时候，朝堂上的名臣被斩尽杀绝，有些人被扔进黄河，说什么：“这些人自称‘清流’，可以把他们投进‘浊流’。”唐朝也随之灭亡了。

那些前代的君主，能够使人人怀着不同的心思而不结成朋党的，没有谁赶得上殷纣王；能够禁止贤能的人结成朋党的，没有哪一个赶得上汉献帝；能够杀光“清流”结成的朋党的，没有哪一代比得上唐昭宗统治的时代。可是他们的国家都亡于动乱。互相尊重、谦逊退让而且不自相疑忌的，没有哪个朝代赶得上虞舜时的二十二个臣子；虞舜也不怀疑他们，并且都重用他们。因此，后代的人不讥笑虞舜被二十二人结成的朋党所欺骗，反而称赞虞舜是耳聪目明的圣人，因为他能够区分君子和小人。周武王的时候，倡导他的国家的三千个臣子联合起来结成一个朋党。从古以来结成朋党的人数多、范围广、声势大，没有哪一代赶得上周朝，这就是周朝因为用朋党的力量而兴盛，贤能的人虽然多却还不满足啊。

请注意！历史上的太平或者动乱、兴旺或者衰亡的事迹，作为君主的，都是可以借鉴的！

纵囚论

唐贞观六年，唐太宗下令把已判死刑的三百九十名罪犯释放回家，并限定他们第二年秋天一定要回来报到接受死刑。第二年九月被释放的罪犯全部自动归案，无一人逃亡。唐太宗将其全部赦免。对这一历史佳话，欧阳修却认为唐太宗此举是不近人情、不可为常法的，是一种“上下交相贼”的行为，指出国家的法治必须“不立异”、“不逆情”，才能保证法令的贯彻执行，使那些奸佞残暴之徒不敢存侥幸心理以身试法。

【原文】

信义行于君子，而刑戮施于小人。刑入于死者，乃罪大恶极，此又小人之尤甚者也。宁以义死，不苟幸生，而视死如归，此又君子之尤难者也。

方唐太宗之六年，录大辟囚三百余人，纵使还家，约其自归以就死。是以君子之难能，期小人之尤者以必能也。其囚及期，而卒自归无后者。是君子之所难，而小人之所易也。此岂近于人情哉？

或曰：罪大恶极，诚小人矣；及施恩德以临之，可使变而为君子。盖恩德入人之深而移人之速，有如是者矣。

曰：太宗之为此，所以求此名也。然安知夫纵之去也，不意其必来以冀免，所以纵之乎？又安知夫被纵而去也，不意其自归而必获免，所以复来乎？夫意其必来而纵之，是上贼下之情也；意其必免而复来，是下贼上之心也。吾见上下交相贼以成此名也，乌有所谓施恩德与夫知信义者哉？不然，太宗施德于天下，于兹六年矣，不能使小人不为极恶大罪。而一日之恩，能使视死如归，而存信义。此又不通之论也。

然则何为而可？曰：纵而来归，杀之无赦。而又纵之，而又来，则可知为恩德之致尔。然此必无之事也。若夫纵而来归而赦之，可偶一为之尔。若屡为之，则杀人者皆不死。是可为天下之常法乎？不可为常者，其圣人之法乎？是以尧、舜、三王之治，必本于人情，不立异以为高，不逆情以干誉。

【译文】

信用、道义应该用在品德美好的人身上，徒刑、死罪应该施加到品德败坏的人身上。刑罚判处死罪的，一定是罪大恶极，这又是品德败坏的人当中的特别坏的人。宁肯为正义而死，不肯随便侥幸地活着，因而把牺牲性命看做像回家那样自然，这又是品德好的人当中尤其难得的人。

在唐太宗继位后的第六年，审查了判处杀头的三百多名罪犯，下令释放他们回家，命令他们到时候自己归来接受死刑。这是拿品德好的人难做到的事情，要求品德最坏的人一定要做到。那些罪犯到了期限，终于自动归来，没有一个过期的，这是品德好的人难以做到的事，却成为品德最不好的人容易做到的事。这难道是与人情相近的事吗？

有的人说：罪大恶极，的确是品德坏的小人了；但是，等到恩德降临到他身上，可以使他转化成为品德好的人。因为恩德进入人的思想深，改变人的行为就快，是有这样的人的。

我说：唐太宗之所以做这件事，正是因为他想追求以德服人的好名声。然而，怎能知道唐太宗在释放罪犯的时候，没有想到他们一定会回来希望赦免，所以释放他们的呢？又怎么知道罪犯们在被释放回去的时候，没有想到他们只要自动归案就必定获得赦免，所以又归来的呢？如果是唐太宗料到罪犯们一定会归来才释放他们，这就是上面窥测下面的人心；如果是罪犯们料到唐太宗一定会赦免他们才回来，这就是下面窥测上面的心思。我只看到上面和下面互相窥测来凑成这种美名，哪里有所谓施舍恩德的皇帝和哪里有知道信义的罪犯呢？否则，唐太宗对全国人民施行恩德，到这时已有六年了，六年都不能使品德坏的人不干最坏的事，不犯最大的罪；却用一个短时间的恩德，就能使罪犯们视死如归，而且坚守了信用和道义。这又是讲不通的理论呀。

既然如此，那么怎样做才对呢？我说：先释放一批罪犯，如果他们按期归来，就杀掉他们，不要赦免。然后再释放一批罪犯，如果他们又归来，那就可以知道确实是被恩德所感召的了。然而，这是肯定没有的事情。至于释放后能归来就赦免他们，偶尔可以这样做一次；假如一再这样做，那么，杀人的都可以不死了。这能作为治天下的正常法制吗？不能做正常的法制，难道是圣人的法制吗？因此，唐尧、虞舜、夏禹、商汤、周文王的法制，一定要植根在人情之中，不标榜特殊来显示高明，不违背人情去追求名誉。

张子野墓志铭

这是一篇为亡友作的墓志铭。此类文体一般只表现两部分内容：人物的身世和对其人的颂赞。欧公作为一代宗师，这类文章的应酬颇多，故而虽好写，但写好不易。这篇文章最大的特点是淳厚质朴。全章以平白话语入文，不溢美，不滥情，将浓浓追思化作一一道来的絮语，唯有反复诵读，才见其中真味。

文章第一段阐明写作此文的原因。作者认为自己“有平生之旧，朋友之思与其可哀者”，此文之作，舍我其谁！作者对亡友的真挚情感已经浓浓溢出。

但作者在第二段中并没有顺势而下，大肆渲染，而是宕开笔锋，直追既往，回忆当年欢聚时的乐趣。借“众皆指为长者”之语赞美亡友的风范。既而又追述分别以来，再无欢会之乐，反而一哭尧夫，再哭希深，直至“今天哭吾子野”，感慨盛事无常，相知难得而易逝。痛悼之情于再三压抑之后，势如潮涌，奔泄而出，直道“呜呼，可哀也已！”于是戛然而止。

此后则转而叙述亡友的家世，中间夹叙了作者对亡友的直接评述，认为亡友的早逝，有抑郁不得志之处。但也只是片语带过，让人不觉玩味再三。

【原文】

吾友张子野既亡之二年，其弟充以书来请曰：吾兄之丧，将以今年三月某日葬于开封，不可以不铭，铭之莫如子宜。”呜呼！予虽不能铭，然乐道天下之善以传焉，况若吾子野者，非独其善可铭，又有平生之旧、朋友之恩与其可哀者，皆宜见于予文，宜其来请于予也。

初，天圣九年，予为西京留守推官，是时，陈郡谢希深、南阳张尧夫与吾子野，尚皆无恙。于时一府之士，皆魁杰贤豪，日相往来，饮酒歌呼，上下角逐，争相先后以为笑乐，而尧夫、子野退然其间，不动声气，众皆指为长者。予时尚少，心壮志得，以为洛阳东西之冲，贤豪所聚者多，为适然耳。其后去洛来京师，南走夷陵，并江汉，其行万三四千里，山砠水厓，穷居独游；思从曩人，邈不可得。然虽洛人至今皆以谓无如向时之盛，然后知世之贤豪不常聚，而交游之难得为可惜也。初在洛时，已哭尧夫而铭之；其后六年，又哭希深而铭之；今又哭吾子野而铭之。于是又知非徒相得之难，而善人君子欲使幸而久在于世，亦不可得，呜呼，可哀也已！

子野之世：曰赠太子太师讳某，曾祖也；宣徽北院使、枢密副使、累赠尚书令讳逊，皇祖也；尚书比部郎中讳敏中，皇考也。曾祖妣李氏，陇西郡夫人；祖妣宋氏，昭化郡夫人，孝章皇后之妹也；妣李氏，永安县太君。

子野家联后姻，世久贵仕，而被服操履甚于寒儒。好学自力，善笔札。天圣二年举进士，历汉阳军司理参军、开封府咸平主簿、河南法曹参军。王文康公、钱思公、谢希深与今参知政事宋公，咸荐其能，改著作佐郎，监郑州酒税、知阆州阆中县，就拜秘书丞。秩满，知亳州鹿邑县。宝元二年二月丁未，以疾卒于官，享年四十有八。子伸，郊社掌坐，次从，次幼未名。女五人，一适人矣。妻刘氏，长安县君。

子野为人，外虽愉怡，中自刻苦，遇人浑浑，不见圭角，而志守端直，临事果决。平居酒半，脱冠垂头，童然秃且白矣。予固已悲其早衰，而遂止于此，岂其中亦有不自得者邪？

子野讳先，其上世博州高堂人，自曾祖已来，家京师而葬开封，今为开封人也。铭曰：

嗟夫子野，质厚材良。孰屯其亨？孰短其长？岂其中有不自得，而外物有以戕？开封之原，新里之乡，三世于此，其归其藏。

【译文】

我的朋友张子野死后的第二年，他的弟弟张充给我写了一封信，请求道："我哥哥的灵柩将于今年三月的某一天在开封安葬，不可以不写篇墓志铭，给他作墓志铭没有人能比你更合适。"唉！我虽然不善于作墓志铭，但是我乐于传诵天下的好事使之流芳百世。何况我的朋友张子野，不仅他忠善的秉性值得铭记，而且又与我有着旧日老朋友的情谊，他的一生有着值得哀痛的地方，这一切都应该出现在我的文章里，难怪他的弟弟要求我来写墓志铭呢。

天圣九年时，我担任西京留守推官。当时，陈州的谢希深、南阳的张尧夫和我友张子野都还健在。这时留守府的人士都是杰出贤能的人才，每天彼此往来，饮酒唱歌，举行各种竞赛，相互争夺先后以此为乐。但张尧夫与子野两人往往不参与竞赛，他们不动声色，大家都说他们俩是忠厚惇实之人。我那时还年轻，对什么事情都充满信心，认为洛阳是东西交通的枢纽，聚集的人才多，是当然的事情。以后，离开洛阳到京城开封任职，又贬到南方做夷陵县令，由此走遍了长江、汉水一带，行程有一万三四千里。不管是在荒山还是水滨，无论是独自一人穷困地居住还是在游览，都希望能找到昔日的人才和他们聚在一起，可是再也找不到了。不过，即使是洛阳人也认为现在没有过去那般兴盛了。从此我才知道，世上的杰出人才不可能经常聚集在一起，想要找到这样的人做朋友更是难上加难，实在可惜啊。我还在洛阳时，已经为张尧夫的去世而痛哭，并且为他写了墓志铭；六年后，又为希深的去世痛哭，也写了墓志铭；现在又为我的友人子野撰写墓志铭。这时我又知道了不仅找到这样的朋友很难，连想要使有道德的好人长久活在世上也不可能啊。唉！真是可悲啊！

张子野的家世是：曾祖张某，封赠为太子太师。祖父张逊，曾经出任宣徽北院使、枢密副使，多次封赠至尚书令。父亲张敏中，曾任尚书省刑部郎中。曾祖母李氏封赠陇西郡夫人。祖母宋氏封赠为昭化郡夫人，她就是孝章皇后的妹妹。母亲李氏封赠为永安县太君。

子野的家庭与皇后有亲戚关系，几代都是大官，但他的装束和举止好像一个贫苦的读书人。子野勤奋好学，善于写文章。天圣二年中进士，历任汉阳军司理参军、开封府咸平县主簿、河南府法曹参军，王文康公、钱思公、谢希深和现任参知政事的宋公，都推崇他的才能，后改任著作佐郎、监郑州酒税、阆州阆中县知县，又调到京城任秘书丞。任职期满后，做亳州鹿邑令。宝元二年二月丁未日因病在任所去世，享年四十八岁。长子张伸，任郊社掌坐，次子张从，还有一个小儿子，年幼没有正式命名。有五个女儿，一个已出嫁。妻子刘氏，赠封为长安县君。

子野为人，外表虽然显得轻松愉悦，而内心很刻苦，对人厚道，不露锋芒，但品格端庄正直，遇到事情时勇于决断。平日饮酒到酒酣耳热时便脱下帽子，低下头只见头顶已秃，鬓毛已白了。我本来就怜惜他身体早衰，而他竟然这样去世了，难道他内心有不得志的悲痛吗？

子野名先，他的祖籍是博州高唐人，从曾祖以来一直在京城居住，葬在开封，现在应该算是开封人了。铭文是：

啊，子野！品质忠厚，才能优良。谁使他一生屡遭祸殃？谁使他寿命不长？难道他内心不能自得其乐，被外物加以摧残损伤？开封的郊外，新里这个地方，张氏三代人都葬在这里，子野也在这个地方安息。

苏氏文集序

此文为欧公为亡友苏舜钦的文集所作的序，因为故友作序，故而文中褒扬、举拔之词俯拾皆是。

苏氏是宋诗文革新运动的先驱，在政治观点上也与作者为同道中人，但苏氏在政治上一直不得志，在文坛上也逊色于后进之士。如何表现这些，作者在构思上作了细致的编排。

文章首先从苏氏文集入手，以文喻人，确立主旨，即“斯文，金玉也，弃掷埋没黄土，不能销蚀”。指出苏氏的文章是精金美玉，不可能被埋没。接着讲“其见遗于一时，必有收而宝之于后世者”。认为苏文即使一时被埋没，也会为后人所赏识。这里已经隐约预示着苏氏其人、其文的命运，然后进一步指出“凡人之情，忽近而贵远”，“方其摈斥摧挫，流离穷厄之时，文章已自行于天下”，夸耀苏氏之文并不因本人的困厄而不为世人所知。婉转地表达出苏文不著于世的现实状况，而安慰以“贵远”之说。

评价完苏氏之文后，作者在第二段宕开思路，远追唐以来古文运动的艰难发展历程，提出朝廷应爱惜“治世而能文之人”的观点，进而为苏氏因小过而被废弃感到叹息。

第三段，作者转而以后学者自居，认为苏氏在有宋古文运动中“为于举世不为之时”，进一步推崇苏氏的先驱者地位。

在为苏氏的文学地位极力举拔后，作者在最后一段又转而为其仕途的不顺作解释，认为当世“天子聪明仁圣”，与苏氏一同被斥的人都已被重用，苏氏只因早逝而未逢其时，因之为其惋惜。

全文因文论文，而对亡友的处世之道与政治观点未加涉及，使人有未窥全貌之感，也使溢美之词无所根系。

【原文】

予友苏子美之亡后四年，始得其平生文章遗稿于太子太傅杜公之家，而集录之以为十卷。子美，杜氏婿也，遂以其集归之，而告于公曰：“斯文，金玉也，弃掷埋没粪土，不能销蚀。其见遗于一时，必有收而宝之于后世者。虽其埋没而未出，其精气光怪已能常自发见，而物亦不能棹也。故方其摈斥摧挫、流离穷厄之时，文章已自行于天下，虽其怨家仇人及尝能出力而挤之死者，至其文章，则不能少毁而掩蔽之也。凡人之情，忽近而贵远，子美屈于今世犹若此，其伸于后世宜如何也！公其可无恨。”

予尝考前世文章政理之盛衰，而怪唐太宗致治几乎三王之盛，而文章不能革五代之余习。后百有余年，韩、李之徒出，然后元和之文始复于古。唐衰兵乱，又百余年而圣宋兴，天下一定，晏然无事。又几百年，而古文始盛于今。自古治时少而乱时多，幸时治矣，文章或不能纯粹，或迟久而不相及，何其难之若是欤？岂非难得其人欤？苟一有其人，又幸而及出于治世，世其可不为之贵重而爱惜之欤？嗟吾子美，以一酒食之过，至废为民而流落以死。此其可以叹息流涕，而为当世仁人君子之职位宜与国家乐育贤材者惜也。

子美之齿少于予，而予学古文反在其后。天圣之间，予举进士于有司，见时学者务以言语声偶摘裂，号为时文，以相夸尚。而子美独与其兄才翁及穆参军伯长，作为古歌诗杂文，时人颇共非笑之，而子美不顾也。其后天子患时文之弊，下诏书讽勉学者以近古，由是其风渐息，而学者稍趋于古焉。独子美为于举世不为之时，其始终自守，不牵世俗趋舍，可谓特立之士也。

子美官至大理评事、集贤校理而废，后为湖州长史以卒，享年四十有一。其状貌奇伟，望之昂然，而即之温温，久而愈可爱慕。其材虽高，而人亦不甚嫉忌，其击而去之者，意不在子美也。赖天子聪明仁圣，凡当时所指名而排斥，二三大臣而下，欲以子美为根而累之者，皆蒙保全，今并列于荣宠。虽与子美同时饮酒得罪之人，多一时之豪俊，亦被收采，进显于朝廷。而子美独不幸死矣，岂非其命也？悲夫！庐陵欧阳修序。

【译文】

我的朋友苏子美死后四年，我才在太子太傅杜公家里得到他生前所写的文章遗稿，并把它们集中抄录下来，编成十卷。

子美是杜公的女婿，于是我将编好的文集归还给杜公，并告诉杜公说："这些文章，就像精金美玉，即使被抛弃埋没于粪土之间，也不能使之销蚀。就算是一时被遗弃了，但后世必然会有人将其收集起来当成宝物。虽然这些文章还被埋没，但其精灵之气和奇光异彩自己就能显现出来，别的东西也无法将它埋没。所以当苏子美遭到打击、排挤，受到挫折，颠沛流离，处在困境之中的时候，他的文章就已经不胫而走流传于天下。即使是他的那些仇人冤家全力排挤，想置他于死地，对他的文章也不能有哪怕是稍微的诋毁而掩盖其价值。世上人之常情，总是轻近贵远。子美在当世不得志，其文章还能得到如此的待遇，到了后世他的文章该得到人们怎样的重视啊！杜公可以没有任何遗憾了。"

我曾经考察过前代文章和政治之间兴盛、衰落的关系，觉得奇怪的是唐太宗治理下的国家已接近于古代三王那样的盛世，可是文章却不能革除五代所留下的浮艳风气。一百多年后，韩愈、李翱一班人出现，元和年间的文章才使得古文得以复兴。唐朝衰落，兵荒马乱，又过了一百多年，大宋建立，天下安定统一，太平无事。又过了近百年，古文才在当世兴盛起来。自古以来天下安定之世少，动乱之世多。幸而天下太平了，文章却有的不能臻于精粹完美，有的则久久跟不上时代的步伐。文章之兴盛怎么这么难呢？难道不是因为写文章的人才难得吗！如果有这么一个人，又有幸出于太平盛世，世人岂可以不把他看得很珍贵而加以爱惜呢！可叹啊，我的子美，因为一顿酒饭的过错，竟至于被罢职为民流落而死，这真是让人扼腕叹息，痛哭流泪，并替那些应该为国家培育贤才的仁人君子感到可惜的事。

子美的年龄比我轻，但我学习古文反而比他晚。天圣年间，我在礼部考取进士的时候，看见当时的学者专门考察研究语言的声律对偶，讲究词语的典故出处，这样写出来的文章号称"时文"，并互相夸耀推崇。只有子美与其兄才翁和穆伯长参军写作古体诗歌和各类古文，当时人都非议嘲笑他们，但子美不顾这些。之后，天子担忧时文的弊病，下诏书劝勉学者写文章要向古文靠拢。从此崇尚时文的风气渐渐平息，而学者所做的文章渐渐趋向古文。只有子美在全社会不写古文的时候写古文，他自始至终坚定不渝，不因世俗的取舍而取舍，称得上是超凡脱俗的人。

子美官当到大理评事、集贤校理就被罢职，后来在任湖州长史时去世，享年四十一岁。他的身材高大，望上去气宇轩昂，和他接近了便会觉得他为人温和，与他相处得越久就越觉得他可亲可敬。他虽然才高八斗，但人们也并不很嫉妒。那些人打击他，想把他排挤掉，其真实的意图都不是针对子美本人的。幸亏天子聪慧、仁慈、圣明，凡是当时被弹劾者指名道姓、想借子美之案为根由而牵连进的几位大臣，蒙天子保全，如今都处于十分荣耀、深受恩宠的地位。即使是那些与子美同时饮酒而获罪的人，也大多数是当代的英雄豪杰，也被收录任用提拔到朝廷显要位置上。但只有子美不幸死了，这难道不是他的命吗？可悲啊！

庐陵欧阳修作序。

送曾巩秀才序

此文作于庆历二年，时曾巩赴礼部应进士举落选，准备归乡，欧公为勉励他而作此序以赠。

全文分三部分，开篇即由曾巩落选切入，批评朝廷选举制度的刻板、教条，导致人才“失多而得少”的状况，曾巩也因之落选，为其鸣不平。

第二段赞扬曾巩在逆境中不怨天尤人，而继续矢志求学的精神，认为自己也由此认识了曾巩的高尚操守。

结尾则安慰曾巩，虽然现在不为人知，但自己却为结识他而感到庆幸，以此勉励他。

这篇文章典型地模仿了韩愈的《送董邵南序》一文，但在文章内涵的表达上不如韩文绵密深远而曲折，语言叙述上，也不如其简洁，且舒缓平易，不似韩文充满跌宕起伏的情感色彩。

不过，此文中间一段短短五十余字，就表达出三层含义，一为曾巩不怨天尤人的品性，一为作者对其进一步的认识，一为殷切寄望。语言简练，层次分明，深得韩文意味，而“农不咎岁而菑播是勤”的譬喻尤为精妙贴切。

【原文】

广文曾生，来自南丰，入太学，与其诸生群进于有司。有司敛群材，操尺度，概以一法，考其不中者而弃之。虽有魁垒拔出之材，其一累黍不中尺度，则弃之不敢取。幸而得良有司，不过反同众人，叹嗟爱惜，若取舍非己事者，诿曰：“有司有法，奈不中何？”有司固不自任其责，而天下之人，亦不以责有司，皆曰：“其不中，法也。”不幸有司尺度一失手，则往往失多而得少。噫！有司所操，果良法邪？何其久而不思革也？

况若曾生之业，其大者固已魁垒，其于小者亦可以中尺度，而有司弃之，可怪也。然曾生不非同进，不罪有司，告予以归，思广其学而坚其守。予初骇其文，又壮其志。夫农不咎岁而菑播是勤，其水旱则已，使一有获，则岂不多邪？

曾生橐其文数十万言来京师，京师之人无求曾生者，然曾生亦不以干也。若予者岂敢求生，而生辱以顾予。是京师之人既不求之，而有司又失之，而独余得也。于其行也，遂见于文，使知生者可以吊有司之失，而贺余之独得也。

【译文】

广文馆学生曾巩是南丰县人，进入太学学习，和其他太学生一起赴礼部参加进士考试。试官选拔人才，所衡量的标准都是一致的。即使是十分优秀的人才，只要文章稍不依格式规程，也不能入选。即使幸好遇到优秀的试官，也不过是与众人叹嗟可惜罢了，好像取舍并不是自己的事情，而且推诿说：“考试有规定的程式，为什么不依照它去答卷呢？”试官固然认为这不是自己的责任，天下的人也不会因此责备试官，都会说：“他考不中，是因为不遵循制度。”不幸的是试官掌握的规则往往有疏失、错误，常常是失去的人才多而得到的人才少。唉！试官所依据的真的是好的规则吗？为什么这么久却不进行变革呢？

况且像曾巩的学业，在大的方面已经出类拔萃，在小的方面也能合于尺度，试官却舍弃他，真的是非常奇怪。然而曾巩没有非议一起参加考试的太学生，也没有归罪于试官，而是告诉我要回乡，想努力扩展自己的学问，并坚持自己的操守。我认识他时曾惊讶于他的文采，现在则感叹他志向的宏大。农民不埋怨天时而努力耕种，如果遇到水旱灾害而歉收，当然没有办法，但只要一有收成，难道不是有很多收获吗？

曾巩携带数十万字的文章到京城开封，京城里没有赏识曾巩的人，然而他也没有去请托巴结以求取功名。像我这种见识的人怎敢指望曾生的看顾，然而他却来拜访我。这是因为京城的人既不赏识他，试官又舍弃他，于是我得以独自结识这样一位奇才。在他走的时候，就写成这篇文章，使了解曾巩的人，为试官不能识拔他而伤悯，并且祝贺我一人发现了曾巩。

与荆南乐秀才书

此书为答乐生求文之作。作此文时，欧公已被贬为峡州夷陵令。仕途上的不如意却并未折损欧公之傲岸风骨。故此书中，欧公除自谦其文不足学外，亦寓有对乐生所问举子业之文不屑论之之意。但又恐因此而误乐秀才。故掣出“顺时”二字告之，以“齐肩于两汉”寄望于乐秀才，然欧公本人对时文却毫不苟同，此书字里行间流露出其风气方坏，决不可顺，志士宁卓然自立，何必随其流而扬其波的内心独白。

【原文】

修顿首白秀才足下：前者舟行往来，屡辱见过。又辱以所业一编，先之启事，及门而贽。田秀才西来，辱书；其后予家奴自府还县，比又辱书。仆有罪之人，人所共弃，而足下见礼如此，何以当之？当之未暇答，宜遂绝，而再辱书；再而未答，宜绝，而又辱之。何其勤之甚也！如修者，天下穷贱之人尔，安能使足下之切切如是邪？盖足下力学好问，急于自为谋而然也。然蒙索仆所为文字者，此似有所过听也。

仆少从进士举于有司，学为诗赋，以备程试，凡三举而得第。与士君子相识者多，故往往能道仆名字；而又以游从相爱之私，或过称其文字。故使足下闻仆虚名，而欲见其所为者，由此也。仆少孤贫，贪禄仕以养亲，不暇就师穷经，以学圣人之遗业。而涉猎书史，姑随世俗作所谓时文者，皆穿蠹经传，移此俪彼，以为浮薄，惟恐不悦于时人，非有卓然自立之言如古人者。然有司过采，屡以先多士。及得第已来，自以前所为不足以称有司之举而当长者之知，始大改其为，庶几有立。然言出而罪至，学成而身辱，为彼则获誉，为此则受祸，此明效也。夫时文虽曰浮巧，然其为功，亦不易也。仆天资不好而强为之，故比时人之为者尤不工，然已足以取禄仕而窃名誉者，顺时故也。先辈少年志盛，方欲取荣誉于世，则莫若顺时。天圣中，天子下诏书，敕学者去浮华，其后风俗大变。今时之士大夫所为，彬彬有两汉之风矣。先辈往学之，非徒足以顺时取誉而已，如其至之，是至齐肩于两汉之士也。若仆者，其前所为既不足学，其后所为慎不可学，是以徘徊不敢出其所为者，为此也。

在《易》之《困》曰：“有言不信。”谓夫人方困时，其言不为人所信也。今可谓困矣，安足为足下所取信哉？辱书既多且切，不敢不答。幸察。

【译文】

欧阳修叩首禀告秀才足下：前几天，我乘船从江上往来，多次让你屈尊过访，又劳你送自己所作的诗文一编，并先以书信告诉我，作为登门访我的见面礼。田秀才从西边来，承蒙你寄信问候。后来，我的仆人从江陵府回夷陵县，又带来你的信。我是个获罪的人，大家都嫌弃我，而你却如此以礼相待，我怎么担当得起！你给我写了信，我没有来得及回复，本应因此断绝往来，可是又劳你再次给我写信；再次来信又没有答复，就可以绝交了，但你还是给我写信，这是何等殷勤啊！像我这样的人，是天下穷困贫贱的人，怎能使你恳切到这种程度呢？我想大概是由于你勤学好问，急于为自己谋求进取吧？然而承蒙你索取我所作的诗文，这可能是你误听了有关我的言过其实的传闻了。

我小的时候，决心从进士的途径被举荐于官府，因而学作诗赋，准备参加按规程举行的科举的考试，共考了三次才中进士。因为认识很多士人君子，所以往往能说出我的名字；又因为大家一道游玩学习，私人交情很好，有的人便过分夸奖我的文章。因此使你听到我的虚名，便想看看我写的诗文，恐怕就是这个缘故吧。

我年纪很小的时候父亲就死了，家里贫困，贪图利禄以供养亲人，没有时间跟随老师穷究经书，学习圣人留传下来的文化遗产。只是粗略地浏览些书史，姑且追随时俗作些所谓“时文”，那都是在经传中穿凿剽窃，东拼西凑，都是一些轻浮浅薄的文字，只担心不受时人的欢迎，并非像古人那样，有卓越而自成一家的言论。但是官府误加采纳，多次列名在众人的前面。直到考中进士以来，自认为以前所写的文章实在不值得官府的荐举和长辈的赏识，这才开始大力改变过去的文风，希望在文章学问上有所建树。但是文章刚一写出来便招来罪过，学问有成就了，自身却蒙受耻辱。写以前那样的时文会得到荣誉，写现在这种有独立见解的文章却遭受祸害，这效果真是鲜明啊。

时文虽然说轻浮纤巧，但要写得好，也是不容易的。我天性不喜欢时文而勉强去写这种东西，因此，与同时代的人所写的比起来更加不好。然而已经足够用来谋取官位俸禄和窃取名誉了，这都是因为能顺应时俗的缘故。你现在正值青春年华志气远大，正想在社会上博取声誉，那么还不如顺应时俗为好。天圣年间，天子下了诏书，告诫学者要去掉轻浮华丽的文风，从那以后风气大变。现在士大夫中所写的文章，已文质彬彬，有两汉文章的风采了。你去向他们学习，不但足以顺应时俗，博取荣誉，如果达到最佳境界，还能与两汉名家媲美呢。像我这样，以前所写的东西已经不值得学习了，以后所写的东西却又千万不能学，所以我迟迟不敢拿出自己所写的文章，就是这个原因。

《易经》的《困》卦说：“有言不信。”意思是，人在困境中，说的话也没有人相信。我现在可以说是处在困境中了，怎么能够让你相信呢？承蒙你多次来信，态度又是那样的恳切，不敢不予回复。请你明察。

五代史·伶官传论

本文是作者为其主编的《新五代史·伶官传》所写的一篇评论。《伶官传》记载后唐庄宗（李存勖）嗜好音律，常和伶人一起演戏，并宠幸伶官景进、郭门高等人，以致朝政败坏，祸起萧墙，身死国灭的史实；序文是对史实的总结。

作者认为“忧劳可以兴国，逸豫可以亡身”，“祸患常积于忽微，而智勇多困于所溺”，证明国家的兴亡主要决定于人事，告诫后来的君主从中吸取教训，引起警惕。

【原文】

呜呼！盛衰之理，虽曰天命，岂非人事哉？原庄宗之所以得天下，与其所以失之者，可以知之矣。

世言晋王之将终也，以三矢赐庄宗，而告之曰：“梁，吾仇也；燕王，吾所立，契丹与吾约为兄弟，而皆背晋以归梁。此三者，吾遗恨也。与尔三矢，尔其无忘乃父之志！”庄宗受而藏之于庙，其后用兵，则遣从事以一少牢告庙，请其矢，盛以锦囊，负而前驱，及凯旋而纳之。

方其系燕父子以组，函梁君臣之首，入于太庙，还矢先王，而告以成功。其意气之盛，可谓壮哉！及仇雠已灭，天下已定，一夫夜呼，乱者四应，仓皇东出，未见贼而士卒离散，君臣相顾，不知所归，至于誓天断发，泣下沾襟，何其衰也！岂得之难而失之易欤？抑本其成败之迹，而皆自于人欤？

《书》曰："满招损，谦受益。"忧劳可以兴国，逸豫可以忘身，自然之理也。故方其盛也，举天下之豪杰莫能与之争；及其衰也，数十伶人困之，而身死国灭，为天下笑。夫祸患常积于忽微，而智勇多困于所溺，岂独伶人也哉？

【译文】

确实如此啊！国家兴盛和衰败的道理，虽然说是天命决定的，难道不也是人为的吗？推究后唐庄宗为什么能取得天下和他又因为什么失掉天下，就可以知道这个道理了。

世上传说晋王临死的时候，交给庄宗三支箭，并对他说："梁王朱全忠是我的仇敌；燕王刘仁恭是依靠我的力量才当上燕王的，契丹的耶律阿保机同我结拜为兄弟，可是他俩都背叛了我去归附梁王。这三人的所作所为是我留给你的遗恨。我给你三支箭，你可别忘了你父亲让你为他报仇雪恨的心愿！"庄宗接过箭，把它们藏在祖庙里。从那以后，只要出兵打仗，就派官员到祖庙以"少牢"之礼祭祀并祷告，然后再请出那三枝箭，把它们装入丝制的箭袋中，背着它走在前面，等到胜利归来，再把它们送进祖庙。

当他用绳索捆绑燕王父子、用木匣装上后梁末帝和他的臣子皇甫麟的头送进太庙，还先王的箭，向先王报告成功的喜讯时，他意气昂扬，极其雄壮啊！到敌人已经消灭，天下已经平定，一个军士在夜里一声叫喊，叛乱的人就到处响应，庄宗慌慌张张地向东逃走，还没有看见叛军，士兵们就纷纷溃散，庄宗和臣子们面面相觑，不知道逃往哪里，以至于到对天发誓，剪去头发，眼泪流下来沾湿衣襟，是何等的衰颓啊！难道是取得天下困难、失去天下容易吗？按照那成功和失败的事实来考察，不都是因为人为的吗？

《尚书》上说："自满会招致祸患，谦虚能得到好处。"忧虑、勤劳可以使国家兴旺，安逸、舒适可以使自身衰亡，这是必然的道理呀。所以，当后唐庄宗兴盛的时候，全天下的英雄豪杰没有谁敢跟他对抗；等到他衰败的时候，几十个伶人包围他，就使他身死，国亡，被天下人耻笑。看来，祸害常常是在细微的事情上逐渐积累形成的，聪明勇敢的人中有不少人却被自己所溺爱的东西伤害，难道单单是因为溺爱伶人吗？

五代史·宦者传论

本文是《新五代史》中《宦者传》的一篇评论。作者开门见山指出"自古宦者乱人之国，其源深于女祸"。宦官专权比女色误国更为可怕。接着分析了宦者乱国特点及其更为可怕的原因，并进一步明确指出"女色之惑"，"使其一悟，捽而去之可也。宦者之为祸，虽欲悔悟，而势有不得而去也"。并以唐昭宗之教训作结，告诫君主应亲近忠臣、硕士，千万不要宠幸宦官。文章根据史实逐层分析，议论精辟，很有说服力。

【原文】

自古宦者乱人之国，其源深于女祸。女，色而已；宦者之害，非一端也。盖其用事也近而习，其为心也专而忍，能以小善中人之意，小信固人之心，使人主必信而亲之。待其已信，然后惧以祸福而把持之。虽有忠臣、硕士列于朝廷，而人主以为去己疏远，不若起居饮食、前后左右之亲为可恃也。故前后左右者日益亲，则忠臣、硕士日益疏，而人主之势日益孤。势孤，则惧祸之心日益切，而把持者日益牢。安危出其喜怒，祸患伏于帷闼，则向之所谓可恃者，乃所以为患也。患已深而觉之，欲与疏远之臣，图左右之亲近，缓之则养祸而益深，急之则挟人主以为质。虽有圣智，不能与谋。谋之而不可为，为之而不可成，至其甚，则俱伤而两败。故其大者亡国，其次亡身；而使奸豪得借以为资而起，至抉其种类，尽杀以快天下之心而后已。此前史所载宦者之祸常如此者，非一世也。

夫为人主者，非欲养祸于内而疏忠臣、硕士于外，盖其渐积而势使之然也。夫女色之惑，不幸而不悟，则祸斯及矣。使其一悟，捽而去之可也。宦者之为祸，虽欲悔悟，而势有不得而也。唐昭宗之事是已。故曰“深于女祸”者，谓此也，可不戒哉？

【译文】

自古以来，太监搅乱人家的国家，造成的祸害（根源）比女人还深。女人，不过靠容貌漂亮罢了；太监的祸害不止一桩。因为他们在宫里干事，跟君主接近而且亲昵，他们的心专横而凶狠。他们能耍小聪明迎合君主的旨意，靠小信用巩固君主对他们的信任的心理，使君主必然信任而且亲近他们。等到他们取得君主的信任，必然借祸福来恫吓他，从而掌握他。这时候，虽然有忠心耿耿的大臣和学问渊博的谋士在朝堂上做官，君主却认为他们疏远了自己，不如生活在自己前后左右的太监亲近可靠。所以，同生活在自己前后左右的太监一天天地更加亲密，而与忠心耿耿的大臣和学问渊博的谋士却一天天地更加疏远，因而君主的势力也就一天天地更加孤单。君主的势力孤单，就一天天地更加害怕祸事，而太监的权力却一天天地更加牢固。君主的安危，取决于太监的喜怒，祸殃潜伏在宫廷内部，先前可以依靠的人，竟然是造成祸害的根源。祸患严重才觉察他们的邪恶，想同疏远的臣子除去生活在左右的太监，事情办得慢就会养成祸乱而且加深祸乱，事情办得快就会挟持君主把他作为人质。这时，即使有圣人的智谋，也不能想方设法了。就是想出了办法也不能实行，实行也不能成功，搞得不好就会两败俱伤。所以，祸患大的就丧失国家，小的就毁灭自身，奸雄却能以此为借口乘机而起，直到挖出那些潜伏很深的太监及其党羽，把他们全部杀光，天下人的心里痛快才肯罢休。史书上记载的太监阴险乱国大同小异，并不仅仅是一个朝代啊。

那些做君主的，并不想在内部养成祸害，在外面疏远忠臣和有学问的谋士，本是太监们逐渐积累权力，权势形成以后使他这样做的。而女色的蛊惑，不幸的是君主不觉悟，祸事才降临。假如君主一觉悟，只要揪出她抛弃她就行了。太监造成的祸患，君主就是想悔悟，而在形势上也有迫不得已而暂且不能丢开他们的种种原因。唐昭宗的事情就是这样。所以我说“太监造成的祸害要比女人造成的祸害深”，指的正是这种情况，做君主的难道不引起警戒吗？

相州昼锦堂记

韩琦是北宋名臣，曾出镇西北边境抗击西夏入侵，颇有战功，入朝后又曾与范仲淹等人一道推行庆历新政，官至宰相。韩琦为官颇重名节，为时人所重。欧阳修对韩琦推崇备至，怀着崇敬的心情写下了这篇歌功颂德之文。

作者先说衣锦还乡是今昔相同的“人情之所荣”。接着用“惟大丞相魏国公则不然”一句话把上文撇开，着力歌颂韩琦的“德被生民而功施社稷”的“丰功盛烈”。最后赞美他“不以昔人所夸者为荣，而以为戒”，指出他的荣耀“乃邦家之光”。

【原文】

仕宦而至将相，富贵而归故乡，此人情之所荣，而今昔之所同也。盖士方穷时，困厄闾里，庸人孺子，皆得易而侮之。若季子不礼于其嫂，买臣见弃于其妻。一旦高车驷马，旗旄导前，而骑卒拥后，夹道之人，相与骈肩累迹，瞻望咨嗟；而所谓庸夫愚妇者，奔走骇汗，羞愧俯伏，以自悔罪于车尘马足之间。此一介之士，得志于当时，而意气之盛，昔人比之衣锦之荣者也。

惟大丞相魏国公则不然。公，相人也。世有令德，为时名卿。自公少时，已擢高科，登显仕，海内之士，闻下风而望馀光者，盖亦有年矣。所谓将相而富贵，皆公所宜素有。非如穷烟之人，侥幸得志于一时，出于庸夫愚妇之不意，以惊骇而夸耀之也。然则高牙大纛，不足为公荣；桓圭衮冕，不足为公贵。惟德被生民，而功施社稷，勒之金石，播之声诗，以耀后世，而垂无穷，此公之志，而士亦以此望于公也。岂止夸一时而荣一乡哉？

公在至和中，尝以武康之节，来治于相，乃作昼锦之堂于后圃。既又刻诗于石，以遗相人。其言以快恩仇、矜名誉为可薄，盖不以昔人所夸者为荣，而以为戒。于此见公之视富贵为何如，而其志岂易量哉！故能出入将相，勤劳王家，而夷险一节。至于临大事，决大议，垂绅正笏，不动声色，而措天下于泰山之安，可谓社稷之臣矣。其丰功盛烈，所以铭彝鼎而被弦歌者，乃邦家之光，非闾里之荣也。余虽不获登公之堂，幸尝窃诵公之诗，乐公之志有成，而喜为天下道也。于是乎书。

【译文】

做官做到大将军或者宰相，富贵还乡，这在人们心理上认为是荣耀的事，无论现在和从前都一样。大凡读书人不得志的时候，艰难困苦地待在家乡，平常的人甚至孩子们都可以轻易地轻视他，欺侮他。如苏秦的嫂嫂不以礼相待苏秦，朱买臣被妻子抛弃。突然有一天发迹了，回乡时，乘坐用四匹马拉的高大车子，前边有旗帜引导，后边有骑兵跟从护卫，街道两旁的人挤在一起，肩并肩、脚跟脚地抬头观看，连声赞叹。那些无知的男女，奔走相告，惊骇流汗，羞愧得低头跪倒，在车尘和马蹄之间表示自己的懊悔，责骂自己。这是一个穷读书人得意于当时，因而意气风发，场面之盛的情况，从前的人把这比作衣锦还乡的荣耀的事情。

大丞相魏国公却不是这样。公是相州人。世代有美德，好几位祖先在当时都是著名的大臣。公在年轻时就已经考中进士，逐步登上显赫的高位。全国的读书人在下面听到他的名声、仰望余辉的时间，大概有好多年了。上面所说的做官做到将相、富贵回到家乡，都是公本来应该早就有的。不像穷困的人，侥幸在一时得志，出于平常男子和无知妇女的意料，因此大吃一惊而夸耀这件事情。但是对公来讲，大将的牙旗和仪仗队的大旗，不足以显示公的荣耀；大臣们手里拿的桓圭和身上穿的衮衣和头上戴的冠冕，不足以显示公的高贵。只有德泽普及人民，功勋延续到国家，然后在金石上镌刻功绩，在诗歌中播唱他的恩德，以他的光辉照耀后代，而且一直传扬下去，没有尽期。这就是公的志向，读书人也按照这个志向对公寄予殷切的希望。怎么是在一个时期内夸耀、在一个乡里显示荣耀呢？

公在至和年间，曾经以武康军节度使的名义来治理相州，就在官署的后园中建造了一座昼锦堂。随后又在石碑上刻了诗，把它留给相州人，他在诗中认为满足于报答恩仇，夸耀自己的名誉，都是可鄙的。原来他不把从前人们的称赞引以为荣，而是引以为戒。从这里可以看出公是怎么样看待富贵了，他的志向哪能容易估量到呢？所以，他能够出将入相，勤奋劳苦地为王家办事，无论太平或者危险的时候都一样。做到面对大事，决定大策时，袍带不动，稳拿手板，真是从容镇定，不动声色，却把天下安放得好比泰山那样的稳定，可以说是国家的栋梁之臣了。他的丰功伟绩，用来铭刻在彝鼎上、谱写到乐章中，是国家的光彩，不仅仅是乡里的荣耀啊。我虽然不能登上公建造的昼锦堂，幸而曾经私下读过公的诗，高兴地看到公的志向逐渐实现，因而愉快地向天下人说说公的事迹。因此，我写下了这篇文章。

王彦章画像记

本文作于庆历三年（1043年），是为后梁名将王彦章之画像而作。

王彦章少年从军，随朱温转战各地，以骁勇著称，因其战功显赫，被封为开国侯，后在与后唐军队交兵中战败被俘，不屈而死。本文记录了王彦章之勇敢善战及高尚情操。欧公于文中对名将贤臣因小人谗害而不被信用表示了惋惜之情，并着重墨描绘德胜大捷，意在凭古吊今。

当是时，赵元昊起兵反叛，兵聚西陲，历时已近五年，而朝廷仍粉饰太平，攻守之计不决。欧阳修“独持用奇取胜之议”，朝廷却不以为然，而边将亦多失机会，故欧公作此文在感愤叹息之余借王彦章之善出奇策而警边将之不善用奇。

【原文】

太师王公讳彦章，字子明，郓州寿张人也。事梁，为宣义军节度使，以身死国，葬于郑州之管城。晋天福二年，始赠太师。公在梁以智勇闻，梁、晋之争数百战，其为勇将多矣，而晋人独畏彦章。自乾化后，常与晋战，屡困庄宗于河上。及梁末年，小人赵岩等用事，梁之大臣老将多以谗不见信，皆怒而有怠心，而梁亦尽失河北，事势已去，诸将多怀顾望，独公奋然自必，不少屈懈，志虽不就，卒死以忠。公既死，而梁亦亡矣。悲夫！五代终始才五十年，而更十有三君，五易国而八姓，士之不幸而出乎其时，能不汙其身得全其节者鲜矣。公本武人，不知书，其语质，平生尝谓人曰：“豹死留皮，人死留名。”盖其义勇忠信，出于天性而然。

予于《五代书》，窃有善善恶恶之志，至于公传，未尝不感愤叹息，惜乎旧史残略，不能备公之事。康定元年，予以节度判官来此，求于滑人，得公之孙睿所录家传，颇多于旧史，其记德胜之战尤详。又言敬翔怒末帝不肯用公，欲自经于帝前。公因用笏画山川，为御史弹而见废。又言公五子，其二同公死节。此皆旧史无之。又云公在滑，以谗自归于京师；而《史》云召之。是时梁兵尽属段凝，京师羸兵不满数千，公得保銮五百人之郓州，以力寡败于中都；而《史》云将五千以往者，亦皆非也。

公之攻德胜也，初受命于帝前，期以三日破敌，梁之将相，闻者皆窃笑。及破南城，果三日。是时庄宗在魏，闻公复用，料公必速攻，自魏驰马来救，已不及矣。庄宗之善料，公之善出奇，何其神哉！今国家罢兵四十年，一旦元昊反，败军杀将，连四五年，而攻守之计至今未决。予尝独持用奇取胜之议，而叹边将屡失其机，时人闻予说者，或笑以为狂，或忽若不闻，虽予亦惑，不能自信。及读公家传，至于德胜之捷，乃知古之名将必出于奇，然后能胜。然非审于为计者不能出奇，奇在速，速在果，此天下伟男子之所为，非拘牵常算之士可到也。

每读其传，未尝不想见其人。后二年，予复来通判州事。岁之正月，过俗所谓铁枪寺者，又得公画像而拜焉。岁久磨灭，隐隐可见，亟命工完理之，而不敢有加焉，惧失其真也。公尤善用枪，当时号王铁枪，公死已百年，至今俗犹以名其寺，童儿牧竖皆知王铁枪之为良将也。一枪之勇，同时岂无？而公独不朽名，岂其忠义之节使然欤？画已百余年矣，完之复可百年，然公之不泯者，不系乎画之存不存也。而予尤区区如此者，盖其希慕之至焉耳。读其书，尚想乎其人，况得拜其像，识其面目，不忍见其坏也。画既完，因书予所得者于后，而归其人使藏之。

【译文】

太师王彦章，字子明，是郓州寿张人。在后梁任过宣义军节度使，以身殉国，葬在郑州管城。晋天福二年，才将太师的称号赠封给他。在后梁，他以智勇双全闻名。后梁与后晋为争夺城池进行了几百次战争，勇猛的将领不知有多少，而晋人独独畏惧彦章。自从梁朝乾化年间以后，他经常与晋军作战，无数次将庄宗围困在河上。到了梁朝末年，小人赵岩等专权，梁的大臣老将多因他们的谗言而不被皇帝信任，都心怀愤怒而对国事有所懈怠。而梁朝也因此完全失去了河北之地。大势已去，军中将领对时局都抱观望态度，只有彦章发奋坚持不渝，没有一丝的退却懈怠，报国之志虽未成功，但最终以死尽忠。彦章已去，梁也随即灭亡了，可悲啊！五代从开始到结束，一共才五十年而已，却更换了十三位国君，五次改朝换代，八姓先后掌握政权，士人不幸出生在这个时代，能保持自身不受污染并保全名节的实在太少了！彦章本来是一个带兵打仗的武夫，没有读过多少书，言语质朴，平生经常对人说："豹死留皮，人死留名。"大概他的义烈勇敢、忠诚守信都是出自他的天性。

我编写《五代史》，私下怀有扬善贬恶的意图，写到彦章的传记，深为他的经历感愤叹息，可惜旧五代史残缺简略，没有详细记载他的事迹。康定元年我因担任节度判官来到滑州，向滑州人寻求有关彦章的资料，终于找到彦章的孙子王睿所记录的《家传》，其内容比旧史中记载的丰富多了，其中记德胜之战尤其详细。《家传》又提到梁朝宰相敬翔因恼怒梁末帝不肯起用彦章，想在末帝面前自杀的事。还提到彦章因为用朝笏在地上指画山川形势，所以被御史弹劾而被罢官。又说彦章五个儿子，有两个与其一道殉国。这些都是旧史没有的。又说彦章在滑州，因受谗言自行赶回京师辩白，但是旧史却说是末帝召他回去。唐军逼境时，后梁的军队当时全归段凝掌握，京城的老弱病残之兵加起来都不足几千，彦章只得到五百名保驾士兵前往郓州去抵御敌军，由于力量单薄而兵败中都。但是旧五代史却说他率领五千人去郓州。这些都是旧五代史记录错误的地方。

彦章进攻德胜城的时候，当初在接受皇帝军令时，保证在三天之内破敌。后梁的将相们听到这样的话都在暗暗发笑。等到攻破德胜城南门的时候，的确只有三天。当时，后唐庄宗在魏州，听到彦章又被任用，断定其一定快速进攻德胜，便从魏州亲自赶到德胜救援，结果已经来不及了。庄宗长于计算预料，彦章善于出奇制胜，这是多么的神奇啊。现在我们宋朝已经有四十年没打过仗了，一旦赵元昊起兵造反，便打败我们的军队，杀死我们的将领，接连四五年如此，可是攻守的计策到现在都还没有制定出来。我曾独自坚持出奇制胜的建议，但遗憾边防将领屡次失掉机会。同时人们在听到我的说法时，有的人笑话我认为我太狂妄，有人根本不予理睬。就是我自己也感到迷惑，不敢确定自己的意见是否正确。等到读了王彦章家传，看到德胜大捷，才知道自古以来的名将，必定是出奇才能制胜。不过，不能计划周详的人便难于出奇，并且出奇要迅速果断，这才是天下伟人的举动，不是那些被常规所约束的人能办得到的。

我每次读他的家传，没有一次不想见到他本人。过了两年，我又来到滑州做通判。今年正月，经过百姓所说的铁枪寺前，又找到并拜谒了王彦章的画像。这幅画像因年代久远，磨损得十分厉害，只能隐隐约约地现出彦章的模样。我马上命令画工加以修饰整理，但是不敢有所增添，恐怕失掉了真实的面目。王彦章善使铁枪，那时的人称他"王铁枪"，他虽然离世已有百年，但是现在人们都还在用铁枪作为庙名，连小孩都知道王铁枪是一位良将。当时难道就没有其他的勇士使用铁枪吗？但只有王彦章名垂不朽，难道不是因为他的忠义气节吗？画像已经历时一百多年，修饰整理后又可保存百年。不过，彦章的永垂不朽，并不在画像能否保存。我之所以留心这幅画像的原因，是因为我敬佩他到了极致。读他的书，尚且想象他的模样，何况得以拜谒他的画像，看到了他的模样呢！所以不忍心看到画像的损坏。画像修复好后，便在背后写下了我的感受，然后物归原主，让他好好珍藏。

浮槎山水记

本文为一篇酬答之作。

李公名士风流，远道寄水；欧公亦风流自赏之人，作文以报。文中因论山泉而寓知己之感。前幅说泉水湮没无闻，纯是一番惋惜；中间说泉水见知于李侯，又是一番庆幸；然后极赞李侯能于富贵之中穷山水之乐，而结到物以人传，以寓知己之情。殊不知山泉以李侯而传，李侯又以公文而传，青云附骥，在物犹然，何况于人!

此记虽为应酬，然其绝世风神，竟溢文字之外。

【原文】

浮槎山，在慎县南三十五里，或曰浮巢山，或曰浮巢二山，其事出于浮图、老子之徒荒怪诞幻之说。其上有泉，自前世论水者皆弗道。

余尝读《茶经》，爱陆羽善言水。后得张又新《水记》，载刘伯刍、李季卿所列水次第，以为得之于羽，然以《茶经》考之，皆不合。又新妄狂险谲之士，其言难信，颇疑非羽之说。及得浮槎山水，然后益以羽为知水者。浮槎与龙池山，皆在庐州界中，较其水味，不及浮槎远甚。而又新所记，以龙池为第十，浮槎之水，弃而不录，以此知其所失多矣。羽则不然，其论曰："山水上，江次之，井为下。山水，乳泉、石池漫流者上。"其言虽简，而于论水尽矣。

浮槎之水，发自李侯。嘉祐二年，李侯以镇东军留后出守庐州，因游金陵，登蒋山，饮其水。既又登浮槎，至其山，上有石池，涓涓可爱，盖羽所谓乳泉、石池漫流者也。饮之而甘，乃考图记，问于故老，得其事迹，因以其水遗予于京师。予报之曰：李侯可谓贤矣。

夫穷天下之物无不得其欲者，富贵者之乐也。至于荫长松，藉丰草，听山溜之潺湲，饮石泉之滴沥，此山林者之乐也。而山林之士视天下之乐，不一动其心。或有欲于心，顾力不可得而止者，乃能退而获乐于斯。彼富贵者之能致物矣，而其不可兼者，惟山林之乐尔。惟富贵者而不可得兼，然后贫贱之士有以自足而高世。其不能两得，亦其理与势之然欤。今李侯生长富贵，厌于耳目，又知山林之为乐，至于攀缘上下，幽隐穷绝，人所不及者皆能得之，其兼取于物者可谓多矣。

李侯折节好学，喜交贤士，敏于为政，所至有能名。凡物不能自见而待人以彰者，有矣，其物未必可贵而因人以重者，亦有矣。故予以志其事，俾世知斯泉发自李侯始也。

三年二月二十有四日，庐陵欧阳修记。

【译文】

浮槎山在安徽慎县以南三十五里的地方。有的人叫它"浮巢山"，也有人叫它"浮巢山"，这是出于那些佛教、道教的荒诞怪异的说法。在这个山上有泉水，以前谈论水的人都没有提到过这个泉。

我曾经读过《茶经》，十分欣赏陆羽对于水的言论。后来又得到张又新的《水记》，其中记载了刘伯刍、李季卿所排列的泉水的水质优劣等级，他认为这种看法是取自陆羽的。但是以《茶经》来考察这些说法都不符合。张又新是个狂妄怪异的人，他所说的话很难令人相信，十分怀疑这不是来自陆羽的说法。等我见到浮槎山的泉水之后，才愈加相信陆羽是懂得水的人。浮槎山和龙池山都在庐州境内。比较二山的水质，龙池山的水远远比不上浮槎山的。按照张又新的记载，龙池山的水名列第十位，浮槎山的水却弃而不录，由此得知张又新没有收录的泉水很多。陆羽则不是这样，他论述说："山上的泉水品质是上乘的，江水次之，井水是最差的。山上的水，又以似乳汁喷流的和石池之中清泉四溢的泉水为最好。"言辞虽然简洁，但却把关于泉水的道理说透了。

最早发现浮槎山的水的人是李公谨。嘉祐二年，李侯以镇东军留后的身份出守庐州，因为游览金陵，登上钟山，喝了那里的水。随后他又登上了浮槎山，到了山上，见到有一石质水池，泉水涓涓流淌让人感到喜爱，可能就是陆羽所说的乳泉、石池漫流那类的水吧。这里的泉水喝起来十分甘甜，便对照地图册查找，向当地老人询问。知道了这水的来历，于是就把这水送给在京城的我。我给他回信说："李侯你真是个贤人。"

想把天下所有的东西都收归己有，是富贵者的乐趣；置身于青松的绿荫之下，漫步于碧绿的青草之上，倾听山溪潺湲流淌的声音，喝着清凉的山泉，是隐居山林者的乐趣。那些隐居者，天下的乐趣没有一样能使他动心，或者有获得那些乐趣的兴趣，只是考虑到不可能得到就停止了，于是隐居在山林之中获得乐趣。那些富贵的人能够获得物质上的满足，但他不可能也同时得到隐居者的那种山林之乐。只有那些富贵的时候没有二者兼得，之后贫贱的人，才能以自得其乐而超脱于世，虽然二者也不能同时得到，这也是情理与地位所决定的。现今李侯生长在富贵之家，既满足了声色耳目之乐，又享受了山林的乐趣。他攀登高山，探访幽深隐蔽之处，这些常人所不能到达的地方，他都能到达。他能同时获取的东西，可以说真的是很多了。

李侯能降低身份，不耻下问地学习，喜欢结交贤士，机敏从政，因而有着非凡的名声。有些东西不会自已出现在人们的面前，只有通过人们的发掘才能显露于世；有的东西不一定珍贵，而是因为发现它的人使它贵重起来。因此我把这件事记录下来，让世人知道这浮槎山泉水是李公谨最早发现的。

嘉祐三年二月二十四日，庐陵欧阳修记。

丰乐亭记

这是一篇记游文字，但其着眼点在于歌颂北宋初年以来推行的休养生息政策。

作者先简略交代了丰乐亭修建的始末及游赏之乐，继而回顾战争年代，对照当前的和平景象，从而要求人们记住"幸生无事之时"，以思感时报国之事；最后写亭子命名的依据："宣上恩德以与民共乐。"

【原文】

修既治滁之明年，夏，始饮滁水而甘。问诸滁人，得于州南百步之近。其上则丰山，耸然而特立；下则幽谷，窈然而深藏；中有清泉，滃然而仰出。俯仰左右，顾而乐之。于是疏泉凿石，辟地以为亭，而与滁人往游其间。

滁于五代干戈之际，用武之地也。昔太祖皇帝，尝以周师破李景兵十五万于清流山下，生擒其将皇甫晖、姚凤于滁东门之外，遂以平滁。修尝考其山川，按其图记，升高以望清流之关，欲求晖、凤就擒之所。而故老皆无在者，盖天下之平久矣。

自唐失其政，海内分裂，豪杰并起而争，所在为敌国者，何可胜数？及宋受天命，圣人出而四海一，向之凭恃险阻，铲削消磨，百年之间，漠然徒见山高而水清。欲问其事，而遗老尽矣。今滁介于江淮之间，舟车商贾、四方宾客之所不至，民生不见外事，而安于畎亩衣食，以乐生送死。而孰知上之功德，休养生息，涵煦于百年之深也！

修之来此，乐其地僻而事简，又爱其俗之安闲。既得斯泉于山谷之间，乃日与滁人仰而望山，俯而听泉；掇幽芳而荫乔木，风霜冰雪，刻露清秀，四时之景，无不可爱。又幸其民乐其岁物之丰成，而喜与予游也，因为本其山川，道其风俗之美，使民知所以安此丰年之乐者，幸生无事之时也。

夫宣上恩德以与民共乐，刺史之事也。遂书以名其亭焉。

【译文】

我治理滁州的第二年夏天，才喝到滁州的水，觉得甘甜。向滁州人询问水源的所在地，在离滁州城南面一百步的近处。它上面是丰山，高耸地矗立着；下面是幽暗的深谷；中间有一股清泉，水势汹涌，向上涌出。我上下左右都看过，很爱这里的风景。因此，我就叫人凿开石头以疏通泉水，整治出一块空地，造了一座亭子，与滁州人去那里游玩。

滁州在五代混战的时候，是各国将军用兵相争的地方。从前，太祖皇帝曾经率领后周军队在清流山下击败李景的十五万军队，在滁州东门外俘虏了他的大将皇甫晖、姚凤，平定了滁州。我曾经考察过滁州地区的山水，查核过滁州地区的地图，登上高山眺望清流关，想寻找皇甫晖、姚凤被活俘的地方。可是，当时的人都已经不在，因为天下太平的时间太久了。

自从唐朝败坏了朝政，全国四分五裂，英雄们起来争夺天下，到处各自为政，互为敌国不可胜数！直到大宋朝接受天命，圣人出现，全国就统一了。以前凭借险要的割据势力都被铲平消灭，百年之间，静静地只看到山高水清；要想询问那时的情形，可是当年的老年人已经死光了。如今，滁州处在长江、淮河之间，无论是乘船还是坐车的商人，以及四面八方的旅游者都不去的地方，百姓生活在那里而不知道外面的事情，安于耕田种地和穿衣吃饭，快乐地生活，死后被人送进坟墓。谁又晓得这是皇帝的功德，让百姓休养生息，滋润化育长达百年之久呢！

我来到这里，喜欢这地方清静，而且政事简单，又喜爱它的风俗安宁闲适。既然已经在山谷之间找到这泉水，于是就经常同滁州人在这里抬头望丰山，低头听泉声；春天采摘幽香的山花，夏天在乔木下乘凉，到了秋冬两季，经过风霜冰雪，山水更加清楚地显露出它的明净秀美，四季的景色没有不可爱的。又庆幸这里的百姓因为那年景的丰收而喜悦，高兴同我一起游玩，因此我根据这里的山水，称赞这里的风俗美好，使百姓知道能够享受这丰收年景的欢乐的原因，是幸运地生活在太平无事的时代啊。

宣传皇上的恩德与百姓共同欢乐，这是州官职责之内的事情。因此，我写下这篇文章，来给这座亭子命名以记录这里的情况。

醉翁亭记

欧阳修在宋仁宗庆历年间被降职出知滁州，在滁州期间他消极而不消沉，继续推行宋初以来的休养生息政策，给老百姓的耕织提供宽松的社会环境。而他本人则常常在公务之余带领随从寻幽览胜，以诗酒自娱。正所谓“文章太守，挥毫万字，一饮千钟”。本文是一篇游记，开篇介绍了醉翁亭周围优美的自然环境及该亭的由来。接着写山中四时景物的变化，以“四时之景不同，而乐亦无穷”点明“滁人游”之盛况，继而写太守宴游，与民同乐，突出滁人和平安宁的悠闲生活，并以之作为仁宗年间天下太平、四海安宁的一个缩影，突出文章的创作主旨。但我们从“人知从太守游而乐，而不知太守之乐其乐”一句中，仍然可以体悟出作者内心深处“知我者稀”的感喟。

【原文】

环滁皆山也。其西南诸峰，林壑尤美。望之蔚然而深秀者，琅琊也。山行六七里，渐闻水声潺潺，而泻出于两峰之间者，酿泉也。峰回路转，有亭翼然临于泉上者，醉翁亭也。作亭者谁？山之僧智仙也。名之者谁？太守自谓也。太守与客来饮于此，饮少辄醉，而年又最高，故自号曰“醉翁”也。醉翁之意不在酒，在乎山水之间也。山水之乐，得之心而寓之酒也。

若夫日出而林霏开，云归而岩穴暝，晦明变化者，山间之朝暮也。野芳发而幽香，佳木秀而繁阴，风霜高洁，水落而石出者，山间之四时也。朝而往，暮而归，四时之景不同，而乐亦无穷也。

至于负者歌于途，行者休于树，前者呼，后者应，伛偻提携，往来而不绝者，滁人游也。临溪而渔，溪深而鱼肥；酿泉为酒，泉香而酒洌；山肴野蔌，杂然而前陈者，太守宴也。宴酣之乐，非丝非竹，射者中，弈者胜，觥筹交错，起坐而喧哗者，众宾欢也。苍颜白发，颓乎其间者，太守醉也。

已而夕阳在山，人影散乱，太守归而宾客从也。树林阴翳，鸣声上下，游人去而禽鸟乐也。然禽鸟知山林之乐，而不知人之乐；人知从太守游而乐，而不知太守之乐其乐也。醉能同其乐，醒能述以文者，太守也。太守谓谁？庐陵欧阳修也。

【译文】

滁州在群山环抱之中。滁州西南的许多山峰，林木山谷格外优美。向上望去草木茂盛而且幽深秀丽，那里就是琅琊山。沿着山路向上走六七里，渐渐地听到水声潺潺，走到跟前看到有一股泉水从两座山峰之间倾泻而出，那就是酿泉。山峰回环，道路向上盘绕，那里有座亭子像鸟儿展翅那样高踞在酿泉上面，那便是醉翁亭。建造亭子的是谁？是琅琊山开化寺中的智仙和尚。给它命名的是谁？是滁州太守用自己的别号命名的。太守与客人到这里来喝酒，太守喝了一点儿就醉了；而且在这些宾客之中太守年纪又最大，所以给自己起个别号叫“醉翁”。醉翁的心思可不在酒上，而是沉醉在山水之间。游山玩水的乐趣，在心里得到，在酒中寄托。

太阳出来，树林中的雾气就消散；云雾积聚在山间岩洞前就昏暗；这些阴暗明亮、变化多端的景象，就是山里的早晨和晚上的景观。野花开放了，闻到阵阵幽香，这是春天的景色；美好的树木长高了，成为一片浓荫，这是夏天的景色；凉风吹来天高气爽，霜色洁白这是秋天的景色；水位低落，石头显露，这是冬天的景色，这就是山里的四个季节。早晨出去，傍晚归来，四季的景色不同，而游山的乐趣也就没有穷尽。

至于背东西的人在路上唱歌，行路的人在树下休息，前边的人呼唤，后边的人答应，弯腰曲背的老人和被人搀扶带领的孩子，来来往往，络绎不绝，这是滁州人在这里游玩观赏。到溪边捕鱼，溪水深，鱼儿肥；用泉水酿成酒，泉水香，酒清澈；野味和蔬菜，错杂地摆在前面，这是太守在举行宴会。宴会的快乐，不是丝竹音乐，而是投壶时较量投中多者为胜，下围棋的也较输赢，酒杯酒筹就在人们手里传来传去，交错相杂，有的坐着，有的站起来，嘴里不停地呼喊，这是客人们欢乐的表现。苍老的脸庞，雪白的头发，倒在客人中间的，那是太守喝醉了。

不久，傍晚的阳光照在山上，人们的影子凌乱地留在地上，太守回去于是客人们跟随着。在树荫的覆盖下，鸟的叫声忽上忽下，这是游人离开以后它们在尽情欢乐。可是，鸟儿只知道山林中的欢乐，却不知道人们的欢乐；人们只知道跟着太守游玩而欢乐，却不知道太守是为着人们的欢乐而欢乐啊。喝醉酒时能够和人们共同欢乐，酒醒以后能够写文章描述欢乐情景的，是太守。太守是谁？是庐陵欧阳修。

秋声赋

本文是一篇文赋，借秋声而抒发暮年之感慨。文中开篇写秋风自西南而来，由远而近，由小而大，由轻而猛，绘声绘色，描形摹状，形象生动，宛若这阵秋风正刮起在眼前。继而从“状”、“容”、“气”、“意”四个方面描写秋日景象，突出秋声“摧败零落”之“余烈”。随后说秋声摧败万物是自然界的规律，任何人都不可回避。人生短暂，遗憾的是还有不少人本已“百忧感其心，万事劳其形”，劳累至极，还不忘“思其力之所不及，忧其智之所不能”。如此不知道珍惜自己，其结果必然是“渥然丹者为槁木，黟然黑者为星星”。这比秋声摧败万物更为可怕。全文以散文为主，杂以骈偶、韵语，语言生动形象，句法错落有致，富于音乐美。

【原文】

欧阳子方夜读书，闻有声自西南来者，悚然而听之，曰：“异哉！”初淅沥以萧飒，忽奔腾而砰湃，如波涛夜惊，风雨骤至。其触于物也，𫠐𫠐铮铮，金铁皆鸣；又如赴敌之兵，衔枚疾走，不闻号令，但闻人马之行声。予谓童子：“此何声也？汝出视之。”童子曰：“星月皎洁，明河在天，四无人声，声在树间。”

予曰：“噫嘻，悲哉！此秋声也，胡为而来哉？盖夫秋之为状也，其色惨淡，烟霏云敛；其容清明，天高日晶；其气栗冽，砭人肌骨；其意萧条，山川寂寥。故其为声也，凄凄切切，呼号愤发。丰草绿缛而争茂，佳木葱茏而可悦；草拂之而色变，木遭之而叶脱；其所以摧败零落者，乃一气之馀烈。夫秋，刑官也，于时为阴；又兵象也，于行为金；是谓天地之义气，常以肃杀而为心。天之于物，春生秋实。故其在乐也，商声主西方之音，夷则为七月之律。商，伤也，物既老而悲伤；夷，戮也，物过盛而当杀。嗟夫！草木无情，有时飘零。人为动物，惟物之灵，百忧感其心，万事劳其形，有动乎中，必摇其精。而况思其力之所不及，忧其智之所不能，宜其渥然丹者为槁木，黟然黑者为星星。奈何以非金石之质，欲与草木而争荣？念谁为之戕贼，亦何恨乎秋声？”

童子莫对，垂头而睡。但闻四壁虫声唧唧，如助余之叹息。

【译文】

夜里欧阳子正在读书，忽然听见从西南方向传来的一种声音，惊恐地听着，心里说：“奇怪呀！”静静地听着，开始时觉得淅淅沥沥、发出萧飒的声音，突然像骏马奔腾，海浪澎湃，真像波浪在夜间掀起，狂风暴雨急骤而来。当它接触到物体时，𫠐𫠐铮铮，真像许多金属兵器互相碰撞发出许多声响；又像奔赴战场杀敌的士兵，嘴里含着小木棍疾步前进，听不见号令，只听见人马的行走声。我对童儿说：“这是什么声音呀？你出去看看。”童儿出去后回来说：“洁白的月亮，明亮的星星，银河在天空；四面无人声，声音从树林中发出。”

我听了后叹口气说：“哎呀，可悲啊！这是秋天的声音，为什么来得这么快呢？秋天的情景大概是这样吧，它的色彩凄凉惨淡，烟消云散；清爽开朗，天空高远，阳光明净；气候开始寒冷，刺进人的肌肤筋骨；它的意境冷落，山水寂静。所以它发出来的声音，开始时凄凄切切，到后来愤怒地呼啸吼叫。本来，草木碧绿繁密，似乎在竞争茂盛；挺拔的树青翠浓郁，十分可爱；但是，如果草让它吹到颜色就改变，树一碰上它叶子就迎风而落；它能够摧残草木是草木零落的原因，是一股肃杀之气有无穷的威力。秋天是刑官执法的时候，在季节上属于阴；秋天又是打仗的象征，在五行里属于金；这叫做天地的义气，常以严厉杀伐作为它的核心。大自然对于植物，春天促它们生长，秋天使它们结实。所以秋天在音乐上，是商声代表西方的音调，夷则是属于七月的音律。商，就是伤的意思，植物老了就会败坏；夷，就是杀的意思，植物过了旺盛期就会衰退被杀。唉！草木是没有情感的，到了一定的时候就会枯槁零星飘落。人作为动物，是万物中的精灵，忧愁使他的心受到刺激，无数棘手的事情使他的身体感到疲倦，内心受到震动，一定会动摇他的精神。妄想他的能力不可能得到的东西，忧虑他的智慧做不了的事情。这样就会使他的丰腴红润的面庞变成像枯干的木头，乌黑而发亮的头发变得稀疏花白。怎么能以非金石般的素质，同草木去争荣？想一想是为什么残害了自己的身心，这样，对秋声也就没有什么怨恨了！”

童儿不回答，低头打盹。只听见四面墙脚下的虫声唧唧，如同陪伴我叹气。

祭石曼卿文

石曼卿是北宋著名诗人，胸有大志而怀才不遇，至死未得一展抱负。石曼卿与欧阳修相交甚厚，得知其死讯，欧阳修写了这篇《祭石曼卿文》，并遣人前往致祭。这篇祭文先以身虽死而名不朽安慰亡友；继而描写满目悲凉的墓前情景，以示对亡友的沉痛悼念；最后直抒友谊，进一步表示怀念之情。句法多变，用韵自然。

【原文】

维治平四年七月日，具官欧阳修，谨遣尚书都省令史李瑯，至于太清，以清酌庶羞之奠，致祭于亡友曼卿之墓下，而吊之以文，曰：

呜呼曼卿！生而为英，死而为灵。其同乎万物生死，而复归于无物者，暂聚之形。不与万物共尽，而卓然其不朽者，后世之名。此自古圣贤莫不皆然，而著在简册者，昭如日星。

呜呼曼卿！吾不见子久矣，犹能仿佛子之平生。其轩昂磊落，突兀峥嵘，而埋藏于地下者，意其不化为朽壤，而为金玉之精。不然，生长松之千尺，产灵芝而九茎。奈何荒烟野蔓，荆棘纵横，风凄露下，走磷飞萤，但见牧童樵叟歌吟而上下，与夫惊禽骇兽悲鸣踯躅而咿嘤？今固如此，更千秋而万岁兮，安知其不穴藏狐貉与鼯鼪？此自古圣贤亦皆然兮，独不见夫累累乎旷野与荒城！

呜呼曼卿！盛衰之理，吾固知其如此。而感念畴昔，悲凉凄怆，不觉临风而陨涕者，有愧夫太上之忘情。尚飨！

【译文】

大宋治平四年七月某日，具官欧阳修谨以哀念之心派遣尚书都省令史李瑯到太清，带着美酒佳肴等祭品，在亡友石曼卿的墓前举行祭礼，并有祭文悼念他，说：可惜啊曼卿！您生为杰出的人才，死而成为神灵！与万物一样生、死，又归于无物之境界的，是由气血骨肉等暂时凝聚的身形；它不与万物一道完结，而卓然独立、永不腐朽，声名定会留传后世。这是从古以来的圣贤都是这样的；您将像他们一样记载在史册上，与太阳和星星争辉。

可叹啊曼卿！我没有看见您已经很久了，但是还能够想象您的一生。您气概不凡的风度，光明磊落的胸襟，崇高的品德显得您的形象高大，突出在众人之上，您的优异的才情，埋藏在地下，料想它们不会化作腐烂的土壤，而会变成像金玉那样的精英。要不然，就长成高达千尺的青松；或者生成灵芝，多达九茎。现在您墓前一片荒烟野草，灌木丛生，凄风霜露降临，星星磷火闪烁，点点流萤飞舞；放牧的孩子和打柴的老人边唱边行，有人爬上爬下，有些受惊的鸟兽徘徊不前，发出阵阵哀声！现在就已经这样了，再过千秋万岁以后，怎么会知道墓穴中没有深藏着狐貉与鼯鼪？这也是自古以来的圣贤都会面临的命运，谁没见过那接连不断的空地和荒坟！

可悲啊曼卿！一个人从壮盛到老死的规律，我本来晓得会是这样的。但是缅怀过去，心里免不了悲哀凄凉，不知不觉中对着风落泪，实在有愧于古代圣人，我可做不到像圣人那样能够忘情。唉！请您来享用祭品吧！

泷冈阡表

本文是欧阳修于其父死后六十年为其撰写的一篇墓表。此时的欧阳修有各种显赫的荣誉和封号加身，扬名当然不会忘记显亲。表中先自述身世，借母亲之口道父亲生前逸事，称颂其忠孝克位，忠于职守，勤政奉公的美德；次述母亲躬亲抚养，教子有方，勤俭持家的美德；继而写自己不负父母厚望，得以立身晋阶，承皇恩浩荡，光宗耀祖。文章充溢着显亲扬名的封建思想，但这是封建时代知识分子的特定的思想感情，无可厚非。作者父亲对治狱认真负责的态度，作者母亲持家俭朴的作风，以及本文写作上的语言质朴，不尚藻饰等，都是应该肯定的。

【原文】

呜呼！惟我皇考崇公，卜吉于泷冈之六十年，其子修，始克表于其阡。非敢缓也，盖有待也。

修不幸，生四岁而孤。太夫人守节自誓，居穷，自力于衣食，以长以教，俾至于成人。太夫人告之曰："汝父为吏，廉而好施与，喜宾客，其俸禄虽薄，常不使有馀，曰：'毋以是为我累！'故其亡也，无一瓦之覆，一垅之植，以庇而为生。吾何恃而能自守耶？吾于汝父，知其一二，以有待于汝也。自吾为汝家妇，不及事吾姑，然知汝父之能养也。汝孤而幼，吾不能知汝之必有立，然知汝父之必将有后也。吾之始归也，汝父免于母丧方逾年。岁时祭祀，则必涕泣，曰：'祭而丰，不如养之薄也。'间御酒食，则又涕泣，曰：'昔常不足，而今有余，其何及也！'吾始一二见之，以为新免于丧适然耳。既而其后常然，至其终身未尝不然。吾虽不及事姑，而以此知汝父之能养也。汝父为吏，尝夜烛治官书，屡废而叹。吾问之，则曰：'此死狱也，我求其生不得尔。'吾曰：'生可求乎？'曰：'求其生而不得，则死者与我皆无恨也；矧求而有得耶！以其有得，则知不求而死者有恨也。夫常求其生，犹失之死，而世常求其死也。'回顾乳者抱汝而立于旁，因指而叹曰：'术者谓我岁行在戌将死。使其言然，吾不及见儿之立也，后当以我语告之。'其平居教他子弟，常用此语，吾耳熟焉，故能详也。其施于外事，吾不能知，其居于家，无所矜饰，而所为如此，是真发于中者耶！呜呼！其心厚于仁者耶！此吾知汝父之必将有后也。汝其勉之！夫养不必丰，要于孝；利虽不得博于物，要其心之厚于仁。吾不能教汝，此汝父之志也。"修泣而志之，不敢忘。

先公少孤力学。咸平三年，进士及第。为道州判官，泗、绵二州推官，又为泰州判官。享年五十有九，葬沙溪之泷冈。太夫人姓郑氏，考讳德仪，世为江南名族。太夫人恭俭仁爱而有礼。初封福昌县太君，进封乐官、安康、彭城三郡太君。自其家少微时，治其家以俭约，其后常不使过之，曰："吾儿不能苟合于世，俭薄所以居患难也。"其后修贬夷陵，太夫人言笑自若，曰："汝家故贫贱也，吾处之有素矣。汝能安之，吾亦安矣。"

自先公之亡二十年，修始得禄而养。又十有二年，列官于朝，始得赠封其亲。又十年，修为龙图阁直学士、尚书吏部郎中，留守南京。太夫人以疾终于官舍，享年七十有二。又八年，修以非才，入副枢密，遂参政事。又七年而罢。自登二府，天子推恩，褒其三世。故自嘉祐以来，逢国大庆，必加宠锡。皇曾祖府君累赠金紫光禄大夫、太师、中书令。曾祖妣累封楚国太夫人。皇祖府君累赠金紫光禄大夫、太师、中书令兼尚书令。祖妣累封吴国太夫人。皇考崇公累赠金紫光禄大夫、太师、中书令兼尚书令。皇妣累封越国太夫人。今上初郊，皇考赐爵为崇国公，太夫人进号魏国。

于是小子修泣而言曰："呜呼！为善无不报，而迟速有时，此理之常也。惟我祖考，积善成德，宜享其隆。虽不克有于其躬，而赐爵受封，显荣褒大，实有三朝之锡命。是足以表见于后世，而庇赖其子孙矣。"乃列其世谱，具刻于碑。既又载我皇考崇公之遗训，太夫人之所以教而有待于修者，并揭于阡。俾知夫小子修之德薄能鲜，遭时窃位，而幸全大节，不辱其先者，其来有自。

熙宁三年岁次庚戌四月辛酉朔十有五日乙亥，男推诚保德崇仁翊戴功臣、观文殿学士、特进、行兵部尚书、知青州军州事、兼管内劝农使、充京东路安抚使、上柱国、乐安郡开国公，食邑四千三百户，食实封一千二百户。修表。

【译文】

唉！我的先父崇国公占卜选择吉地安葬在泷冈以后六十年，他的儿子修才能够在他的墓道上建立墓表，这决不是敢于拖延，而是因为有所期待。

修不幸，四岁的时候，失去父亲。母亲立誓守节，处境贫苦，但她能自食其力；边抚养我，边教育我，使我长大成人。母亲经常告诫我说："你的父亲做官，清廉而爱好施舍，喜欢在宾客中交朋友。他的俸禄虽然少，但常常不让它有余，说：'不要因此成为我的累赘！'所以他死的时候，没有留下一间屋可以寄托，一垄地可以依托，我们就依赖你父亲的为人和希望支撑着过活。要不然，我凭什么能够自己苦守呢？我对你父亲的事情，约略知道一些，因而在你身上有所期待。自从我做你们欧阳家门的媳妇，就已经轮不上我侍奉婆婆，因为你父亲是能够孝养双亲的。你失去父亲时年纪还小，我不可能预先知道你一定会有所建树，可是相信你父亲一定会有好后代。我刚嫁到你们家的时候，你父亲除去为母亲穿的孝服正好过了一年。每逢过节祭祀时，就必定掉下眼泪，说：'死后祭祀的丰厚，总不及生前奉养的菲薄。'有时喝点酒吃点肉，又落泪说：'从前经济上经常不够，如今却有多余，但却没有来得及奉养双亲啊！'我初始看到一两次，认为这是新除孝服才这样罢了。可是后来他经常这样，直到他逝世前都是这样。我虽然赶不上侍奉婆婆，然而因此晓得你父亲是能够孝养双亲的。你父亲做官时，曾在夜里点了蜡烛批阅公文，一再停手叹气。我问他为什么？他说：'这是一件死罪案子。我想给罪犯寻找一线生机，可是找不到。'我问道：'生机能找到吗？'他说：'找过罪犯的生机但是找不到，这样被判死刑的犯人和我就都没有遗恨了；况且有时也有经过寻找生机因而能活的呢！因为有时能找到，所以知道不去寻找就判决犯人死刑是会有遗恨的。我经常为罪犯寻求生机，还是因为有错误被判决处死的，可是世上做官的人却经常在寻找判定罪犯死刑的根据呢。'说完，回头看到乳母抱着你站在旁边，就指着你叹了一口气说：'算命的人说我到戌年就要死。假如他的话说对了，我就赶不上看见儿子成人了，以后要把我的这些话告诉他。'他平时教育别人的子弟，经常用这番话，我耳朵里听熟了，所以能够详细地讲出。他在外面做的事情，我不了解。他在家里，没有什么浮夸做作，他所做的事情就是这样，都是真正从内心发出来的！唉！他的心是注重在仁的方面啊！这就是我相信你父亲必定有好后代的依据。你好好努力吧！奉养父母不一定要丰厚，主要在于孝顺；做好事虽然不能普遍到万物，只要他的心注重在仁德这一方面就行了。我不能教导你，这是你父亲的愿望啊。"修忍不住落下泪来，牢记这番教诲，不敢忘记。

先公从小死了父亲，努力学习。咸平三年考中进士。相继做过道州判官和泗、绵二州推官，又做过泰州判官。去世的那年是五十九岁，安葬在沙溪的泷冈。我的母亲姓郑，她的父亲名德仪，世代是江南的著名家族。母亲为人恭敬、节俭、仁慈而且坚守礼法。先封福昌县太君，后进封乐安、安康、彭城三郡太君。从家境贫穷以后，就用勤俭节约的方法来治理家务，经常不让开支超过必要的用度，说："我儿子在社会上不能随便迎合人家，省吃俭用是度过困境的好办法啊。"以后修降职到夷陵县，母亲谈笑自然，像往常一样，还说："你家本来穷苦，我处在这种环境已经习以为常了。你能够安于这种处境，我也安心了。"

自从先公逝世以后二十年，修才领到俸禄来奉养母亲。又过了十二年，升了官，在朝廷任职，才能够得到皇上的恩典追赠加封自己的尊亲。又过了十年，修做了龙图阁直学士、尚书省吏部郎中，留守南京。母亲因病在官邸逝世，享年七十二岁。又过了八年，修凭着不算高明的才能，却蒙皇上恩德升任枢密副使，就此参与国家大政。又过了七年，免去官职。自从进入二府，皇上推广恩德，封赠我的上三代。因此从嘉祐以来，碰到国家有大庆典时，一定给予恩宠和荣耀的封赐。曾祖父连续追赠到金紫光禄大夫、太师、中书令。曾祖母连续加封到楚国太夫人。祖父连续追赠到金紫光禄大夫、太师、中书令兼尚书令。祖母连续加封到吴国太夫人。先父崇国公连续追赠到金紫光禄大夫、太师、中书令兼尚书令。先母连续加封到越国太夫人。当今皇上第一次举行祭天仪式时，先父被赐爵为崇国公，先母封号为魏国太夫人。

因此，小子修边掉泪边说道：确实如此啊！做了好事没有得不到好报的，不过或迟或早有一定的时间，这在情理上是正常的。我的祖先积累善事，养成美德，大概是这样才享受到隆重的封赠。虽然他们不能亲身享有，可是被赏爵位，接受封赠，显贵荣耀，大力表彰，确实有三朝皇帝的恩赏命令。这就足够显示到后代，来庇荫他们的子孙了。于是排列我家的世代谱系，统统刻在碑上。随后又记录了先父崇国公的遗训，先母的教导和对修有所期待的缘故，一并在墓碑上刻明白，使后来的人了解小子修的德行薄，才能少，碰上时机，窃取高官，却侥幸地保全大节，不使自己的祖先蒙受耻辱，它是有来由的。

熙宁三年，岁次庚戌，四月初一辛酉，十五日乙亥，儿子推诚保德崇仁翊戴功臣、观文殿学士、特进、行兵部尚书、知青州军州事、兼管内劝农使、充京东路安抚使、上柱国、乐安郡开国公，食邑四千三百户，食实封一千二百户。修谨撰墓表。

六一居士传

这是一篇表达归隐志向的文章，作于熙宁三年。当时欧公已是六十有三的老人，多年的宦海浮沉使的他的身心早已疲惫，极欲摆脱烦冗俗务的网罗，然而人在朝堂，身不由己。欧公始终未能脱身世外作逍遥游。

这年七月，欧公调任蔡州，蔡州与他多年梦寐以求的归隐地——颍州相邻，这给晚年的欧公带来莫大的心理慰藉，因此欣然命笔以慰夙愿。

文章采用主客问答方式，开篇即明宗义，讲自己将"退休于颍水之上"，故而"更号六一居士"。

中间一段为文章的主体，由客问"六一"之号的由来，引出居士对"琴、棋、书、画、文"五物之乐的阐述，并由此展开一场主客之间就"五物"与"轩裳弃组"孰为身累的讨论，进而得出"五物"虽累，但"既佚"且"无患"的结论。表现了作者对仕途生活的厌倦之情。

文章最后一段又明确表示自己有"三宜去"，即使"虽无五物"，"其去宜矣"。表达了作者矢志归隐，不再留恋功名利禄的决心。

整篇文章舒缓平直，娓娓叙来，毫无那种"久在樊笼里，复得返自然"的欣喜之情，透射出作者浓重的迟暮心态。两年后，欧公即溘然长逝。此文可参看陶渊明的《归去来辞》和相关汉赋。

【原文】

六一居士初谪滁山，自号醉翁。既老而衰且病，将退休于颍水之上，则又更号六一居士。

客有问曰："六一，何谓也？"居士曰："吾家藏书一万卷，集录三代以来金石遗文一千卷，有琴一张，有棋一局，而常置酒一壶。"客曰："是为五一尔，奈何？"居士曰："以吾一翁，老于此五物之间，是岂不为六一乎？"客笑曰："子欲逃名者乎，而屡易其号，此庄生所谓畏影而走乎日中者也。余将见子疾走大喘渴死，而名不得逃也。"居士曰："吾固知名之不可逃，然亦知夫不必逃也。吾为此名，聊以志吾之乐尔。"客曰："其乐如何？"居士曰："吾之乐可胜道哉！方其得意于五物也，太山在前而不见，疾雷破柱而不惊。虽响九奏于洞庭之野，阅大战于涿鹿之原，未足喻其乐且适也。然常患不得极吾乐于其间者，世事之为吾累者众也。其大者有二焉，轩裳弃组劳吾形于外，忧患思虑劳吾心于内，使吾形不病而已悴，心未老而先衰，尚何暇于五物哉？虽然，吾自乞其身于朝者三年矣。一日天子恻然哀之，赐其骸骨，使得与此五物偕返于田庐，庶几偿其夙愿焉。此吾之所以志也。"客复笑曰："子知轩裳弃组之累其形，而不知五物之累其心乎？"居士曰："不然。累于彼者已劳矣，又多忧；累于此者既佚矣，幸无患。吾其何择哉。"于是与客俱起，握手大笑曰："置之，区区不足较也。"

已而叹曰："夫士少而仕，老而休，盖有不待七十者矣。吾素慕之，宜去一也。吾尝用于时矣，而讫无称焉，宜去二也。壮犹如此，今既老且宜病矣，乃以难强之筋骸，贪过分之荣禄，是将违其素志而自食其言，宜去三也。吾负三宜去，虽无五物，其去宜矣，复何道哉！"熙宁三年九月七日，六一居士自传。

【译文】

六一居士当初贬谪到滁州时，自号醉翁。年老以后体弱多病，将退休到颍水边居住，又改换称号叫六一居士。

有客人问："六一是什么意思？"居士回答说："我家里有一万卷藏书，集录了三代以来遗留下来的金石遗文一千卷，还有一张琴，一盘棋，而且经常放有一壶酒。"客人说："这才五个一，怎么说六一呢？"居士说："我这个老头在五种物品中颐养天年，这难道不正是六个一吗？"客人笑着说；"您大概是想逃避名声吧？因而屡次改换名号。这正像是庄子所讽刺的那个害怕自已的影子而在日光下奔跑的人。我将要看到您像那个人一样气喘吁吁干渴而死的样子。但名声仍是逃避不掉的。"居士说："我本来知道名声是不能逃避的，我也知道不必逃避。我起这个名字，只是想记下我此时的乐趣罢了。"客人又问："您的乐趣又如何呢？"居士说："我的乐趣岂是可以说得完的！当我陶醉在这五种东西之间的时候，泰山在眼前我也看不见，炸雷劈破屋子中的梁柱我也不惊慌。即使在洞庭大原野上奏起九韶仙乐，在涿鹿山前观看激烈的战斗场面，也还比不上这么快乐呢。不过，我常常苦于不能在这些物品中尽情享受，世上拖累我的事务太多了。其中大的事情有两件，客观上是官场事务劳累了我的身体，主观上是忧患得失和各种思虑劳累了我的精神，使我的外貌不生病便已憔悴，人没有老而精神却已经衰竭，还有什么闲暇欣赏这五种物品呢？因此，我向朝廷告老辞职已经三年了，一旦天子哀怜我，准予我退归乡里，使我能够跟这五种物品一起归退田园，也许能满足我的夙愿。这便是我起了这个名号记下我乐趣的原因。"客人又笑着说："你知道官场事务劳累形体，却不知这五种物品劳累精神吗？"居士说："并非如此，被官场拖累，已经很劳苦了，又有很多忧虑，被这些物品吸引，却很安逸，又可以免于祸患。你看我应该怎么选择呢？"于是与客人一同起身，握手大笑道："停止辩论吧，这些小事是不值得计较的。"

过了一会儿我感叹说："读书人年轻时出去做官，往往有人不到七十就退休了。我一直很羡慕他们，这是我应该离开朝廷的第一条理由。我曾经为当朝所用，但一直没有值得称道的功绩，这是我应该离职的第二条理由。壮年时还这样，现在又老又病，反而借着又老又病的身体去贪图过分的荣耀和俸禄，这样做和我平素的志向和以前说过的话是相违背的，这是我离职的第三条理由。我具备这三条应该辞职退休的理由，就算没有五种物品，也早该离职了。还有什么可说的呢？"

熙宁三年九月七日，六一居士欧阳修自记。

伐树记

本文作于仁宗天圣九年。作者时年二十五岁，刚刚步入仕途，正是胸怀大志、意气风发之时，作者借寓言的形式驳斥了庄子的"才者死不才者生"之说，认为"凡物幸之与不幸，视其处而已"，表现出作者以为身逢治世明君，必当有所抱负的心态。

文章第一段借园丁之语，道出樗树因"不足养"而被伐，杏树因"将待其实"而幸存的两种情况。这与庄子所讲恰恰相反。于是在第二段中，作者开始质疑庄子"才者死不才者生"之说，认为"才不才各遭其时之可邪？"表现出作者的独立思考精神。

第三段中，作者借客人之语解释了庄子之说与自己所见情况的异同，确认了自己的认识，得出客观环境才是决定事物幸与不幸的原因，并没有什么前定的结果。

【原文】

署之东园，久椸不治。修至，始辟之，粪瘠溉枯，为蔬圃十数畦，又植花果桐竹凡百本。春阳既浮，萌者将动。园之守启曰："园有樗焉，其根壮而叶大。根壮则梗地脉，耗阳气，而新植者不得滋；叶大则阴翳蒙碍，而新植者不得畅以茂。又其材拳曲臃肿，疏轻而不坚，不足养，是宜伐。"因尽薪之。明日，圃之守又曰："圃之南有杏焉，凡其根庇之广可六七尺，其下之地最壤腴，以杏故，特不得蔬，是亦宜薪。"修曰："噫！今杏方春且华，将待其实，若独不能损数畦之广为杏地邪？"因勿伐。

既而悟且叹曰："吁！庄周之说曰：樗、栎以不材终其天年，桂、漆以有用而见伤夭。今樗诚不材矣，然一旦悉翦弃；杏之体最坚密，美泽可用，反见存。岂才不才各遭其时之可否邪？"

他日，客有过修者，仆夫曳薪过堂下，因指而语客以所疑。客曰："是何怪邪？夫以无用处无用，庄周之贵也。以无用而贼有用，乌能免哉！彼杏之有华实也，以有生之具而庇其根，幸矣。若桂、漆之不能逃乎斤斧者，盖有利之者在死，势不得以生也，与乎杏实异矣。今樗之臃肿不材，而以壮大害物，其见伐，诚宜尔，与夫才者死、不才者生之说又异矣。凡物幸之与不幸，视其处之而已。"客既去，修善其言而记之。

【译文】

衙署的东园，没有人治理已经荒芜了很长时期了。我来到以后方开始加以整治。在贫瘠的土地上施肥加水，种了菜园十几畦，又种植了花卉、果树、梧桐、竹子等约百来株。

春天到来，地气上升，有许多植株都已发芽生长。守园的人告知说："园中有一些臭椿树，它们的根系壮大、枝叶茂盛。根系壮大就阻塞了地脉的疏通，消耗了许多土壤的养分，使得那些新种的花果桐竹得不到滋养；枝繁叶茂则遮挡了阳光，使新种的植物受到影响，不能繁茂地生长。臭椿树的树干扭曲多节，木质疏松不坚硬，不值得种植，应该把它们砍掉。"

于是就将臭椿树都砍去了。第二天，守园的人又说："菜园的南边有些杏树，它们的根扎在地下方圆有六七尺，那些地的土壤非常肥沃，因为杏树生长的缘故，不便于再种蔬菜。因此也应当砍去杏树。"我说："唉，现在已是春天，杏树就要开花，等到秋天就可以结果实了。你难道不能减少几畦菜地而将这些杏树留下吗？"因此没有砍掉杏树。

事过之后我有所感悟道："庄子说：臭椿、栎树因为不是好木材而活到它们应活的年限，桂树、漆树因为有用途而被人们很早就砍伐。现在臭椿确实不能成材，但是人们一下将它们全部砍伐掉了，杏树的木材坚硬质密，色泽好看又可供人们使用，反而存活下去没有被早早砍伐。难道是成材的与不成材的各自遭遇的情况不同而出现不同的结果吗?

有一天，来了位客人来拜访我，差役正拖着砍下的椿树木柴经过堂前，我就指点给客人并告诉客人对庄子所论述的怀疑。客人说："这有什么感到惊讶的？以无用的态度处置对待无用之才正是庄周所崇尚的。世上凭借自己无用反而侵害有用之才，那还能幸免吗？那些杏树可利用的是花和果，花果只有杏树生存下去才会年年有，因此它幸免于被砍伐。而桂树、漆树不能逃避被砍伐的厄运是因为它们被人们利用的东西只有被砍下来才能利用，所以它们必然无法生存。这与杏树凭借开花结果免于砍伐是不同的啊。而今臭椿高大不成材，反而以高大妨害了别的花木生长，被砍去是理所应当的。与庄子才者死不才者生之说又是不同的。大约世上万物是否能够幸免于难，要看它所处的地位和用途罢了。"

客人离去后，我认为他说得很对，写此文以记之。

养鱼记

这是一篇非常精彩的短文，作者以小见大，通过小鱼"若自足"，而巨鱼"不得其所"的境况，影射了当世君子"曾不能一日安之于朝堂之上"，而小人却"嚣嚣于廊庙"的现象。

文章分为两段，第一段记自己"洿池"以舒忧隘而娱穷独"的事。作者以细致的笔触描绘了做池的经过和池水的清明之状，以及给自己带来的恬然自适的情趣。既不提养鱼之事，也不言他事，仿佛浑然不晓世事之状。然而最后一句"舒忧隘而娱穷独"却隐隐透出了作者志怀高远而不得伸展的心理。

转入第二段，作者开始提及养鱼之事。然而作者似乎并不意在养鱼，而是极为轻描淡写地以两句话便述完此事。转而借童子之口道出一个可怕的现实："以斗斛之水不能广其容，故活其小者而弃其大者。"以简练的话语点出文章的主旨，而后戛然而止。

整篇文章含而不露，叙而不议，似乎是"此中有真意，欲辨已忘言"，其实体现了欧公一贯的淳厚文风。以饱满的笔法叙写文章的次要部分，以作为铺垫，以凝练的笔法点触主旨，点到即止，不再生发议论。

古人云，欧公深得春秋笔法，信乎！

【原文】

折檐之前有隙地，方四五丈，直对非非堂，修竹环绕阴映。未尝植物，因洿以为池，不方不圆，任其地形；不甃不筑，全其自然。纵锸以浻之，汲井以盈之。湛乎汪洋，晶乎清明，微风而波，无波而平，若星若月，精彩下入。予偃息其上，潜形于毫芒；循漪沿岸，渺然有江潮千里之想。斯足以舒忧隘而娱穷独也。

乃求渔者之罟，市数十鱼，童子养之乎其中。童子以为斗斛之水不能广其容，盖活其小者而弃其大者。怪而问之，且以是对。嗟乎！其童子无乃嚣昏而无识矣乎！予观巨鱼枯涸在旁不得其所，而群小鱼游戏乎浅狭之间，有若自足焉，感之而作养鱼记。

【译文】

衙署回廊前的一块空地有四五丈见方，正对着非非堂。此处修竹环绕林荫遮蔽，没有栽种其他植物。我按照地形挖了一个池塘，既不方也不圆；没有用砖砌，也没有筑堤岸，完全保留了它自然的形态。我用锹把池塘挖深，打井水把它灌满。池塘清澈见底，波光荡漾，微风一吹便泛起波纹，风一停便水平如镜。星与月映在水中，光亮直透塘底。我在塘边休息时，水中的影像纤毫毕现；绕着水池散步，仿佛徜徉在浩荡的江湖之间。这足以让人抒发内心的忧郁不畅，安慰我这个困窘寡助的人。

我于是请渔人撒网捕鱼，从他那里买了几十条活鱼，叫书童把它们放养在池塘中。书童认为池水太少不能增大容量，于是只把小鱼放养在内，而丢弃大鱼。我感到很奇怪，问他这样做的原因是什么。他把自己的想法讲给我听。啊！这个书童怎么如此糊涂而无知！我看见大鱼丢在一边干渴，得不到安身之处，而那一群小鱼却在那又浅又窄的池塘中嬉戏，一副悠然自得的样子，我感触很深，于是写了这篇《养鱼记》。

桑怿传

桑怿之出生年月不祥，宋开封雍丘人。有谋略，两举进士不中。因自请补耆长，捕盗数有功，遂补郏城尉。累官至广西驻泊都监。康定二年（1041 年）春，陕西安抚副使韩琦命任福统军迎击西夏，以他为先锋。他率军抗敌，立有战功，后遭夏军伏击，力战而死。

本传侧重于记录桑怿弃文从武之后的捕盗经历，及其在军旅中所表现出的勇敢精神和出色的才华谋略，并对其谦逊、无私的高尚品质给予了高度赞扬。欧公于此文中借桑怿事对雄阔有力的侠士之风给予了肯定，写法颇似《史记》。

【原文】

桑怿，开封雍丘人。其兄慥，本举进士有名。怿亦举进士，再不中。去游汝、颍间，得龙城废田数顷，退而力耕。岁凶，汝旁诸县多盗，怿白令，愿为耆长，往来里中察奸民。因召里中少年，戒曰："盗不可为也，吾在此；不汝容也。"少年皆诺。里老父子死未敛，盗夜脱其衣，里老父怯，无他子，不敢告县，裸其尸不能葬。怿闻而悲之，然疑少年王生者，夜入其家，探其箧，不使之知觉。明日遇之，问曰："尔诺我不为盗矣，今又盗里父子尸者，非尔邪？"少年色动。即推仆地，缚之，诘共盗者。王生指某少年。怿呼壮丁守王生，又自驰取少年者，送县，皆伏法。

又尝之郏城，遇尉方出捕盗，招怿饮酒，遂与俱行。至贼所藏，尉怯，阳为不知以过。怿曰："贼在此，何之乎？"下马独格杀数人，因尽缚之。又闻襄城有盗十许人，独提一剑以往，杀数人，缚其余。汝旁县为之无盗。京西转运使奏其事，授郏城尉。

天圣中，河南诸县多盗，转运奏移渑池尉。崤，古险地，多涂山，而青灰山尤阻险，为盗所恃。恶盗王伯者，藏此山，时出为近县害。当此时，王伯名闻朝廷，为巡检者皆授名以捕之。既怿至，巡检者伪为宣头以示怿，将谋招出之。怿信之，不疑其伪也，因谍知伯所在，挺身入贼中招之，与伯同卧起十余日。信之，乃出。巡检者反以兵邀于山口，怿几不自免。"怿曰："巡检授名，惧无功尔。"即以伯与巡检，使自为功，不复自言。巡检俘献京师，朝廷知其实，罪黜巡检。怿为尉岁余，改授右班殿直、永安县巡检。

明道、景祐之交，天下旱蝗，盗贼稍稍起其间，有恶贼二十三人不能捕，枢密院以传召。怿至京，授二十三人名，使往捕。怿谋曰：盗畏吾名，必已溃，溃则难得矣，宜先示之以怯。

至则闭栅，戒军吏，无一人得辄出。居数日，军吏不知所为，数请出自效，辄不许。既而夜与数卒变为盗服以出，迹盗所尝行处。入民家，民皆走，独有一媪留，为作饮食馈之如盗。乃归，复闭栅。三日又往，则携其具就媪馔，而以其余遗媪，媪待以为真盗矣。乃稍就媪，与语及群盗辈，媪曰："彼闻桑怿来，始畏之，皆遁矣。又闻怿闭营不出，知其不足畏，今皆还也。某在某处，某在某所矣。"怿尽钩得之。复三日，又往厚遗之，遂以实告曰："我，桑怿也。烦媪为察其实而慎勿泄，后三日，我复来矣。"后又三日往，媪察其实审矣。明旦，部分军士，用甲若干人于某所取某盗，卒若干人于某处取某盗。其尤强者在某所，则自驰马以往，士卒不及从，惟四骑追之，遂与贼遇，手杀三人。凡二十三人者，一日皆获。

二十八日，复命京师。枢密吏谓曰："与我银，为君致阁职。"怿曰："用赂得官，非我欲，况贫无银；有，固不可也。"吏怒，匿其阀，以免短使，送三班。三班用例，与兵马监押。未行，会交趾獠叛，杀海上巡检，昭、化诸州皆警，往者数辈不能定，因命怿往，尽手杀之。还，乃授阁门祗侯。怿曰："是行也，非独吾功，位有居吾上者，吾乃其佐也。今彼留而我还，我赏厚而彼轻，得不疑我盖其功而自伐乎？受之，徒惭吾心。"将让其赏归己上者，以奏稿示予。予谓曰："让之，必不听，徒以好名与诈取讥也。"怿叹曰："亦思之，然士顾其心何如尔，当自信其心以行，讥何累也！若欲避名，则善皆不可为也已。"余惭其言。卒让之，不听。

怿虽举进士而不甚知书，然其所为皆合道理，多此类。始居雍丘，遭大水，有粟二廪，将以舟载之，见民走避溺者，遂弃其粟，以舟载之。见民荒岁，聚其里人饲之，粟尽乃止。

怿善剑及铁简，力过数人，而有谋略。遇人常畏，若不自足。其为人不甚长大，亦自修为威仪，言语如不出其口，卒然遇，人不知其健且勇也。

庐陵欧阳修曰："勇力人所有，而能知用其勇者少矣。若怿，可谓义勇之士，其学问不深而能者，盖天性也。余固喜传人事，尤爱司马迁善传，而其所书皆伟烈奇节，士喜读之。欲学其作，而怪今人如迁所书者何少也，乃疑迁特雄文，善壮其说，而古人未必然也。及得桑怿事，乃知古之人有然焉，迁书不诬也，知今人固有而但不尽知也。怿所为壮矣，而不知予文能如迁书使人读而喜否？姑次第之。

【译文】

桑怿是开封雍丘县人，他的哥哥桑慥，因为参加进士考试而有名。桑怿也参加进士考试，却两次都没有考中，便到汝州、颍州间游历，在龙城获得废弃的田地数顷，退出科举考试尽力进行耕作。

年成不好，汝州附近的各县盗贼很多，桑怿找到县令对他说："我想当耆长，在乡间往来巡查奸民。"县令同意后，桑怿就召集乡村少年，并告诫说："盗贼的事不能干了，我在这里，就不能容忍你们！"少年们连声答应。里老父儿子死了没有入棺，盗贼夜晚就把尸体的衣服脱了。里老父害怕，又没有其他儿子，不敢到县衙告状，而儿子尸体裸露着又不能下葬。桑怿听到这件事很怜悯里老父，就怀疑少年王生做了这件事。晚上到王生家，察看他的箱笼，并不让他发觉。第二天遇到王生，问道："你答应我不偷东西，现在偷里老父儿子尸体衣服的人，不是你吗？"少年变了脸色。桑怿立刻将其推倒在地上绑了起来。盘问一起盗窃的人，王生指证某个少年。桑怿立刻叫壮丁看守住王生，自己又跑去捉拿那个少年，一起送到县上。这两个人都受到法律的惩治。

桑怿也曾经去郏城，遇到县尉刚要出去捕盗贼，就招呼桑怿饮酒，饮过酒后，桑怿就与他一起出行。到了盗贼窝藏的地方，县尉有些害怕，假装不知道就走了过去。桑怿说："盗贼在这里，你还要去什么地方？"下马独自杀了数名盗贼，并都把他们绑了起来。又听说襄城有数十个盗贼，就独自提剑前往，杀了几个盗贼，把其余的人都绑起来。汝城附近的县由于这个原因没有盗贼，京西转运使将桑怿的事上奏朝廷，朝廷就任命桑怿做郏城尉。

天圣年间，河南所属的县盗贼很多，转运使奏请朝廷调整了渑池尉。崤，是古代的险要之地，泥山很多，而青灰山十分险峻难行，被盗贼所占领。一个叫王伯的恶盗藏匿在这座山中，时常出来在附近的县为非作歹。正当此时，王伯的事情让朝廷知道了，朝廷点名让巡检捕捉。不久，桑怿到了这里，巡检伪造朝廷的宣召文书给桑怿看，准备筹划将王伯招出。桑怿相信了，没有怀疑是伪造的，就秘密察看王伯藏身的地方，深入盗贼巢穴招安，与王伯同睡同起十余天。他使王伯相信了自己，就一起出山来。那个巡检反而用兵在山口阻截，桑怿差一点连自己都不能逃脱。桑怿说："巡检被点名捕盗，这样做是害怕得不到功劳。"就把王伯给了巡检，使其自己邀功，不再说自己的事了。巡检将王伯俘获后押送到京城，朝廷了解了实际情况，因罪罢免了巡检。

桑怿做郏城尉一年有余，又被任命为右班殿值、永安县巡检。明道、景祐之交，天下大旱闹蝗灾，盗贼渐渐增多。有恶贼二十三人，没有办法抓到。枢密院以驿站快马召桑怿进京，交给他二十三个盗贼的名字，让他前往捕拿。桑怿思考说："盗贼害怕我的名字，听到我去一定会逃跑，逃散就不容易抓到了，应当先向他们表现我的害怕的情绪。"桑怿到了那里就关闭军营大门，告诫军吏不许一个人走出军营。住了几天，军吏不了解他的意图，多次请求出战效力，总是不允许。过了一阵，在一个晚上，桑怿和几个军卒装扮成盗贼出来，寻找盗贼曾经走过的地方。走进老百姓家，老百姓都逃走，唯独有一位老太太留下来，像对待盗贼一样给他们东西吃。回来后，又关闭军门。三天后再次前往，带着器具到老人处吃饭，并且把剩余的留给了老妇人，等到老妇人把他们当做真盗贼后，就渐渐接近老妇人，跟她说话，并提到了那群盗贼。老妇人说："他们听到桑怿来了，开始很害怕，都跑了。又听说桑怿关闭营门不愿出来，知道他不值得惧怕，现在都回来了。某某在某处，某某在某地。"桑怿完全探得了盗贼的下落。过了三天，又前往，送给老妇人厚礼，告诉她实情："我就是桑怿。麻烦老妇人帮助我们了解实情，并且千万不要泄露，过三天，我再来。"过了三天又前往，详尽打听了老妇人了解的实情。第二天天一亮，分别部署军士，以甲士若干人在某地，捕捉某盗贼，以军卒若干人在某处，捕捉某盗贼。其中尤其强的盗贼在某地，就自己乘快马前往，士卒都没跟上，只有四个骑士跟上他，就与盗贼遭遇了，桑怿亲自杀了三人。二十三个盗贼一天内都抓到了。仅二十八天，桑怿就回京复命了。

枢密院官吏对他说："送给我银子，我为你谋取阁门通事舍人的官职。"桑怿说："我不想通过贿赂得到官职，况且我贫穷没有银子！即使有，也绝对不能这样做。"官吏非常生气，隐瞒了他立功的情况，并免去临时差使，送交三班院安排。三班按常规，让他做了兵马监押。还没有来得及走，恰巧碰到交趾地方獠族叛乱，杀了海上巡检，昭州、化州都报了警，去了几拨人马都不能平定。所以朝廷命令桑怿前往，杀掉了叛贼。回京后，就任命他做阁门祗侯。桑怿说："这次行动，不是我一个人的功劳，有地位在我上面的，我是尽力帮助他们。现在他留下了而我却回来了，我赏赐很厚而他却很轻，难道不会怀疑我掩盖他们的功劳而表现自己吗？接受了这样的赏赐只会使我内心惭愧。"就要把朝廷的赏赐让给自己的上司，把奏稿给我看。我对他说："让给别人，朝廷一定不会答应，只会因此被看做爱好虚名和诡诈而被人嘲笑。"桑怿感叹说："我也想到了这点，然而观察一个人的品质如何，应当根据他的行为作判断，被人嘲笑有什么呢？如果想躲避名声，那么好事就都别做了。"我也感到惭愧。他终于将功勋让给了别人，没有听劝告。桑怿虽然参加过科举考试，但文化水平不高，但他做的事情都合乎道德伦理，很多都像这件事一样。

开始，桑怿住在雍丘，遭到大水，有两仓粮食，准备用船运走，看到老百姓奔跑躲避大水，就丢弃了粮食，用船载运老百姓。看到老百姓遇到收成不好的年景，就将村里人集中起来，用自家的粮食为他们做饭，直到把自家的粮食吃完才停止。桑怿喜欢舞剑和铁简，力气超过几个人，并且很有胆识和策略。遇到人常常腼腆，好像很惭愧。他长得不太高大，但经过自已的修养也显得很有威仪。说话好像不是从自己嘴里出来的一样，人们偶然遇见他不了解他健壮而且很勇敢。

庐陵欧阳修说：勇武和力量，是人们所具备的，但能够了解体会并使用勇武的人就很少了。像桑怿这样的人，可以称得上是义勇之士了。他的学问不深却能运用，可以说是一种天性。我本来爱好写人物传记，特别喜爱司马迁的传记，而且他撰写的人都是性情伟烈节操不凡的人，喜爱读这样的书。想学他的做法，而且怪怨现在如司马迁笔下那样的人为什么这样少呢！我就怀疑司马迁只不过靠雄奇的文笔善于夸大其词，古代的人不一定像这样。等知道了桑怿的事，才知道古代的人有这样的，司马迁描写的没有欺骗，才知道现在本来有这样的人，我们只是不知道。桑怿做的事是很勇武雄壮的，但却不知道我的文章能不能如司马迁的书那样使人们阅读并受到喜爱？姑且按顺序记下他的事迹。

洛阳牡丹记

为花作记，古已有之。然以极平常之题翻出极高雅之议论，非欧公不能为此。

本文行文流畅而神理自合。文中，欧公以其丹青圣手般之超然绝尘，只用淡墨轻轻勾勒，无一字溢美，也无争张妆饰之态，却已使洛阳牡丹不但未因此而失其秾丽与富贵，反而平添了几分雅趣与风韵。读此记，难免生出“分明一幅牡丹图，水墨淋漓尚未干”之感。

本记之跋尾为点睛之笔。蔡公为欧公之多年好友，相交甚厚。加之其“不肯与人书石，而独喜书余文”并“绝笔于”此记。故此跋文一反前文之平和之气，却流露出缠绵凄婉的感伤之情，读之欲泣。

【原文】

花品序第一

牡丹出丹州、延州，东出青州，南亦出越州，而出洛阳者今为天下第一。洛阳所谓丹州花、延州红、青州红者，皆彼土之尤杰者，然来洛阳才得备众花之一种，列第不出三已下，不能独立与洛花敌。而越之花以远罕识，不见齿，然虽越人，亦不敢自誉，以与洛阳争高下。是洛阳者，果天下之第一也。洛阳亦有黄芍药、绯桃、瑞莲、千叶李、红郁李之类，皆不减他出者，而洛阳人不甚惜，谓之果子花，曰某花、某花。至牡丹，则不名，直曰花，其意谓天下真花独牡丹，其名之著不假曰牡丹而可知也。其爱重之如此。

说者多言洛阳于二河间，古善地。昔周公以尺寸考日出没，测知寒暑风雨乖与顺于此，此盖天地之中，草木之华得中气之和者多，故独与他方异。予甚以为不然。夫洛阳于周所有之土，四方入贡，道里均，乃九州之中；在天地昆仑旁薄之间，未必中也。又况天地之和气，宜遍被四方上下，不宜限其中以自私。夫中与和者，有常之气，其推于物也，亦宜为有常之形，物之常者，不甚美亦不甚恶。及元气之病也，美恶鬲并而不相和入，故物有极美与极恶者，皆得于气之偏也。花之钟其美，与夫瘿木雍肿之钟其恶，丑好虽异，而得分气之偏病则均。洛阳城圆数十里，而诸县之花莫及城中者，出其境则不可植焉，岂又偏气之美者独聚此数十里之地乎？此又天地之大，不可考也已。凡物不常有而为害乎人者曰灾，不常有而徒可怪骇不为害者曰妖，语曰：“天反时为灾地反物为妖。”此亦草木之妖而万物之一怪也。然比夫瘿木雍肿者，窃独钟其美而见幸于人焉。

余在洛阳，四见春。天圣九年三月，始至洛，其至也晚，见其晚者。明年，会与友人梅圣俞游嵩山少室、缑氏岭、石唐山、紫云洞，既还，不及见。又明年，有悼亡之戚，不暇见。又明年，以留守推官岁满解去，只见其早者。是未尝见其极盛时，然目之所瞩，已不胜其丽焉。

余居府中时，尝谒钱思公于双桂楼下，见一小屏立坐后，细书字满其上。思公指之曰："欲作花品，此是牡丹名，凡九十余种。"余时不暇读之，然余所经见而今人多称者才三十许种，不知思公何从而得之多也。计其余，虽有名而不著，未必佳也。故今所录，但取其特著者而次第之：

姚黄 魏花

细叶寿安 鞓红（亦曰青州红）

牛家黄 潜溪绯

左花 献来红

叶底紫 鹤翎红

添色红 倒晕檀心

朱砂红 九蕊真珠

延州红 多叶紫

粗叶寿安 丹州红

莲花萼 一百五

鹿胎花 甘草黄

一擫红 玉板白

花释名第二

牡丹之名，或以氏，或以州，或以地，或以色，或旌其所异者而志之。姚黄、牛黄、左花、魏花以姓著，青州、丹州、延州红以州著，细叶、粗叶寿安、潜溪绯以地著，一擫红、鹤翎红、朱砂红、玉板白、多叶紫、甘草黄以色著，献来红、添色红、九蕊真珠、鹿胎花、倒晕檀心、莲花萼、一百五、叶底紫皆志其异者。

姚黄者，千叶黄花，出于民姚氏家。此花之出，于今未十年。姚氏居白司马坡，其地属河阳，然花不传河阳，传洛阳，洛阳亦不甚多，一岁不过数朵。牛黄亦千叶，出于民牛氏家，比姚黄差小。真宗祀汾阴，还过洛阳，留宴淑景亭，牛氏献此花，名遂著。甘草黄，单叶，色如甘草。洛人善别花，见其树知为某花云。独姚黄易识，其叶嚼之不腥。魏家花者，千叶肉红花，出于魏相仁溥家。始樵者于寿安山中见之，斫以卖魏氏。魏氏池馆甚大，传者云：此花初出时，人有欲阅者，人税十数钱，乃得登舟渡池至花所，魏氏日收十数缗。其后破亡，鬻其园，今普明寺后林池乃其地，寺僧耕之以植桑麦。花传民家甚多，人有数其叶者，云至七百叶。钱思公尝曰："人谓牡丹花王，今姚黄真可为王，而魏花乃后也。鞓红者，单叶深红花，出青州，亦曰青州红。故张仆射齐贤有第西京贤相坊，自青州以骆驼驮其种，遂传洛中。其色类腰带鞓，故谓之鞓红。献来红者，大，多叶，浅红花。张仆射罢相居洛阳，人有献此花者，因曰献来红。添色红者，多叶花，始开而白，经日渐红，至其落乃类深红。此造化之尤巧者。鹤翎红者，多叶花，其末白而本肉红，如鸿鹄羽色。细叶、粗叶寿安者，皆千叶肉红花，出寿安县锦屏山中，细叶者尤佳。倒晕檀心者，多叶红花。凡花近萼色深，至其末渐浅。此花自外深色，近萼反浅白，而深檀点其心，此尤可爱。一擫红者，多叶，浅红花，叶杪深红一点，如人以手指攧之。九蕊真珠红者，千叶红花，叶上有一白点如珠，而叶密蹙其蕊为九丛。一百五者，多叶白花。洛花以谷雨为开候，而此花常至一百五日开，最先。丹州、延州花，皆千叶红花，不知其至洛之因。莲花萼者，多叶红花，青趺三重如莲花萼。左花者，千叶紫花，〔出民左氏家〕。叶密而齐如截，亦谓之平头紫。朱砂红者，多叶红花，不知其所出。有民门氏子者，善接花以为生，买地于崇德寺前治花圃，有此花。洛阳豪家尚未有，故其名未甚著，花叶甚鲜，向日视之如猩血。叶底紫者，千叶紫花，其色如墨，亦谓之墨紫花。在丛中，旁必生一大枝，引叶覆其上，其开也，比他花可延十日之久。噫，造物者亦惜之邪！此花之出，比他花最远，传云唐末有中官为观军容使者，花出其家，亦谓之军容紫，岁久失其姓氏矣。玉板白者，单叶白花，叶细长如拍板，其色如玉而深檀心。洛阳人家亦少有，余尝从思公至福严院见之，问寺僧而得其名，其后未尝见也。潜溪绯者，千叶绯花，出于潜溪寺。寺在龙门山后，本唐相李藩别墅，今寺中已无此花，而人家或有之。本是紫花，忽于丛中特出绯者，不过一二朵，明年移在他枝，洛人谓之转枝花，故其接头尤难得。鹿胎花者，多叶紫花，有白点如鹿胎之纹。故苏相禹珪宅今有之。多叶紫，不知其所出。初，姚黄未出时，牛黄为第一；牛黄未出时，魏花为第一；魏花未出时，左花为第一。左花之前，唯有苏家红、贺家红、林家红之头，皆单叶花，当时为第一，自多叶、千叶花出后，此花黜矣，今人不复种也。

牡丹初不载文字，唯以药载《本草》。然于花中不为高第，大抵丹、延已西及褒斜道中尤多，与荆棘无异，土人皆取以为薪。自唐则天已后，洛阳牡丹始盛。然未闻有以名著者，如沈、宋、元、白之流皆善咏花草，计有若今之异者，彼必形于篇咏，而寂无传焉。唯刘梦得有《咏鱼朝恩宅牡丹》诗，但云“一丛千万朵”而已，亦不云其美且异也。谢灵运言永嘉竹间水际多牡丹，今越花不及洛阳甚远，是洛花自古未有若今之盛也。

风俗记第三

洛阳之俗，大抵好花。春时，城中无贵贱，皆插花，虽负担者亦然。花开时，士庶竞为游遨，往往于古寺废宅有池台处，为市井，张幄帟，笙歌之声相闻，最盛于月陂堤、张家园、棠棣坊、长寿寺东街与郭令宅，至花落乃罢。

洛阳至东京六驿，旧不进花，自今徐州李相迪为留守时始进御，岁遣衙校一员，乘驿马，一日一夕至京师。所进不过姚黄、魏花三数朵，以菜叶实竹笼子藉覆之，使马上不动摇，以蜡封对花蒂，乃数日不落。

大抵洛人家家有花而少大树者，盖其不接则不佳。春初时，洛人于寿安山中斫小栽子卖城中，谓之山篦子。人家治地为畦塍种之，至秋乃接。接花工尤著者，谓之门园子，豪家无不邀之。姚黄一接头直钱五千，秋时立契买之，至春见花乃归其直。洛人甚惜此花，不欲传，有权贵求其接头者，或以汤中蘸杀与之。魏花初出时，接头亦直钱五千，今尚直一千。

接时须用社后重阳前，过此不堪矣。花之木去地五七寸许截之，乃接，以泥封裹，用软土拥之，以蒻叶作庵子罩之，不令见风日，惟南向留一小户以达气，至春乃去其覆。此接花之法也。

种花必择善地，尽去旧土，以细土用白敛末一斤和之，盖牡丹根甜，多引虫食，白敛能杀虫。此种花之法也。

浇花亦自有时，或用日未出，或日西时。九月旬日一浇，十月、十一月，三日、二日一浇，正月隔日一浇，二月一日一浇。此浇花之法也。

一本发数朵者，择其小者去之，只留一二朵，谓之打剥，惧分其脉也。花才落，便剪其枝，勿令结子，惧其易老也。春初既去蒻庵，便以棘数枝置花丛上，棘气暖，可以辟霜，不损花芽，他大树亦然。此养花之法也。

花开渐小于旧者，盖有蠹虫损之，必寻其穴，以硫黄簪之。其旁又有小穴如针孔，乃虫所藏处，花工谓之气窗，以大针点硫黄末针之，虫乃死，虫死花复盛，此医花之法也。乌贼鱼骨以针花树，入其肤，花辄死。此花之忌也。

牡丹记跋尾

右蔡君谟之书，八分、散隶、正楷、行狎、大小草众体皆精。其平生手书小简、残篇断稿，时人得者甚多，惟不肯与人书石，而独喜书余文也。若《陈文惠公神道碑铭》、《薛将军碣》、《真州东园记》、《杭州有美堂记》、《相州昼锦堂记》，余家《集古录目序》，皆公之所书。最后又书此记，刻而自藏于其家。方走人于亳，以模本遗予，使者未复于闽，而凶讣已于亳矣，盖其绝笔于斯文也。於戏！君谟之笔既不可复得，而予亦老病不能文者久矣，于是可不惜哉！故书以传两家子孙。

【译文】

花品序第一

牡丹，出产于丹州、延州，除此之外还有东边的青州，南边的越州，但是出产于洛阳的现在来说是天下最好的。在洛阳称做丹州花、延州红、青州红的，都是其他地方非常突出的品种，但是来到洛阳，只能算做众多品种中的一种，档次只能排列在三等以下，不能和洛阳花相提并论。而越州花因地处偏远人们较少知道，也不见于记载，即使越人，也不敢自称能与洛阳花比高低。由此可知，洛阳花真的是天下第一了。

洛阳也有黄芍药、绯桃、瑞莲、千叶李、红郁李之类的花，都不比其他地方出产的花差，但洛阳人不太珍惜，称它们为果子花，或叫什么花、什么花。对牡丹却不这样称呼，直接就叫花。意思是说天下真正的花只有牡丹，它的名气很大，不用说牡丹就可以知道。他们就是这样爱护看重牡丹的。

人们都说洛阳位于三河之间，是古代胜地。昔日周公在这里测量日出和日落，得知寒暑风雨是否调顺。这里居天地之中，花草树木都十分繁盛，是因为得到许多中和之气，所以与其他地方的花不同。我不赞成这种看法。

洛阳在周王朝所有国土之中，是接纳各国朝贡的区域，它只是位于周朝国土之中；在整个广大的天地之间未必居中。更何况天地中和之气，应当遍布四面八方上上下下，不应当只局限在当中。那中和之气，是普通之气，它赋予物体也应当有平常的形态。物体平常的形态不太美也不太难看。当元气失常，美与丑不相融合，所以物体出现极美与极丑的现象，都是由于偏气所至。美丽聚集在花朵之中，畸形丑木会聚了丑恶，丑恶与美好虽然各不相同，但是同样得到偏病之气。洛阳方圆几十里，但各县的花都比不上城中的，迁移出城就难以成活，难道偏气之美只是集中在这几十里的地方吗？因为天地广大难以考察。凡是不常见又危害人的东西叫灾，不常见而只让人感到畏惧却不危害人的叫妖。常言道：“天反时为灾，地反物为妖。”洛阳牡丹是草木之妖，是万物中的一怪。但是与那些畸形的丑木相比，因为它具有偏美之气所以受人们喜欢。

我在洛阳，已度过了四个春天。天圣九年三月才到洛阳，到达时有些晚，看到牡丹也晚了。第二年，恰巧与友人梅圣俞游览嵩山的少室山、缑氏岭、石唐山、紫云洞，回来后，没有赶上看。第三年，因有哀悼亡故之人的哀伤，没有闲情逸致。第四年，我因留守推官的职位任期已满而离开洛阳，只是见到了未开放的花朵。所以没机会看见怒放的花朵。但是所看到的，已是十分的美丽了。

我在河南府衙署时，曾在双桂楼下拜访钱思公，看到一个小屏风立在他的座位后边，上面写满小字。思公指着说道："准备评断花的等级，这是牡丹名，有九十多种。"我那时没空读，但是我所见到听到，现在人们经常说到的才三十来种，不知道思公从哪里得到这么多。别的，虽然有名也不显赫，不一定好。所以现在所收录的，只取其中最有名的排列如下：

姚黄　魏花
细叶寿安　鞓红（又名青州红）
牛家花　潜溪绯
左花　献来红
叶底紫　鹤翎红
添色红　倒晕檀心
朱砂红　九蕊真珠
延州红　多叶紫
粗叶寿安　丹州红
莲花萼　一百五
鹿胎花　甘草黄
一擫红　玉板白

花释名第二

给牡丹花起名字，有的用姓氏，有的用州名，有的用地名，有的用颜色，有的按照其特殊的地方起名。姚黄、牛黄、左花、魏花用姓起名，青州、丹州、延州红用州起名，细叶、粗叶寿安、潜溪绯用地名命名，一擫红、鹤翎红、朱砂红、玉板白、多叶紫、甘草黄用它们的颜色起名，献来红、添色红、九蕊真珠、鹿胎花、倒晕檀心、莲花萼、一百五、叶底紫都按照它们独特的地方起名。

姚黄是千瓣的黄色花，出自百姓姚氏家中。这种花出现之后，到现在还不到十年。姚氏家住在白司马坡，那个地方属河阳。然而姚黄不传河阳却传到洛阳。洛阳也不是很多，一年只不过开几朵。

牛黄也是千瓣，出自百姓牛氏家中，花朵比起姚黄来小一些。宋真宗到汾阴祭祀土神，回来时路过洛阳，在淑景亭用宴，牛氏献上这种花，所以得到这个名字。

甘草黄是单叶花，颜色像甘草。洛阳人善于识别花，看到它的枝干便知道是什么花。只有姚黄识别起来比较容易，它的叶子嚼起来没有腥味。

魏家花是千瓣肉红色的花，出自魏相仁溥家。一开始砍柴的人在寿安的山中见到它，挖出来卖给魏氏。魏氏家庭院水池很大，相传，这种花最初出现时，有想看的人，每人收费十几个钱，才能坐船渡过水池到达花生长的地方，魏氏每日收入达十几缗（一缗等于一千钱）。以后魏家破落，把庭院卖了，现在普明寺后边树林边的池塘就是。寺庙中僧人在那块地上栽种桑麦。花有很多流传到百姓家中，有人数它的花瓣，说有七百瓣。钱思公曾说："人们评判牡丹花王，姚黄真可以算得上王了，魏花排在后面。"

鞓红是单瓣深红色的花，出自青州，也叫青州红。以前张仆射齐贤有宅第在西京贤相坊，从青州用骆驼运来花种，接着就流传于洛阳。它的颜色像腰带，因此叫鞓红。

献来红花朵大、花瓣多，浅红色。张仆射被罢免宰相以后居住洛阳，有人献这种花给他，所以叫做献来红。

添色红是多瓣花，刚刚开放的时候是白色，几天后逐渐变红，到其败落时呈深红色。这是天地造化的精巧之处。

鹤翎红是多瓣花，其花瓣末端白色，花心处呈肉红色，如同鸿鹄的羽毛一样。

细叶、粗叶寿安都是千瓣肉红色花，出自寿安县锦屏山中，相对来说细叶更好。

倒晕檀心是多瓣红花。通常花朵近萼色深，到末端逐渐变浅。这种花外深，近萼却变浅白，深绛色点缀在花心，尤为可爱。

一擫红是多瓣浅红色的花，花瓣的末端有一点深红，好像被人拿手压过。

九蕊真珠是千瓣红色花，花瓣上有一白点像珠子，它的花瓣厚实，花蕊是九丛。

一百五是多瓣白色花。洛阳的花以谷雨当做开放的季节，而这种花以冬至后一百零五日为开放的季节，在众花中开放最早。

丹州、延州花都是千瓣红色花，不清楚它们怎么到洛阳来的。

莲花萼是多瓣红花，青色花萼三层就像莲花萼。

左花是千瓣紫色花，来自百姓左氏家。花瓣密而整齐如同切过，也叫平头紫。

朱砂红是多瓣红花，不知道它的出处。有个做园丁的百姓，靠嫁接花木维持生计，买下崇德寺前的土地做花圃，其中就有这种花。洛阳富贵人家还没有，所以它的名字不太为人所知。其花瓣颜色非常鲜艳，向着太阳观看呈血红色。

叶底紫是千瓣紫色花，它的颜色像墨水一样，又叫墨紫花。在一丛中，旁边常长出一个大技，生出叶子覆盖在花丛之上。开花的时候，比其他花可多活十余天。噫，造物者也怜惜它吗！与其他花比起来这种花的起源要早。传说唐朝末年有个宦官是监军使，花就出自他家，也叫军容紫，时间一长不知道他的姓氏了。

玉板白是单瓣白色花，花瓣细长像拍板，其色如玉花心为深绛色。洛阳人家也很少见，我随在思公到福严院见过，向僧人询问知道其名，以后就没有见到过。

潜溪绯是千瓣大红色花，来自潜溪寺。寺庙在龙门山后面，唐宪宗时的宰相李藩的别墅。现在寺中已经没有这种花，但在一般人的家中也许有这种花。本来是紫花，偶然于丛中长出一两朵大红色的来，第二年移接在其他枝上，洛阳人称之转枝花，所以那接头特别难得到。

鹿胎花是多瓣紫色花，有白色斑点像鹿胎上的斑纹。前世苏相禹珪的院子现在还有。

多叶紫，不了解它的出处。

起先，姚黄没出现时牛黄排在第一；牛黄没出现时魏花排在第一；魏花没出现时左花排在第一。在左花之前，只有苏家红、贺家红、林家红这一些单瓣花，当时排在第一。自从多瓣、千瓣花出现后，这些花就被淘汰，如今人们不再种了。

一开始没有文字记载牡丹，只是作为药记载于《本草》之中。当时在花中不排在前边，可能丹州、青州及终南山谷中最多，与荆棘没有什么两样，当地人们都用它当柴烧。从唐代武则天以后，洛阳牡丹开始流行起来。但是没有听说有以名称为人所知的，如沈佺期、宋之问、元稹、白居易之流，都擅长吟咏花草，大概当时要有像今天这样奇异的花，他们肯定要写在诗篇中，但是没有传播下来。只有刘禹锡有《咏鱼朝恩宅牡丹》诗，只是说“一丛千万朵”罢了，也没有说其美与奇异。谢灵运说永嘉年间竹丛间、水边多牡丹，如今越花远远不如洛阳牡丹，从此来看，洛阳牡丹古代没有现在繁盛。

风俗记第三

洛阳的风俗大概是爱好牡丹。春天，城里的人不管贵贱，都插花，即使挑担子的人也是这样。花开时节，官吏百姓竞相游览，常常在古寺废宅有池塘亭台的地方，形成街市，搭好帐篷，笙歌之声此起彼伏。数月陂堤、张家园、棠棣坊、长寿寺东街郭令宅最热闹，直到花落时节才肯停止。

洛阳到东京有六驿站，以前不进贡牡丹，从徐州李相迪做留守时开始进贡，每年派衙校一名，骑马只要一天一夜就能到京城。所进的贡品只有姚黄、魏花三几朵，用菜叶充实竹笼子，以使花在运送途中不来回摇晃，用蜡封住花蒂，保持花开数日不凋谢。

可能洛阳人家家有牡丹却少有长大的，因为花不经过嫁接不能成为好花。初春时节，洛阳人在寿安山中砍下苗木到城中去卖，叫做山蓖子。家中修整土地插种，到秋天才嫁接。尤其出名的是接花工，叫门园子，富人家没有不请的。姚黄一嫁接就值五千，秋天订立契约买回去，到春天开花才付钱。洛阳人尤其爱惜这种花，不外传，有权贵想要嫁接的花，就用沸水烫死。魏花刚刚出现时，嫁接的花也值五千，现在仍价值一千。

嫁接时必须在秋社日以后重阳节以前，超过这个时间就不行了。花的枝干在距地面五至七寸的地方截下来，嫁接后用泥包裹起来，用松土围起来，用嫩蒲叶做成覆盖物盖起来，不能让它见到风和阳光，只是朝南的方向留一个小窗户用来透气，到春天才去掉这些覆盖物。嫁接花木用这个方法。

种花一定挑选土质好的地方，去掉旧土，用细土与一斤白敛末混合。因为牡丹根甜，爱招引虫子来吃，白敛能杀虫。这是种花的方式。

浇花也有时间要求，或者太阳没出来之前，或者太阳西落的时候。九月十天浇一次，十月、十一月，三天、两天浇一次，正月隔一天浇一次，二月一天浇一次。这是浇花的方法。

一棵长出几朵花来的，挑选小的去掉，只流下一两朵，叫打剥，这是因为怕花太多，分散营养，花一落，就把枝条剪去，不要让它结子，这是因为怕它容易变老。初春就把弱苗去掉，用荆棘枝放置在花丛上，荆棘发暖，能够避霜，阻止花芽受损，其他长大的花也是这样。这是养花的方法。

花朵越开越小的，是由于有虫子损伤它，一定要寻找到其洞穴，用发簪将硫黄放进洞中。它的旁边还有像针孔一样的小穴，是虫子藏身之处，花工称它为气窗，用针点硫黄末放入小孔，虫子就死了，虫子死后花重新又茂盛起来。这是给花治病的措施。

用乌贼鱼骨刺花秆，进入树皮，花就死了，这是花忌讳的地方。

牡丹记跋尾

右边是蔡君谟的书法，他的书法八分、散隶、正楷、行狎、大小草众体全都很精通。他一生所写的小简、残篇断稿，现在很多人手中都有，唯独不肯给人写石刻，却只喜欢书写我的作品。如《陈文惠公神道碑铭》、《薛将军碣》、《真州东园记》、《杭州有美堂记》、《相州昼锦堂记》，我家中《集古录目序》全是蔡公所书。最后又写这篇记，刻下藏于家中。刚刚派人来亳州，将模本送给我，来的人还没回到闽，噩耗已传到亳州。这篇文章是他的绝笔之作。

唉！君谟的书法不能够再得到，我也年老体弱很久不能写文章了。对于它能不珍惜吗！所以写出来以传给两家的后代。

蝶恋花

庭院深深深几许？杨柳堆烟，帘幕无重数。玉勒雕鞍游冶处，楼高不见章台路。

雨横风狂三月暮，门掩黄昏，无计留春住。泪眼问花花不语，乱红飞过秋千去。

这首词描写闺中少妇的伤春之情。词分上下两片，上片写深闺寂寞，阻隔重重，想见意中人而不得；下片写美人迟暮，盼意中人归而不得。此词状物写景婉曲优美，含蓄蕴藉，耐人寻味。

“庭院深深深几许？杨柳堆烟，帘幕无重数。”庭院深深，谁知道到底有多深？杨柳笼聚着团团烟雾，重重帘幕不计其数。词人起笔不同凡响，语婉而意深，既表明这是一座与世隔绝的深宅大院，又表明这是一座禁锢女子的牢笼。“深”字三叠，给人以深邃朦胧之感。“深几许”传达出深深的怨艾之情。“堆烟”二字极言院中之静，暗衬出女主人公的孤独寡欢。其中“堆”字突出了柳之密，雾之浓。而“帘幕”句则呼应起句之“深”字，再次突出了闺阁的幽深封闭，既是对大好青春的禁锢，也是对美好生命的戕害。

“玉勒雕鞍游冶处，楼高不见章台路。”玉勒雕鞍：镶玉的马笼头和雕花的马鞍，用来形容马饰的华贵。章台路：汉长安城的章台下有章台街，相传是歌伎聚居的场所。在唐人小说中也多以章台路、章台街为妓女寄居处。句意为：意中人骑着装饰华贵的马，正在烟花柳巷中游乐遣兴，闺中少妇正透过重重帘幕、堆烟杨柳，望向情人的冶游之处，然而在这深闺宅院的禁锢下，她又能看到什么呢？女子的痴情与情人的冶游形成了鲜明的对比，在强烈的反差中，突出了女子深深的哀怨。

“雨横风狂三月暮，门掩黄昏，无计留春住。”暮春三月，春光将尽，狂风暴雨肆虐。重重门扉将黄昏暮色掩闭，却无法留住丝毫春意。这三句用狂风暴雨喻指封建礼教的无情，揭示了封建礼教对女子的摧残。

“泪眼问花花不语，乱红飞过秋千去。”乱红：凌乱的落花。句意为：她泪眼汪汪地问花这到底是怎么回事，花儿却默默不语，只一个劲儿地飘零，一片片地飞过了闲挂着的秋千。结尾两句用花的无情反衬了女子的痴情与绝望，含蕴丰富。一个“去”字，不仅道出了女子内心的痛苦，更生动地刻画出了她那怅然若失的神态，极为传神。句中所描写的女子在“无计留春住”之后转而问花，实际上是女子的含泪自问，活画出了女子的痴情痴态，这种用环境烘托人物的写法，深婉不迫，曲尽心事，真切地表达了生活在这种状态下的富贵人家的女子难以言明的内心隐痛。她将面临的是被抛弃而终致沦落的命运，她的这种身世之感，已不光只是怨恨，实是近乎绝望了。毛先舒《古今词论》引评此二句时说：“此可谓层深而浑成。何也？因花而有泪，此一层意也；因泪而问花，此二层意也；花竟不语，此一层意也；不但不语，而且又乱落，飞过秋千，此一层意也。人愈伤心，花愈恼之，语愈浅而意愈入，又绝无刻画费力之迹，谓非层深而浑成耶！然作者初措意，直如化工生物，笋未出而苞节已具，非寸寸为之也。”

整首词如泣如诉，凄婉动人，意境浑融，语言清丽。尤其是结尾两句，历来为词评家所赞誉，在民间广为传诵。

蝶恋花

谁道闲情抛弃久？每到春来，惆怅还依旧。日日花前常病酒，不辞镜里朱颜瘦。

河畔青芜堤上柳，为问新愁，何事年年有？独立小桥风满袖，平林新月人归后。

本词抒写了一种难以指实的、浓重的感伤之情。前人多指为闺中思妇，这种说法显得略过拘谨。实际上词中所描述的是封建士大夫所常有的一种韶光易逝、人生苦短的感叹，大有“春花秋月何时了，往事知多少”的那种对于整个人生的迷惘和得不到解脱的苦闷，词中也包含着主人公对于美好事物的无限眷恋，以及甘心为此而憔悴的执著精神。词分上下两片，上片写春来依旧有“闲情”，故以酒遣愁；下片写外出观景，却依然难以驱散闲愁。

“谁道闲情抛弃久？每到春来，惆怅还依旧。”闲情：闲散的愁情。句意为：谁说那莫名的闲愁已经被抛弃很久了？每当新春来临之际，惆怅忧伤还是一如既往地萦绕在我的心头。词人起笔突兀，劈头而问，表现出对“闲情”无法抛弃的愁苦，为全词定下了感伤的基调。

“日日花前常病酒，不辞镜里朱颜瘦。”病酒：谓醉酒。句意为：我天天在花前月下痛饮美酒，宁可在镜中看见自己的身体日渐消瘦，也要喝个酩酊大醉。此二句写主人公春来闲愁依旧，天天靠饮酒打发日子的情景。“日日”二字体现了主人公借酒浇愁的频繁，“不辞”二字则体现出其态度的坚决，传达出几分含泪的悲壮意味。

“河畔青芜堤上柳，为问新愁，何事年年有？”青芜：青草。句意为：请问那河边的萋萋青草和河岸上的依依杨柳，为何年年都会有一段新愁？此二句写主人公触景生情而发出的感叹。看到青青草色，依依垂柳，主人公想到了自己的闲愁为何也会如这草、这柳，每当春天来临时又会萌生，年年常有？于是莫名其妙地发出了这一不可能得到答案的痴问，同时这一问句中饱含了词人的怅惘和迷茫。

“独立小桥风满袖，平林新月人归后。”平林新月：平林，平原上的树林。李白《菩萨蛮》：“平林漠漠烟如织。”新月，即朔日，夏历每月初一日，此时的月亮呈月牙形，称新月。句意为：我独自站在小桥上，清风吹拂着我的衣袖，新月渐渐升起，在暗淡的月光下，只有远处那一排排树木与我为伴。此两句寓情于景，进一步流露出主人公难以排遣的闲愁和怅惘迷茫之感。正如唐圭璋在《唐宋词简释》中所云：“末两句，只写美景，而愁自寓矣。”

全词清淡婉曲，意境沉郁，娓娓动人。写景抒情，皆有独到之处，在宋代婉约词中，不失为一篇佳作。本词之情蕴与晏殊《浣溪沙》（一曲新词酒一杯）颇为相近，读时可互相参照体味。

蝶恋花

几日行云何处去？忘了归来，不道春将暮。百草千花寒食路，香车系在谁家树？
泪眼倚楼频独语，双燕来时，陌上相逢否？撩乱春愁如柳絮，依依梦里无寻处。

这是一首闺怨词，写一位痴情女子对冶游不归的男子既怨艾又思念的复杂心情。词分上下两片，上片写的是思妇的猜忌之心，侧重在怨字；下片写盼归之情，侧重在思字。词人用清丽婉约的语言，塑造了一个情怨交织的闺中思妇形象。

“几日行云何处去？忘了归来，不道春将暮。”不道：不知不觉。句意为：我那如天上行云般飘忽的爱人呀，近日你又飘荡到了哪里？难道你竟忘了归来，没有觉察到春光即将逝去吗？词人起笔直写怨情，以问句的形式表达了女主人公深深的嗔怨。“行云”二字喻指这位男子的飘忽不定，不仅写其人，亦写其心，暗示了他的用情不专，与思妇的痴情形成鲜明的对照，突出了思妇之怨艾。“不道春将暮”意味着这位男子在外浪荡已久，反衬出思妇等待的漫长。

“百草千花寒食路，香车系在谁家树？”寒食：寒食节。古时晋文公为了悼念被焚烧而死的介子推，禁止在他的忌日，即清明节前一两天，生火煮食，只准吃冷食，这便是“寒食”的起源。后来又发展为在这天禁止烟火，晚上亦不准点灯，故寒食节又称“冷节”或“禁烟节”。香车：香木所造之车，形容车的华贵。句意为：又到了一年一度的寒食节，道路上百草丛生，千花绽放，你的香车宝马，此刻又系在谁家门前的树上？此句描绘了思妇猜忌幽怨的心理，这正是她一片深情的委婉表现。

“泪眼倚楼频独语，双燕来时，陌上相逢否？”噙着泪眼倚凭高楼，对着天上的双燕喃喃自语：燕子啊燕子，你飞来的路上，可曾与我的心上人相遇？词人于此开始转写思妇的思念之深和等待成空后的伤悲。“倚楼频独语”，谓其满腹愁思无人倾诉；“双燕”句写其盼归盼讯之切。她因相思而倚楼眺望，因望之不见而痴发怨语，意近痴而情更浓。“泪眼”二字则将思妇的女儿情态表露无遗，含愁嗔怨、楚楚动人到让人如同目见。

“撩乱春愁如柳絮，依依梦里无寻处。”春愁犹如到处乱飞的柳絮，扰乱了我的心绪。就是在幽幽的梦中，我也无法找寻到我的爱人。这两句描写了思妇纷乱的心绪和在梦中无法找寻到爱人踪迹的怨恨与悲哀，反衬出思妇对爱人的痴情与思念，已到了魂牵梦萦、欲罢不能的地步。

全篇以怨思贯穿始终，以寻、盼为抒情线索，开篇云“何处去”，中间云“系谁家”，结尾云“无寻处”，前后呼应，层层深入，思妇的感情始终在怨嗟与期待、寻觅与苦闷的交织中徘徊。整首词笔法清淡婉约，意蕴深幽，思妇形象鲜明，栩栩如生，读来余味无穷。

蝶恋花

越女采莲秋水畔，窄袖轻罗，暗露双金钏。照影摘花花似面，芳心只共丝争乱。

鸂鶒滩头风浪晚，雾重烟轻，不见来时伴。隐隐歌声归棹远，离愁引著江南岸。

此词描写的是越女采莲的情景和萦绕在她心头抹之不去的离愁。词分上下两片，上片写采莲的场面；下片写采莲后归去的情景。

“越女采莲秋水畔，窄袖轻罗，暗露双金钏。”越女：越国多美女，西施即是越女。故常以越女泛指美女。罗：一种质薄透气的丝织品。此指罗衣。钏：手镯。句意为：美丽的采莲女子在秋日的江水边采莲，窄窄的袖口，薄薄的罗衣，隐隐地露出了戴在手腕上的手镯。开篇这三句以平白如话的语言恰如其分地描述了采莲女适合采莲劳动的装束和采莲的地点，传神地刻画出其采莲动作的熟练和姿态的优美。金圣叹曰：“‘窄袖轻罗，暗露双金钏’九个字，只写得上句中一个‘采’字耳。却亦只须写一‘采’字，便活画出越女全身。此顾虎头（按，顾恺之，字长康，小字虎头。东晋画家，工于人物肖像及山水）所谓‘须向阿堵中落笔’也。”（《金圣叹全集》卷六，批欧阳永叔词）

“照影摘花花似面，芳心只共丝争乱。”采莲女望着自己水中的影子，随手摘了一朵莲花，花面和她的容貌一般娇艳，难分彼此。看着藕断后连着的丝缕，她的心变得愈加纷乱起来。这两句是对采莲女心理活动的描绘。句中的“丝”或许正暗示了采莲女心中“剪不断，理还乱”（李煜《乌夜啼》）的愁思。可见，采莲的心理活动是十分复杂细腻的，她的心中隐蕴着许许多多难言的痛苦和愁绪。

“鸂鶒：滩头风浪晚，雾重烟轻，不见来时伴。”鸂鶒：水鸟名。因此鸟的体形大如鸳鸯而色多紫，其喜并游，亦如鸳鸯，故又称“紫鸳鸯”。句意为：天色已经晚了，滩头上的鸂鶒：在风浪中并游，江雾浓厚，水面上轻烟弥漫，一片朦胧，早已不见了同来女伴的踪影。换头两句描绘天色已晚的景象。“不见”二字突兀而出，显出事情的突然。同来采莲的女伴是何时离开的采莲女都不知道，直至此时才猛然惊觉，看来她一直是心不在焉，神不守舍。到底是什么样的心事致使她如此心神不宁呢？这就自然地引出下文中关于其心不在焉的解答。

“隐隐歌声归棹远，离愁引著江南岸。”棹：船桨，代指船。句意为：江面上隐隐传来了同伴采莲归去的欢快歌声，她们的船已经去得很远很远了。采莲女满怀离愁，竟不知不觉地又将船靠向了江南岸。末了这两句写采莲女归去的情景，画面极富诗意。“隐隐”突出了同伴离去时间之久，暗示了采莲女出神时间之长。“离愁”二字则点明了采莲女出神的原因。而且在不知不觉中，她又再次出神，将船靠向了江南岸，这离愁的力量是多么的强大！全词于此也戛然而止，却余音袅袅，韵味无穷，令人玩味不已。

全词语言通俗，意境优美，节奏明快，将采莲女的形象和心理活动刻画得十分生动，体现了词人洞烛内心世界的惊人观察力和刻画入微的表现力，令人叹服。陈廷焯评此词曰：“与元献（按，晏殊，谥元献）作同一缠绵，而语更婉雅。”（《词则·闲情集》卷一）

渔家傲

一夜越溪秋水满，荷花开过溪南岸。贪采嫩香星眼慢。疏回眄，郎船不觉来身畔。

罢采金英收玉腕，回身急打船头转。荷叶又浓波又浅。无方便，教人只得抬娇面。

此词描写的是碧花丛中，越女与情郎偶然相会的场面。词分上下两片，上片写越女在荷丛中与情郎偶然相逢，下片写二人在荷丛中追逐嬉戏的情景。

“一夜越溪秋水满，荷花开过溪南岸。”越溪：本指传说中越国美女西施浣纱之处。在今浙江诸暨苎萝山下。王维《西施咏》中有句：“朝为越溪女，暮作吴宫妃。”此处是泛指。句意为：一夜之间，秋水涨满了小溪，溪水中的荷花迅速开放，一夜之间便开过了溪水南岸。开篇两句写景，交代情事发生的时间、地点、环境，描绘出了一幅极具水乡生活气息的“秋莲盛开图”。同时，溪水涨满、荷花茂盛，暗示了采莲姑娘情绪的高涨，为下文抒写浪漫的情事渲染了气氛。

“贪采嫩香星眼慢。疏回眄，郎船不觉来身畔。”嫩香：指刚开的荷花。星眼：形容目光炯炯有神，像闪闪的星星一样。眄：斜视，顾盼。句意为：采莲女聚精会神地采摘着那一枝枝刚开的荷花，目不暇接，偶然回头之际，却忽然发现情郎的小船，不知什么时候已经悄悄地停在了自己身边。这三句刻画人物活动，“不觉”二字用得极妙，一种惊喜之情，在姑娘心中荡起了阵阵涟漪，一段充满诗情画意的爱情故事于此开始转入正题。

“罢采金英收玉腕，回身急打船头转。”金英：荷花。句意为：采莲姑娘赶紧收回手，停止了采莲，回身掉转了船头，想要离开。过片这两句通过“罢采”、“回身”等一系列的动作描写，刻画出了女主人公初次幽会时的心理和情态，生动逼真，惟妙惟肖。一个“急”字，极为传神，一方面，她的动作确实很急，停采、缩手、回身、掉船，一气呵成；可另一方面，她的心中急不急，是真急还是假急？恐怕也只有她自己明白了。

“荷叶又浓波又浅。无方便，教人只得抬娇面。”荷叶浓密，溪水又很浅，不方便小船行驶，我又怎么逃得掉呢？只好抬起含羞带嗔的脸庞。末了这三句写采莲姑娘终于放弃逃跑的努力而正眼面对情郎的情景。句中的“只得”二字，可谓点睛之笔，活灵活现地刻画出了初恋姑娘丰富的内心世界，将姑娘的那种又高兴、又羞涩、又渴望、又紧张的心情表现得淋漓尽致，一幅极具喜剧色彩的恋爱画面就这样呈现在我们的眼前。在采莲姑娘这种看似无奈的表白中，词情被推向了高潮。

全词以采莲为背景，展示出水乡青年男女劳动与爱情相融合的画面，自然贴切，生活气息极为浓厚。白居易有一首《采莲曲》："菱叶萦波荷飐风，荷花深处小船通。逢郎欲语低头笑，碧玉搔头落水中。"本词与此诗的风格颇有相似之处，描写刻画都十分传神，只是相较之下，此词读来更觉其曲尽其妙，亲切有味。

渔家傲

昨日采花花欲尽，隔花闻道潮来近。风猎紫荷声又紧。低难奔，莲茎刺惹香腮损。

一缕艳痕红隐隐，新霞点破秋蟾晕。罗袖挹残心不稳。羞人问，归来剩把胭脂衬。

此词描写的是越女采莲过程中的一段插曲，通过日常生活中常见的一件小事刻画了采莲姑娘的形象和心态，生动传神，活灵活现。词分上下两片，上片叙述采莲姑娘脸被划破的经过，下片叙述采莲姑娘受伤后的种种情态和心理活动。

"昨日采花花欲尽，隔花闻道潮来近。"潮：潮汐之潮。今按，此或江河水道与荷塘相通，涨潮时江水倒灌池塘中，故有"潮来"欲避之描叙。句意为：昨天在塘中采了一天，莲花差不多都被采光了。今天又来到荷塘之中，隔着莲花忽然听到潮水快要到来的消息。开篇这两句写采莲姑娘在采莲时听到了潮来的消息。一个"近"字，点明了潮水马上就要来了，为下文姑娘在匆忙的闪躲中划伤脸颊埋下了伏笔。

"风猎紫荷声又紧。低难奔，莲茎刺惹香腮损。"猎：拟声词，指风吹声。句意为：转眼间秋风骤起，吹得荷叶猎猎作响，声音急促，采莲姑娘连忙划船而回，小船在低低的荷丛中划动，前行十分困难，手忙脚乱中，莲茎上的小刺把姑娘的面腮划出了一道口子。这三句写涨潮时采莲姑娘在忙乱中不慎划破香腮的经过。一"紧"一"奔"，凸现了她心中的紧张与恐慌，将其淳朴本色的儿女情态表露无遗。

"一缕艳痕红隐隐，新霞点破秋蟾晕。"秋蟾：秋月。传说月中有蟾蜍，因而以蟾代月。此处借以喻指女子的圆脸。句意为：采莲姑娘的脸上隐隐出现了一道红印，渗出的血痕宛如红霞般点缀在她洁白如月的圆脸上。换头这两句是对脸被划破后采莲姑娘的外貌描写。词人以霞喻血，以月喻脸，颇具新意，用在此处，别有一番韵味。

"罗袖挹残心不稳。羞人问，归来剩把胭脂衬。"挹：牵、拉。剩把：尽把。张相《诗词曲语辞汇释》卷二载："剩，甚碎。犹真也，尽也，颇也，多也。"此处作"尽"解。句意为：虽然已经用衣袖擦掉了血迹，可是心里还是不踏实。若要让人看见，问起来多不好意思。于是，她回到家中，一个劲儿地往脸上抹胭脂，把伤口遮盖住，让它看上去不那么醒目。末了这三句是对采莲姑娘害羞心理的刻画，从"心不稳"到"羞人问"，再到"剩把胭脂衬"，把她的爱美知羞的心态恰到好处地揭示了出来。而最后姑娘的伤口遮住了吗？接下来会发生什么事？词人没有继续写下去，未尽之意，溢于言外，更耐人咀嚼玩味。

全词所包纳的不过是生活中的小故事、小镜头，描写的也不过是一个天真活泼的爱美知羞的普通女孩子的行为与心理，却写得曲折婉转，惟妙惟肖，韵味无穷。也只有热爱生活，能够深入地体察与体验普通人生活情趣的词人，才能捕捉到并熟练地表现这种题材，并赋予它一种幽默和风趣的意味。

木兰花

别后不知君远近，触目凄凉多少闷。渐行渐远渐无书，水阔鱼沉何处问？
夜深风竹敲秋韵，万叶千声皆是恨。故欹单枕梦中寻，梦又不成灯又烬。

这首词叙写的是思妇的相思愁怨，是一篇闺中怀人之作。词分上下两片，上片描写的是思妇别后的孤寂苦闷和对远人的深切怀念；下片描写的是思妇秋夜难眠，独伴孤灯的凄苦情景。《木兰花》，一名《玉楼春》。

“别后不知君远近，触目凄凉多少闷。”离别后不知你行程的远近，触目所见皆是凄凉的景象，让我备感烦闷！此二句起笔写恨，以“别”字引领全文，开始缓缓道出思妇心中的缕缕愁情。

“渐行渐远渐无书，水阔鱼沉何处问？”书：书信。鱼沉：指书信不传，音讯不至。古乐府《饮马长城窟行》中有：“呼儿烹鲤鱼，中有尺素书。”后人因称书信为“鱼书”。“鱼沉”指鱼不传书，音讯不至。句意为：你愈走愈远，书信也愈来愈少以至于渐渐没有了，山高水长，鱼沉之后，音讯不传，叫我如何得知你的近况？此二句描写了书信不传带给思妇的痛苦。亲人远行，本已痛苦，偏偏又音讯全无，怎能不令妇人为之牵肠挂肚呢？

“夜深风竹敲秋韵，万叶千声皆是恨。”秋韵：秋声。秋风四起，草木零落，多肃杀之声。曰秋声。句意为：深夜里万籁俱寂，秋风吹动着秋竹，沙沙作响。每一片叶子所发出的声音都仿佛是在暗自传恨。此二句以景衬情，把竹叶的声音比作离恨的悲鸣，更增凄清气氛，烘托出女子为情所困、愁苦不堪的情状。

“故欹单枕梦中寻，梦又不成灯又烬。”欹：斜倚。烬：蜡烛燃烧后的灰烬。句意为：我斜倚着身子靠在绣枕上，想尽快入梦，到梦中去寻找情郎的影子，可却偏偏又难以入梦，就连那盏残灯也只剩下燃烧后的灰烬了。这两句描写了思妇夜不成眠的情状，在“不知君远近”，又收不到情郎的书信的情况下，她希望能在梦中寻找到情郎，然而“梦又不成灯又烬”，就连这个小小的要求也无法实现。词人以灯烬之景饰之，可见女子的神经已极端脆弱，几近崩溃。同时“灯又烬”三字语意双关，既是对现境的描绘和烘托，又喻指女子的希望非常渺茫，她的命运亦如同这将烬的灯一般凄迷暗淡。词中的哀婉幽怨之情，于此达到高潮，动人心魄，感人肺腑。

本词之妙，在于对思妇心理刻画之细腻生动。从开篇起，字字沉稳，句句推进，如同剥笋般层层深入，井然有序，其景色愈转愈凄凉，其情亦愈转愈深沉。显示了词人深厚的笔力和对语言的驾驭能力。

浪淘沙

把酒祝东风，且共从容。垂杨紫陌洛城东，总是当时携手处，游遍芳丛。
聚散苦匆匆，此恨无穷。今年花胜去年红，可惜明年花更好，知与谁同？

此词作于词人年轻时在洛阳为官时，词中描述了自己与友人游洛阳城东郊，饮酒观花时所产生的愿聚恐散的感情。词分上下两片，上片由眼前之境而忆过去之境，由眼前之景而思昔日同游之乐；下片则由眼前之境而思未来之境，表达了词人的遗憾和对友情的珍惜。

“把酒祝东风，且共从容。”把酒：端着酒杯。从容：盘桓逗留。句意为：我端起酒杯，祈祷这骀荡可人的春风，请你也留下来，和我从容共赏这良辰美景。这两句写游赏中的宴饮，从唐朝司空图的《酒泉子》词中“黄昏把酒祝东风，且从容”一句化来。“祝东风，且共从容”在对东风的挽留中，表达了词人对友人深深的留恋。同时，这也体现了词人的洒脱、一种久经沧桑后的博大胸怀。

“垂杨紫陌洛城东，总是当时携手处，游遍芳丛。”紫陌：泛指郊野的大路。洛城：洛阳城，为北宋西京。芳丛：花丛。句意为：在繁华的洛城之东，宽阔平坦的大路两旁垂柳依依，春意融融。曾经，也是在这里，也是此时，我和你携手并肩，游遍了姹紫嫣红的花丛。这三句描绘的是昔日与友人共游的场面。“垂杨”一句点明地点，承上启下，贯穿全篇。句中除了词人对往昔的追忆之外，还隐蕴着词人的惆怅之情。

“聚散苦匆匆，此恨无穷。”聚散离合匆忙，真令人遗恨无穷。这两句写情，在情感上贯穿了全篇。“此恨无穷”的原因正是“聚散苦匆匆”，四字中饱含了词人对逝去时光的无限怀念和对与友人相聚时光的无限依恋，这也正是词人情深意厚之处。

“今年花胜去年红，可惜明年花更好，知与谁同？”句意为：今年的花儿比去年的要红，可惜的是明年的花儿还会更加艳红，却不知与我同来赏花的会是何人？此三句一气直下，“花胜去年红”不仅表达了对过去时光美好的追忆，也是对即将分别的痛惜。虽然描写的是鲜艳繁盛的景色，表达的却是感伤的情怀，这种“以乐景写哀”的表现手法，收到了很好的表达效果。歇拍两句哀情更浓，明年的花将更加繁盛，而自己与友人天各一方，还能与谁共赏此花呢？“可惜”二字包含了词人不尽的悲伤与惆怅：友人离去以后，从此知音何求？

全词用笔委婉，意新语工，词人以眼前之境为经脉，思前想后，同时以惜花写惜别，以乐境写哀情，表达出别情的深重。俞陛云曾在《宋词选释》中评道：“因惜花而怀友，前欢寂寂，后会悠悠，至情语以一气挥写，可谓深情如水，行气如虹矣。”

青玉案

一年春事都来几？早过了，三之二。绿暗红嫣浑可事，绿杨庭院，暖风帘幕，有个人憔悴。

买花载酒长安市，又争似，家山见桃李？不枉东风吹客泪，相思难表，梦魂无据，惟有归来是。

《青玉案》，词牌名。本词双调六十八字。这首词当是词人晚年所作，描述了暮春三月中客居京师的游子思乡盼归的深情。词共有两片，上片侧重写春愁，下片侧重写乡思。

“一年春事都来几？早过了，三之二。”都：总共。三之二：指春天到了清明时节，已经过了大半。句意为：一年的春光已过去了多少，算起来已经过了大半。词人开篇自问自答，叙述春天已过大半，词人为何如此关切“春事都来几”呢？全是因为思乡之情所致。此情笼罩了全篇，故劈头便问。“早过了，三之二”，以散句为词，在时令上暗应了下片的“家山见桃李”。

“绿暗红嫣浑可事，绿杨庭院，暖风帘幕，有个人憔悴。”浑：全，都。可事：小事，寻常之事。句意为：绿荫浓浓，红花重重，全都是寻常情景。庭院中垂柳飘拂，帘幕中春风荡漾，有个人正忧心忡忡，满面愁容。词人所描绘的景致并非不美，为何“浑可事”，而又令人“憔悴”呢？这是由于词人伤春将逝，又思念故乡所致。伤感之情在词人笔下淡淡道来，虽未做过多的渲染，却深深地打动了读者。

“买花载酒长安市，又争似，家山见桃李？”长安：此处借指开封汴梁。争似：怎似。

家山：家乡之山,代指故乡。句意为：尽管在长安市里可以买花载酒，优游狂荡，但哪里比得上在故乡看见桃李花开时心情舒畅呢？鲜明的对比愈见乡思之浓。“又争似”三字更突出了词人对家乡的无比热爱。

“不枉东风吹客泪，相思难表，梦魂无据，惟有归来是。”不枉：不怪，难怪。句意为：不必怪春风吹得客子落泪，实在是因为思乡之情太浓，难于表达。梦魂可以回到故乡，醒来后却更感惆怅失望，只有亲自回到故乡，方能了却这番情思。这几句将思乡之情更推进了一层，“吹客泪”、“难表”、“无据”都是对思乡之情郁积而不得宣泄的表达，结尾处以梦归为铺垫，表达回归之意，表明只有回归才是解开思乡之愁的唯一途径，体现了他回归的决心。同时，反映了词人对于宦游生活的厌倦。词人并未在篇末发凄厉之音，也未作决绝之语，却反现其归心之切。

全词语言浑成，感情真挚，动人心魄。词人以思归之情贯穿全篇。开篇计算时日是嫌春归太快，已归太晚；次写美景而人却憔悴，只因未归之故；再说“梦归无据，惟有归来是”，直抒胸臆。抒情脉络清晰，层次井然有序。细味全词，还可体味到在词人的伤感中还有一种静观自适的情怀。

南歌子

凤髻金泥带，龙纹玉掌梳。走来窗下笑相扶，爱道：“画眉深浅入时无？”

弄笔偎人久，描花试手初。等闲妨了绣功夫，笑问：“鸳鸯两字怎生书？”

这首词描写的是新婚夫妇的一个生活片段。词人用通俗风趣的语言、细腻的笔触，描绘了新婚女子的音容笑貌和心理活动，读来妙趣横生。词分上下两片，上片写女子梳妆打扮的情景，下片写女子在闺房绣描的情态。

“凤髻金泥带，龙纹玉掌梳。”凤髻：梳成凤凰式的发髻。金泥：泥金，用屑金为饰的日常用品，北宋时很流行。龙纹玉掌梳：用玉制成的掌形梳子，上面刻着龙形花纹。句意为：她用玉制的刻着龙纹的掌形梳子把头发梳起来，梳成凤凰式的发型，并用泥金带子将它束起。这两句描写的是新婚女子梳妆时的情景，突出了她想把自己打扮得更漂亮，以博得丈夫欢心的心情。

“走来窗下笑相扶，爱道：‘画眉深浅入时无？’”画眉深浅入时无：语出朱庆馀《近试上张水部》诗：“洞房昨夜停红烛，待晓堂前拜舅姑。妆罢低声问夫婿：画眉深浅入时无？”入时无合吗？句意为：梳洗过后，她走到窗下，笑着偎依在丈夫身边，一个劲儿地问道：“你看我画的眉毛深浅还合时吗？”这两句写新婚女子走到窗下笑扶相问的亲昵举止，充分表现了她“女为悦己者容”的愉悦之情。一个“爱”字，把新婚女子娇滴滴的语气、妩媚的神态和含情的心理，刻画得惟妙惟肖，极具生活气息。

“弄笔偎人久，描花试手初。”她偎依在丈夫身边，因为是初次描花，竟久久地把玩着那支画笔。这两句写的是她在闺房初学绣描的情景，一个“弄”字，突出了她俏皮娇憨的情态，让人如同目见。

“等闲妨了绣功夫，笑问：‘鸳鸯两字怎生书？’”等闲：轻易，随便。怎生书：怎么写。这句一作“笑问双鸳鸯两字怎生书”。句意为：没想到轻易地便耽误了绣描的工夫，她却调皮地笑问丈夫：“鸳鸯这两个字怎么写？”这两句描绘的依然是新妇在闺房绣描的情态，通过“笑问”这一富有戏剧性的动作，把她的百般娇媚的神情及聪颖、机灵的性格特征，刻画得淋漓尽致。一个“笑”字，尽现了新嫁娘撒娇的神情姿态，风情万种，令人回味。

这首词用语通俗，行文风趣，人物鲜明，情感细腻，具有浓厚的民歌色彩，词人从外貌言行着手，寥寥几笔，便生动形象地刻画出了女主人公栩栩如生的情状，让人如见其人，如闻其声。沈际飞在《草堂诗余别集》中曾评此词道："前段态，后段情，各尽，不得以荡目之。"

玉楼春

夜来枕上争闲事，推倒屏山褰绣被。尽人求守不应人，走向碧纱窗下睡。
直到起来犹自殢，向道夜来真个醉。大家恶发大家休，毕竟到头谁不是。

此词是一首俚词，写一对市民夫妻家庭生活中的一个小喜剧。词分上下两片，上片写晚上夫妻二人争吵的原因和经过，下片写早上起床后二人的互谅互解。

"夜来枕上争闲事，推倒屏山褰绣被。"屏山：屏风。褰：揭，提起。语出《诗经·郑风·褰裳》："子惠思我，褰裳涉溱。"句意为：小夫妻俩躺在床上为了一些闲事争吵起来。丈夫火冒三丈，推倒了屏风，掀翻了被子。首二句叙述了事情的起因，点明争吵只是因为"闲事"。于此可见词人选取的镜头不过是生活中的常事，极具普遍意义。

"尽人求守不应人，走向碧纱窗下睡。"求守：依文意，当即就伴之意。守，可解作厮守。句意为：妻子于是好言相劝，央告丈夫回到床上去睡，丈夫却不答理，反而独个儿跑到绿色的纱窗下睡去了。这两句写丈夫不依不饶，毫不理会妻子的哀告，独个儿睡了，可见他确是动了真火。

"直到起来由自殢，向道夜来真个醉。"殢：纠缠不清，喋喋不休。向道：对……说。句意为：等到丈夫一觉醒来，发现妻子还在那儿抽抽搭搭，喋喋不休，没完没了地说着。于是丈夫走了过去，对妻子说道："昨天晚上我真的是喝醉了。"赔了个不是。换头这两句写丈夫醒来后给妻子赔礼道歉的情景。显然，妻子一夜未睡，哭泣伤心，说个不停，但所传达出的仍然是对丈夫深深的爱意，因而打动了丈夫，丈夫的道歉也显得非常真诚。

"大家恶发大家休，毕竟到头谁不是？"恶发：发怒，生气。句意为：大家都生气动怒了，都有责任，就一人退一步，和解了吧。毕竟到头来谁对谁错也分不清，就甭计较了。末了这两句是妻子的话，一场家庭纠纷就这样化解了，正应了那句"夫妻哪有隔夜仇，床头打架床尾和"的俗语。

全词语言通俗，形象生动，绘声绘影，惟妙惟肖，用一种特殊的方式反映了夫妻间的恩爱，取材角度非常巧妙，不循常理，而且词意直爽，情态如画，完全是民间风味。

少年游

阑干十二独凭春，晴碧远连云。千里万里，二月三月，行色苦愁人。
谢家池上，江淹浦畔，吟魄与离魂。那堪疏雨滴黄昏，更特地，忆王孙。

本词是一首咏物词，词人借草赋别，抒写了离别相思之情。词中着重抒写了景物唤起的人的感受、情绪、想象等心理活动。词分上下两片，上片先从凭栏望春写起，然后再正面咏草；下片化用三个吟咏春草的典故，渲染春草惹愁一事，并通过由"晴"到"雨"的景色变换，将不堪离别和怀远思人的愁情推向高潮。

"阑干十二独凭春，晴碧远连云。"凭：倚，靠。晴碧：指草色。十二：是虚数，泛指栏干之多。句意为：独自倚遍栏干，眺望春色，收入眼底的是一大片碧绿的草地，绵延伸展，直铺天边，仿佛和天空中的云朵相连。首二句写凭栏望春所看到的景物。起句是这首词的关键，下面的一切心理过程都是从凭栏远眺引发出来的，亦为全词定下了伤感的基调。“独凭”暗示人已离别，同时蕴涵了“无人会，登临意”的感慨。“独凭”二字后再加一“春”字，顿时在人之孤独和春之美好间形成了强烈对照，更显人之孤独。次句描写的是凭栏眺望所看到的景色，景象壮阔，充满生机，色彩悦目。然而，凭栏人心中的感受却并非如此，这壮阔的无边草色所勾起的无非只是心中无穷无尽的别恨和绵延不断的离愁罢了。“晴碧”句与其说是描写草的形态色彩，倒不如说是在渲染一种惨淡苍凉的气氛。从这一句开始，进入了咏草的主题。

“千里万里，二月三月，行色苦愁人。”行色：出行的神色，因为春草令人联想起离别送行之事，所以称草的颜色为行色。句意为：在二三月的仲春时节，千万里大地上青草萋萋，无边的草色勾起了离人心中的凄苦。这三句分别从空间想象和时间感受的角度来渲染芳草萋萋，草色无垠，引出了不胜离别之苦的词旨。句中处处紧扣春草，又处处切合凭栏人的感受，不拘于细部勾勒，而是大笔涂抹，营造出一派雄浑、阔大的意境。

“谢家池上，江淹浦畔，吟魄与离魂。”谢家池上：南朝诗人谢灵运《登池上楼》有“池塘生春草，园柳变鸣禽”的句子。江淹浦畔：南朝文学家江淹《别赋》中有“春草碧色，春水渌波，送君南浦，伤如之何”的句子。吟魄：指谢灵运吟诗的事。相传有一次谢灵运作诗终日不就，后于睡眠之中梦见族弟谢惠连，立即写出了“池塘生春草”的佳句。离魂：指江淹《别赋》中表达的离别情怀。句意为：谢灵运有“池塘生春草”的诗句，江淹有“春草碧色，春水渌波，送君南浦，伤如之何”的赋句，他们一个怅然吟咏，一个黯然伤神。这三句是凭栏人的想象，想起了关于春草的无数动人故事和优美诗篇，想起了许多咏草的多情诗人与对草伤心的离别场面。谢灵运和江淹不过是无数“吟魄与离魂”的代表，其实，历史上咏草抒怀的名章警句，数不胜数。句中的“吟魄与离魂”也正是凭栏人自己心情的写照，他像许多古代敏感而多情的诗人一样，见池上青草而怅然吟咏，睹浦畔碧色而黯然神伤。

“那堪疏雨滴黄昏，更特地，忆王孙。”王孙：本是古代贵族子弟的通称，这里指远游的人。化用《楚辞·招隐士》中“王孙游兮不归，芳草生兮萋萋”之句意。句意为：怎能忍受那黄昏的疏雨为无边的芳草蒙上的灰蒙色调，眼前这无限的忧郁和凄凉之景，让我更加思念起远游不归的行人来。末了这三句由“晴碧”写到“疏雨”、“黄昏”，暗示了孤独的凭栏人从晴朗的白天一直凭栏眺望到阴雨的黄昏，迟迟不肯离去，从脉络上暗暗照应了起句，同时，情感发展至此，亦达到了全词的高潮。

全词笔调哀而不伤，语言清新，意境雄浑，即景生情，情景交融，抒发了词人心中的真实感情。

玉楼春

江南三月春光老，月落禽啼天未晓。露和啼血染花红，恨过千家烟树杪。

云垂玉枕屏山小，梦欲成时惊觉了。人心应不似伊心，若解思归归合早。

子规，即杜鹃，又名杜宇、子嶲，攀禽鸟类，鸣声凄厉，常能触动起旅客的归思。此词写暮春三月，思妇于枕上闻听杜鹃之声时所产生的怀人思归之情。词分上下两片，上片写暮春时杜鹃鸟的哀啼；下片写思妇梦中被啼鸟惊醒后而产生的怀人思归之情。

“江南三月春光老，月落禽啼天未晓。”江南三月，春日已暮，春光渐老。斜月西沉，杜鹃还在一个劲儿地哀啼，此时，天还未亮。这二句写春暮鸟啼，“月落”二字点明杜鹃是在彻夜哀啼。暮春景残，本已牵惹起思妇的愁绪，谁知又碰上了彻夜哀啼的杜鹃鸟，一种凄凉幽婉的氛围，笼罩了全篇。

“露和啼血染花红，恨过千家烟树杪。”啼血：相传杜鹃鸣声凄切，啼至血出乃止。杪：树枝的细梢。句意为：杜鹃口中啼落的鲜血和着清露，染红了杜鹃花，它的啼鸣声饱含着无尽的怨恨，飞过了千家万户，飞过了烟雾缭绕的树梢。这两句进一步写杜鹃鸟啼声的凄苦，仿佛饱含着无尽的哀怨。其实，这哀怨又何尝不是思妇心中的哀怨，这凄苦又何尝不是思妇眼前处境的凄苦?

“云垂玉枕屏山小，梦欲成时惊觉了。”玉枕：枕的美称。屏山：指屏风。句意为：乌云般乌黑亮丽的头发垂落在精美的枕头上，屏风小巧精致。在欲睡未睡，就快成梦的时候，又被杜鹃的啼声惊醒。换头前句描绘思妇的闺房陈设，显得典雅舒适，与思妇夜不成寐的痛苦形成了强烈的反差；次句写思妇困极欲睡却终未能睡的无奈。

“人心应不似伊心，若解思归归合早。”伊：他，它。此指杜鹃鸟。句意为：人的心应该不同于杜鹃的心啊！如果懂得想家就应该早早归来。末两句是思妇内心的独白。杜鹃悲苦的啼鸣声听来有如人声的“不如归去”。范仲淹在《越上闻子规》中道：“夜入翠烟啼，昼寻芳树飞。春山无限艰险，犹道‘不如归’”杜鹃是思归而不得归，那么人呢?是不是忘了家而不思归呢? “若解思归归合早”，表达了思妇的焦虑不安和内心深沉的痛楚。

全词曲折婉转，意境凄苦，格调低沉，细腻地刻画出了思妇的内心世界，在同类题材的作品中，不失为一篇精品。

望江南

江南蝶，斜日一双双。身似何郎全傅粉，心如韩寿爱偷香。天赋与轻狂。

微雨后，薄翅腻烟光。才伴游蜂来小院，又随飞絮过东墙。长是为花忙。

此词是一篇咏物词，所咏之物是蝴蝶。词分上下两片。上片写蝴蝶的外表风姿；下片就“轻狂”二字生发，进一步具体地描写狂蜂浪蝶的活动，体物入微，状写精妙。

“江南蝶，斜日一双双。”江南的蝴蝶，在斜阳的光辉中双双起舞，双栖双飞。首二句开门见山，直述了在夕阳下翩翩起舞的江南蝴蝶。夕阳本就光辉灿烂，绚丽多彩，此时，词人又将色彩斑斓的蝴蝶融入其中，景色之美也就可想而知了。

“身似何郎全傅粉，心如韩寿爱偷香。”何郎：何晏，字平叔，三国魏人。据《世说新语·容止》载：“何平叔，美姿仪，面至白，魏明帝疑其傅粉。正夏月，与热汤饼。既噉，大汗出，以朱衣自拭，色转皎然。”韩寿：据《晋书·贾充传》载：“韩寿，美姿貌，善容止，贾充辟为司空掾。充女见而悦之……时西域有贡奇香，一著人则经月不歇，帝以赐充。其女密盗遗寿。充僚属闻其芬馥，告于充。充知女与寿通，使人循墙观察，发现东北角如狐狸行处，实为韩寿窬与女会之迹，遂以妻寿。”句意为：那美丽的白蝴蝶如同傅粉何郎一样肤色洁白，又像那个爱偷香窃玉的韩寿一样依恋花丛，吮吸花蜜。这两句用两个典故，描写了蝴蝶的美丽形象和依依采蜜的特性。词人在句中将蝴蝶拟人化，更显贴切自然，形象生动。

“天赋与轻狂。”蝴蝶天生就是这样不专一，不会执著于一朵花儿，总是那样恣情放浪。上片末了这一句描绘了蝴蝶的习性，运用的依然是拟人化的手法，点明了它的“轻狂”

是天性使然。引出下片。

“微雨后，薄翅腻烟光。”烟光：指雨后的晚晴夕照。句意为：小雨过后，蝴蝶薄薄的羽翼在晚晴夕阳的映照下更显滑润细密。这两句描绘的是雨后蝴蝶的风采。一个“腻”字，形象而生动地道出了经过雨水洗刷后蝴蝶的羽翼更加美丽迷人。

“才伴游蜂来小院，又随飞絮过东墙。”刚刚才和在空中飞舞的蜜蜂来到小院内，转眼又随着飘荡的柳絮儿飞过东墙而去。这两句写的是蝴蝶的活动。词人用“游蜂”来衬托它的灵巧，用“飞絮”来衬托它的飘逸，极为精妙传神。

“长是为花忙。”它们一直都是在为吮吸花蜜而忙碌奔波啊！末了这一句一语道破了蝴蝶伴蜂随絮的目的，原来是为了采集花蜜。同时，突出了蝴蝶“轻狂”的个性，呼应了上片结尾。

全词语言通俗易懂，描写细致入微，词中狂蜂浪蝶，亦物亦人，意蕴双关，是为咏物词中的上乘之作。

夜行船

忆昔西都欢纵，自别后，有谁能共？伊川山水洛川花，细寻思，旧游如梦。

今日相逢情愈重，愁闻唱，画楼钟动。白发天涯逢此景，倒金樽，殢谁相送？

此词是一首怀旧词，当作于颍州任上。是时词人的洛阳旧友尹洙、谢绛都已去世，仅梅尧臣尚存。梅于皇祐元年应晏殊之聘，任陈州镇安军判官厅公事，由宣城去陈州，途中与欧阳修会于颍州，欧阳修遂写下此词。词分上下两片，上片回忆往事，叹往事如梦，转眼即成云烟；下片说今日相逢聚饮，感伤离别又将到来。

“忆昔西都欢纵，自别后，有谁能共？”西都：西京，北宋以洛阳为西京，开封为东京（京师），商丘为南京，大名为北京。句意为：当年在西都洛阳共同度过的那段欢乐豪纵的生活时光早已成为往事。自兹一别之后，离散至今，还有谁能够再聚在一起？首三句忆昔伤别，为词人的感伤之语。宋宝元二年（1039年），谢绛卒，宋庆历七年（1047年），尹洙又卒。到如今，昔日同在西京诗酒欢会、纵情游赏的友人，只有梅尧臣尚在，这又怎能不令词人感伤呢？

“伊川山水洛川花，细寻思，旧游如梦。”伊川：指伊阙龙门，在洛阳城南。郦道元《水经注》载：“两山相对，望之若阙，伊水历其境北流。故谓之伊阙矣。”洛川：洛水，东北流至洛阳东南，入黄河。洛川花：指洛阳牡丹。句意为：仔细回想昔日与友人同游洛阳伊川山水，一齐观看城中牡丹的情景，竟如同在梦境中一样。欧阳修屡遭贬斥，仕途中不如意的事甚多，他最怀念的是洛阳和颍州，屡见于吟咏。现与梅尧臣相逢，回想起在西京时的那段浪漫而又充实的生活，自然感慨万千，恍若隔世，如在梦中。

“今日相逢情愈重，愁闻唱，画楼钟动。”今天我和你又再次相逢，回首往事，话题更多，情意更加深重，愁的是那画楼上的钟声不时响起，传入耳中，好像在说时间不早了，还喋喋不休地谈个论什么。这三句叙写词人与友人久别重逢后的感受，沧桑的经历使二人更觉相互间情谊的厚重。一个“愁”字隐蕴对即将到来的离别的无限惆怅伤感。

“白发天涯逢此景，倒金樽，殢谁相送？”殢：本谓困扰，纠缠不清。这里是说偶然相逢于天涯，不久又将离别，说不清是你送我，还是我送你。句意为：如今你我白发苍苍，垂垂老矣，此情此景，何不开怀畅饮，然后再彼此告别，管他是谁送谁呢。末了两句写词人面对又将到来的离别而劝饮的情景。老友见面，总是意味着许多的沧桑回忆，许多的酸甜苦辣，这些又岂是三言两语所能道尽的，眼下又要分别了，此地一别，此生还能否相见尚不得而知，因此还是撇开往事开怀畅饮，往事已够让人遗憾的了，千万不要再给此次相逢留下什么遗憾。句中的“此景”，是别离之景，更是人生迟暮之景。

全词语言质朴，感情真挚炽烈，体现了词人与友人之间真挚淳朴的友情，是一首非常优秀的怀旧之作。

临江仙

记得金銮同唱第，春风上国繁华。如今薄宦老天涯。十年歧路，空负曲江花。

闻说阆山通阆苑，楼高不见君家。孤城寒日等闲斜。离愁难尽，江树远连霞。

此词为赠别述怀之作，是词人为送别一位与他同年考中进士的友人而作。据《湘山野录》卷上载：“欧阳公顷谪滁州，一同年将赴阆，因访之。即席以一曲歌送。其飘逸清远，皆白之品流也。”词分上下两片，上片抒写少年得志与贬谪宦游的今昔之感，下片则抒发送别之情。

“记得金銮同唱第，春风上国繁华。”金銮：金銮殿，唐代宫殿名，后常以指代皇宫正殿。唱第：科举考试发榜时按考中的名次宣读名单，称为“唱第”。上国：指北宋都城汴京。句意为：记得当初你我二人于金銮殿一同考中进士，当时在繁华的汴京城内是何等的风光。首二句回忆两人同时进士及第时的得意情景。词人二十四岁中进士甲科，在上国汴京，天子赏宴赐诗，筵间饮酒簪花，正所谓“春风得意马蹄疾，一日看尽长安花”。故而词人在回忆起这段往事时，字里行间仍流溢着一股自豪得意之情。

“如今薄宦老天涯。十年歧路，空负曲江花。”曲江：即曲江池，故址在今陕西西安市东南。本天然池沼，汉武帝造宜春苑于此，以池水曲折，故名曲江。在唐代为著名游宴胜地，唐玄宗时曾在此大宴新科进士。后进士中试者大集于此，名曲江会。或曰闻喜宴。“曲江花”，谓新科进士戴花宴游曲江。句意为：如今官微位轻，壮志难酬，这么大把年纪了，还免不了被贬谪天涯。这十年来我真是走错了路啊，落得如此下场，实在是空负了当年曲江会上的心愿和期望。这三句笔峰陡转，写仕途艰难。“十年”，宋仁宗景祐三年（1036年）欧阳修因直言获罪，远贬夷陵（今湖北宜昌），庆历间又贬滁州，至此已经十年。歧路，欧阳修立朝刚直，屡屡遭忌得罪，所谓“歧路”，实是激愤之语。词人的“同年”好友亦在此时被贬往阆州任通判，只是任州官的副职，显然境遇还不如词人，词人这些话不仅是说给自己，也是说给友人听的。

“闻说阆山通阆苑，楼高不见君家。”阆山：神话中的山名，在昆仑之巅。其上有阆苑，为仙人住处。此处喻宋代之阆州（治所在今四川阆中）。句意为：听说你要去的阆州有阆山通向仙人居住的阆苑，你到阆苑去后我怕是看不到你了。换头这两句是词人对“同年”友人的祝福，他将友人将去的蜀地借指为阆苑仙境，也是对友人的一种劝慰。

“孤城寒日等闲斜。离愁难尽，红树远连霞。”等闲：犹言无端，平白无故。孤城：指滁州。句意为：冬日的滁州城白昼格外短暂，太阳很快便早早地西沉了。离别的愁绪悠长难尽，我眺望着朋友西去的方向，经霜的红叶绵延无际，与天边的晚霞相接。末了这三句又切回现实，归结到饯行送别之旨。词人在此借景寓情，“等闲”二字透露出强烈的主观色彩，传达出词人送别友人时的难分难舍的心境，体现了他与友人间真挚深厚的情谊。

全词语言精练，言短意长，意境苍凉，既抒发了词人“薄宦老天涯”的感慨，也表达出了词人与友人不堪迟暮之年却又不得不离别的愁苦之情，写得深沉挚烈，在宋代赠别词中，实是难得之精品。

浣溪沙

叶底青青杏子垂，枝头薄薄柳绵飞。日高深院晓莺啼。
堪恨风流成薄幸，断无消息道归期。托腮无语翠眉低。

此词是一首闺怨词，写一位女子对“薄幸”的情人的思念和怨怅之情。词分上下两片，上片写景，通过场景的烘托展现人物形象，含蓄蕴藉；下片直抒胸臆，传达其心中的怨恨之情。

“叶底青青杏子垂，枝头薄薄柳绵飞。”柳绵：柳絮。句意为：叶子底下那些青青的杏子，虽然还很小但已经呈现出明显的长势，低低地下垂着；柳枝上那轻薄的柳絮在四处飘飞。首二句描绘暮春景象。杏子青青，柳絮飞舞，春已迟暮，此情此景是最易让人产生怨恨愁情的时候。

“日高深院晓莺啼。”日上三竿，深院里一片寂静，只有枝头上的黄莺在婉转啼鸣。这一句依然是在写景，采用的是侧面烘托的手法，暗示在这幕帘沉沉的深院楼阁中，闺中之人还卧床未起。

“堪恨风流成薄幸，断无消息道归期。”薄幸：薄情，负心。句意为：最让人可恨的是那位风流成性、无情无义的负心郎，自从他走后，没有寄给我半点消息，更不用说盼望他的归期了。换头这两句是对女主人公心理活动的描写，主人公就是上片中日高不起的闺中之人，显然她是一个被情人抛弃的女人，句中流淌着她爱恨交杂的复杂心理，因爱而思念，却又了无头绪，于是转而又恨情人的无情，却又偏偏忘不了他，如此矛盾、焦虑，也难怪她日高不起了。

“托腮无语翠眉低。”翠眉：古时女子用青黛（一种青黑色的颜料）画眉，故称。她独自托腮无语，低眉沉思。末了这一句是对女主人公情态的描绘。显然此时她已起床，但起来又能怎样呢？一“低”一“无语”，不仅传达出其落落寡欢的心绪，而且暗示着她这独守空房的孤苦时日还将无止境地持续下去。

全词典雅幽深，细腻婉曲，情景交融，生动传神地刻画出了一位被抛弃的痴情女子形象，极具感染力。

浣溪沙

堤上游人逐画船，拍堤春水四垂天。绿杨楼外出秋千。
白发戴花君莫笑，六幺催拍盏频传。人生何处似尊前！

《浣溪沙》，词牌名，本词属正体，双调四十二字。这首词大约写于欧阳修任颍州（今安徽阜阳）知州时，记叙的是他春日载酒泛舟西湖时的所见所感。词分上下两片，上片描绘的是一幅色泽和谐、生机盎然的西湖春光图；下片叙写在游船中宴饮的情景。

“堤上游人逐画船，拍堤春水四垂天。”逐，追逐。四垂天：形容天幕四方垂地，与水面相接。句意为：堤上游人熙熙攘攘，追逐着彩饰的游船。春波荡漾，远远望去，天幕四垂，水天一色。这两句写景，寥寥两句，便将游人、画船、天光、水色尽收笔端，道尽了西湖之美。“逐”、“拍”二字，使画面充满了流动感，可谓生花妙笔。

“绿杨楼外出秋千。”句意为：绿杨成荫，掩映着临水人家那富丽堂皇的亭台楼阁，一个少女正在快乐地摇荡着秋千，姣美的身影时而随着高高的秋千飞上了院墙。这一句写的是美景中佳人的活动，一个“出”字，写出了秋千上少女的姣美身影，给幽美的景色平添了盎然的生机。王国维曾道：“欧九‘绿杨楼外出秋千’，晁补之谓一‘出’字，便后人所不能到。余谓此本于止中（冯延巳）《上行杯》词：‘柳处秋千出画桥’，但欧语尤工耳。”

“白发戴花君莫笑，六幺催拍盏频传。”六幺：乐曲名，又名《绿腰》。唐宋歌舞曲名。催拍：指乐曲的节拍急捉。拍：指乐曲的节拍。句意为：请你别笑我老大不羞，已是白发苍苍，还学着年轻人往头上戴花。就让我们在急管繁弦的《六幺》曲中，频频举杯，一醉方休吧！这两句使得词人狂放不羁、乐而忘形的狂态跃然纸上，颇有生活气息。

“人生何处似尊前！”人生还有什么比沉醉于美酒之中更能令人欣慰呢！这一句是词人酣醉之际所发出的及时行乐的感叹，与他《醉翁亭记》中“饮少辄醉”、“苍颜白发，颓然乎其间”的太守形象相一致，都是他宦海浮沉、屡经挫折后的苦闷心态的写照。清黄了翁曾道：“末句写得无限凄怆沉郁，妙在含蓄不尽。”

本词清新雅淡，风神摇曳，寄托遥深，耐人回味，是一首精美的小词。

苏洵

苏洵（1009—1066），字明允，号老泉，眉州眉山（今属四川）人。考进士未中，乃发愤读书，通六经、百家之说。嘉祐间，携子轼、辙入京师开封，为欧阳修、韩琦所重，荐为秘书省校书郎，以文安县主簿与修《太常因革礼》一百卷，书成而卒。其诗文明畅、雄健，为“唐宋八大家”之一，与二子合称“三苏”。有《嘉祐集》、《老泉文钞》。

审势

本文作者认为每一朝代必有治理天下的一般原则，但要根据具体发展变化的情势而采取相应的权变措施。处弱者用威，处强者用惠，以免或屈或折。宋朝有可强之势反有政弱之实，是因为用惠而怯于用威。方数千里，拥兵百万，天子一呼百应；而官吏怠惰，职废不举，冗兵骄狂，将帅覆军，羌胡凌压。作者的动机就是如何使积弱已久的宋朝变得强大，希望执掌天下者能留意于用威，故专论“审势”。

此文结构严谨，以古论今，层层深入，最后揭示主题。其笔势句法，回护转换，有救首救尾之妙。

【原文】

治天下者定所尚，所尚一定，至于千万年而不变，使民之耳目纯于一，而子孙有所守，易以为治。故三代圣人，其后世远者至七八百年。夫岂唯其民之不忘其功，以至于是？盖其子孙得其祖宗之法而为依据，可以永久。夏之尚忠，商之尚质，周之尚文。视天下之所宜尚而固执之，以此而始，以此而终，不朝文而暮质，以自溃乱。故圣人者出，必先定一代之所尚。周之世，盖有周公为之制礼，而天下遂尚文。后世有贾谊者说汉文帝，亦欲先定制度，而其说不果用。今者天下幸方治安，子孙万世帝王之计，不可不预定于此时。然万世帝王之计，常先定所尚，使其子孙可以安坐而守其旧；至于政弊，然后变其小节，而其大体卒不可革易；故享世长远，而民不苟简。

今也考之于朝野之间，以观国家之所尚者，而愚犹有惑也。何则？天下之势有强弱，圣人审其势而应之以权。势强矣，强甚而不已则折；势弱矣，弱甚而不已则屈。圣人权之，而使其甚不至于折与屈者，威与惠也。夫强甚者，威竭而不振；弱甚者，惠亵而下不以为德。故处弱者利用威，而处强者利用惠。乘强之威以行惠，则惠尊；乘弱之惠以养威，则威发而天下震栗。故威与惠者，所以裁节天下强弱之势也。

然而不知强弱之势者，有杀人之威而下不惧，有生人之惠而下不喜。何者？威竭而惠亵故也。故有天下者，必先审知天下之势，而后可与言用威、惠。不先审知其势，而徒曰“我能用威，我能用惠”者，末也！故有强而益之以威，弱而益之以惠，以至于折与屈者，是可悼也！譬之人身，将欲饮药饵石以养其生，必先审观其性之为阴、其性之为阳，而投之以药石。药石之阳而投之阴，药石之阴而投之阳，故阴不至于涸，而阳不至于亢。苟不能先审观己之为阴与己之为阳，而以阴攻阴，以阳攻阳，则阴者固死于阴，而阳者固死于阳，不可救也！是以善养身者，先审其阴阳；而善制天下者，先审其强弱，以为之谋。

昔者周有天下，诸侯太盛。当其盛时，大者已有地五百里，而畿内反不过千里，其势为弱。秦有天下，散为郡县，聚为京师，守、令无大权柄。伸缩进退无不在我，其势为强。然方其成、康在上，诸侯无小大莫不臣伏，弱之势未见于外；及其后世失德，而诸侯禽奔兽遁，各固其国以相侵攘，而其上之人卒不悟，区区守姑息之道，而望其能以制服强国，是谓以弱政济弱势，故周之天下卒毙于弱。秦自孝公，其势固已骎骎焉日趋于强大，及其子孙已并天下，而亦不悟，专任法制以斩挞平民，是谓以强政济强势，故秦之天下卒毙于强。周拘于惠而不知权，秦勇于威而不知本，二者皆不审天下之势也。

吾宋制治，有县令，有郡守，有转运使，以大系小，丝牵绳联，总合于上。虽其地在万里外，方数千里，拥兵百万，而天子一呼于殿陛间，三尺竖子驰传捧诏，召而归之京师，则解印趋走，惟恐不及。如此之势，秦之所恃以强之势也。势强矣，然天下之病，常病于弱。噫！有可强之势如秦而反陷于弱者，何也？习于惠而怯于威也，惠太甚而威不胜也。夫其所以习于惠而惠太甚者，赏数而加于无功也；怯于威而威不胜者，刑弛而兵不振也。由赏与刑与兵之不得其道，是以有弱之实著于外焉。何谓弱之实？曰官吏旷惰，职废不举，而败官之罚，不加严也。多赎数赦，不问有罪，而典刑之禁，不能行也；冗兵骄狂，负力幸赏，而维持姑息之恩不敢节也；将帅覆军，匹马不返，而败军之责不加重也；羌胡强盛，凌压中国，而邀金缯、增币帛之耻不为怒也；若此类者，太弱之实也。久而不治，则又将有大于此，而遂浸微浸消，释然而溃，以至于不可救止者乘之矣。然愚以为弱在于政，不在于势，是谓以弱政败强势。今夫一舆薪之火，众人之所惮而不敢犯者也。举而投之河，则何热之能为？是以负强秦之势，而溺于弱周之弊，而天下不知其强焉者，以此也！

虽然，政之弱非若势弱之难治也。借如弱周之势，必变易其诸侯，而后强可能也。天下之诸侯固未易变易，此又非一日之故也。若夫弱政，则用威而已矣，可以朝改而夕定也。夫齐，古之强国也，而威王，又齐之贤王也。当其即位，委政不治，诸侯并侵，而人不知其国之为强国也。一旦发怒，裂万家，封即墨大夫，召烹阿大夫与常誉阿大夫者，而发兵击赵、魏，赵、魏尽走请和，而齐国人人震惧，不敢饰非者。彼诚知其政之弱，而能用其威以济其弱也。况今以天子之尊，藉郡县之势，言脱于口而四方响应，其所以用威之资固已完具。且有天下者患不为，焉有为而不可者？今诚能一留意于用威，一赏罚，一号令，一举动，无不一切出于威，严用刑法而不赦有罪，力行果断而不牵众人之是非，用不测之刑，用不测之赏，而使天下之人视之如风雨雷电，遽然而至，截然而下，不知其所从发而不可逃遁。朝廷如此，然后平民益务检慎，而奸民滑吏亦常恐恐然惧刑法之及其身而敛其手足，不敢辄犯法。此之谓强政。政强矣，为之数年，而天下之势可以复强。愚故曰："乘弱之惠以养威，则威发而天下震栗。然则以当今之势，求所谓万世为帝王而其大体卒不可革易者，其尚威而已矣！"

或曰："当今之势，事诚无便于尚威者；然孰知夫万世之间其政之不变，而必曰威邪？"愚应之曰："威者，君之所恃以为君也。一日而无威，是无君也。久而政弊，变其小节，而参之以惠，使不至若秦之甚，可也；举而弃之，过矣！"或者又曰："'王者任德不任刑'；任刑，霸者之事，非所宜言。"此又非所谓知理者也！夫汤、武，皆王也；桓、文，皆霸也。武王乘纣之暴，出民于炮烙斩刖之地，苟又遂多杀人，多刑人以为治，则民之心去矣！故其治一出于礼义。彼汤则不然。桀之恶固无以异纣，然其刑不若纣暴之甚也，而天下之民化其风，淫惰不事法度，《书》曰："有众率怠弗协。"而又诸侯昆吾氏首为乱，于是诛锄其强梗、怠惰、不法之人，以定纷乱，故《记》曰：商人"先罚而后赏"。至于桓、文之事，则又非皆任刑也。桓公用管仲，管仲之书好言刑，故桓公之治常任刑；文公长者，其佐狐、赵、先、魏皆不说以刑法，其治亦未尝以刑为本，而号亦为霸。而谓汤非王而文非霸也得乎？故用刑不必霸，而用德不必王，各观其势之何所宜用而已。然则今之势，何为不可用刑？用刑何为不曰王道？彼不先审天下之势，而欲应天下之务，难矣！

【译文】

治理天下的人要确定自己所遵循的原则。自己所崇尚的原则一旦确定，千年万年之后也不应当改变，使民众的视听都能够保持一致，使子孙有能够遵循的原则，那天下就更容易治理好了。因此，夏、商、周三代圣人的后代，统治最久的竟达到了七八百年。这难道只是他们的人民没有忘掉他们的功绩，因而才达到了这种程度吗？这是因为他们的子孙坚持了祖宗的法制，所以可以长久。

夏朝崇尚忠诚，商朝崇尚内在的质朴，周朝崇尚外表的形式美。它们观察天下所应该崇尚的原则，而坚定地执行它，由它开始，由它终结，不是早晨崇尚外表的形式美而晚上又崇尚内在的质朴以造成自我混乱。所以圣人出来，必然首先确定出一代所崇尚的原则。周朝一代，因为有周公为它制典订礼，所以天下便把外表的形美作为根本的原则。后世有贾谊劝说汉文帝，也要先制定制度，但他的主张却没有被采用。如今，天下有幸刚刚安定，子孙万代传做帝王的大计不可不事先在这个时候就确定下来。因此，万代帝王家常常要首先确定出所崇尚的原则，让他的子孙可以安稳地坐在那里执行他的旧制度；到政治上出现弊端后，才改变它的小节，但它的根本体制却始终不可以变革，因此他们的统治可以持久下去，而民众也不会糊里糊涂地过日子。

如今，在朝廷和民间进行考察，来观看国家所崇尚的原则，我仍然感到迷惑不解。为什么呢？因为天下的局面有强有弱，圣人应该仔细审察形势而采取相应的权变措施。局面强盛，强盛得过了头而不能停止就会遭到夭折；局面衰弱，衰弱得过了头而不能扭转就会内外交困。圣人进行权变，使它们过分得不至于夭折和内外交困的手段就是威力和恩惠。由于太强盛就会导致权威用尽而不再振起，太衰弱就会导致恩惠贬值而下面的人并不因此而感激，所以在衰弱的时候使用威力，在强盛的时候使用恩惠。利用强盛局面的权威来实施恩惠，那恩惠就会升值；利用衰弱局面的恩惠来培养权威，那权威一旦产生效力，天下就会震惊。因此，权威和恩惠这两种手段是用来协调天下强弱局势的。

但是，不知道强弱形势的人尽管有让人死的权威，但下面的人却不惧怕；尽管有让人活的恩惠，但下面的人却不领情。这是为什么呢？这是由于权威用尽、恩惠贬值的缘故。所以，坐拥天下的王者要先仔细审视天下的情形，然后才能说到使用权威和恩惠。不先深刻了解天下形势而凭空说我能运用权威、我能运用恩惠，那是下策。因此，出现那种在强盛上再加上权威、在衰弱上再加上恩惠而使得夭折和内外交困的情况，是非常可悲的。这里打个比方，一个人想要饮汤药、吞丸药来保养身体，就必须先要明白身体状态是属阴性、还是属阳性，然后才下药。阳性药物用在阴性症状上，阴性药物用在阳性症状上，所以阴气才不至于极度衰竭，阳气才不至于极度亢奋。如果事前不弄明白自己是呈阴性还是阳性，而用阴性药物治疗阴性症状、用阳性药物治疗阳性症状，那么，属阴性的就一定会死在阴性药物上，而属阳性的就一定会死在阳性药物上，不可挽救。所以，善于保养身体的人事先会认真观察身体症状的阴阳，而善于统治天下的人事先会认真观察天下局势的强弱，由此而制订策略。

从前，周朝拥有天下，诸侯格外强盛。在诸侯最强盛时，大诸侯已占有土地五百里，周王拥有的土地却不到千里，周朝的势力弱小。秦朝拥有天下，把国土分散划为郡县，把力量集中到了京师，郡守、县令没有大的权力，一切行动都由中央来定夺，朝廷的势力强大。然而，当周成王和周康王在位时，诸侯无论大小都按臣子的礼节侍奉天子，周朝衰弱的局面还没有呈现出来。等到周朝后代天子失去权力后，诸侯都像鸟兽一样四散而去，各自巩固自己的国家，相互征讨侵略，而坐在天子宝座上的人却始终没有醒悟，愚蠢地沿用过去姑息的办法，希望用过去的方法应付现在的形势。这就叫用弱政来救助弱势，因而周朝的天下最终在衰弱中灭亡了。秦国从秦孝公开始，它的势力就已经发展得很快了，日趋强大。到了秦孝公的子孙时，秦朝已兼并了天下。然而统治者也没有醒悟，只会运用刑法，以镇压平民。这就叫用强政来帮助强势，因而秦朝的天下最终在强大中灭亡了。周朝拘泥于恩惠而不知道变化，秦朝张扬权威而不知道治国的根本是仁政，这两个朝代都没有认真审视天下的形势。

我大宋制度完善，有县令、有郡守、有转运使，由大的约束小的，丝牵绳联，权力集中在中央。虽然地方长官的管辖地区在万里之外，方圆数千里，拥有百万军队，但天子只要在皇宫中下达命令，三尺高的童仆乘坐驿站车马、手捧诏令召他们回京师，那他们就会立即解下官印匆匆奔跑，只怕没有在时限之内赶回来。这样的局面，也就是秦朝所凭借的强势。局面强盛是强盛了，但是国家灭亡常常是因为衰弱。咦？有像秦朝一样强盛的局面却反而陷入了弱势，这是为什么？这是因为习惯于恩惠而害怕权威，恩惠太重，权威无法发挥作用。之所以习惯于恩惠而恩惠太重，是因为多次奖赏没有功劳的人；之所以害怕权威而权威不能发挥作用，是因为刑法废弛而且军队不能振作。由于奖赏不合理，刑法、军队的使用不当，所以衰弱的情形明显暴露出来。什么叫弱势的事实？就是官吏懒惰，政务荒废，而且对战败军官的惩罚不严厉；大量赎罪、数次赦免，从来不管是否有罪，刑法不能有效贯彻；冗滥士兵骄横猖狂，倚仗武力要求奖赏，朝廷却维持姑息的恩惠而不敢减少；将帅使军队全军覆没，连一匹马也没返回，却不去深究其责任；羌胡强盛，威胁中国，但索要黄金丝绸、增加岁币的耻辱却引不起朝廷震怒。如同这一类的，就是极度衰弱的事实。长时间不治理，那又将会有比这更严重的事情，而且逐渐侵蚀，突然间就会发生崩溃，最后便会导致那不能挽救的灾难乘虚而入。然而，我以为衰弱在于政治，不在于局势。这就叫因弱政败强势。如今，一车木柴燃起的大火，众人都会感到畏惧而不敢靠近；但连车一起把它扔到河里，它怎么可能烧得起来？所以拥有强秦的局面但却陷在弱周的弊端中，而且天下还不知道自身是强大的，就是因为这个原因。

尽管如此，但政治的懦弱并不如局势衰弱那样不容易治理。比如，周朝软弱的局面，只要周下决心改变它的诸侯状况而谋求以后的强盛，也是可能的，但天下的诸侯的确不容易改变，因为这是日积月累长时间形成的。然而，至于无力的政治，那只需要使用权威就行，可以做到朝改而夕定。齐国，是古代的强国，而且齐威王又是齐国贤明的君王。当齐威王即位时，他把政事交给别人处理，自己不理政事，各诸侯国都来攻打它，而人们不知道齐国是一个强国。忽然有一天，齐威王发怒了，分出万户人家封给即墨大夫，召见并烹杀阿大夫和经常称赞阿大夫的人，而且出兵攻打赵国、魏国。赵、魏全都战败，向齐国求和；而齐国人人震惊害怕，不敢掩饰过错。这就是因为齐威王确实知道齐国政治懦弱，从而能够运用自己的权威来挽救齐国的弱政。更何况如今凭借天子的尊严、借助郡县的格局，天子只要说一句话，四方就立即响应，大宋完全具有运用权威的资本；而且，拥有天下的人只有不想去做，哪有想做事而做不成的呢？如今确实能够一心一意地运用权威了。统一赏罚、统一号令、统一行动，所有一切全都听命于权威；严格实施刑法，不要赦免有罪的人；行动干脆利落，不要受众人的是非牵制；动用非常规的刑法、使用非常规的奖励，让天下的人把这种赏罚看成风雨雷电一样，遽然而至、截然而下，不知道这些赏罚是根据什么而定的，从而不知如何应对。朝廷采用这种方法，然后平民才会注意自己的言行，奸民和狡猾的官吏也才能常常心怀恐惧，害怕刑罚落到自己身上，从而缩手缩脚，不敢触犯法律，这就叫强政。政治强大有力，几年以后，天下的局面就可以恢复强盛。所以我说利用衰弱局面的恩惠来涵养权威，那权威一旦产生效力，天下就会惊动。既然这样，那么，按当今的局面来求得所谓万代传做帝王、而且它的根本制度始终不可以变革的办法，那就只能是把权威作为根本的原则了。

有人问："在当今局面下，确实再没有比把权威作为根本原则更好的方法了。然而，谁知在万世之间这种政治格局会不会改变，因而为什么一定要运用权威呢？"我回答道："权威，是君主所凭借来成为君主的东西。一天没有权威，就会没有君主。时间长了而政治上出现了弊病时，可以改变它的一些方法而掺杂进恩惠，让它不至于像秦朝那样太过分就行了。完全不用它，那就是矫枉过正了。"有人又说："明君用德不用刑。用刑，是霸主的事情，是不应该采用的。"这又不是所谓知道道理的人了。商汤王、周武王都是明君，齐桓公、晋文公都是霸主。周武王利用商纣王的残暴，把人民从炮烙、斩首、断脚的境地拯救出来，如果又跟着用多杀人、多用酷刑折磨人的方法来进行统治，那民心也就失去了，所以他的统治完全是以礼义为核心的。那商汤王就不同了。夏桀王的残暴尽管与商纣王没有什么差异，但他的刑法远远不如商纣王残酷；而且天下的民众受到当时风化的影响，也淫荡懒惰、不遵守法律。《尚书》说："民众大都懒惰不协和。"同时，又有诸侯昆吾氏首先挑起战争。于是，商汤王除掉那些强横懒惰、不遵守法纪的人，来安定天下。因此，《史记》说：商朝人"先实行惩罚，后实行奖赏"。至于齐桓公、晋文公，那也不是全部都用刑。齐桓公任用管仲，管仲的书中喜好说刑，因而齐桓公常用刑来维护统治；晋文公是一位长者，他的手下狐偃、赵衰、先轸、魏武子都不对他讲刑法，他的统治也从来没有把刑作为根本的东西，但他也被称为霸主。说商汤王不是明君、晋文公不是霸主，可以吗？所以用刑的不一定是霸主，而用德的不一定是明君，他们只不过是各自观察自己所处的局面而采用适宜自己的措施罢了。既然如此，那在当今的局面下，为什么不能用刑？用刑为什么不能说是仁义之道？某些人不事先审察天下的局势而却想处理好天下的事务，这就太难了！

管仲论

自古善霸莫过齐桓公。管仲辅佐齐桓公九合诸侯，一匡天下，可谓王佐之杰。历代之能臣没有不推崇管仲的。但苏洵评价管仲并不仅仅看他是如何辅佐齐桓公开创霸业的，而是着眼于其继往而未能开来，致使齐国的霸业在他死后不久即被ㄔ送。本文从齐桓公称霸及其死后发生内乱的史实进行分析，认为鲍叔举贤，所以齐国强盛；管仲不举贤，所以齐国发生内乱。着重论述了管仲不举贤的过错，说明举贤和不举贤事关国家盛衰和安危，一个国家如果没有一支稳定连续的人才队伍，单凭某个精英是不可能保证国家的长治久安的，即使这个精英是管仲、诸葛亮一类的人，也无济于事。

【原文】

管仲相桓公，霸诸侯，攘夷狄，终其身，齐国富强，诸侯不敢叛。管仲死，竖刁、易牙、开方用，桓公薨于乱，五公子争立，其祸蔓延，讫简公，齐无宁岁。

夫功之成，非成于成之日，盖必有所由起；祸之作，不作于作之日，亦必有所由兆。故齐之治也，吾不曰管仲，而曰鲍叔；及其乱也，吾不曰竖刁、易牙、开方，而曰管仲。何则？竖刁、易牙、开方三子，彼固乱人国者，顾其用之者，桓公也。夫有舜而后知放四凶，有仲尼而后知去少正卯。彼桓公何人也？顾其使桓公得用三子者，管仲也。

仲之疾也，公问之相。当是时也，吾意以仲且举天下之贤者以对，而其言乃不过曰"竖刁、易牙、开方三子，非人情，不可近"而已。呜呼！仲以为桓公果能不用三子矣乎？仲与桓公处几年矣，亦知桓公之为人矣乎？桓公声不绝于耳，色不绝于目，而非三子者，则无以遂其欲。彼其初之所以不用者，徒以有仲焉耳。一日无仲，则三子者可以弹冠而相庆矣。仲以为将死之言可以絷桓公之手足耶？夫齐国不患有三子，而患无仲。有仲，则三子者，三匹夫耳。不然，天下岂少三子之徒哉？虽桓公幸而听仲，诛此三人，而其余者，仲能悉数而去之耶？呜呼！仲可谓不知本者矣。因桓公之问，举天下之贤者以自代，则仲虽死，而齐国未为无仲也。夫何患三子者，不言可也。

五伯莫盛于桓、文。文公之才，不过桓公，其臣又皆不及仲。灵公之虐，不如孝公之宽厚。文公死，诸侯不敢叛晋。晋袭文公之余威，得为诸侯之盟主百余年。何者？其君虽不肖，而尚有老成人焉。桓公之薨也，一败涂地，无惑也，彼独恃一管仲，而仲则死矣。

夫天下未尝无贤者，盖有有臣无君者矣。桓公在焉，而曰天下不复有管仲者，吾不信也。仲之书，有记其将死，论鲍叔、宾胥无之为人，且各疏其短。是其心以为数子者，皆不足以托国，而又逆知其将死，则其书诞谩不足信也。吾观史鰌，以不能进蘧伯玉而退弥子瑕，故有身后之谏。萧何且死，举曹参以自代。大臣之用心，固宜如此也。夫国以一人兴，以一人亡。贤者不悲其身之死，而忧其国之衰。故必复有贤者，而后可以死。彼管仲者，何以死哉？

【译文】

管仲辅佐齐桓公，称霸诸侯，排斥夷狄，直到他死，齐国都富强，诸侯不敢背叛。管仲死后，竖刁、易牙、开方被桓公重用，桓公在动乱中死去，五个儿子争夺君位；从此，祸乱不断蔓延，愈演愈烈，直到简公的时候，齐国没有一年是安定的。

功业的完成，并不是在成就的那一天成就的，必定有它的原因；祸乱的发生，并不是在祸乱发生的那一天发生的，必定有它的征兆。所以齐国的大治，我认为不是管仲的功劳，而是鲍叔的功劳；到了动乱的时候，我认为不是竖刁、易牙、开方的罪过，而是管仲的罪过。为什么呢？因为竖刁、易牙、开方这三个人，他们固然是搅乱国家的人，但是重用他们的是齐桓公。众所周知，有了帝舜这才知道流放四个恶人；有了孔仲尼这才除去少正卯。那齐桓公又是什么样的人呢？使齐桓公能够重用这三个人的是管仲啊！

管仲病重的时候，齐桓公询问他谁能胜任宰相。在这个时候，管仲如果推举天下的贤人而不必说竖刁、易牙、开方三个人的行为不近人情、不能重用，桓公还能重用他们吗？遗憾啊！管仲认为只要他一句话，桓公就真的不会任用那三个人了。管仲和桓公相处许多年了，也知道桓公的为人吧？桓公是个音乐在耳朵中不能断绝，女色在眼睛里不能断绝的人，如果没有这三个人，就没有别的办法满足他的欲望。起初他们不被重用的原因，只因为有管仲罢了，一旦没有管仲，那么三个人就可以弹去帽子上的灰尘互相庆贺了。管仲认为自己快要死时说的话，可以束缚桓公的手脚啊！其实齐国不怕有这三个人，就怕没有管仲。有了管仲，这三个人不过是三个普通的人罢了。否则，天下像这三个人一样的人难道还少吗？就是桓公幸而听信管仲的话，杀掉这三个人，但是其余的那些人，管仲能够全部除去他们吗？可叹啊，管仲可以说是不懂得治本的人了。假如借桓公询问的时机，推荐国内的贤人来替代自己，那么管仲即使死了，齐国却不能说没有管仲那样的人。为什么要怕这三个人呢，不说他们是怎么样的人也行啊。

春秋五霸，论强盛，莫过齐晋。晋文公的才能不超过齐桓公，他的臣子的才能都不及管仲。晋灵公残暴，不如齐孝公的宽大、忠厚。但是，晋文公死后，各国都不敢叛离晋国，晋国承袭文公留下的国威，还能够做各国的盟主一百多年。为什么呢？因为晋国的君主虽然不成才，但还有一些老成可靠的臣子在啊！桓公死后，齐国一败涂地，用不着疑惑，因为他只靠一个管仲，可是管仲已经死了。

天下怎么能没有贤能的人，大概只有有贤能的臣子却没有英明的君主的情况。桓公在世的时候，说天下不会再有像管仲这样的能人了，我是不相信的。管仲的书里记载他在将死的时候，评论鲍叔、宾胥无的为人，而且分别指明他们的短处。这是在他心里这几个人都不具备托付治理国家的重任，可是又预料到自己快要死了，可见这部书荒诞无稽，不值得相信的。我看春秋时期的史鳟，因为不能劝卫灵公任用蘧伯玉、罢斥弥子瑕，所以有死后的规劝；汉朝的萧何，在他将要死的时候，举荐曹参来代替自己。大臣的用心，本来应该这样。一个国家，既可以因为一个人而兴旺，也可以因为一个人而灭亡。贤能的人不为自己的身亡而悲伤，却担心他的国家的衰弱。所以，一定要再找一个贤能的继任者后再死去。那么管仲为什么不这样做后再死去呢？

辨奸论

本文的作者并非苏洵。因为文中的主旨是攻击王安石推行新法的，而苏洵早于王安石执政前数年死去，故不可能作文攻击其新法。据考证，此文的作者当是南宋初年的学者邵伯温，其目的是通过苏洵攻击王安石变法影射南宋初年在政治、经济上的一些改革。文中以王衍和卢杞等误国奸臣作比，指责改革派，有失公允，虽然改革派由于缺乏经验，很多东西尚处于探索中，在实际执行过程中，某些政策可能给社会造成了某些混乱，但改革的方向和目的不应被否定，其中出现的问题只能逐步纠正，而不能以此作为攻击改革阻挠改革的借口。

【原文】

事有必至，理有固然。惟天下之静者，乃能见微而知著。月晕而风，础润而雨，人人知之。人事之推移，理势之相因，其疏阔而难知，变化而不可测者，孰与天地阴阳之事，而贤者有不知。其故何哉？好恶乱其中，而利害夺其外也。

昔者山巨源见王衍，曰：“误天下苍生者，必此人也！”郭汾阳见卢杞曰：“此人得志，吾子孙无遗类矣！”自今而言之，其理固有可见者。以吾观之，王衍之为人，容貌言语，固有以欺世而盗名者。然不忮不求，与物浮沉，使晋无惠帝，仅得中主，虽衍百千，何从而乱天下乎？卢杞之奸，固足以败国。然不学无文，容貌不足以动人，言语不足以眩世，非德宗之鄙暗，亦何从而用之？由是言之，二公之料二子，亦容有未必然也。

今有人，口诵孔、老之言，身履夷、齐之行，收召好名之士、不得志之人，相与造作语言，私立名字，以为颜渊、孟轲复出，而阴贼险狠，与人异趣。是王衍、卢杞合为一人也，其祸岂可胜言哉？夫面垢不忘洗，衣垢不忘浣，此人之至情也。今也不然，衣臣虏之衣，食犬彘之食，囚首丧面，而谈诗书，此岂其情也哉？凡事之不近人情者，鲜不为大奸慝，竖刁、易牙、开方是也。以盖世之名，而济其未形之患。虽有愿治之主，好贤之相，犹将举而用之，则其为天下患，必然而无疑者，非特二子之比也。

孙子曰：“善用兵者，无赫赫之功。”使斯人而不用也，则吾言为过，而斯人有不遇之叹，孰知祸之至于此哉？不然，天下将被其祸，而吾将获知言之名，悲夫！

【译文】

事物发展的趋势必然会产生这种结果，道理有它自身必然如此的原因。天下只有冷静的人，才能够从微小的事物刚刚萌芽时就知道它的发展趋势和明显的结果。月亮周围起了一圈有色彩的光环时就会刮风，柱子底下的基石潮湿就会下雨，这是人人都晓得的事情。人事的变更，理势的互相因果，其相隔久远而难以知道，若论变化多端而不能测度，又哪里比得上天地阴阳的事情，那可是贤能的人也有不知道的。那是什么缘故呢？是爱憎搅乱了他们的思想，利害防碍了他们的行动啊。

从前，山巨源见到王衍，就说："将来此人一定会祸害天下的百姓。"郭汾阳见到卢杞，就说："此人如得志，我的子孙就会被他杀光，将无人留在世上。"现在看来，那道理本来是可以预见的。按照我的观察，王衍这个人，外貌好，会说话，固然有蒙骗世人盗窃名誉的本钱，但他这个人不妒恨，不苛求，随大流进退，如果晋朝没有痴呆的惠帝，只是一个中等的君主，就是有一百个一千个王衍，从哪里下手来祸乱天下呢？卢杞的奸邪，固然足以断送一个国家，然而他不读圣贤书，没有文才，面容难看不会使人动心，说话不能迷惑世人，如果不是唐德宗的鄙陋昏庸，又能从什么地方看中他、信用他呢？从这些史实上来说，山巨源、郭汾阳对这两个人的预料，也可能未必会有他们所说的结果啊。

今天，有这种人，嘴里读孔子、老子之言，身体实践伯夷、叔齐的行为，招收一批好名气的士人或者不得意的人，制造谎言，私自起名号，自以为是颜渊、孟轲复生，实际上却是阴险狠毒，与一般人的旨趣大不相同。这是王衍、卢杞合并成为一个人，那将来的祸害难道还用多说吗？面孔肮脏了不忘洗净，衣服龌龊了不忘洗涤，这是人之常情啊。如今他却不是这样，穿囚徒穿的衣服，吃猪狗吃的食品，像犯人那样长而凌乱的头发，像守孝那样肮脏愁苦的脸面，却大谈圣贤的诗书，这难道是一个人的真实性情吗？一切行为不近人情的人，极少有不做大坏事的，竖刁、易牙、开方正是这种人。凭借其名满天下的声望，来酝酿其尚未形成的祸患。虽然君主希望治理好国家，然而宰相爱好人才，还会提拔他，而且信任他，这样他必将成为天下的祸患，毫无疑问，这就不是王衍、卢杞二人所能比拟的了。

孙子说："善于用兵的人，并没有赫赫的功勋。"倘使这个人不被重用，那么就是我的话错了，这个人也就会有怀才不遇的感叹，谁又能知道他造成的祸害会达到这个地步呢？假如不是这样，那么天下人将要蒙受他的祸害，我却能够博取有预见的名声，那真是太可悲了！

心 术

本文是苏洵《权书》中的一篇军事论文。开篇强调为将者必须有良好的心理素质，然后逐节自成段落，有条不紊地从几个方面阐述了军事上的战略战术思想，有一定的见解。文章纵横捭阖，抵掌而谈，颇有几分先秦策士风范。

【原文】

为将之道，当先治心，泰山崩于前而色不变，麋鹿兴于左而目不瞬。然后可以制利害，可以待敌。

凡兵上义；不义，虽利勿动。非一动之为利害，而他日将有所不可措手足也。夫惟义可以怒士，士以义怒，可与百战。

凡战之道，未战养其财，将战养其力，既战养其气，既胜养其心。谨烽燧，严斥堠，使耕者无所顾忌，所以养其财；丰犒而优游之，所以养其力；小胜益急，小挫益厉，所以养其气；用人不尽其所欲为，所以养其心。故士常蓄其怒、怀其欲而不尽。怒不尽则有馀勇，欲不尽则有馀贪。故虽并天下而士不厌兵。此黄帝之所以七十战而兵不殆也。不养其心，一战而胜，不可用矣。

凡将欲智而严，凡士欲愚。智则不可测，严则不可犯，故士皆委已而听命，夫安得不愚？夫惟士愚，而后可与之皆死。

凡兵之动，知敌之主，知敌之将，而后可以动于险。邓艾缒兵于蜀中，非刘禅之庸，则百万之师可以坐缚，彼固有所侮而动也。故古之贤将，能以兵尝敌，而又以敌自尝，故去就可以决。

凡主将之道，知理而后可以举兵，知势而后可以加兵，知节而后可以用兵。知理则不屈，知势则不沮，知节则不穷。见小利不动，见小患不避，小利小患，不足以辱吾技也。夫然后可以支大利大患。夫惟养技而自爱者，无敌于天下，故一忍可以支百勇，一静可以制百动。

兵有长短，敌我一也。敢问："吾之所长，吾出而用之，彼将不与吾校；吾之所短，吾蔽而置之，彼将强与吾角，奈何？"曰："吾之所短，吾抗而暴之，使之疑而却；吾之所长，吾阴而养之，使之狎而堕其中，此用长短之术也。"

善用兵者，使之无所顾，有所恃。无所顾，则知死之不足惜；有所恃，则知不至于必败。尺棰当猛虎，奋呼而操击；徒手遇蜥蜴，变色而却步，人之情也。知此者，可以将矣。袒裼而按剑，则乌获不敢逼；冠胄衣甲，据兵而寝，则童子弯弓而杀之矣。故善用兵者以形固。夫能以形固，则力有余矣。

【译文】

为将之道，必须首先锻炼和培养思想上的韧性和镇定。即使泰山在你的面前突然坍塌下来，你也能够神色不动；麋鹿从身旁忽然蹿跳出来，你也能够眼睛不眨。因为只有这样，才能掌握和控制有利或不利的形势，才能抵挡任何敌人。

凡属军事，都应重视正义。假如正义不在我方即使有利也不要轻举妄动。并不是顾虑这一次行动会失败，而是怕将来会落到进退维艰的地步。只有正义，才能激励士兵，从而屡战屡胜。

通常作战的规律是在战前时，应该调聚军用的物资；即将打仗时，应该积蓄部队的实力；已经交战的时候，应该激励士兵的勇气；战胜以后应该锻炼、培养全军的思想感情。谨慎地做好及时报警的工作，严密地布置侦察的工作，要使百姓没有什么后顾之忧，休养生息，这就是积聚军用物资的途径；丰厚地犒赏慰劳战士，使他们得到整顿，这就是积蓄士兵力量的途径；取得了小的战果，更要着重教育士兵，遭遇小挫折，更要激励他们，这就是激励士兵勇气的措施；用人时不彻底实现他们的愿望，这就是锻炼培养部队思想感情的方法。所以，士兵们经常滋生着怒气，一心向往的愿望却没有全部满足。怒气不宣泄就有多余的勇气，愿望不满足，就常有所求。因此，就是遍征世界，士兵们也不会厌恶战争。这就是黄帝打了七十次仗，部队却没有松懈情绪的原因啊。不去锻炼培养部队的思想感情，一次战役可能胜利，但是以后就不能有效了。

凡是大将，要机智而且威严，而作为士兵要老实。机智，就不可以预测；威严，就不可以侵犯。所以士兵们都心甘情愿交出自己的生命来听从大将的命令，怎么能够不忠诚呢？正因为士兵们忠心耿耿，这才能够同他们一道拼死作战。

凡是军队出征，必须了解敌方的首脑，了解敌方的大将，这才可以向险地进发。邓艾在攻打蜀国时，用绳子拴住士兵，从山顶上坠送下去，如果不是刘禅的昏庸，即使邓艾有一百万的军队，也绝对会束手就缚；邓艾肯定是了解敌方情况后才敢轻视他们而大胆发动进攻的。所以，古代有才能的大将，能够用一部分兵力去试探敌方的情况，而且还能够利用敌人的进攻来调整我方的部署，所以撤退或是进攻，均可以正确地决策。

做好主将的要求是，只有明白事理，才可以动员士兵；了解形势，才可以统率士兵；善于调遣，才可以指挥士兵。因为明白事理，就不会多走弯路；了解形势，就不会丧失信心；善于调遣，就不会穷于应付。不为微利所动，不被微难所迫，因为小的利益和小的困难是不值得虚费气力的。这样，才有可能应付、承受大的利益和大的困难。只有善于练就本领而且懂得自爱的人，才能所向无敌。所以，一次忍耐可以抵挡对手的多次猛攻，一次镇静可以制伏对手的多次行动。

每个军队都有他的优势和劣势，这是敌我双方一样的。请问："我们擅长的，我们就发挥它，应用它，可是他们却不同我们较量；我们缺点的，我们就掩饰它，不用它，可是他们会强迫我们一决高下。怎么办？"我说："我们薄弱的，我们就径直地暴露它，使他们因产生怀疑而退却。我们擅长的，我们就暗暗地培养它，使他们产生轻慢心理而落进我们设置的圈套当中。这就是处理长处和短处的方法。"

善于用兵的人，能够使部队没有后顾之忧，而有所依仗。如果排除了顾忌，就会晓得打仗牺牲是不值得惋惜的；如果有了依仗，就会晓得作战不至于一定失败。手里拿着一根尺把长的木棍，一旦碰上猛虎，也会奋起高呼，出手打击；一个人空着手，突然遇到四脚蛇，也会怕得面容失色，向后倒退。这是人之常情啊。明白这个道理后，就可以指挥军队了。假如赤身裸体地举起剑来，那么即使是古代著名的大力士乌获也不敢轻易逼近你。假如戴了盔，穿上甲，靠在武器上睡觉，却只要一个孩子就可以拉开弓射杀你了。所以，善于用兵的人应该利用有利形势来保存力量。能够利用有利形势来保存力量，他的力量就会永无穷竭了。

六国论

战国时期，各诸侯国经过多年的攻伐、吞并，逐渐形成七雄对峙的局面。其中，秦自"商鞅变法"开始，国力日盛。其余六国因国力不足以与秦抗衡，就转而采取"割地赂秦"政策。此项政策延续百余年，在此期间，虽然六国宗室得以保全，却也在一定程度上成就了秦的霸业。

此文总结战国六国相继破灭于秦的教训，指出"割地赂秦"政策的实施不仅损害了割地者的国力，而且使未割地者因此而失去强援，无法独完。

作者作此文是针对当时北宋王朝厚赂契丹之做法有感而发，目的在于讽谏当朝统治者"以天下之大"，应避免"从六国破亡之故事"。

【原文】

六国破灭，非兵不利、战不善，弊在赂秦。赂秦而力亏，破灭之道也。或曰：六国互丧，率赂秦耶？曰：不赂者以赂者丧。盖失强援，不能独完。故曰：弊在赂秦也。秦以攻取之外，小则获邑，大则得城。较秦之所得，与战胜而得者其实百倍；诸侯之所亡，与战败而亡者其实亦百倍。则秦之所大欲，诸侯之所大患，固不在战矣。思厥先祖父暴霜露、斩荆棘，以有尺寸之地；子孙视之不甚惜，举以予人，如弃草芥，今日割五城，明日割十城，然后得一夕安寝。起视四境，而秦兵又至矣。然则诸侯之地有限，暴秦之欲无厌；奉之弥繁，侵之愈急：故不战而强弱胜负已判矣！至于颠覆，理固宜然。古人云："以地事秦，犹抱薪救火，薪不尽，火不灭。"此言得之。

齐人未尝赂秦，终继五国迁灭，何哉？与嬴而不助五国也。五国既丧，齐亦不免矣。燕、赵之君，始有远略，能守其土，义不赂秦。是故燕虽小国而后亡，斯用兵之效也。至丹以荆卿为计，始速祸焉。赵尝五战于秦，二败而三胜。后秦击赵者再，李牧连却之。洎牧以谗诛，邯郸为郡，惜其用武而不终也！且燕、赵处秦革灭殆尽之际，可谓智力孤危，战败而亡，诚不得已。向使三国各爱其地，齐人勿附于秦，刺客不行，良将犹在；则胜负之数，存亡之理，当与秦相较，或未易量。

呜呼！以赂秦之地封天下之谋臣，以事秦之心礼天下之奇才，并力西向，则吾恐秦人食之不得下咽也。悲夫！有如此之势，而为秦人积威之所劫，日削月割，以趋于亡。为国者无使为积威之所劫哉！

夫六国与秦皆诸侯，其势弱于秦，而犹有可以不赂而胜之之势。苟以天下之大，而从六国破亡之故事，是又在六国下矣！

【译文】

六国的灭亡，不是武器不好、不善于打仗，症结是出在贿赂秦国上。由于贿赂秦国而致使国力亏损，因此六国的灭亡是肯定的。有人问："六国相继都灭亡了，难道都是因为贿赂秦国的缘故吗？"我回答说："不贿赂秦国的国家是因为受到贿赂秦国的国家的牵连而遭到灭亡的。由于这些不贿赂秦国的国家一旦失去了强大的外援，那就不能保证安全了。所以我说：'问题是出在贿赂秦国上。'"

秦国除了靠军事进攻掠夺城邑之外，还能从贿赂它的国家送给它的小贿赂中获得小城，从大贿赂中得到大城。两相比较，秦国靠贿赂所得到的要比靠战胜所得多上一百倍；诸侯国贿赂而失去的也要比因失败失去的多上一百倍。由此可见，秦国最希望的、诸侯最吃亏的，确实不在交战上。

六国的先祖和父辈靠着顶风冒雪、披荆斩棘，才得来了一小块国土，但他们的子孙们却看着这些土地不当回事，拿来给了别人，如同抛弃一根小草一样。今天割让五座城、明天割让十座城之后，能换来睡上一晚的踏实觉；但等到第二天天亮起来环视四方边境，却又看到秦国的军队来了。这样一来，诸侯的土地是有限的，而强暴的秦国的欲望却是无尽头的，因此六国奉送给秦国的土地越多，那秦国对六国的侵略就越急，所以不用交战而双方的强弱胜负就已经能看清楚了。最后六国落到了灭亡的境地，从道理上讲也的确是应该的。古人说："用土地去侍奉秦国，就如同抱着木柴去救火一样；木柴没有烧完，火也就不会熄灭。"这话说得是很有道理的。

齐国人从来就没有拿土地去贿赂过秦国，但终于也跟在五国之后而被秦国灭亡了。这是为什么呢？这是因为齐国与嬴姓的秦国结交而不去支援五国的缘故。五国丧亡后，齐国的亡国也就不可避免了。燕国和赵国的国君在一开始是很有长远的战略眼光的，能够守住他们的国土，能够坚持正义，不去贿赂秦国。因此，燕国虽然是一个小国，但却到最后才被秦国灭亡。这就是用兵对抗秦国的成效。到燕太子丹把对付秦国的希望寄托在荆轲身上之后，这才加快了燕国的灾祸。赵国曾经与秦国五次交战，两次失败，三次胜利。后来，秦国又一再进攻赵国，但都被李牧连连击败了。等到李牧被谗言害死之后，赵国的都城邯郸这才变成了秦国的一个郡。只可惜赵国用武力反抗秦国而没有能坚持到最后。况且，燕国和赵国当时正处于秦国已经快要将其他几国消灭干净了的时候，可以说它们的计谋和力量都已经由于孤立无援而陷入困境了，所以它们因战败而灭亡，确实也是没有办法的事情了。假如以前韩、魏、楚三国都各自珍爱自己的土地，齐国人不去依附秦国，燕国不派遣刺客，赵国的良将仍然还在，那么，不管是从命运上，还是从道理上讲，六国都应该能与秦国相抗衡，双方的胜负存亡也就很难估计了。

唉！如果六国把贿赂秦国的土地用来封给天下有计策的臣子，把侍奉秦国的心用来礼貌地对待天下的奇才，大家同心协力对付西边的秦国，那么，我想恐怕秦国人纵然是把六国吃到了嘴里也是咽不下去的。真可悲呀！有这样的势力，但却被秦国人逐渐积累起来的威势所吓倒，国力日削月割，最后灭亡了。统治国家的人啊，不要被敌人逐渐累积起来的威势所吓倒呀！

六国与秦国都是诸侯国，六国的势力要比秦国衰弱，然而却仍然具有可以不用贿赂就能战胜秦国的势头。如果我们有如此大的国家，而在六国灭亡之后又去重演六国灭亡的故事，那就连六国也比不上了。

项 籍

项籍即项羽。秦末，天下大乱，群雄并起。秦二世元年（前209年），项籍起事，兵锋所至，锐不可当。先渡黄河，破釜沉舟，大败秦军于巨鹿，威震诸侯；后因刘邦惧其威势而迎之入关，得以屠咸阳、焚宫室、尽掠货宝东归。汉元年（前206年）二月，分封诸侯，违楚怀王“先入关者王关中”之约，“以巴、蜀亦关中地”为由，徙刘邦为汉王，自立为西楚霸王，定都彭城。五月，楚汉战争爆发。至汉五年十二月，被围垓下，兵败身亡。

本文通过总结项籍先盛后衰之教训，指出其虽有百战百胜取天下之才，然终未能有天下者，因其虽“有取天下之才，而无取天下之虑”。文末以诸葛孔明据西蜀之喻作结，发人深省，耐人寻味。

【原文】

吾尝论项籍有取天下之才，而无取天下之虑；曹操有取天下之虑，而无取天下之量；刘备有取天下之量，而无取天下之才。故三人者，终其身无成焉！

且夫不有所弃，不可以得天下之势；不有所忍，不可以尽天下之利。是故地有所不取，城有所不攻，胜有所不就，败有所不避；其来不喜，其去不怒；肆天下之所为而徐制其后，乃克有济。

呜呼！项籍有百战百胜之才而死于垓下，无惑也！吾于其战巨鹿也，见其虑之不长，量之不大，未尝不怪其死于垓下之晚也。方籍之渡河，沛公始整兵向关，籍于此时若急引军趋秦，及其锋而用之，可以据咸阳，制天下。不知出此，而区区与秦将争一旦之命；既全巨鹿，而犹徘徊河南、新安间，至函谷，则沛公入咸阳数月矣。夫秦人既已安沛公而仇籍，则其势不得强而臣。故籍虽迁沛公汉中，而卒都彭城，使沛公得还定三秦，则天下之势在汉不在楚。楚虽百战百胜，尚何益哉！故曰：兆垓下之死者，巨鹿之战也。

或曰：虽然，籍必能入秦乎？曰：项梁死，章邯谓楚不足虑，故移兵伐赵，有轻楚心，而良将劲兵尽于巨鹿。籍诚能以必死之士，击其轻敌寡弱之师，入之易耳。且亡秦之守关，与沛公之守，善否可知也；沛公之攻关，与籍之攻，善否又可知也。以秦之守而沛公攻入之，沛公之守而籍攻入之；然则亡秦之守，籍不能入哉？

或曰：秦可入矣，如救赵何？曰：虎方捕鹿，罴据其穴，搏其子，虎安得不置鹿而返？返，则碎于罴明矣！军志所谓“攻其必救也”。使籍入关，王离、涉间必释赵自救；籍据关逆击其前，赵与诸侯救者十余壁蹑其后，覆之必矣！是籍一举解赵之围，而收功于秦也。战国时，魏伐赵，齐救之。田忌引兵疾走大梁，因存赵而破魏。彼宋义号知兵，殊不达此，屯安阳不进，而曰待秦敝。吾恐秦未敝，而沛公先据关矣。籍与义俱失焉。是故古之取天下者，常先图所守。诸葛孔明弃荆州而就西蜀，吾知其无能为也。且彼未尝见大险也，彼以为剑门者可以不亡也。吾尝观蜀之险：其守不可出，其出不可继，兢兢而自守犹且不给，而何足以制中原哉？若夫秦、汉之故都，沃土千里，洪河大山，真可以控天下，又乌事夫不可以措足如剑门者而后曰险哉！今夫富人必居四通五达之都，使其财布出于天下，然后可以收天下之利。有小丈夫者，得一金，椟而藏诸家，拒户而守之。呜呼！是求不失也，非求富也。大盗至，劫而取之，又焉知其果不失也。

【译文】

我曾经论说过项籍有夺取天下的能力，但却没有夺取天下的计划；曹操有夺取天下的计划，但却没有夺取天下的气度；刘玄德有夺取天下的气量，但却没有夺取天下的才能。因此，这三个人终身都没有取得成就。没有必要的放弃，就不可以得到天下有利的态势；没有必要的忍耐，就不可以全部获得天下的利益。所以，有些土地有必要不取，有些城市有必要不攻，有些胜利有必要不要，有些失败有必要不避。得到了土地和城市，没有必要高兴；失去了土地和城市，用不着气恼；听任天下人为所欲为，然后逐渐在后面控制住局势，才能获得成功。

哎呀！项籍有百战百胜的才能但却死在了垓下。但这没有什么不可领会的。我观察他在巨鹿作战，就已经看出了他考虑不周全、气量不够大的短处，因此历来都怪他死在垓下还死得太晚了。当项籍刚渡过黄河的时候，沛公才开始整兵向关中进发。项籍在这个时候如果火速带领军队向秦地开进，乘着沛公的推进而利用沛公，那就可以据守咸阳而控制天下。项籍不知道这个道理，反而愚蠢地去跟秦将抢夺一时的胜负。而且，保全了巨鹿之后，还在河南和新安之间徘徊。等他到达函谷关时，沛公已待在咸阳有好几个月了。秦人既然已经接受了沛公而仇恨项籍，那么，项籍就势必不可能强迫秦人称臣服从。因此，项籍虽然把沛公迁往汉中，最后自己把都城定在彭城，但结果还是让沛公回头来平定了三秦。这样看来，天下的大势在汉一方，而不在楚一方。楚方虽然百战百胜，但那又有什么补益呢！所以我说："巨鹿之战已经昭示了垓下的灭亡。"

有人说："虽然是这样，但项籍就肯定能进入秦地吗？"回答："项梁死后，章邯认为楚军不值得担忧了，所以就调走军队去讨伐赵军，轻视楚军，而把良将劲兵全部集合到了巨鹿。项籍如果能用决心战死的将士攻击秦朝轻敌寡弱的军队，那么，要进入关中是不困难的。而且，垂死的秦朝对函谷关的防守，与沛公对函谷关的防守，好坏一看就能分清。沛公对关中的进攻能力，与项籍的进攻能力，好坏一看也能看出。秦朝防守，沛公攻了进去；沛公防守，项籍攻了进去。既然如此，那当垂死的秦朝防守时，项籍应该能攻进去吧？"

有人问："秦地可以攻入。但是，这与救援赵国相比，哪个更为有利呢？"回答："老虎刚捕到鹿，人熊便占据了它的窝，捕到了它的儿子，老虎又怎能不丢下鹿而返回去呢？它一回去就会被人熊撕碎。这是很显然的。这就是兵书上所说的'攻其必救'。假如项籍进入关中，王离、涉间就必然会丢开赵军回救关中；项籍此时占据函谷关在秦军前面反向攻击，赵军与十几座军营的诸侯援军紧逼在秦军后面，那么，那肯定能全歼秦军！这样，项籍既能一举解除秦军对赵军的包围，而且还能在秦地获得最后成功。战国时期，魏国讨伐赵国，齐国救助赵国。田忌带领兵马急速挺进大梁，从而守住了赵国而且攻破了魏国。那个宋义号称通晓军事，却不懂这个道理，屯驻在安阳，不继续前进，说是等待秦军困顿。我想，恐怕秦军还没有疲惫，沛公就已经先占据了关中了。项籍和宋义都在这个问题上失策了。"

所以，古代夺取天下的人常常要先安排好自己的根据地。诸葛孔明放弃荆州而来到西蜀，我就知道他是不可能有作为的。况且他从未见过特别险要的地形。他以为剑门这地方可以不失守。我曾经观察过蜀中的险要地势，它仅能扼守而不能出击，一出击后勤供应就不能保证；小心谨慎而自我保全，仍然难以维持，怎么能够控制中原呢？至于秦朝、汉朝的故都，那里土地肥沃，大河大山，真正能够控制天下，既然如此，又何必去经营那如剑门一样不能立足的地方，然后才说此地险要呢？

现在，富人必定要居住在四通八达的大城市，让他的钱财流通于天下，然后才可以收取天下之利。那小气之人，得到一个金匣子后便会藏在家里，关上门而看守着它。哎呀！这只是想保住它不丢失，而不是想要致富。如果来了大强盗，强行把它劫走了，那又怎么能够知道它的确就不会失去呢？

高 祖

楚汉争霸中，刘邦获胜。西汉建立前后，吕后在辅佐刘邦的过程中表现出其刚毅、残忍而又有权谋的一面。因太子性仁弱，无法与其母抗衡，故高祖对百岁之后的刘家天下有所顾虑。

本文记叙汉高祖刘邦生前便安排好防范吕氏之祸的计划，即翦剪除吕氏党羽，“使其毒可以治病，而无至于杀人”。以为后世子孙长有天下而计，说明其智为明于大而暗于小。此正是其虽挟数用术不及陈平，揣摩天下之势不如张良，然又高于二人之处。

全文起承转合，流畅自然，对于高祖之智给予了高度评价。

【原文】

汉高祖挟数用术，以制一时之利害，不如陈平；揣摩天下之势，举指摇目以劫制项羽，不如张良。微此二人，则天下不归汉，而高帝乃木强之人而止耳。然天下已定，后世子孙之计，陈平、张良智之所不及，则高帝常先为之规划位置，以中后世之所为，晓然如目见其事而为之者。盖高帝之智，明于大而暗于小，至于此而后见也。

帝尝语吕后曰：“周勃厚重少文，然安刘氏必勃也，可令为太尉。”方是时，刘氏既安矣，勃又将谁安耶？故吾之意曰：高帝之以太尉嘱勃也，知有吕氏之祸也。

虽然，其不去吕后，何也？势不可也。昔者武王没，成王幼，而三监叛。帝意百岁后，将相大臣及诸侯王有武庚禄父者，而无有以制之也。独计以为家有主母，而豪奴悍婢不敢与弱子抗。吕后佐帝定天下，为大臣素所畏服，独此可以镇压其邪心，以待嗣子之壮。故不去吕后者，为惠帝计也。

吕后既不可去，故削其党以损其权，使虽有变而天下不摇。是故以樊哙之功，一旦遂欲斩之而无疑。呜呼！彼岂独于哙不仁耶！且哙与帝偕起，拔城陷阵，功不为少矣。方亚父嗾项庄时，微哙诮让羽，则汉之为汉，未可知也。一旦人有恶哙欲灭戚氏者，时哙出伐燕，立命平、勃即军中斩之。夫哙之罪未形也，恶之者诚伪，未必也；且高帝之不以一女子斩天下之功臣，亦明矣。彼其娶于吕氏。吕氏之族若产、禄辈皆庸才，不足恤；独哙豪健，诸将所不能制：后世之患，无大于此矣！夫高帝之视吕后也，犹医者之视堇也。使其毒可以治病，而无至于杀人而已矣。樊哙死，则吕氏之毒将不至于杀人，高帝以为是足以死而无忧矣。彼平、勃者，遗其忧者也。哙之死于惠之六年也，天也。使其尚在，则吕禄不可绐，太尉不得入北军矣。或谓哙于帝最亲，使之尚在，未必与产、禄叛。夫韩信、黥布、卢绾皆南面称孤，而绾又最为亲幸。然及高祖之未崩也，皆相继以逆诛。谁谓百岁之后，椎埋屠狗之人，见其亲戚乘势为帝王而不欣然从之邪？吾故曰：彼平、勃者，遗其忧者也。

【译文】

汉高祖凭借本领、运用计谋，以决断一时的利害，不如陈平；揣摩天下的形势、运筹帷幄，以制伏项羽，比不上张良。假如没有这两个人，那天下就不会归属汉朝，而汉高帝也只不过是一个没有文化的倔犟人而已。然而，在天下平定后，后世子孙的大计，陈平、张良就考虑不到了，但汉高祖却时常在事先对这些事情作出规划和安排，让这些规划和安排适合于后世的所作所为，明白得就好像亲眼看着那些事情在处理一样。汉高祖的高明之处，是能看清大问题而看不清小问题，到了这个时候，才迟迟表现出来。

汉高祖曾经对吕后说："周勃尽管忠厚老实、缺少文化，但平定刘氏的却一定是周勃。可以让他担任太尉。"当时，刘氏既然已经安定了，那周勃又将安定谁呢？因此我认为：汉高祖把太尉一职交给周勃，是他知道会有吕氏的灾难。尽管如此，但汉高祖又不除去吕后。这是为什么呢？这是因为形势不许可。从前，周武王死后，周成王年幼，因而三监发动了叛乱。汉高祖预料自己百岁之后，将相大臣以及诸侯王中会有武庚、禄父这样的人，可是却没有人来制伏他们。他只能设想：如果家中有女主人，那豪强的男奴和强悍的婢女就不敢与弱小的儿子抵抗。而吕后辅佐汉高祖平定了天下，大臣素来对她就因感到畏惧而服从，只有她可以镇压住他们的险恶用心，以等待嗣位的太子长大。所以，汉高祖不除去吕后，是替汉惠帝着想。

吕后既然不能除去，那汉高祖便因此用削去吕后党羽的办法来削减吕后的权力，使虽然发生事变，但天下能不被动摇。所以，凭樊哙的功劳，按理说是不会动他，但汉高祖一旦想要斩他却毫不犹豫。哎呀！汉高祖怎会唯独对樊哙不仁呢？况且，樊哙与汉高祖共同起义，夺取城池、冲锋陷阵，功劳是很大的。当亚父唆使项庄舞剑的时候，假如不是樊哙谴责项羽，那么，汉朝是否能成为汉朝，那还不知道呢。然而，一旦有人诬告樊哙想要除掉戚氏，当时樊哙正出兵讨伐燕王，汉高祖却立即命令陈平、周勃就在军中杀了他。樊哙的罪行还没有成立，诬告者的真假也还说不清，而且汉高祖也不会因为一个女人就杀掉天下的功臣，这些事情也是明显的。然而，汉高祖为何还想要杀掉他呢？因为樊哙是从吕氏家族娶的妻子，而吕氏家族中如吕产、吕禄等人，都是平庸的人，不值得顾忌，唯独樊哙豪迈而雄健，各位将领都不能对付他，后世的祸患，樊哙是最大的。汉高祖看待吕后，就仿佛医生看待堇草一样，只是让它的毒性可以治病，但不至于能够杀人而已。只要樊哙一死，那吕氏的毒性就不至于能杀人了。

汉高祖以为杀了樊哙就完全能够做到死后没有忧患了。然而，由于陈平、周勃并没有遵照汉高祖的命令杀死樊哙，因而那陈平、周勃就是留下汉高祖担忧的人。樊哙死于汉惠帝六年，这是上天的安排。假如让他活了下来，那就骗不了吕禄，太尉周勃就进入不了北军了。有人认为樊哙对汉高祖来说，关系最亲，如果让他活了下来，他不一定就会与吕产、吕禄一起反叛。不过，韩信、黥布、卢绾都是面朝南方称王的人，而且卢绾又是汉高祖最宠幸的，但还没有等到高祖死去，他们却都接连因叛逆而被诛杀了。谁能说在汉高祖百岁之后，那掘墓杀狗出身的人，看到自己的亲戚乘势当上了帝王而不欣然随从呢？我所以说那陈平、周勃不杀樊哙，是留下汉高祖担忧的人。

御 将

对于将领的选拔和任用，历来是见仁，见智。此文作者独辟蹊径，认为御将之道，应把将领分为贤将、才将，并根据才将之能力，分辨其才大、才小，提出要针对将领自身不同的特点而采取不同的领导方式。

全文结构严谨，主次分明，侧重于议论才将及才大之将。先以马牛比喻才将之可用，继而引出"结以重恩，示以赤心"的御才将之道；再以骐骥、养鹰一喻以及高帝待韩信之事为证，进一步提出"先赏之说，可施之才大者；不先赏之说，可施之才小者"的论点。

文中所议虽有侧重，却无褒贬，其对于贤将及才小之将的论述虽着墨不多，一笔带过，却也丰满、生动，可谓字字珠玑。

【原文】

人君御臣，相易而将难。将有二：有贤将，有才将；而御才将尤难。御相以礼，御将以术；御贤将之术以信，御才将之术以智。不以礼，不以信，是不为也；不以术，不以智，是不能也。故曰：御将难，而御才将尤难。

六畜，其初皆兽也。彼虎豹能搏、能噬，而马亦能踶，牛亦能触。先王知能搏、能噬者不可以人力制，故杀之；杀之不能，驱之而后已。踶者可驭以羁绁，触者可拘以楅衡，故先王不忍弃其才而废天下之用。如曰是能踶，是能触，当与虎豹并杀而齐驱，则是天下无骐骥，终无以服乘耶?

先王之选才也，自非大奸剧恶如虎豹之不可以变其搏噬者，未尝不欲制之以术，而全其才以适于用。况为将者，又不可责以廉隅细谨，顾其才何如耳。汉之卫、霍、赵充国，唐之李靖、李偊，贤将也；汉之韩信、黥布、彭越，唐之薛万彻、侯君集、盛彦师，才将也。贤将既不多有，得才者而任之可也。苟又曰是难御，则是不肖者而后可也。结以重恩，示以赤心，美田宅，丰饮馔，歌童舞女，以极其口腹耳目之欲，而折之以威，此先王之所以御才将者也。近之论者或曰：将之所以毕智竭虑，犯霜露、蹈白刃而不辞者，冀赏耳；为国家者，不如勿先赏以邀其成功。或曰：赏所以使人，不先赏，人不为我用。是皆一隅之说，非通论也。将之才固有小大，杰然于庸将之中者，才小者也；杰然于才将之中者，才大者也。才小志亦小，才大志亦大，人君当观其才之小大，而为之制御之术以称其志。一隅之说不可用也。

夫养骐骥者，丰其刍粒，洁其羁络，居之新闲，浴之清泉，而后责之千里。彼骐骥者，其志常在千里也，夫岂以一饱而废其志哉?至于养鹰则不然，获一雉，饲以一雀；获一兔，饲以一鼠。彼知不尽力于击搏，则其势无所得食，故然后为我用。才大者，骐骥也，不先赏之，是养骐骥者饥之而责其千里，不可得也；才小者，鹰也，先赏之，是养鹰者饱之而求其击搏，亦不可得也。是故先赏之说，可施之才大者，不先赏之说，可施之才小者。兼而用之，可也。昔者，汉高祖一见韩信而授以上将，解衣衣之，推食哺之；一见黥布而以为淮南王，供具饮食如王者；一见彭越而以为相国。当是时，三人者未有功于汉也。厥后追项籍垓下，与信、越期而不至，损数千里之地以界之，如弃敝屣。项氏未灭，天下未定，而三人者，已极富贵矣。何则?高帝知三人者之志大，不极于富贵，则不为我用。虽极于富贵而不灭项氏，不定天下，则其志不已也。至于樊哙、滕公、灌婴之徒则不然，拔一城，陷一阵，而后增数级之爵，否则，终岁不迁也。项氏已灭，天下已定，樊哙、滕公、灌婴之徒，计百战之功，而后爵之通侯。夫岂高帝至此而啬哉?知其才小而志小，虽不先赏，不怨；而先赏之，则彼将泰然自满，而不复以立功为事故也。噫!方韩信之立于齐，蒯通、武涉之说未去也。当是之时而夺之王，汉其殆哉。夫人岂不欲三分天下而自立者，而彼则曰：“汉王不夺我齐也。”故齐不捐，则韩信不怀；韩信不怀，则天下非汉之有。呜呼!高帝可谓知大计矣。

【译文】

君主统治臣子，宰相容易而将领难。将领有两种：有德才兼备的将领，有才干超群的将领。而驾驭才干超群的将领尤其难。驾驭宰相用法制，驾驭将领用权变；驾驭德才兼备的将领的手段要借助诚实，驾驭才干超群的将领的手段要凭借智慧。不用礼法，不凭借诚实，什么事情也做不成；不用权变，不凭借智慧，是不能做事情。所以说：驾驭将领难，而驾驭才干超群的将领尤其难。

马、牛、羊、猪、犬、鸡这六种家畜，起初都是野兽。那老虎和豹子能扑人、能咬人，而且马也能踢，牛也能用角抵。先王明白能扑人、能咬人的野兽是不可以用人力来制伏的，所以把它们杀掉；不能杀掉它们，就把它们赶跑了事。踢人的野兽可以用绳索来制伏它们，用角抵人的野兽能够用横木绑在角上来限制它们，所以先王不忍心遗弃它们的本领而不让天下人利用。如果说它们能踢人，它们能用角抵人，就应该与虎豹一起杀掉、一同赶跑，那如此一来天下就不会有好马，结果人们也就不能用它们来供自己骑乘了！

先王选拔有才能的人，只要不是特别奸狡凶恶、就像老虎和豹子一样不能改变那扑人、咬人的人，那就没有不想用手段来制伏他们、从而保证他们的才能加以恰当使用的，作为将领的人更是如此！更不能用行为端正、小心谨慎来要求他们，而只能是看他们的才能如何而已。汉朝的卫青、霍去病、赵充国；唐朝的李靖、李偈，是文武双全的将领；汉朝的韩信、黥布、彭越，唐朝的薛万彻、侯君集、盛彦师，是才干卓越的将领。德才兼备的将领既然不多，那得到才干超群的将领就可以任用。如果还认为这些人难驾驭，那么，这些人就是不正派的人，而采用后面的手段也就可以了。用重恩来拉拢他们，把自己的诚心展露给他们，送给他们良田美宅，让他们吃好的喝好的，赏给他们歌童和舞女，用这些来在最大程度上满足他们的口腹耳目的欲念，而用自己的权威来使他们折服。这些就是先王之所以能驾驭才干超群的将领的缘故。

近来在谈论这件事的人中间，有的说："将领之所以能够费尽心机，顶风霜、冒雨露，投身刀剑丛中而无所畏惧的原因，不过就是希望得到奖赏罢了。统治国家的人，不如先别奖赏，以鼓舞他们成功。"有的说："奖赏是用来让人出力的。不先奖赏，那人们就不会为我出力。"这些说法都是片面的，不是完整的理论。将领的才能的确有小有大：在平庸的将领中鹤立鸡群的人，是才能小的人；在有才干的将领中鹤立鸡群的人，是能力大的人。才能小志气也就小，才能大志向也就大。君主应当观察他们才能的大小，从而制定驾驭他们的方法，以符合他们的志向。不能采用片面的说法。养好马的人，为马提供丰盛的草料，为马整理笼头缰绳，让马住在新马棚，用清泉为马洗浴，然后责令它奔驰千里。那种好马，它们的志向常常在驰骋千里；岂能因为一顿饱餐而抛弃了自己的志向呢！说到养鹰就不同了。它捕获一只野鸡，就喂它一只雀鸟；它捕获一只兔子，就喂它一只老鼠。它知道如果自己不尽力去拼搏，那势必就没有办法得到食物，所以它以后就能为我出力。才能大的人，是好马，如果不先奖励他们，那就是养好马的人让马饿着肚子而责令马奔驰千里，是不可能的事情；才能小的人，是鹰，假如先奖赏他们，那就是养鹰的人让鹰吃饱了而请求鹰去搏击，也是不可能的事情。所以，先奖赏的说法，可以对才能大的人施行；后奖赏的方法，可以对才能小的人施行；两者兼而用之，也是可以的。

以前，汉高祖一见到韩信便授予他上将，脱下自己的衣服给他穿，把自己吃的饭让给他吃；一见到黥布便任命他为淮南王，让他的用品和饮食都如同诸侯王一样；一见到彭越，便任命他为相国。那时，这三人对汉朝还没有功劳。其后，汉高祖追逐项籍到了垓下，与韩信约定了会师的日子，但韩信却不到来，于是汉高祖抛弃了数千里的地方，把它送给了韩信，就如同扔掉一双破鞋一样。项氏还没有消灭，天下还没有平定，但这三人却已经达到富有的顶点了。汉高祖这样做的缘故是什么呢？因为汉高祖知道这三人的志向远大，不达到富贵的顶点，那他们是不会为我效力的。而且，即使是达到了富贵的顶点，而不消灭项氏，不平定天下，那他们的志向也不会有个结果。至于樊哙、滕公、灌婴之流却不一样。他们攻夺一城，攻陷一阵，然后才能增加几级爵位，否则，一年到头也不予以升职。项氏被消灭，天下平定后，樊哙、滕公、灌婴之流，累计百战的战功，然后才被封为列侯。汉高祖哪能一到他们这儿就吝啬起来了呢？而是因为汉高祖知道他们的才能小而且志气也小，即便是不先奖赏，他们也不会有不满；但要是先奖赏他们，那他们就将会心满意足，而不再把立功当成大事了。哎呀！当时韩信刚被立为齐王，蒯通、武涉来游说他背叛，还没有离去，在这种时候而夺取韩信的王位，那汉朝可就危险了！人哪有不愿三分天下而自立称王的呢？可韩信却说："汉王是不会剥夺我齐王王位的。"所以，如果不舍弃齐地，那韩信就不会被安抚下来；如果韩信不被安定下来，那天下就不是汉王所有了。啊！汉高祖可以称得上是懂得大计的人。

任相

相为六卿之首，位显权重，作者开篇即述"将特一大有司耳，非相侔也"。可见对宰相之敬重，亦反映出宋人重文臣而轻武将的社会现实。

全文以"任相以礼"作为统筹之线索。先引贾谊，以寄感慨，指出与古天子待相相比，近世"尊尊贵贵之道，不若是亵也"，再引贾谊，以志勤勉，引汉武以示垂戒，突出"必其待之如礼，而后可以责之如法"之主旨。

此文用典广征博引，议论层次循序渐进，充分表现了作者深厚的文学功底和高超的写作技巧。

【原文】

古之善观人之国者，观其相何如人而已。议者常曰：将与相均。将特一大有司耳，非相侔也。国有征伐，而后将权重；有征伐无征伐，相皆不可一日轻。相贤耶，则群有司皆贤，而将亦贤矣；将贤耶，相虽不贤，将不可易也。故曰：将特一大有司耳，非相侔也。任相之道与任将不同。为将者大概多才而或顽钝无耻，非皆节廉好礼不可犯者也。故不必优以礼貌，而其有不羁不法之事，则亦不可以常法御。何则？豪纵不趋约束者，亦将之常态也。武帝视大将军，往往踞厕；而李广利破大宛，侵杀士卒之罪，则寝而不问。此任将之道也。若夫相，必节廉好礼者为也，又非豪纵不趋约束者为也，故接之以礼而重责之。

古者相见于天子，天子为之离席起立；在道，为之下舆；有病，亲问；不幸而死，亲吊。待之如此其厚，然其有罪亦不私也。天地大变，天下大过，而相以不起闻矣；相不胜任，策书至而布衣出府免矣；相有他失，而栈车牝马归以思过矣。夫接之以礼，然后可以重其责而使无怨言；责之重，然后接之以礼而不为过。礼薄而责重，彼将曰：主上遇我以何礼，而重我以此责也，甚矣。责轻而礼重，彼将遂弛然不肯自饬。故礼以维其心，而重责以勉其怠，而后为相者，莫不尽忠于朝廷而不恤其私。

吾观贾谊书，至所谓"长太息"者，常反覆读不能已。以为谊生文帝时，文帝遇将相大臣不为无礼，独周勃一下狱，谊遂发此。使谊生于近世，见其所以遇宰相者，则当复何如也？夫汤、武之德，三尺竖子皆知其为圣人，而犹有伊尹、太公者为师友焉。伊尹、太公非贤于汤、武也，而二圣人者，特不顾以师友之，明有尊也。噫！近世之君姑勿责于此，天子御坐，见宰相而起者有之乎？无矣。在舆而下者有之乎？亦无矣。天子坐殿上，宰相与百官趋走于下，掌仪之官名而呼之，若郡守召胥吏耳。虽臣子为此亦不过，然尊尊贵贵之道，不若是亵也。

夫既不能待之以礼，则其罪之也，吾法将亦不得用。何者？不过于用礼而果于用刑，则其心不服。故法曰：有某罪而加之以某刑。及其免相也，既曰有某罪，而刑不加焉，不过削之一官而出之大藩镇。此其弊皆始于不为之礼。贾谊曰："中罪而自弛，大罪而自裁。"夫人不我诛，而安忍弃其身，此必有大愧于其君。故人君者，必有以愧其臣，故其臣有所不为。武帝尝以不冠见平津侯，故当天下多事，朝廷忧惧之际，使石庆得容于其间而无怪焉。然则必其待之如礼，而后可以责之如法也。

且吾闻之，待以礼，而彼不自效以报其上；重其责，而彼不自勉以全其身，安其禄位，成其功名者，天下无有也。彼人主傲然于上，不礼宰相以自尊大者，孰若使宰相自效以报其上之为利？宰相利其君之不责而丰其私者，孰若自勉以全其身，安其禄位，成其功名之为福？吾又未见去利而就害、远福而求祸者也。

【译文】

古代善于观察别人国家状况的人，只消观察那个国家的宰相是什么样的人就行了。发表议论的人常说：“将领与宰相同等。”将领，只不过是一个大官职罢了，无法与宰相相提并论。国家有了战争后，将领的权力才会加重；然而，无论是有战争，还是没有战争，宰相都是一天也不可忽视的。宰相贤明，那各部门的臣子都会贤明，而且将领也会贤明了；将领贤明，宰相虽然不贤明，但将领也无法改变宰相。所以说将领只不过是一个大官职罢了，不能与宰相均等。任用宰相的办法与任用将领不同。担任将领的人，尽管大部分富有才干，但也有愚笨无耻的，并非都是有节操、廉洁、讲礼而不可触犯的人，因此不必用礼貌来优待他们；而且他们有不受管教、违反法纪的一面，因此也不能用通常的制度来管理他们。这是什么缘故呢？因为豪放不羁、不喜欢受人约束，也是将领通常的态度。汉武帝接见大将军卫青，经常是踞坐在床边；而李广利攻破大宛时侵犯和杀害士兵的罪过，汉武帝也搁置在一边不再追查。这就是任用将领的方法。至于宰相，那一定是由有节操、廉洁、讲礼的人来担任的，又不是由豪放不羁、不喜欢受人约束的人来担任的，所以对他们要以礼相待，但又要对他们实行严厉责任处罚。

古时候，宰相去见天子，天子要为他们离开座席站立；在道路上相遇，天子要为他们下车；宰相有了病，天子要亲临安抚；宰相不幸而死亡，天子要亲临吊唁。天子对待他们是这样的情深意厚，但他们有了过错，天子也不会徇私情而原谅他们。天地有了大的变故，天下有了大的过错，但宰相却用什么也没有发生上报了，那就是宰相不称职，而等天子的策书一到，宰相就得穿起老百姓的衣服离开宰相府，免去职务；宰相有了其他的过失，就乘坐用母马拉着的简陋的栈车来反思过失。对待他们有礼貌，然后对他们进行严厉的责任处罚就会让他们没有怨言；对他们进行严厉的责任处罚，然后对待他们有礼貌也就不过分了。对待他们不太有礼貌但又对他们进行严厉的责任处罚，那他们就会说：“皇上是用什么礼数来对待我的？但却对我实行这样严厉的责任处罚。这太过分了！”对他们轻处罚而重礼遇，那他们就会松懈下来，不肯严格要求自己了。因此，要用礼貌来笼络他们的心，而用严厉的责任处罚来勉励他们不要懈怠。这样做了之后，那担当宰相的人，就没有不为朝廷竭尽忠心的、就不会有考虑自己的利益的。

我观看贾谊的书，到所谓“长叹息”那里，常常反复读诵而无法停下来。我认为贾谊生活在汉文帝时期，汉文帝对待将领、宰相、大臣不是缺少礼貌的，只把周勃一关进监狱，贾谊便发出了“长叹息”。如果让贾谊生活在近代，见到近代是用什么来对待宰相的，那他又会怎么样呢？商汤王、周武王的品德高尚，三尺高的小孩子都知道他们是圣人，可是他们仍然还有伊尹、太公做老师和朋友呢。伊尹、太公并不是比商汤王、周武王还要高明，但两位圣人却执意不顾，把他们当做老师和朋友，以清楚表示自己对他们的尊敬。啊！近代的君主先不要忙着要求自己达到这个程度。天子坐在宝座上见到宰相而有为宰相站起的吗？没有了。坐在车上而有为宰相下车的吗？也没有了。天子坐在大殿上，宰相与百官服从地奔走在大殿下，司仪官点着名叫他们，就像州郡的太守召唤胥吏一样。虽然做臣子这样做也不过分，但尊敬受尊敬的人、看重高贵的人的这个原则，也不能像这样被侮辱啊！

既然对宰相不能做到有礼貌，那要惩罚他们，我们的法令也就不能用了。这是什么原因呢？因为事前不用礼而事后却用刑，那他们的心里就不会服气。所以，法律上说：他有什么罪过而处以他什么罪名。但是，到罢免宰相时，既然说了他有什么罪过，但却不处以他刑罚，不过是削去他的职位，让他降官一等去大藩镇任职罢了。这样那样的弊端都是由对待宰相没有礼貌开始的。贾谊说："犯了中罪就主动辞职，犯了大罪就自己杀了自己。"就人之常情而言：别人不杀我，我又怎忍心自己杀了自己呢？所以，能够自杀的人必定是自己觉得特别对不起自己的君主。所以，君主必须得有让自己的臣下感到惭愧的举动，这样他的臣下才不会做出什么对不起他的事情。汉武帝以前不戴帽子就接见平津侯，但由于那时正当天下多事、朝廷担忧受惊的时候，因此才使得宰相石庆能够置身于这种场合而不感到惊讶。

既然如此，对待他们就必须依照礼法，然后才能依照法律来处罚他们。并且我知道：对待他们有礼貌而他们自己不努力办事来报答皇上，对他们实行严厉的责任处罚而他们不通过自我勉励来保全自身、稳固自己的官位、成就个人功名的，天下没有。对那君主来说，是高高在上、用不礼遇宰相来妄自尊大有利呢，还是让宰相自己努力办事来回报皇上有利呢？对宰相来说，是喜欢自己的君主不处罚自己而满足自己的私利是幸福呢，还是经由自我勉励来保全个人、稳定自己的官位、成就自己的功名是幸福呢？我还没有见到过有愿意离开利益而去靠近害处、逃避幸福而寻找灾祸的人呢。

苏氏族谱亭记

据周密《齐东野语·老泉〈族谱亭记〉》所载："老泉《族谱亭记》言'乡俗之薄，起于其人'，而不著其姓名，盖苏与其妻党程氏大不咸。"作者也在其《自尤诗》中提到其幼女聪颖好学、贤德温婉。嫁与其母之兄程浚之子，"适会其病，其夫与舅姑遂不之视而急弃之"。致使其于十八岁早亡。故可知，此《记》是针对其妻党程家父子所作所为而发的感叹。

当是时，世道衰微，人心不古，伦理不正，恩义不笃。作者借老者作一箴训，既不曾明言人，亦不曾斥指乡人，便已言者无罪，闻者足戒。读罢此文，修身齐家之念亦可油然而生。

【原文】

匹夫而化乡人者，吾闻其语矣。国有君，邑有大夫，而争讼者诉于其门；乡有庠，里有学，而学道者赴于其家。乡人有为不善于室者，父兄辄相与恐曰："吾夫子无乃闻之！"呜呼！彼独何修而得此哉？意者其积之有本末，而施之有次第邪？

今吾族人犹有服者不过百人，而岁时蜡社，不能相与尽其欢欣爱洽，稍远者至不相往来，是无以示吾乡党邻里也。乃作《苏氏族谱》，立亭于高祖墓茔之西南而刻石焉。既而告之曰："凡在此者，死必赴，冠、娶妻必告，少而孤则老者字之，贫而无归则富者收之。而不然者，族人之所共诮让也。"

岁正月，相与拜奠于墓下；既奠，列坐于亭。其老者顾少者而叹曰："是不及见吾乡邻风俗之美矣。自吾少时，见有为不义者，则众相与疾之，如见怪物焉，栗然而不宁。其后少衰也，犹相与笑之。今也，则相与安之耳。是起于某人也。夫某人者，是乡之望人也，而大乱吾俗焉。是故其诱人也速，其为害也深。自斯人之逐其兄之遗孤子而不恤也，而骨肉之恩薄；自斯人之多取其先人之赀田而欺其诸孤子也，而孝悌之行缺；自斯人之为其诸孤子之所讼也，而礼义之节废；自斯人之以妾加其妻也，而嫡庶之别混；自斯人之笃于声色，而父子杂处，忳哗不严也，而闺门之政乱；自斯人之渎财无厌，惟富者之为贤也，而廉耻之路塞。此六行者，吾往时所谓大惭而不容者也。今无知之人皆曰：'某人何人也，犹且为之。'其舆马赫奕，婢妾倩丽，足以荡惑里巷之小人；其官爵货力，足以摇动府县；其矫诈修饰言语，足以欺罔君子，是州里之大盗也。吾不敢以告乡人，而私以戒族人焉：仿佛于斯人之一节者，愿无过吾门也。”

予闻之，惧而请书焉。老人曰：“书其事而阙其姓名，使他人观之，则不知其为谁，而夫人之观之，则面热内惭，汗出而食不下也。且无名之，庶其有悔乎？”予曰：“然。”乃记之。

【译文】

一个平民百姓而能感动全乡的人，我听说过有关他的谈论。尽管一国有君主，一邑有大夫，但打官司的人却要到他的家门口去请他评理；即使一乡有一乡的学校，一里有一里的学校，但想学真本领的人还是到他家中学习。如果乡中有在家里闹事的人，那这人的父亲和兄长往往就要对这个人说：“我们的夫子会不会知道这件事情呢？”啊！他一个人是怎样做事而达到这种程度的呢？我想他是不是在学习的积累过程中能分清主次轻重，而施行起来的时候能做到井井有条呢？

如今，我的族人还在五服之内的不到一百人了。但是在每年的腊日和社日时，聚集在一起却不能全都高高兴兴、和和睦睦，稍远一些的人甚至于不相互往来。这样一来，我们全族就没有脸面见乡里的人。于是，我撰写了《苏氏族谱》，在高祖坟墓的西南修建了亭子，把族谱刻在了立在亭子中的石碑上。在这之后，我又告诉大家说：“凡是写在这上面的人，死了就一定要参加葬礼，举行男子成年仪式和娶妻子就必须要通知大家。如果有年纪幼小而成了孤儿的，那就由老年人给他取上名字；如果有贫穷而无家可归的，那就由富有的人把他收养下来。要是有不这样做的人，那全体族人都要责怪他。”

这年的正月，大家一起在坟墓下跪拜和祭奠。祭奠之后，大家在亭子里分列而坐。其中的老人看着年轻人而长叹说：“你们是看不到我们乡邻的风俗之美了。在我小的时候，只要看见了有做出了不道德事情的人，那大家都共同以他为敌，把他当做怪物，使他感到心惊肉跳、心不安宁。在这以后，尽管风俗稍稍有些衰败了，但大家还是要共同嘲笑这种人的。可现在，大家却与这种人相安无事了。这是从某人那里开始的。那某人是乡中有名望的人，但他却把我们的风俗搞得大乱。因此，他诱惑人的速度很快，这种为害也很深。自从这个人赶走自己兄长留下的孤儿而不照顾后，骨肉的恩情就淡薄了；自从这个人多拿多占自己前辈的家财和田产而欺负他家里的各位孤儿后，孝敬父母和尊敬兄长的道德就缺少了；自从这个人被他家里的各位孤儿起诉后，礼义的节操就废除了；自从这个人把他的小老婆的地位放到了他妻子的前面后，嫡庶的区别就混作一团了；自从这个人沉湎在音乐和女色之中，而父亲和子女住在一起、男女之间没有界限后，家里男女淫乱的丑事就出现了；自从这个人贪得无厌、只尊重富人后，从此就再也没有廉耻了。这六种行为，是我们过去所认为的最感到羞愧、最不能容忍的。然而，如今不懂事的人却都说：某人是什么样的人啊，他还要做这样的事情呢。他的车马很豪华，婢女和小老婆美丽动人，完全可以引得街头巷尾的小人向往；他的官爵和财力，完全能够摇动府县；他虚伪狡诈、说起话来很好听，完全能够欺骗住君子；他就是州里的大盗！我不敢把这些事情告诉乡亲们，而只是在暗地里把这些事情拿来告诫族人。如果有类似这种人的任何一种行为的，我希望他不要经过我们家的大门！”

我听了这些事情，感到害怕，因而希望老人让我把这些事情写下来。老人说：“写下这些事情但又不写下他的姓名，假如让别人看，那就不知道他是谁；而如果让这个人看了，那他就会脸发热、心中感到惭愧，汗水直流，而且吃不下饭了。暂时不要把这些事情公开，也许他还有后悔的时候呢！”我说：“好吧。”于是，记下了这些事情。

极乐院造六菩萨记

“三十年之间，而骨肉之亲零落无几。”作者独立于世，悲凉凄苦之情不言而喻。回顾昔日情景，亲人音容仍在，现实中却已是物是人非、人神殊途，更觉惨淡悲怆。

作者此时不胜感伤，正欲离开触景生情之地。因其心有不舍，满怀牵挂，故于临行前“慨然顾坟墓，追念死者”。“恐其魂神无所寄托”，故造六菩萨置于极乐院，用以祭奠死者，希望死去的人能够得到超度，不必“滞于幽冥阴漠之间”，以使生者得到安慰。

本文笔调抑郁，情真意切，深挚地表达了作者对于死者的追思哀悼之情。

【原文】

始予少年时，父母俱存，兄弟妻子备具，终日嬉游，不知有死生之悲。自长女之夭，不四五年而丁母夫人之忧，盖年二十有四矣。其后五年而丧兄希白，又一年而长子死，又四年而幼姊亡，又五年而次女卒。至于丁亥之岁，先君去世，又六年而失其幼女，服未既，而有长姊之丧。悲忧惨怆之气，郁积而未散，盖年四十有九而丧妻焉。嗟夫，三十年之间，而骨肉之亲零落无几。逝将南去，由荆、楚走大梁，然后访吴、越，适燕、赵，徜徉于四方以忘其老。将去，慨然顾坟墓，追念死者，恐其魂神精爽滞于幽阴冥漠之间，而不获旷然游乎逍遥之乡，于是造六菩萨并龛座二所。盖释氏所谓观音、势至、天藏、地藏、解冤结、引路王者，置于极乐院阿弥如来之堂。庶几死者有知，或生于天，或生于人，四方上下，所适如意，亦若余之游于四方而无系云尔。

【译文】

最初在我少年的时候，父母都健在、兄弟妻子儿女都齐备，我整天游玩嬉闹，不知道有死亡的悲伤。自从大女儿夭折，不到四五年，母亲便去世了。这时我年满二十四岁。在此后的五年间，失去了哥哥希白；又过了一年，大儿子死去；又过了四年，小姐姐死去；又过了五年，二女儿死去。等到丁亥这年，父亲去世。又过了六年，失去了我的小女儿；小女儿的丧期还没有满，又传来了大姐姐的死讯。悲痛忧伤、凄惨苍凉之气，积聚在一起无法散去，在我年满四十九岁时又失去了妻子。唉，在三十年之间，骨肉之亲零零落落，所剩无几。

我就要南去，经由荆楚而往大梁，然后游访吴越，去往燕赵，在四方闲游，用来忘记自己已经老了。将离去时，感慨回望坟墓，追悼怀念死去的亲人，唯恐他们的灵魂滞留在地狱之中，不能悠闲地在极乐世界里游玩，于是造了六尊菩萨以及两所龛座，即佛教称为观音、势至、天藏、地藏、解冤结、引路王的六菩萨，放置在极乐院阿弥如来的殿堂。这样，也许死者能受到良好的待遇，或者降生在天上，或者降生在人间，天上地下都有中意的去处，也就像我在四方游玩而没有牵挂一样。

老翁井铭

灵山秀水之间，必有奇人异物。作者于偶然中听得老翁井之传说，因心有所感，遂作此文。

老翁井位于武阳安镇之山间，据传常有老翁“偃息于泉上，就之则隐而入于泉，莫可见”。且“其相传以为如者久矣”。然传说虽久，老翁仍不为外人所知。作者“闵其老于荒榛岩石之间，千岁而莫知也”，遂为之铭，使其不泯。

作者作此文立意深远。老翁是仙风道骨之人，于山野间修身养性、自得其乐。若无作者之偶得，终至湮没无闻。然而世上之灵异之士不为外人所知者，又岂止一位老翁？本文充分表现了作者希望能够有所作为而反对归隐山林的人生态度。

【原文】

丁酉岁，余卜葬亡妻，得武阳安镇之山。山之所从来甚高大壮伟，其末分而为两股，回转环抱，有泉坌然出于两山之间，而北附右股之下，畜为大井，可以日饮百余家。卜者曰吉，是在葬书为神之居。盖水之行常与山俱，山止而泉洌，则山之精气势力自远而至者，皆畜于此而不去，是以可葬无害。他日乃问泉旁之民，皆曰是为老翁井。问其所以为名之由，曰：往岁十年，山空月明，天地开霁，则常有老人苍颜白发，偃息于泉上，就之则隐而入于泉，莫可见。盖其相传以为如此者久矣。因为作亭于其上，又炤石以御水潦之暴，而往往优游其间，酌泉而饮之，以庶几得见所谓老翁者，以知其信否。然余又闵其老于荒榛岩石之间，千岁而莫知也，今乃始遇我而后得传于无穷。遂为铭曰：

山起东北，翼为南西。涓涓斯泉，坌溢以弥。敛以为井，可饮万夫。汲者告吾，有叟于斯。里无斯人，将此谓谁。山空寂寥，或啸而嬉。更千万年，自洁自好。谁其知之，乃讫遇我。惟我与尔，将遂不泯。无溢无竭，以永千祀。

【译文】

丁酉这一年，我安葬死去的妻子，在武阳安镇乡的山上找到了葬地。山的主峰十分高大宏伟。它的余脉分为两股，回转环抱。在两山之间，慢慢地渗出一股泉水，向北流淌，流到右边的山脚下，会聚成一口大井，可以每天供百余户人家饮用。占卜者说这地方很吉利，在他们葬书上是仙人的居住地。因为水的流动，总是与山在一起。山势中断而泉水清凉，那就说明山的精气和力气从远方而来到的，就都蓄积在这里不曾离开。因此，这地方可以埋葬死者，没有害处。

后来有一天，我探问泉边居住的百姓，他们都说这口井是老翁井。问他们为什么叫老翁井，他们说："几千年之前，山空月明、阴天放晴的时候，就经常会有一位老人，面容苍老、满头白发，安闲地躺在泉水旁。人走近他，他就隐身躲进泉中，看不见了。"他们这样流传，已经很久了。因而在井边修造了一座亭子，又用石头砌成井壁，以抵御大水的凶暴。而且，常常在这里散步，取泉水来饮用，期望能见到所谓的老翁，以验证老翁的传说是否可信。然而，我又同情那位老翁老死在草丛岩石之间，千年没人知道；如今才遇上了我，今后应能流传到永远。于是，我虔诚地为他写了如下的铭文：

山脉起自东北，分为南、西两翼。涓涓流淌的这股泉水，慢慢积聚成一汪深水。将它集中在一起可以形成一个水井，可供万人饮用。汲水的人告诉我，有一位老翁在这里。里面如果没有这人，那又会是谁呢？山中静静的，他有时吹着口哨自我取乐。经历了千万年，自洁自好。谁又会知道他呢？直到遇上了我。只有我来帮助你，你才能永不泯灭。老翁井呀，不要溢出也不要干枯，以接受人们千年的祭祀。

吴道子画五行赞

吴道子，唐朝人，被后人尊为"画圣"，时人以"吴带飘风"盛赞其绘画技艺非同凡响、自成一格。

本文句式工整，韵脚明晰。作者善于捕捉画中人物之独有特征，故寥寥几语，已将画中五行人物之形神勾勒清楚，人物形象跃然纸上。

然而遗憾的是《五行图》虽属画中珍品，但因“昔始得之，烂其生绡。及今百年，墨昏而消”。遂使作者怜而爱之，为之作文，以使此画即使墨迹全消也仍能为后人所知。

本文因画而作，画亦因文而名。两者珠联璧合，相得益彰。

【原文】

世称善画，曹兴张繇。墙破纸烂，兵火所烧。至于有唐，道子姓吴。独称一时，蔑张与曹。历岁数百，其有几何？或甃于碑，以获不磨。吾世贫窭，非有富豪。堂堂五行，道子所摹。岁星居前，不武不挑。求之古人，其有帝尧。盛服佩剑，其容昭昭。荧惑惟南，左弓右刀。赫烈奋怒，木石焚焦。震怛下土，莫敢有骄。崔崔土星，瘦而长腰。四方远游，去如飞飙。倏忽万里，远莫可招。太白惟将，宜其壮夫。今惟妇人，长裾飘飘。抱抚四弦，如声嘈嘈。辰星北方，不丽不妖。执笔与纸，凝然不嚣。妆非今人，唇傅黑膏。唯是五星，笔势莫高。昔始得之，烂其生绡。及今百年，墨昏而消。愈后愈远，知其若何？吾苟不言，是亦不遭。

【译文】

世上号称善画的人，有曹不兴和张僧繇。但是因为时间都很长了，墙破纸烂，战火焚烧，他们的画已很少见了。到了唐朝，吴道子独称一时，名声大于曹张二人。但经历数百年，吴道子的画，流传后世的能有多少呢？他的画，有的刻在石碑上，得以没有磨灭。我们的祖辈世代贫穷，没有太多的家产，但我却有一张堂皇的五星画像，是吴道子的真迹。

木星处在最前面，既不凶猛也不文弱；要从古人中找出与他相像的人，那就只有尧帝了；他穿戴整齐，腰佩长剑，神采奕奕，意气风发。火星位于南面，左手拿弓，右手提刀；赫然发怒，木石将会被烧焦；威震下界，让凡人不敢骄狂。身材颀长的土星，精瘦腰长，四方远游，行走像风刮过一样；一会儿便到了万里之外，远得无法呼唤他回来。金星原本是战将，应该画成壮士的模样；但如今却被画成妇女，长裙飘飘；她拨弄着四弦琴，画面上就像有声音而不断传出一样。水星处在北方，既不美丽也不妖娆；她的装束同今人不一样，嘴唇上涂抹着黑色的唇膏。

这幅五星画像，笔势高深恢弘。先前，我家祖辈刚得到它的时候，生绡制成的画布已经破烂了。到了今天，已经百年，墨迹发暗、颜色消退。以后随着时间越来越久，怎知道它的命运会怎样呢？我如果不写文章说到它，那人们也就无从知道它了。

仲兄文甫说

仲兄即作者之二哥，指苏涣，原字公群。据《周易》卦辞所释“……涣者，散释之名……涣是离散之号也……能为群物散其险害。”在此文中可释为“涣”与“群”同时命名一人时，不吉。

苏洵作文，喜谈“神来兴会”。他从仲兄易字“文甫”谈起，借题发挥，拿“风水相遭而成文”作比喻，陈述其对文学创作过程的看法，提出写作文章要达到无意为文，而不能不为文的境界。

本文妙在对风水之形诸多变态的描绘，写得有色有声，令人目眩，拍案叫绝。

【原文】

洵读《易》至《涣》之六四曰：“涣其群，元吉。”曰：“嗟夫！群者，圣人所欲涣以混一天下者也。盖余仲兄名涣，而字公群，则是以圣人之所欲解散涤荡者以自命也，而可乎？”

他日以告，兄曰："子可无为我易之？"洵曰："唯。"既而曰："请以文甫易之，如何？"

且兄尝见夫水之与风乎？油然而行，渊然而留，渟洄汪洋，满而上浮者，是水也，而风实起之。蓬蓬然而发乎太空，不终日而行乎四方，荡乎其无形，飘乎其远来，既往而不知其迹之所存者，是风也，而水实形之。今夫风水之相遭乎大泽之陂也，纡余委蛇，蜿蜒沦涟，安而相推，怒而相凌，舒而如云，蹙而如鳞，疾而如驰，徐而如缅，揖让旋辟，相顾而不前，其繁如縠，其乱如雾，纷纭郁扰，百里若一，汩乎顺流，至乎沧海之滨，滂薄汹涌，号怒相轧，交横绸缪，放乎空虚，掉乎无垠，横流逆折，濆旋倾侧，宛转胶戾。回者如轮，萦者如带，直者如燧，奔者如焰，跳者如鹭，跃者如鲤，殊状异态，而风水之极观备矣！故曰："风行水上涣。"此亦天下之至文也。

然而此二物者，岂有求乎文哉？无意乎相求，不期而相遭，而文生焉。是其为文也，非水之文也，非风之文也。二物者，非能为文，而不能不为文也。物之相使，而文出于其间也，故曰：此天下之至文也。今夫玉非不温然美矣，而不得以为文；刻镂组绣，非不文矣，而不可以论乎自然。故夫天下之无营而文生之者，唯水与风而已。

昔者君子之处于世，不求有功，不得已而功成，则天下以为贤；不求有言，不得已而言出，则天下以为口实。呜呼！此不可与他人道之，唯吾兄可也。

【译文】

苏洵我读《周易》，读到《涣》之六四的时候，看见它的卦辞说："涣其群，元吉。"不禁发生感慨："哎呀！这里的'群'，是圣人想要分散的、以便统一天下的群体。我二哥名涣而字公群，那就是用圣人想要分开的东西来给自己命名了，这样能行吗？"后来有一天，我把这个意思说给二哥听，二哥说："你是否能为我另起个名字？"苏洵我回答说："可以。"

不久，我对二哥说："请用'文甫'二字，怎么样？二哥曾见过水兴起风的情景吗？流动时像油一样滑润、静止时像深渊一样沉静、积聚时像汪洋一样广阔、充足时就会上浮的，是水，但实际上是风把它兴起来的；从太空中蓬勃地产生、不用一天时间就可以走遍四方、空荡荡无影无形、轻飘飘来自远方、过去后就找不到它的踪迹的，是风，但实际上是水把它表现出来的。如今，风和水在大湖的湖面上相遇，曲折延伸，蜿蜒相连；平静时相互谦让，愤怒时相互欺凌；舒展时像云朵一样，收缩时像鱼鳞一样；快速推进时像飞奔一样，徐缓漫步时像回旋一样；相互谦让，不肯前进；它们繁杂得如同皱纹纱，它们迷乱得就如同浓雾；纷纭郁结，方圆百里都是一片茫茫。猛然间畅通后，它们便顺流而下，一泻千里，到达海边；波涛汹涌，怒号倾轧，交横缠绕；它们在空虚中释放，在无垠中回转；波涌浪翻，起伏澎湃，蜿蜒曲折；旋涡如同车轮，回流如同长带；浪尖如同燃烧的烽火，水波如同跳动的火焰；浪花如同飞起的白鹭，波光如同跃起的鲤鱼。形状各异，姿态奇异，具备了风水最美景观。因此我说'涣'的意思就是风经过水上，这也是天下最美的景观。"然而，这两样东西是特意去追求美丽景致的吗？它们无意去相求，不期而相遇，因为这个却产生出了美丽景致。是景致美丽，不是水的美丽，不是风的美丽。这两者不是能变成美丽景致；而是不能不变成美丽景致；物体共同作用，由此而产生出了美丽的景致；所以我说："这是天下最美的景致。"

如今，玉石并不是不滑润美丽，但它却不可能变成美丽景致；雕刻、镂花、编织、刺绣并不是不美丽，但它们却不能与自然相比；所以，天下并非人工造就而产生出美丽景致的，只能是水和风罢了。从前的君子处世，不追求什么功绩，却在不经意间取得了功绩，那么，天下就会认为这很了不起；不追求要说出什么话，不得已说出了什么话，那么，天下就会流传开了。啊！这不能与其他人谈论，只能同我哥哥谈论。

送石昌言为北使引

石昌言是苏洵的同乡，又是亲戚。宋仁宗嘉勈元年（1056年）八月，昌言官任刑部员外郎知制诰，因契丹国母生辰出使契丹。作者作此文来送别。“引”即序，因苏洵避父讳，故而称引。

在当时的条件下，能够做到出使而不辱君命，确实是件难事。因为当时北宋王朝正在走下坡路，而西北诸少数民族政权却日渐强盛。北宋王朝为保边境平安，不得已每年向“强虏”纳贡。故契丹以宋为弱，不足为奇。

作者借石昌言使北为引，抒发其“大丈夫生不为将，得为使，折冲口舌之间足矣”的感喟，并引汉朝故事，斥契丹为“今之匈奴”。表现了作者忠君爱国、保持国家尊严的思想，同时流露出以天朝上国自居的士大夫心态。

【原文】

昌言举进士时，吾始数岁，未学也。忆与群儿戏先府君侧，昌言从旁取枣栗啖我；家居相近，又以亲戚故，甚狎。昌言举进士，日有名。吾后渐长，亦稍知读书，学句读、属对、声律，未成而废。昌言闻吾废学，虽不言，察其意甚恨。后十余年，昌言及第第四人，守官四方，不相闻。吾日以壮大，乃能感悟，摧折复学。又数年，游京师，见昌言长安，相与劳问如平生欢，出文十数首，昌言甚喜，称善。吾晚学无师，虽日为文，中心甚自惭，及闻昌言说，乃颇自喜。今十余年，又来京师，而昌言官两制，乃为天子出使万里之外强悍不屈之虏庭，建大旆，从骑数百，送车千乘，出都门意气慨然。自思为儿时，见昌言先府君旁，安知其至此！

富贵不足怪，吾于昌言独自有感也。大丈夫生不为将，得为使，折冲口舌之间足矣。往年彭任从富公使还，为我言曰：“既出境，宿驿亭，闻介马数万骑驰过，剑槊相摩，终夜有声，从者怛然失色。及明，视道上马迹，尚心掉不自得禁。”凡敌所以夸耀中国者多此类也。中国之人不测也，故或至于震惧而失辞，以为夷狄笑。呜呼！何其不思之甚也。昔者奉春君使冒顿，壮士、健马皆匿不见，是以有平城之役。今之匈奴，吾知其无能为也。孟子曰：“说大人，则藐之。”况于夷狄！请以为赠。

【译文】

昌言参加进士考试时，我才几岁，还没有开始读书，但能回想起在先父身边与一群孩子玩耍时，昌言从一旁取来枣子和栗子给我吃的情景。我们两家挨得很近，又因为是亲戚的缘故，十分亲密。昌言参加了进士考试，慢慢出了名。我后来逐渐长大，也稍微知道了读书，学习断句、对仗、声律，但还没有学成便荒废了。昌言听说我荒废了学业，虽然不说，但观察他的神色，我知道在他心底是非常遗憾的。十几年后，昌言考中进士，获得第四名，在四处做官，我们之间没了联系。我日渐长大成熟，能够感到悔恨，改变旧习重新学习。又过了几年，我到京都游览，在长安见到了昌言。我们相互安慰，感到了人生的欢畅。我拿出了十几篇文章，昌言非常高兴，说很好。我读书太晚，没有老师，即使每天写文章，但心中却十分自卑，等听了昌言的话，才感到非常喜悦。现在又过了十几年，我又来到京师，而昌言已当上了两制官，并替天子访问万里之外那强悍不屈的胡虏朝廷。打起了大旗，有几百人的人马随从，送行的车辆有千辆，走出京都的城门，意气勃发。我自已在心里想，小时候在先父身旁看到昌言时，怎会知道他能达到这样！富贵不足为奇，对于昌言我只剩下感慨。男子汉一生不当大将，能当使臣，在唇枪舌剑之中击败敌人，也就足够了！

从前彭任随从富公出使回来，对我说道：“出了国境后，住宿在路边的驿站。听到数万披甲的战马沿路驰过，剑槊相互碰撞，一整夜都不停止，随从的人惊恐失色。天亮之后，看着道路上的马蹄印，还禁不住胆战心惊。凡是胡虏用来向中国炫耀的，大多是这一类。中国的人看不透，所以有人到了震惊恐惧而说不出话来的地步，因而遭到了夷狄的耻笑。”唉，怎么竟会如此不动脑筋想想啊！从前，奉春君出使冒顿单于，壮士和大马都被隐藏起来了，所以有了平城之战。今天的匈奴，我知道他们是没有什么能力的。孟子说：“游说大人物，那就要轻视他。”更何况对夷狄呢？请允许我把这句话作为赠言。

祭侄位文

人生之悲莫过于生离死别。苏洵与其侄年龄相仿，感情深厚。忽闻侄亡之噩耗，作者心中之哀可想而知。

作者与其侄相处时间很短，除幼时之聚可供追忆外，其余时间竟因种种原因，使叔侄二人擦肩而过，不得聚首。当时，作者心中虽有遗憾，但觉来日方长，总有见面的机会，而今斯人已去……此事令作者自责懊丧、抱憾不已。而苏洵之伯兄一支，独剩侄之“季弟”及侄之“二预祐”，人丁零落，更添作者之感伤。本文文辞简约，充满沉痛的悼念之情。

【原文】

嘉孺五年六月十四日，叔洵以家馔酒果祭于亡侄之灵。

昔汝之生，后余五年。余虽汝叔父，而幼与汝同戏如兄弟。然其后，余日以长，汝亦以壮大。余适四方，而汝留故园。余既归止，汝乃随汝仲叔旅居东都，十有三岁而不还。今余来东，汝遂溘然至死而不救。此岂非天耶？嗟夫！数十年之间，与汝出处参差不齐，曾不如其幼之时。方将与汝皆旅于此，汝又一旦而殁。人事之变，何其反复而与人相违？嗟余伯兄，其后之存者，今日以往独汝季弟与汝之二孺，此所以使余增悲也。汝殁之五日，汝家将殡汝于京城之西郊，魂如有知，于此永别。尚飨。

【译文】

嘉祐五年六月十四日，叔父苏洵用家中的美味和酒、果来祭奠已死侄子的灵魂。

从前，你晚我五年出生，我虽是你叔父，但从小便同你在一起玩耍，就像兄弟一样。然而到后来，我日渐长大，你也成人；我去四方游历，而你却留在故乡；我归来留在家中以后，你又跟随你二叔住在东都，十三年没有回来。如今，我向东来了，你却突然死去，无法挽救。这难道是天意吗？

啊！在这几十年中，我与你在外或在家，都因错开而不能见面，完全不如我们年幼的时候。我正要与你在这里居住的时候，你又忽然离开了人世。人生的变化怎么这样无常、总是和人作对呢！可怜我的大哥，在这以后活下来的人，从今以后，就只有你的三弟和你的两个孩子了。正是因为这个原因，就使我感到更加悲伤了。

在你死后的第五天，你家将把你埋葬在京城的西郊。你在天有灵，那我们就从此永别了。尚飨！

谢相府启

苏洵娴于辞令、文章，却屡试不第。据《续通鉴》载，嘉祐五年（1060年）八月，翰林学士欧阳修上其所著文二十二篇。“既出，士大夫争传之，一时学者竟效苏氏为文章。”“宰相韩琦善之，召试舍人院，以疾辞。”“本路转运使赵祐等荐其行义，修又言洵既不肯就试，乞除一官。故是有命。”

本文即针对此事而作。文中引古圣贤为喻，陈述其不应试而就官的初衷，乃为“欲正其所由得之之名，是以谨其所以取之之故”。充分表现了作者不愿以自我夸耀来寻求朝廷重用的节操，同时对真正了解自己心迹并荐拔自己之人抱以真挚的感激之情。

【原文】

朝廷之士，进而不知休；山林之士，退而不知反。二者交讥于世，学者莫获其中。

洵幼而读书，固有意于从宦，壮而不仕，岂为异以矫人？上之，则有制策诱之于前，下之，则有进士驱之于后。常以措意，晚而身惭。盖人未之知，而自炫以求用；世未之信，而有望于效官；仰而就之，良亦难矣。

以为欲求于无辱，莫若退听之自然。有田一廛，足以为养，行年五十，将复何为？不意贫贱之姓名，偶自彻闻于朝野，向承再命以就试，固以大异其本心。且召试而审观其才，则上之人犹未信其可用。未信而有求于上，则洵之意以为近于强人。遂以再辞，亦既获命。以匹夫之贱，而必行其私意，岂王命之宠，而敢望其曲加。

昨承诏恩，被以休宠，而自顾，愧其无劳。此盖昭文相公，左右元君，舒惨百辟，德泽所畅，刑威所加，不抃而煦，不寒而栗，顾惟无似，或谓可收。不忍弃之于庶人，亦使与列于一命，上以慰夫天下贤俊之望，下以解其终身饥寒之忧。仰惟此恩，孰可为报。

昔者孟子不愿召见，而孔子不辞小官，夫欲正其所由得之之名，是以谨其所以取之之故。盖孟子不为矫，孔子不为卑。苟穷其心，则各有说。虽自知其不肖，常愿附其下风。区区之心，惟所裁择！

【译文】

朝廷的官员，欲求擢升而不知道停止；归隐的士人，远离朝廷退而不知道回头。尽管这两种现象都受到了社会的批评，但做学问的人却没有能获取折中的方法。

苏洵我小时候读书，确实是有心要做官；壮年而不做官，哪是故作姿态来抬高自己的身价呢？上面有制策在前边引诱我，下面有进士在后边追赶我。因此我总是很在意。到晚年而自惭形秽，是因为如果别人还不了解我，而我却通过自我炫耀来寻求得到朝廷的重用，那社会是不会相信我的。因而，尽管我希望得到一个官职，但如果是要靠朝廷来送给我，实在是很难。

我认为要想不受侮辱，最好就是任其自然。我有一家人应具有的田地，足够维持生计，而且年纪又快到五十了，还想再做什么呢？然而，没想到我贫穷而卑贱的姓名，在偶然之间却让朝廷和民间都知道了。前些日子，我得到命令，让我再次参加考试，这确实完全违背了我自己的心愿，况且，要通过征召人考试来证实你的才能，那就说明上面的人还不相信你是有用的。既然上面还不相信你，但你又去请求上面授予你官职，那苏洵我就认为这近似于强迫人了。于是，我再次推辞了，也得到了许可。由于平民百姓是卑贱的，因而他必然就要谋划个人利益，哪敢希望朝廷委曲求全而破例授予自己官职呢！

昨天我接到诏书，承蒙皇上的厚爱，授予了我的官职。下来后，我扪心自问，因自己没有什么功劳而感到十分羞愧。我能得到任用，靠的是昭文相公、左右大人、各位公卿，因为你们有这样的权力：要是想给人好处，那就会使人不用晒太阳就能感到暖和；如果要对人实施惩罚，那就会使人不用寒风吹就能感到战栗。尽管回头看没有先例，但或许你们认为可以任用我，不忍心把我抛弃到平民百姓的行列中，因而授予我小官职。这样做，从大的方面来说，可以满足天下优秀人才的期盼；从小的方面来说，可以解除我终身饥寒的忧虑。这样大的恩情，我怎样才能报答呢？

从前，孟子不愿接受召见，而孔子却不推辞做小官。这是由于他们想让自己所得到的官职要做到合乎情理，所以才小心谨慎地作出了不接受官职和接受官职的决定。因此，孟子既不是自己抬高自己，孔子也不是自己看不起自己。要是深入探究他们的内心，那他们各自都是有道理的。虽然我自己知道我不像孔子、孟子，但我却常常愿意学习他们。我这些微不足道的意见，希望可以被采纳！

张益州画像记

宋仁宗至和元年，蜀州一带传言四起，说蜀州盗贼作乱，“边军夜呼，野无居人”。朝廷正准备选拔将帅前往征讨，但仁宗皇帝坚持“毋养乱，毋助变”，并派张方平出知益州。张至蜀“归屯军，撤守备。使谓郡县，寇来在吾，无尔劳苦。”未费一兵一卒，蜀境重归安定，人民安居乐业，弹冠相庆，相与言张公之盛德，并在净众寺为其树碑像。本文是苏洵为其画像所作的赞记。

文章记叙了张方平处理益州“将乱”局面的功绩，论述了他对益州人民爱护的思想，描写了益州人民怀念他的感情，从而说明了留下画像的意义。

【原文】

全文叙事简练，议论委婉，写得雍容大方，很有特色。

至和元年秋，蜀人传言,有寇至边。边军夜呼，野无居人。妖言流闻，京师震惊。方命择帅，天子曰：“毋养乱，毋助变。众言朋兴，朕志自定，外乱不作。变且中起，不可以文令，又不可以武竞，惟朕一二大吏。孰为能处之文武之间，其命往抚朕师？”乃推曰：“张公方平其人。”天子曰：“然。”公以亲辞，不可，遂行。冬十一月，至蜀。至之日，归屯军，撤守备。使谓郡县：“寇来在吾，无尔劳苦。”明年正月朔旦，蜀人相庆如他日，遂以无事。又明年正月，相告留公像于净众寺，公不能禁。

眉阳苏洵言于众曰：“未乱易治也，既乱易治也。有乱之萌，无乱之形，是谓将乱。将乱难治，不可以有乱急，亦不可以无乱弛。是惟元年之秋，如器之旸，未坠于地。惟尔张公，安坐于其旁，颜色不变，徐起而正之。既正，油然而退，无矜容。为天子牧小民不倦，惟尔张公。尔罣以生，惟尔父母。且公尝为我言：‘民无常性，惟上所待。人皆曰，蜀人多变。于是待之以待盗贼之意，而绳之以绳盗贼之法。重足屏息之民，而以砧斧令，于是民始忍以其父母妻子之所仰赖之身，而弃之于盗贼，故每每大乱。夫约之以礼，驱之以法，惟蜀人为易。至于急之而生变，虽齐鲁亦然。吾以齐鲁待蜀人，而蜀人亦自以齐鲁之人待其身。若夫肆意于法律之外，以威劫齐民，吾不忍为也。’呜呼！爱蜀人之深，待蜀人之厚，自公而前，吾未始见也。”皆再拜稽首，曰：“然。”

苏洵又曰：“公之恩，在尔心；尔死，在尔子孙。其功业在史官，无以像为也。且公意不欲，如何？”皆曰：“公则何事于斯？虽然，于我心有不释焉。今夫平居闻一善，必问其人之姓名，与其邻里之所在，以至于其长短大小美恶之状。甚者或诘其平生所嗜好，以想见其为人。而史官亦书之于其传，意使天下之人，思之于心，则存之以目。存之于目，故其思之于心也固。由此观之，像亦不为无助！”苏洵无以诘，遂为之记。

公，南京人，为人慷慨有大节，以度量雄天下。天下有大事，公可属。系之以诗曰：

天子在祚，岁在甲午。西人传言，有寇在垣。庭有武臣，谋夫如云。天子曰嘻，命我张公。公来自东，旗纛舒舒。西人聚观，于巷于涂。谓公暨暨，公来于于。公谓西人："安尔室家，无敢或讹。讹言不祥，往即尔常。春尔条桑，秋尔涤场。"西人稽首，公我父兄。公在西囿，草木骈骈。公宴其僚，伐鼓渊渊。西人来观，祝公万年。有女娟娟，闺闼闲闲。有童哇哇，亦既能言。昔公未来，期如弃捐。禾麻硿棱，仓庾崇崇。嗟我妇子，乐此岁丰。公在朝廷，天子股肱。天子曰归，公敢不承？作堂严严，有庑有庭。公像在中，朝服冠缨。西人相告，无敢逸荒。公归京师，公像在堂。

【译文】

至和元年秋，四川人传出谣言：有强盗潜到边境来了。边防军夜里惊呼喧闹起来，郊外居民也全迁散了；怪诞不经的邪说盛传，连京城里也动荡惊骇起来。朝廷上正在降旨选帅择将，皇帝说："不要酿成祸乱，也不要促成变故！虽然很多谣言乱起，但是朕已经想好办法。边地骚乱不能够平定，事变将会在内地发生。这种事既不可以用文的办法降令阻止，又不可以用武的办法出兵镇压，只能出使朕的一两个大臣。谁有本事处理这种文与武之间的事情，就派他去镇抚朕的军队。"于是大家公推说："张公方平就是这样的人。"皇帝说："就是他了。"张公因家中父母年老婉辞，皇帝不允许，张公就奉命出行。这年冬天的十一月，张公抵达四川。到达的那天，张公就命令戍守的部队返回原来的驻地，撤去防御设施，派人通告所属州县的长官："强盗侵犯，责任在我，不劳你们辛苦。"第二年正月初一早晨，四川百姓如同往年一样互相贺年，结果终于祥和无事。第三年的正月里，四川百姓互相商议，要求在净众寺里保留张公画像作为纪念，张公不能拒绝。

眉阳苏洵向老百姓说道："大乱未曾作成是容易平定的，已经乱起来也是容易处理的。有骚乱的苗头，没有骚乱的实迹，这称为将要骚乱。将要骚乱是难以整治的，既不能因为有骚乱的苗头就操之过急，也不能因为没有骚乱的实迹就麻痹大意。在那至和元年的秋天，四川区域如同器物倾斜了还不曾落到地上，幸而是你们的张公镇静地守于此地，神色不移，慢慢地把它扶起来放正，放正以后，全身而退，没有骄傲的神色。不知疲倦地替皇帝治理百姓，只有你们的张公。你们靠着他保全了身家性命，他就是你们的父母。而且张公曾经对我说过：'民众是没有固定的性情的，只是看上面的官府如何安置他们罢了。你们都说四川人多变，因此，就用对待盗贼的办法去对待他们，用约束盗贼的法律去约束他们。那些两脚重叠不敢走动，憋住气不敢开口的百姓被用酷刑役使。这样，那些有父母妻儿要照顾的百姓才被逼沦入盗贼的队伍，所以常常发生大乱。如果用礼教来约束他们，用法令来役使他们，四川的百姓是容易管理的。至于被逼造反，就算是中原地区的百姓也是如此的。我用对待中原地区百姓的办法治理四川百姓，四川百姓也就会用中原地区百姓作榜样来珍惜他们自身。至于在法律规定范围之外毫无顾忌地为非作歹，胁迫平民，我是不忍这样做的。'唉！这样真心地爱怜四川百姓，这样厚道地对待四川百姓，在张公以前，我还从来不曾看见过呀。"大众都一再磕头说："的确是这样。"

苏洵又说："张公的恩德，铭记在你们的心上；将来你们死去，就铭记在你们子孙的心上。他的丰功伟绩记载在史官作的史书上，没有留下画像的必要。更何况张公并不希望这么做。你们看怎么办？"大众都说："张公怎么会赞成？即使如此，但是我们是于心不忍的。现在如果有人在平常生活中听到了一件好事，必定会打听那个做好事的人的姓名和他的处所，甚至要打听他的身材高矮胖瘦，面像五官；更具体的，可能会打听他的平生的嗜好，来想象他的为人。史官也会在他的传记里记载他的事迹，用意是使天下的人都能在心里思念着他的为人，在眼里看到他的事迹。由于在眼里能够看到他的事迹，因此在心里的思念也就不会消失。从这看来，留下画像，对百姓也是大有好处的。"苏洵无话可辩，于是就写了这篇记。

张公是南京人，为人慷慨，有高尚的情操，以度量宽宏闻名天下。如果天下发生大事，张公是可以担当重任的。苏洵写好《记》以后，又写了一首诗附在它的后面说：

皇帝在位，岁星在甲午的那一年，四川百姓谣传，强盗在边地骚乱。朝廷有不少武将，谋士也很多，能者云集。皇帝说：“没错！派张公去。”张公从京城出来，大旗飘扬，四川百姓聚集观赏，有的在小巷里，有的在大街上。称赞张公态度果敢坚决，行动从容自得。张公晓谕四川百姓：“你们要安静地待在家里，不要随便听信或者散播谣言，听信或者制造谣言是对你们没有好处的。你们要应时而作，例如春天你们就去修剪桑枝，秋天你们就去打扫场地准备收获。”四川百姓叩头行礼说：“张公如同我们的父兄。”张公驻守在西园，那里的草木生长茂盛。张公宴请他的僚属，打鼓的声音渊渊的很平和。四川百姓都来观看，祝愿张公长寿。姣美的姑娘们，住在闺房里悠然自在；哇哇叫唤的孩子，也已经能够牙牙学语。从前张公还没有来的时候，人们还以为你们要丧失生命了。如今四川地方庄稼茂密，仓库里粮食堆积得如山一般。真是高兴！我们这里包括妇女和孩子，全都为有这样的好年景而欣喜。可是，张公身为朝臣，是皇帝得力的大臣。皇帝说回朝，张公怎敢不听命？于是四川百姓为了纪念张公，建筑了一座生祠，严肃庄重，有廊屋，有厅堂。张公的画像就悬挂在堂中，身穿朝服，颔系冠带。四川百姓相互告诫：不敢贪图安逸，荒废事业。张公虽然回到京城去了，张公的画像还留在生祠里保佑着我们。

曾 巩

曾巩（1019—1083），字子固，宋建昌南丰（今江西南丰县）人，人称南丰先生。12 岁写文章，嘉祐二年（1057 年）中进士，曾长期编校史馆书籍和担任知州。官至中书舍人。曾巩笃于友爱，其父亡后，他对四弟九妹的教养尽心尽力，在古代传为佳话。做地方官员时，体恤民情，政绩卓然。一生以文学名世，《宋史》称其文章“上下驰骤，愈出而愈工，本原六经，斟酌于司马迁、韩愈，一时工作文词者，鲜能过也。”著有《元丰类稿》、《隆平集》。

寄欧阳舍人书

曾巩是欧阳修的学生，欧阳修为其逝去的祖父写了一篇墓碑铭，曾巩为此写了此信表示感谢。信中开篇强调：“铭志之著于世，义近于史”，墓志铭与墓碑铭对于死者意义重大，不能等闲视之，“千百年来，公卿大夫至于里巷之士，莫不有铭”，但流传下来的很少，原因在于世人没有真正意识到铭志的意义所在，“托之非人，书之非公与是”。因而要写出一篇百世流传的铭志，“非畜道德而能文章者无以为也”，如今欧阳修的道德文章堪称数百年难得一遇，能亲自为自己的祖父撰写铭文，对自己来说确实是一件光宗耀祖的事情。全文缘情设语，发自肺腑毫无半点做作之嫌，感激之情真而不媚。

【原文】

去秋人还，蒙赐书，及所撰先大父墓碑铭，反复观诵，感与惭并。

夫铭志之著于世，义近于史，而亦有与史异者。盖史之于善恶，无所不书；而铭者，盖古之人有功、德、材、行、志、义之美者，惧后世之不知，则必铭而见之。或纳于庙，或存于墓，一也。苟其人之恶，则于铭乎何有？此其所以与史异也。其辞之作，所以使死者无有所憾，生者得致其严。而善人喜于见传，则勇于自立；恶人无有所纪，则以愧而惧。至于通材达识，义烈节士，嘉言善状，皆见于篇，则足为后法。警劝之道，非近乎史，其将安近？

及世之衰，为人之子孙者，一欲褒扬其亲，而不本乎理。故虽恶人，皆务勒铭以夸后世。立言者既莫之拒而不为，又以其子孙之所请也，书其恶焉，则人情之所不得，于是乎铭始不实。后之作铭者，当观其人。苟托之非人，则书之非公与是，则不足以行世而传后。故千百年来，公卿大夫至于里巷之士，莫不有铭，而传者盖少。其故非他，托之非人，书之非公与是故也。

然则孰为其人，而能尽公与是欤？非畜道德而能文章者，无以为也。盖有道德者之于恶人，则不受而铭之，于众人，则能辨焉。而人之行，有情善而迹非，有意奸而外淑，有善恶相悬而不可以实指，有实大于名，有名侈于实。犹之用人，非畜道德者恶能辨之不惑，议之不徇？不惑不徇，则公且是矣。而其辞之不工，则世犹不传。于是又在其文章兼胜焉。故曰，非畜道德而能文章者无以为也，岂非然哉？

然畜道德而能文章者，虽或并世而有，亦或数十年或一二百年而有之。其传之难如此，其遇之难又如此。若先生之道德文章，固所谓数百年而有者也。先祖之言行卓卓，幸遇而得铭，其公与是，其传世行后无疑也。而世之学者，每观传记所书古人之事，至其所可感，则往往嚅然不知涕之流落也，况其子孙也哉！况巩也哉！其追睎祖德而思所以传之之繇，则知先生推一赐于巩而及其三世。其感与报，宜若何而图之？抑又思若巩之浅薄滞拙，而先生进之；先祖之屯蹶否塞以死，而先生显之。则世之魁闳豪杰不世出之士，其谁不愿进于门？潜遁幽抑之士，其谁不有望于世？善谁不为？而恶谁不愧以惧？为人之父祖者，孰不欲教其子孙？为人之子孙者，孰不欲宠荣其父祖？此数美者，一归于先生。

既拜赐之辱，且敢进其所以然。所谕世族之次，敢不承教而加详焉？愧甚，不宣。

【译文】

去年秋天有人归来，带给我您赐予的一封信以及您为先祖父所撰写的一篇墓碑铭。我反复阅读，感激和惭愧的心情禁不住交织在一起。

铭志这类文章在世上长存，意义跟史书相近，但也有与史书不同的地方。这是因为史书对一个人的好坏没有不写上去的，而铭志却是因为古代的人在功业、道德、才能、行为、理想和气节等方面有突出表现，恐怕后代人不知道，就决定用铭志的方式来加以显扬。有的安放在祠堂，有的安放在坟墓，用意都是一样的。如果这个人是坏人，那么铭上能记载什么呢？这就是它跟史书不同的地方。写铭志文章，是为了让死的人没有什么遗憾，活的人能够表达他们的敬意。好人愿意被后代人传颂，那么就会勇于使自己成为人们学习的模范；坏人感到没有什么可以记载下来的功绩，就会因此既惭愧，又惧怕。至于渊博的学识，高明的见识，正义的业绩，节烈的事迹，美好的言论，善良的行为，全部在铭志文章中显示出来，就能够使后代人效法。警恶劝善的道理，不跟史书相近，那会跟什么相近呢？

等到社会风气败坏时，作为子孙的，都想要褒扬他们死去的尊长，却不在乎他们原先的情况。所以，就是坏人，他的子孙也一定要给他树碑刻铭，向后代人夸耀。那些写铭志文章的人，既不能拒绝他们，又因为是死者子孙的请求，写死者的坏事吧，那么在人情上就通不过，这样，铭志文章的内容开始不真实了。后代写铭志的人，还要看其是什么样的人。假如委托给一个不合适的人，那么他写的铭志就不会公正和真实，也就不能够在当代流传，在后代传诵。所以千百年来，从大小官员到普通百姓，几乎没有人没有铭志，可是传下来的却很少，那缘故不是别的，而是委托的人是不合适的，因而写的铭志就不可能公正和真实。

既然这样，那么谁是那种适合的人，写的铭志能够完全达到公正和真实呢？不是具备很高的道德修养和善于写文章的人是没有办法做到的。因为具有很高的道德修养的人，对于坏人，就不接受其委托去写铭志；对于一般人，也可以辨别他的好坏。人的表现，有心地好而事迹不好的；有内心奸邪而外表善良的；有好坏相差极远却不能够具体指出的；有实际比名气大的，也有名气比实际大的。如同用人才那样，不是具备很高道德修养的人，怎么能够在区分他们时不被蒙蔽，在评议他们时不徇私情？假使不被蒙蔽，不徇私情，那就能够做到公正而且真实了。但是假如他的文章写得不好，那么世上也不会流传，因此，问题就在于他的文章和道德是否同样好了。所以说具备很高的道德修养而又善于写文章的人是能够做到的，难道不是如此吗？

然而，具备很高的道德修养而又善于写文章的人，虽然当代可能就有，但也可能隔几十年才有，也可能隔一二百年才有这样的人。铭志的流传本就困难，能写铭志的人要碰上这样的人又是这样的困难。先生的道德文章，当然是上面所说的要隔几百年才有的了。先祖父的言与行是卓越的，幸亏碰到您，才能够写得如此公正和真实，这篇铭文在当代传诵、传于后代，是毫无疑义的了。社会上的读书人，每次观看传记中写的古人事迹，特别是那些值得感动的地方，就往往悲痛得不觉落泪，何况是他们的子孙呢？更不用说是我了。追慕自己祖先的德行，考虑它所以流传的根由，就知道先生以此赐给我，实际上是使我家祖孙三代都蒙受恩德，我感激和报答的心情应当怎样来实现呢？不过，又想到像我这样学识浅薄，资质笨拙的人，先生却勉励有加；先祖父的处境艰难，屡遭挫折，郁郁不得志直到逝世，先生却赞扬他，那么，社会上那些有伟大理想、杰出抱负的不常碰到的读书人，谁不愿意进您的门下？避世隐居的读书人，谁不对前途抱有很大希望？好人谁不希望做？坏人谁不感到既惭愧又惧怕？做父亲、祖父的人，哪一个不想教育好自己的儿子、孙子？做儿子、孙子的人，哪一个不想使自己的父亲、祖父荣耀？这几桩好事，应该完全归功于先生。

既拜领了您的赐予，再向您陈述我所以这样感激的原因。来信中所说关于我家族系统的次序，我会恭敬地接受您的教诲再作一次详细的增补。很惭愧，我的心意不能在信里全部表达出来。

赠黎安二生序

曾巩是北宋诗文革新运动的重要理论家和创作家。黎生和安生是苏轼向曾巩推荐的两位年轻人，他们也爱好古文。黎生补江陵府司法参军，临行前请作者做文，并以此去驳斥那些嘲笑古文的乡里俗人。作者在文中以自嘲的口吻对那些人嘲笑古文的态度作了有力的回答，劝告二生不要“合乎世”，“同乎俗”，要“信乎古”，“志乎道”，应该坚定自己对文学改革的态度，把诗文革新运动进行到底。文章从一个侧面反映了当时文学改革运动中革新派与守旧派的激烈斗争。

【原文】

赵郡苏轼，予之同年友也。自蜀以书至京师遗予，称蜀之士，曰黎生、安生者。既而黎生携其文数十万言，安生携其文亦数千言，辱以顾予。读其文，诚闳壮隽伟，善反复驰骋，穷尽事理，而其才力之放纵，若不可极者也。二生固可谓魁奇特起之士，而苏君固可谓善知人者也。

顷之，黎生补江陵府司法参军，将行，请予言以为赠。予曰：“予之知生，既得之于心矣，乃将以言相求于外邪？”黎生曰：“生与安生之学于斯文，里之人皆笑以为迂阔。今求子之言，盖将解惑于里人。”

予闻之，自顾而笑。夫世之迂阔，孰有甚于予乎？知信乎古，而不知合乎世；知志乎道，而不知同乎俗。此余所以困于今而不自知也。世之迂阔，孰有甚于予乎？今生之迂，特以文不近俗，迂之小者耳，患为笑于里之人。若予之迂大矣，使生持吾言而归，且重得罪，庸讵止于笑乎？然则若予之于生，将何言哉？谓予之迂为善，则其患若此；谓为不善，则有以合乎世，必违乎古，有以同乎俗，必离乎道矣。生其无急于解里人之惑，则于是焉，必能择而取之。遂书以赠二生，并示苏君以为何如也。

【译文】

赵郡苏轼是我的同年好友。他把信从四川寄到京城给我，称赞四川的两位年轻书生黎生和安生。过了不久，黎生带了他的几十万字的文章，安生也带了他的几千字的文章，到我这里来。我读了他们的文章，觉得内容确实宏大，意味深远，文意纵横驰骋，事理透彻；他们的才华又是那样的出众，似乎不能看到它的尽头。二生固然可以说是奇特杰出的人才，苏君当然也可以说是善于识人的了。

不久，黎生补江陵府司法参军的缺，快要上任时，要求我以言相赠。我说：“我了解你，而且已经在内心深处留下你的印象了，你需要在形式上让我用言语加以表示吗？”黎生说：“我和安生学习这种古文，同乡的人都笑话我们，认为我们脱离现实。现在请您写的这篇文章，是打算给同乡人看的，以解除他们的迷惑。”

我听了他的话，想想自己，不觉好笑起来。世上不合时宜的人，有哪一个比得上我呢？只知道相信古人的话，却不知道同当代的风气迎合一致；只知对圣贤之道立志钻研，却不知同世俗一致。这就是我到现在还穷困的原因，而且自己还没有觉醒啊。比一比世上不合时宜的人，有哪一个能超过我呢？如今，你的不合时宜，仅仅是因为写出来的文章跟世俗崇尚的文体不相符合，是不合时宜的小问题，只是担心被同乡的人讥笑。像我的不合时宜可就大了，如果你拿着我的文章回去，将会使你的过错加重，就不仅仅是被讥笑了。既然如此，那么像我这样的人面对你，应该说什么呢？说我的不合时宜是对的吧，那么它的后患就是这样。说不对吧，那么就与现时的风气迎合了，而对于古人的话就必定违背；对于世俗的风尚有所相同，对于圣贤之道必定就远离了。希望你不要急于消除同乡人的迷惑，这样，就一定能够经过选择获得正确的认识。于是，我写下这几句话把它送给二生，并且打算给苏君看看，不知道苏君认为我的话怎样。

太祖皇帝总序

安史之乱后，唐王朝急速衰败，后期藩镇割据愈演愈烈，直接导致五代十国混乱局面的产生。

赵匡胤自陈桥兵变“黄袍加身”，建立宋朝，先后灭亡各割据势力，实现了天下统一。为了巩固统治，赵匡胤采取了一系列旨在加强中央集权的措施：以文臣知州事，削藩镇兵权；绳赃吏重法，以绝祸乱之源；务农兴学，慎刑薄敛，与百姓休息。

曾巩上的这篇太祖总序，述论了赵匡胤继五代残局之后，建国立业，恢复强化封建政权的种种措施。并将宋太祖与汉高祖作比，认为汉高祖“十不及”于宋太祖，极力赞颂了宋太祖的丰功伟绩。

【原文】

盖唐之敝，自天宝已后，纪纲寖坏，不能自振，以至于失天下。五代兴起，五十馀年之间，更八姓十有四君，危亡之变数矣。其尤甚也，契丹遂入中国，擅立名号。当是时，天地五行人事之理反易缪乱，不同夷狄者亡几耳。

太祖为天下所戴，践尊位，以生民为任，故劝农桑，薄赋敛，缓刑罚，除旧政之不便民者，诏令勉核相属，推其心，无一日不在百姓也。知方镇之病民也，故设通判之员，使敛以绳墨。忧吏之不良也，故数使在位举其所知。患吏或受赇，或不奉法也，故罪至死徙，一无所贷。原其意，盖以谓遭世大衰，不如是，吏不知禁，不能救民于焚溺之中也。征伐既下诸国，必先已逋欠，涤烦苛，赒乏绝，雪冤滞，惠农民，拔人才，申命郡邑，反复不倦。或遇水旱，辄蔬食请祷，欲移灾于己。其于群臣，有恩旧，有劳能，待之各尽其分，以位贵之，以财富之，有男使尚主，有女使嫁宗室，其予人之周也如此。即材可用，虽仇不废；不可用，虽光显矣，不处以势。其有罪多纵贷之，或赐之使自愧。及至坚明约束以整齐天下者，亦使之不能逾也。

强僭之国，皆接以恩礼。商贾往来不禁，有出境犯其令者，乃为之置市边邑，使两利。有所乏少，常赈助之。征伐所加，必其罪暴著，师出未尝不以义也。其君长已降，及就俘执，道路劳问迎致，使者相望。既至，罪不数辱之，优假秩禄，及其宗亲吏属，赐以田宅，使子孙世守，拥护保全，皆得以寿考终。

自晋既覆灭，契丹寖大，中国惴畏不敢当。太祖拔用材武护西北边，宠以非常之恩，任属专，听信明。常遣戍卒，戒之曰：“我犹赦汝，郭进杀汝矣。”有讼进者，谓曰：“进军政严，此必犯进法。”送进，使杀之。关市租赋，诸将得恣用，不问出入。以其故，士附，斗者尽力，谍者尽情，边臣可诿者，皆十馀年不易其任。然位不过巡检使，众不过三五千人。盖任专则势便，位不极则士励，兵少则用约，御将亦多术矣。总其所长，能兼用之，故能省费息民，振新集之众，屈凭陵之寇也。

盖太祖笃于孝友，有天下之行；聪明智勇，有天下之材；仁心爱人，有天下之志；包含遍覆，有天下之量。守之以勤俭恭慎，虚心纳谏。鉴于粤、蜀，以奢侈为戒。思天下之重，不复游畋。封拜诸子，务自约损，不尽循故典。收纳学士大夫，用之不求其备，或守难进之节，亦不夺也。晚喜读书，劝诸将以学，曰：“欲使之知治道也。”兼覆夷夏，从容以德。江南平，览捷书而泣曰：“师征不义，而顾令吾民死兵，彼何负哉！”秦州已入，尚波于之地，却而不受。钱俶来朝，复归之越。契丹愿听盟约，逡巡退抑，不自矜伐。天下大势，连数十城之镇，割其故地，以小其力；易动难畜之兵，敛置怀服，以消其难。至于举贤良，崇孝弟，缀礼乐，明考课，虽宇内初辑，然庶政大体，弥纶备具；遗文故事，施于后世，皆可为法。民于是时，从死更生，室家相保；士农工贾，各还其职；鸟兽草木，亦莫不遂。前世旧臣，备将相、处腹心爪牙之任者，一旦回心，奉令北向，如素委质。天下广都通邑，兼地千里，德怀二三之臣，负众自用，令之不从、召之不至者，尚数十，皆束衽来庭，代易奔走，如水凑下。粤、蜀、吴、楚、瓯、闽之君，分天下为八九，曰帝与王，传子及孙，更数十岁者，编名囚虏，并聚阙下。四海之内，混齐为一。海东之国高丽，极南交趾，西戎吐蕃、回纥，北狄契丹，皆请吏奉贡。天地所养，通途之属，莫不内附。当是时，更立天下，与民为始，天地五行人事之理，乱而复正。盖太祖之于受命，非如前世之君，图众以智，图柄以力，其处心积虑，非一夕一日，在于取天下也。其在天者历数，在人者群臣万民，三军之士不归周，归太祖，未有知其所以然者，所谓天也。及其传天下也，舍子属弟。是则太祖之受天下，与舜受之尧，禹受之舜，其揆一也。其传天下，与尧传之舜，舜传之禹，其揆一也。受天下及传天下，视天与人而已，非其心未尝有天下，岂能如是哉！

世以太祖为不世出之主，与汉高祖同。盖太祖为人有大度，意豁如也，知人善任使，与汉高祖同，固然也。太祖承自天宝以后，更五代二百馀年极敝之天下；汉祖承全盛之秦，二世之末，天下始乱，所因之势既殊。太祖开建帝业，作则垂宪，后常可行；汉祖初定海内而已，不及一。太祖立折杖法，脱民榜笞死祸，定著常刑，一本宽大；汉祖虽约法三章，然肉刑三族之诛，至孝文始去，不及二。太祖功臣，皆故等夷，及位定，上下相安，始终一意；汉祖疑间诸将，夷灭其家，不及三。太祖削大弱强，藩臣遵职；汉祖封国过制，反者更起，累世乃定，不及四。太祖征伐必克；汉祖数战辄北，不及五。太祖文武自出，群臣莫及；汉祖非得三杰之助，不得无失，不及六。开宝之初，南海先下；赵陀分越而帝，汉祖不能禁，不及七。太祖不用兵革，契丹自附；汉祖折厄白登，身仅免祸，不及八。太祖后宫二百，问愿归者，复去四之一；汉祖溺于衽席，女祸及宗，不及九。太祖明于大计，以属天下；汉祖择嗣不审，几坠厥世，不及十也。汉祖所不能及，其大者如此。

是自三代以来，拨乱之主，未有及太祖也。三代盛矣，然禹之孙太康失国，汤之孙太甲放废。文武之后世三四传，昭王不返于楚。由汉以下，变故之密，盖不可胜道也。太祖经始大基，流风馀泽，所被者远。五圣遵业，至今百有二十馀年。上下和乐，无变容动色之虑，接于耳目，治安久长，自三代以来所未有也。维太祖创始传后，比迹尧舜，纲理天下，轶于汉祖；太平之业，施于无穷，三代所不及。成功盛德，其至矣哉！盖唐天宝十四年，天下户八百九十一万。太祖元年，户九十六万；末年，天下既定，户三百九万。今上元丰二年，户一千三百九十一万。六圣之德泽，覆露生养，斯其所以盛也。本原事实，其所由致此，有自也哉。

【译文】

总的讲来，唐朝的衰败，是从玄宗天宝以后，朝廷纲纪开始逐渐被破坏，没办法再自我振兴，直至丧失天下的。五代继唐兴起，整整五十多年间，更换了八个姓氏的中原王朝和十四位君主，危亡的交替真是太频繁了。其中最严重的，是契丹直接进入中原，擅自定立中原皇帝的名位和称号。这段时期，天地和木火土金水的五行顺序以及人间事体的原有规律简直颠倒过来，荒谬错乱了，中原和少数部族不同的地方，已经为数不多了。

太祖被天下所拥戴，登上帝位，把拯救百姓作为自己的责任，所以鼓励农业生产，减轻赋税，轻用刑罚，废除过去朝政对百姓不合适的地方。下达诏令予以劝勉、验核，一道接着一道。推究太祖的用心，全都在百姓的身上啊！太祖深知各地方军事长官给百姓带来的祸害，所以设立通判的职位，使通判靠法规约束他们。又担心官吏不贤良，所以又多次责成在位的官员荐举本人所了解的人才。忧虑官员有的接受贿赂，某些不奉守法令，所以对官员定罪，直至定到死刑和流放，一个也不宽恕轻饶。细想太祖的本意，或许是认为遭遇社会大衰乱，如果不如此，官吏就不知道法禁，也就不能把百姓从水深火热中拯救出来。征伐各个独立的政权取胜以后，必定会首先免除当地百姓拖欠的赋税，废除各项严酷的刑法，赈济穷困的人，昭雪积压的冤案，让农民得到实惠，选拔人才，命令川郡办好事，反反复复，孜孜不倦。有时遇到水旱灾害，就用粗食淡饭，对上天祷告，希望把灾祸转降到自己身上。太祖对于众臣僚，有的属于老部下，有的属于吃苦耐劳的人，对待他们都恰到好处，用官位让他们显贵起来，赐予钱财让他们豪富起来。有儿子的，就让他的儿子匹配公主；有女儿的，就让他的女儿嫁给宗室。太祖赐给别人的，竟然周全到如此地步。如果是贤才确实可以任用，即便是仇人也不废弃他；如果不可任用，尽管让他光耀显贵了，却不授给他重要职位。他们犯下罪过，大多予以宽容赦免，或对他们再进行赏赐，让他们内心感到惭愧。至于在决心宣明约束来使天下全都遵守的问题上，也让这些臣僚不能够随意超越。

对于那些割据称号的国家，也全都用恩惠赏赐来相待。商贾往来不加禁止，有越出所在国境而触犯本国法令的，就替他们在边境城镇设立交易的场所，使双方都有利。哪个国家出现了贫乏的情况，就时常帮助它们。征伐所指向的对象，一定是他罪恶昭著，出兵从未不按照道义来决定。对方君主已经归降或被生擒活捉，在道路上予以慰劳问候，迎接招待，派出的使者接连不断。来到京师以后，对他们的罪过不再列举用以侮辱他们。而是给他们很高的官位和优厚的俸禄，并且连带到他们的亲属和下属官员，赐给土地和房子，让他们子子孙孙代代享用。对这些君主照顾保护，使他们全都得以享尽天年才去世。

自从后晋灭亡以后，契丹逐渐强大，中原地区害怕畏惧，无法抗衡。太祖选拔任用军事人才守卫西北边境，用超出常规的恩礼重用他们，专一嘱托信用，听取告发的言语时，也分辨得明明白白。曾经派遣戍卒到边境，告诫他们说：“我还算能赦免你们，可郭进却要斩杀你们了。”某人控告郭进，太祖对人说：“郭进的军令非常严厉，这个人一定是触犯了军法。”于是把他交给郭进，郭进斩了他。边关贸易的税收和租赋，众将可以随意使用，根本不查问收支的情况，出于这个原因，兵士都归附将领，参加战斗的人都拼死出力，负责刺探敌情的人都能得到全部的敌情。边区臣僚可以委托的，全都是十多年不调换他们的职务，然而官位也不会超过巡检使，手下军队也超不过三五千人。主要原因是委任专一处理灵活，官位不到最高品级就会自励，军队人数少就调遣简单。驾驭将领的方法是各式各样的了，综合这些方法的好处，能够各方面都加以运用，所以能够节省军费，使民心安定，振作起新会聚成的部队，挫败进犯的敌军。

总的说来，太祖对孝顺和友爱特别真诚，具有天下人加在一起的德行；聪明、机智、勇猛，具有天下人合起来的才能；用仁慈之心爱护百姓，具有天下人加在一起的志向；无不涵容，具有天下人加在一起的度量。靠勤俭恭敬和慎重来作守持，虚心采纳劝谏的话语。从南汉、后蜀吸取经验，把奢侈作为鉴戒。考虑治理天下的大事，不再游赏和打猎。封拜自己的儿子，务必自行降低官爵级别，不完全沿用从前的制度。接纳学者和士大夫，使用他们不求全责备，有人持守不愿做官的节操，不会勉强他。晚年喜欢读书，并勉励众将学习，说："这样做是为了让他们了解治国的原则与方法。"同时感化中原和周边地区，通过仁德从容处理。平定南唐后，观览报捷书竟落泪说："出兵讨伐不义的国家，可反过来又让我大宋百姓死在战场上，他们有什么罪过呢？"秦州已经收复，可西夏首领尚波于的领地，却退还给他。吴越国主钱俶前来朝拜，又让他返回吴越。契丹愿意订立盟约，太祖随后立刻撤兵，不炫耀自身武力。而那些势力强大、数十城连成一片的藩镇，分割他们的原来辖区，使他们的力量减弱。那些容易反叛、很难管辖的部队，收聚屯置，让他们从内心归服，以便消除他们可能造成的祸难。至于提拔有才能的人，推崇孝顺友爱的人，重建礼乐制度，确立考核官员的办法，尽管天下刚刚安定，然而各种政务和基本原则，都筹划安排得合理详细了。这些遗留下来的典章和惯例，运用到后世，都可以成为规则。

老百姓在这一时期，从死亡中获得新生，家庭都幸福安定。读书人、耕田人、手艺人和买卖人，各自回归到自身的本业。鸟兽草木，也都正常生长。前代各个国家的臣僚，身居将帅宰相，担任同君主关系最亲近的职位的人，一旦回心转意，接受大宋命令，归顺投降，还可以像从前那样为国效力。占据天下名城重镇、辖有地盘上千里而又心存他念的人，依仗众兵自行其是。拒不服从命令、征召而不前来的人，还有几十个，全都整理好衣服前来朝见，愿意代替天子奔走效劳，就像水在低处会聚似的；南汉、后蜀、吴越、荆南、福建的君主，把天下割裂成八九块，称帝称王，传给儿子又传给后代，历经几十年的，都被编入了囚徒俘虏的花名册，一起聚集到天子脚下。天下范围内，形成统一的局面。大海东部的高丽国，最南端的交趾，西部的吐蕃部族、回纥部族，北部的契丹部族，全都俯首称臣，进献贡品。天地所生养和大路所通向的各处人民，全都归附了。在这一时期，重新定立天下，与百姓再度从头开始，天地和木火土金水五行的顺序以及人间万物的固有道理，错乱而又恢复正常了。这是由于太祖承受天命，并不像前代的君主，用智诈来愚弄下面的人，用暴力来谋取帝位。太祖处心积虑，并不是只考虑一朝一夕，目的在于取得整个天下。由上天决定的是那定数，由人决定的是那群臣万民。三军众将士不归附后周，却归向太祖，这里面还没有谁清楚原因，这就是人们所说的天意。等到太祖传付天下，舍弃亲生的儿子，却交给自己的弟弟。这就说明，太祖承受天下，就和舜从尧那里、大禹从舜那里接替帝位一样。太祖传付天下，就和尧传帝位给舜，舜传帝位给大禹一样，承受天下和传付天下，随上天和世人变化罢了。如果不是太祖心中有天下，又哪里能够像这样呢？

世上认为太祖是好多年才会出现的明主，与汉高祖相同。这是因为太祖为人具有恢弘的气度，意气特别的豁达，能善解人意又善于任用驱使，与汉高祖相同，这些原本是一样的。但太祖承接的是天宝以后、历经五代二百多年战乱之后极其破败的天下，而汉高祖承接在极盛的秦朝、秦二世的末年，这时天下刚刚出现动乱。二人承接的形势虽然不同，而太祖开创建立帝业，树立法则，垂示准绳，后世永久可以奉行，汉高祖不过初步平定海内而已，这是他不及太祖的第一点。太祖制定折杖法，使百姓从被鞭挞抽打不免死去的灾难中解脱出来，确定常用的刑罚，也完全本着宽大的原则。而汉高祖尽管约法三章，但是肉刑和诛灭三族的酷刑到孝文帝时才废除，这是他不及太祖的第二点。太祖的功臣，都是过去的同僚，帝位稳定后，上下相安，由始至终一条心。而汉高祖猜疑离间各位将帅，灭绝他们的整个家族，这是他不及太祖的第三点。太祖削弱强大的藩镇，各地守臣都遵奉职守。而汉高祖封立诸侯王国，不遵守规则，反叛的事件接连出现，过了好几代才安定下来。这是他不及太祖的第四点。太祖征伐必定取胜，而汉高祖屡次作战，每战必败。这是他赶不上太祖的第五点。太祖文谋武略都自己想出来，群臣谁都无法达到。而汉高祖得不到萧何、张良、韩信的协助，就必定会出大错。这是他不及太祖的第六点。开宝初年，南汉最先被攻取下来。而西汉时赵陀占据南越称帝，汉高祖没办法阻止。这是他不及太祖的第七点。太祖不动用武力，契丹就自动归附。而汉高祖在白登遭受匈奴的围困，自身仅仅免于被擒。这是他不及太祖的第八点。太祖后宫只有二百人，询问她们当中愿意回家的，只保留四分之三。而汉高祖被枕边风吹得迷迷糊糊，吕后专权的祸害危及到刘氏政权。这是他不及太祖的第九点。太祖对帝位传授非常明白，把天下交给同胞弟弟。而汉高祖择选继位人不慎重，几乎丧失掉刘氏天下。这是他不及太祖的第十点。汉高祖赶不上太祖的地方，重要的就是以上讲的。

这表明，从夏、商、周三代以来，拨除祸乱的君主，无人能赶得上太祖的。三代确实很兴盛了，然而大禹的孙子太康丧失了统治权，商汤的孙子太甲被大臣驱逐废掉，周文王和周武王以后传了三四代，周昭王从楚国就没有能够返回来。自西汉以下，突发事变的频繁，多得数不清。太祖经营筹划帝业的根基，遗留传布开的风气和泽惠，波及的范围都特别深远。五位大宋圣帝遵承帝业，至今已有一百二十多年了。上下和乐，没有让人听到焦虑的消息传过来，长治久安的局面，从三代以来是未曾出现过的。只因太祖刚刚创业，传给后世，追比尧舜，治理天下，超越汉高祖，太平的基业延续到世世代代，连三代也赶不上。成就的功业和盛大的仁德，真是极至了。唐朝天宝十四年，全国户口共有八百九十一万。太祖建隆元年，户口仅九十六万；到开宝九年，天下已经太平，户口达到三百零九万。当今皇上元丰二年，户口已增至一千三百九十一万。六位大宋圣帝的仁德恩泽，像上天和雨露那样滋润民众，这是兴盛的原因所在啊！追溯推究这些事实，能够至此的原因，确实是有来由的呀！

墨池记

王羲之被誉之为“书圣”，而曾巩给他所练字洗笔的池子作记，值得寻味。文中记述了墨池的地点，推测了王羲之当年的一些情况，肯定了墨池对王羲之艺术成就的影响，最后点明了写此文的目的和意义，即“夫人之有一能，而使后人尚之如此，况仁人庄士之遗风余思，被于来世者如何哉”。

【原文】

临川之城东，有地隐然而高，以临于溪，曰新城。新城之上，有池洼然而方以长，曰王羲之之墨池者，荀伯子《临川记》云也。羲之尝慕张芝，临池学书，池水尽黑，此为其故迹，岂信然邪？方羲之之不可强以仕，而尝极东方，出沧海，以娱其意于山水之间，岂其徜徉肆恣，而又尝自休于此邪？羲之之书晚乃善，则其所能，盖亦以精力自致者，非天成也。然后世未有能及者，岂其学不如彼邪？则学固岂可以少哉！况欲深造道德者邪？墨池之上，今为州学舍。教授王君盛恐其不彰也，书“晋王右军墨池”之六字于楹间以揭之，又告于巩曰：“愿有记。”推王君之心，岂爱人之善，虽一能不以废，而因以及乎其迹邪？其亦欲推其事以勉其学者邪？夫人之有一能，而使后人尚之如此，况仁人庄士之遗风余思，被于来世如何哉。庆历八年九月十二日，曾巩记。

【译文】

临川郡城的城东部，有块地段缓缓隆起，因它位居高处直冲回溪，就叫做新城。在新城的上面，有座水池深陷下去并且呈长方形，被人们称为王羲之的墨池，这是荀伯子《临川记》上所讲过的。王羲之曾经仰慕“草圣”张芝，像他那样勤奋练习书法，每次写完字就在池内洗砚涮笔，池水因此全都变黑了。这座水池就是他那时的故迹，或许属实吧？当年王羲之不再勉强做官时，曾遍游东方的名山，还驾船出过海，在山水之间以使自己的情志获得欢娱。由此推断，莫非是他自由自在地往来，放任不拘，而又曾在新城这里主动停息过吧？王羲之的书法，直到晚年才精善；那么，他所增长的这一技艺，大概也是凭借精神和毅力而获取的，并不是天然成就的。然而后世却没有能够赶上他的人，或许是这些人的学习功力不如他吧？这样看来，学习这等事，怎么可以不下功夫呢！何况想在道德修养方面达到纯正高深境地的人呢？

墨池所在地的上面，现今是抚州州学的校舍。教授王盛先生，唯恐它埋没不显明，特地在柱子上写下“晋王右军墨池”这六个大字来标揭它。又向我曾巩求告说：“希望有篇记文。”我猜想王先生的用心，或许是出于喜爱别人的优点，即使仅为一技之长也不把它弃置一旁，却据此来延及到此人的遗迹吧？同时还想推广那美谈盛事来勉励那些求学的人吧？大抵一个人，独具一技之长，而使后来人对他崇尚到这等地步，更何况仁德端庄之士给人遗留下的风范和带来的遐思，其所影响到后世的情形，又该会如何呢？庆历八年九月十二日，曾巩特地撰写本篇记文。

学舍记

据本文“今天子至和之初”，知作于至和元年（1054年）。这篇实是作者三十六岁前的自传，提供了入仕前的第一手资料，是了解研究曾巩生平和思想的重要文献，可以和作者的《读书》诗参看。后来归有光的名文《项脊轩志》亦规模此文。

茅坤引王慎中云：“此亦是先生独出一体，在韩、欧未有。然大意亦自《醉翁亭》《真州东园》二篇体中变出，又自不同也。”

【原文】

予幼则从先生受书，然是时，方乐与家人童子嬉戏上下，未知好也。十六七时，窥六经之言与古今文章，有过人者，知好之，则于是锐意欲与之并。而是时，家事亦滋出。自斯以来，西北则行陈、蔡、谯、苦、睢、汴、淮、泗，出于京师；东方则绝江舟漕河之渠，逾五湖，并封、禺、会稽之山，出于东海上；南方则载大江，临夏口而望洞庭，转彭蠡，上庾岭，繇真阳之泷，至南海上。此予之所涉世而奔走也。蛟鱼汹涌湍石之川，巅崖莽林貙虺之聚，与夫雨旸寒燠风波雾毒不测之危，此予之所单游远寓，而冒犯以勤也。衣食药物，庐舍器用，箕筥碎细之间，此予之所经营以养也。天倾地坏，殊州独哭，数千里之远，抱丧而南，积时之劳，乃毕大事，此予之所遭祸而忧艰也。太夫人所志，与夫弟婚妹嫁，四时之祠，属人外亲之问，王事之输，此予之所皇皇而不足也。予于是力疲意耗，而又多疾，言之所序，盖其一二之粗也。得其闲时，挟书以学，于夫为身治人，世用之损益，考观讲解，有不能至者。故不得专力尽思，琢雕文章，以载私心难见之情，而追古今之作者为并，以足予之所好慕，此予之所自视而嗟也。

今天子至和之初，予之侵扰多事故益甚，予之力无以为，乃休于家，而即其旁之草舍以学。或疾其卑，或议其隘者，予顾而笑曰：“是予之宜也。予之劳心困形，以役于事者，有以为之矣。予之卑巷穷庐，冗衣砻饭，芑苋之羹，隐约而安者，固予之所以遂其志而有待也。予之疾则有之，可以进于道者，学之有不至。至于文章，平生所好慕，为之有不暇也。若夫土坚木好高大之观，固世之聪明豪隽挟长而有恃者所得为，若予之拙，岂能易而志彼哉？”

遂历道其少长出处，与夫好慕之心，以为《学舍记》。

【译文】

我幼年就跟从教书的先生读书，然而那时候喜欢同家人孩子们打闹玩耍，还不知道喜欢书籍。十六七岁时，看《六经》的话语和古今的文章，蕴含着超越常人的见解，懂得了喜爱它，于是锐意想把它们之间联系起来。可就在此时，家中的倒霉事也一桩接一桩发生了。从那时以来，在西北历经陈州、蔡州、谯县、苦县和睢水、汴水、淮水、泗水，又从首都离开；在东方就乘船渡过大江和运粮的水道，越过五湖，沿着封山、禺山、会稽山前进，又从东海出发；在南方就在长江上飘流，抵临夏口，远望洞庭湖，转向彭蠡泽，登上大庾岭，自真阳县到达泷水县，直至南海岸边。这是我踏进社会而四处奔波的情形。那蛟龙巨鱼出没，波浪拍击河石的长川，那陡峭的山崖、茂密的森林和野兽毒蛇聚合成一体的地方，以及暴雨淋头、各种反常的气象和水中风波、林间毒雾等不可预测的危险，这是我单身游历、寄居远方而甘冒风险的常事。家中穿的、吃的和药物，房屋和各种用具，簸箕筐筐之类的琐碎出入，这是我所操办、用来养活一家大小的事务。老父亲突然去世，在他乡就我一个人悲声痛哭，从数千里以外守护灵柩南返故乡，又经过很久的操劳，才办完安葬的大事。这是我遭受祸难而丧父的情形。祖母临终前的遗愿，以及弟弟们的娶亲，妹妹们的出嫁，四季例行的祭祀活动，内外亲属的日常交往，向官府缴纳租税，这是我忙得不可开交而又处理不周全的事情。我在这些事情上耗尽了精力，而又自身多病。以上所讲的那些情况，还仅仅是一两个方面的粗略情况。获得一点儿轻闲时光，就挟起书本去学习，对于修养好自身，治理民众，世上该采取的措施，应增补或减损哪些，考察讲解起来，就出现不能十分周全细致的地方了，所以做不到集中精力，竭尽思虑，精雕细刻文章，来表达自己心中难以表现的情感。追比古今的作者，与他们站在同列，充分实现我所喜好仰慕的东西，这是我自行察照起来而深为感叹的呀！

如今正当大宋至和初年，而我受到的干扰和事故的不断增多，靠我的力量根本就应付不了，于是在家休养。而到宅旁的草房去学习，有人抱怨它太低矮，有人讥笑它太狭小，我四面观看，笑着说："这对我是最合适的地方。我劳损心力，困顿形体并且被家事所役使，是有理由去做的了。我住在小巷破屋，身穿烂衣服，食用糙米饭，口喝野菜汤，隐遁却安心，正是为实现抱负并且有所期待啊！我所忌恨的东西也有，那就是可以进入圣贤之道，学问却有不到家的地方。至于文章，是我平生的爱好与追求，写起来有时间不够用的感觉。至于那些砖土坚固、木料上乘、外现高大的建筑，原本属于世上聪明豪俊、具有优越条件而势力强大的人才能去修建的。像我这样笨拙的人，哪里能够改变过来并去追求那大房舍呢？于是逐项进述自己从小孩子到成年人的经历，以及爱好和向往的心态，写成了这篇《学舍记》。

南轩记

这是一篇具有座右铭作用的题壁文，可与《学舍记》合观。此篇分四段看，第一段境：得邻之茀地蕃之，树竹木灌蔬于其间，结茅以自休，嚣然而乐。第二段心：人之性不同，于是知伏闲隐隩，吾性所最宜。第三段学：然而六艺百家史氏之籍，笺疏之书，与夫论美刺非，感微托运、山镵冢刻、浮夸诡异之文章，下至兵权、历法、星官、乐工、野圃、方言、地记、佛老所传，吾悉得于此。第四段守：吾窥圣人旨意所出，以去疑解蔽，贤人智者所称事引类，始终之概以自广，养吾心以忠，约守而恕行之。一切一切，怎唯一个乐字了得？

【原文】

得邻之莽地蕃之，树竹木灌蔬于其间，结茅以自休，嚣然而乐。世固有处廊庙之贵，抗万乘之富，吾不愿易也。

人之性不同，于是知伏闲隐隩，吾性所最宜。驱之就烦，非其器所长，况使之争于势利、爱恶、毁誉之间邪？然吾亲之养无以修，吾之昆弟饭菽藿羹之无以继，吾之役于物，或田于食，或野于宿，不得常此处也，其能无焰然于心邪？少而思，凡吾之拂性苦形而役于物者，有以为之矣。士固有所勤，有所肆识，其皆受之于天而顺之，则吾亦无处而非其乐，独何必休于是邪？顾吾之所好者远，无与处于是也。然而六艺百家史氏之籍，笺疏之书，与夫论美刺非、感微托远、山镵冢刻、浮夸诡异之文章，下至兵权、历法、星官、乐工、山农、野圃、方言、地记、佛老所传，吾悉得于此，皆伏羲以来，下更秦汉至今，圣人贤者魁杰之材，殚岁月，惫精思，日夜各推所长，分辨万事之说，其于天地万物，小大之际，修身理人，国家天下治乱安危存亡之致，罔不毕载。处与吾俱，可当所谓益者之友非邪？

吾窥圣人旨意所出，以去疑解蔽，贤人智者所称事引类，始终之概以自广，养吾心以忠，约守而恕行之。其过也改，趋之以勇，而至之以不止，此吾之所以求于内者。得其时则行，守深山长谷而不出者，非也。不得其时则止，仆仆然求行其道者，亦非也。吾之不足于义，或爱而誉之者，过也。吾之足于义，或恶而毁之者，亦过也。彼何与于我哉？此吾之所任乎天与人者。然则吾之所学者虽博，而所守者可谓简；所言虽近而易知，而所任者可谓重也。

书之南轩之壁间，蚤夜览观焉，以自进也。南丰曾巩记。

【译文】

得到邻近杂草丛生的一块地，围上篱笆，栽上竹木，在其中灌水种蔬菜，搭建起草房来给自己休息，悠闲又快乐。世上固然有身在朝廷的显贵，财富与国君抗衡的富商，但我却不愿意和他们交换位置。

人的性情各不相同，因此而明白处于闲散的生活状态中，隐居在僻静的处所，对我的性情来说最为适合。迫使我去做繁杂的事情，本来就不是我的长处所在，何况还要让人到那势利、爱憎、毁誉中间去斡旋呢？然而我母亲的赡养没条件达到最完善的地步，我兄弟们的粗食淡饭也得想办法顿顿吃得上。我被解决这些生活问题所驱使，有时在田地里用饭，有时在野外住宿，不能够经常待在这草房中，哪能在心里不急躁呢？不过冷静一下再想想，我违背自己的性情，劳苦自己的身体，被生活问题所驱使，也是有理由去做的了。读书人原本就有该勤苦的事，也有该快意的事，明白这些都是从上天那里承受下来的，进而顺从它，那我也就没有任何地方不是该欢乐的了。为什么偏偏非要在这草房里休息才算好呢？回想我所喜爱的东西很深奥，与身在这草房中没有什么太大的关系。但是六经、诸子百家、史家的著述，注解之类的书籍，以及上到谈论美好事物、讽刺丑恶现象、对细微的东西深有感触而寄托又深远、凿于山崖、镌刻于墓石、浮夸又诡谲怪异的文章，下到用兵谋略、历法、星象、乐舞、音律、农作物种植、方言、地理书、佛教道教所传授的教义法术，我都在这草房中获取到。它们都属于从伏羲以来，历经秦朝汉朝直到当代，圣人贤人和特别的奇才穷尽岁月，付出极大的精密思索，日夜各自推究本身所精通的学问，分析辨清各种事物的论断。对于天地万物，小事与大道的关系，修养好自身，治理人民，国家天下治乱安危存亡的最高表现，没有不详尽记述的。这样一来，草房与我在一起，可以够得上人们所说的扩充自己的好友吧？还是并不像这样呢？

我窥探圣人主旨用意的出发点，用它来消除疑惑，解开蒙昧。贤人和明智者称说事物，连及类属，勾勒出由始至终的大概情形，用它来扩充自己。用忠诚来培植我的心性，紧紧约束住节操，按宽容的原则去办事，有过错就改正，凭借勇敢去对待所要奔赴的事业，靠永不止息来实现最高的目标，这些都是我要从内心来加以探求的东西。得到适当的时机就去施行，这时还守身在深山长谷而不出世，显然也是不对的。得不到适当的时机就作罢，这时还要不辞劳苦地去谋求践行自己的主张，显然也是不对的。我在适宜问题的处理上做得还不够，有人喜爱我而对我加以称赞，这是不正确的。我在适宜问题的处理上做得很充分，有人厌恶我而对我进行诋毁，这也是不正确的。他们这两种态度，与我又有什么相干呢？进退适宜，正是我对上天和世人所应担当的东西。既然如此，那么我所研究的学问虽然很广博，但所持守的却可以称得上简要；所讲论的东西尽管浅显，很容易了解，但所承当的却可以称得上重大。

把以上这些话写在南轩的墙壁上，早晚看看它，用来勉励自己上进。南丰曾巩记。

鹅湖院佛殿记

本想请名人题文装饰一下门面，没想到题文却记曰：

自西方用兵，天子、宰相与士大夫劳于议谋，材武之士劳于力，农工商之民劳于赋敛。惟学佛之人不劳于谋议，不用其力，不出赋敛，食与寝自如也。僧绍元为何得到这样莫名其妙的题文，文中自有其意。

【原文】

庆历某年某月日，信州铅山县鹅湖院佛殿成，僧绍元来请记，遂为之记曰：自西方用兵，天子、宰相与士大夫劳于议谋，材武之士劳于力，农工商之民劳于赋敛。而天子尝减乘舆掖庭诸费，大臣亦往往辞赐钱，士大夫或暴露其身，材武之士或秉义而死，农工商之民或失其业。惟学佛之人不劳于谋议，不用其力，不出赋敛，食与寝自如也。资其宫之侈，非国则民力焉，而天下皆以为当然，予不知其何以然也。今是殿之费，十万不已，必百万也；百万不已，必千万也；或累累而千万之不可知也。其费如是广，欲勿记其日时，其得邪？而请予文者，又绍元也。故云尔。

【译文】

庆历某年某月某日，信州铅山县鹅湖院新建的佛殿落成。该院的僧人绍元前来请求写篇记文，于是为他作记说：

自从朝廷在西方对夏国用兵，天子、宰相和士大夫都在计议谋划方面操劳，身怀武艺的将士都在武力方面效劳，农民、工匠、商人等大宋的百姓都在缴纳赋税方面愁劳；而天子时常减少车驾、后宫等项费用的支出，朝廷大臣也常常辞谢例行的赏钱，士大夫有的冒着生命危险，同敌方进行公开交涉，身怀武艺的将士有的秉持道义战死，农民、工匠、商人这些大宋的百姓有的丧失谋生本行。只有学习佛法的人，不在谋划计议国事上操劳，不拿出他们的气力，不缴纳赋税，吃饭与睡觉该怎么样仍然怎么样。赞助他们增修扩建庙宇，不是国家就是百姓的财力物力；可全天下却都认为理所应当，我真不明白这种心理为什么竟会成为这样。如今一座佛殿的费用，十万不够，必定会滚到一百万；一百万不够，必定会滚到一千万；甚至一滚再滚，滚到一千万还不知道到极限没到极限呢！它所耗费的费用这样浩大，想不记下它落成的日期年月，能叫人办得到吗？而请求我写文章的人，又是绍元和尚，所以讲了上面那番话。

苏明允哀辞

苏洵乃一代文豪，其陨落自然令人哀伤。苏洵的文章“其雄壮俊伟，若决江河而下也；其辉光明白，若引星辰而上也。”苏洵的影响“于是三人之文章盛传于世，得而读之者皆为之惊，或叹不可及，或慕而效之，自京师至于海隅障徼，学士大夫莫不人知其名，家有其书。”他死后，“自天子辅臣至闾巷之士，皆闻而哀之。”苏洵的遗产“明允为文，有集二十卷行于世，所集《太常因革礼》者一百卷，更定《谥法》二卷，藏于有司，又为《易传》未成。”基于以上三点，曾巩为何要作哀词，哀词的内容如何尽在其中。

【原文】

明允姓苏氏，讳洵，眉州眉山人也。始举进士，又举茂材异等，皆不中。归，焚其所为文，闭户读书，居五六年，所有既富矣，乃始复为文。盖少或百字，多或千言，其指事析理，引物托喻，侈能尽之约，远能见之近，大能使之微，小能使之著，烦能不乱，肆能不流。其雄壮俊伟，若决江河而下也；其辉光明白，若引星辰而上也。其略如是。以余之所言，于余之所不言，可推而知也。明允每于其穷达得丧，忧叹哀乐，念有所属，必发之于此。于古今治乱兴坏，是非可否之际，意有所择，亦必发之于此。于应接酬酢万事之变者，虽错出于外，而用心于内者，未尝不在此也。嘉祐初，始与其二子轼、辙复去蜀，游京师。今参知政事欧阳公修为翰林学士，得其文而异之，以献于上。既而欧阳公为礼部，又得其二子之文，擢之高等。于是三人之文章盛传于世，得而读之者皆为之惊，或叹不可及，或慕而效之，自京师至于海隅障徼，学士大夫莫不人知其名，家有其书。既而明允召试舍人院，不至，特用为秘书省校书郎。顷之，以为霸州文安县主簿，编纂太常礼书。而轼，辙又以贤良方正策入等。于是三人者尤见于当时，而其名益重于天下。治平三年春，明允上其礼书，未报。四月戊申以疾卒，享年五十有八。自天子辅臣至闾巷之士，皆闻而哀之。明允所为文，有集二十卷行于世，所集《太常因革礼》者一百卷，更定《谥法》二卷，藏于有司，又为《易传》未成。读其书者，则其人之所存可知也。明允为人聪明辨智，遇人气和而色温，而好为策谋，务一出己见，不肯蹑故迹。颇喜言兵，慨然有志于功名者也。二子，轼为殿中丞、直史馆，辙为大名府推官。其年，以明允之丧归葬于蜀也，既请欧阳公为其铭，又请予为辞以哀之，曰：铭将纳之于圹中，而辞将刻之冢上也。余辞不得已，乃为其文。曰：

嗟明允兮邦之良，气甚夷兮志则强。阅今古兮辨兴亡，惊一世兮擅文章。御六马兮驰无疆，决大河兮啮浮桑。粲星斗兮射精光，众伏玩兮雕肺肠。自京师兮洎幽荒，矧二子兮与翱翔。唱律吕兮和宫商，羽峨峨兮势方飏。孰云命兮变不常，奄忽逝兮汴之阳。维自著兮crazy煌煌，在后人兮庆弥长。嗟明允兮庸何伤!

【译文】

明允姓苏氏，名洵，是眉州眉山县人。最初被举荐参加进士科考试，又被举荐参加茂才异等考试，都没有被录取。回到家乡，把自己所写的文章全都烧掉，关起门来读书。经过了五六年，胸中的积累已经丰富了，这才又重新开始写文章。短的上百字，长的上千字，指陈事物，剖析道理，援引物类，寄托喻义，繁多的内容能够集纳在简要中，深远的义旨能从浅近中显现出来，重大的内容能够让它变得精微，细微的用意能够让它变得显著，头绪很多能够让它不杂乱，笔势放纵能够做到不平泛。他的文章雄壮峻伟，就像冲破堤坝的江河向下奔流；他那文章的光辉闪耀，就像引动星辰往上升腾。苏洵文章的大概情况，就是这个样。通过我所谈到的，就可以推知我所没讲的。明允常常对自己的穷困与通达，所得与所失，忧虑与慨叹，悲哀与欢乐，只要产生某种想法，就一定在文章中抒发出来。对古今的大治与乱亡，兴盛与衰败，正确与错误，认同与否决，只要作出某种选择，也一定要在文章中表达出来。对于人世间的应酬往来，各种事态的变化，尽管在表面上表现得交织错杂，而在内心经过思考的，也未曾不在文章中予以反映。

嘉祐初年，明允第一次与自己的两个儿子苏轼、苏辙离开蜀地，游历京师。当今参知政事欧阳公欧阳修那时正担任翰林学士，有次看见明允的文章而深为惊异，把它献给皇上。不久欧阳公主持科举考试，又有看见明允两个儿子的文章，把他们录取在进士科中的高等。于是苏氏父子三人的文章在民间广泛流传，得到而阅读的人都为他们感到惊奇，有的慨叹自己比不上，有的仰慕而加以效仿，从京师一直到海角边陲，求学之士和士大夫没有人不知道他们的名字，家家都存有他们的著作。不久明允被宣召到舍人院考试，他没去参加，朝廷特地任命他为秘书省校书郎。不久，又被任命为霸州文安县主簿，在任内开始编纂大常礼书。而且苏轼苏辙兄弟二人又凭借贤良方正科考试所作对策被录取。于是父子三人更在当代显得非常突出，而他们的名字也在整个天下更加被看重。

治平三年春季，明允向朝廷献上他所编成的礼书，还没有得到答复，就在四月戊申这一天因病去世，享年五十八岁。从天子、辅政大臣一直到民间的读书人，听到这个消息都为他感到悲哀。

明允所写的文章，有文集二十卷在民间流传。所编集的《太常因革礼》为一百卷，修订的《谥法》为二卷，都在主管部门收藏着。又撰写过《易传》，没有完成。阅读一个人的著作，这个人所具有的特点就可以从中了解到。明允为人聪明、善于辨析又机智，待人气色温和，喜好策略谋划，务求完全出自个人的见解，不愿意跟在别人的后面。特别喜欢谈论军事，是一个慨然有志于功业名利的人物。

明允的两个儿子，苏轼是殿中丞、直史馆，苏辙是大名府推官。在逝世这一年，由于明允灵柩运回到蜀地安葬，恳请欧阳公为他撰写墓志铭，又请我写哀词来悼念他，说是“墓志铭要放入坟墓中，哀词要镌刻在坟头上。”我推辞但是推辞不掉，于是写下这篇哀词，言道：

嗟叹明允啊！你这国家的贤良！气色非常平和啊，可是意志却那样刚强！纵观古今啊，辨析历代的兴亡；震惊一世啊，那般地擅写文章！犹如驾驭六匹马牵引的车辆啊，驰骋在没有边际的大地上；犹似冲决堤防的大河啊，直接扑向海中的浮桑。好似星辰北斗那样的灿烂啊，迸射出天地精华之气的光芒；众人翻来覆去地欣赏啊，就像是在雕琢肺肠。从那京师啊，一直传播到最遥远的地方；何况还有两个儿子啊，与你共同翱翔。父亲唱得有力铿锵啊，二子应和明畅；羽翼矫健不寻常啊，那番气势正在张扬。谁说命运啊变化无常，可你却突然逝世在汴梁。只有你那著作啊，赫赫闪光；后人得到的啊，那庆幸的心绪越来越绵长。嗟叹明允啊，还有什么悲伤！

夫人周氏墓志铭

“女有图史，传于师氏。其劝以乐，其康以礼。能此非他，由学而已。”“夫人独喜图史，好为文章，日夜不倦。”“言动必以《礼》，养其德必以《乐》，歌其行，劝其志，与夫使之可以托微而见意，必以《诗》。”仔细体味这几点，曾巩写此文的意图便豁然开朗。

【原文】

夫人讳琬，字东玉，姓周氏，父兄皆举明经。夫人独喜图史，好为文章，日夜不倦，如学士大夫，从其舅邢起学为诗。既嫁，无舅姑，顺夫慈子，严馈祀，谐属人，行其素学，皆应仪矩。有诗七百篇，其文静而正，柔而不屈，约于言而谨于礼者也。昔先王之教，非独行于士大夫也，盖亦有妇教焉。故女子必有师傅，言动必以《礼》，养其德必以《乐》，歌其行，劝其志，与夫使之可以托微而见意，必以《诗》。此非学不能，故教成于内外，而其俗易美，其治易洽也。兹道废，若夫人之学出于天性，而言行不失法度，是可贤也已。其夫来乞铭，予与之亲且旧，故为之序而铭之。

盖夫人之祖父讳协，为尚书刑部郎中。父约，今为尚书虞部员外郎，青州益都人也。夫人嫁关氏，为徐州丰县令景仁之妻，为尚书职方员外郎、赠尚书都官郎中讳鲁之子妇，生一男二女，年二十有六，卒于治平二年之九月某甲子，葬于杭州钱塘县履泰乡葛松原，实某年某月某甲子。关氏钱塘人也。铭曰：

女有图史，传于师氏。其劝以乐，其康以礼。能此非他，由学而已。王政之兴，盖自此始。今孰登兹？维周之媛。学由自好，终之不倦。言循于矩，行循于典。尚配古人，辉光日远。

【译文】

夫人名琬，字东玉，姓周氏。父亲和兄长都被举荐参加过明经科考试。夫人只是喜爱女子方面的图书，喜欢写文章，日夜不感到疲倦，就和求学士子和士大夫一样，跟从她的舅父邢起学习写诗。出嫁以后，没有公公和婆婆，顺从丈夫，爱护子女，严格遵从祭祀的礼仪规定，与内外亲属相处得很和谐。践行她平常所学的那些知识，全部都符合女子行为的规范。写有诗歌七百首，文辞恬静又纯正，柔和而不卑屈，用语简洁，内容不超出礼法。

从前圣帝明王的教化，并不只是在士大夫中间施行，也有对妇女的专门教化。因此女子一定要配有专业教师，言语行动必须要按《礼经》的规定去做，培养她们的品德必定要把《乐经》作为依据，歌颂她们的行为，激励她们的志向，以及让她们可以寄托细微的事物来表达自己的思想感情，必定要凭借《诗经》。这些都必须通过学习才能达到。因此在女子和万民两方面做好教化工作，本国的风俗就容易变好，本国的治理就容易和洽。这种教化方法已经不实行了，至于人能学习出于天性，而言语行动不偏离制度规定，这就太值得赞扬了。周夫人的丈夫前来请我为她写一篇墓志铭，我和这个人既是亲戚，又是老朋友，所以替周夫人作了序言又写了铭文。

夫人的祖父名字叫周协，是尚书刑部郎中。父亲名字叫周约，现今担任尚书虞部员外郎，是青州益都县人。夫人嫁到关家，是徐州丰县县令关景仁的妻子，是尚书职方员外郎、赠尚书都官郎中关鲁的儿媳妇。生了一男二女，二十六岁时即治平二年九月某日去世，安葬在杭州钱塘县履泰乡葛松原，这一天是某年某月某日。关家是钱塘县人。铭文上说：

女子自古有图史，从师长那里得到传授。用《乐经》来劝勉，用《礼经》使安康。做到这样没有其他途径，通过学习这条途径。帝王仁政的盛兴，大致从这里开始。如今有谁步入此境，只有那周家的闺秀！学习出于自己喜好，坚持到底从不疲倦。言谈话语符合规范，行为举止符合礼典。往上可以匹敌古人，光辉日益垂照永远。

洪渥传

此篇人物传记，作年诸家年谱无载。据文中“予少与渥相识”语，推测作者与其人年龄差别不会太大，此文对传主“盖棺定论”，盖为作者晚年之作。宋神宗称曾巩“史学见称士类”，曾将五朝史事大典交他总领，任虽不终，而记北宋前五朝事的《隆平集》，就是依托他的大名而行世。曾集传记仅存三篇，均属小人物。此篇传主是个极普通的地方小吏，也只记述其人如何待兄，平淡无奇，却具有真正“动俗”的力量。

【原文】

洪渥，抚州临川人。为人和平，与人游，初不甚欢，久而有味。家贫，以进士从乡举，有能赋名。初进于有司，辄连黜，久之乃得官。官不自驰骋，又久不进，卒监黄州麻城之茶场以死。死不能归葬，亦不能还其孥。渥里中人闻渥死，无贤愚皆恨失之。予少与渥相识，而不深知其为人。渥死，乃闻有兄年七十余，渥得官时，兄已老，不可与俱行。渥至官，量口用俸，掇其余以归，买田百亩居其兄，复去而之官，则心安焉。渥既死，兄无子，数使人至麻城抚其孥，欲返之而居以其田，其孥盖弱力不能自致，其兄益已老矣，无可奈何，则念辄悲之。其经营之犹不已，忘其老也。渥兄弟如此无愧矣。渥平居若不可任以事，及至赴人之急，早夜不少懈，其与人真有恩者也。予观古今豪杰士传，论人行义，不列于史者，往往务摭奇以动俗，亦或事高而不可为继，或伸一人之善而诬天下以不及，虽归之辅教警世，然考之《中庸》或过矣。如渥之所存，盖人之所易到，故载之云。

【译文】

洪渥是抚州临川县人。为人心平气和，与别人交往，开始时显得不特别欢洽，时间长了，却蛮有那么点儿味道。他家境贫寒，凭借应进士科考试者的身份参加州府主持的初级考试，赢得擅长作赋的名声。开始被选送到朝廷主管部门，接着被随意打入落榜的行列，过了很长时间后才获得官职。做官不主动四处奔走经营，又长期得不到提升，最终只充任监黄州麻城之茶场而死去。死后穷得没有办法把棺柩运回故乡下葬，也没有办法使妻子儿女返回老家居住。乡里人听说洪渥死去，不管贤能的人还是愚笨的人，都遗憾失去了他。

我从小时候就和洪渥互相认识，但不深切了解他的为人。洪渥死后，才听说他有一位兄长，年纪七十多岁了。洪渥获得官职，可是他兄长这时候已经很老了，没有办法与洪渥一起走，洪渥到达任所后，计算着家庭大小人口来使用俸禄，积攒起剩余的钱带回来，购买田地一百亩，归他兄长谋生，又离去回到任所，心里这才安宁。洪渥去世后，他的兄长没有儿子，多次派人到麻城县去慰抚洪渥的妻子儿女，打算让他们回来，把那百亩田地归还他们谋生。可洪渥的妻子儿女由于寡弱，力量不能够独自解决生活来源问题。他的兄长已经更加年老了，也没有办法，想到洪家的这种状况，就感到悲伤，他仍然经营田地没有停息，忘记了自己已经年老。洪渥兄弟生前死后互相这样，真是没有谁对不起谁的了。洪渥平时好像不能把什么事委托给他办理，等到帮人解救急难，早晚一点儿也不松懈，他对人是真的恩德的人啊!

我纵览古今豪杰高士传这类书籍，系统编排世人不在正史上载列的典范行为，往往致力于采摘奇特的举动来惊动世俗，也有的事迹太高尚以致无法叫人接着做出来，还有的张扬某个人的善行却用谁都赶不上来诬蔑天下人。虽然这都归结到辅助名教，但是把它放到最适中又正常的标准上来考察，有的就太过分了。像洪渥所留存的事迹，大致上属于人人都容易做到的，所以载述它。

苏轼

苏轼（1036—1101），字子瞻，号东坡居士，眉州眉山（今四川眉山市）人。少时博通经史，才华横溢。仁宗嘉祐二年（1057年）进士。他有改革弊政的要求，但对王安石变法的过激之处不满，上书站在旧党一边，请求外任杭州通判，转知密、徐、湖州。神宗元丰二年，被王安石罢相之后的新派投机官僚陷害入狱，史称“乌台诗案”。出狱后，贬黄州团练副使。神宗死，旧党司马光执政，召为翰林学士兼侍读、中书舍人、礼部尚书。因反对旧党全盘否定王安石变法，复受攻击，为旧党所不容，以龙图阁学士知杭州。哲宗绍圣元年（1094年），新党再度上台，被远贬到惠州、儋州。徽宗即位，遇赦北归，次年卒于常州。苏轼是北宋后期的文坛领袖，诗、词、文都称大家，在我国文学史上占有突出的地位。散文为唐宋八大家之一，与欧阳修并称“欧、苏”。他的诗宏肆雄放，清新豪健，自由驰骋，卷舒自如。又以文为诗，将纵横透辟的议论、博大精深的才学和喷薄欲出的感情熔于一炉，代表了宋诗的新转变。苏轼与黄庭坚并称“苏、黄”，其词风格豪放，扩大了词的题材，“无意不可入，无事不可言”，丰富了词的艺术表现力，为豪放词派的创始人，与辛弃疾并称“苏、辛”，对后世文学影响深远。

由于苏轼在政治上长期失意，一生的经历坎坷不平，尽管他能经常保持乐观、豪迈的精神，但他的词里有时也会流露出一些消极的、逃避现实、追求解脱的老庄思想，这种思想不时使他产生矛盾看法，使他有时也要寄托诗词来表现自己对政治现实不满的心情。有《东坡全集》、《东坡乐府》传世。

秋阳赋

大家为文，初似随意信手，绵绵密密，娓娓道来。仔细品味，才猛然察觉迂路曲折处，别有洞天。

东坡可谓深谙此道。文中所述的秋阳、阔公子等，皆为信手拈来的道具，在各自立场鲜明的问答之中，作者的悲悯情怀和良苦用心跃然纸上。

此篇行文如流风泻水，不可遏止；情感深挚如秋日暖阳，炙烤魂灵。文中比兴手法运用娴熟，关于夏雨秋阳的大段描述绘声绘色，原形毕露而又文采斐然。作者与所谓德才兼备的雅公子之格调情操，相映成趣而又高下立判。其对于底层百姓的关注与同情几乎让人泣下，而文末所彰显的朴素辩证观亦颇能启迪心智，发人深省。

【原文】

越王之孙，有贤公子，宅于不土之里，而咏无言之诗。以告东坡居士曰：“吾心皎然，如秋阳之明；吾气肃然，如秋阳之清；吾好善而欲成之，如秋阳之坚百谷；吾恶恶而欲刑之，如秋阳之陨群木。夫是以乐而赋之。子以为何如？”

居士笑曰：“公子何自知秋阳哉？生于华屋之下，而长游于朝廷之上，出拥大盖，入侍帷幄，暑至于温，寒至于凉而已矣。何自知秋阳哉？若予者，乃真知之。方夏潦之淫也，云蒸雨泄，雷电发越，江湖为一，后土冒没，舟行城郭，鱼龙入室。菌衣生于用器，蛙蚓行于几席。夜违湿而五迁，昼燎衣而三易。是犹未足病也。屑于三吴，有田一廛。禾已实而生耳，稻方秀而泥蟠。沟塍交通，墙壁颓穿。面垢落泥之涂，目泫湿薪之烟。釜甑其空，四邻悄然。鸛鹤鸣于户庭，妇宵兴而永叹。计有食其几何，矧无衣于穷年。忽釜星之杂出，又灯花之双悬。清风西来，鼓钟其镗。奴婢喜而告余，此雨止之祥也。早作而占之，则长庚澹其不芒矣。浴于旸谷，升于扶桑。曾未转盼，而倒景飞于屋梁矣。方是时也，如醉而醒，如暗而鸣，如痿而起行，如还故乡初见父兄。公子亦有此乐乎？”公子曰：“善哉！吾虽不身履，而可以意知也。”

居士曰：“日行于天，南北异宜。赫然而炎非其虐，穆然而温非其慈。且今之温者，昔之炎者也。云何以夏为盾而以冬力衰乎？吾侪小人，轻愠易喜。彼冬夏之畏爱，乃群狙之三四。自今知之，可以无惑。居不渫户，出不仰笠，暑不言病，以无忘秋阳之德。”公子拊掌，一笑而起。

【译文】

越王的孙子，有一位德才兼备的公子，在宛如仙境的地方建了一座宅地，而且经常吟咏没有实际内容的诗。告诉东坡居士说：“我的心纯洁且明亮，好像秋天的阳光一样明媚；我的气度庄重伟岸，就像秋天的阳光一样清秀美丽；我喜爱善良的人而且总想帮助他们成功，正如秋阳照耀各种粮食成熟；我厌恶丑恶并且总想革除这些坏的东西，好比秋阳横扫各种树木的败叶。于是用音乐来诠释我的情感，你认为如何呢？”

东坡笑着对他说：“公子你怎么知道秋阳的感情呢？你出生在富贵华丽的房屋之内，且经常畅游在朝廷的金殿之上，出门乘坐着戴有华盖的车辇，入宫有锦绣的帷幄，酷暑时节你享受着温馨，严寒之时你最多感受凉意而已。你怎么会知道秋阳呢！像我这样的人，才有可能真正知道秋阳。到夏天阴雨连绵积水成潦涝，炎热的蒸气上升为云，之后又变成倾泻的大雨，雷电使得暴雨越发凶猛，大江和大湖连成一片，大地被淹没在洪水中，小船行走在昔日的城郭中，鱼龙水族游到人的房子里。蘑菇之类的真菌生长在人的生活用具当中，青蛙、蚯蚓行走在人的案几和床席之上。夜里躲避水湿而五次更换地方，白天反复烤干湿透多次的衣服。这些还不足以忧虑，躬耕在三吴（吴兴、吴郡、会稽古称三吴），有一块家居的土地。谷子已经成熟而且生了芽，稻子已经抽了穗而倒伏在泥水中。沟渠与田埂相通，墙壁倒塌而屋破。满脸沾着从房顶落下的涂粉之垢，眼睛里流着被潮湿的柴薪沤出的烟熏出的泪水。做饭的锅和甑子都是空的，四邻八舍都是一片死静。鹳和鹤一类的水鸟在屋顶鸣叫，妇人在深夜里起来长叹。计算剩下的食物还能维持几天，有没有衣服度过这一年。忽然锅中冒出金星，油灯上结出双影，显示出好兆头。清风从西面吹来，钟鼓声响起来。家中奴仆和婢女高兴地告诉我，这是大雨停止的祥兆。我很早就起来观察占卜，长庚星淡淡的没有什么光泽。早晨眺望东方，看着太阳从扶桑升起来。还没有来得及企盼，而一道彩虹飞悬在屋顶之上。此时，我就像醉了一样，又像大梦初醒，像哑巴想高声大喊，像偏瘫而勉强行走，像回到家乡刚刚见到父母兄弟。公子你可有这样的感觉和欣喜吗？”公子说：“很好！我虽然没有亲身经历，但可以想象得到。”

东坡居士说：“太阳在天上行走，南北看到的不同。火红的太阳酷热并不是它施虐于人，穆然温和的样子也并不是它对人的慈悲。何况今天温暖的太阳，就是昨天那个酷热的太阳。怎么能说在夏天防备太阳而在冬天则为太阳悲哀呢？我辈这些小民，时常发怒且容易欣喜。世人对于冬天和夏天的恐惧和喜爱，就像《庄子·齐物论》中讲述的那个楚国人养的一群猴一样，朝三暮四。从现在明白这个道理，可以没有疑惑了。居家不必封门闭户，出门不必头戴斗笠，酷暑不必说害怕，不要遗忘秋阳的光照之德。”公子听了以后拍手称是，一笑而起。

滟滪堆赋

快哉！东坡之雄文。

这是一篇很有东坡浪漫气质的抒情文赋，笔锋之雄阔，如江水飞流直下，宣泄奔腾，声可震天。情感之饱满，如驭马冲锋，凌古越今，虽出自肺腑而势不可当。观察之细致、描摹之逼真，足以让后来者叹为观止。

这又是一篇浸润了人生经验的睿思哲文，句句取自于景，句句求弦响于指外，人生风雨，苦难以及万千感慨，尽皆融汇于笔端，左凝右折，浑然天成。你尽可以将浩浩大江理解为仕宦之江、人生之江，其寓意所向，深沉得让人心悸。

妙哉！东坡之沉思。善哉！东坡之苦心。

不愧一代文尊。

【原文】

世以瞿唐峡口滟滪堆为天下至险，凡覆舟者，皆归咎于此石。以余观之，盖有功于斯人者。夫蜀江会百水而至于夔，泜漫浩瀚，横放于大野，而峡之大小，曾不及其十一。苟先无以龃龉于其间，则江之远来，奔腾迅快，尽锐于瞿塘之口，则其险悍可畏，当不啻于今耳。因为之赋，以待好事者试观而思之。

天下之至信者，唯水而已。江河之大与海之深，而可以意揣，唯其不自为形，而因物以赋形，是故千变万化而有必然之理。掀腾勃怒，万夫不敢前兮，宛然听命，惟圣人之所使。予泊舟乎瞿唐之口，而观乎滟滪之崔嵬，然后知其所以开峡而不去者，固有以也。蜀江远来兮，浩漫漫之平沙。行千里而未尝龃龉兮，其意骄逞而不可摧。忽峡口之逼窄兮，纳万顷于一杯。方其未知有峡也，而战乎滟滪之下，喧豗震掉，尽力以与石斗，勃乎若万骑之西来。忽孤城之当道，钩援临冲，毕至于其下兮，城坚而不可取。矢尽剑折兮，迤逦循城而东去。于是滔滔汩汩，相与入峡，安行而不敢怒。嗟夫，物固有以安而生变兮，亦有以用危而求安。得吾说而推之兮，亦足以知物理之固然。

【译文】

现今世上的人都认为瞿塘峡口的滟滪堆是天下最险要的地方，凡是翻船的人，都归罪于这块巨石。在我看来，它倒有功于这些人。蜀江融汇很多条支流奔流到夔州（今重庆奉节），水势浩大，滔滔不息，横跨宽阔的原野（指四川盆地），但是，流到三峡，这峡的宽度，还不到蜀江的十分之一。如果不是夔门的滟滪堆首先拦在三峡中，那么江水必然飞流直下，奔腾而泻，其锐势必定直冲瞿塘峡口，它的凶险之势，必定不只像现在这样。正因为这样，我要为它作赋，以等待那些好事的人试着观察之后，慢慢地去思考。

天底下最有规律的事物，要算水了。江河的浩大与大海的深邃，都可以让人们用意识去揣度。但是唯有它没有固定的形状，而是随着其他事物的形状而改变，因此，千变万化而又具有自然界的规律。它奔腾飞流，汹涌狂怒，具有万夫不当之势。要使它回转蜿蜒流动，唯有圣人才能够让它这样听话。我乘着小船到瞿塘峡口，观察滟滪堆险要、雄奇的气势，然后明白了它之所以在峡口顿开之时不离开此地，原来是有原因的。那蜀江从远处滚滚而来，浩浩荡荡漫流于平原沙洲，流经千里而无阻挡，它的水势也就骄纵而暴虐。忽然来到峡口，逼近狭窄之处，就像让万顷之水猛然汇在一个酒杯中。这大水还不知道有三峡，于是就猛然暴怒地疯狂冲击滟滪堆，喧嚣着发出震天的吼声，尽力与这块巨石争斗，滔滔之势有如万马奔腾从西而来。忽然遇到孤城挡道，就像动用攻城的战车一样竭尽全力扑到这块巨石之上。但是，这块巨石就如一座城垣坚不可摧，滔滔江水就如攻城的敌人，剑折箭尽，只好弯弯曲曲绕着城垣缓缓东流。于是，滔滔的江水汇入瞿塘峡口，安然平缓地东流而去。

啊呀！事物本来就存在因安逸而生事故，处于危难而得安全的规律。按照我的说法推而广之，也就完全可以知道事物变化的规律是自然界固有的。

洞庭春色赋并引

此篇赋为苏轼饮酒兴起而作。

这篇赋的篇名，给人的感觉好像是对洞庭湖春日之景的描写与咏叹，但实际上要咏叹的是一种酒，一种名为“洞庭春色”的酒。

文章从酿酒用的橘子入手，引起“宜贤王之达观，寄逸想于人寰”的感叹，通过一连串信手拈来却又入情入理的想象，渲染出安定郡王的翩然风度。“命黄头之千奴，卷震泽而与俱还”，一句话使作者豪放的语言风格得到充分展现。文章随后讲到公子德麟慷慨赠酒，作者饮后醉意蒙眬，追范蠡、吊夫差、悲西子，可见作者已饮“洞庭春色”酒至酣畅淋漓。

故即兴作赋，此可为咏酒之名篇。

【原文】

安定郡王以黄柑酿酒，名之曰洞庭春色，其犹子德麟得之以饷余，戏作赋曰：

吾闻橘中之乐，不减商山。岂霜余之不食，而四老人者游戏于其间？悟此世之泡幻，藏千里于一斑。举枣叶之有余，纳芥子其何艰。宜贤王之达观，寄逸想于人寰。袅袅兮春风，泛天宇兮清闲。吹洞庭之白浪，涨北渚之苍湾。携佳人而往游，勒雾鬓与风鬟。命黄头之千奴，卷震泽而与俱还。糅以二米之禾，藉以三脊之菅。忽云蒸而冰解，旋珠零而涕潸。翠勺银罂，紫络青纶。随属车之鸱夷，款木门之铜镮。分帝觞之余沥，幸公子之破悭。我洗盏而起尝，散腰足之痺顽。尽三江于一吸，吞鱼龙之神奸。醉梦纷纭，始如髦蛮。鼓巴山之桂楫，扣林屋之琼关。卧松风之瑟缩，揭春溜之淙潺。追范蠡于渺茫，吊夫差之茕鳏。属此觞于西子，洗亡国之愁颜。惊罗袜之尘飞，失舞袖之弓弯。觉而赋之，以授公子曰：“乌乎噫嘻，吾言夸矣，公子其为我删之。”

【译文】

安定郡王用黄柑酿酒，命名为“洞庭春色”，他的侄子赵德麟得到后赏给我，我戏作这篇赋：

我听说在橘林中游玩，自然少不了要说到商山（今陕西省商县东南）。怎能说霜后的橘子不能吃，秦末汉初东园公等四位老人不是就在橘林中游戏吗？感悟这人世间的泡影，把千里江山隐藏在一瓣橘子的斑点之中。手举大枣的叶子很容易，汇集芥子却是多么困难。应该像贤德的安定王这样豁达开朗，把超脱的想象寄托于人世间。犹如袅袅的春风，清闲地飘荡在天宇之上。吹动洞庭的滔滔白浪，涨满了北方大河的苍湾。携着佳人一起去那里游览，让清风吹拂我们的鬓发和佳人的发髻。让黄色的骏马带领许多随从，卷起震撼湖泽的威力一起奔腾而来。掺糅上江米和大米的稻草，铺垫上三棱形的菅草。忽然间蒸气升腾冰水化解，随即酿出的酒犹如珍珠像泪水一样滴落下来。用翡翠色的勺子和银质的酒器，穿戴上装饰着紫色珠络的青色纶巾。随着运酒车上类似猫头鹰状的酒囊，叩敲木门上的铜环。分享帝王酒觞里剩下的那一部分残酒，所幸的是公子德麟并不吝啬。我急忙洗净了酒杯起来品尝，驱散腰腿麻木憋痛的顽疾。好像三江的大水都在这一口豪饮之中，气吞大江中的鱼龙和神鬼。忽而如醉，忽而如梦，脑子里景色纷纭，开始有些疯疯癫癫。摇起用巴山上桂树做成的船桨，叩开林间琼楼仙屋的门。醉卧在凛冽松风中瑟瑟地缩紧身体，掬起春天里潺潺的清泉。追随着春秋时期越国的名士范蠡到渺茫的幻影之中，追忆和凭吊吴王夫差那孤单的身影。叮嘱不幸的西施姑娘用这杯酒，洗刷因亡国的愁怨而衰老的容颜。跌跌撞撞地赶路，衣服鞋袜惊起阵阵涤尘，失去了舞动袍袖、弯腰弓背的姿势。醒来后作了这篇赋，呈送给公子说："哈哈！我的话夸张夸大了，敬请公子替我作些删改。"

中山松醪赋

此篇赋首先对松枝以"千岁妙质"，而作为火把仅燃烧少时、无异于蒿草的命运表示感慨；随后记述将松枝制成松醪的过程；继而对松醪之"幽姿"大加赞赏；最后描述饮后奇效，不仅病痛全无，还能跨山入海，与仙人共饮，令人神往。

这篇文章结构明朗，语言朴实。对松枝作为火把的命运的描述，折射出作者怀才不遇的郁闷心志。然而作者以松枝自喻，虽不能为建大厦之栋梁之材，但还可以做成松醪以修心养性，与仙人同醉。由此可见作者随遇而安的豁达胸怀。

【原文】

始余宵济于衡漳，车徒涉而夜号。燧松明而识浅，散星宿于亭皋。郁风中之香雾，若诉予以不遭。岂千岁之妙质，而死斤斧于鸿毛。效区区之寸明，曾何异于束蒿。烂文章之纠缠，惊节解而流膏。嗟构厦其已远，尚药石之可曹。收薄用于桑榆，制中山之松醪。救尔灰烬之中，免尔萤爝之劳。取通明于盘错，出肪泽于烹熬。与黍麦而皆熟，沸春声之嘈嘈。味甘余而小苦，叹幽姿之独高。知甘酸之易坏，笑凉州之葡萄。似玉池之生肥，非内府之蒸羔。酌以瘿藤之纹樽，荐以石蟹之霜螯。曾日饮之几何，觉天刑之可逃。投拄杖而起行，罢儿童之抑搔。望西山之咫尺，欲褰裳以游遨。跨超峰之奔鹿，接挂壁之飞猱。遂从此而入海，渺翻天之云涛。使夫嵇、阮之伦，与八仙之群豪。或骑麟而翳凤，争榼而瓢操。颠倒白纶巾，淋漓宫锦袍。追东坡而不可及，归铺歠其醨糟。漱松风于齿牙，犹足以赋《远游》而续《离骚》也。

【译文】

以前我曾在夜间乘船横渡衡水和漳水，乘车或徒步跋涉在夜间。点燃松树枝，以便能看清道路的深浅，火星散落在沿途的亭子和道路旁。微风吹拂，松烟散发着浓浓的香气，好像在对我诉说着不幸的遭遇。千年造就的良好的质地，却死在斧子砍劈之下轻如鸿毛。为人类贡献出短短的光明，又何曾有别于一束蒿草。斑斓的色彩和花纹纠缠在一起，振动它的节解就会流出松脂。叹惜被用来建筑高楼大厦的历史久远，还被作为中药广泛应用。在日落时分采集少量的松枝，制成中山松醪（因为是在中山故地定州酿造的，故名中山松醪）。为的是把你从被人焚烧的灰烬之中拯救出来，免除你被做成火把的厄运。从盘根错节里取出你透明的汁液，通过烹煮渗出你的脂肪。跟黍米、麦子一起煮熟，蒸煮时沸腾烹溅而发出嘈杂的声响。酿出的酒味道甘而余味略有点苦，惊叹幽雅的姿态独具风味。由此知道甘酸的食物容易腐败变坏，因此讥笑凉州的葡萄酒原来是腐败变坏的葡萄做成的。像在玉池中肥美的肉食，而决不是宫廷内府的蒸羔。斟满刻有樱桃紫藤花纹的酒杯，再配上螃蟹那白白的双螯。每天喝上几回、饮上几杯，顿时感到苍天降给人的一切苦痛都可以解除。由于松醪可以治疗风湿苦痛，所以我把拐杖扔到一边站起来行走，从此不再用小童每天给我捶背按摩。眺望定州西面的太行山一下子就觉得近在咫尺，真想穿上华贵的服饰前去游玩一番。骑上跨越高山峻岭的奔鹿，拉住倒悬在绝壁上的飞猴。随即从这里飞入大海，使翻天的云海波涛也显得藐小。使唤出三国的才子嵇康、阮籍之辈，与八仙成为一起的豪放群体。或者骑上麒麟驾着长风，像历史上的刘伶那样争着执酒器甚至拿起水瓢豪饮。反着穿戴白色的纶巾，淋湿了锦绣的宫袍。紧紧地追赶东坡居士却终究赶不上，回到酿酒作坊里大吃一通酒糟。用松风来洗漱牙齿，还可以作一篇赋，名为《远游》，用来续屈原老夫子的《离骚》。

文与可画筼筜偃竹记

本文记述了苏轼与表兄弟文与可之间的亲切交往和历久弥笃的深厚友谊。行文洋洋洒洒，不拘成法，其间穿插着诙谐幽默的戏谑，生动形象地刻画出两人鲜明的个性特征。

文与可和东坡对墨竹画皆有精深的造诣，本文凸显了他们的一些创作理论和经验之谈：在作画之前，必先把握住事物的总体形象和精神实质，做到了然于胸，然后一鼓作气，挥笔直书，才能将它活灵活现地展示出来。反之，如果仅注重细节，一丝一毫地进行机械的描绘，便无法尽展事物的神韵。此处讲述的“画竹必先得成竹于胸中”之理，既吻合艺术创作的特点，亦昭示了人类所有创造性劳动的普遍规律。此外，关于重“神似”不重“形似”的艺术观点，关于熟能生巧的人生体验，对后人颇有借鉴意义。

【原文】

竹之始生，一寸之萌耳，而节叶具焉。自蜩腹蛇蚹茉以至于剑拔十寻者，生而有之也。今画者乃节节而为之，叶叶而累之，岂复有竹乎？故画竹必先得成竹于胸中，执笔熟视，乃见其所欲画者，急起从之，振笔直遂，以追其所见，如兔起鹘落，少纵则逝矣。与可之教予如此。予不能然也，而心识其所以然。夫既心识其所以然而不能然者，内外不一，心手不相应，不学之过也。故凡有见于中而操之不熟者，平居自视了然，而临事忽焉丧之，岂独竹乎？子由为《墨竹赋》以遗与可曰：“庖丁，解牛者也，而养生者取之；轮扁，斫轮者也，而读书者与之。今夫夫子之托于斯竹也，而予以为有道者则非耶？”子由未尝画也，故得其意而已。若予者，岂独得其意，并得其法。

与可画竹，初不自贵重，四方之人持缣素而请者，足相蹑于其门。与可厌之，投诸地而骂曰：“吾将以为袜。”士大夫传之，以为口实。及与可自洋州还，而余为徐州。与可以书遗余曰：“近语士大夫，吾墨竹一派，近在彭城，可往求之。袜材当萃于子矣。”书尾复写一诗，其略曰：“拟将一段鹅溪绢，扫取寒梢万尺长。”予谓与可，竹长万尺，当用绢二百五十匹，知公倦于笔砚，愿得此绢而已。与可无以答，则曰：“吾言妄矣，世岂有万尺竹也哉。”余因而实之，答其诗曰：“世间亦有千寻竹，月落庭空影许长。”与可笑曰：“苏子辩则辩矣。然二百五十匹，吾将买田而归老焉。”因以所画筼筜偃竹遗予，曰：“此竹数尺耳，而有万尺之势。”筼筜在洋州，与可尝令予作《洋州三十咏》，筼筜谷其一也。予诗云：“汉川脩竹贱如蓬，斤斧何曾赦箨龙。料得清贫馋太守，渭滨千亩在胸中。”与可是日与其妻游谷中，烧笋晚食，发函得诗，失笑喷饭满案。

元丰二年正月二十日，与可没于陈州。是岁七月七日，予在湖州，曝书画，见此竹，废卷而哭失声。昔曹孟德《祭桥公文》，有“车过”、“腹痛”之语，而予亦载与可畴昔戏笑之言者，以见与可于予亲厚无间如此也。

【译文】

竹刚刚长出来的时候，仅仅是寸把长的嫩芽而已，然而竹节、竹叶都已具备了。其形似蝉或蛇的腹部，直到像剑拔出鞘那样伸出几丈高，都是自然生长的结果。现在有些画家在画竹时，一节一节地画，一叶一叶地堆砌添加，这样画下去，哪里还能有竹（的神韵）呢？因此画竹一定要先在心中有完整的竹的形象，再拿起画笔，久久地看着它，这样就能见到他想画的竹的形象，于是急急地抓住这个形象，握笔画去直到成功，以此来追踪刚才心中出现的竹的形象，这就像兔子刚刚出现而猎鹰已经疾下搏击那样神速，稍稍放松一下，就会消失。文与可（文同）是这样教我画竹的。我不能做到那样，但心里明白为什么要这样做。既然我心里明白为什么要这样做，为什么仍做不到呢？（这是因为我）心手不一，心里认识了，手上却不能完美地表现出来，这是我没有好好学习的过错。因此凡是心中认识了某种事物和道理，但却运用得不熟练的人，平时自己觉得很清楚，事到临头忽然之间就忘了的，难道只有画竹才这样吗？子由作了一篇《墨竹赋》送给文与可，其中写道："庖丁，是个宰牛的人，可善于养生的文惠君却从他解牛的经验中懂得了如何养生的道理；轮扁，是一个制造车轮的人，但读书的齐桓公却称赞轮扁制轮的道理，现在您老夫子把这样的道理寄托于画竹中，所以我认为您是一个洞悉事理的人，难道不是吗？"子由未曾画过竹子，因此他只不过是理解了文与可画竹的用意罢了。像我呢，哪里单单只理解了文与可画竹的用意，而且学到了他画竹的方法。

文与可画竹，开始时自己也不看重。四面八方的人拿了白绢来请他画竹，一个又一个地走进他的家门。与可对此很厌恶，把白绢掷到地上而骂道："我要拿（这些白绢）来做袜子！"士大夫之间口口相传，成了一个话柄。等到与可从洋州回来时，我正在担任徐州知州。与可写了封信给我，信中说："近日我对士大夫们说：'属于我这个画墨竹一派的人，现在正在徐州呢，你们可以向他要去。'做袜的材料看来都要聚集到你那去了。"信末又附了一首诗，大致是说："我想用一段鹅溪产的白绢，为你画一竿万尺长的竹子。"我对与可说："你要画万尺长的竹子，（每匹布长四十尺），应该用二百五十匹白绢了。我知道你对笔墨砚台已很厌烦了，不过是想得到这些绢而已！"与可没有什么话好回答我，就说："我是随便说说的，天底下哪有万尺长的竹子呢？"我因此举例证实他的话，写了首诗回答他道："世间也有八千尺长的竹了，月照空庭，竹影会有这么长！"与可笑着说："苏轼你真太会说话了。不过要是有二百五十匹白绢，我就要拿它去买田养老了。"因此他把所画的畊秈谷偃竹赠送给我，说："这竿竹虽然只有几尺长，但它却有高达万尺的气势。"畊秈谷在洋州，与可曾要我写过《洋州三十咏》的诗，咏畊秈的诗是其中之一。我的这首诗中说："汉水旁高大挺拔的竹子贱如蓬草，刀斧什么时候放掉过竹笋？想来既贫又馋的太守文与可，早把它在渭水旁的千来亩竹林吃到肚里了！"这一天与可与他的妻子在畊秈谷中游玩，炒了竹笋，正在吃晚饭，打开信读了这首诗，不禁笑起来，把嘴里的饭喷得满桌都是。

元丰二年（1079年）正月二十日，与可于陈州病逝。这一年的七月七日，我在湖州，晒书画时，看到这幅竹子，当时我放下画就不禁痛哭失声。

以前曹孟德祭祀桥玄的悼文中，记录了两人约誓的话："如果你的车子从我墓前经过，而不祭奠我，我要让你肚子痛。"而我在这篇文章中也写了以前与文与可开玩笑的话，为的是以此看出与可对我的感情是那样亲切、深挚！

遗爱亭记（代巢元修）

东坡怀负诗才，尝有济世安民之志，然而其仕途却颇多曲折，屡次卷入了新旧党争，频遭倾轧，郁郁不得志。只能将满腹心事寄情于山水楼台之间，歌之咏之，畅叙情怀。

本文是苏轼代同乡巢谷为黄州遗爱亭所作的题记，文短而情深，可以清楚地感知到其间涌动的忧苦与愁闷。开篇即以汉名臣何武的典故入题，夹叙夹议，直抒胸臆。

“夫君子循理而动，理穷而止，应物而作，物去而复，夫何赫赫名之有哉！”真千古至理也。如此哲思智语，恐怕也只有像东坡这样的文士，在历经世事磨砺之后方才大彻大悟的吧？

忧愤出诗人。“遗爱”之理，如同为东坡量身打造。睹文如睹其人、其心。

【原文】

何武所至，无赫赫名，去而人思之，此之谓遗爱。夫君子循理而动，理穷而止，应物而作，物去而复，夫何赫赫名之有哉！东海徐公君猷，以朝散郎为黄州，未尝怒也，而民不犯，未尝察也，而吏不欺，终日无事，啸咏而已。每岁之春，与眉阳子瞻游于安国寺，饮酒于竹间亭，撷亭下之茶，烹而食之。公既去郡，寺僧继连请名。子瞻名之曰遗爱。时谷自蜀来，客于子瞻，因子瞻以见公。公命谷记之。谷愚朴，羁旅人也，何足以知公。采道路之言，质之于子瞻，以为之记。

【译文】

汉代名臣何武，生前没有显赫的名声，被王莽诬陷自杀之后却受到世人怀念，这就是所谓的“遗爱”。凡是有贤德的人办事遵循一定的道理，没道理的事应该停止，依照事物的发展规律去做，世间事物周而复始，哪里有什么赫赫的名声呢！

东海郡的徐公君猷，凭借朝散郎的官衔出任黄州知州，虽然从来没有发过怒，可百姓不犯罪；对于官吏从来不纠察，可官吏们都不欺骗他。他终日没事，喜欢作诗咏物。每年春天，与眉山之南的苏子瞻一起游览安国寺，在竹亭中饮酒，采撷亭子下面的茶叶，煮茶品尝。徐公已经被罢官将离开黄州，寺中僧人继续接连请求为这座亭子命名。苏轼题名为“遗爱”。当时我巢谷（字元修）从四川来到这里，寄住在我的同乡苏子瞻家中，因为与苏轼的这种关系得以见到了徐公。徐公命我巢谷为该亭写一篇题记。我比较愚钝朴实，又是来到他乡做客的人，有什么资格让徐公如此看重？于是采集路途上的见闻，询问我的同乡苏子瞻，作了这篇短文，以记这件事。

上荆公书

苏轼与王安石之间的恩怨是非，历来众说纷纭，莫衷一是。

两人皆为旷世逸才，一时瑜亮，却屡因政见不同相互攻讦。王安石为变法主将，激进有为，力革时弊，大有一振乾坤之志。苏轼则是守旧派元老，多次反对变法主张，还曾因写诗讥讽新法而获罪入狱，其后又屡遭贬谪，仕途日渐惨淡。

这篇书札即苏轼呈给自己的这位政敌加文友，其间情感之复杂，可想而知。开篇略述近况，言辞谦恭，心绪淡然，飘飘乎有出世之态。

书札重点推荐了当代才子秦观，叙其生平出身，褒其才干学问，叹其怀才不遇，奖掖后进之心，溢于言表。

“才难之叹，古今共之”既似叹秦观辈，又似自怜自叹之。

【原文】

轼顿首再拜特进大观文相公执事。近者经由，屡获请见，存抚教诲，恩意甚厚。别来切计台候万福。轼始欲买田金陵，庶几得陪杖履，老于钟山之下。既已不遂，今来仪真，又已二十余日，日以求田为事，然成否未可知也。若幸而成，扁舟往来，见公不难也。向屡言高邮进士秦观太虚，公亦粗知其人，今得其诗文数十首，拜呈。词格高下，固已无逃于左右，独其行义修饬，才敏过人，有志于忠义者，其请以身任之。此外，博综史传，通晓佛书，讲集医药，明练法律，若此类，未易以一一数也。才难之叹，古今共之，如观等辈，实不易得。愿公少借齿牙，使增重于世，其他无所望也。秋气日佳，微疾想已失去，伏冀顺时候，为国自重。

【译文】

苏轼顿首再次叩拜特进大观文相公执事（丞相王安石）。最近丞相经过于此，多次获得丞相的接见，承蒙您抚慰教诲，恩情很是深厚。离别之后心中时刻祝福丞相万福。我苏轼开始想要在金陵买地，也许可以拄着拐杖终老于此，养老在钟山之下。既然不能如愿，如今来到仪真（今江苏仪征县），又已经过了二十多天，每天以买田地为正事，但是能不能买上还不知道。如果有幸能够买成，一叶扁舟来来往往，拜见相公就不难了。以前我多次说到高邮进士秦观（字太虚）。相公您也大略知道此人，如今我得到他的诗文数十篇，现在拜呈给丞相。我认为这些诗文的格调高低，原本也不能超出他的左右，唯有他行义修治，才敏超过一般人，有志于忠义的人，我请求给予任用。除此之外，博览史书易传，通晓佛教经典，讲授收集医药专著，明白研析法律，像这类人才，不容易逐个列数。寻求人才之难的感叹，古今全都是一样，像秦观等人这样的人才，实在不容易得到。但愿相公不要吝惜口舌，多多为他们呼吁，使他们提高在世上的知名度，其他的我就没什么奢望了。秋天的空气日益清新，你的小病我想已经好转。我希望您顺应时代，为了国家请您珍重。

李靖李勣为腹心之病

这篇政论短章开宗明义，直指为臣之道。作者将朝之重臣区分为“功臣”和“社稷之臣”，喻功臣为手足，社稷之臣为腹心。手足可残，腹心切忌变质，否则一着不慎，举国之安危将命悬一线。

作者举唐初开国功臣李靖、李偈为例，在国家面临重大抉择的时刻，自己的一言一行足以影响全局的关键时期，他们却选择了明哲保身，以不拂君意，几乎铸成无可挽回的弥天大祸。末尾又举张释之、魏元成二人为例，反衬出“一言而可以兴邦，一言而可以丧邦”之理。

全文写得深入浅出，简洁流畅；有论有据，构思缜密而寓意深邃，读后发人内省。

【原文】

昔袁盎论绛侯功臣，非社稷臣。此固有为而言也。然功臣、社稷之辨，不可不察也。汉之称社稷臣者，如周勃、汲黯、萧望之之流。三人者，非有长才也。勃以重厚安刘氏，黯以忠义弭淮南之谋，望之确然不夺于恭、显，孔子所谓大臣以道事君者耶？仆尝谓社稷之臣如腹心，功臣如手足。人有断一指与一足，未及于死也。腹心之病，则为膏肓，不可为也。李靖、李偈可谓功臣，终始为唐之元勋也。然其所为，止卫、霍、韩、彭之流尔。疆场之事，夷狄内侮，能以少击众，使敌人望而畏之，此固任之有余矣。若社稷之寄，存亡之几，此两人者，盖懵不知焉。太宗欲伐高丽，靖已老矣，而自请将兵，以坚太宗黩武之志，几成不戢自焚之祸。高宗立武后，偈以陛下家事无问外人，武氏之祸，戮及侄褓，唐室不绝如线。则二人者，为腹心之病大矣。张释之戒啬夫之辨，使文帝终身为长者。魏元成折封伦之论，使太宗不失行仁义。孔子所谓有“一言而可以兴邦，一言而可以丧邦”者，岂其然乎？

【译文】

过去西汉时期的袁盎论评绛侯功臣，其实都不是“社稷之臣”。这本来是依照他们的作为来说的。然而功臣与“社稷（国家）之臣”的区别，不能不认真辨认。西汉王朝够得上“社稷之臣”称号的，比如周勃、汲黯、萧望之这些人。这三个人物，并不是有什么专长才智。周勃以稳重仁厚安定刘氏的天下，汲黯以忠义消除淮南王刘安的叛乱之谋，萧望之刚强可是却斗不过宦官弘恭、石显，这就是孔子所说的大臣按照“道”侍奉君王的人吗？我曾说过“社稷之要臣”就像腹心，而功臣就像手和脚。人如果断掉一只手或者一只脚，不至于致死，而腹心得了病，就是病入膏肓，就不能治了。李靖、李偈可以说是唐朝功臣，始终是唐朝的开国元勋。但是根据他们的所作所为，充其量也就是卫青、霍去病、韩信、彭越之流的人物。战场上的事情，夷狄（北方少数民族）入关内侵，能够以少胜多，使得敌人望见他们就畏惧，这固然是他们当任有余的事。但是如果是关于社稷命运的寄托，国家的存亡等事，这两个人物，一概是混沌不知道。唐太宗想要征伐高丽（今朝鲜），李靖已经年老了，而自己还请求带兵，以坚定太宗穷兵黩武的意志，几乎酿成不可收拾的玩火自焚的灾祸。高宗李治立武则天为皇后时，李偈则口称“陛下自己的家事不用问外人”，导致武氏专权的灾祸，杀戮之灾殃及婬褓中的孩子，使得唐朝就像一条细细的线一样差一点灭绝。这两位李氏人物，就是唐朝腹心的大病。西汉廷尉张释之告诫乡官啬夫的一番辩辞，使得汉文帝将他终身尊为长者，而魏元成驳倒封伦的一番言论，使得唐太宗不失于推行仁义之政。孔子所说的“一句话可以振兴国家，一句话也可以丧失国家”的人物，岂不是就应该像这样吗？

范文正公文集叙

此篇是苏轼为范仲淹文集所作叙。

文章从作者童年时听到范仲淹“人杰”之名写起，以平实却饱蘸情感的笔墨为自己从未与范文正公相识而深感遗憾，并交待其与范公之子的相识相知，以及他们托之为叙的原由。

作者在表述范仲淹功绩时，取古时名士为例，引出范仲淹文章所传示的高风亮节，至其身后仍在引人推崇备至。

此篇文章语言朴实，娓娓道来，既为作叙，又为缅怀逝者，黯然伤怀的同时表达自己无限倾慕。情之所致，乃为此叙。

【原文】

庆历三年，轼始总角入乡校，士有自京师来者，以鲁人石守道所作《庆历圣德诗》示乡先生。轼从旁窃观，则能诵习其词，问先生以所颂十一人者何人也？先生曰：“童子何用知之？”轼曰：“此天人也耶，则不敢知；若亦人耳，何为其不可！”先生奇轼言，尽以告之，且曰：“韩、范、富、欧阳，此四人者，人杰也。”时虽未尽了，则已私识之矣。嘉祐二年，始举进士至京师，则范公殁。既葬，而墓碑出，读之至流涕，曰：“吾得其为人。”盖十有五年而不一见其面，岂非命也欤。

是岁登第，始见知于欧阳公，因公以识韩、富，皆以国士待轼，曰：“恨子不识范文正公。”其后三年，过许，始识公之仲子，今丞相尧夫。又六年，始见其叔彝叟京师。又十一年，遂与其季德孺同僚于徐。皆一见如旧。且以公遗稿见属为叙。又十三年，乃克为之。

呜呼，公之功德，盖不待文而显，其文亦不待叙而传。然不敢辞者，自以八岁知敬爱公，今四十七年矣。彼三杰者，皆得从之游，而公独不识，以为平生之恨，若获挂名其文字中，以自托于门下士之末，岂非畴昔之愿也哉。

古之君子，如伊尹、太公、管仲、乐毅之流，其王霸之略，皆定于畎亩中，非仕而后学者也。淮阴侯见高帝于汉中，论刘、项短长，画取三秦如指诸掌，及佐帝定天下，汉中之言，无一不酬者。诸葛孔明卧草庐中，与先主策曹操、孙权，规取刘璋，因蜀之资，以争天下，终身不易其言。此岂口传耳受尝试为之而侥幸其或成者哉。

公在天圣中，居太夫人忧，则已有忧天下、致太平之意，故为万言书以遗宰相，天下传诵。至用为将，擢为执政，考其平生所为，无出此书者，今其集二十卷，为诗赋二百六十八，为文一百六十五。其于仁义礼乐，忠信孝弟，盖如饥渴之于饮食，欲须臾忘而不可得，如火之热，如水之湿，盖其天性有不得不然者，虽弄翰戏语，率然而作，必归于此。故天下信其诚，争师尊之。孔子曰："有德者必有言。"非有言也，德之发于口者也。又曰："我战则克，祭则受福。"非能战也，德之见于怒者也。元祐四年四月十一日。

【译文】

庆历三年（1043 年），我童年时代刚刚进入县学，有一位从京城来的读书人，把山东人石介（字守道）写的《庆历圣德诗》拿给县学先生看。我在旁边看了后，就能背诵其中的诗文，于是问先生诗中所颂扬的十一个人都是哪些？先生说："小孩子知道这些有什么用？"我说："这些都是天上的神仙吗？为什么不敢告诉我；如果他们是人，告诉我又有什么不可以？"先生听了我的话感到很惊奇，就将这些人的事情完完全全告诉了我。并且说："韩琦、范仲淹、富弼、欧阳修，这四个人，是天下的人杰。"当时我虽然没有完全明白，但是已经暗暗地知道了这些人。嘉祐二年（1057 年），我刚中进士来到京城，范仲淹公却已经去世了。埋葬他之后公布了他的墓碑碑文，我读了以后痛哭流涕，发誓说："我一定效仿他的为人。"我从在乡校知道他的名字至此十五年竟没能见他一面，这难道不是天命吗？

这一年进士及第，有机会拜见了欧阳修公，又通过他认识了韩琦、富弼，他们都把我当成全国推崇的读书人来对待，还对我说："只可惜你没机会与范仲淹文正公相识。"后来又过了三年，我到许昌去，第一次结识了范公的二儿子范纯仁（字尧夫）。又过了六年，在京城里见到了他的三儿子范纯礼（字彝叟）。又过了十一年，同他的四儿子范纯粹（字德孺）在徐州成为同僚。都是一见如故，并拿出范公的遗稿嘱咐我作叙。又过了十三年，才得以作成这个叙。

呜呼！范公的功德，完全不需用文字来显现，他的文章也不需我的叙来传播。但我不敢推辞，自八岁闻知公的大名而敬爱他，如今已经四十七年了。韩琦、富弼、欧阳修这三位杰出人物，我都有机会跟随他们出游，而只有范公没能相识，实在是我今生的一大遗憾。如果能够在他的文章中获得挂名的荣耀，我一定托在他的门下做最后一名学子，这并不是在昨天才产生的心愿。

古代贤德的君子，诸如商汤时的功臣伊尹、周武王时的姜太公、春秋时代齐国名相管仲、战国时期燕国名将乐毅等人，帮助君王称霸天下的策略，都是在出仕之前就已经胸有成竹了，不是出仕后才学得的。淮阴侯韩信在汉中拜见汉高祖刘邦，论述刘邦与项羽各自的优势和劣势，暗渡陈仓占领关中三秦之地，就像伸手翻掌一样容易。到了辅佐刘邦安定天下之时，他在汉中的一番话，无一不得到验证。诸葛亮出仕之前住在草庐之中，刘备三顾茅庐听诸葛孔明论述曹操、孙权，分析天下大势，规劝刘璋迎刘备进入蜀地，利用蜀地天府之国的资财、人力，与曹操、孙权争夺天下，他终生没有改变他在隆中对刘备说的话。这些治国安邦的雄韬大略，岂能够凭嘴说耳听尝试着来执行，以求侥幸来取得成功呢！

范仲淹公在仁宗朝的天圣中期，为母亲太夫人守丧时，就已有了忧国忧民、治理天下以求太平的胸怀和大志，所以敢于给当时的宰相上万言书提出十项改革方略，天下人争相传诵。后来被任用为将领，以致被重用入朝执政，追溯他平生的业绩，都是按照他的这些方略来做的。现在流传的他的文集有二十卷，其中诗赋二百六十八篇，文章一百六十五篇。他对于仁、义、礼、乐、忠、信、孝、悌，几乎就像饥渴时需要饮食，想一瞬间忘却都不可能。好比火必然会热、水必然会湿，他的超凡才智和忧国忧民的品德不产生是不太可能的。虽然他的创作或诙谐戏语，或潇洒自如，但是，其内容一定会归于这些传统美德。所以天下人相信他的真诚，争相把他尊为师长。孔子说："有才德的人必有自已的立言之说。"其实并不是一定要著书立说，而是高尚的品德能从言论中自然流露出来，正是孔子所说的"德是言论的根本"。孔子还说："我如果作战一定能够攻克敌人，祭祖就能得到福气和好运。"其实并不是有贤德的人才善于作战，这是品德在愤怒时的一种表现。元祐四年（1089 年）四月十一日。

韩干画马赞

东坡于绘画一途，亦造诣精深。他曾屡屡宣扬重"神似"轻"形似"的艺术观，并以自己独具个性的创作实践着这一主张。

本文用生动的笔触逼真地再现了韩干的骏马图：四骏纷陈，而笔法各异；或昂首摆尾，或跺蹄嘶鸣，或涉水顾盼……盎盎有生趣，不能不惊叹于作者观察之细致，描摹之精准传神，读之如睹其画。

作者的本意还远不止此，末尾笔锋陡转，点睛般叩响了画外之音。寥寥数句，意蕴悠远，似无奈又似有意，似叹良骥又似自怜自叹。东坡之神韵，彰显无余。

【原文】

韩干之马四。其一在陆，骧首奋鬣，若有所望，顿足而长鸣。其一欲涉，尻高首下，择所由济，屣帝而未成。其二在水，前者反顾，若以鼻语；后者不应，欲饮而留行。以为厩马也，则前无羁络，后无箠策；以为野马也，则隅目耸耳，丰臆细尾，皆中度程，萧然如贤大夫贵公子，相与解带脱帽，临水而濯缨。遂欲高举远引，友麋鹿而终天年，则不可得矣，盖优哉游哉，聊以卒岁而无营。

【译文】

韩干画的这幅画有四匹马：一匹在陆地，高高地昂起头摆动着鬃毛，好像在向前眺望，跺着蹄子发出长长的嘶鸣；另一匹正准备涉水，臀部高而马头低，正在选择过河的路径，徘徊迂回而尚没下水；其他两匹都在水中，前面的一匹正在回头顾盼，好像要用鼻子与后面的马交谈，后面的那一匹对前面的马没有回应，而是想饮水停止不前。

我以为他画的好像是养在马厩中的马，可是前面却没有戴笼头，后面没有挂马鞭的配饰；说它是野马吧，可又长着有棱有角的眼睛和高耸的耳朵，丰满健壮的前胸以及细细的尾巴，都是良马的标准尺度，就好像贤德的大夫、高贵的公子，争相解开腰带，摘掉帽子，在水边洗涤帽顶的缨子。于是准备高飞远去，与麋鹿为友享尽自己的年寿，可又不可能达到。但是，它们既然不能回归山林，也就只好姑且悠悠荡荡，任他生老病死而无所追求。

桂酒颂

这是一篇很有深意的状物文赋，作者巧借桂酒咏志抒情。

篇首即寻根溯源，引史为据，说明了桂酒的来历与出处，尤其是浓墨重彩地描绘了桂与桂酒的特点与效用，叙述精当，裁剪合理。

但本文的精华与核心却在后半部分，作者自叙贬谪之后，身处蛮夷之地，有幸与桂酒为伴，驱瘴怡神，驰枵胸怀。“故为之颂，以遗后之有道而居夷者。”令人心伤而神碎，东坡所特有的悲悯与旷达之气亦隐隐充溢其间。

文末歌赋则洋洋洒洒，一气呵成，言之有物，沉郁深远，着实为全篇增色不少。

【原文】

《礼》曰：“丧有疾，饮酒食肉，必有草木之滋焉。姜桂之谓也。”古者非丧食，不彻姜桂。《楚辞》曰：“奠桂酒兮椒浆。”是桂可以为酒也。《本草》：桂有小毒，而菌桂、牡桂皆无毒，大略皆主温中，利肝肺气，杀三虫，轻身坚骨，养神发色，使常如童子，疗心腹冷疾，为百药先，无所畏。陶隐居云：《仙经》，服三桂，以葱涕合云母，蒸为水。而孙思邈亦云：久服，可行水上。此轻身之效也。吾谪居海上，法当数饮酒以御瘴，而岭南无酒禁。有隐者，以桂酒方授吾，酿成而玉色，香味超然，非人间物也。东坡先生曰：“酒，天禄也。其成坏美恶，世以兆主人之吉凶，吾得此，岂非天哉！”故为之颂，以遗后之有道而居夷者。其法盖刻石置之罗浮铁桥之下，非忘世求道者莫至焉。其词曰：

中原百国东南倾，流膏输液归南溟。祝融司方发其英，沐日浴月百宝生。水娠黄金山空青，丹砂昼晒珠夜明。百卉甘辛角芳馨，旃檀沈水乃公卿。大夫芝兰士蕙蘅，桂君独立冬鲜荣。无所慑畏时靡争，酿为我醪淳而清。甘终不坏醉不醒，辅安五神伐三彭。肌肤渥丹身毛轻，泠然风飞罔水行。谁其传者疑方平，教我常作醉中醒。

【译文】

《礼记》中说：“遇到丧事如果患病，饮酒吃肉时，必定要有草木的滋润。那就需要姜和桂之类的食物。”古代的人不是丧食，一般不吃姜和桂。《楚辞》中说：“奠礼用桂酒和花椒水。”这说明桂是可以制成酒的。《本草》说：“桂（肉桂）有很小的毒，而菌桂（小桂）和牡桂（木桂）都没有毒，大概都是主温中和，利肝利肺气，杀三种寄生虫，舒筋活血壮骨，养精神改善颜面的颜色，使人能够保持年轻，治疗心腹发冷的疾病，它是各种中草药中首选的药物，不需有什么畏惧。东晋隐士陶潜（陶渊明）说：《仙经》载，服三桂（肉桂、菌桂、桂皮）用大葱汁和上云母，蒸成汤水后服用。而唐代大医学家孙思邈也说：长期服用，便可以在水上行走，这是一种有效的轻身之法。我被贬谪居住在海边，每天几次饮酒，用以驱赶和抵御潮湿瘴气，而当时在岭南没有禁酒的法令。有一位隐士，把制作桂酒的方法传授给我，酿成的酒呈现玉色，香味也超过其他的酒，真好像不是人间之物，宛如仙境之味一般。东坡居士说：“酒这东西，是大自然赋予的一种福分。它的好坏美恶，在人世上往往是其主人吉凶的征兆，我得到这么好的酒，难道不是天意吗？”所以为它作颂，用来传给以后那些有道有德而被贬谪居住在蛮夷边地的人。这种方法都刻在石头上放置在罗浮铁桥下面，不是忘却尘世而执意求道的人是不会到那里去。我的颂词说：

中原百国向东南倾斜，大地的营养顺着一条条河流淌入了南海。远古传说中的祝融氏控制的这片土地生长出精英，沐浴着日月的光辉生长着百种宝物。水中孕育着黄金，山间幽雅青绿，朱砂经过白天的暴晒显现出来而晚上有夜明珠熠熠生辉。各种花卉散发出不同的味道角逐芳香，旃檀生出的檀香汁液乃是公卿贵族享用的珍宝，士大夫喜欢这里的芝兰，一般的读书人都崇尚蕙兰和蘅草，桂树之君则是独立于冬季的鲜荣之物。没有任何畏惧又与世无争，用它酿成我的醪酒真是醇香清新。甘冽而不坏，醉后不醒，具有安定五神治疗三消（上消多饮、中消多食、下消多尿）的功效。肌肤红润，身体轻盈，飘然若仙，像风一样在水上行走。是谁传授这种妙方的呢？怀疑是传说中的神仙席方平，教我经常能够在酒醉中保持清醒。

刑赏忠厚之至论

这是苏轼于宋仁宗嘉祐二年应试礼部时写的一篇文章。当时负责考试的官员欧阳修、梅尧臣都很赏识这篇试文，因不知“皋陶曰杀之三，尧曰宥之三”的出处，抑置第二。

由于本文是应试之作，内容比较空泛，所谓用刑从宽，行赏从重，也不过是一种空想。但在写作上匠心独运，笔力雄浑，语言晓畅，一扫五代以来浮华怪僻的文风：这就是欧阳修给予高度评价的原因。

【原文】

尧、舜、禹、汤、文、武、成、康之际，何其爱民之深，忧民之切，而待天下以君子长者之道也！有一善，从而赏之，又从而咏歌嗟叹之，所以乐其始而勉其终。有一不善，从而罚之，又从而哀矜惩创之，所以弃其旧而开其新。故其吁俞之声，欢休惨戚，见于虞、夏、商、周之书。成、康既没，穆王立而周道始衰。然犹命其臣吕侯而告之以祥刑。其言忧而不伤，威而不怒，慈爱而能断，恻然有哀怜无辜之心，故孔子犹有取焉。

《传》曰：“赏疑从与，”所以广恩也。“罚疑从去，”所以慎刑也。当尧之时，皋陶为士，将杀人。皋陶曰杀之三。尧曰宥之三。故天下畏皋陶执法之坚，而乐尧用刑之宽。四岳曰：“鲧可用。”尧曰：“不可，鲧方命圮族。”既而曰：“试之。”何尧之不听皋陶之杀人，而从四岳之用鲧也？然而圣人之意，盖亦可见矣。《书》曰：“罪疑惟轻，功疑惟重。与其杀不辜，宁失不经。”呜呼！尽之矣。

可以赏，可以无赏，赏之过乎仁；可以罚，可以无罚，罚之过乎义。过乎仁，不失为君子；过乎义，则流而入于忍人。故仁可过也，义不可过也。

古者赏不以爵禄，刑不以刀锯。赏之以爵禄，是赏之道行于爵禄之所加，而不行于爵禄之所不加也。刑之以刀锯，是刑之威施于刀锯之所及，而不施于刀锯之所不及也。先王知天下之善不胜赏，而爵禄不足以劝也；知天下之恶不胜刑，而刀锯不足以裁也。是故疑则举而归之于仁，以君子长者之道待天下。使天下相率而归于君子长者之道，故曰忠厚之至也。

《诗》曰：“君子如祉，乱庶遄已；君子如怒，乱庶遄沮。”夫君子之已乱，岂有异术哉？时其喜怒，而不失乎仁而已矣。《春秋》之义，立法贵严，而责人贵宽。因其褒贬之义以制赏罚，亦忠厚之至也。

【译文】

唐尧、虞舜、夏禹、商汤和周文王、武王、成王、康王他们在位的时候，为什么呵护百姓那样的仁厚，体贴百姓那样的恳切，用君子长者的忠厚之道来治理天下呢！人们做了一件好事，伴随而来的就是奖赏他，再跟着就是歌颂他，赞美他，这是崇尚他的开始，勉励他坚持到底。人们做了一件坏事，应该得到的就是责备他，再跟着就是哀怜惩罚他，这是要求他抛弃恶习，开创新的生活。所以那些表示不同的意见，喜悦、欢乐、悲伤、忧愁的思绪，在虞、夏、商、周的书里经常出现。成王、康王死后，穆王继承了王位，周朝开始衰败。但是他还依然嘱咐他的大臣吕侯制定《吕刑》，告诫他谨慎地实施刑罚。他的言语忧愁却不悲伤，威严却不恼怒，慈爱却能够果断，有哀怜无罪者的意向，因此孔子说《吕刑》的确有可取之处。

《传》中说：“对被奖赏的对象有怀疑，应该大方地给予奖赏。”这是扩大恩德的途径。“对被责罚的对象产生怀疑，应该从宽免除刑罚。”这是慎用刑罚的要求。在唐尧的时候，皋陶做刑官，将要处决犯人，皋陶说了多次“杀掉他。”帝尧也说了多次“赦免他。”所以天下苍生怕皋陶执法的坚决，欢迎帝尧量刑的宽大。四岳建议说：“鲧可以用。”帝尧说：“不行，鲧常常违抗命令，毁灭同族。”但稍后又说：“给他个机会吧！”为什么帝尧不听纳皋陶杀人的意见，却听从四岳用鲧的建议呢？圣人之意也就从中可见了。《书经》中记载说：“对罪行有疑惑，只能从轻；对赏功有疑惑，只能偏重。与其杀死一个无辜的人，宁可不杀，而犯不按成法的错责。”唉！这几句话可谓语重心长。

可以奖赏，也可以不奖赏，而奖赏他是过分宽厚；可以处罚，也可以不处罚，而处罚他是过分严厉。过分宽厚，还不失为品德优秀的人；过分严厉，就会归到歹毒一类的人。所以宽厚是可以有余地的，严厉却不可以过量。

古代，奖赏不用爵位和俸禄，刑罚不动刀和锯。奖赏人用爵位和俸禄的方法只是在爵位和俸禄给予的范围内实施，而在爵位和俸禄不应给予的范围内就不实行；惩罚人用刀和锯，这样，惩罪的威力只是在刀和锯有影响的范围内实行，而在刀和锯达不到的范围内就不应实行。过去的帝王知道天下人做的好事太多，赏不胜赏，而爵位和俸禄也是不够作为勉励的；知道天下人做的坏事也很多，罚不胜罚，而刀和锯也是不够用来禁止的。因此，产生了怀疑的时候，就把它遵照仁的标准去处理，用君子长者的忠厚之道去治理天下百姓，使天下百姓都遵循并趋向君子长者的忠厚之道。此可谓忠厚到了极点了啊。

《诗经》中记载说：“君子如果欢欣，祸乱应该就要平定了。君子如果恼怒，祸乱应该就要结束了。”君子平定祸乱，难道有什么高招吗？不过适时表现他的欢喜或者恼怒而不丢弃仁爱罢了。《春秋》一书的主旨，确定法制贵在严谨，责罚人却贵在宽厚。根据那褒贬的意义来确定赏罚的标准及其方法，也可谓忠厚到极点啊。

孟轲论

此篇文章是苏轼论文中的名篇。

文章论证严密，从孔夫子自评“予一以贯之”，至对《诗经》和《春秋》的思想进行分析，得出“王道易，王政难”的观点；继而提出孟子深于《诗经》而长于《春秋》，故“其道始于至粗，而极于至精”的论点；最后引用孟子的话并加以剖析，对此论点予以充分论证。

通篇结构严谨，条理分明，将孟子之所以为“亚圣”的思想从根本上一层层进行剖析，最终使其明白确切地展现出来。

【原文】

昔者仲尼自卫反鲁，网罗三代之旧闻，盖经礼三百，曲礼三千，终年不能究其说。夫子谓子贡曰：“赐，尔以吾为多学而识之者欤？非也，予一以贯之。”天下苦其难而莫之能用也，不知夫子之有以贯之也。是故尧、舜、禹、汤、文、武、周公之法度礼乐刑政，与当世之贤人君子百氏之书，百工之技艺，九州之内，四海之外，九夷八蛮之事，荒忽诞谩而不可考者，杂然皆列乎胸中，而有卓然不可乱者，此固有以一之也。是以博学而不乱，深思而不惑，非天下之至精，其孰能与于此？

盖尝求之于六经，至于《诗》与《春秋》之际，而后知圣人之道，始终本末，各有条理。夫正化之本，始于天下之易行。天下固知有父子也，父子不相贼，而足以为孝矣。天下固知有兄弟也，兄弟不相夺，而足以为悌矣。孝悌足而王道备，此固非有深远而难见，勤苦而难行者也。故《诗》之为教也，使人歌舞佚乐，无所不至，要在于不失正焉而已矣。虽然，圣人固有所甚畏也。一失容者，礼之所由废也。一失言者，义之所由亡也。君臣之相攘，上下之相残，天下大乱，未尝不始于此道。是故《春秋》力争于毫厘之间，而深明乎疑似之际，截然其有所必不可为也。不观于《诗》，无以见王道之易。不观于《春秋》，无以知王政之难。

自孔子没，诸子各以所闻著书，而皆不得其源流，故其言无有统要，若孟子，可谓深于《诗》而长于《春秋》者矣。其道始于至粗，而极于至精。充乎天地，放乎四海，而毫厘有所必计。至宽而不可犯，至密而不可察，此其中必有所守，而后世或未之见也。

且孟子尝有言矣："人能充其无欲害人之心，而仁不可胜用也。人能充其无欲为穿窬之心，而义不可胜用也。士未可以言而言，是以言餂之也。可以言而不言，是以不言餂之也。是皆穿窬之类也。"唯其不为穿窬也，而义至于不可胜用。唯其未可以言而言、可以言而不言也，而其罪遂至于穿窬。故曰：其道始于至粗，而极于至精。充乎天地，放乎四海，而毫厘有所必计。呜呼，此其所以为孟子欤！后之观孟子者，无观之他，亦观诸此而已矣。

【译文】

古时的孔子从卫国返回鲁国，搜集了夏、商、周三个朝代的旧闻，汇集经礼三百卷，曲礼三千卷，但是直到他临终也没能完成他的学说。孔子对子贡说："你说，你是不是认为我是学识多且见识广的人呢？其实不是，我只是一个坚持一贯的人。"天下人都怜悯他屡遭苦难却始终没有得到重用，却不知道这位夫子坚持一贯的态度。所以，尧、舜、大禹、商汤、周文王、周武王、周公的法度、礼乐和刑政，以及当世的贤人君子、诸子百家的书籍，各种工匠的技艺，九州之内，四海之外，周边九夷八蛮的事情，以及荒诞不经而又难以考证的事情，这些都混然汇集在心中，要做到条理清晰毫不混乱，这就必须有一定之规。所以他博学而不混乱，深思而不受迷惑，如果不是对天下学问达到至诚至精的地步，有谁能够达到这个境界呢？

大凡曾经潜心研究六经的人，只有读懂了《诗经》与《春秋》后，才能够明白圣人的道理，事物的开始、结束和本末，各有一定的规律。匡正行为和教化人民的根本，就是要从天下人容易做的事情开始。天下人都知道父子关系。父子不相互侵害，就足以形成敬孝老人的风气；天下人都知道有兄弟之情，兄弟之间不相互掠夺，这就足以形成"悌"的民风。孝悌这种民风浓郁了，建立王道的条件就具备了。这些道理本来并不深远或难以理解，也不是需要付出很大辛苦而难以做到的。所以《诗经》教化民众的作用，是教会人们歌舞娱乐，无所不会，重要的在于不要失去正派的风范。显然，圣人本来对此也是有所担心的，因为一旦失去节制，礼仪就会由此而废止。一旦胡言乱语，仁义就会因此而丧失。君臣之间相互对抗，上下之间相互残杀，天下必定大乱，其中原因未必不是因为这种乐道（歌舞娱乐）。所以，《春秋》一书努力在细小的事件之间，深刻揭示历史的是非疑惑，深刻剖析历史上一些绝对不可以重演的行为。不看《诗经》就不会知道建立王道的容易；不看《春秋》就不会知道建立王政的艰难。

自从孔子去世之后，诸子百家各自用他们的见闻著书立说，却都没有真正把握孔子学说的源流，所以他们的言论有没有都并不重要。可是像孟轲，可以说是深刻理解了《诗经》而又专长研究《春秋》的人。他讲的道理从浅显之处开始，而在细微之处达到了顶点。宏大到天地之间、传播于四海之内，毫厘之间的细微事物都有所论述。相当广泛而没有出现漏洞，相当细密而没有出现谬误，这其中必定有他一定的信念，而后世学者们可能还没有理解。

而且孟子曾说过："每个人都能够怀着一颗不想去害人的善良之心，这个世道上的仁德就可以用之不尽了。每个人都能够怀着一颗不想去穿墙偷盗之心，世间的义也就用不完了。士大夫们说一些自己不应该说的话，是为了用这些话骗取某些利益；而有些该说的话不说，是以这种不说话的方式得到利益。这些都是类似偷窃的行为。”唯有不为得到私利而言行，世间的“义”才能成为用之不尽的财富。唯有那些爱说不该说的话或者该说的话不说的言行，其罪孽与偷盗一样。所以说：孟子的道理开始于非常浅显的常识，而在精密之处又达到顶点。充满天地之间，传播于四海之内外，而毫厘之间的细小事物都有所论述。呜呼，这正是他之所以成为亚圣的道理！后世研究孟子的人，不研究其他的方面，也必须重视这一领域。

乐毅论

此篇文章是通过战国时乐毅围攻齐城数年而不得的事情，来论述审时度势，不能因小小仁义而破坏军国大计的称王之道。

文章从正反两个方面来论述问题。先举了徐偃王、宋襄公因自视不清而误施仁政，以致亡身丧国的例子，来论述称王之道中审时度势的重要性。又举了范蠡、张良凭借不以小仁而易大计的王道精神，取得最后胜利的例子，论述称王不能计小仁的观点。至乐毅，则既未审时度势又滥施仁义，结果，尽管以百万雄兵围攻两城残寇，却仍以失败告终，使得上述论点得到统一和加强。

通篇结构严谨，例证十分有力度，令人折服。

【原文】

自知其可以王而王者，三王也。自知其不可以王而霸者，五霸也。或者之论曰：“图王不成，其弊犹可以霸。”呜呼！使齐桓、晋文而行汤、武之事，将求亡之不暇，虽欲霸，可得乎？

夫王道者，不可以小用也。大用则王，小用则亡。昔者徐偃王、宋襄公尝行仁义矣，然终以亡其身、丧其国者，何哉？其所施者，未足以充其所求也。故夫有可以得天下之道，而无取天下之心，乃可与言王矣。范蠡、留侯，虽非汤、武之佐，然亦可谓刚毅果敢，卓然不惑，而能有所必为者也。观吴王困于姑苏之上，而求哀请命于勾践，勾践欲赦之，彼范蠡者独以为不可，援桴进兵，卒刎其颈。项籍之解而东，高帝亦欲罢兵归国，留侯谏曰：“此天亡也，急击勿失。”此二人者，以为区区之仁义，不足以易吾之大计也。

嗟夫！乐毅战国之雄，未知大道，而窃尝闻之，则足以亡其身而已矣。论者以为燕惠王不肖，用反间，以骑劫代将，卒走乐生。此其所以无成者，出于不幸，而非用兵之罪。然当时使昭王尚在，反间不得行，乐毅终亦必败。何者？燕之并齐，非秦、楚、三晋之利。今以百万之师，攻两城之残寇，而数岁不决，师老于外，此必有乘其虚者矣。诸侯乘之于内，齐击之于外。当此时，虽太公、穰苴不能无败。然乐毅以百倍之众，数岁而不能下两城者，非其智力不足，盖欲以仁义服齐之民，故不忍急攻而至于此也。夫以齐人苦湣王之暴，乐毅苟退而休兵，治其政令，宽其赋役，反其田里，安其老幼，使齐人无复斗志，则田单者独谁与战哉！奈何以百万之师，相持而不决，此固所以使齐人得徐而为之谋也。

当战国时，兵强相吞者，岂独在我，以燕、齐之众压其城，而急攻之，可灭此而后食，其谁曰不可。呜呼！欲王则王，不王则审所处，无使两失焉而为天下笑也。

【译文】

自己知道能够称王又实际称王的人，就是上古三王。自己知道其不能够称王而实际成就一代霸业的人物，就是春秋五霸。有人曾经这样论说：“虽然试图称王不成，但他们的势力足以让他们称霸。”哎呀！让历史上的齐桓公、晋文公去做商汤和周武王那样的事情，那岂不是让他们闲着没事自寻死路，虽然心想着称霸，能够成功吗？

自古追求王道的人，不能因小小的仁义而破坏称王的大计。从大处着眼就可以称王，因小失大就会导致失败。古代的徐偃王和宋襄公曾经注意推行仁义之政，但是最终招致了自身的灭亡、丧失了自己的国家，这是为什么？就是因为他们所施行的政策，不能达到他们所要追求的目的。所以要得到统治天下的措施，而不是光有取得天下的野心，这样才可以称王。春秋时越国大夫范蠡和西汉留侯张良，虽然不是辅佐商汤、周武王的大臣，但也可说是刚毅果敢的人物，才能十分卓越而遇事头脑清醒，能够有所作为。春秋时代吴王夫差被困在姑苏城上，而哀求越王勾践饶他性命，勾践曾经想赦免他，当时只有范蠡一人认为不可，坚持驾着木筏继续进军，最终攻克姑苏城使吴王刎颈而死。楚汉之争的时候项籍突破重围向东败逃，高帝也曾想罢兵西归，可是张良上谏说："这是苍天要亡项羽，应该加急追击莫失良机。"这两个历史人物，都认为小小的仁义，不足以改变我的军国大计。

唉！乐毅作为战国时期的一员雄才，没有弄清楚称王的这些大道理，我曾听说，他完全可能给自己招致杀身之祸。有人认为燕惠王属于不肖之徒，相信了齐国的反间计，派骑劫代替乐毅充当主将，使乐毅被迫离开燕国。还认为乐毅不能取得伐齐的成功，完全是历史的不幸，而不是他用兵指挥的过错。但是，假如当时燕昭王还在世，即使齐国的反间计不能得逞，乐毅也终究会失败。这又是为什么呢？因为燕国攻击吞并齐国，不能得利于秦、楚和晋国三国。当时的乐毅以百万军队攻击齐国两座城垣的残兵败将，而用了几年的时间不能取胜，军队常年在外，这就必定会有薄弱环节使敌方有机可乘。诸侯在内部作乱，齐国在外面攻击，到了这种时候，就是姜太公、穰苴也不能不败。然而，乐毅率领百倍于敌人的兵力，连续几年都攻不下两座城池，并不是他的智力和能耐不够，而是因为他企图用仁义来征服齐国的百姓，所以不忍心采取急攻战略而导致这样的结果。当时齐国人民本来对齐湣王的暴虐深感困苦，乐毅还不如退兵休养生息，在齐国整顿政令，减少百姓的赋役，让百姓到田里耕种，安顿老幼，使齐国人丧失斗志，那么田单之辈又利用谁随他去作战呢！那又怎么会劳顿百万军队，相持数年不能取胜呢，这正是让齐国得到片刻喘息而反过来采取离间计谋的原因。

战国时期，因兵力强大而互相吞并的诸侯，岂止一家，以燕国和齐国的军队围攻一两座城池，且加紧攻击，完全可以攻克之后再去吃饭，这种战术谁说不可行。哎呀！想称王就称王，不想称王就审时度势，不能使两头都失去而让天下人讥笑。

荀卿论

此篇是论述荀卿的言谈行为对其弟子李斯的影响，由此阐明师道的重要性。

本文论述的特色是对比。以孔夫子谨小慎微，对弟子言谈有度且举止循规蹈矩的教育方式，与荀卿对弟子喜出惊人之语、行为无所顾忌的方式形成鲜明对比，来论述为人师表的意义。

荀卿言谈狂妄、性格桀骜，所以他的弟子李斯"青出于蓝而胜于蓝"，摒弃了老师知礼守法的教育，却承其狂妄进而行为更加放肆，做出了"焚书坑儒"的千古罪事。由此可见为人师表于弟子品行干系重大。

【原文】

尝读《孔子世家》，观其言语文章，循循莫不有规矩，不敢放言高论，言必称先王，然后知圣人忧天下之深也。茫乎不知其畔岸，而非远也；浩乎不知其津涯，而非深也。其所言者，匹夫匹妇之所共知；而所行者，圣人有所不能尽也。呜呼！是亦足矣。使后世有能尽吾说者，虽为圣人无难，而不能者，不失为寡过而已矣。

子路之勇，子贡之辩，冉有之智，此三者，皆天下之所谓难能而可贵者也。然三子者，每不为夫子之所悦。颜渊默然不见其所能，若无以异于众人者，而夫子亟称之。且夫学圣人者，岂必其言之云尔哉？亦观其意之所向而已。夫子以为后世必有不能行其说者矣，必有窃其说而为不义者矣。是故其言平易正直，而不敢为非常可喜之论，要在于不可易也。

昔者常怪李斯事荀卿，既而焚灭其书，大变古先圣王之法，于其师之道，不啻若寇仇。及今观荀卿之书，然后知李斯之所以事秦者皆出于荀卿，而不足怪也。

荀卿者，喜为异说而不让，敢为高论而不顾者也。其言愚人之所惊，小人之所喜也。子思、孟轲，世之所谓贤人君子也。荀卿独曰："乱天下者，子思、孟轲也。"天下之人，如此其众也；仁人义士，如此其多也。荀卿独曰："人性恶。桀、纣，性也。尧、舜，伪也。"由是观之，意其为人必也刚愎不逊，而自许太过。彼李斯者，又特甚者耳。

今夫小人之为不善，犹必有所顾忌，是以夏、商之亡，桀、纣之残暴，而先王之法度、礼乐、刑政，犹未至于绝灭而不可考者，是桀、纣犹有所存而不敢尽废也。彼李斯者，独能奋而不顾，焚烧夫子之六经，烹灭三代之诸侯，破坏周公之井田，此亦必有所恃者矣。彼见其师历诋天下之贤人，自是其愚，以为古先圣王皆无足法者。不知荀卿特以快一时之论，而荀卿亦不知其祸之至于此也。

其父杀人报仇，荀卿明王道，述礼乐，而李斯以其学乱天下，其高谈异论有以激之也。孔、孟之论，未尝异也，而天下卒无有及者。苟天下果无有及者，则尚安以求异为哉！

【译文】

曾经读《史记·孔子世家》，观察他所有的语言文章，都是循规蹈矩，往往不敢放开发表言论，说话一定要先称先王如何如何，由此可以知道他作为圣人为天下黎民深深忧虑的情怀。茫然不知这苦海的岸畔，其实并不遥远。浩渺而不知道他渡过的渡口，其实并不太深。他说的一些道理，连一般没知识的农夫和村妇都知道。但是他的行动，说明圣人也有不能做尽的事。唉咳！这也就够了。使后世的人们有可能做圣人没做完的事。虽然是圣人不怕困难，但也有不能做的事，这不能不说是很小的过错而已。

子路的勇敢，子贡的善辩，冉有的智慧，这三者，都是天下人以为难能可贵的。但是，这三个人，常常不被孔子喜欢。颜渊喜欢沉默，看不出他有什么能耐，好像与一般众人没有什么区别，但孔子非常赞赏他。而且后世学习孔圣人的人们，难道不是都要先学会他的言论再学其他贤人的言论吗？也是为了观察他心意中向往的东西。孔子认为后世必定会有否定他的学说的人，也必定会有人曲解他的学说而做不义的事。所以他说的话正直而又平易近人，而不敢用非常令人喜欢的高论，重要的就在于不能随心所欲地篡改。

过去，常有人怪李斯因为曾经师从于荀卿，然而随后参与了秦始皇"焚书坑儒"的活动，大肆更改古代圣明君王的法度，这对于他老师（荀卿）的思想而言，无异于一个贼寇仇敌所为。如今再看荀卿的著作，然后就明白了李斯为什么到秦国做官，确实是因为他的老师荀卿，这就不足为怪了。

荀卿其人，喜欢创立标新立意的学说但不善于谦让，敢于创立高论而不顾后果。他的话让愚蠢的人为之震惊，让贪图小利的小人为之欣喜。子思、孟轲，是世人所说的贤人君子。只有荀卿认为："搞乱天下的人，就是子思、孟轲之辈。"天下的人，如此众多，天下的仁人义士，也是如此的多。却唯有荀卿认为："人性险恶。夏桀、殷纣王，正是人的本性使然；而尧、舜等明君，实际是一种伪装。"从这方面来看，他的为人也必定是刚愎自用、桀骜不逊的，而对自己则放纵太过。他的弟子李斯，又在这方面特别突出。

如今小人干一些恶劣的事情，有时还一定要有所顾忌，因为有夏、商两朝灭亡的历史教训，桀、纣的残暴，也没有使过去贤明君王的法度、礼乐、刑政达到灭绝而不能考证的地步，即使桀、纣时代也还保留了一些法度、礼乐而不敢全部废除。而唯有那个李斯，能够奋起而不顾一切，焚烧孔子的六经，诛灭三代诸侯，破坏周公的井田制，这种胆大妄为的行动必定是有所依仗。看他的老师荀卿谩骂天下的贤能之人，自然是一种愚蠢的行为，认为古代圣明的帝王都不足以效法。不知荀卿他乘一时痛快发表的言论，连自已也不知道遗留的灾祸竟达到这般地步。

他的父亲杀人报仇，荀卿却明白王道法度，讲述礼乐，而李斯则利用他的学说扰乱天下，他的高深怪诞的言论发挥了激发李斯的作用。孔孟的言论，没有标新立异，且天下还没有能够与之相比的。荀卿的言论如果真是天下没有可以相比的，就是始终坚持以标新立异为目标。

韩非论

此篇论述的是韩非、商鞅等人所持以刑罚治天下的主张，是源于老、庄“无为”的思想。

文章开门见山，提出老、庄“虚无淡泊之言”虽“无恶于天下”，却留毒于后世，即商鞅、韩非凭借这种思想，轻视天下万物，以致制定出残酷的刑法用来治理天下，导致生灵涂炭，可见其罪孽深重。

作者深入剖析了老、庄“无为”思想与韩、商“以刑罚治天下”二者之间的关系，经过严密论证，得出“庄、老之后，其祸为申、韩”的结论。

本文逻辑清晰，论证深刻，可称为一大特色。

【原文】

圣人之所为恶夫异端尽力而排之者，非异端之能乱天下，而天下之乱所由出也。昔周之衰，有老聃、庄周、列御寇之徒，更为虚无淡泊之言，而治其猖狂浮游之说，纷纭颠倒，而卒归于无有。由其道者，荡然莫得其当，是以忘乎富贵之乐，而齐乎死生之分，此不得志于天下，高世远举之人，所以放心而无忧。虽非圣人之道，而其用意，固亦无恶于天下。自老聃之死百余年，有商鞅、韩非著书，信治天下无若刑名之贤，及秦用之，终于胜、广之乱，教化不足，而法有余，秦以不祀，而天下被其毒。后世之学者，知申、韩之罪，而不知老聃、庄周之使然。

何者？仁义之道，起于夫妇、父子、兄弟相爱之间；而礼法刑政之原，出于君臣上下相忌之际。相爱则有所不忍，相忌则有所不敢。夫不敢与不忍之心合，而后圣人之道得存乎其中。今老聃、庄周论君臣、父子之间，泛泛乎若萍浮于江湖而适相值也。夫是以父不足爱，而君不足忌。不忌其君，不爱其父，则仁不足以怀，义不足以劝，礼乐不足以化。此四者皆不足用，而欲置天下于无有。夫无有，岂诚足以治天下哉！商鞅、韩非求为其说而不得，得其所以轻天下而齐万物之术，是以敢为残忍而无疑。

今夫不忍杀人而不足以为仁，而仁亦不足以治民；则是杀人不足以为不仁，而不仁亦不足以乱天下。如此，则举天下唯吾之所为，刀锯斧钺，何施而不可。昔者夫子未尝一日敢易其言。虽天下之小物，亦莫不有所畏。今其视天下眇然若不足为者，此其所以轻杀人欤！

太史迁曰：“申子卑卑，施于名实。韩子引绳墨，切事情，明是非，其极惨核少恩，皆原于道德之意。”尝读而思之，事固有不相谋而相感者，庄、老之后，其祸为申、韩。由三代之衰至于今，凡所以乱圣人之道者，其弊固已多矣，而未知其所终，奈何其不为之所也。

【译文】

圣人尽力排除世间恶人和各种异端邪说的原因，并不是异端邪说能够招致天下大乱，而是天下的动荡往往由此引起。过去周朝的衰亡，是因为有老子李耳、庄周、列子（列御寇）等人，以及虚无空谈淡泊的言论，而学习研究他们这些猖狂浮游学说的人们，人众纷纭、神魂颠倒，而都归于虚无。依照他们的学说和思想行事的人，全都没有获得适当的手段，往往忘记富贵的欢乐，而混淆生死的区别，这都是一些不得志的人，和一些高踞尊贵地位或远离尘世的人，所以他们放心空谈而没有忧愁。虽然不是圣人的学说，但是如果采纳他们的主张，其实也不会对社会产生太多恶劣的影响。自从老子李耳死去有一百多年时间，商鞅、韩非著书立说，相信治理国家的方法没有比用刑罚更好的，到了秦国任用他们之后，最终导致了陈胜、吴广起义，对民众教化不够，而刑法有余，秦朝短命，从而使天下民众深受其害。后世的学者们，都知道申不害、韩非的罪孽，而不知道实际上是老子、庄子促使他们这样做的。

什么原因呢？仁义之道，最先起源于夫妻、父子、兄弟之间的相互关爱；而礼法刑政的渊源，则出于君臣上下互相猜忌的关系。相爱就会有所不忍，相互猜忌就会有所不敢。将不敢的心思和不忍的心思融汇起来，后来圣人之道就产生于其中。如今老子、庄子论述君臣、父子之间的关系，泛泛地就如同浮萍对于江湖那样的价值。就是说父亲不足以热爱，而君主不足以畏忌。不畏忌君主，不热爱父亲，则仁爱之心不能存于胸怀，义也不能得到劝诱，礼乐不能得到教化。这四者都不能用了，而使得天下什么也没有了。既然天下成为没有，难道还能治理天下吗？商鞅、韩非追求老子、庄子的学说却没得到真谛，反而得到了轻视天下而蔑视万物的思想，所以敢于使用最残忍的手段，这是毫无疑义的。

如今，不忍心杀人而不足以称为仁者，而仁者也不能够治理民众；于是杀人也非不仁，而不仁也不足以搞乱天下。正因为如此，就可以使天下的一切为我所用，刀锯斧钺，有什么不能使用呢。过去孔夫子没有一天敢改变他的言论。即使天下的一些细小事物，也不敢不有所顾及。而到了他们手里，看天下什么都微不足道，这正是他们敢轻易杀人的原因。

太史公司马迁说：“申子（申不害）凭借卑微出身，主张对于官吏要以所任的职务授予官职，依照官名落实责任。韩非子则重视立规矩，切时弊，讲明是非，他十分残忍而很少施恩，都是来源于老子《道德经》的原意。”我曾阅读后思考，事情本来不是相互谋算而应是相互感悟，庄子、老子之后，灾祸在于申子、韩非子。自从夏、商、周三代衰落到现在，凡是搞乱圣人之道的人，其弊端本来就很多，而不能知道他们的结果，就是他们的主张不得法。

范增论

世人多认为范增离开项羽是因为项羽中了陈平的反间计，其实事情并非完全是这样，关键在于项羽与范增已经有了隔阂，项羽已经对范增产生了怀疑。原因在于义帝是范增所立，宋义亦是范增推荐的主将，项羽杀宋义、弑义帝不可能不与范增产生争执，隔阂由是产生，陈平之反间只是抓住了项羽的心理火上加油而已，若项羽果真像后来的刘备信任诸葛亮那样，“陈平虽智”，又“安能间无疑之主哉？”范增最后选择离开项羽是对的，但离去的时间太迟了，他应于项羽杀宋义或弑义帝时毅然离去。文末肯定了范增杰出的才能，表达了作者对范增的同情，也从侧面说明了项羽必然灭亡的道理。

【原文】

汉用陈平计，间疏楚君臣。项羽疑范增与汉有私，稍夺其权。增大怒曰：“天下事大定矣，君王自为之，愿赐骸骨归卒伍。”归未至彭城，疽发背死。苏子曰：增之去善矣，不去，羽必杀增。独恨其不早耳。然则当以何事去？增劝羽杀沛公，羽不听，终以此失天下，当于是去耶？曰：否。增之欲杀沛公，人臣之分也；羽之不杀，犹有君人之度也，增曷为以此去哉？《易》曰：“知几其神乎！”《诗》曰：“相彼雨雪，先集维霰。”增之去，当于羽杀卿子冠军时也。

陈涉之得民也，以项燕、扶苏。项氏之兴也，以立楚怀王孙心；而诸侯叛之也，以弑义帝。且义帝之立，增为谋主矣。义帝之存亡，岂独为楚之盛衰，亦增之所与同祸福也。未有义帝亡，而增独能久存者也。羽之杀卿子冠军也，是弑义帝之兆也。其弑义帝，则疑增之本也。岂必待陈平哉？物必先腐也，而后虫生之；人必先疑也，而后谗入之。陈平虽智，安能间无疑之主哉？

吾尝议义帝，天下之贤主也。独遣沛公入关，不遣项羽；识卿子冠军于稠人之中，而擢以为上将。不贤而能如是乎？羽既矫杀卿子冠军，义帝必不能堪。非羽弑帝，则帝杀羽，不待智者而后知也。增始劝项梁立义帝，诸侯以此服从。中道而弑之，非增之意也。夫岂独非其意，将必力争而不听也。不用其言，而杀其所立，羽之疑增，必自是始矣。

方羽杀卿子冠军，增与羽比肩而事义帝，君臣之分未定也。为增计者，力能诛羽则诛之，不能则去之。岂不毅然大丈夫也哉？增年已七十，合则留，不合则去。不以此时明去就之分，而欲依羽以成功名，陋矣！

虽然，增，高帝之所畏也。增不去，项羽不亡。呜呼！增亦人杰也哉！

【译文】

汉王采纳了陈平的计策，离间疏远楚国的君臣关系。项羽怀疑范增跟汉王有通敌关系，逐渐地夺去他的实权。范增非常恼怒，说：“天下大局已定，君王亲自去治理它吧！希望能让我全身而退回家养老。”范增踏上回家路程，还没有抵达彭城，背上的恶疮溃烂，凄惨地死去。苏子分析说：范增的退避是完全正确的。假使范增不主动离开，项羽最终也会让他不得善终；只不过嫉恨他不早些离开罢了。那么范增应当用什么借口离开呢？范增曾经劝项羽杀掉刘邦，项羽不接受，终于因此遗失天下，应该在这时候离开吗？我说：不应该！范增要杀刘邦，是臣子的忠诚；项羽不杀刘邦，还有君主的宽宏度量。范增又为何要借这件事离开呢？《易经》上说：“能够从极微小的预兆知道事物的动向，这大概就是所谓神明吧！”《诗经》上说：“通常即将下大雪的时候，先落下来的是一阵小雪珠。”范增的离开，应当是在项羽杀卿子冠军宋义的时候。

陈涉得到百姓的拥护，是因为假托自己的部队是项燕和公子扶苏的军队。项家的崛起，是因为拥立了楚怀王的孙子心——义帝；诸侯背叛项羽，是因为他谋害了义帝。再者，义帝的拥立，范增是策划的首要人物；义帝的生死存亡，不单单关系到楚国的兴衰成败，也是同范增的祸福相关联的。没有义帝被除，范增却独能长久生存的情理。项羽诛宋义，是谋害义帝的预兆。他谋害义帝，就是疑心范增的根源。难道一定要等待陈平用计吗？东西一定是先腐烂，蛆虫才能滋生出来；人一定是先生疑心，诽谤的话才能听进去。陈平纵然聪明机智，又怎么能够离间没有疑心的君主呢？

我曾经评论过义帝，认为他是天下贤明的君主。他唯独派刘邦进函谷关攻咸阳，不派遣项羽；在许多人的中间赏识宋义，把他提拔起来做大将。不贤明能够这样举措吗？项羽既然假造义帝旨意杀死宋义，义帝必定不能容忍。在这样的情况下，不是项羽杀死义帝，就是义帝杀死项羽，用不着等待聪明的人指明也能知道的啊。范增最初劝项梁拥立义帝，各国侯王因此服从；中途除掉他，决不是范增的本意。这不但不是他的初衷，而且一定是经过力争却得不到项羽的认同啊。不听从他的建议，杀掉他建议拥立的义帝，项羽怀疑范增绝对是从这个时候开始的。

当项羽除掉宋义时，范增和项羽共同事奉义帝，君臣的名分还没有最后确定。替范增设想，这时力量上能够杀掉项羽，就杀掉他；不能够，就离开他。如此，岂非坚定果断的大夫所为吗？范增年纪已经七十，假使同项羽合得来就留下，合不来就离开。不在这个时候干脆地作出离开或者留下的抉择，却想依附项羽来成就自己的功名，见识岂不是太浅薄了？

虽然如此，但他毕竟是刘邦所畏惧的人。范增不离开，项羽也许不会灭亡。呜呼！范增也称得上是英雄豪杰了啊！

留侯论

自古以来能成大事者，必须有忍辱负重的品质，像勾践卧薪尝胆，韩信忍胯下之辱即是明证。苏轼的《留侯论》一文强调的就是这一点。世人认为张良之所以能成就盖世奇功，全赖圯桥进履而得到了黄石公的一部兵书，其实这纯属打诨乱说。张良的谋略并非来自兵书，而在于他善于审时度势。但即便是有这样的优秀潜质的人，早年也干过铤而走险刺杀秦始皇的事。鲁莽行事是绝对成不了大气候的，圯上老人的用意固然有授予他兵书的一面，但更主要的在于试验张良“能忍与不能忍”。文章以此立论，认为刘邦之所以成功是“能忍”，项羽之所以失败是“不能忍”，而刘邦的“能忍”是张良教他的。全文摆事实，讲道理，反复申论，言之成理。但是，“能忍与不能忍”虽然在刘、项相争中确实起了重要作用，是决定刘、项胜败的一个因素，然而决不是唯一的因素。因此，作者的观点显然是不够全面的。

【原文】

古之所谓豪杰之士者，必有过人之节，人情有所不能忍者。匹夫见辱，拔剑而起，挺身而斗，此不足为勇也。天下有大勇者，卒然临之而不惊，无故加之而不怒，此其所挟持者甚大，而其志甚远也。

夫子房受书于圯上之老人也，其事甚怪。然亦安知其非秦之世，有隐君子者出而试之。观其所以微见其意者，皆圣贤相与警戒之义。而世人不察，以为鬼物，亦已过矣！且其意不在书。当韩之亡，秦之方盛也，以刀锯鼎镬待天下之士。其平居无罪夷灭者，不可胜数。虽有贲、育，无所获施。夫持法太急者，其锋不可犯，而其势未可乘。子房不忍忿忿之心，以匹夫之力，而逞于一击之间。当此之时，子房之不死者，其间不能容发，盖亦已危矣！千金之子，不死于盗贼。何哉？其身之可爱，而盗贼之不足以死也。子房以盖世之才，不为伊尹、太公之谋，而特出于荆轲、聂政之计，以侥幸于不死。此圯上老人之所为深惜者也。是故倨傲鲜腆而深折之。彼其能有所忍也，然后可以就大事。故曰：“孺子可教也。”

楚庄王伐郑，郑伯肉袒牵羊以迎，庄王曰：“其君能下人，必能信用其民矣。”遂舍之。勾践之困于会稽，而归臣妾于吴者，三年而不倦。且夫有报人之志，而不能下人者，是匹夫之刚也。夫老人者，以为子房才有馀，而忧其度量之不足，故深折其少年刚锐之气，使之忍小忿而就大谋。何则？非有平生之素，卒然相遇于草野之间，而命以仆妾之役，油然而不怪者，此固秦皇之所不能惊，而项籍之所不能怒也。

观夫高祖之所以胜，而项籍之所以败者，在能忍与不能忍之间而已矣。项籍惟不能忍，是以百战百胜，而轻用其锋。高祖忍之，养其全锋而待其敝，此子房教之也。当淮阴破齐而欲自王，高祖发怒，见于辞色。由此观之，犹有刚强不忍之气，非子房其谁全之？

太史公疑子房以为魁梧奇伟，而其状貌乃如妇人女子，不称其志气。呜呼！此其所以为子房欤！

【译文】

古时所谓的豪杰之士，必定有超凡的气度，能忍受常人所不能容忍的事情。一个人受到侮辱，拔剑奋起，挺身而出，这称不上勇敢。天下有一种特别英勇的人，祸难突然降临也不惊恐，无故逼迫他也不动怒，这是因为他怀抱的理想很伟大，他的志向很深远啊。

张子房在桥上从神仙般的老人手里接受兵书，那件事很让人费解。然而，为何不能认为是秦朝时隐居的君子出来考验他呢？领略老人用来略显心思的语言，都是圣人、贤人须要共同警惕的道理。可是世上的人看不透，认为他是鬼怪，真是大错特错！而且他的本意也并不在兵书上面。在韩国灭亡、秦国势头正旺的时候，秦国采取非常残酷的刑罚来对待天下的书生。那些平时闭门家居却无辜遭到杀戮的，数不胜数。当时世上即使有大力士孟贲、夏育，也是无能为力。一般说，执法太严峻的国家，它的锋芒是不可触犯的，而且它的势头也是不可利用的。张子房忍耐不住愤怒的心情，靠一个人的力量，妄想在一椎袭击之下称心如愿。在这紧要关头，张子房的生死间距，简直不能容纳下一根头发，也太盲干了！俗话说，富贵人家的子弟不愿丧命在盗贼手里。为什么呢？因为他们觉得自己的生命很珍贵，在盗贼手里是不值得死的。张子房凭靠盖世的才能，不去考虑伊尹、太公的治世智谋，唯能做出荆轲、聂政似的暗杀下策，在生死的边沿企图侥幸成功。这才是圯上老人替他深深地感叹的啊。因此，用傲慢羞辱的方法来深深地折服他。他如果能够真正有耐性，这才可以成就大事业。因此说：“这个年轻人还可以教育。”

从前楚庄王征讨郑国，郑伯袒身露体、手里牵着羊来迎降。楚庄王说：“郑国君主能够如此忍耐，对人谦逊，将来必定能够赢得臣民的爱戴。”就放弃了占领郑国的想法。越王勾践在会稽山被困以后，归降吴国，同夫人一起被迫去吴国做臣妾，经历三年也不流露倦怠。如果一个人有复仇的志愿，却不能暂时向仇人低头服小，这只是普通人的所谓坚强勇敢。那个圯上老人，认为张子房才能有余，可就是担忧他的度量不够，所以一次次深重地磨去他的青年人特有的刚强锐利之气，使他能够忍住小怒而去完成伟大的计划。为什么这样说呢？因为一个同他并不深交的人，突然在荒野之间相遇，却把奴仆婢妾干的工作叫他去干，他若发自内心地不以为然，这样的人当然是秦始皇不能使他惊恐，项籍不能使他恼怒的了。

看来，汉高祖成功的原因，项籍失败的根由，不过在能够忍耐和不能够忍耐之间罢了。项籍只因为不拥有足够多的忍耐，所以百战百胜，轻率地利用他的锋芒——精锐力量。汉高祖能够忍住脾气，保养他的全部锋芒——精锐力量，来期待对方的衰弱，这是张子房指导他的啊。当韩信打败齐国想要自己称齐王的时候，汉高祖非常气愤，怒气在言辞形色上全都显现出来了。从这看来，汉高祖还有刚强不能忍耐的气度，不是张子房，又有谁能够成全他呢？

太史公质疑张子房，原本想象他魁梧奇伟，可是看他的画像却貌如妇人女子，同他的志向、气度不相称。唉！这大概就是张子房之所以成为张子房的原因吧！

贾谊论

本文是一篇人物史评，贾谊是汉代名臣，英年早逝，未能尽展其抱负。对于贾谊的悲剧，世人多认为汉文帝是始作俑者，但苏轼并不这么认为。苏轼认为贾谊怀经世之才而不识时务，其悲剧在于其书呆子气，在于“夫绛侯亲握天子玺而授之文帝，灌婴连兵数十万，以决刘吕之雌雄，又皆高帝之旧将。此其君臣相得之分，岂特父子骨肉手足哉？”而贾生想在“一朝之间”，让汉文帝“尽弃其旧而谋其新”。确实有些不识时务，不怪朝中大臣会发出一片反对之声，作为仁义之君的汉文帝也断然不会这样做。所谓“治大国若烹小鲜”，国家大事岂有不慎的道理，哪能凭书生热情毕其功于一役。当然作者对“贾生王者之佐，而不能自用其才”还是表示惋惜的。“志大而量小，才有余而识不足”。贾谊始终不得意的原因在于他的政见不利于当时的权臣。不过像贾谊这样的人要和他们“深交”，而又不放弃自己的政治主张，即使“优游浸渍”也是做不到的，他之所以会成为“有道”之君当政时代的悲剧性人物，那是历史发展的必然。

【原文】

非才之难，所以自用者实难。惜乎！贾生王者之佐，而不能自用其才也。

夫君子之所取者远，则必有所待；所就者大，则必有所忍。古之贤人，皆负可致之才，而卒不能行其万一者，未必皆其时君之罪，或者其自取也。

愚观贾生之论，如其所言，虽三代何以远过？得君如汉文，犹且以不用死，然则是天下无尧舜，终不可以有所为耶？仲尼圣人，历试于天下，苟非大无道之国，皆欲勉强扶持，庶几一日得行其道。将之荆，先之以冉有，申之以子夏。君子之欲得其君，如此其勤也。孟子去齐，三宿而后出昼，犹曰："王其庶几召我。"君子之不忍弃其君，如此其厚也。公孙丑问曰："夫子何为不豫？"孟子曰："方今天下，舍我其谁哉？而吾何为不豫？"君子之爱其身，如此其至也。夫如此而不用，然后知天下果不足与有为，而可以无憾矣。若贾生者，非汉文之不用生，生之不能用汉文也。

夫绛侯亲握天子玺而授之文帝，灌婴连兵数十万，以决刘、吕之雌雄，又皆高帝之旧将。此其君臣相得之分，岂特父子骨肉手足哉？贾生，洛阳之少年，欲使其一朝之间，尽弃其旧而谋其新，亦已难矣。为贾生者，上得其君，下得其大臣，如绛、灌之属，优游浸渍而深交之，使天子不疑，大臣不忌，然后举天下而唯吾之所欲为，不过十年，可以得志。安有立谈之间，而遽为人痛哭哉？观其过湘，为赋以吊屈原，萦纡郁闷，趯然有远举立志。其后卒以自伤哭泣，至于夭绝，是亦不善处穷者也。夫谋之一不见用，则安知终不复用也？不知默默以待其变，而自残至此。呜呼！贾生志大而量小，才有余而识不足也。

古之人，有高世之才，必有遗俗之累。是故非聪明睿哲不惑之主，则不能全其用。古今称苻坚得王猛于草茅之中，一朝尽斥去其旧臣，而与之谋。彼其匹夫略有天下之半，其以此哉！愚深悲贾生之志，故备论之。亦使人君得如贾谊之臣，则知其有狷介之操，一不见用，则忧伤病沮，不能复振。而为贾生者，亦慎其所发哉！

【译文】

拥有才华并不是很难，而如何使用自己的才能才真正很难，可惜啊！贾生拥有宰相的才能，却不善于发挥自己的才能。

一个有真才实学的人追求的目标深远，就相应必须有所等待；要想成就一番伟业，就同样必须有所忍耐。古时的贤人都有能够成就功业的才能，但是有些人终究不能施展才能的万分之一，这不一定都是当时君主的过失，也可能是他自己的原因所致。

我分析贾生的议论，照他说的去做，即使是夏、商、周三朝，又用什么来远远地超出他的设想呢？逢遇的君主像汉文帝那样贤明，尚且因为得不到重用忧郁而死，这么说来，是不是天下没有尧、舜，就永远不能有所作为了呢？孔仲尼是个圣人，却还在天下各国中一个一个地去尝试，只要不是极其无道的国家，他都想尽力扶植，期望也许有一天能够实现他的政治主张。他准备到楚国去，先叫冉求去了解情况，然后叫子夏去进一步了解情况。君子想寻到他可以辅助的君主，是这样地用心呀。孟子离开齐国时，在昼地住了三夜才走，还说："大王或许要召我回去吧！"君子不忍抛弃他的君主，感情是这样的深厚呀。公孙丑问道："老师为什么不高兴？"孟子说："当今天下能够将国家治理好的，除了我还有谁呢？我为什么不高兴？"君子爱惜他自身，是这样的妥当呀。做到这样还不被君主重用，这才知道天下的君主果真不能够跟他们有所作为，回去隐居，那就可以没有遗憾了。像贾谊这个人，并非汉文帝不能用他，而是他不能效力于汉文帝。

绛侯是亲手取皇帝玉玺把它交给汉文帝的，灌婴是联合了几十万军队，来决定刘、吕两姓胜败的，又都是汉高祖的旧时将领。这样，他们君臣之间相互交好的情分，难道只是像父子兄弟之间那样的骨肉亲情吗？贾生也不过是一位洛阳地方的年轻人，想使汉文帝在一天的时间，完全抛弃他的旧人，来倾心请教自己这个新人，也太不容易实现了。对于贾生，应该设法在朝中获取皇帝的信任，在下面获取那些大臣——像绛侯、灌婴这类人的赞誉，然后从容悠闲地逐渐深入地同他们往来，使皇帝不生疑心，臣僚们不猜忌，这样，才能使整个国家只服从我的安排，自己就可以大展拳脚，不出十年，就可以如愿。怎么能在谈话才开始很短的时间内就迫不及待地向人家痛哭呢？分析他后来过湘水时，写了一篇赋去悼念屈原，文章迂回委婉地抒发了郁闷的心情，有急切远走高飞的意愿。自此以后，终于因为自己过度悲伤，时时哭泣，直至短命死去，这也是个不善于应付恶劣环境的人啊。计谋一次不被采纳，怎么就断定永远不再被采纳呢？不知道沉着地去等待事态的衍化发展，却自己摧残自己到这个地步。唉！贾生志愿宏大，可是气量如此狭小；才能有余，可是见识不足啊。

古人如果拥有高出世人的才能，就必定有鄙弃世俗的惯病。因此，不是聪明智慧不受蒙蔽的君主，就不能充分地任用他。从古到今，人们盛赞苻坚能在乡下平民之中赏识王猛，能做到全部罢斥那些老臣，而去同他商议国家大事。苻坚虽然是个普通人，却能拥有天下一半的领地，可能就由于这个缘故吧！对贾生没能实现的志愿我深感悲痛，所以在这里详细地评论他，但愿君主能够得到像贾生那样的臣子，知道他有洁身自好的情操，如果一次不被任用，就会从此忧愁悲哀，不能再振作；而像贾生那样的人，也应该谨慎反思自己的所作所为啊！

晁错论

本文是一篇历史人物评论。晁错为汉景帝出谋画策削弱诸侯权力，巩固中央集权，最终激起七国叛乱，晁错亦死于景帝之手。晁错并非错在忠君谋事，而错在不识时务。当时吴楚等诸侯国十分强大，足以和汉王朝分庭抗礼，要削弱他们既要有牺牲自己的准备，又不能操之过急，行事一定要周密，最好能以和平温和的方式解决。而晁错谋事不密，又欲毕其功于一役，惹犯众怒，以致授七国叛乱以口实，此其一也；及七国起兵，兵临王境，攻城略地，当此之时，晁错理当挺身而出，率众前驱，孰料其竟然希望景帝亲征，而自己则欲安守都城，将景帝送往虎狼之群，景帝又安得不怒，此其二也。始作俑者是晁错，而其将收拾残局的责任又推给了汉景帝，晁错想不以死以谢天下是不可能的。

【原文】

天下之患，最不可为者，名为治平无事，而其实有不测之忧。坐观其变而不为之所，则恐至于不可救。起而强为之，则天下狃于治平之安，而不吾信。惟仁人君子，豪杰之士，为能出身为天下犯大难，以求成大功。此固非勉强期月之间，而苟以求名者之所能也。天下治平，无故而发大难之端。吾发之，吾能收之，然后有以辞于天下。事至而循循焉欲去之，使他人任其责，则天下之祸必集于我。

昔者晁错尽忠为汉，谋弱山东之诸侯。山东诸侯并起，以诛错为名。而天子不察，以错为说。天下悲错之以忠而受祸，而不知错之有以取之也。

古之立大事者，不唯有超世之才，亦必有坚忍不拔之志。昔禹之治水，凿龙门，决大河，而放之海。方其功之未成也，盖亦有溃冒冲突可畏之患。唯能前知其当然，事至不惧，而徐为之图，是以得至于成功。夫以七国之强而骤削之，其为变岂足怪哉？错不于此时捐其身，为天下当大难之冲，而制吴楚之命，乃为自全之计，欲使天子自将而己居守。且夫发七国之乱者谁乎？己欲求其名，安所逃其患？以自将之至危，与居守之至安，己为难首，择其至安，而遗天子以其至危，引忠臣义士所以愤惋而不平者也。当此之时，虽无袁盎，错亦不免于祸。何者？己欲居守，而使人主自将。以情而言，天子固已难之矣，而重违其议，是以袁盎之说，得行于其间。使吴楚反，错以身任其危，日夜淬砺，东向而待之，使不至于累其君，则天子将恃之以为无恐。虽有百袁盎，可得而间哉。

嗟夫！世之君子，欲求非常之功，则无务为自全之计。使错自将而击吴楚，未必无功。唯其欲自固其身，而天子不悦，奸臣得以乘其隙。错之所以自全者，乃其所以自祸欤！

【译文】

天下的祸患，最不容易处理好的，就是表面上风平浪静，其实却有不能预料的隐患。坐观其动而不替它想办法，最终拖到不能挽救的地步。假使去勉强处理它，可天下人对于当时升平日久的安乐已经习以为常，因而不相信我的判断。只有那些讲仁义的有谋略的杰出的人，才能够挺身而出，以天下为己任，力争完成大事业。这原本就不是在短时间内随便地追求名气的人能够做到的事情。天下太平，无缘无故地去开一个非常危险的头。如果是我开的头，我就要能够收拾它，这才对天下人有个交代。如果是我开了头，事情摊到头上却退避，想逃开它，让别人承担那个责任，那么天下的祸事一定会集中到我身上。

以前，晁错竭尽忠诚为汉朝效力，想方设法削弱山东的诸侯王。山东的诸侯王相约起兵反叛，用杀晁错作为幌子。景帝不领会晁错的忠心，却听信袁盎的谗言，用杀死晁错的办法去向诸侯王妥协。天下的人可怜晁错因为尽忠报国而遭受灾祸，不晓得晁错也有自作自受的原因呀。

古代卓有成就的人，不仅有超众的才华，也必定有坚忍不拔的毅力。从前夏禹治理洪水，劈凿龙门，疏通黄河，引导洪水流入大海。当他的功业还没有成就的时候，可能也会发生洪水溃决、上冒、横冲直撞等撼人的祸事。只因他能够预先知道洪水的变化，从而事到临头不会惊慌失措，慢慢地给出现的情况找到妥当的处理方案，因此，能够获取最后的成功。照七国那样的强大，拼命削减他们的土地，他们起来叛变，难道不是人之常情吗？晁错不在这个时候舍身救国，替天下人挡住大祸的要冲，控制吴、楚七国的命运，却只作出了保全自己的打算，劝谏景帝亲自领兵打仗，自己留守京城。试问，那引起七国叛乱的究竟是谁呢？自己要追求功名，又怎么能够逃避它所引起的祸事呢？拿亲自领兵打仗的极其危险的事情，同留下来保守京城的极其安全的事情相比，自己作为祸首，选择那极其安全的事情去做，把极其危险的事情留给景帝去做，这是忠臣义士所以愤怒、怨恨而不平的根源啊。这个关键时刻，即使没有袁盎，晁错也不可能免于被杀。为什么呢？自己打算留守京城，却使皇帝亲自领兵出战；按情理而论，景帝本来已经为这件事感到难受了，可是又难于反对他的建议，因此袁盎的谗言能够在他们君臣之间顺利生效。倘使吴、楚七国反叛时，晁错能够豁出性命来担当那艰危的重任，日日夜夜辛苦筹划，对东方严密戒备，等待吴、楚七国的叛军的到来，使不至于危害自己的君主，那么，汉景帝将会始终依靠他而不感到七国叛乱这件事的压力。这样，即使有再多的袁盎，又怎能进行离间呢？

唉！世上才能出众的人想要博取不同凡响的功业，那就一定不要存有自己保全自己的打算。倘使晁错亲自统兵去讨伐吴、楚七国，不一定就不成功。正因为他想稳稳地保全他自己的性命，因而皇帝不称心，奸臣才得以趁这个空隙进行离间。晁错的自己保全自己的万全之策，就是他招来祸事的根本原因吧！

喜雨亭记

本文写于宋仁宗嘉祐七年，作者时任凤翔府（治所在今陕西凤翔县）签书判官。文章开篇指出“亭以雨名，志喜也。”之所以以雨命名，是因为雨带来了好事，故而“喜则以名扬”。继而写做亭、得雨，以及久旱得雨后的喜悦心情，并联系人民的忧乐，说明这几场雨的确意义不凡，最后以灵活的笔调归结到亭名的由来，饶有余味，令人玩索。

【原文】

亭以雨名，志喜也。古者有喜则以名物，示不忘也。周公得禾，以名其书；汉武得鼎，以名其年；叔孙胜敌，以名其子：其喜大小不齐，其示不忘一也。

予至扶风之明年，始治官舍，为亭于堂之北，而凿池其南，引流种树，以为休息之所。是岁之春，雨麦于岐山之阳，其占为有年。既而弥月不雨，民方以为忧。越三月，乙卯乃雨，甲子又雨，民以为未足；丁卯大雨，三日乃止。官吏相与庆于庭，商贾相与歌于市，农夫相与忭于野，忧者以喜，病者以愈，而吾亭适成。

于是举酒于亭上，以属客而告之曰：“五日不雨可乎？”曰：“五日不雨则无麦。”“十日不雨可乎？”曰：“十日不雨则无禾。”“无麦无禾，岁且荐饥，狱讼繁兴，而盗贼滋炽。则吾与二三子，虽欲优游以乐于此亭，其可得耶？今天不遗斯民，始旱而赐之以雨，使吾与二三子，得相与优游而乐于此亭者，皆雨之赐也。其又可忘耶？”

既以名亭，又从而歌之，曰：“使天而雨珠，寒者不得以为襦；使天而雨玉，饥者不得以为粟。一雨三日，伊谁之力？民曰太守，太守不有；归之天子，天子曰不然。归之造物，造物不自以为功；归之太空，太空冥冥，不可得而名。吾以名吾亭。

【译文】

亭子用“雨”字来命名，是为了记述一件喜事。古代凡是有了喜事，就用这件喜事本身来命名人或事物，表示永远铭记。例如周公获得了周成王转送给他的一株长得特别茁壮的禾，就用它命名自己的文章；汉武帝获得了宝鼎，就用它命名自己的年号；叔孙得臣击败敌人，俘虏了敌方国君，就用他的名字来命名自己的儿子。他们的喜事各不相同，可是他们表示永不忘记的初衷是完全一样的。

我到任扶风的第二年，才修建了一座地方官居住的房屋，并且在厅堂的北面建造了一座亭子，还在它的南面开凿了一个池塘，引导流水进来，种植树木，把它作为休息的场所。这年的春天，在岐山的南面天空中落下许多麦子，经过占卜，那卦辞说年成一定很好。后来整个月不降雨水，百姓正为此忧心。过了三个月，到四月初二才有雨；十一日又下雨，百姓还认为不够。十四日下大雨，下了三天方才停止。官吏在官厅里一道庆贺，商人在市场上一道欢歌，农民在田野中共同欣喜。愁闷的人因而喜悦，患病的人因而痊愈，我的亭子也刚好在这个时候落成。

这样，就在亭子里设宴欢庆，我向客人劝酒并且问道：“再过五天不下雨，能行吗？”回答道：“再过五天不下雨，就会全旱死麦子。”“那么，再过十天不下雨，又怎样？”回答说：“再过十天不下雨，就没有稻禾。”如果既收不到麦子，又收不到稻子，就会不断发生灾荒，各种诉讼也会陆续多起来，盗贼也会更加猖獗，那么我和诸位先生即使想悠闲自得地在这座亭子里游乐，又怎么能够做到呢？现在，老天爷不遗忘这里的百姓，开始干旱时就把大雨赐给他们，而且使我和诸位先生能够一道悠闲自得地在这座亭子里喝酒取乐，都是雨的功绩呀。怎么可以忘记呢？

我既然用它来命名亭子，接着又赞美它，说：倘使老天爷撒珍珠，身上冷的人不能够用它当衣服；倘若老天爷降宝玉，肚里饿的人不能够用它当粮食。一场雨下了三天，是谁的功劳？百姓称是太守，太守不敢居功；把它归功于皇帝，皇帝不同意。把它归功于造物主，造物主不认为这是自己的功劳。把它归功于太空，太空深远昏暗，不能够明白表示。于是，我就用它来命名我的亭子。

凌虚台记

本文写于作者在凤翔府任签书判官时，当时凤翔知府陈希亮建了一座台，名叫凌虚台，让作者做文以记之。文章叙述凌虚台建造的原因及经过，抒发登台眺望之感受，感叹古今兴废无常，指出应当去探索真正的“足恃者”，反映了作者积极乐观和追求理想的精神面貌。

【原文】

国于南山之下，宜若起居饮食与山接也。四方之山，莫高于终南；而都邑之丽山者，莫近于扶风。以至近求最高，其势必得。而太守之居，未尝知有山焉。虽非事之所以损益，而物理有不当然者。此凌虚之所为筑也。

方其未筑也，太守陈公杖履逍遥于其下。见山之出于林木之上者，累累如人之旅行于墙外而见其髻也。曰：“是必有异。”使工凿其前为方池，以其土筑台，高出于屋之危而止。然后人之至于其上者，怳然不知台之高，而以为山之踊跃奋迅而出也。公曰：“是宜名凌虚。”以告其从事苏轼，而求文以为记。

轼复于公曰：“物之废兴成毁，不可得而知也。昔者荒草野田，霜露之所蒙翳，狐虺之所窜伏。方是时，岂知有凌虚台耶？废兴成毁，相寻于无穷，则台之复为荒草野田，皆不可知也。尝试与公登台而望，其东则秦穆之祈年、橐泉也，其南则汉武之长杨，五柞，而其北则隋之仁寿，唐之九成也。计其一时之盛，宏杰诡丽，坚固而不可动者，岂特百倍于台而已哉？然而数世之后，欲求其仿佛，而破瓦颓垣，无复存者，既已化为禾黍荆棘丘虚陇亩矣，而况于此台欤！夫台犹不足恃以长久，而况于人事之得丧，忽往而忽来者欤！而或者欲以夸世而自足，则过矣。盖世有足恃者，而不在乎台之存亡也。”

既已言于公，退而为之记。

【译文】

都市建在终南山的山脚下，似乎是人们说在起居饮食方面时时同山相关的。天下的山，没有哪一座能比终南山高；城市靠近终南山的，没有哪一个会比扶风近。以极近的去寻找最高的，按情理讲，一定能找到。可是太守生活在扶风，却从来不曾知道有座终南山。这虽然不是对政事有坏处或者有好处的问题，但从事理上来说却是不应该的。这就是凌虚台建造的缘由。

当它还没有动工建造的时候，太守陈公在它的下面悠闲自在地扶杖散步，望见山峰超出在树林之上，连绵不绝，仿佛人们在墙外行走，只看到他们的发髻那样。陈公赞叹说：“这里一定有特殊的景色。”于是差遣工匠在它的前边挖掘修成一个方方的池塘，拿挖出来的泥土造了一座高台。造到比一般房屋的屋脊高出一些就完工了。这样，来到台上的人仿佛不知道台升高了，还以为是山峰突然跳跃奔跑出来。陈公说：“这座台应该起名叫‘凌虚’。”就把这层想法告诉他的从事苏轼，而且要求作篇文章把它记述下来。

苏轼对陈公回复说：“事物的荒废、兴起、成功和毁坏都是不可预料的。从前这里是荒草野地，是霜、露覆盖的，狐狸、毒蛇潜伏其中；那个时候，怎么会料到有凌虚台的存在呢？荒废、兴起、成功和毁坏，在永远地互相循环着，这座台或许再度成为荒草野地都是不能预料的。曾经和您试着登台眺望，它的东边就是秦穆公的祈年宫和橐泉宫的所在地，它的南边就是汉武帝的长杨宫和五柞宫的所在地，它的北面就是隋朝的仁寿宫、后为唐朝的九成宫的所在地。估计它们在一个时期内的盛况、宏伟、特出、奇异和华美，坚固得不可动摇，哪里只是胜过凌虚台百倍而已呢？然而数代以后，想寻找它们大概的模样，恐怕就连破瓦颓墙也不复存在了，而且早已衍变成庄稼地、灌木丛、土堆或田埂了，何况这座凌虚台呢？一座台尚且不能依靠什么求得长久存在，更何况人事的得失，忽去忽回的呢？如果有人想凭借这座台在世上夸耀、自满，那就太可笑了。因为世上真正有可以用来凭借的，但与台的存在或者消失是没有关系的。”

我把这意见向陈公申说以后，回去就作了这篇记。

超然台记

本文作于宋神宗熙宁三年，时作者调任密州（治所在今山东诸城县）知州，到任第二年修复了一座台，弟弟苏辙给它起名为“超然”台，他因名而生感写下了这篇记。由于作者在政治上屡受挫折，面对冷酷纷争的社会现实，文中流露出超然物外，随遇而安的消极处世思想。在写作上，文章把记叙、议论、描写融成一体，处处体现“超然”色彩；笔调晓畅洒脱，纯出自然，也有“超然”的情致。

【原文】

凡物皆有可观。苟有可观，皆有可乐，非必怪奇伟丽者也。餔糟啜醨，皆可以醉；果蔬草木，皆可以饱。推此类也，吾安往而不乐？

夫所为求福而辞祸者，以福可喜而祸可悲也。人之所欲无穷，而物之可以足吾欲者有尽。美恶之辨战乎中，而去取之择交乎前，则可乐者常少，而可悲者常多。是谓求祸而辞福。夫求祸而辞福，岂人之情也哉？物有以盖之矣！彼游于物之内，而不游于物之外。物非有大小也，自其内而观之，未有不高且大者也。彼挟其高大以临我，则我常眩乱反复，如隙中之观斗，又乌知胜负之所在？是以美恶横生，而忧乐出焉，可不大哀乎！

予自钱塘移守胶西，释舟楫之安，而服车马之劳；去雕墙之美，而庇采椽之居；背湖山之观，而行桑麻之野。始至之日，岁比不登，盗贼满野，狱讼充斥，而斋厨索然，日食杞菊，人固疑予之不乐也。处之期年，而貌加丰，发之白者，日以反黑。予既乐其风俗之淳，而其吏民亦安予之拙也。于是治其园囿，洁其庭宇，伐安邱、高密之木，以修补破败，为苟完之计。而园之北，因城以为台者旧矣，稍葺而新之。

时相与登览，放意肆志焉。南望马耳、常山，出没隐见，若近若远，庶几有隐君子乎？而其东则卢山，秦人卢敖之所从遁也。西望穆陵，隐然如城郭，师尚父、齐桓公之遗烈，犹有存者。北俯潍水，慨然太息，思淮阴之功，而吊其不终。台高而安，深而明，夏凉而冬温。雨雪之朝，风月之夕，予未尝不在，客未尝不从。撷园疏，取池鱼，酿秫酒，瀹脱粟而食之，曰：“乐哉游乎！”

予弟子由，适在济南，闻而赋之，且名其台曰：“超然。”以见予之无所往而不乐者，盖游于物之外也。

【译文】

凡是物品都有值得观赏的地方。只要有值得观赏的地方，就有能使人获得欢乐的地方，并不一定是要怪异、特殊、雄伟和美丽的物品。食用酒糟、饮淡酒，都可以令人醉；吃果子、蔬菜甚至草根、树皮，也都可以使人充饥。如果把这类事物扩大一下，那么我往哪里会不欢乐呢？

人们之所以要追求幸福、消除灾祸，是由于幸福能使人欢乐，灾祸会使人悲伤。人的欲望是无止境的，事物中能够满足我欲望的却是有限的。美好、丑恶的辨别在内心里冲撞、舍弃、求取的选择掺杂在面前，这样可以使人欢乐的事物常常会很少，可以使人悲伤的事物却往往会很多。此可谓追求灾祸，推掉幸福。追求灾祸，推掉幸福，难道是人之常情吗？那是因为有什么外物左右了他们。他们生活在事物的里面，而不是在事物的外面。事物原本没有大小之分，如果从它的内部来分析它，那是绝对高而且大的。它依仗它的高大来逼迫我，我就会时常眼花心乱，是非难辨，仿佛在缝隙中观看争斗，又怎么看清胜败的所在呢？因此，美好、丑恶的念头交错衍生，忧愁、欢乐的情绪就会闪现，能够不令人大大伤心吗？

我从钱塘改到胶西任职，放弃了坐船的舒适，却去适应乘车骑马的辛苦；搬离装饰漂亮的宅子，却来居住在简陋的房屋里；远离了有山有水的美景，却散步在种桑麻的田野里。刚上任的时候，接连几年没有收成，盗贼遍布郊野，案件充斥官衙，厨房里冷凄凄的，每月只能用杞菊之类充饥。人们当然怀疑我不欢乐。在这里过了整整一年，我的面貌却更加丰满，头发日渐黑起来。我既喜欢这里的风俗淳朴，这里的官吏和百姓也习惯于我的笨拙。这时候，我就派人修葺这里的园子，打扫这里的庭院，采伐安邱、高密两地的树木，来修补破旧败坏的地方，只作简单修缮的打算。园子的北面，有一座依城墙建筑的台，已经破旧了，稍微修葺了一番，让它换新颜。

我经常和客人们一起登台观览，在那里随心所欲，尽情享受。向南面眺望马耳山和常山，它罩在云雾中，忽隐忽现，有时好像很近，有时好像很远，也许那里隐居着贤人吧！那东面就是庐山，是秦代卢敖避世的所在。向西面望是穆陵，隐约地似座城，姜太公、齐桓公的遗迹还有留存的。向北面低头望到潍水，感慨地不由叹起气来，想到韩信的功绩，悼念他的没有善终。这座台高而且稳固，深广而且宽敞，夏天清凉，冬天温暖；碰上降雨、下雪的早晨，或者清风明月的夜晚，就都有我的身影，客人们也随我而往。时常采园里的菜，捕池中的鱼，酿高粱酒，煮糙米饭来吃，还赞叹着说："游览得尽兴而返呀！"

我的弟弟子由，恰巧在济南，听到这件事就作诗赞颂它，并且给这座台起名叫"超然"，来表示我随意到哪里没有不欢乐的，因为我能够逍遥在"物"外呀！

放鹤亭记

本文作于宋神宗熙宁十一年，当时苏轼为彭城太守，云龙山人张君在彭城东山筑亭览胜，享受隐逸之乐，并给亭子取名为"放鹤亭"，苏轼为之做文，以记其隐逸之趣。文中极言隐居之乐，即使是"南面之君"也不能享受到。因为执政与隐逸是不可兼而得之的，君王如果在其位而不谋其政，去附庸风雅追求隐逸之乐，必将招致亡国之祸；只有不问世事的隐者才能尽情享受隐逸之乐。春秋时卫懿公因好鹤亡国；西晋时刘伶、阮籍却以嗜酒全身就是极好的证明。文中叙事、写景、议论，次序井然；结尾似有招隐之意。

【原文】

熙宁十年秋，彭城大水，云龙山人张君之草堂，水及其半扉。明年春，水落，迁于故居之东，东山之麓。升高而望，得异境焉，作亭于其上。彭城之山，冈岭四合，隐然如大环，独缺其西一面，而山人之亭，适当其缺。春夏之交，草木际天，秋冬雪月，千里一色。风雨晦明之间，俯仰百变。山人有二鹤，甚驯而善飞。旦则望西山之缺而放焉，纵其所如，或立于陂田，或翔于云表，暮则傃东山而归，故名之曰“放鹤亭”。

郡守苏轼，时从宾佐僚吏，往见山人，饮酒于斯亭而乐之。挹山人而告之曰：“子知隐居之乐乎？虽南面之君，未可与易也。《易》曰：‘鸣鹤在阴，其子和之。’《诗》曰：‘鹤鸣于九皋，声闻于天。’盖其为物清远闲放，超然于尘埃之外，故《易》、《诗》以比贤人君子、隐德之士。狎而玩之，宜若有益而无损者；然卫懿公好鹤则亡其国。周公作《酒诰》，卫武公作《抑戒》，以为荒惑败乱，无若酒者；而刘伶、阮籍之徒，以此全其身而名后世。嗟夫！南面之君，虽清远闲放如鹤者，犹不得好；好之则亡其国。而山林遁世之士，虽荒惑败乱如酒者，犹不能为害，而况于鹤乎？由此观之，其为乐未可以同日而语也。”

山人欣然而笑曰：“有是哉？”乃作放鹤招鹤之歌曰：“鹤飞去兮，西山之缺。高翔而下览兮，择所适。翻然敛翼，宛将集兮，忽何所见，矫然而复击。独终日于涧谷之间兮，啄苍苔而履白石。鹤归来兮，东山之阴。其下有人兮，黄冠草履，葛衣而鼓琴。躬耕而食兮，其馀以汝饱。归来归来兮，西山不可以久留。”

【译文】

熙宁十年秋，彭城暴发洪水时，云龙山人张君的草屋不能幸免，洪水漫过他家半个柴门。第二年春天，洪水退去，山人搬到原来住处的东面，在东山的山脚下。山人登高眺望，找到了一块奇异的地方，就在那里造了一座亭子。彭城周围是山，冈岭四面围拢，隐约地像个大环，只缺它的正西一面，所以山人的亭子刚巧对准那个缺口。春夏两季交替的时候，草木茂盛，似乎要到达天空；秋月冬雪，使广阔的大地千里一色；在刮风、下雨、阴暗、晴朗的时候，景色瞬息万变。山人有两只鹤，很驯服，而且很会飞。早晨，山人就望着西山的缺口把它们放出去，不管他们，让它们尽情飞翔。它们有时站在池塘边、田野里，有时飞到云层的上面，傍晚，它们就朝东山飞回，所以给亭子起名叫“放鹤亭”。

郡守苏轼时常带着幕友和下属去看望山人，在这座亭子里喝酒，感到很快乐。苏轼斟了杯酒给山人喝，并且告诉他说：“您知道隐居的快乐吗？即便是朝南坐的君主，也不愿意跟他交换。《易经》上说：‘鹤在山的北面叫，幼鹤与之应和。’《诗经》上说：‘鹤在沼泽上鸣叫，声音可传到天上。’这是因为作为鸟类来说，鹤的品格清高、淡远、安闲、自在，超脱在尘世的外面，所以《易经》和《诗经》的作者把它比作明智的人，有才能的人和品德高尚的人。跟它亲昵，跟它玩耍，好像是有利而无害。然而，卫懿公爱好玩鹤，便丧失了自己的国家。周公作《酒诰》，卫武公作《抑戒》，都认为荒废事业，迷惑性情，败坏和搅乱国家的，没有什么像酒那样严重的了；可是刘伶、阮籍这班人却因此保全了自身，而且名声传到了后代。可叹啊！君主，即便是清高、淡远、安闲、自在像鹤那样的，也不能有自己的爱好；如果有爱好，就会丧失自己的国家。然而，在山林间逃避世俗的人，即便是喜欢荒废事业，迷惑性情，败坏和搅乱国家的像酒那样的东西，也不会成为祸害，何况爱好鹤呢？从这一点来看，国君和隐士的快乐是不可以放在一起讲的。”

山人听了我的话，高兴地微笑着说：“有这样的道理吗？”于是，就作放鹤和招鹤的歌，说：“鹤飞去呀，望着西山的缺口。在高空飞翔，向下面俯瞰，选择它们认为应该去的地方。

很快地回过身体，收起翅膀，似乎打算飞下来休息；忽然看到什么东西，又昂首飞上天空，准备再作奋然一击。怎么能整天徘徊在溪涧、山谷之间，嘴啄青苔，脚踏白石？鹤归来了，在东山的北面。那下边有个人，头戴道帽，足登草鞋，身穿葛衣，正坐着弹琴。他亲自种田，用富余的粮食喂你。归来吧！归来吧！白天玩耍的西山不能够长久停留。”

石钟山记

本文是一篇释疑之作。江西湖口有一座神奇的石钟山，但其何以命名为石钟山，前人说法不一。作者经过实地调查，作出了自己的解答，认为“事不目见耳闻”，就不能“臆断其有无”，并作此文以“叹郦元之简，而笑李渤之陋。”作者这种求实精神是值得肯定的。

【原文】

《水经》云：彭蠡之口，有石钟山焉。郦元以为下临深潭，微风鼓浪，水石相搏，声如洪钟。是说也，人常疑之。今以钟磬置水中，虽大风浪不能鸣也，而况石乎？至唐李渤，始访其遗踪，得双石于潭上，扣而聆之，南声函胡，北音清越，桴止响腾，余韵徐歇。自以为得之矣。然是说也，余尤疑之。石之铿然有声者，所在皆是也，而此独以钟名，何哉？

元丰七年六月丁丑，余自齐安舟行适临汝。而长子迈将赴饶之德兴尉，送之至湖口，因得观所谓石钟者。寺僧使小童持斧，于乱石间择其一二扣之，硿焉，余固笑而不信也。至其夜月明，独与迈乘小舟，至绝壁下。大石侧立千尺，如猛兽奇鬼，森然欲搏人。而山上栖鹘，闻人声亦惊起，磔磔云霄间。又有若老人咳且笑于山谷中者，或曰：此鹳鹤也。余方心动欲还，而大声发于水上，噌吰如钟鼓不绝。舟人大恐。徐而察之，则山下皆石穴罅，不知其浅深，微波入焉，涵澹澎湃而为此也。舟回至两山间，将入港口，有大石当中流，可坐百人，空中而多窍，与风水相吞吐，有窾坎镗鞳之声，与向之噌吰者相应，如乐作焉。因笑谓迈曰：“汝识之乎？噌吰者，周景王之无射也；窾坎镗鞳者，魏庄子之歌钟也。古之人不余欺也。”

事不目见耳闻，而臆断其有无，可乎？郦元之所见闻，殆与余同，而言之不详；士大夫终不肯以小舟夜泊绝壁之下，故莫能知；而渔工水师，虽知而不能言，此世所以不传也。而陋者乃以斧斤考击而求之，自以为得其实。余是以记之，盖叹郦元之简，而笑李渤之陋也。

【译文】

《水经》说：彭蠡湖的入口处，有一座石钟山。郦元认为山下面对深潭，轻风吹动波浪，湖水和石头互相碰撞，发出声音就像撞击大钟一样，所以命名为石钟山。这个说法，人们往往怀疑它。现在就是把钟磬放在水里，即便有大风浪也不能发出声响啊，更何况石头呢？到了唐朝李渤，才开始探访石钟山传说的真实情况，他在深潭边上找到了两块石头，敲打石头听它们的声音，南面的一块声音低沉模糊，北面的一块声音清脆高昂，就像鼓槌停止敲打了，声音还在回响，余声过了一段时间才慢慢地停下来。于是他自认为找到石钟山命名的原由了。然而这个说法，我尤其怀疑它，因为石头经过敲打铿铿地发出声响的，到处都这样，可是这座山独独用钟来命名，是什么道理呢？

元丰七年六月初九丁丑日，我从齐安乘船到临汝去。大儿子迈要往饶州德兴县就任县尉，我送他到湖口，因而能够看到传说的石钟。庙里的和尚叫一个小童拿着斧头，在乱石间挑了其中的一二块来敲打，硿硿地响，我当然觉得好笑，不相信。到了那天夜里，月光明亮，我独自和儿子迈乘坐小船，到陡峭的崖壁下面。岩石耸立身旁，高达千尺，像凶猛的野兽、奇怪的鬼魅，阴沉沉地想要扑击人似的。山上宿窠的猛禽鹘鸟，听见人声也惊醒高飞，在云端里磔磔地乱叫。又有如同老年人在山谷中边咳边笑的声音，有人说：这就是鹳鹤。我心里刚刚惊恐想回去，忽然从水上发出一种很大的声音，噌噌吰吰地像撞钟击鼓一般连续不断。船家很害怕。我慢慢地察看它，原来山下有许多小石洞和石缝，不晓得它们的深浅，微小的波浪冲进小洞和裂缝，震荡撞击，才造成这种声音。小船回到两座山之间，快要进入港口，有一块大石头挡在水中，大约可坐百余人，里面空空的，有很多小洞，同风浪互相吞吐，发出的声音，跟刚才的噌噌吰吰的声音彼此应和，就像乐队演奏那样。我就笑着对迈说："你懂得这种音乐吗？那噌噌吰吰的响声是周景王的无射钟，那窾坎镗鞳的响声是魏庄子的歌钟。古代的人并没有欺骗我们呀。"

事情如果不是亲眼看见，亲耳听到，就凭主观想象断定它们有或者没有，可以吗？郦元看到听到的，可能和我相同，但是说得不详细。那些士大夫们始终不肯在夜里把小船停泊在悬崖峭壁下面，所以没有人能够知道真相。而渔夫船夫，虽然知道却不能讲清楚，这就是石钟山名称的由来在世上不流传的缘故啊。可是那浅见薄识的人居然拿斧头去敲石块来寻求它的缘由，自以为得到了石钟山命名的真实情况。我所以记下这件事，是因为叹惜郦元的简略，笑话李渤的浅陋啊。

潮州韩文公庙碑

韩愈因谏迎佛骨触怒了宪宗皇帝，被贬为潮州刺史。潮州远隔帝乡，天荒地老，贫穷落后，自然环境十分恶劣。韩愈上任后因俗施教，移风化俗，结果潮州大治，潮之民竞相称颂其功德，历代不衰。宋哲宗元祐年间，潮州吏民重修韩公庙，宋神宗元丰七年诏封韩愈为"昌黎伯"，潮州韩公庙亦名为"昌黎伯韩文公之庙"，苏轼为其写下了这篇碑文。文中高度评价了韩愈在古文运动中的丰功伟绩："文起八代之衰，而道济天下之溺；忠犯人主之怒，而勇夺三军之帅。"赞扬了他在潮州任所的政绩，语多溢美，充满景仰之情。文章气势磅礴，风格雄健，直逼韩文。

【原文】

匹夫而为百世师，一言而为天下法。是皆有以参天地之化，关盛衰之运，其生也有自来，其逝也有所为。故申、吕自岳降，鄗说为列星，古今所传，不可诬也。孟子曰："我善养吾浩然之气。"是气也，寓于寻常之中，而塞乎天地之间。卒然遇之，则王公失其贵，晋、楚失其富，良、平失其智，贲、育失其勇，仪、秦失其辨。是孰使之然哉？其必有不依形而立，不恃力而行，不待生而存，不随死而亡者矣。故在天为星辰，在地为河岳，幽则为鬼神，而明则复为人。此理之常，无足怪者。

自东汉以来，道丧文弊，异端并起，历唐贞观、开元之盛，辅以房、杜、姚、宋而不能救。独韩文公起布衣，谈笑而麾之，天下靡然从公，复归于正，盖三百年于此矣。文起八代之衰，而道济天下之溺；忠犯人主之怒，而勇夺三军之帅：此岂非参天地，关盛衰，浩然而独存者乎？

盖尝论天人之辨，以谓人无所不至，惟天不容伪。智可以欺王公，不可以欺豚鱼；力可以得天下，不可以得匹夫匹妇之心。故公之精诚，能开衡山之云，而不能回宪宗之惑；能驯鳄鱼之暴，而不能弭皇甫镈、李逢吉之谤；能信于南海之民，庙食百世，而不能使其身一日安于朝廷之上。盖公之所能者天也，其所不能者人也。

始潮人未知学，公命进士赵德为之师。自是潮之士，皆笃于文行，延及齐民，至于今，号称易治。信乎孔子之言，"君子学道则爱人，小人学道则易使"也。潮人之事公也，饮食必祭，水旱疾疫，凡有求必祷焉。而庙在刺史公堂之后，民以出入为艰。前太守欲请诸朝作新庙，不果。

元祐五年，朝散郎王君涤来守是邦，凡所以养士治民者，一以公为师。民既悦服，则出令曰：“愿新公庙者，听。”民欢趋之，卜地于州城之南七里，期年而庙成。

或曰：“公去国万里，而谪于潮，不能一岁而归。没而有知，其不眷恋于潮也，审矣。”轼曰：“不然！公之神在天下者，如水之在地中，无所往而不在也。而潮人独信之深，思之至，焄蒿凄怆，若或见之。譬如凿井得泉，而曰水专在是，岂理也哉？”元丰七年，诏封公昌黎伯，故榜曰：“昌黎伯韩文公之庙。”潮人请书其事于石，因为作诗以遗之，使歌以祀公。其辞曰：

公昔骑龙白云乡，手抉云汉分天章。天孙为织云锦裳，飘然乘风来帝旁。下与浊世扫秕糠，西游咸池略扶桑，草木衣被昭回光。追逐李、杜参翱翔，汗流籍、湜走且僵，灭没倒影不可望。作书诋佛讥君王，要观南海窥衡湘，历舜九嶷吊英、皇。祝融先驱海若藏，约束蛟鳄如驱羊。钧天无人帝悲伤，讴吟下诏遣巫阳。犦牲鸡卜羞我觞，於粲荔丹与蕉黄。公不少留我涕滂，翩然被发下大荒。

【译文】

一个普通人能够做千百代人学习的表率，一句话可以成为天下人学习的准则。这都可以和化育万物的天地相提并论，影响到时代命运的兴旺或者衰败。他的降生是有渊源的，死去以后对后世也是有作用的。所以，申伯、吕侯由山神下凡，传说死后成为天上的列星，从古到今传说的事，不可能都是捏造的啊。孟子说：“我善于培养我的盛大正直的气。”这股气寄托在平常生活之中，而充满在天地之间。如果忽然碰上它，那么，王、公会失去他们的尊贵，晋国、楚国会失去他们的富有，张良、陈平会失去他们的智慧，孟贲、夏育会失去他们的勇力，张仪、苏秦会失去他们的辩才。这是谁使它这样的呢？那一定有不凭借形体就能站立，不依靠力量就能行走，不等待出生就存在，不跟随死亡而消失的东西。所以，在天上是星宿，在地面是河山，在幽暗地方就是鬼神，而在光明地方又复生为人。这是事理的正常现象，不值得奇怪。

自从东汉以来，道德沦亡，文风败坏，邪门歪道一齐出现。经历了唐朝贞观、开元的兴盛时期，依靠房玄龄、杜如晦、姚崇、宋偘等名臣辅佐，还不能挽救。唯独韩文公从普通人中奋起，谈笑着指挥古文运动，天下人倾倒于他的为人与文风而跟着他走。使道德文章又回到正路上来，到现在大概有三百年了。他的文章振兴了八个朝代的文风的衰落，他的道德挽救了天下人的沉迷，他的忠诚曾经冒犯过皇帝，他的勇气能够折服三军的元帅：这难道不是可以和化育万物的天地相提并论，影响到时代命运的兴盛或者衰败吗？他不正是刚正之气独自存在的伟人吗？

我曾经议论过天和人的分别，以为人是没有什么事不能做出来的，只有天不容许人作伪。人的智慧可以用它欺骗尊贵的王、公，却不能够用它欺骗智慧低微的猪、鱼。人的力量可以用它取得天下，却不能够用它取得普通男女的真诚拥戴。所以，公的纯正一心能够消散衡山的阴云，却不能够挽回唐宪宗的执迷不悟；能够驯服鳄鱼的凶暴，却不能够阻止皇甫镈和李逢吉的诽谤；能够在南海的百姓中取得信任，享受世代香火，却不能够使自己的身体在朝堂之上有一天的平安。这是因为公能够适应的是天道，不能够适应的是人事呀。

公初到任之时，潮州的读书人不晓得学习圣贤之道，公推荐进士赵德做他们的老师。从此，潮州的读书人都对文章和品行专心致志地学习，逐渐影响到一般的百姓，到如今，潮州是出名的容易管理的地方。孔子的话是可信的：“有地位的人学了圣贤之道，就会爱惜别人，一般的人学了圣贤之道，就容易役使。”潮州人是这样信奉公的：吃喝时一定要祭奠，碰到水涝、干旱、疾病和瘟疫，凡是有所要求必定要到祠堂里去祈祷。可是祠堂在州官衙门大堂的后面，百姓以为出出进进不方便，前任州官把这个情况向朝廷反映，并申请造一座新的祠堂，朝廷不同意，没能办成。元祐五年，朝散郎王涤来管理这个地方，关于教育读书人、治理老百姓的方法，完全仿效公的做法。老百姓心悦诚服，王君就出一道命令说："愿意修建一座公的新祠堂的来听从命令！"老百姓高兴地赶来参加这个工程。于是在潮州的南面离城七里选定了一块地方，立即动工，只花了一年时间新祠堂就落成了。

有人说："公离开京城上万里路，被降职到潮州来，不到一年就调任。公死后如果还有在天之灵，他对于潮州不会怀有深切的思念，这是很自然的。"我说："不对！公的精神留在天下，如同水在地下，没有什么地方不能到达。而且潮州人对公信仰特别深厚，想念恳切，怀着悲伤的心情去祭奠他，在香烟缭绕中好像看到他。譬如挖一眼井得到了水，却说水本来就在这里，这难道合乎情理吗？"元丰七年，皇帝下令封公为昌黎伯，所以祠堂的匾额上写着："昌黎伯韩文公之庙。"潮州人请我把这件事写下来刻在石碑上，我就作了一首诗拿来送给他们，叫他们歌唱它来祭奠公。那歌词说：

从前，公骑着龙在天上遨游，他的文章就像是双手拨开白云能呈现出银河和日月星辰的辉光；织女替公织了一件云锦的衣裳，公穿着它轻快地趁风来到天帝的旁边。天帝派公下凡，在混乱的人间扫除道德文章方面的歪风邪气；公在西边游览了咸池，巡视了扶桑；公的教化遍及草木，反射出像星辰般的光芒。公追随李白、杜甫与他们一起比翼飞翔；使皇甫湜和张籍汗流浃背地追赶，快要倒下了，公的道德光辉在天上炫耀夺目不能望到。公上书斥责佛、讥刺君王，被降职到南海，中途观察了衡山、湘水，经过帝舜埋葬的九嶷山，凭吊了娥皇和女英。祝融替公在前边开路，海若躲藏起来了，管束蛟龙、鳄鱼，好像驱赶羊群一般。天上缺少人才，上帝感到悲伤，于是派遣巫阳唱着歌到下界来招公回来。用鸡卜选了个好日子，为公准备了牺牲、美酒等祭品，还有色彩鲜艳的果品，荔枝红红的，香蕉黄黄的。公不肯稍微停留一下，使我们泪下如雨；愿公轻快地披发到那太阳降落的地方。

乞校正陆贽奏议进御札子

陆贽是中唐德宗朝的名臣，以道德文章为时人及后世所重，其所著奏议更堪称历代名臣奏疏之典范，后人将其编为《陆宣公奏议》流传于世。宋哲宗元祐年间，苏轼同吕希哲、吴安诗等人共同校正了《陆宣公奏议》，把它呈献给哲宗时写了这篇札子。文中高度赞扬了陆贽的才学及品德，谓其"才本王佐，学为帝师。论深切于事情，言不离于道德。智如子房，而文则过；辩如贾谊，而术不疏。上以格君心之非，下以通天下之志。"希望哲宗皇帝能抽空反复熟读陆贽奏议，"发圣性之高明，成治功于岁月。"文章多用排句偶句，征引史实，有条不紊，比喻确切，对照鲜明。

【原文】

臣等猥以空疏，备员讲读。圣明天纵，学问日新。臣等才有限而道无穷，心欲言而口不逮，以此自愧，莫知所为。

窃谓人臣之纳忠，譬如医者之用药，药虽进于医手，方多传于古人，若已经效于世间，不必皆从于己出。

伏见唐宰相陆贽，才本王佐，学为帝师。论深切于事情，言不离于道德。智如子房，而文则过；辩如贾谊，而术不疏。上以格君心之非，下以通天下之志。但其不幸，仕不遇时。德宗以苛刻为能，而贽谏以忠厚；德宗以猜忌为术，而贽劝以推诚；德宗好用兵，而贽以消兵为先；德宗好聚财，而贽以散财为急。至于用人听言之法，治边御将之方，罪已以收人心，改过以应天道，去小人以除民患，惜名器以待有功，如此之流，未易悉数。可谓进苦口之药石，针害身之膏肓。使德宗尽用其言，则贞观可得而复。

臣每退自西阁，即私相告言，以陛下圣明，必喜贽议论。但使圣贤之相契，即如臣主之同时。昔冯唐论颇、牧之贤，则汉文为之太息；魏相条晁、董之对，则孝宣以致中兴。若陛下能自得师，则莫若近取诸贽。夫六经三史，诸子百家，非无可观，皆足为治。但圣言幽远，末学支离，譬如山海之崇深，难以一二而推择。如贽之论，开卷了然。聚古今之精英，实治乱之龟鉴。臣等欲取其奏议，稍加校正，缮写进呈。愿陛下置之坐隅，如见贽面；反复熟读，如与贽言，必能发圣性之高明，成治功于岁月。臣等不胜区区之意，取进止。

【译文】

臣等凭着空虚浅薄的才学，在翰林讲读人员中充个数目。皇上的聪明智慧是上天赋予的，学问天天更新。臣等才学有限，可是圣贤之道没有穷尽，心里想讲的，口头却不能表达清楚。因此自觉惭愧，不知道怎么办。

臣等私下认为臣子敬纳忠言，譬如医生使用药物。药物虽然从医生手里取得，药方却多数是由古人传下来的；假使已经在社会上经过实践确有疗效，就不一定都要从自己手里再创造出来。

臣等听说唐朝宰相陆贽，天生是帝王的辅佐，学识可以做帝王的师傅。他的议论很切合事理人情，语言从不离开圣贤的道德。智慧像张良，文才却胜过张良；辩才像贾谊，辩术却并不粗疏。上可以纠正君王想法的错误，下可以开导天下百姓的思想。只是他很不幸，出来做官没有碰上适当的时候。唐德宗一味苛刻，陆贽却拿忠实仁厚来规劝他；德宗把猜疑妒忌当做待人的方法，陆贽却拿赤诚相见来规劝他；德宗喜欢出兵打仗，陆贽却认为消除战争是目前首先要做的事情；德宗喜欢搜刮钱财，陆贽却认为散发钱物给天下臣民是当前的急务。至于任用人才、倾听意见的方法，治理边地、驾驭将帅的策略，归罪自己来收拢人心，改正过错来顺应天象，罢斥奸臣来消除百姓的隐患，珍惜爵位和车服仪制来等待有功之臣这一类的合理建议，是不容易完全列举出来的。他的奏议可以说是进献了苦口的良药，针治了危害身体的重病。倘使德宗全部采纳了他的建议，那么“贞观之治”就有可能再次出现。

臣等每次从西阁下来，就私下相互谈论，认为皇上天赋聪明，一定喜欢陆贽的议论。只要皇上这样的圣主和陆贽那样的贤臣意见相合，那就如同圣主、贤臣处在同一个时代了。过去，冯唐评论了廉颇、李牧的贤能，汉文帝因为没有像他们那样的将领而长长地叹息；魏相分别陈述了晁错、董仲舒回答当时皇帝的言论，汉宣帝就用这些意见得以中兴。假如皇上能够自己找寻到师傅，那就不如近一点直接选取陆贽。从前的六部经书和三部史书，以及诸子百家的著作，并非没有可以效法的，而且都足以用它来治理国家。不过圣人的言论精深奥妙，后人的注释却支离破碎，好比山、海的高大深广，很难凭一两个方面来选择那些有用的东西。但陆贽的议论，一打开书就清清楚楚的。它汇集了从古到今政见的精华，确实是国家治乱的很好借鉴。臣等想选取他的奏议，稍微加以校正，抄写一部献上。希望皇上把它放在座位的桌子旁边，如同亲见陆贽的面一样；反复熟读它，好像同陆贽谈话一般。这样，它一定能够启发皇上圣明的天资，在短时间内完成太平盛世的崇高事业。臣等说不尽微小的心意，请决定用或者不用！

前赤壁赋

本文是作者被贬为黄州团练时夜游赤壁的即兴之作。赤壁是三国时孙刘联军大破曹军的古战场，岁月流逝，逝者如斯，当年在这里角逐的历史风云人物早已烟消云散，作者怀古思今，触景生情，写下了这篇脍炙人口的《前赤壁赋》。赋中以灵动的笔触描写了赤壁秋夜美好安宁的景色，置身其中，“飘飘乎”有“遗世独立”“羽化而登仙”之感，于是“饮酒乐甚，扣弦而歌之”，作者初游赤壁的闲适心境于此可见一斑。随着客人的一阵箫声，作者平静的心境骤然泛起层层涟漪，主客二人开始了问答议论，表达了人生短暂，时空永恒，不以荣辱安危萦绕于心，及时行乐的思想。文章末尾写二人饮酒如故，“杯盘狼藉，相与枕藉于舟中，不知东方之既白”之情状，进一步表现了作者放达的思想。

【原文】

壬戌之秋，七月既望，苏子与客泛舟游于赤壁之下。清风徐来，水波不兴。举酒属客，诵《明月》之诗，歌《窈窕》之章。少焉，月出于东山之上，徘徊于斗牛之间。白露横江，水光接天。纵一苇之所如，凌万顷之茫然。浩浩乎如冯虚御风，而不知其所止；飘飘乎如遗世独立，羽化而登仙。

于是饮酒乐甚，扣舷而歌之。歌曰：“桂棹兮兰桨，击空明兮溯流光。渺渺兮予怀，望美人兮天一方。”客有吹洞箫者，依歌而和之。其声呜呜然，如怨如慕，如泣如诉，馀音袅袅，不绝如缕。舞幽壑之潜蛟，泣孤舟之嫠妇。

苏子愀然，正襟危坐而问客曰：“何为其然也？”客曰：“‘月明星稀，乌鹊南飞。’此非曹孟德之诗乎？西望夏口，东望武昌，山川相缪，郁乎苍苍，此非孟德之困于周郎者乎？方其破荆州，下江陵，顺流而东也，舳舻千里，旌旗蔽空，酾酒临江，横槊赋诗，固一世之雄也，而今安在哉？况吾与子渔樵于江渚之上，侣鱼虾而友麋鹿。驾一叶之扁舟，举匏樽以相属。寄蜉蝣于天地，渺沧海之一粟。哀吾生之须臾，羡长江之无穷。挟飞仙以遨游，抱明月而长终。知不可乎骤得，托遗响于悲风。”

苏子曰：“客亦知夫水与月乎？逝者如斯，而未尝往也；盈虚者如彼，而卒莫消长也。盖将自其变者而观之，则天地曾不能以一瞬；自其不变者而观之，则物与我皆无尽也。而又何羡乎？且夫天地之间，物各有主，苟非吾之所有，虽一毫而莫取。惟江上之清风，与山间之明月，耳得之而为声，目遇之而成色，取之无禁，用之不竭，是造物之无尽藏也，而吾与子之所共适。”

客喜而笑，洗盏更酌。肴核既尽，杯盘狼藉。相与枕藉乎舟中，不知东方之既白。

【译文】

壬戌年的秋季，七月十六日，我和朋友们划着小船到赤壁之下去游览。清凉的风缓缓地吹来，江面上波浪平静。我端起杯子劝朋友们喝酒，朗诵《明月》诗，高唱《窈窕》章。一会儿，月亮从东山之上升起，在斗宿和牛宿之间徘徊不前。白蒙蒙的水气从东到西横罩在江面，江水反射的月光与天空相接。我们听任如一叶芦苇般的小船漂流，在茫茫无边的江面疾速行驶，浩浩荡荡地好像腾空驾风。不晓得要飞到哪里才能停止；轻飘飘如同脱离人世而独立，自由自在地生出翅膀飞升到仙境。

在这种情境下，酒喝得很欢畅，我兴致勃勃地拍着船边唱起歌来。歌词说：“桂棹呀兰桨，我用它们划开清澈的江水呀，月光照在江面上，让小船逆着流动的月光前进。多么遥远呀，我的思念；我盼望的‘美人’呀，正在那遥远的地方。”有一个朋友吹起洞箫，按着歌声节拍伴奏。那洞箫声呜呜地，像恨怨，像思慕，像哭泣，像诉说。吹完了，耳朵里还缭绕着那宛转悠扬的箫声的余音，似乎像一根细长的要断而又不断的丝线。引得潜藏在深涧里的蛟龙起舞，惹得独守在空船上的寡妇抽泣。

我听得脸色改变，整整衣服，端正地坐着，问那位朋友道：“为什么箫声这样悲凉啊？”

朋友回答说："'月明星稀，乌鹊南飞。'这不是曹孟德的诗吗？向西望是夏口，朝东望是武昌，山水相互环绕，树木茂盛青翠。这不是曹孟德被周瑜打败围困的地方吗？当年曹孟德攻破荆州、攻占江陵、沿着长江东进的时候，战船首尾相接连接千里，旗帜遮蔽天空。他面对长江饮酒，横拿着长矛吟诗，真是不可一世的英雄，可是如今在哪里呢！何况我和您像渔人、樵夫一样，生活在江湖山野之间，同鱼虾做伴侣，跟麋鹿交朋友，驾着像一片叶子似的小船，拿起用芦苇做的杯互相劝酒。如同蜉蝣那样短暂地寄居在天地之间，渺小得就像汪洋大海中的一粒粟。为我们一生的短促而悲哀，为长江的无穷而羡慕。希望倚仗天仙在宇宙间遨游，跟明月一起获得永生。明知道这不可能很快地实现，只好在悲凉的秋风中借箫声来表达这种感慨心情。"

我说："您了解那江水和月亮吗？江水总是像这样不断地流去，可是从整个长江来说并没有流去；月亮老是像那样有时圆有时缺，可是它本身始终没有丝毫增减。如果从它变化的一面看，那么天地间的万物还用不到一眨眼的工夫就变了；从它不变的一面看，那么万物和我都是无穷无尽的，还羡慕什么呢？再说，天地之间，万物都各自有主，假使不是我所有的，就是一丝一毫也不能取用。只有江上的清风和山间的明月，耳朵听到它就成为声音，眼睛看到它就成为颜色；取用它们不会被人禁止，使用它们也不会完结。这是自然界无穷的宝藏，我和您可以共同享受的。"

朋友高兴得笑起来，于是洗干净酒杯，重新斟酒喝。菜肴吃光了，空杯、空盘杂乱地放着。我和朋友们互相挤在小船里睡着了，不知不觉东方已经发白。

后赤壁赋

作者因政治上的失意而被贬为黄州团练，虽然其生性豁达，但这毕竟是一个萦绕于心的结，他的政治理想无人理喻，因而也时常有孤独无助之感。这篇《后赤壁赋》明显地流露出了这种心情。赋中开篇写深秋之夜携酒与鱼"复游于赤壁之下"的经过，通过"曾日月之几何，而江流之不可复识"的慨叹，表达世事无常的感喟。随后作者"摄衣而上，履僎岩，披蒙茸"寻幽揽胜，而"二客不能从焉"，入之弥深，愈感孤独，"划然长啸"，只有"风起水涌"与之相应，使其"悄然而悲，肃然而恐"。文末写梦中与羽化登仙的道士相遇，更进一步表现了他在现实中无人理解的孤寂心情，只能在虚幻中与神灵相通，聊以慰藉在政治失意后遭受打击所造成的心灵创伤。

【原文】

是岁十月之望，步自雪堂，将归于临皋。二客从予，过黄泥之坂。霜露既降，木叶尽脱。人影在地，仰见明月。顾而乐之，行歌相答。

已而叹曰："有客无酒，有酒无肴。月白风清，如此良夜何？"客曰："今者薄暮，举网得鱼，巨口细鳞，状似松江之鲈。顾安所得酒乎？"归而谋诸妇。妇曰："我有斗酒，藏之久矣，以待子不时之需。"

于是携酒与鱼，复游于赤壁之下。江流有声，断岸千尺；山高月小，水落石出。曾日月之几何，而江山不可复识矣！予乃摄衣而上，履僎岩，披蒙茸，踞虎豹，登虬龙，攀栖鹘之危巢，俯冯夷之幽宫。盖二客不能从焉。划然长啸，草木震动，山鸣谷应，风起水涌。予亦悄然而悲，肃然而恐，凛乎其不可留也。反而登舟，放乎中流，听其所止而休焉。

时夜将半，四顾寂寥。适有孤鹤，横江东来。翅如车轮，玄裳缟衣，戛然长鸣，掠予舟而西也。

须臾客去，予亦就睡。梦一道士，羽衣翩跹，过临皋之下，揖予而言曰："赤壁之游乐乎？”问其姓名，俯而不答。“呜呼噫嘻！我知之矣。畴昔之夜，飞鸣而过我者，非子也耶？”道士顾笑，予亦惊寤。开户视之，不见其处。

【译文】

这一年十月十五日，我从雪堂步行出发，打算回到临皋去。有两个朋友跟随我一起走，路过黄泥坂，看到树木经霜以后，叶子全都脱落了。我们的身影倒映在地上，抬头看见一轮明月高挂空中。一起观看四野的景色，都很喜欢这夜景；于是一面走一面吟诗，相互酬答。

过了一会儿，我叹了口气，说：“有好友却没有美酒，有美酒又没有佳肴。月色皎洁，晚风清凉，像这样美好的夜晚怎么度过呢？”有一个朋友回答我：“今天傍晚，张网捕的一条鱼，大嘴巴，细鳞片，形状就像松江的鲈鱼，不过到哪里去弄到好酒呢？”另一朋友回去跟妻子说起这件事。妻子说：“我有一斗好酒，藏着它已经很长时间了，就是为了等待您的随时需要。”

就这样，我和朋友们携带着酒和鱼，再一次划着小船到赤壁的下面去游赏。江水发出声响，冲刷着高峻陡绝的崖岸；山显得高了，月亮显得小了；水位低落，原本藏在水里的礁石露出来了。与跟上次游览的时间相隔才有几天，江山却已经面目皆非不能再认识它了！我就撩衣上岸，踏着险峻的山崖，拨开纷乱的山草；蹲在虎豹似的怪石上，爬上虬龙般的古树，攀登猛禽巢居的悬崖；俯视冯夷居住的深宫。可惜两位朋友不能跟随我在一起赏玩！我放声长啸，草木被震动了，高山共鸣，深谷回响，风刮起来，水向上涌，在不知不觉中忧伤悲哀悄悄而来，寒冷而恐惧，害怕得不敢再逗留了。于是我回到船上，吩咐船家把小船放到江心，任凭它漂流到哪里停止，我们就在那里歇息。

将近半夜之时，四处看看，觉得冷清寂寞。正好有一只鹤，从东边横穿江面而来，翅膀像车轮那样大小，尾部的黑羽如同黑色的裙子，前面的白羽如同洁白的衣衫，“嘎嘎”地拉着很长的声音叫着，掠过我坐的小船向西边飞去。

不一会儿，朋友们辞去，我也回家睡觉。梦里看见一个道士，穿着一件羽毛做成的道袍，飘飘然起舞似的，走过临皋的下面，向我拱手作揖，一边问我道：“赤壁之游快乐吗？”我问他的姓名，他低着头不回答。“哈哈！就是呀！我晓得你的底细了。昨天的夜里，边飞边叫地掠过我坐的小船，不就是你吗？”道士回过头去笑起来，我也陡然惊醒。开门一望，看不见道士的身影。

三槐堂铭

善有善报，恶有恶报，不是不报，时候未到。本文是苏轼为王巩家的“三槐堂”所作的铭文，文中宣扬的正是这种“善有善报”的观点，文章开篇借申包胥的话展开议论，认为善恶之报只争来早与来迟，安有不报的道理，继而写王巩的先人王祜历侍后汉、后周及北宋太祖朝及太宗朝，德高望重却不容于时。嗣后他的儿子终于在真宗朝做了十八年的宰相。进而以王祜与唐代李栖筠作比，认为王祜之后比李栖筠之后有德，这些德行必将进一步惠及子孙。文末写王巩与自己的交往，称赞他好德而文，有先人遗风，必将如庭中之槐树郁郁葱葱，有所作为，流芳后世。文章在叙事中穿插了衬托、比喻等修辞手法，文辞委婉晓畅，读来让人玩味不已。

【原文】

天可必乎？贤者不必贵，仁者不必寿。天不可必乎？仁者必有后。二者将安取衷哉？

吾闻之申包胥曰：“人定者胜天，天定亦能胜人。”世之论天者，皆不待其定而求之，故以天为茫茫。善者以怠，恶者以肆。盗跖之寿，孔、颜之厄，此皆天之未定者也。松柏生于山，其始也，困于蓬蒿，厄於牛羊；而其终也，贯四时，阅千载而不改者，其天定也。善恶之报，至于子孙，而其定也久矣。吾以所见所闻考之，而其可必也审矣。

国之将兴，必有世德之臣，厚施而不食其报，然后其子孙能与守文太平之主共天下之福。故兵部侍郎晋国王公，显于汉、周之际，历事太祖、太宗，文武忠孝，天下望以为相，而公卒以直道不容于时。盖尝手植三槐于庭，曰："吾子孙必有为三公者。"已而其子魏国文正公，相真宗皇帝于景德、祥符之间。朝廷清明，天下无事之时，享其福禄荣名者十有八年。今夫寓物于人，明日而取之，有得有否。而晋公修德于身，责报于天，取必于数十年之后，如持左契，交手相付。吾是以知天之果可必也。

吾不及见魏公，而见其子懿敏公，以直谏事仁宗皇帝，出入侍从将帅三十余年，位不满其德。天将复兴王氏也欤？何其子孙之多贤也！世有以晋公比李栖筠者，其雄才直气，不相上下。而栖筠之子吉甫，其孙德裕，功名富贵略与王氏等；而忠信仁厚不及魏公父子。由此观之，王氏之福，盖未艾也。

懿敏公之子巩，与吾游，好德而文，以世其家，吾是以录之。铭曰：呜呼休哉！魏公之业，与槐俱萌。封植之勤，必世乃成。既相真宗，四方砥平，归视其家，槐阴满庭。吾侪小人，朝不及夕，相时射利，皇恤厥德，庶几侥幸，不种而获。不有君子，其何能国？王城之东，晋公所庐，郁郁三槐，惟德之符。呜呼休哉！

【译文】

天意能够决定人事吗？贤能的人却不一定做大官，仁慈的人却不一定享高寿。天意不能够决定人事吗？仁慈的人却一定有好后代。这两种情况将怎样求得恰如其分的解释呢？

我知道古代的申包胥说过："人决定做的事可以胜过天，天决定做的事也能胜过人。"世上的人议论天意的，都不等待天的决定就去要求天，所以认为天意是渺茫的，难以捉摸的。好人因而懒得做好事，坏人因而任意做坏事。盗跖的长寿，孔丘和颜回的穷困，这都是天意还没有最终决定。松、柏生长在山林之间，它们在开始的时候，被蓬蒿阻碍，受牛羊糟蹋；可是它们最终能贯通四季，经历千年而不凋谢，那是天意决定的。做好事或者做坏事的报应，一直轮到他们的子孙身上，那是早已决定的了。我以平时看到的听到的来验证上述两种情况，天意能够决定人事就能明白了。

一个国家将要兴起时，必定有世代积德的臣子，厚重地施舍恩德给人家但却不贪图得到好报，这样，他的子孙才能和遵守成法、治世太平的君主共享天下的福分。已经逝世的兵部侍郎晋国王公，在后汉、后周时就做官，后来又在大宋太祖、太宗两朝任职，能文能武，又忠又孝，天下人都盼望他做宰相，可是王公始终由于刚直的性格而不被当权者理解、容纳。他曾经亲手在院子里种了三棵槐树，自信而又有所期待地说："我的子孙必定有做到三公的！"后来他的儿子魏国文正公，在景德、祥符年间做了真宗皇帝的宰相。政治清明、天下太平，享受他遗留的福禄荣誉达十八年。假如在人家那里寄存了东西，到第二天去取它，有的能拿到，有的不能拿到。但是晋国公自已修养品德，靠天得到报答，在几十年以后，果真得到了报答，如同拿着契约的左券给对方查验后才能兑现一样。我因此知道天意是真正能够决定人事的。

我没能赶上看见魏国公，却看见过他的儿子懿敏公，他以直言规劝协助仁宗皇帝，在朝内担任近臣，到外面担任元帅，经历了三十多年，职位虽高，但跟他的品德相比还不相称。天意大概要使王家再次兴盛吧！为什么他的子孙有这么多的人才呢？社会上有人拿晋国公比李栖筠，他们的伟大才能和刚正气度，的确不相上下。李栖筠的儿子吉甫，他的孙子德裕，功名富贵大致同王家相等；可是忠诚、恕道、仁慈和朴实赶不上魏国公父子。从这里看来，王家的福禄，大概是方兴未艾吧。

懿敏公的儿子巩，同我交往，他注意修养品德，而且能写文章，来继承他的家风，我因此记下这许多事。铭词说：啊，好啊！魏国公的功业，同三棵槐树一起蓬勃生长。培植它多么勤劳，一定要经过一世才能成功。他当上真宗皇帝的宰相，全国太平，回来看看他的家，槐树树荫已经遮满院子。我们一般的人眼光短，早晨看不到夜晚，老是窥伺时机追求利益，没下工夫修养自己的品德，但希望有朝一日，能够侥幸地升官发财，不耕种就收获。如果没有德才兼备的人，怎么能治理好国家？王城的东面，是晋国公的府第，郁郁葱葱的三棵槐树，是王家世代积德的见证。真美啊，令人钦佩啊！

方山子传

本文是宋神宗元丰初年作者被贬为黄州团练前往赴任，路过岐亭时，遇到老朋友陈季常后，为他作的传。方山子是陈季常的别号。文中记叙了陈季常年轻时的任侠行为和眼前怡然自得的隐居生活。文中穿插了十九年前陈季常于岐山下射猎一事，突出其勇武多智的品质，而今虽然已归隐山林，但“精悍之色，犹见于眉间”，可见其未能一展抱负，只是生不逢时而已。文末写陈季常不愿凭藉祖宗的功勋而进入仕途，亦不恋其万贯家资而毅然归隐，赞扬了其独立特行的耿介性格。由于作者抓住了人物的性格特点来刻画，使人物形象栩栩如生，呼之欲出。

【原文】

方山子，光、黄间隐人也。少时慕朱家、郭解为人，闾里之侠皆宗之。稍壮，折节读书，欲以此驰骋当世，然终不遇。晚乃遁于光、黄间，曰岐亭。庵居蔬食，不与世相闻；弃车马，毁冠服，徒步往来，山中人莫识也，见其所著帽，方耸而高，曰：“此岂古方山冠之遗像乎？”因谓之方山子。

余谪居于黄，过岐亭，适见焉。曰：“呜呼！此吾故人陈慥季常也。何为而在此？”方山子亦矍然，问余所以至此者。余告之故。俯而不答，仰而笑，呼余宿其家。环堵萧然，而妻子奴婢，皆有自得之意。

余既耸然异之，独念方山子少时，使酒好剑，用财如粪土。前十有九年，余在岐下，见方山子从两骑，挟二矢，游西山。鹊起于前，使骑逐而射之，不获；方山子怒马独出，一发得之。因与余马上论用兵及古今成败，自谓一时豪士。今几日耳，精悍之色，犹见于眉间，而岂山中之人哉？

然方山子世有勋阀，当得官，使从事于其间，今已显闻。而其家在洛阳，园宅壮丽，与公侯等。河北有田，岁得帛千匹，亦足以富乐。皆弃不取，独来穷山中，此岂无得而然哉？

余闻光、黄间多异人，往往佯狂垢污，不可得而见。方山子傥见之欤？

【译文】

方山子是在光州和黄州之间山里隐居的人。他年轻时向往并学习汉朝侠客朱家、郭解的为人，乡里讲侠义的人都以他为榜样而敬重他。年纪渐渐大了，就改变了从前的志向和行为，努力读书，想凭借这条道路在当代大干一场，可是始终碰不到机会。到了晚年，就隐居在光州和黄州之间山里的一个名叫岐亭的小镇上，住草屋，吃蔬菜，不同社会接触；放弃原有的车和马不坐，毁坏原有的帽子和衣服不穿戴，平时总是步行往来。山里的人没人认识他，看见他戴的帽子方型而且高高地耸起，猜测说：“这莫非是古代方山冠的老式样吧！”因此都叫他方山子。

我降职外调到黄州，路过岐亭镇，刚巧碰见他，吃惊地说："哎呀！这是我的老友陈季常啊。为什么在这里？"方山子也吃惊地注视着我，问我为什么到这里来。我告诉他来这里的缘故。他低着头不回答，接着抬起头来大笑，招呼我住在他家里。他家里空空的只看到周围有四堵墙，可是他的妻、儿和奴婢都有自得其乐的神气。

我既肃然起敬又感到他非同常人，又想方山子年轻时纵酒任性，喜弄刀剑，用钱如同丢弃粪土那样。十九年前，我在岐山下看见方山子带领两个骑马的仆人，自己挂了两袋箭，到西山打猎游玩。一只喜鹊在前边惊飞起来，方山子叫骑马的仆人追赶射它，没有射中；方山子猛抽坐骑使马愤怒奔驰，独自追去，一箭就射中了那只喜鹊。于是，他就在马上跟我谈论用兵方法和古往今来用兵的成败之道，自以为是当代的豪杰。到今天已过去多少时间了，但精明强悍的神色，还在两条眉毛之间隐隐显露出来，难道他真的是在荒山里隐居的人吗？

方山子家里世代有功勋，应当得到庇荫做官，假使他能够从事政事，那么现在他一定是个有名望、有地位的人了。再说，他的家原在洛阳，花园住宅宏伟华丽，跟公侯的府第一样；在黄河北岸还有大片土地，每年可以收取成千匹丝织品，也足够他享受富裕快乐的生活。他都放弃不要，偏偏来这荒山里受苦。

我听说光州和黄州之间有很多奇怪的人，他们往往装疯，弄脏自己，不能够见到他们的真面目。方山子或者见过他们吧！

江城子

密州出猎

老夫聊发少年狂，左牵黄，右擎苍，锦帽貂裘，千骑卷平冈。为报倾城随太守，亲射虎，看孙郎。

酒酣胸胆尚开张，鬓微霜，又何妨？持节云中，何日遣冯唐？会挽雕弓如满月，西北望，射天狼。

这首词写于宋神宗熙宁八年（1075 年），时苏轼任密州（今山东诸城）太守（知州）。是年因密州天旱，苏轼去常山祈雨，得雨，于是再往祭谢。归途中与官员会猎，所获颇多，数日后便作此词，"令东州（密州）壮士抵掌顿足而歌之，吹笛击鼓以为节，颇壮观也。"（苏轼《与鲜于子骏书》）

按照《全宋词》中的编排目次，此词当是苏轼的第一首豪放词作，在《水调歌头》（明月几时有）、《念奴娇》（大江东去）等之前。这首词上阕写会猎的激烈场面，词人忘情于猎趣之中，逸兴横飞，老当益壮；下阕集中抒写渴望重新得到朝廷的重用而亲赴前线抗敌卫国，以实现自己报国立功的宏大志愿。

"老夫聊发少年狂，左牵黄，右擎苍，锦帽貂裘，千骑卷平冈。"老夫：词人自称。黄：黄狗，代指猎犬。苍：苍鹰，代指猎鹰。锦帽貂裘：此指打猎的行装。这几句描写会猎的盛大场面。大意是：四十岁的我一下子生出年轻人的狂放不羁，左手牵着猎犬，右胳臂上举着猎鹰，头戴锦帽，身着貂皮衣，带领众人骑马风驰电掣般地越过低矮的小山冈。"左牵黄，右擎苍，锦帽貂裘"状写出了作者的飒爽英姿；"千骑"表现了会猎队伍之庞大；一个"卷"字则生动再现了万马奔腾的雄壮气势。

"为报倾城随太守，亲射虎，看孙郎。"射虎、孙郎：《三国志·吴志·吴主传》载，建安二十三年十月，孙权于庱亭亲骑马射虎，马为虎所伤，孙权以双戟投之，虎即废。几句大意是：为答谢全城人都跟随我来打猎，我要像当年孙权射虎一样展示一下自己的本领。“倾城”二字用语夸张，言随从之众。在这里作者用孙郎射虎的典故，生动表现出了自己不畏年老，勇敢威武的豪迈气概。

“酒酣胸胆尚开张，鬓微霜，又何妨？”大意是：痛饮美酒之后，胸怀开阔了，胆气也随之豪壮，虽然两鬓已有些花白，那又有什么妨碍呢？这几句直抒胸臆，表现了作者老当益壮，意欲奋发有为的乐观进取精神。

“持节云中，何日遣冯唐？”这两句运用典故来表达作者渴望得到朝廷重用、赴边立功报国的心情。节：符节。汉时使者出外所执的凭证。云中：古郡名。西汉时魏尚为云中郡守，爱惜士卒，守边成绩显著；因上报战果数字有出入，而获罪削职。冯唐向汉文帝进谏为魏尚洗雪冤屈，于是文帝令冯唐持节去赦免魏尚，复任命其为云中郡守。因苏轼知密州属于贬官，原因是和王安石政见不合，所以他感到有些失意和委屈，而且因为他在密州政绩显著，因此他希望朝廷能够重新评价他的功过，并委之以重任。两句大意是：昔日有功被贬的魏尚最终得以重任云中郡守，能给我带来好消息的朝廷使者何时才能到来呢？

“会挽雕弓如满月，西北望，射天狼。”会：应当。挽：拉，牵引。雕弓：饰以彩绘的弓。天狼：星名，在东井南，为野将，主侵掠。这里代指自西北入侵的西夏。几句大意是：我正把弓拉得紧紧的，圆如满月，望向西北，准备将那颗耀眼的天狼星射落下来。北宋时东北的契丹和西北的西夏是宋王朝安全的主要威胁者，故作者希望能有朝一日得到朝廷的委派，亲自到边境去抗击敌人的侵略，立功报国。这两句充满了浪漫主义色彩，词人的爱国豪情真可谓气贯长虹。

综观全词，里面充塞了词人的豪情壮气，能给人以鼓舞，催人奋进。它突破了晚唐五代以来儿女情词的局限，“一洗绮罗香泽之态”，使词从花间月下，浅斟低唱中，走向了广阔的生活天地。另外，词人以典入词，增加了词的容量，使词能总揽古今，以典中之情表达今人感慨，既言简意赅，又含蓄恰切。

浣溪沙

簌簌衣巾落枣花，村南村北响缫车，牛衣古柳卖黄瓜。
酒困路长惟欲睡，日高人渴漫思茶，敲门试问野人家。

这首词写于宋神宗元丰元年（1078年）春末夏初。时苏轼知徐州。时年春旱，后得雨，苏轼至徐门石潭谢雨，写下五首《浣溪沙》，此首为其四。

这首词上阕通过对声响的描绘，刻画出三幅农村生活的生动画面，表现了农村欣欣向荣的生活景象；下阕通过描写词人旅途中的感受和行为，传达出一种闲适、淳朴的农村生活的情趣。

“簌簌衣巾落枣花，村南村北响缫车，牛衣古柳卖黄瓜。”簌簌：像声词。缫车：即缫丝车，缫通“缲”。牛衣：供牛御寒的披盖物，以乱麻编织而成。几句大意是：春末夏初，正值枣花凋落之时，行人从树下经过，衣服和头巾落满了一层黄绿色的枣花，从村南走到村北，人们都在忙着缫丝，机杼声响成一片。在村头的古柳下，鲜嫩的黄瓜摆在草垫上，有人在大声叫卖。在这里，词人选取了三幅各具代表性的画面而加以白描。“簌簌衣巾落枣花”表现了农村秀丽的风景，让人联想到浓密碧绿的枣叶，满树的枣花，还有“嗡嗡”穿梭其中的蜜蜂；另外，“衣巾”暗示出人的活动，让人联想到来来往往的行人。这是一幅热闹而典雅的画面。“村南村北响缫车”表现了农村生活的紧张忙碌，人们在抓紧生产，这是一幅蒸蒸日上的劳动画面。“牛衣古柳卖黄瓜”颇有田园风情，既古朴又清新，而且透着一种安祥闲适之趣。三幅画面是从听觉的角度联系在一起的，从微弱地花落到小贩清脆响亮的叫卖声再到缫丝机的合奏声，一一传入词人敏锐的耳朵，可见他对农村生活的体察入微，流露出对农村生活的热爱。总体来说，上阕的场景描写令人愉悦，充满了生机和快乐。

“酒困路长惟欲睡，日高人渴漫思茶。敲门试问野人家。”漫：空自，徒然。野人家：村野人家。几句大意是：因为喝多了酒让人有些发困，再加上长途跋涉，身心疲倦，所以真想就此躺下来睡上一觉；太阳在头顶火辣辣地照着，口渴得不行，于是便设想能喝上一杯茶该有多好。这样想着，便走到一户人家前试着敲门，问能否讨一杯茶解渴。前两句写旅途的困倦和口渴，但它并不使人觉得痛苦，反而觉得十分真实，有一种亲切感。“敲门试问野人家”反映了词人的风度和对农民的感情。作为封建社会里一州的长官，能彬彬有礼地到农户家“敲门试问”，可见其对普通劳动人民的尊敬，这在当时是难能可贵的。下阕正是通过州太守旅途困乏口渴而入农家讨茶这样一个富有生活情趣的细节，反映了当地官民的关系，从侧面表现了人民的安居乐业。

苏轼的五首《浣溪沙》词，描写农村景物，反映农村风情，开了以农村题材入词的先河。它开拓了词的境域，丰富了词的内容，对词的发展作出了贡献。本首词刻画农村生活细致入微，状景如画，语言清新、朴实、自然，耐人寻味。

水调歌头

丙辰中秋，欢饮达旦，大醉。作此篇，兼怀子由。

明月几时有，把酒问青天。不知天上宫阙，今夕是何年。我欲乘风归去，又恐琼楼玉宇，高处不胜寒。起舞弄清影，何似在人间。

转朱阁，低绮户，照无眠。不应有恨，何事长向别时圆。人有悲欢离合，月有阴晴圆缺，此事古难全。但愿人长久，千里共婵娟。

这是一首千古传颂的咏叹中秋皓月，藉以抒发怀人感慨的名篇，历来被认为无出其右者。全篇意境优美，有极强的艺术感染力。此篇作于宋神宗熙宁九年（1076 年）中秋，时苏轼任密州（今山东诸城）太守。由词前小序看，这首词为作者欢饮后所作。作者巧妙地把自己的政治抱负及对兄弟的思念之情融于对中秋景物的描绘之中，体现出作者对于人生达观向上并富有哲理的思考，熔写景、抒情和说理于一炉，浑然天成，余味隽永。

子由是苏轼弟苏辙的字。苏轼和苏辙两兄弟手足情深。苏轼因为反对王安石变法被贬谪到杭州，时苏辙在济南，于是苏轼上书要求北上，经过一番周折到了密州，虽然距离近了些，但仍不能时常相见。

“明月几时有，把酒问青天。”时逢中秋佳节，我把酒对着天空一轮明月，问青天这月亮从何时始有。这两句化用李白《把酒问月》“青天有月来几时，我今停杯一问之”之意。起句壮阔洒脱，意境深远。

“不知天上宫阙，今昔是何年。”宫阙：皇宫前两旁的高楼。这两句表面意思是询问天上的宫阙，实际表达的是作者对朝廷的关注。当时作者虽然贬官在外，然处江湖之远仍忧其君，他仍然期待着有朝一日能实现其政治抱负。不知“今昔是何年”则又表达了作者久被贬谪的失意和沧桑之感。

“我欲乘风归去，又恐琼楼玉宇，高处不胜寒。”乘风归去：语出《列子·黄帝》之“列子乘风而归”句。琼楼玉宇：指月中的宫殿。这几句仍蕴含言外之意，表面是说我本仙人贬谪人间，想乘风重回天庭，又害怕广寒宫中寒冷、寂寞。其真实的意思是说：我本想重回朝廷，但又害怕朝中党派之争激烈，难以容身。“归去”说明作者本是朝廷官员。

“起舞弄清影，何似在人间。”在广寒宫中像嫦娥那样寂寞舒广袖，形影相吊，又有什么意思呢？怎比得上在人间快乐？这两句暗含的大意是说：假如回到朝廷，因自己的政见得不到支持，如置身荒野一样，于国于己都不利，还不如在地方上作出一番成就来，照样可以为国效劳。

上阕曲折含蓄地抒发了作者对个人仕途遭际的感慨。当时作者的心境是失意落寞的，而且很矛盾，在经过一番思想斗争后，他还是决定在地方上争取有所成就，其心态仍是积极的。整首词都是言天上人间，意境浪漫凄美，表意委婉，含而不露，极富艺术表现力。

“转朱阁，低绮户，照无眠。”朱阁：朱红色的楼阁，指代华丽的房屋。绮户：代指华丽的门窗。绮，有花纹的丝绸。几句大意是：月光从富丽的楼阁上倾泻而下，照进我的窗内，照着无法入睡的我。“朱阁”、“绮户”与上阕中的“宫阙”、“琼楼玉宇”照应，营造出的仍是一种超然、华美而又神秘的意境，几个词在色彩上一致。“照无眠”则深刻地表达了对兄弟的思念。

“不应有恨，何事长向别时圆。人有悲欢离合，月有阴晴圆缺，此事古难全。”这几句语意达观，充满哲理，是作者对自己的一种安慰和劝勉。大意是：还是不要这样凄凄切切了吧，人世间哪能事事如意？如同月亮有阴晴圆缺一样，人总会有悲欢离合的，这是自然规律，自古以来就没有心想事成的事。

“但愿人长久，千里共婵娟。”婵娟：本意是指形态美好的样子，这里代指月亮。两句大意是：我只希望我们兄弟二人彼此珍重，平平安安，虽相隔千里之遥，却一样可以共同欣赏这美好的中秋月色。倘能如此，也就够了。

这首词的下阕写对兄弟的怀念之情，但作者并没有沉湎在伤感之中而不能自拔，而是勇敢地面对现实，开导自己，终于摒弃了悲伤，用美好的祝愿结尾，用积极的心态来面对人生。“但愿人长久，千里共婵娟”不仅是针对作者兄弟二人的，其实也暗含对普天下所有人的祝愿，作者是在用自己的积极心态去感染每一个失意、惆怅的人。

综观全词，作者以中秋月色为线索，在短小的篇幅里通过一个完美的文学意境表达了丰富的感情，既给人以美感，又使人获得一种启示，增长奋发的勇气，这就是苏轼词的艺术特色。他一扫前人词中意境过于阴柔、消沉的风气，在清丽委婉中融进了他的洒脱和豪放，使人耳目一新，也使此篇成为脍炙人口的千古佳作。

念奴娇

中秋

凭高眺远，见长空万里，云无留迹。桂魄飞来，光射处，冷浸一天秋碧。玉宇琼楼，乘鸾来去，人在清凉国。江山如画，望中烟树历历。

我醉拍手狂歌，举杯邀月，对影成三客。起舞徘徊风露下，今夕不知何夕。便欲乘风，翻然归去，何用骑鹏翼？水晶宫里，一声吹断横笛。

这是一首狂放不羁、飘逸洒脱的中秋之词，写于宋神宗元丰五年（1082年）中秋之夜，时苏轼谪居黄州，任黄州团练副使，属于带罪管制。在黄州的几年是苏轼一生中比较困难的时期，这时的他不但在政治上失意，而且在行动上也没有完全的自由，几年前所遭受的“文字狱”冤案使他一直心有余悸。不过苏轼终究是一个豁达乐观、善于自我解脱的人，在黄州，他始终保持了对生活的热情。虽偶有消沉之语，但并不颓废。此词抒写了其渴望摆脱污浊、热烈追求超凡脱俗的清空自由境界的心境。

词的上片写景，既有实景，又有想象，热情赞咏了月光的美好和月宫的迷人；下片着重抒情，流露出对美好自由境界的向往与追求。

“凭高眺远，见长空万里，云无留迹。”中秋之夜，登上高高的楼阁放眼眺望，浩瀚无垠的夜空中一片晴朗，没有一点云影。凭高：登临高处。开头三句写景状物，境界开阔清丽，使人感到心旷神怡。

“桂魄飞来、光射处，冷浸一天秋碧。”桂魄：此指月亮。古人以日精为魂，月精为魄，又传说月中有高五百丈的桂树，故有此称。王维《秋夜曲》里有“桂魄初生秋露微”句。两句大意是：一轮圆月升上夜空，皎洁的月光照着大地，一切都沉浸在清冷的月华之中。这两句描绘出一幅美丽的中秋月夜图，给人以明亮清凉之感。几个动词用得相当传神，极显词人炼字之功。“飞”表现了月亮在空中翩翩欲动的样子，非常生动；一个“射”字则表现出了月光的明亮和强烈，很有气势；一个“浸”字刻画出月光如水般清凉、朗润。

“玉宇琼楼，乘鸾来去，人在清凉国。”玉宇琼楼：指月宫中用美玉装饰的殿宇楼阁。琼：美玉。鸾：传说中凤凰一类的神鸟，多为仙人骑乘。清凉国：指月宫，月宫又名广寒宫，故云。三句大意是：我想象此时的广寒宫中，一定有仙人乘着美丽的鸾鸟在琼楼玉宇中尽情遨游。这三句是词人对月宫中仙人的生活的想象。据《异闻录》载：开元中，明皇与申天师游月中，见素娥十余人，皓衣，乘白鸾，笑舞于广庭大桂树下。作者谪居黄州，处在一个不得自由的闲官位置上，所以会有此向往月宫清静自由的幻想。

“江山如画，望中烟树历历。”望中：俯瞰中原。历历：清晰可见的样子。两句大意是：皓月当空，万里无云，明媚的月光下，秀丽的江山像图画那样美丽，举目遥望中原大地，历历在目。这两句由天上到人间，仰望京城所在的中原，又流露出词人对朝廷的眷顾。他虽然远离朝廷，蒙受冤屈，心中十分苦闷失意，但满腔的豪情壮志并未消散，挥之不去，耿耿于怀。

“我醉拍手狂歌，举杯邀月，对影成三客。”既然心系朝廷而无故遭贬，我且自得其乐吧。我月下痛饮美酒，醉意醺醺，然后拍手狂歌，举起酒杯邀请天上的明月与我对酌。明月对我脉脉含情，地上的影子则与我寸步不离，有二者相伴，我一点也不孤独。这三句化用李白《月下独酌》诗中“举杯邀明月，对影成三人。……我歌月徘徊，我舞影零乱”句，充满着浓厚的浪漫色彩。词人善于于逆境中自我解脱，故把天上的明月和地上的影子当做知心朋友，但透过这种豪放和孤傲，我们仍能隐隐感受到词人内心的凄凉和孤寂。

“起舞徘徊风露下，今夕不知何夕？”徘徊：往返回旋。两句大意是：我陶醉在月下的美景中，在清风秋露中翩翩起舞，值此良辰佳节，又何必在乎今夕是何年呢？这两句写词人希望愉快地度过中秋良宵，不想辜负眼前这美好的时光。古人认为人间与天上的年月日不同，所以说“今夕不知何夕”，同时，这句话也化用《诗经》中“今夕何夕，见此良人”句，表示这是一个良宵，而并无疑问之意。

“便欲乘风，翻然归去，何用骑鹏翼。水晶宫里，一声吹断横笛。”翻然：飞动的样子。鹏：传说中的巨大神鸟。水晶宫：月宫。几句大意是：我真想御风而行，翩翩地飞向月宫，不必再骑什么鹏鸟。我要在月宫里尽情遨游，把横笛吹得响彻云霄。这几句是词人浪漫的幻想，把他对自由美好生活的追求和向往之情渲染到了极致。虽然这种追求是虚幻的，是不可能实现的，但这正是词人在苦闷中寻求解脱、自我宽慰的无奈之举。“乘风归去”句写得极为飘逸、潇洒，令人神往。“一声吹断横笛”句语意夸张，化用卢肇《逸史》中李謩吹笛“声发入云，四座震栗，笛破，不复终曲”的典故，豪放之气力透纸背，很有感染力。

这首词意境宏阔超俗，格调清新豪迈，颇显苏轼的个人品性及其飘逸豪放的艺术风格。如果说作于密州中秋夜的《水调歌头》（明月几时有）尚有对人间的无限留恋，本词则是充满着对“清凉国”的无限景慕和向往，这反映出随着时间的流逝，词人的功名富贵之心在渐渐淡化，隐逸之心在不断增长，但这种对理想、自由的追求又是积极向上的。

水龙吟

次章质夫《杨花词》

似花还似非花，也无人惜从教坠。抛家傍路，思量却是，无情有思。萦损柔肠，困酣娇眼，欲开还闭。梦随风万里，寻郎去处，又还被、莺呼起。

不恨此花飞尽，恨西园、落红难缀。晓来雨过，遗踪何在，一池萍碎。春色三分，二分尘土，一分流水。细看来，不是杨花，点点是离人泪。

这首词作于宋神宗元丰三年（1080 年）庚申。苏轼于上年因被弹劾“讪谤朝廷”在湖州被捕入狱，此时正被责贬黄州。“水龙吟”是词牌名，“次章质夫《杨花词》”意即：步章质夫《杨花词》的韵脚而作。章质夫：即章惇，宰相章惇之兄，浦城人，仕至资政殿学士。

这首词同章质夫原作一样是一首咏物之作。章质夫原词已把“杨花”（即柳絮）描摹得轻快活泼、栩栩如生，穷形尽态，所以苏轼咏杨花则另辟蹊径，以情驭物，赋予杨花以人的品格、人的情思，较之章质夫原词，更以意胜。

“似花还似非花，也无人惜从教坠。”非花：梁元帝《咏阳云楼檐柳》诗有“杨花非花树”句。从：任。两句大意是：杨花看上去像花但好像又不是花，所以任其随风四处飘落也没有人觉得可惜。开首作者便抓住了事物的本质和特点道出其与众不同之处。

“抛家傍路，思量却是，无情有思。”杨花离开自己的本家，在路旁四处飞舞飘荡，仔细想来，它“道是无情却有情”。这几句反用韩愈《晚春》之“杨花榆荚无才思，惟解漫天作雪飞”之意。一个“抛”字，一个“傍”字，赋予了杨花人的感情：它离家出走，又在大路旁徘徊留恋，好像满含离愁的样子。

“萦损柔肠，困酣娇眼，欲开还闭。”这几句意象较为模糊，与事物本来面目相去甚远，显得主观色彩过浓，我们可以理解为作者进一步把杨花人格化，把它想象为一位在暮春伤春恨别的少妇。她因思念丈夫而柔肠百结，心力憔悴，又因春困而眼睛欲开还闭。这三句刻画出了杨花之轻软无力，“柔肠”、“娇眼”所指则较蒙眬，让人产生更多的联想。

“梦随风万里，寻郎去处，又还被、莺呼起。”这几句继续按作者的想象写下去，大意是：杨花随风飘荡、乍去又回，反复飘摇，如同少妇的春梦，刚要飞到远方去寻找郎君，却又被黄莺的啼叫声惊醒飞回。这几句化用唐人金昌绪之《春怨》诗“打起黄莺儿，莫教枝上啼。啼时惊妾梦，不得到辽西”之意，写得缠绵悱恻，凄美动人。

上阕充分利用拟人和比喻，立足于杨花的基本特征，展开丰富的想象，把杨花的形象写得极富情味，读来生动别致。

“不恨此花飞尽，恨西园、落红难缀。”杨花落尽并不觉得伤心遗憾，伤心的是杨花一落，满园落花遍地，春光将逝了。这两句抒发了作者的伤春之情。

“晓来雨过，遗踪何在，一池萍碎。”萍：即浮萍。苏轼《再次韵曾仲锦荔枝》自注云：“飞絮落水中，经宿即为浮萍。”几句大意是：一场春夜小雨之后，早晨但见水面上有许多被打得七零八散的小浮萍，那可是杨花的遗踪吗？这几句描摹形象也十分生动精准。

“春色三分，二分尘土，一分流水。”随着暮春的一场雨水的催促，随着满天飞絮的消失，春天的脚步渐渐远了。如果说杨花是暮春的象征，那么春的气息有三分之二化为了尘土，三分之一则化为了流水。这几句可谓神来之笔，把春天的消逝写得极其别致，耐人寻味。

“细看来，不是杨花，点点是离人泪。”大意是：那漫天飞舞的杨花，假如用心去观察，会发现它就像伤春恨别的思妇们抛洒的多情的眼泪。

下阕作者借杨花这一线索抒发自己的伤春、仕途失意之情。

总体上来说，这首咏物词摆脱了工匠式的细描细绘，以写意为主，既不歪曲事物的本来面目，又巧妙地融情于景，写得妙趣横生又蕴含深情。作者时贬谪黄州，远离家乡，其感情的基调是既失意，又惆怅，这些在词中都有体现。从这个角度来说，这首词要比章质夫的原作略胜一筹。

附章质夫《杨花词》：

燕忙莺懒花残，正堤上，柳花飘坠。轻飞点画青林，谁道全无才思。闲趁游丝，静临深院，日长门闭。傍珠帘散漫，垂垂欲下，依前被风扶起。

兰帐玉人睡觉，怪春衣，雪沾琼缀。绣床旋满，香球无数，才圆却碎。时见蜂儿，仰沾轻粉，鱼吹池水。望章台路杳，金鞍游荡，有盈盈泪。

永遇乐

彭城夜宿燕子楼，梦盼盼，因作此词

明月如霜，好风如水，清景无限。曲港跳鱼，圆荷泻露，寂寞无人见。紞如三鼓，铿然一叶，黯黯梦云惊断。夜茫茫，重寻无处，觉来小园行遍。

天涯倦客，山中归路，望断故园心眼。燕子楼空，佳人何在？空锁楼中燕。古今如梦，何曾梦觉？但有旧欢新怨。异时对、黄楼夜景，为余浩叹。

这首词作于宋神宗元丰元年（1078年）十月，时苏轼任徐州知州。词前小序交代了写作此词的原因和背景。彭城：地名，为徐州的州治，在今江苏徐州。燕子楼：楼名，宋时在徐州州廨之中，为唐代徐、泗、濠三州节度使张建封所筑，原为其旧宅第中之小楼。盼盼：关盼盼，唐代徐州著名歌妓，后张建封守徐州时娶其为妾。据白居易《燕子楼诗序》载：“徐州故尚书（张建封）有爱妓曰盼盼，善歌舞，雅多风姿。尚书既没，彭城有旧第，第中有小楼名燕子。盼盼念旧爱而不嫁，居是楼十余年。”

这首词即景感怀，以“夜宿燕子楼，梦盼盼”之事为契机，抒发对人生及历史的深沉感慨和思索。“永遇乐”是词牌名，又名“消息”，双调104字，上下片各11句4仄韵。

“明月如霜，好风如水，清景无限。”皎洁的月光照着大地，宛如洒落一地的银霜，怡人的微风轻拂人面，犹如轻柔的流水，这一派清幽的夜景无限美好。开头三句从大处着笔，写夜宿燕子楼之所见。词人开头连用两个比喻，着力表现月光之皎洁和夜风之清爽，形象生动。

“曲港跳鱼，圆荷泻露，寂寞无人见。”弯弯曲曲的湖港中时有游鱼翻跳，圆圆的荷叶上露珠在轻轻滚动，这些夜深人静时的微妙景致，可惜没有人前来在月下细细观察。这三句是写近景，以动写静，更加增添了深夜的静谧气氛，运笔空灵，深见炼字之妙。

“统如三鼓，铿然一叶，黯黯梦云惊断。”统如，像声词，形容击鼓声。三鼓：三更时的鼓声。铿然：像声词，多形容金玉木石等发出的洪亮声响，此形容叶落之声，为夸张手法。黯黯：即黯然，形容忧愁沮丧的样子。梦云：化用宋玉《高唐赋》中楚襄王与巫山神女梦中幽会的典故，因神女自云“旦为朝云，暮为行雨”，故称。三句大意是：咚咚作响的三更之鼓和落叶“刷刷”落地的声音，把我会见盼盼的幽梦惊醒，醒后不觉黯然神伤。这三句写三更惊梦。“铿然一叶”表意夸张而生动，一方面表现了夜之静谧，同时又同后面的“黯黯”一词相照应，表达出词人的伤感和触目惊心。这三句将前面六句的写景置于虚实之间，既可理解为梦中所见，又可作梦醒后所见现实之景，使意境似真似幻，迷离恍惚。

“夜茫茫，重寻无处，觉来小园行遍。”梦中醒来，只见夜色茫茫，我想重新找回梦中的情景，可无处去寻，只好茫然地在小园的小径上徘徊游荡。这三句写醒后小园寻梦，表现出词人梦醒后的无限怅惘和深深的失落。

“天涯倦客，山中归路，望断故园心眼。”多年来，我一直远离朝廷和家乡在外为官，对这种宦游天涯、客居他乡的生活已深感厌倦和疲惫。然而山中归路漫长，空使我望穿归乡双眼，愁断思乡之心。过片三句抒发深深的身世感慨，感叹自己尽心朝廷却屡遭贬谪，漂泊天涯，流露出深深的失意和悲凉。“望断故园心眼”化用杜甫《春日梓州登楼二首》其二中的“天畔登楼眼，随春入故园”句意，其中的故园情，既有对家乡的思念，也有对朝廷的眷恋。

“燕子楼空，佳人何在？空锁楼中燕。”佳人：此指盼盼。三句大意是：当年的盼盼因念旧情而守节，在燕子楼幽居谢客十年，后不食而死，如今早已是人去楼空，只有燕子每年在此筑巢。这三句是对盼盼的凭吊和悲慨。一个“空”字，蕴含着词人对人亡楼在、人事沧桑的无限伤感，也流露出世事到头来都是一场空的虚无主义思想。

“古今如梦，何曾梦觉？但有旧欢新怨。”古往今来的历史犹如一场大梦，每个人都在恩恩怨怨、悲欢离合中起起伏伏，又何曾真正有过清醒？词人由昨夜之梦而对于人生，对于历史有了更深的感悟，饱含哲理。苏轼的思想中，儒、佛和道三教合一，对于人生和历史有其独特的理解，“人生如梦”是其经常表现出的思想观点，在这里更推及到整个历史，说每个人都只是一个梦中人，历史就是由无数个梦境组成的,梦中的故事在一代代人中不断上演。

“异时对、黄楼夜景，为余浩叹。”异时：将来。黄楼：城楼名，在徐州城东门之上，高大雄伟，是苏轼在苏州刺史任上时所建。苏轼知徐州之初即遇黄河泛滥，其时苏轼“庐于城上，过家不入”，带领人民抗洪，与城共存亡。“水既去，而民益亲，于是即城之东门为黄楼焉。”黄楼是苏轼在徐州时政绩的象征。浩叹：长叹。三句大意是：今天我对着盼盼幽居十年的燕子楼感怀不已，慨叹人生的遭际，将来，也许会有人登上黄楼，引发与我今天相类似的感慨，为我的遭遇长叹不已。结尾三句由今日思及将来，扩展了词的时空感。

这首词的上片写深夜秋景和梦断寻觅，下片表达古今如梦的浩叹。词人将景、情和理熔于一炉，围绕燕子楼情事想到自己的遭际，并引发对人生历史的深沉思索。全词旷达超脱，格高意深，很有艺术特色，不愧是苏词中的佳作。

洞仙歌

公自序云：“仆七岁时，见眉山老尼，姓朱，忘其名，年九十余，自言尝随其师入蜀主孟昶宫中。一日大热，蜀主与花蕊夫人夜纳凉摩诃池上，作一词。朱具能记之。今四十年，朱已死久矣，无人知此词者。但记其首两句。暇日寻味，岂《洞仙歌令》乎？乃为足之云。

冰肌玉骨，自清凉无汗。水殿风来暗香满。绣帘开，一点明月窥人；人未寝，欹枕钗横鬓乱。

起来携素手，庭户无声，时见疏星渡河汉。试问夜如何？夜已三更，金波淡，玉绳低转。但屈指，西风几时来，又不道，流年暗中偷换。

这首词作于宋神宗元丰五年（1082年），时苏轼谪居黄州（州治在今湖北黄冈）。

词前有作者自序，交代了写作此词的原委。眉山：古县名，在今四川，是苏轼的故乡。尼：尼姑。蜀主孟昶：五代末后蜀国主。公元934年称王，宋太祖乾德三年（965年），后蜀为宋所灭，昶降，被改封为秦国公。昶长于文学与音乐，曾作《相见欢》词。花蕊夫人：后蜀王孟昶之妃，姓徐，春城（今四川灌县）人。后蜀亡，被掳入宋，为宋太祖宠爱。摩诃池：一作莫诃池，是梵语的音译，为五代时蜀王在四川成都王宫中的大池。摩诃是大的意思。为足之：把原剩的两句添补成一首完整的《洞仙歌》。

这首词描述了孟昶与花蕊夫人夏夜于摩诃池纳凉游赏的情景。上阕生动刻画了花蕊夫人的花容月貌，玉风仙姿；下阕描写了夏夜中优美的夜空景色及君妃之间的喁喁私语。作者借为孟昶补充原词，于清幽静谧的环境中注入了几分诗情，几分仙意，寄托了他的一段情思和对美好事物的追求，并流露出流年似水、韶华易逝的淡淡哀愁。

“冰肌玉骨，自清凉无汗。”这是蜀主原词中的两句，大意是：花蕊夫人肌骨犹如冰玉一般晶莹、洁白、圆润，在炎热的夏夜亦浑身清凉无汗。这两句生动地描写了花蕊夫人“雪为肌肤，花为肚肠”的美丽和奇异风姿，仿佛为炎炎的夏日注入了一丝清凉。语本自《庄子·逍遥游》中“藐姑射之山，有神人焉，肌肤若冰雪，绰约若处子”。

“水殿风来暗香满。”水殿：指修筑在摩诃池畔的宫殿。句意为：宫殿临水，一阵风过，空气中弥漫着荷花、荷叶的清香。这一句写景夹在描写花蕊夫人的句子中间，使人和景融为一体，让人联想到花蕊夫人身上微微的体香，与花、叶的香味融合在一起，更突出了花蕊夫人的香艳绝俗。

“绣帘开，一点明月窥人；人未寝，欹枕钗横鬓乱。”欹枕：倚枕。这几句描写了花蕊夫人斜卧红绡帐中的动人风姿。大意是：绣帘微微张开，一线月光轻洒而入，仿佛月亮也在偷窥她的美丽姿容；斜倚鸳鸯枕，却并无睡意，只见金钗横斜，云鬓微堕。这几句描写与白居易《长恨歌》中描写杨妃“云髻半偏新睡觉，花冠不整下堂来”有异曲同工之妙。

“起来携素手，庭户无声，时见疏星渡河汉。”素手：此指花蕊夫人洁白的纤手。河汉：银河。几句大意是：蜀主与花蕊夫人一同起来，牵着手儿来到殿外。殿外一片静寂，不时有几颗流星飞快地划过银河。这几句生动再现了风流君王与美丽王妃月夜悠闲纳凉的情景。

“试问夜如何？夜已三更，金波淡，玉绳低转。”金波：月光。玉绳：两颗小星名，位于北斗七星中玉衡星的北面，此代指北斗星。低转：谓位置降低，其夜已深。几句大意是：此时是什么时辰了呢？但见月色逐渐转淡，北斗星下移，已是三更天，夜已很深了。“金波淡，玉绳低转”可谓观察细致入微，把夜色描写得十分美丽动人。

“但屈指，西风几时来，又不道，流年暗中偷换。”西风：秋风。不道：不觉。流年：似流水般消逝的岁月。几句大意是：君、妃相偎而坐，一起在计算着这炎夏酷暑何时结束，凉爽的秋风几时才能吹来，却不知道流年似水，时光在分分秒秒流逝，季节也在不知不觉中悄然酝酿着更替。前两句描写了君、妃的情意绵绵，似有《长恨歌》中“七月七日长生殿，夜半无人私语时”的意境。后两句则主要是借机抒发作者的感慨，蕴含着他被贬谪黄州后志不得舒，日渐衰老的哀怨，为点睛之笔，但又与全词内容关合紧密，显得非常自然，水到渠成。

整首词语言清丽、细腻委婉。作者着力营造了一个令人向往的意境，并于此寄兴抒怀，情景交融，浑然一体。

卜算子

缺月挂疏桐，漏断人初静。时见幽人独往来，缥缈孤鸿影。
惊起却回头，有恨无人省。拣尽寒枝不肯栖，寂寞沙洲冷。

宋神宗元丰二年（1079年），何正臣等人从苏轼的诗文中断章取义，弹劾他“讪谤朝廷”。苏轼于是年在湖州被捕入狱，几个月后被贬黄州（今湖北黄冈）。这首《卜算子》就是苏轼于元丰五年（1082年）十二月在黄州定慧禅院所作。

对于三年前的这次几乎死于非命的“文字狱”，苏轼一直心有余悸，以致于在黄州的最初几年里一直战战兢兢，深居简出，几近于隐姓埋名。这首词表现的就是他的这种心境。词的上阕描绘了一组凄清的画面，营造出一派孤寂的氛围；下阕则集中刻画“惊鸿”这一生动的意象，并借助它深刻地表达了作者惊恐、哀怨、伤痛和寂寞心境。

“缺月挂疏桐，漏断人初静。”漏断：指夜深。两句大意是：一弯残月斜挂在枝叶凋零的梧桐树梢，夜深人静，万籁无声。开首两句渲染出一幅凄清、冷寂而暗淡的画面。“缺”、“疏”、“静”为全词奠定了抑郁感伤的基调。

“时见幽人独往来，缥缈孤鸿影。”幽人：指孤独幽隐之人。缥缈：依稀恍惚，模糊不清。两句大意是：时时看见一位孤独幽隐之人在孑然而行，他身影恍惚，在夜色中时隐时现，仿佛一只失群的孤雁。在这里，词人把自己幻化为一位“幽人”，又把他比喻为“孤鸿”，极力渲染他的孤独寂寥和失落，意境神秘蒙眬。

“惊起却回头，有恨无人省。”这两句和下面两句转而写惊鸿，曲折地传达出作者难以言说的感情。两句大意是：这只孤雁在深夜惊起，边往前飞边恐惧地回头张望，似有无尽哀怨，但却无人能了解。这只惊鸿显然就是指代作者自己。作者凭空被人捏造罪名而险些命丧狱中，他心中的怨恨是不言而喻的，但没有人能理解，他只能如惊弓之鸟来到黄州。

“拣尽寒枝不肯栖，寂寞沙洲冷。”孤鸿在这根树枝上停停，又飞到那根树枝上落落，终于还是只有飞到那片又荒凉又寒冷的沙洲上去栖息了。沙洲：江河里由泥沙淤积成的陆地。这两句指代的是作者在黄州宛如惊弓之鸟的生活状况：整天战战兢兢，处处小心谨慎，甘于寂寞和贫苦。

综观全词，作者表意婉转，借助于完美的艺术形象来含蓄表达，丝毫不露斧凿痕迹，浑然天成，足见其艺术上深厚的功力；全篇意境幽冷凄美，有很强的感染力。黄鲁直为其写的跋云：“笔下无一点尘俗气，孰能至是。”

减字木兰花·己卯，儋耳春词

春牛春杖，无限春风来海上。便丐春工，染得桃红似肉红。
春幡春胜，一阵春风吹酒醒。不似天涯，卷起杨花似雪花。

这首词写于宋哲宗元符二年（1099年），时苏轼被贬为琼州别驾，昌化军安置，住在儋州城南。儋耳：古郡名，唐宋称为儋州，治所在今海南儋县西北。

本词生动描绘了初春的勃勃生机和人们迎春庆春的欢乐场面，透露出作者身处逆境而依然热爱生活的乐观情怀。词中如实地反映了当时当地的一些节日习俗，对史学研究也有一定的参考价值。

“春牛春杖，无限春风来海上。”春牛春杖：古时立春日立坛迎春所用的土牛和打牛的鞭策。据《东京梦华录》载，按当时习俗，要于立春前一日，迎春牛于府县前，至日绝早，府僚用鞭策击之，谓为“打春”，是期求农事顺利之意。两句大意是：立春这一天清晨，县衙前正在举行隆重的“打春”仪式，热闹非凡。春天来了，人们能明显地感受到阵阵和煦的春风从海上吹来，带着春天的气息。这两句以节日习俗起笔，节日气氛浓烈，充满着融融春意，令人精神振奋。

“便丐春工，染得桃红似肉红。”丐：企求。春工：指春季造化使万物发育滋长之工。两句大意是：在祈求今年风调雨顺的同时，我也企盼春季造化之神赶快利用其鬼斧神工，催开美丽的桃花，并把它们染得鲜红如血，娇艳欲滴。这两句表达的是词人对百花吐艳的春天美景的无限向往。其情迫切，溢于言表。

“春幡春胜，一阵春风吹酒醒。”春幡春胜：唐宋风俗，立春日用纸或绸绢剪做旗幡形，或剪做蝴蝶、金钱等形状，戴在头上或系在花下，以此庆祝春天的来临。《西湖游览志余》载：“立春日……民间妇女各以春幡春胜，镂金簇彩，为燕蝶之属，问遗亲戚，缀之钗头。”两句大意是：大街上到处是一片节日的气氛，花下柳丛，妇女们钗头攒动，随处可见剪做旗幡或蝴蝶、金钱等形状的春幡春胜。我喝得醉醺醺的，在街上游赏，一阵春风吹来，把酒意吹醒了一大半。这两句写人们的庆春活动，并以自己的举动来表达其内心的快乐。

“不似天涯，卷起杨花似雪花。”天涯：天的尽头，古代以海南岛为天涯海角。杨花：柳絮。海南属热带，立春时杨柳便开始飘絮了。两句大意是：地处天涯海角的海南岛上，立春时便已呈现出浓郁的春意了，杨花如雪花般漫天飞舞，一点也没有北方春寒料峭时的萧索。这两句渲染了当地美丽而浓郁的初春景象，表达了词人对生活的热爱之情。

这首节日词紧扣节日特征和当地的气候特点，写得轻快活泼，富有感染力。全词情景交融，浑然一体。

这首词的写作时间距苏轼去世仅两年，当时其已六十四岁，花甲之年被远放天涯海角，一般人难免会伤怀消沉，但从词中词人期盼桃花开得似肉红、醉饮春酒等行为，以及全词中所流露出的思想感情来看，我们能体察到深植于词人内心的那份豁达和乐观气质，正是基于此份豪气，才使他开创了宋词的豪放一派。

浣溪沙·端午

轻汗微微透碧纨，明朝端午浴芳兰，流香涨腻满晴川。
彩线轻缠红玉臂，小符斜挂绿云鬟，佳人相见一千年。

这是一首节令词。端午即农历五月初五日，是我国传统的民间节日之一，本名“端五”。《太平御览》卷三十一引《风土记》：“仲夏端五，端，初也。”又名“端阳”、“重午”、“重五”，民间有端午吃粽子、赛龙舟、插艾蒿等习俗。

此词写于绍圣二年（1095年）端午，时苏轼被贬于惠州。苏轼一生仕途坎坷，晚年再遭远谪，晚景较为凄凉，但本词描写的是妇女欢度端午佳节的情景，格调轻松明快，与苏轼一贯的乐观豁达的襟怀相一致。

词的上片写妇女们在节日前夕进行各种准备活动，下片刻画她们按照民间习俗，彩线缠玉臂，小符挂云鬟，互致节日祝贺的场面。从词中我们能依稀看到一直尽职尽忠地陪伴在苏轼左右的侍妾朝云的影子。

“轻汗微微透碧纨，明朝端午浴芳兰。”碧纨：碧色的薄绸。纨：细致洁白的绸子。浴芳兰：指端午节用兰汤沐浴。《大戴礼记·夏小正》载，五月“蓄兰，为沐浴也”。《楚辞·九歌·云中君》曰："浴兰汤兮沐芳。"两句大意是：明天就是端午节了，女子们都在忙着采摘芳香的兰花，以备明天沐浴之用。香汗微微湿透了她们那碧绿的薄绸衫。这两句写女子们为端午节忙碌准备的情景。"轻汗微微"烘染出一派欢快热烈的节日气氛；"碧纨"和"浴芳兰"既符合节日特点，意境又典雅清丽，给人以清新愉悦的美感。

"流香涨腻满晴川。"明天那晴空下的河中，一定会充满沐浴后倒掉的兰汤和洗掉的香粉胭脂，河水必将满含油脂，洋溢着芳香的气息。这一句设想明天女子们沐浴梳洗后的情景，语词夸张，意境香艳绮丽，富有感染力。"流香涨腻"化用杜牧《阿房宫赋》中"渭流涨腻，弃脂水也"之句意，极为形象别致。"晴川"指阳光照耀下的河流，"晴"字为全词增添了一分明媚而欢快的色彩。

"彩线轻缠红玉臂，小符斜挂绿云鬟。"彩线：指五彩丝线。按旧俗，端午节时妇女们用彩线缠臂，以避兵鬼病瘟。彩线被称为长命缕、续命缕、避兵缯或朱索等。小符：指妇女们端午节时在发髻上挂着的书写有咒语符篆的小笺，据传可以祛邪驱鬼，保佑平安。绿云鬟：指女子浓密而美丽的发鬟。这两句大意是：端午节到了，妇女们个个都在那红润莹洁的胳臂上轻轻缠上了一圈五彩丝线，浓密而美丽的发鬟上则斜挂着象征吉祥的彩笺。这两句描绘逼真细腻，更为浓烈地渲染出节日的氛围。

"佳人相见一千年。"妇女们身着节日的盛妆在街上游玩，互相见面时，都要互致节日的问候和祝贺，诸如祝你永远幸福、吉祥等。这一句写人们相见时的语言，"一千年"语意夸张，把节日的欢快、热烈气氛推向了高潮。

本词真实生动地再现了宋代端午节前后的风俗人情，人物活动的刻画细腻逼真，令人心驰神往，是一首吟咏节日的佳作。

南乡子·重九涵辉楼呈徐君猷

霜降水痕收，浅碧鳞鳞露远洲。酒力渐消风力软，飕飕。破帽多情却恋头。
佳节若为酬，但把清尊断送秋。万事到头都是梦，休休。明日黄花蝶也愁。

在苏轼的一生中，贬谪黄州带罪看管的四年是一段非常艰难的时期，这次贬谪对他的打击是相当沉重的。不过有失必有得，在这几年里，他在词的创作上却取得了很大的成就。词风也变得更具神韵和老健。由于性格使然，苏轼并未被挫折所击倒，这一时期的词作中时有豪放之声发出，如著名的《念奴娇》（大江东去）、《定风波》（莫听穿林打叶声）等。但从总体上看，这一时期格调低沉，表现内心的失望与苦闷的词作相对较多。本篇即是如此。

这首词作于宋神宗元丰四年（1081年），词中含有浓郁的悲秋色彩，流露出作者当时难以排解的内心苦闷及对前途的迷惘情绪。

此词前有简单的序，交代了写作本篇的背景。重九：指农历九月初九重阳节。徐君猷：名大受，当时是黄州的知州。涵辉楼：楼名，在黄州县西南。

"霜降水痕收，浅碧鳞鳞露远洲。"水痕收：水势退落。浅碧：水浅而碧绿。鳞鳞：形容如鱼鳞状的水波。两句大意是：霜降已过，长江水势渐渐退落，清浅的水面上碧波鳞鳞，远处的江面上露出了一块块沙洲。作者开篇以情驭景，描绘出一幅水瘦天寒的萧瑟景象，这与其内心的情绪正好吻合，真正是泪眼看花花憔悴，为全词定下了抑郁感伤的基调。

"酒力渐消风力软，飕飕。破帽多情却恋头。"软：柔和。"破帽"句：反用晋代孟嘉帽被吹落仍取回自戴的典故。据载，孟嘉任征西将军桓温的参军。"九月九日，温游龙山，参寮毕集。时佐史并著戎服，风吹嘉帽堕落。温戒左右勿言，以观其举止。嘉初不觉，良久如厕，命取还之。（桓温）令孙盛做文嘲之。”这几句大意是：酒力渐渐退去，感觉到秋风在耳边“飕飕”作响，头上的破帽仿佛对我满含深情，并未被风吹落，然而我仍然感到有些自惭形秽，在酒筵上仿佛有当年孟嘉被嘲讽的感觉。这几句真实地道出了作者到黄州后的内心感受。自“乌台诗案”以后，词人以带罪之身居于黄州，可谓战战兢兢，如惊弓之鸟，常常深居简出，生怕再遭诬陷。这一点在他的《卜算子》一词中有过生动描述，他当时是“幽人独往来”，像一只“惊起却回头，有恨无人省，拣尽寒枝不肯栖”，最后独卧于冷冷沙洲”的“孤鸿”。“破帽多情却恋头”表达了作者的自嘲之意。

“佳节若为酬，但把清尊断送秋。”若为酬：如何酬报。清尊：此指清澈的美酒。尊：同“樽”，盛酒器。断送：赠予。两句大意是：值此重阳佳节，该怎样酬谢太守的美意呢？只有于秋风中频频举杯，开怀痛饮罢了。这两句表达了作者因苦闷而欲以酒浇愁的心情，并点出“呈徐君猷”之意。

“万事到头都是梦，休休。明日黄花蝶也愁。”休休：这里指不要再提往事。黄花：菊花。几句大意是：这人生万事说到底都只是一场梦幻而已，往事如烟，过去的荣辱得失就不必再提了吧。过了今日，那金黄的菊花将会日衰渐萎，连蝴蝶也要为之犯愁了。这两句蕴含着作者的万端愁绪，其中既有对人生不得意的悲慨，又有对自己韶华已逝，“来日苦无多”的嗟叹，其愁恰似“一江春水向东流”，绵绵不绝，与其于前一年所抒写的“世事一场大梦，人生几度秋凉”意思非常相近。

这首词，上阕借写景叙事，含思婉转；下阕则直抒胸臆，酣畅淋漓。全词既有委婉的用典，又有深沉的思索，虽格调过于低沉，却更能引起人们失意时的共鸣。“明日黄花蝶也愁”以其生动鲜明的意象和深刻的含义成为了千古名句。

蝶恋花·密州上元

灯火钱塘三五夜，明月如霜，照见人如面。帐底吹笙香吐麝，更无一点尘随马。

寂寞山城人老也，击鼓吹箫，却入农桑社。火冷灯霜欲下，昏昏雪意云垂野。

这首词写于宋神宗熙宁八年（1075年）元宵夜，时苏轼由杭州通判改任密州知州尚不到半年。从繁华富庶、景色怡人的杭州，来到相对偏僻贫穷的密州，风土人情发生了很大变化，使本为南方人的苏轼难免会产生一些不适应，虽然以后在密州的几年里他政绩突出，深受人民爱戴，也在此写下了大量优秀的诗词作品。本词题为“密州上元”。密州：州治在今山东诸城。上元：节日名，即正月十五日元宵节，唐代以来有观灯的风俗，所以又叫“灯节”。“蝶恋花”是词牌名，取自梁简文帝萧纲诗“翻阶蛱蝶恋花情”句，本名“踏鹊枝”，又名“黄金缕”、“凤栖梧”、“一箩金”等，双调60字。

词的上片描绘杭州上元之夜的繁华热闹，下片则描绘密州上元之夜的单调萧条。词人通过对两地上元节诸多差异的描述，既表达了对杭州生活的怀念，也流露出进一步远离朝政的孤寂之情。

“灯火钱塘三五夜，明月如霜，照见人如面。”钱塘：此指钱塘江边的杭州城。三五夜：阴历每月十五夜，此指正月十五的元宵之夜。三句大意是：杭州城的上元之夜，花灯如海，火树银花，一轮明月高悬，将如霜般皎洁的月光洒满大地，照得街上的游人如在画中游。开头三句从总体上描绘杭州上元之夜迷人的繁盛景象，从天上到地下，从月光到灯火，再到熙熙攘攘的人群，写景如画，景象开阔、绮丽。

“帐底吹笙香吐麝，更无一点尘随马。”帐：此指富贵人家在堂前悬挂的帷帐。笙：

管乐器名，为民间器乐合奏中的重要乐器。香吐麝：指帷帐后的燃香散发出麝香般的香气。麝，即麝香，是雄麝脐部香腺的分泌物，为名贵的香料。更无一点尘随马：指杭州气候湿润，路上很少有灰尘溅起。两句大意是：大户人家纷纷在堂前悬挂起华丽的帷帐，帐底有乐队击鼓吹笙，演奏出悠扬的乐曲，那燃香散发出如麝香味一般的浓烈香气。街道湿润，人马过后，纤尘不起。这两句着重描绘街道上的热闹繁华以及环境的清新怡人，写得有声有色有香有味，有很强的感染力。“更无一点尘随马”反用唐人苏味道《上元》诗中“暗尘随马去，明月逐人来”之句意，饶有韵味。

“寂寞山城人老也，击鼓吹箫，却入农桑社。”山城：此指密州城。人老：指作者感到自己疲惫衰老。却入：转入。农桑社：供奉、祭祀土地神的地方。桑树生长在土地之上，故名。三句大意是：来到这偏僻的密州城，人地两生疏，我感到很寂寞，越发觉得自己日渐衰老。密州城的上元之夜虽然也击鼓吹箫，很热闹，但以娱神活动为主，人们沿街而行，最后绕到土地庙祭神，远没有杭州那么吸引人。这三句着重刻画密州上元夜活动的单调乏味，表达出词人内心的落寞感受，流露出词人初来乍到的不适，也夹杂着其贬谪异地、远离朝廷的失意和苦闷情绪。

“火冷灯霜欲下，昏昏雪意云垂野。”雪意云垂野：谓乌云低垂，好像要下雪的样子。两句大意是：密州的元夜节日气氛不够浓厚，灯火清冷稀少，并且霜露并下，天气寒冷，乌云低垂，天空一片昏暗，好像要下雪似的。这两句着重刻画密州与杭州元夜灯市及天气上的差异，渲染出一派寥落、寒冷、昏暗的氛围，进一步流露出词人对密州的不适应，对杭州的怀念也就尽在不言中了。

这首词语言凝练，脉络清晰，词人融情于景，表意委婉，以上元之夜的景象为线索，使初到密州的种种不适和内心的感触于两地风俗及天气等的差异中得以真实流露。苏轼的感情是很丰富的，但他又是一位乐观豁达之士，适应性很强，一生绝大部分时间离京外任，足迹遍及大江南北，每任皆有不俗政绩。本词流露出的失望和孤寂只是初来乍到时的一时之感，并未阻止他在此大有作为。之后不久，他便在《江城子·密州出猎》中以一句“为报倾城随太守，亲射虎、看孙郎”表现出已与当地人民打成一片的不同气象了。

菩萨蛮

七夕，黄州朝天门上二首其二

风回仙驭云开扇，更阑月堕星河转。枕上梦魂惊，晓檐疏雨零。

相逢虽草草，长共天难老。终不羡人间，人间日似年。

两首《菩萨蛮》均写于宋神宗元丰三年（1080 年）七月，是苏轼被贬谪黄州（今湖北黄冈）的第一年。七夕：即农历七月初七夜，传说天上的牛郎织女是夜在鹊桥相会。

这首词写作者于七夕登高仰望夜空所见及归寝后的反思。苏轼文才出众，政治上又颇有见地，但仕途并不如意。早年因与王安石政见不合而主动请求外任，先后在杭州、密州、徐州、湖州任职，1079 年，他因“乌台诗案”在湖州被捕入狱，险些命丧狱中，后谪贬黄州，任团练副使，属于带罪管制，行动上没有完全的自由，思想较为苦闷。因此回想自己为官多年，转徙异地，与亲人聚少离多，饱尝流离相思之苦，不禁感慨万千。想到天上的牛郎织女虽然每年只有一次短暂的相会，却能天长地久，永不会变，比较起来，倒比自己要幸运，以天上反衬人间，更显其凄苦。“菩萨蛮”是词牌名，原为唐教坊曲名，又名《子夜歌》、《巫山一片云》、《重叠金》等。双调四十四字。

“风回仙驭云开扇，更阑月堕星河转。”仙驭：仙人的车驾。扇：门。更阑：夜深更尽。阑：尽。星河：银河。“星河转”指银河位置移动，谓时间推移。两句大意是：天上的牛郎织女诉说完彼此之间的相思后驾着仙车乘风各自回到自己的住处，笼罩在他们周围的云朵也犹如门扇一样随着他们的离去而分向两边。夜很深了，月亮西坠，灿烂的银河悄悄地移动了位置。这两句是作者深夜仰望天空所见所思的景象。

“枕上梦魂惊，晓檐疏雨零。”夜深归寝，拂晓前却从梦魂中惊醒，躺在床上辗转反侧，再难入睡。屋外正下着淅淅沥沥的小雨，一如那牛郎织女所滴落的相思泪水。这两句写作者的伤感。“枕上梦魂惊”表明其伤感郁于心而发于梦，而且梦中的情景也是凄惨伤怀的。“晓檐疏雨零”意境凄迷萧瑟，很好地烘托出作者此时的心情，情景交融，可谓景语皆情语。

“相逢虽草草，长共天难老。”草草：匆匆而短暂。两句大意是：想那天上的牛郎织女，虽然每年一次的相会匆忙而又短暂，但终有一个固定的时间，天不老，情难绝，岁岁年年，永无止境。这两句流露出对牛郎织女的羡慕之情。牛郎织女的故事是一个尽人皆知的悲剧，历来引人同情，而作者却对其每年一次的约会心仪向往，可见其与亲人别离时间之长，相思之苦。

“终不羡人间，人间日似年。”那天上的双星想来是不会再羡慕人间生活的，人间充满了相思之苦,不知有多少人们每天都在度日如年啊。这两句进一步解释其羡慕天上的原因,“人间日似年”非常形象地传达出其相思的程度。

这首词写七夕所见所感，由“牛郎织女”的故事生发开来，语意委婉别致，深刻地表现了词人谪居黄州的寂寞苦闷情怀，表达了思念亲人，希望与亲人团聚的强烈愿望。

青玉案

和贺方回韵，送伯固归吴中故居。

三年枕上吴中路，遣黄耳，随君去。若到松江呼小渡，莫惊鸥鹭。四桥尽是，老子经行处。
辋川图上看春暮，常记高人右丞句。作个归期天已许。春衫犹是，小蛮针线，曾湿西湖雨。

这首词作于宋哲宗元祐七年（1092 年），时苏轼任扬州知州。词前有小序，交代了写作此词的原因。贺方回：即贺铸，方回是其字，卫州人，号鉴湖遗老，宋代著名词人。这首《青玉案》为和其韵而作。伯固：苏坚的字。苏坚是吴中（今江苏苏州）人，苏轼知杭州时，他任杭州监税官，为苏轼的得力助手，对开湖、筑堤等多有建议。苏坚博学能诗，苏轼与之讲宗盟，此次其获准卸任归乡，苏轼作此词相送。

词的上阕是对苏坚的临行叮嘱之语，饱含留恋、关切之意；下阕表达对苏坚步王维后尘的夙愿得以实现的钦羡之情。

“三年枕上吴中路，遣黄耳，随君去。”黄耳：本指晋代陆机家能传信件的名犬，此借指信犬。《晋书》卷五十四《陆机传》载：陆机有骏犬，名曰黄耳，甚爱之。既而羁旅京师，苦于同家中久无联系，就笑问犬道：“我家绝无书信，你能代为传递吧？”犬摇尾作声。于是陆机便写一信，以竹筒盛之，系于其颈下。犬寻路南走，到达其老家，又带回一封信，其后又屡次为之。三句大意是：你自从元祐四年跟随我以来已有三年时间了，三年中，你无数次在梦中踏上通往你吴中老家的归路。这次一别，我真希望能派一只像黄耳那样的骏犬与你同去，以便能和你常通音讯啊。“三年枕上吴中路”把苏坚思乡之情表达得细腻又生动，让人叹服作者驾驭文字的深厚功底；“遣黄耳，随君去”反映了作者同苏坚的深挚情谊。

“若到松江呼小渡，莫惊鸥鹭。”松江：即今吴淞江。由扬州到苏州须渡过松江。小渡：小的渡船。鸥鹭：江鸥和白鹭。此用“鸥鹭忘机”之典。据《列子·黄帝》载，古时海上有好鸥者，每日从鸥鸟游，鸥鸟至者以百数。其父曰：吾闻鸥鸟皆从汝游，汝取来吾玩之。”次日依命至海上，鸥鸟皆舞而不下。两句大意是：你如果到松江呼叫渡船过江，千万不要惊动了那江边的鸥鹭。这两句暗含了对苏坚的隐隐告诫：此次归隐后一定要淡泊明志，不要心存机巧。

“四桥尽是，老子经行处。”四桥：苏州的四座桥，均为当地胜景。老子：宋代老年长者的自称。时年苏轼五十七岁，故云。两句大意是：那苏州的四桥，都是我当年曾经悠游玩赏过的地方，那里还留有我游赏的痕迹。

“辋川图上看春暮，常记高人右丞句。”辋川图：唐代诗人兼画家王维绘在陕西蓝田清凉寺的壁画，内有辋川二十胜景。辋川：水名，流经陕西蓝田县南，王维在附近置有别墅，晚年隐居于此。高人：指不同流俗的人。右丞：指王维。王维曾任尚书右丞。两句大意是：你此次归乡后，一定会像当年的王右丞那样寄情于山水之间，每日吟诗作画，度过每一个朝朝暮暮，春夏秋冬，做个情趣脱俗的高人雅士。这两句运用借代手法，表意委婉含蓄。

“作个归期天已许。春衫犹是，小蛮针线，曾湿西湖雨。”春衫：单衫。小蛮：指唐代诗人白居易的家妓。白居易有姬人樊素，善歌，有妓人小蛮，善舞。曾经作诗曰：“樱桃樊素口，杨柳小蛮腰。”这里小蛮指代苏轼的侍妾朝云。几句大意是：你拟定的归期已得到朝廷的批准。你身上穿的这件春衫，还是当年曾经淋过杭州西湖的小雨，被朝云缝补过的那件，此次归家，一定可以洗尽漂泊的风尘了。这几句表意非常复杂，前一句是对苏坚获准归家的祝贺和钦羡；后几句旧事重提，既有对其结束漂泊的快慰，又夹杂着二人之间难舍的真情。

这首送别之作感情真挚，语重心长，言简意丰。词人不作凄凄别离的沾巾之态，表意细腻婉转，动人心弦。

临江仙

夜饮东坡醒复醉，归来仿佛三更。家童鼻息已雷鸣，敲门都不应，倚杖听江声。

长恨此身非我有，何时忘却营营？夜阑风静縠纹平。小舟从此逝，江海寄余生。

这首词作于宋神宗元丰五年（1082 年），是苏轼被贬谪黄州（今湖北黄冈）的第三年。元丰二年（1079 年），御史中丞李定等摘举苏轼一些讽刺新法的诗句，深文周纳，把苏轼逮捕下狱，这就是著名的“乌台诗案”。苏轼出狱后，责授黄州团练副使，本州安置。苏轼在黄州城东一个叫东坡的地方垦荒耕种，自号“东坡居士”。在黄州的几年里，苏轼以“带罪之身”，行动上没有完全的自由，往日的亲友大多不再与他来往，所以这一时期他基本上是深居简出，处处小心谨慎，思想较为苦闷。

这首词上阕写词人半夜饮酒归来，敲门不应，只好独自徘徊江边，生发无限感慨；下阕写词人对人生的思索，流露出深深的苦闷和意欲消极遁世的心绪。

“夜饮东坡醒复醉，归来仿佛三更。”夜里与人在东坡的雪庐饮酒，醉了又醒，醒了又醉，最后回到家门时，已近三更时分。当时苏轼在东坡辟一屋，名“雪庐”，常常在此饮酒，而其家则住在长江边上。“夜饮醒复醉”反映出词人思想的极端苦闷、忧愁。“何以解忧？惟有杜康”，于是他便夜夜以酒买醉，这是古代文人雅士共有的消愁方式。“仿佛”一词生动地刻画出词人半醉半醒的迷离之态。

“家童鼻息已雷鸣。敲门都不应，倚杖听江声。”大意是：只听见门房里看门的家童鼾声如雷，睡得正香，不管我如何敲门，就是不见有人来应声开门。无奈之下，我只好徘徊到江边，拄着拐杖细听那江水滚滚奔流的声音。“家童鼻息已雷鸣”与词人的酒醉三更形成了鲜明的对比，无忧无虑之人与满腹惆怅的词人在同一个夜里呈现出的是两种截然不同的精神状态。“倚杖”刻画出词人的老态，当时其年仅四十七岁却要倚杖而行，说明了他因精神不济而导致的颓唐和体能上的衰弱。酒醉夜归，门不得入，徘徊江边，这些都引发了词人内心深处的孤独感；静夜独听江声，更觉凄凉，为下阕的感慨万千营造了一派孤寂的氛围。

“长恨此身非我有，何时忘却营营。”营营：奔走钻营。两句大意是：人活在世上，为了生活，为了名利，常常要违心去做很多本不愿做的事，就仿佛有一张无形的大手在操纵着人的身体和行动,使它不由自主,与心神分离。对此,词人深感苦恼和厌倦,渴望能够得到解脱,抛弃一切的虚名浮利。苏轼的一生，总的说来是积极入世的，但也有矛盾的一面。他幼年曾跟随一个道士念书，以后又喜读《庄子》，也向往陶渊明诗中返璞归真的境界和恬静的隐逸生活。他精通佛理，深研禅学，与很多和尚交往密切。这些都促使他在很多时候，特别是人生失意时对人生感到困惑和苦闷，对社会和以往的人生生出很多否定，这也是正常的。出世与入世的矛盾，理想与现实的矛盾，历来就是无法真正解决的。这两句感慨深沉，千载而后，仍让今人回味沉思不已。

“夜阑风静縠纹平。”夜阑：夜深。縠纹：细微的波纹。縠：有皱纹的纱。这句写景，大意是：夜深了，风息了，江面上水平如镜，一点波澜都没有。这一句环境描写是为了烘托词人思绪已由先前的慷慨激愤到渐渐入定。

“小舟从此逝，江海寄余生。”思来想去，唯一的解脱办法还是乘一叶扁舟从此远走江湖，浪迹天涯，在其中度过我的余生。这两句抒发了词人因失意苦闷而意欲归隐的心志。据传第二天人们盛传苏轼于夜里留下此词，便挂衣冠于树飘然远逝了。郡守闻知此事忙派人前去查看，却发现他正鼾然而卧。从这个传说以及苏轼以后的举动和作品来看，词人的这一想法就在他自己看来也是不现实的，他之所以如此写，是因为他当时陷入极度苦闷之中，无法解脱所致。

整首词反映了词人“借酒浇愁愁更愁”的苦闷和矛盾心绪，虽未免有些消沉，但词中思想深刻，反映了封建文人在出世入世问题上的思想挣扎，其对于人生的思考，深深地打上了那个时代的印记。

定风波

公旧序云：“三月七日，沙湖道中遇雨。雨具先去，同行皆狼狈；余独不觉。已而遂晴。故作此词。

莫听穿林打叶声，何妨吟啸且徐行？竹杖芒鞋轻胜马，谁怕？一蓑烟雨任平生。
料峭春风吹酒醒，微冷。山头斜照却相迎。回首向来萧瑟处，归去。也无风雨也无晴。

这首词作于宋神宗元丰五年（1082年）三月，是苏轼被贬黄州（今湖北黄冈）的第三年。当时苏轼在黄州处境较为艰难，生活也很艰苦，而从这首词中透露出来的却是他豪迈洒脱、达观向上的豪侠风采。“一蓑烟雨任平生”、“也无风雨也无晴”便是他的人生态度的真实写照。

本词前小序当是介绍写作此词的直接原因和契机。元丰五年三月七日，苏轼一行走在沙湖（在黄冈东三十里）路途中时，遇上天降大雨，可是持雨具的人已先走了，于是冒雨前进。同行的人都狼狈不堪，纷纷抱怨，而作者不以为然。一会儿天又放晴了。苏轼有感于这件生活小事，于是便写作了此词。

“莫听穿林打叶声，何妨吟啸且徐行？”大意是：不要被那穿透树林打得树叶“噼啪”作响的大雨所吓住，一点风雨又有何妨？我照样在雨中缓步徐行，并且悠然地吟咏啸歌。开首两句直抒胸臆，表达了词人不惧风雨，藐视困难的乐观人生态度。“吟啸且徐行”生动地表现了作者的洒脱豪迈，与“穿林打叶声”相互映衬，栩栩如生地刻画出词人笑傲风雨的生动形象。

“竹杖芒鞋轻胜马，谁怕？”大意是：拄着竹杖，穿着草鞋，雨中漫步，轻快舒适，胜过骑马，这点风雨又能吓得了谁？这两句表现了作者善于苦中作乐的乐观精神。“谁怕”这一反问更突现了他的毫不在意，毫无惧色。

“一蓑烟雨任平生”我这一生任凭同吹雨打，只靠一件蓑衣便已足够。这一句是作者多年人生态度的集中体现。经历了无数政治上的风风雨雨，也经过了生活上数不尽的坎坷磨难，作者早已百炼成钢，对一切都能泰然处之。

上阕写作者在雨中的态度，作者用轻松明快又略带幽默的笔调写出了一次艰难的雨中赶路，让人丝毫也感受不到农历三月初的风凄雨冷，给人以克服困难，勇敢面对人生的勇气。

“料峭春风吹酒醒，微冷。”料峭：形容春天微寒。大意是：雨住了，春天微寒的风吹到身上，感觉有些微冷。酒力被风一吹也醒了。这两句写作者在雨刚停时的感受。春风料峭，吹到湿漉漉的身上，应该是很冷的，但作者只用“微冷”、“酒醒”二词形容之，给人以爽快、清醒的感觉。这两句同样表达了作者的乐观、豪迈的人生态度。

“山头斜照却相迎。”这时阳光又从山那头温暖地斜照到身上。这一句表明作者的坚强、乐观终于有了好的结果，迎来了云开日出之时。一个“迎”字传达出的是一种温暖的情意，是对勇敢者的嘉奖。

“回首向来萧瑟处，归去。”回首遥望走过的那段风雨凄凄、阴晦冷落的旅程，付之淡然一笑，然后便以胜利者的姿态继续前行。这两句表现了作者告别往事的轻松和对将来充满了自信。

“也无风雨也无晴。”大意是：在我看来，刚才仿佛什么也没有发生，既没有什么风吹雨打，也没有什么云开日出。这一句是作者思想境界的进一步升华，由前面坚定地面对困难发展到了“不以物喜，不以己悲”的超然物外的境地，几乎近于禅境。作者进一步想到：面对宦海沉浮，面对生活中的欢乐与痛苦，若能以一颗超凡之心视之，便能永葆平静和坦然。

下阕写作者在雨住日出后的态度和感受，在前面给人以勇气的基础上进一步给人以启迪和思索。

这首词是苏轼在艰难处境中的一次思想总结和自我激励，它彻底地摆脱了前人词的绮靡阴柔之气，发其豪放之声，正是凭借词中所表现出的乐观、豁达和洒脱、豪迈，苏轼在黄州不仅政绩斐然，而且买田置庐，躬耕于东坡，平安度过了他一生中最困难的一段时期。

江城子

十年生死两茫茫。不思量，自难忘。千里孤坟，无处话凄凉。纵使相逢应不识，尘满面，鬓如霜。

夜来幽梦忽还乡，小轩窗，正梳妆。相顾无言，惟有泪千行，料得年年肠断处，明月夜，短松冈。

这首词为苏轼悼亡妻之作，写于熙宁八年（1075年）正月二十日。时作者因与王安石政见不合被贬为密州（今山东潍坊诸城）太守，年四十岁。苏轼与前妻王弗感情甚笃。王氏于治平二年亡，距写这首词时已有十年。江城子：词牌名，又名《村意远》。

“十年生死两茫茫。”自从妻子十年前去世，在这漫长的岁月里，生者与死者从此阴阳相隔，再无从互通信息。起句苍凉，蕴含着无尽的凄伤感慨，为全词奠定了感伤的基调。“两茫茫”表达了词人对生死别离，杳无音讯的一腔幽恨，恨不能前往探视，恨魂之不归，与白居易《长恨歌》“幽幽生死别经年，魂魄不曾来入梦”之意境同。

“不思量，自难忘。”不用刻意去思念，往事之种种就会自然地浮现在眼前。这两句表达了作者对妻子感情之深、思念之切。已经十年了，然妻子的音容笑貌时时在眼前浮现，一个生活细节甚至一件旧物都能勾起对往事的温馨回忆，萦绕于心，挥之不去。

“千里孤坟，无处话凄凉。”千里孤坟：王弗死后葬于苏轼故里眉州东北彭山县安镇乡可龙里，离密州相隔数千里。两句大意是：妻子葬于原郡，我在千里之外的密州宦游，想到她的坟头去凭吊一番，向她诉说别后的凄凉，但山长水远，这又如何能做到呢？一个“孤”字，写出了彼此的孤单寂寞。“凄凉”二字蕴含丰富，既有思念之苦，又有生活的坎坷、辛酸。

“纵使相逢应不识，尘满面，鬓如霜。”纵然能够有机会与她再次相逢，她也不一定能认出我来，如今的我已是满面风尘，两鬓如霜，垂垂老矣。这几句承上面之渴望相见转到对相见的担忧，含蓄地表达了词人对自己十年来遭遇和处境的悲叹。十年来作者屡遭贬谪，行程万里，风尘仆仆，华发早生，劳顿和失意已使他容颜憔悴，不复是往日形状，所以担心妻子也可能辨认不出。这几句饱含着沧桑之感，读来令人动容。

上阕言词人对亡妻的无限思念之情。因他与前妻感情深厚，加之自己失意困顿，离家千里，所以对妻子的怀念更甚，对往日的甜蜜生活更加留恋，每日朝思暮想，伤感不已。

“夜来幽梦忽还乡。”夜里做了一个梦，梦见自己忽然又回到了家乡。日有所思，夜有所梦，由上阕的刻骨铭心之思念很自然地便过渡到了梦回家乡。既然再相逢已不可能，所以唯有梦中相见才能给作者带来暂时的安慰。词人用这种充满浪漫色彩的情节继续表达了对亡妻的深切悼念。

“小轩窗，正梳妆。”梦中见到妻了正坐在卧室的窗前，对镜梳妆。这两句写得生动、形象，极富生活气息，为我们展现了一幅美丽的画面，这也正是作者心目中印象最深也最能打动他的记忆。

“相顾无言，惟有泪千行。”大意是：互相对视着，千言万语却不知如何表达，只有相对而泣，泪落纷飞。这两句写梦中见面的情景：二人百感交集，有欢喜也有伤感，千头万绪，不知从何说起，眼泪止不住地流淌，场面极其感人。

“料得年年肠断处，明月夜，短松冈。”这几句化用孟棨《本事诗·征异》中的典故：开元中，有幽州衙将妻生五子后去世，后妻李氏虐待五子，前妻“忽于冢中出”，题赠衙将一诗曰：“欲知肠断处，明月照孤坟。”这几句的大意是：由此我猜想妻子一个人孤零零地居于坟中，每当明月照到那片满是松树的山冈时，她定会因思念而伤心断肠。这两句情景交融，以景传情，进一步表达了词人对妻子的思念。“明月夜，短松冈”意境凄美冷寂，有力地烘托出了亡魂之幽思。

下阕描写了一次夫妻梦中幽会，使作者怀妻悼妻之情得以升华，更充分地表现了词人丧妻之痛，含蓄地流露出十年来宦海沉浮的悲凉。

这首词感情真挚，想象丰富，梦境与现实互相交织，迷离难辨，语言凄婉动人，催人泪下，实为悼亡之佳作。

贺新郎

乳燕飞华屋，悄无人，桐阴转午。晚凉新浴，手弄生绡白团扇，扇手一时似玉。渐困倚、孤眠清熟。帘外谁来推绣户，枉教人、梦断瑶台曲，又却是，风敲竹。

石榴半吐红巾蹙，待浮花浪蕊都尽，伴君幽独。秾艳一枝细看取，芳心千重似束、又恐被，西风惊绿。若待得君来向此，花前对酒不忍触。共粉泪，两簌簌。

这是一首缠绵悱恻、托意高远的词作。写作时间无考，词的本意也历来众说不一。前人据苏轼生活或作品中的一鳞半爪，有的认为本词是为官妓秀兰而作，有的认为是为其侍妾榴花而作，也有的说是作者在杭州万顷寺观榴花，见有歌者昼寝而作。这些说法，都以点概面，以偏概全，有牵强附会之嫌。

单就词的内容来看，上阕刻画了一位高洁孤寂而心怀期待的美人；下阕先盛赞了秾艳而专情的榴花，尔后又人花合写，抒发失时凋零的感伤。根据作者所塑造的这些意象，联系苏轼为官一生，在汴京的时间不足十年，其他绝大部分时间是贬官在外的事实，可以把这首词看做是作者抒发其志不得舒而惆怅韶华易逝的感伤之作。词中的美人，榴花皆是作者自喻。

“乳燕飞华屋，悄无人，桐阴转午”。乳燕：雏燕。作者一开首便描绘出一幅初夏时节闲适、幽静的生活画面。大意是：雏燕儿在华美富丽的屋檐下轻快地翻飞，屋内静悄悄的，没有一点人的声音，只见那梧桐树荫在悄悄地挪移，时间渐渐转向了午后。

“晚凉新浴，手弄生绡白团扇，扇手一时似玉。”生：织成后未经煮捣的帛。一时：同时。几句大意是：傍晚时分凉风习习，美人新浴后在房内随手摆弄着用生绡做成的白绸团扇，其纤纤素手轻握扇柄，与白团扇浑然一体，宛如温润的白玉。“晚凉新浴”传达出缕缕清新爽洁的气息，写出了美人的高洁；一个“弄”字活画出了美人的孤寂和百无聊赖。对于美人的美，作者只描写了其素手的白皙、优雅，而未细状其面容衣饰，一方面是以点代面，另一方面也给读者留下了充分的想象空间。

“渐困倚、孤眠清熟。”清熟：指睡得恬静、酣熟。这一句写美人由于百无聊赖而生困意，继续表现美人的孤寂。

“帘外谁来推绣户，枉教人，梦断瑶台曲，又却是，风敲竹。”瑶台：古代神话传说中神仙居住的地方。曲：深隐之处。几句大意是：绣帘外仿佛有人前来轻推房门，其声音惊醒了美人的美梦，起来一看，原来并没有人，是风儿吹打翠竹而发出的声音。这几句写得异常委婉生动，“风敲竹”的声音都被误认为有人推门，并从美梦中惊醒，可见美人心中是有所期待的，她所期待的是否是日夜思念的郎君虽不得而知，但可以看出其思念是刻骨铭心的，几近于魂牵梦绕。“枉教人”和“又却是”表现了美人的失望和对风的嗔怪之情，与唐人金昌绪《春怨》诗“打起黄莺儿，莫教枝上啼。啼时惊妾梦，不得到辽西”有异曲同工之妙。

“石榴半吐红巾蹙，待浮花浪蕊都尽，伴君幽独。”蹙：聚拢，皱。浮花浪蕊：此指在石榴花开时已经凋谢的花。君：此指美人。几句大意是：石榴花在半开时，一片片远望去好像是微皱的红色丝巾，在初夏其他花儿都已凋谢之时，唯有它伴着孤寂而心含幽思的美人。这几句描绘了石榴花的美艳和专情。

“秾艳一枝细看取，芳心千重似束。”秾艳：美艳绝伦。两句大意是：手把一枝秾艳的花枝仔细观赏。只见那芳美的花蕊被一层层鲜红的花瓣紧紧掩盖着。这两句语意双关，既写了榴花的形态，又写出了美人的心事重重，幽思绵绵，不能吐露。

“又恐被、西风惊绿。”西风：秋风。本句大意是：（日前虽浓艳），却害怕秋风乍起，吹动树上的绿叶，那时满树的榴花就要凋零了，这一句既写花事，又暗含美人感慨韶华易逝，时光无情之意，流露出迟暮伤春之感。

“若待得君来向此，花前对酒不忍触。共粉泪，两簌簌。”向此：观赏此花。簌簌：坠落的样子。几句大意是：若那时再来观赏此花，把酒相对，恐怕花也凋残，人也憔悴，再也不忍心触摸抚玩了，只有串串晶莹的泪珠和着榴花的残瓣一同簌簌零落。这几句写美人面对落花的伤感，暗含着对自己青春短暂的叹息和感伤。

在这首词中，花与人这两种意象融合无间，难分彼此，二者有着共同的品质、共同的际遇，亦花亦人，深刻地寄寓了作者胸怀锦绣，渴望得到赏识和重用而不得，因而感叹“来日苦无多”的郁闷心情。全词构思奇巧，委婉深沉，令人回味无穷，难怪南宋胡仔称“东坡此词冠绝古今”（《苕溪渔隐丛话》）。

水调歌头·黄州快哉亭赠张偓佺

落日绣帘卷，亭下水连空。知君为我，新作窗户湿青红。长记平山堂上，攲枕江南烟雨，渺渺没孤鸿。认得醉翁语，山色有无中。

一千顷，都镜净，倒碧峰。忽然浪起，掀舞一叶白头翁。堪笑兰台公子，未解庄生天籁，刚道有雌雄。一点浩然气，千里快哉风。

这是一篇写景抒情的佳作，写于宋神宗元丰六年（1083年）六月，时苏轼谪居黄州（州治在今湖北黄冈）。张偓佺，名怀民，字梦得，又字偓佺，清河人，当时被贬谪到黄州的齐安县（今湖北省黄冈市西北），相同的处境使苏、张二人结下了深厚的友谊。苏轼在著名的散文《记承天寺夜游》中写其曾夜访张偓佺，文章结尾说：“何夜无月，何处无竹柏，但少闲人如吾两人耳。”把自己和张偓佺以“闲人”相称，又可见埋藏于其内心深处的失意之感。同年，张偓佺在其住所西南筑亭以观长江，苏轼为其题名为快哉亭，取意于宋玉《风赋》中“快哉此风”句，本词即作于快哉亭上。

全词既有对快哉亭周围景色的描绘，又有回忆和想象，更有直抒胸臆。写景抒情都以快语出之，达观豪迈，表达了其胸怀浩然气，享受快哉风的精神追求，是苏词中豪放作品的重要代表作之一。从中我们也可以窥见苏轼豁达乐观、善于在逆境中超然独处的品性。

“落日绣帘卷，亭下水连空。”大意是：傍晚时分，夕阳在山，我登上快哉亭纵览长江壮景。绣帘高卷，极目远望，但见水天相连，一片澄碧。这两句总写登临所见，境界壮阔而绮丽，很有气势。

“知君为我，新作窗户湿青红。”湿青红：涂以青红油漆。湿：在这里用作动词。两句大意是：为了欢迎我的到来，我知道您最近特意为窗户刷上了一层青红的油漆。这两句是叙事，一方面点题中“赠张偓佺”之意，一方面表现出二人情谊之深厚。正是有感于好友的盛情，才有了此次的登临，才有了本词中豪迈的抒情。

“长记平山堂上，攲枕江南烟雨，渺渺没孤鸿。认得醉翁语，山色有无中。”平山堂：地名，位于江苏扬州西北蜀冈上，为欧阳修任扬州知州时所建。攲枕：倚枕。渺渺：悠远的样子。醉翁：指欧阳修。欧阳修自号醉翁，有散文名作《醉翁亭记》。山色有无中：指山色在烟云的笼罩下若隐若现。此句借用欧阳修《朝中措》词中的“平山栏槛倚晴空，山色有无中”句。几句大意是：在快哉亭上眺望长江，让我想起了欧阳公在扬州所建的平山堂。欧阳公当年贬谪扬州，常常在平山堂内倚枕而卧，看堂外风景。在潇潇的江南烟雨中，时有孤鸿的影子出没。我还记得欧阳公曾用“山色有无中”的句子来描绘过平山堂下那美好的胜景。这五句并未从正面来描写快哉亭所见，而是追想平山堂下的美好景物，这是因为平山堂和快哉亭同为登临之胜，而且主人又有着相似遭遇的缘故。苏轼入考进士时，颇得欧阳修赏识，苏轼亦很敬重欧阳修的学识和为人，对其终生行弟子之礼，故在这里想到了欧阳修及其所建的平山堂。另外，把平山堂和快哉亭、欧阳修和张偓佺并写，既有对欧阳修的追忆和怀念，更是以欧阳修的风雅来比张偓佺的襟怀。以彼时之景和人写此时之景和人，虽不着一字，而尽得风流。在这几句中，“孤鸿”这一意象的出现是对欧阳修、张偓佺和作者自身遭际及其品格的象征。三人同遭贬谪，都神思高举，有雅怀高致，故以“孤鸿”喻之。

“一千顷，都镜净，倒碧峰。忽然浪起，掀舞一叶白头翁。”顷：土地面积单位，相当于一百亩，一说为十二亩半。倒：倒映。一叶：一片叶子，此喻小船。白头翁：此指白发渔翁。几句大意是：江面上一碧千顷，犹如莹净的镜面，两岸青翠的山峰倒映水中，景色如诗如画。忽然风浪乍起，但见一位白发老翁驾着一叶小舟在浪涛中上下出没。这五句从正面描绘江面上的景象，前三句是静景，后两句为动景。静动结合，把长江的壮美渲染得淋漓尽致。“掀舞一叶白头翁”中老翁的雄健形象其实就是词人老当益壮，穷且弥坚的影子。为下面的抒情作好铺垫。

“堪笑兰台公子，未解庄生天籁，刚道有雌雄。”兰台公子：指战国时的宋玉。宋玉曾在兰台侍奉楚襄王，故称。庄生：指战国时的庄周，为道家学派的代表人物之一，著有《庄子》。天籁：指风吹动自然界的各种孔穴而发出的声响。《庄子·齐物论》中说：“女闻人籁而未闻地籁，女闻地籁而未闻天籁夫！”在庄周看来，天籁比地籁、人籁更为美妙动听。刚道：硬说，勉强解释。雌雄：指宋玉所说的雌雄之风。据宋玉《风赋》云，楚襄王游兰台，有风飒然而至，楚襄王开怀迎风，称：“快哉此风！寡人所与庶人共者邪？”宋玉对曰：“此独大王之风耳，庶人安得而共之？”并说“宁体便人”者为大王之雄风，“生病造热”者为庶人之雌风。三句大意是：当年的宋玉不知道庄子对天籁的赞颂之意，不明白自然造化是不受人间富贵权势的影响的，为了取悦楚王，硬说风有雌雄之分，实在是可笑。这几句由白头渔翁在风中的雄姿引发感慨，认为“快哉之风”并非为那些高高在上的王侯将相们所独享。

“一点浩然气，千里快哉风。”浩然气：正气，崇高的气节。《孟子·公孙丑上》云：“我善养吾浩然之气……其为气也，至大至刚，以直养无害，则塞于天地之间。”快哉风：此指使楚襄王深感快意的自然之风。两句大意是：如果心中怀有一股浩然正气，就能尽享纵横千里之外的快哉风，而与你的地位尊卑、荣辱得失毫无关系。这两句气势恢弘，是词人内心豪迈气概的自然流露，我们从中更可以体察到其身处逆境而并不消沉的优秀品质和旷达襟怀。苏辙《黄州快哉亭记》中“士生于世，使其中不自得，将何往而非病？使其中坦然，不以物为伤性，将何适而非快”的见解可与之相互比照。

这首词叙事、写景、抒情有机融合，浑然一体。作者身处快哉亭，面对长江水，无限情思涌上心头，由虽遭贬谪而筑亭赏景的张偓佺不禁想到了自己所钦敬的正直儒雅的师长欧阳修，进而又讥笑宋玉未得庄周“天籁”之意，勉励张偓佺亦是自勉要于逆境中奋发，不坠青云之志，永葆一股浩然之气。

蝶恋花·春景

花褪残红青杏小。燕子飞时，绿水人家绕。枝上柳棉吹又少，天涯何处无芳草？
墙里秋千墙外道。墙外行人，墙里佳人笑。笑渐不闻声渐悄，多情却被无情恼。

这首词未编写时间，但依《全宋词》所载顺序，此篇当作于苏轼任密州（今山东诸城）

太守时。蝶恋花是词牌名，春景是题目。

“花褪残红青杏小”。褪：指颜色变浅或消失。开首一句描写的是暮春的衰景：花都凋零衰败了，杏树上刚结出又青又涩的小杏。暮春的气息异常浓烈。

“燕子飞时，绿水人家绕。”春燕在到处翻飞，碧绿的春水环绕在村落周围。这两句又描绘了一幅美丽而生动的春天画面，但缺少了花树的点缀，仍显美中不足。

“枝上柳棉吹又少，天涯何处无芳草？”柳棉：即柳絮。芳草：香草，代指美好的事物。两句大意是：树上的柳絮眼看就要被风儿吹尽，春天行将结束，但难道天下之大，竟找不到一处怡人的景色吗？

上阕词人描写了一组暮春景色，虽也有些许亮色，但由于缺少了花草，他感到更多的是衰败和萧索，这正如作者此时的心境。作者被贬谪在外，仕途失意又远离家人，所以他感到孤独惆怅，想寻找一些美好的景物来排解心中的郁闷，谁知佳景难觅，心情更糟。这一阕表达了作者的惜春之情及对美好事物的追求。

“墙里秋千墙外道，墙外行人，墙里佳人笑。”行人走在道上，透过隐隐的篱笆墙，看到院落里的秋千架在晃动，原来有佳人在此荡秋千，一阵阵悦耳的笑声不时从里面传出。这一场景顿扫上阕之萧索，充满了青春的欢快旋律，使行人禁不住止步，用心地欣赏和聆听着这令人如痴如醉的欢声笑语。

“笑渐不闻声渐悄，多情却被无情恼。”院内的笑声渐渐听不到了，佳人纷纷离去，全不在意墙外行人的一片深情，行人只能黯然神伤，独自品味着那份失落与惆怅。

下阕写人，描述了墙外行人对墙内佳人的眷顾及佳人的淡漠，让行人更加惆怅。在这里，“佳人”即代表上阕作者所追求的“芳草”，“行人”则是作者的化身。作者通过这样一组意象的刻画，表现了其抑郁终不得排解的心绪。

综观全词，词人写了春天的景，春天的人，而后者也可以算是一种特殊的景观。词人意欲奋发有为，但终究未能如愿。全词真实地反映了词人的一段心理历程，意境蒙眬，令人回味无穷。

西江月

世事一场大梦，人生几度秋凉？夜来风叶已鸣廊，看取眉头鬓上。
酒贱常愁客少，月明多被云妨。中秋谁与共孤光？把盏凄然北望。

这首词写于宋神宗元丰三年（1080年）中秋，也是苏轼被贬谪到黄州（今湖北黄冈）的第一个中秋。时年苏轼四十五岁。苏轼在文学上无疑是当时的文坛领袖，但在政治上，他始终有自己的一套见解和主张，因此与当权者总存在分歧和矛盾，于是也就屡受打击和迫害。他在政治斗争的旋涡中被抛上抛下，曾位居高官，也曾获狱遭严刑拷打，几乎丧命。此次因“乌台诗案”被陷害入狱，然后责授黄州团练副使，可以算是他人生的一段低谷，使他在思想上清醒地认识到了政治斗争的残酷、世道人情的险恶、人生在世的艰难。在中秋佳节到来之时，他反思自己走过的人生道路，感慨今昔的遭遇，设想自己的将来，于是写下了这首词。

这首词上阕写词人对自己宦海沉浮、飘摇不定的人生旅程的感慨，表达了对自己韶华已逝却功业无成的伤悲；下阕写自己对世态炎凉的体会及对目前遭遇的哀伤，隐隐流露出对将来的某种希望。

“世事一场大梦，人生几度秋凉？”回首自己走过的人生历程，恍如做了一场大梦；又是一年秋凉时，试问人的一生中总共能经历多少次秋凉？这两句是对人生的深刻体验：这么多年来，所有的努力和奋斗、成功和失败都已成为过去，一年年春去秋来，不知不觉已是四十有五，往后的日子尚有多少呢？

“夜来风叶已鸣廊，看取眉头鬓上。”近来夜里在走廊上能清晰地听到西风乍起以及黄叶飘零坠地的声音；对镜照影时能看到自己眉头深深的皱纹和两鬓苍苍的白发。这两句是作者悲秋并感叹自己暮年已至，中间夹杂着对流年易逝以及人生不如意的伤感。在这里，作者面对秋景，只选取了西风和落叶这两个最能体现季节特征，又最能表达自己心情的事物，寥寥数字而秋意顿出。

“酒贱常愁客少，月明多被云妨。”买酒容易可是客人少至，家里有酒却不知用来招待谁。皓月朗朗，可总有乌云想遮住它的光辉。这两句是作者对人情世事以及个人遭遇的体验。当时苏轼以带罪之身来到黄州，有些旧交与之断绝了往来，更有一些势利小人视之如瘟疫，避之唯恐不及，这些都使他深深地体味到了世态的炎凉。“月明多被云妨”暗含自己的政治主张屡遭打击排挤之意，深含孤独之感。

“中秋谁与共孤光？把盏凄然北望。”值此中秋佳节之夜，有谁与我共同来观赏明月呢？只有我独自一人手捧酒杯，满怀惆怅地望着汴京的方向。这两句写出了作者孤寂沉重的心情，但“谁与共”的呼唤以及“北望”表明他还怀有一丝对神宗皇帝的期望（神宗很赏识苏轼的才华，多次称誉他，此次出狱也是神宗下旨干预），说明即使在眼下的日子里，他也仍然对理想怀有一定的信心。

此词可以看做是词人人生失意时一次真实的感情流露。苏轼个性豁达、开朗、乐观，这在他的很多作品中都有深刻体现，同时写于贬谪黄州时的《念奴娇》（大江东去）和《定风波》（莫听穿林打叶声）也都洋溢着一股豪迈和乐观之气。这首词之所以写得较为低沉，大概是因为时逢佳节、酒贱客少而触景伤神之故吧；而且本篇思想深刻，即使惆怅伤悲也并非无病呻吟；另外还隐含着期望，所以是不能以“消极”视之的。

浣溪沙

游蕲水清泉寺，寺临兰溪，溪水西流。

山下兰芽短浸溪，松间沙路净无泥，萧萧暮雨子规啼。

谁道人生无再少，君看流水尚能西，休将白发唱黄鸡。

这首词作于宋神宗元丰五年（1082年）三月，时苏轼谪居黄州。

词前小序交代了写作此词的简单背景。蕲水：古县名，在今湖北省浠水县，距黄冈东数十里。清泉寺：寺名，在蕲水县东二里。世传王羲之当年洗笔的洗笔池即在此处。兰溪：水名，源于箬竹山，流经蕲水县，因两岸多山兰，故有此名。兰溪流经蕲水的一段溪水西流。

据《东坡志林》载，当年苏轼欲于黄州东南的沙湖买田置宅，在前往相看时得了臂肿的病，于是到麻桥一个叫庞安常的失聪神医处求治。疾愈，苏轼与之同游清泉寺，遂作此词。

词的上阕生动描写了清泉寺附近美丽、清新而又静谧的自然景色；下阕即景抒情，抒发了作者虽遭贬谪而仍欲积极进取的豪迈激情。

“山下兰芽短浸溪。”兰芽：兰花的嫩芽。大意是：山下的兰溪之畔，春兰正在茁壮生长，那刚刚抽出的嫩芽浸在清澈的溪水里，十分鲜嫩可人。首句描绘出一幅清凉、美丽而又跃动着勃勃生机的动人画面，色调清新、明亮，引人入胜。

“松间沙路净无泥。”苍翠的松树林掩映着山寺小路，虽然下着雨，但路上一点也不泥泞。这一句景物描写颇具佛寺的神韵，高洁的松树和清爽的沙路象征着禅院的脱俗和洗尽风尘，给人以清新入定的感受。

“萧萧暮雨子规啼。”子规：又称杜鹃、杜宇。傍晚时分，山间春雨淅沥，时时传来杜鹃鸟凄切的啼叫。这一句着力刻画了山寺的幽静，潇潇的雨声、杜鹃的啼鸣声声入耳，正所谓“蝉噪林逾静，鸟鸣山更幽。”山寺的清幽静谧不难想象。

“谁道人生无再少，君看流水尚能西。”君：这里既可指庞安常，又可泛指作者所面对的读者。两句大意是：谁说人生不能再有少年时光？您看兰溪之水尚有自东往西流的时候。我国的江河大多自西向东流，于是作者由兰溪的“倒流”联想到时光也可以倒流，青春可以永驻。时年作者已四十七岁，能发出这样的感慨，表现了作者不服老的精神，传达出一种美好的愿望。

“休将白发唱黄鸡。”唱黄鸡：反用白居易《醉歌示妓〈商玲珑〉》“谁道使君不解歌，听唱黄鸡与白日。黄鸡催晓丑时鸣，白日催年酉时没。腰间红绶系未稳，镜里朱颜看已失。玲珑玲珑奈老何？使君歌了汝更歌”句意。这一句的大意是：不要头顶白发去吟唱那令人颓废伤感的“黄鸡催晓”、“白日催年”之类的曲调。这一句既是勉人也是自勉，表达了作者老当益壮，不坠青云之志，仍渴望成就一番功业的乐观进取精神。

全词语言清丽活泼，上片写景，下片抒情，由一条潺潺西流的溪水作线索，把两片连结起来，因而并无断裂之感，既给人以美的享受，又能催人奋进。

浣溪沙

徐门石潭谢雨道上作五首之三

麻叶层层苘叶光，谁家煮茧一村香？隔篱娇语络丝娘。

垂白杖藜抬醉眼，捋青捣麨软饥肠，问言豆叶几时黄？

这是苏轼《徐门石潭谢雨道上作》五首词中的第三首。这五首词是第一次以农村生活入词，朴实清新，生动别致，是苏词中有较高艺术成就的作品之一。

这首词上片写农村雨后生机勃勃的自然景象和欢快的劳动场面，下片写作者对民间疾苦的关心和留意。

“麻叶层层苘叶光。”苘：麻的一种，一年生，茎皮多纤维，可供制绳索用，种子可供药用。本句大意是：黄麻、苘麻都长得枝繁叶茂，郁郁葱葱，黄麻那细碎的叶子层层叠叠，而苘麻的肥大叶片上则油光闪闪。这一句描写的是村外的自然景物，“层层”和“光”刻画出雨后庄稼的勃勃生机，既简练又生动形象。

“谁家煮茧一村香？隔篱娇语络丝娘。”煮茧：是缫丝的一道工作程序，即把蚕茧放到水中浸煮，然后抽取蚕丝。络丝娘：缫丝的女子。两句大意是：走进村庄，满村弥漫着淡淡的清香，不知道是谁家正在煮茧。心里想着，抬眼一望，只见篱笆墙内一群缫丝姑娘正在忙着抽丝，不时传出阵阵欢声笑语。这两句由村外写到村内，由自然景象写到劳动场面，由视觉形象到嗅觉、听觉形象，词人调动一切感观为我们展示了一幅欣欣向荣的农村生活画面。“煮茧一村香”一句充满着浓郁的生活气息，令人神往，读之仿佛香气正扑鼻而来。“隔篱娇语络丝娘”句则进一步表现出人民的勤劳和淳朴，画面生动而美丽。

“垂白杖藜抬醉眼，捋青捣麨软饥肠。”垂白杖藜：借代白发拄杖的老人。垂白，银白的须发披垂；藜杖，用藜草老茎做成的拐杖。醉眼：这里是形容没有精神、虚弱的眼。捋青：捋下发青的新麦。捣麨：捣碎炒熟做成干粮。软：软饱、虚饱。两句大意是：我走到村外，看到一位白发银须的老翁拄着藜杖来到麦田，抬起那双有气无力的昏花老眼，正在捋取还有些发青的新麦穗。问他要干什么，他说要把这新麦穗拿回家捣碎后炒熟做成干粮，暂且充饥。这两句选择的是一幅与上片所写形成鲜明对比的场景，是人民的另一种生活状况。徐州地区上年闹水灾，今年又闹旱灾，人民的生活十分困苦，这两句正是从老翁老态龙钟的样子和可怜的举动真实地再现了人民的深重疾苦。

“问言豆叶几时黄？”豆：指比小麦早熟的大豆、蚕豆、豌豆之类的作物，灾荒之年，农民往往以此度过青黄不接的时日。这一句是词人对老翁的关切问讯，大意是：老人家，请问到叶黄豆熟还得等多长时间呢？作者的这一问表达了对农民的深挚同情，言外之意是：现在正是青黄不接的最困难时期啊，等豆类作物一熟，可以先暂时垫补一下。今年雨也下过了，庄稼长势良好，小麦的丰收指日可待，到时候就会有好日子过了。一句简单的问话，蕴含着丰富而深挚的感情，一位忧人民之所忧，关心人民疾苦的太守形象浮现在我们眼前。

这首词初看起来好像是毫不经意地把所见的人和景物顺手拈来，但其实是经过作者的精心选择和提炼的。上片的村外景物和煮茧缫丝的场面，反映的均是久旱逢甘霖后农村的喜人景象。下片的老人捋麦捣麨是从侧面表现出雨后小麦的丰收在望，人们盼望早熟，衬托出甘霖济民的重要性，仍是与“谢雨”有紧密的联系。词人和农民甘苦与共的思想感情，渗透在每一个外在的自然景物之中，人、景和情浑然一体，融合无间。

沁园春

孤馆灯青，野店鸡号，旅枕梦残。渐月华收练，晨霜耿耿，云山摛锦，朝露漙漙。世路无穷，劳生有限，似此区区长鲜欢。微吟罢，凭征鞍无语，往事千端。

当时共客长安，似二陆初来俱少年。有笔头千字，胸中万卷，致君尧舜，此事何难。用舍由时，行藏在我，袖手何妨闲处看。身长健，但优游卒岁，且斗樽前。

这首词作于宋神宗熙宁七年（1074年），是苏轼赴密州路上寄子由（苏辙）之作。苏轼由于反对王安石变法，请求外调，从熙宁四年（1071年）起任杭州通判，后又改任密州知州。子由当时任齐州掌书记，密州距齐州不远，苏轼却不能到齐州与之见一面，故作此词以抒怀遣闷。

这是一首抒发政治感慨的抒怀词。上阕写词人在旅店早起出行的孤寂情景，引发了无限的感慨；下阕表达对兄弟的思念以及政治上的失意情绪，随即又自勉自慰。

“孤馆灯青，野店鸡号，旅枕梦残。”一个人客居孤馆野店，黎明时分，桌上的油灯尚在发出青莹的寒光，外面却传来了晨鸡的啼叫声，惊醒了旅客的残梦。这几句着力渲染词人清晨出行前的孤寂情景。“孤”、“青”、“野”、“号”、“残”既是实写其景，又是词人此时此地的思想感情的外露，为全词渲染出一派凄清、冷寂、感伤的感情氛围。

“渐月华收练，晨霜耿耿，云山摛锦，朝露漙漙。”练：洁白的丝绸，这里形容月光。耿耿：明亮的样子。摛锦：铺锦。漙漙：形容露水多的样子。这几句写的是随着时间的推移词人依次看到的清晨的自然景色。大意是：曙色渐浓，月亮收起了它那洁白如练的月华，悄悄隐去了。打开房门，外面已下了一层明亮的白霜；遥望东方，只见云山相连，灿烂的朝霞映红了大半个天空，仿佛是一幅刚铺开的绚丽锦缎；花叶草叶等上面凝结了一层露水。这几句霜露俱有，可见是秋末冬初，此时的晨景是很凄美的。

“世路无穷，劳生有限，似此区区长鲜欢。”世事是无穷无尽的，而一个人艰辛劳苦的一生却又是短暂的，似这般整日辛苦奔波，很少有欢乐的时候。这几句承接上面几句，言辞人面对美丽的晨景却无心欣赏，心中的愁闷挥之不去，感慨自己韶华已逝，来日无多，却不得不终日辗转奔波，由汴京到杭州再到密州始终郁郁不得志。前两句化用杜甫“世路虽多梗，吾生亦有涯”句，大有人生苦短的意味。

“微吟罢，凭征鞍无语，往事千端。”沉吟一番后，在即将踏上征途之时靠着马鞍，默默沉思，千般往事历历浮上心头。这两句承上启下，由前面的伤怀过渡到对往事的回忆。

“当时共客长安，似二陆初来俱少年。有笔头千字，胸中万卷，致君尧舜，此事何难。”长安：本是西汉和唐朝的都城，后多作为都城的代称，此指北宋京城汴京。二陆：指西晋初年的陆机、陆云兄弟。吴亡后，兄弟俩到晋都洛阳，才气横溢，深受张华器重。这几句的大意是：回想嘉祐元年（1056年），我与子由同到汴京举进士，时年我二十一岁，子由十八岁，恰似当年的陆机、陆云兄弟一样，正值青春年少，风华正茂。我们胸怀万卷诗书，下笔洋洋千言，抒豪情、写壮志，立志要为皇上竭忠尽智，并自信凭着自己的聪明才智，实现“致君尧舜上，再使风俗淳”的理想并非是什么难事。苏轼当年应试时，主考官欧阳修看到其文章后“惊喜以为异人”，准备录为第一，但在试卷没有揭名时，担心是他的学生曾巩所作，为避嫌疑，于是取置第二，并预言其“他日文章必独步天下”。这几句表现了词人当年的意气风发、踌躇满志，对远大前途充满了自信。后面四句化用杜甫《奉赠韦左丞丈二十二韵》中“读书破万卷，下笔如有神”、“致君尧舜上，再使风俗淳”句，表达了词人对自己的才学及实现理想的自信。

“用舍由时，行藏在我，袖手何妨闲处看。”用舍、行藏：出自《论语·述而》中“用之则行，舍之则藏”句。大意是：是受重用还是遭弃用，这是天意；到底是在京师尽职，还是地方为官，却可以由我自己来决定。既然在朝廷难以容身，我何妨觅个地方闲职，乐得其所呢？这几句言作者主动请求外调，看似潇洒豁达，实则愤愤不平。苏轼当时请求外调虽为主动，但实属无奈，是迫于党派之争的压力，对此他是不太甘心的，对于神宗重用王安石实行变法也颇有微词。

“身长健，但优游卒岁，且斗樽前。”优游卒岁：指悠闲自在地度过时光。樽：酒杯。大意是：幸喜自己身体健康，因此可以尽情高歌狂饮取乐，悠闲自在地度过我的余生。这几句是作者的自解自慰之词，是面对政治失意的一种反应，内含几许放达，又含几许无奈。

综观全词，作者融写景、叙事、抒情于一体，熔经、史、典故于一炉，抒发了抑郁的政治情怀。全词的大部分篇幅是直抒胸臆，开了以议论入词的先河，打破了词以风花雪月为宗的局限，但此篇与其《水调歌头》（明月几时有）、《西江月》（缺月挂疏桐）等词相比，缺乏完美意象抒情稍欠婉转、巧妙，感染力亦稍逊一筹。

木兰花令·次欧公西湖韵

霜余已失长淮阔，空听潺潺清颍咽。佳人犹唱醉翁词，四十三年如电抹。
草头秋露流珠滑，三五盈盈还二八。与余同是识翁人，惟有西湖波底月。

这是一首追和之词，所和者为欧阳修咏颍州西湖的《木兰花令》词。此词作于宋哲宗元祐六年（1091年）八月，时苏轼知颍州。王安石变法时，苏轼与韩琦、欧阳修等元老重臣站在守旧的一面，虽攻击新法，但并没有全盘加以否定；后来以司马光为代表的旧党执政，开始废除新法，他又与司马光进行过激烈的辩论，因此又受到旧党的排斥，只得再度请求外调，先后任杭州、颍州、扬州、定州、知州。

苏轼当年京都应试时，欧阳修为主考官，对其文章十分赏识，录为第二名，曾说：“老夫当避此人，放出一头地。”又说：“更数十年后，后世无有诵吾文者。”欧阳修的器重和期望，鼓舞着苏轼终于在诗、词、散文的创作上几乎都取得了“独步天下”的成就。苏轼和欧阳修师生情深，来到颍州游览西湖之时，想起往日欧公所吟西湖之词，遂步其韵和作本首词。

这首词上下两阕都是先写景后议论或抒情，其中又景中含情，相互交融，全篇饱含着苏轼对欧阳修崇敬和怀念的真挚感情。

“霜余已失长淮阔，空听潺潺清颍咽。”霜降以后，淮河进入了枯水期，水位下降，河道变窄，失去了往日浩浩荡荡的气势，只能听到颍水潺潺的流淌声，如泣如诉。颍水是淮河的一条支流，颍州临颍水。这两句是对秋末淮河和颍水的景物描写。一个“空”字，一个“咽”字则融进了太多的感情色彩，大有一种物是人非的感伤和对往事的怀念。

“佳人犹唱醉翁词，四十三年如电抹。”醉翁：欧阳修的号。大意是：如今在颍州仍能听到歌女们在吟唱欧阳公于43年前所写的《木兰花令》，悠悠的歌声中，四十三个年头仿佛电光一闪，便倏忽而逝了。这两句言时光流逝之迅速，日子往往在人们的不知不觉中飞快地流走。后一句中一个“抹”字，虽说是取原诗之韵，但用在这里又十分贴切和生动，既有流逝之意，又有抹掉使之不留痕迹之意，比“闪”字更形象传神。同时，通过“佳人犹唱醉翁词”烘托出欧阳修在当时文坛上的领袖地位和深远影响，暗含着作者对他的敬仰之情。

“草头秋露流珠滑，三五盈盈还二八。”三五：指阴历每月十五日。二八：十六岁，多指女子正当青春妙龄。两句大意是：草叶上凝结的秋露像流动的珍珠一样，随着草叶的摇曳而滑落，天上一轮三五圆月依然丰满姣好，宛如妙龄少女。这两句生动描写了秋天傍晚美丽的景色。其中“草头秋露”暗含“人生富贵草头露，身后风流陌上花”之意，蕴含着对人生苦短的感叹，与月亮的不老形成了鲜明的对比。

“与余同是识翁人，惟有西湖波底月。”大意是：同我一样了解欧公的人还有谁呢？大概只有倒映在西湖水中的那一轮明月了。这两句含义深远，既表达了词人与欧阳修感情之深厚，思想之默契，又表现出二人寄情山水自然的共同志趣和情操。

综观全词，词人以情驾驭全篇，因而使写景、议论无不含情，处处皆是欧公的影子，感情的表达深挚而又充分。

附欧阳修《木兰花令》词：

西湖南北烟波阔，风里丝篁声韵咽。舞余裙带绿双重，酒入香腮红一抹。

杯深不觉琉璃滑，贪看《六幺》、《花十八》。明朝车马各西东，惆怅画桥风与月。

临江仙·送钱穆父

一别都门三改火，天涯踏尽红尘。依然一笑作春温。无波真古井，有节是秋筠。

惆怅孤帆连夜发，送行淡月微云。尊前不用翠眉颦。人生如逆旅，我亦是行人。

这首词作于宋哲宗元祐六年（1091年），时苏轼任杭州知州。钱穆父：名钱勰，曾任盐铁判官、中书舍人、开封知府、越州知府等职。钱穆父此番由越州北归经杭州，苏轼作此词以赠之。

上阕赞美了钱穆父高尚的节操、风度和涵养；下阕言送别之意，对其远行表示宽慰和劝勉。

“一别都门三改火，天涯踏尽红尘。依然一笑作春温。”都门：京都城门，此代指京城。三改火：即经历了三年。古人钻木取火，四季所用的树木种类不同，故用“改火”代指季节的更换，在这里是代指年度的变迁。红尘：指飞扬的尘土，踏尽红尘指经历了很多的世事。春温：愉悦温和。几句大意是：你离别京城到遥远的地方任职已经有三年多了，其间经历了无数的沧桑和坎坷，但你依旧坦然处之，对一切都付之淡然一笑。“三改火”的“三”与“一”相对照，极言外任时间之长；“天涯”极言任职地距京城之远；“踏尽红尘”极言其饱经沧桑。“一笑作春温”表现了钱穆父笑对人生，“不以物喜，不以己悲”的气度。

“无波真古井，有节是秋筠。”筠：竹子。两句大意是：你内心清澄平静，不为外物所动，就像那“波澜誓不起”的古井水一样；你操行高尚，犹如那傲视风霜的秋竹。这两句化用白居易《赠元稹》中“无波古井水，有节秋竹竿”之句意，对钱穆父在人生不得意时能始终坚守自己的人生信条，淡泊明志，宁静致远，绝不肯放浪形骸作了高度的赞扬。

“惆怅孤帆连夜发，送行淡月微云。”你于今夜便要扬帆远航，一个人踏上漫漫征程，临别时满怀惆怅，与我一道为你送行的只有那天上淡淡的月光、微微的云彩。这两句寓情于物，融情于景，深刻地表现了离别时的伤感情绪。“孤帆”与“惆怅”相互映衬，互为因果；“淡月微云”的萧瑟、凄清氛围则进一步勾起了人的离愁别恨。

“尊前不用翠眉颦。”尊：同“樽”，酒杯。翠眉：代指女子，因古代女子用青黛画眉，故云。在这里是指官妓。宋代迎送地方长官，例有官妓助兴。颦：皱眉。这一句一改上面两句的凄凄切切，重新用达观之语劝勉钱穆父。大意是：酒宴上不用官妓来吟唱凄凄别离的忧伤曲子，我们无须作儿女沾巾之态。

“人生如逆旅，我亦是行人。”逆旅：客舍、旅馆。两句大意是：人来到这个世上走一遭，形同匆匆过客，这天地之间好比是一个大旅舍，你我则都是其中的旅人呀，此次远行又有什么值得伤心的呢？这两句化用古诗中“人生天地间，忽如远行客”的句意，写得深刻而富有哲理，用超然物外的眼光俯瞰人生，既是对钱穆父的劝慰，又是自慰。

综观全词，词人用深情旷达的语言赠别友人，其间既有对友人的拳拳眷顾之意，又饱含着对人生的深刻思索，情与理融合无间，是一首送别的佳作。

满庭芳

蜗角虚名，蝇头微利，算来着甚干忙。事皆前定，谁弱又谁强。且趁闲身未老，须放我，些子疏狂。百年里，浑教是醉，三万六千场。

思量，能几许？忧愁风雨，一半相妨。又何须，抵死说短论长？幸对清风皓月，苔茵展，云幕高张。江南好，千钟美酒，一曲《满庭芳》。

这首词写作时间无考，据词中“闲身未老”、“江南好”诸语，似作于苏轼任杭州通判期间。全词表达了作者蔑视世俗名利，倾心于醉酒疏狂的人生追求。

“蜗角虚名，蝇头微利，算来着甚干忙。”蜗角：蜗牛的触角；蝇头：苍蝇的头。二者多用以比喻微小的事物。干忙：即空忙。两句大意是：细算起来，为了一点点虚名浮利而整天忙碌奔走实在是没有多大意义。这几句鲜明地表达了作者对功名富贵的蔑视。“蜗角”、“蝇头”比喻生动形象，意味着虚名浮利实在没有什么值得牵挂。

“事皆前定，谁弱又谁强？”这人世间的事情，都是命中早已注定的，每个人在社会上争来争去，其成败、强弱其实都是命运使然啊。这两句表现了作者的宿命论思想。人在人生失意时往往会产生人力抗不过天意的迷惘，于是转而相信命运。

“且趁闲身未老，须放我，些子疏狂。百年里，浑教是醉，三万六千场。”闲身：没有负担、自由清闲之身。些子：些许，一些。疏狂：狂放不羁。浑教：皆使。是：这。几句大意是：且趁着自己出任闲职，没有负担，而且还不算年老的机会，放纵一下自己吧。人生若有百年，应该让这三万六千天每天都不醉不罢休。这几句表现了作者在被贬谪到外地后由失意进而追求“今朝有酒今朝醉”的思想，写得洒脱、狂放，后几句化用李白《襄阳歌》中“百年三万六千日，一日须倾三百杯”的句意，具有明显的的及时行乐的意味。

“思量，能几许？忧愁风雨，一半相妨。又何须，抵死说短论长？”妨：伤害，损害。抵死：始终，总是。几句大意是：细细思量一下，人的一生有一半时间被忧愁和风雨侵占了，美好的时光又会有多少呢？既然人生有限，哪里还有必要一个劲儿地说短论长呢？这几句表达了作者对人生苦短，快乐的时光更有限的感慨。“忧愁风雨，一半相妨”是作者对人生沧桑的深沉体验。

“幸对清风皓月，苔茵展，云幕高张。江南好，千钟美酒，一曲《满庭芳》。”苔茵展：青苔犹如茵席展布铺陈。茵，垫褥。云幕高张：云如幕布高高张挂。几句大意是：庆幸自己能拥有眼前这如此美好的良辰美景，你看：清风习习，明月朗照，青苔犹如茵席展布铺陈，云如幕布高高地挂在空中。这江南的风光是多么明媚宜人啊，还是让我们尽情地畅饮美酒，高歌一曲《满庭芳》。这几句描写了江南迷人的景色，表现了作者纵情诗酒与山水的逍遥自在。

这首词上阕表达了作者对人生价值和命运的深沉思索，颇有些看破红尘的意味；下阕抒发了对人生短暂的感慨，欲逍遥尘外。整首词处处洋溢着词人遭受人生挫折后“觉今是而昨非”，欲抛弃一切世俗的名利，及时行乐，活出一个真实的自我的思想感情。

西江月

公自序云：春夜行蕲水中，过酒家饮。酒醉，乘月至一溪桥上，解鞍曲肱少休。及觉，已晓。乱山葱茏，不谓尘世也。书此词桥柱。

照野瀰瀰浅浪，横空暧暧微霄。障泥未解玉骢骄，我欲醉眠芳草。
可惜一溪明月，莫教踏破琼瑶。解鞍欹枕绿杨桥，杜宇一声春晓。

这首词作于宋神宗元丰五年（1082年）三月，时作者被贬为黄州团练副使。在黄州的几年，是苏轼一生中较为艰难的时期，而他在词的创作上却日臻成熟和老练。

词前有一小序，这是苏轼的独创。题序是不能用于演唱的，却有助于作者阐明作品主题和读者理解作品，是词的重要组成部分，并有利于提高词的独立性。蕲水：河名，源出湖北省蕲春县四流山，在蕲口汇入长江。曲肱：弯曲着胳膊（当枕头）。《论语·述而》中有“曲肱而枕之，乐亦在其中矣”句。葱茏：青翠茂盛的样子。词前小序交代了写作这首词的具体背景：作者于春夜酒醉后把马拴在一边便醉卧桥上，一觉醒来已是黎明，于是作此词。

这首词描写了春夜优美的自然景色，它使酒醉的词人暂时忘却了尘世的烦忧，惦念着一溪美景，躺在自然的怀中进入梦乡。然而，杜鹃的一声悲啼，又把他拉回到纷纷扰扰的现实之中。全词生动地反映了词人的这一情感历程。

“照野瀰瀰浅浪，横空暧暧微霄。”瀰瀰：水波动荡的样子。横空：布满天空。暧暧：隐隐约约的样子。微霄：微云。两句大意是：明澈的溪水泛起阵阵涟漪，反射着明亮的月光，在旷野中显得非常耀眼。天空中隐隐约约有些许淡淡的云彩，不甚分明。这两句从大处着眼描写环境的概貌：这是一个云淡风轻，月光朗照，溪流淙淙的醉人的春夜。

“障泥未解玉骢骄，我欲醉眠芳草。”障泥：马鞯。垫在马鞍下，垂于马腹两侧以挡泥土，故称。《世说新语·术解》：“王武子善解马性。尝乘一马，著连钱遮泥，前有水，终日不肯渡。王云：‘此必马惜障泥。’使人解去，便轻渡。”玉骢：青白色的良马。两句大意是：我急欲渡河然后醉卧于萋萋芳草之上，舒舒服服地睡上一觉，然而由于未解下马鞯，马儿昂首挺立，因惜障泥而不肯渡水。“我欲醉眠芳草”生动表现了作者的潇洒狂放以及对美好春夜景色的热爱，与陶渊明醉时向客人说“我醉欲眠，卿可去”有相似之意，作者的纵情山水与马儿的骄首不渡形成了鲜明的对比，有力地突出了前者。

“可惜一溪明月，莫教踏破琼瑶。”可惜：可爱。琼瑶：原是指两种美玉，此指倒映在水中的月亮。两句大意是：明月倒映在溪水中，宛如圆润的美玉一般可爱，真不忍心让马儿下水把这一溪美景搅乱。这两句生动地刻画了溪水月光的美丽及作者对此的怜惜热爱之情。

“解鞍欹枕绿杨桥，杜宇一声春晓。”欹枕：倚枕。杜宇：即杜鹃，又名子规，常在春夜中啼鸣，其声凄切，文人多借以抒发悲苦哀怨之情。两句大意是：牵马来到溪桥上，解鞍下马，头枕着自己的胳膊便沉入了梦乡，没想到在黎明时分却被杜鹃凄切的啼叫声惊醒。这两句叙述了作者由梦到现实的过程。“杜宇一声春晓”言有尽而意无穷，中间蕴含着词人对春夜得以暂时脱离凡尘的留恋和面对现实的悲苦，但不管作者的心情如何，白天与黑夜的交替是无法阻止的，因而其理想与现实的矛盾也将永远无法得到解脱。结尾两句委婉地抒发了作者淡淡的哀愁。

综观全词，写景如画，意境蒙眬而又美丽，情感蕴藉丰富，读来耐人寻味。

醉落魄·离京口作

轻云微月，二更酒醒船初发。孤城回望苍烟合。记得歌时，不记归时节。

巾偏扇坠藤床滑，觉来幽梦无人说。此生飘荡何时歇？家在西南，常作东南别。

这是一首抒写离愁别恨的词作，在题材上虽无新意，但作者以内心独白的形式真切地记下了其离别京口时半夜酒醒后的失落、孤寂心情和浓烈的乡思，感情细腻，蕴含着丰富而深沉的人生感慨，个中情感颇为动人心弦。

本词写于宋神宗熙宁七年（1074年），时苏轼任杭州通判。是年苏轼到京口赈饥，事后在离开京口归杭时写下了此词。京口：古城名，即今江苏镇江。

“轻云微月，二更酒醒船初发。”饮罢离别的酒，我离开了京口。二更时分，酒力渐醒，我走出船舱，抬头望天，但见月色惨淡，空中微微笼罩着一些云彩。开首两句为全词铺就了一层悲凄的氛围：二更酒醒，孤帆启航，云薄月暗。这一切很容易触发作者的无限伤感。

“孤城回望苍烟合。记得歌时，不记归时节。”孤城：这里指京口。合：覆盖，笼罩。时节：时候。几句大意是：转头眺望刚刚驶离的京口城，但见苍烟四合，迷离难辨，我与它已经真的相隔两处了。低头冥思，试图回忆一下白天的情景，但只恍惚记得酒宴上有歌妓载歌载舞，宾主频频举杯，后来如何上船，如何起程的事全都记不起来了。这几句真实地描述了酒醒后的一些本能举动，“孤城回望苍烟合”中的“孤”字，并非指城“孤”，而是作者孤寂感情的外化，蕴含着作者离开京口时的怅惘之情。后两句刻画出作者在告别宴上为了减轻离别的痛苦而纵情狂饮以麻醉自己的情态。

“巾偏扇坠藤床滑，觉来幽梦无人说。”巾：头巾。幽梦：缠绵而又隐约不清的梦境。两句大意是：船继续前行，我又无奈地昏然入睡，一觉醒来，头巾已被压得偏在一旁，手中的扇子也坠落在地，但觉藤床滑腻异常，无法再次安睡。心神稍定，恍惚中还记得一些梦的残片，梦境十分缠绵伤感。很想找个人诉说，但四周只有一片空寂，一个人也没有。这两句写得细腻委婉，前一句写出了身体的憔悴，后一句则道出了其内心深处的伤感孤寂，真正是“空有一帘幽梦，欲诉无人来听”。

“此生飘荡何时歇？家在西南，常作东南别。”家在西南：因苏轼家在四川眉山，故有此说。几句大意是：我这一生尽在四处漂泊，先是离家入京，再由京都到杭州，不断向东南迁移，此次又别京口返回杭州，不知道这种动荡不安的日子什么时候才能停歇？这两句写作者由眼前的孤寂进而联想到自己坎坷的身世，自问“人生底事，往来如梭”，一种自伤自怜的沧桑之感油然而生。

整首词写得既伤感缠绵又间杂着一些疏狂和悲壮的阳刚之气，格调低沉但不消沉，感情真挚，富有感染力。

八声甘州·寄参寥子

有情风，万里卷潮来，无情送潮归。问钱塘江上，西兴浦口，几度斜晖？不用思量今古，俯仰昔人非。谁似东坡老，白首忘机。

记取西湖西畔，正春风好处，空翠烟霏。算诗人相得，如我与君稀。约他年，东还海道，愿谢公、雅志莫相违。西州路，不应回首，为我沾衣。

这是一首能比较充分地反映苏轼后期心态与艺术风格的作品，作于宋哲宗元祐六年（1091年）三月。当时苏轼奉诏由颍州任上回京，故写此词寄给杭州的旧友。参寥子：指僧人道潜，本姓何，字参寥，杭州人。道潜与苏轼交往很深，苏轼贬谪黄州时，道潜曾赶往黄州跟从其一年；苏轼在杭州时，二人更是交往密切。道潜能作文章，尤喜古诗。

这首词上阕写作者面对钱塘江的海潮和天空的夕阳，抚今追昔，感慨人事的沧桑巨变、功名富贵的虚空，庆幸自己未陷入世间的争权夺利，葆有一颗淡泊之心；下阕寄情西湖美景，表达了词人对友情的重视及立志归隐山水的坚强决心，并传达了殷殷寄赠之意。

“有情风，万里卷潮来，无情送潮归。”海风满怀深情地卷来万里海潮，又无情地把它们送回大海。这几句借钱塘江潮来抒发人生感慨，潮起潮落象征着人世的盛衰起伏，海风的“有情”、“无情”又象征人情冷暖、世态炎凉。作者开首便描绘了一幅气势磅礴的景象，句中似乎隐藏千军万马，豪气逼人。

“问钱塘江上，西兴浦口，几度斜晖？”西兴浦口：西兴镇的江滨。西兴镇在今浙江省萧山县西二十里处，与杭州市隔钱塘江相望。斜晖：夕照。几句大意是：借问那钱塘江畔的西兴浦口，共经历过多少次夕阳西照了。这几句以询问的口吻揭示了时光流逝的无情，虽然山河依旧，夕阳依旧，但已不知经过了多少岁月。作者放眼辽阔的天地，思想穿越悠悠的时空，写得极有气势，仿佛“子在川上曰：‘逝者如斯夫。’”

“不用思量今古，俯仰昔人非。谁似东坡老，白首忘机。”思量：细想。俯仰：一低头一抬头之间，喻时间短暂。东坡老：作者自称。时作者年已五十六岁。忘机：忘却世人争名夺利的心机。几句大意是：对今古之事不必再去细想了，昔日有多少人为了功名利禄孜孜以求，明争暗斗，尔虞我诈，可到头来留下了些什么呢？他们连同他们用尽机关争来的一切都在俯仰之间化作了过眼云烟，只有我老东坡忘却世人争名夺利的心机，一直到今天白发苍苍，仍怀着一颗淡泊的心。这几句表达了作者对功名富贵的鄙视，对官场争斗的厌倦之情。

“记取西湖西畔，正春山好处，空翠烟霏。”记取：记得。几句大意是：我此去京城赴任，将远离杭州的故交好友，但我会永远记住西湖西岸那美丽的山川景色。想当初时值阳春三月，春意盎然，山明水秀，晴空万里，西子湖畔烟霏袅袅，似梦似幻，我们携手游赏其间，吟诗作赋，那情景是多么令人向往。此几句极状西湖美景，字里行间充满着对山水自然的无限热爱，与上文的“白首忘机”相照应，并为后面抒写归隐之志作铺垫。

“算诗人相得，如我与君稀。约他年东还海道，愿谢公、雅志莫相违。”相得：相合、相投。稀：少。谢公：指东晋时的谢安。据《晋书》载，谢安虽为重臣，但归隐之心始终不渝，每每形于言色。镇守新城时曾预先做好了归隐的装备。不料突然得了重病，于是只好奉诏回京。雅志：夙愿。这几句大意是：算一算诗人之间的交往，像我与你这样情投意合、肝胆相照的并不多啊。我今天和你相约某年之后一定要从海道东还，实现归隐的夙愿，而不会像谢安那样空有想法而徒留遗憾。这几句重叙同参寥子的情谊，并表达了归隐的决心。

“西州路，不应回首，为我沾衣。”西州路，途经东晋都城建康（今江苏南京）西州门的道路。这几句以典抒情。据《晋书》载，谢安由于病重不得不回京，经过京城的西州门时，不停地叹息悔恨自己未实现归隐的愿望。谢安死后，他的好友羊昙便不再从西州门经过。一次醉酒后误经此地，悲痛不已，诵曹植“生存华屋处，零落归山丘”句后恸哭而去。作者以谢安自比，以参寥子比羊昙，意即：我归隐的志愿一定会实现，不会让你像当年的羊昙一样为了我的雅志相违而回首西州门痛哭流涕，当年的一幕不会重演。

这首词写于苏轼的晚年时期，作者久经官场，历尽宦海沉浮，尝尽坎坷奔波之苦，对仕途、对功名的厌倦之情与日俱增。他对于人世间的盛衰沉浮、争名夺利有了更深的了悟，深感“世事一场大梦”，“事皆前定，谁弱又谁强”，认识到只有平平淡淡才是真，于是他的精神追求中隐退的成分逐渐增多。苏轼的词，有别于前人的一点是，其抒情或豪迈或深沉或悲壮，有时也可能非常委婉细腻，但决不柔弱，总透着某种“豪”气和“刚”气，本词即属于此类。在这首词中，作者一落笔便是“万里海潮”、滚滚“钱塘”，虽是抒发归隐之思，却仍不失其雄阔的气势，与那些吟咏“莺愁燕啼”、“落花残月”而黯然泪下的作品迥然不同。

浣溪沙

徐门石潭谢雨道上作五首（其二）

旋抹红妆看使君，三三五五棘篱门，相排踏破茜罗裙。

老幼扶携收麦社，乌鸢翔舞赛神村，道逢醉叟卧黄昏。

本词作于宋神宗元丰元年（1078年）三月，时苏轼任徐州知州。是年春季大旱，苏轼亲自到城东石潭求雨。降雨后，他又赴石潭谢雨，在往返途中写下了五首《浣溪沙》词，本篇为其二。徐门石潭：是徐州城门以东二十里的石潭。

五首《浣溪沙》词从不同的侧面反映了当时农村的生产生活面貌，正是苏轼第一次把农村题材正式引入词中。作者以亲切的态度，欢悦的心情，平易的笔调，朴素的语言，向我们展示出五幅独特的农村生活画面。

这首词上阕写作者来到石潭时村民的热烈欢迎场面，下阕描绘了当地村庄歌舞祭神的热闹景象。

“旋抹红妆看使君”。旋抹：迅速地涂抹，打扮。使君：对州郡地方长官的尊称，这里是作者自称。本句大意是：姑娘们听说使君的队伍要从此经过，慌忙梳妆打扮一番，穿上漂亮的衣服，争着一睹使君大人的风采。一个“旋”字生动表现了农村姑娘们对使君大人的倾慕和内心的激动，也从侧面点出了作者在百姓心目中的威信。同时，这一句描述非常符合姑娘们爱美又活泼好奇的天性，富有生活情趣。

“三三五五棘篱门。”棘篱：用荆棘做的篱笆。本句大意是：姑娘们三个一群，五个一伙，簇拥在篱笆门前，争睹使君容颜。这一句仍是写姑娘们的行为动态。她们喜欢凑在一块，叽叽喳喳，指指点点，说说笑笑。“棘篱门”是写实，与人群相互映衬，为这幅画面增添了独特而又朴实的乡村风情。

“相排踏破茜罗裙。”茜罗裙：即红绸裙。茜：草名，根可做红色染料。本句大意是：使君的队伍过去之后，百姓们拥挤相随，有的姑娘夹在人群中被人踩破了长长的红绸裙。这一句用夸张的语言烘托出场面的热烈，表现了百姓对知州大人的爱戴。描写生动有趣，人物情态呼之欲出。

“老幼扶携收麦社，乌鸢翔舞赛神村。”收麦社：庆祝小麦丰收的社日祭祀。乌鸢：乌鸦和老鹰。二者都是食肉鸟，每有祭祀庆典，则盘旋上空，相机啄食祭品。《周礼》中有“祭祀，以弓矢驱乌鸢”句。赛神村：设祭酬神的村庄。两句大意是：村民们倾家而出，争相扶老携幼，去赶赴庆祝麦收完毕的社日活动。在那设祭酬神的村庄里，丰盛的祭品摆出来了，引得空中的乌鸦和老鹰在附近盘旋飞舞，伺机啄食祭品。这两句生动地描写了社日祭祀的火热场面，用“乌鸢翔舞”从侧面烘托出祭品的丰盛，祭祀活动场面之盛大，而且更增添了几分生活情趣。

“道逢醉叟卧黄昏”。黄昏时分在路上我看到一位喝醉的老翁，悠然地躺在地上睡着了。这一句在前面热闹场面的背景下描写了一段小插曲，写得诙谐有趣，与唐人王驾“家家扶得醉人归”的诗句有异曲同工之妙。人们在社日都开怀畅饮，大醉方休，表现了当时农村百姓安居乐业、悠然陶醉的幸福生活。

综观全词，词人抓住能反映农村生活特点的人和事，描写细致入微，饶有情趣，其乐融融，非常具有感染力。这显然不属于“杨柳岸晓风残月”一类的抒情曲调，可也不同于“大江东去”那样矫健有力的音符，而近似于一首清新优美的田园牧歌。

满江红·寄鄂州朱使君寿昌

江汉西来，高楼下，蒲萄深碧。犹自带，岷峨雪浪，锦江春色。君是南山遗爱守，我为剑外思归客。对此间，风物岂无情，殷勤说。

江表传，君休读；狂处士，真堪惜。空洲对鹦鹉，苇花萧瑟。不独笑书生争底事，曹公黄祖俱飘乎。愿使君，还赋谪仙诗，追《黄鹤》。

这首词写于宋神宗元丰四年（1081年），当时苏轼谪居黄州（州治在今湖北黄冈）。贬谪黄州的四年多是苏轼人生的低潮期，却是他词作的成熟期。这首词议论纵横，笔力矫健，洋溢着超然于尘埃之外的豪迈之气。

词前小序表明本词是一首寄赠之作。鄂州：州名，今湖北武汉。朱使君寿昌：即朱寿昌，字康叔。时朱寿昌任鄂州知州。使君，是对州郡地方长官的尊称。黄州和鄂州相距不远，苏轼和朱寿昌交谊较深，时有词作往来酬和。

本词上阕描绘江汉景色，抒发人生情怀；下阕针对此地风物说古论今，寄托人生思索和追求。

“江汉西来，高楼下，蒲萄深碧。”江汉：长江和汉水。汉水是长江的支流，在鄂州注入长江。高楼：此指武昌的黄鹤楼。蒲萄：即葡萄。几句大意是：站在黄鹤楼上极目远眺俯瞰，只见那汉水汇入长江后便滚滚东流而去，江水深绿，宛如重酿未滤的葡萄美酒。作者开首便居高临下，以如椽巨笔描绘出一幅壮阔美丽的滚滚江流图，折射出作者博大的胸襟和豪迈的气势。“蒲萄深碧”语出李白《襄阳歌》中“遥看汉水鸭头绿，恰似葡萄新酦醅”句。

“犹自带，岷峨雪浪，锦江春色。”岷峨：岷山与峨眉山。二者均在四川。锦江：岷江的支流，流经四川省。几句大意是：白浪滔天的江水让人联想起岷山与峨眉山上那壮阔的雪景；看着江水令人陶醉的绿，又不禁让人想起锦江两岸美丽的春色。这几句巧妙化用李白诗中“江带岷峨雪，川横三峡流”和杜甫诗里“锦江春色来天地”的句意，含而不露；又因为岷峨、锦江都是作者家乡的山水，是他所熟悉和热爱的故乡风物，所以自然地为下面的“思归”作了铺垫。

“君是南山遗爱守，我为剑外思归客。”南山遗爱守：终南山区留有爱民美誉的通守。朱寿昌曾任陕州通判，陕州有终南山，而通判是知州的副手，又称通守，故云。剑外：即剑门外。唐时称剑阁以南的蜀中地区为剑外，苏轼的故乡四川眉县属剑外。两句大意是：您是终南山区留有爱民美誉的通守，我则是来自四川剑外一个厌倦了宦海沉浮，有倦鸟思归之意的游子。这两句前一句赞美朱寿昌，点“寄赠”之意，后一句抒发了作者欲去官归隐的政治感慨。

“对此间，风物岂无情，殷勤说。”风物：风土人物。殷勤：恳切、深挚。两句大意是：我今日面对此间的风土人物，怎能不浮想联翩，引发千古之幽情呢？请君听我向您细细说来。这两句承上启下，引发出下文的纵横议论。

“江表传，君休读；狂处士，真堪惜。”《江表传》：是记三国时江左吴国时事及人物言行的书，晋虞溥著，现已亡佚。狂处士：有才学而放荡不羁不出仕的人，此指东汉末年的祢衡。祢衡才辩过人而放荡不羁，孔融把他举荐给曹操，他却当众辱骂曹操。后曹操把他转荐给刘表，刘表又将之转荐给其属将江夏太守黄祖，结果最后被黄祖杀害。几句大意是：对记载此间人物的《江表传》，您最好不要再读，想到那因放荡不羁而招致杀身之祸的狂处士祢衡的故事，会让您扼腕叹息的。

“空洲对鹦鹉，苇花萧瑟。”鹦鹉：指鹦鹉洲，是在汉阳江边的一块沙洲，为祢衡死后埋葬之地。因祢衡在黄祖处写有著名的《鹦鹉赋》，故名。两句大意是：面对着江中那片鹦鹉洲，只见苇叶荻花一片凋零，不禁生出人亡洲空，物是人非的凄凉感触。

“不独笑书生争底事，曹公黄祖俱飘乎。”书生：指祢衡。底事：何事。飘乎：飘然而逝。两句大意是：我既嗤笑祢衡一味恃才放旷，一个劲儿地表现自己的与众不同之处，结果招来杀身之祸；我也看不起曹公、黄祖那种直接或间接杀害才士的权贵，他们现在也都同祢衡一样灰飞烟灭了。此两句以审视的眼光道出祢衡的孤傲和曹、黄的专横都十分可笑，寓含着作者对人生价值的思索和对权贵的蔑视。

“愿使君，还赋谪仙诗，追《黄鹤》。”谪仙：指李白。贺知章曾称李白是“天上谪仙人”。《黄鹤》：此指唐崔颢所写的《黄鹤楼》诗，此诗被后人推为唐人七律之首。相传李白登楼欲作诗，见之自叹弗如而搁笔，后游凤凰台，作《登金陵凤凰台》诗，欲追步崔颢的《黄鹤楼》。这两句大意是：希望您在诗词创作上多下功夫，像李白那样写出美妙的诗篇，像《黄鹤楼》一样流传千古。这两句既是劝勉朱寿昌又是自勉，道出了词人的人生追求。他对官场争斗已心生倦意，认为功名富贵都是过眼云烟，唯有文章能千古流传。

整首词从当地的地理特征和历史人物着眼，指点江山，纵论古今，抒怀言志，写得深沉凝重，达观豪放，读来既荡气回肠，又引人思索。

行香子·过七里濑

一叶舟轻，双桨鸿惊。水天清，影湛波平。鱼翻藻鉴，鹭点烟汀。过沙溪急，霜溪冷，月溪明。

重重似画，曲曲如屏。算当年，虚老严陵。君臣一梦，今古虚名。但远山长，云山乱，晓山青。

本词写于宋神宗熙宁六年（1073年）正月，是苏轼任杭州通判的第二年。宋神宗任用王安石变法，由于和王安石政见不合，苏轼便请求外任。是年苏轼视察富阳、新城、风水洞、定山村、桐庐，过严陵濑而归，于是写下本词。七里濑：又名七里滩，在浙江省桐庐县城南十五公里。富春江流经其处，两岸山峦壁立，连亘七里，与严陵濑相接。

这首词是典型的即景抒情之作。上阕生动描写了七里濑清雅怡人的美丽景色；下阕即景怀古抒情，抒写自己的政治处境，表达对人生的思索。

“一叶舟轻，双桨鸿惊。”一叶舟：指舟很小，犹如一片树叶。两句大意是：乘一叶小舟，快速地挥动双桨，在水上轻快地穿行，惊起了岸边栖息的鸿雁。这两句人与景有机地融合在一起，既写出了清晨景物的清幽，又流露出作者轻松愉快的心情。

“水天清，影湛波平。”湛：形容很深。两句大意是：水天一色，朗朗的青天与清澄的江水相接在一起；两岸的青山深深地倒映在水中，水面波涛不兴，一片平静。这两句是作者远望所见，写出了一派美丽而静谧的空灵景色。

“鱼翻藻鉴，鹭点烟汀。”藻鉴：饰有水藻纹饰的铜镜。鹭：即白鹭，颈、腿较长，常常单腿站立于水滨。汀：沙洲。两句大意是：江面平整明亮如镜，水藻清晰可见，鱼儿自由自在地在水藻中翻腾跳跃；江中的沙洲上烟雾缭绕，有白鹭那轻巧优雅的身影点缀其中。这两句写景静中有动，为清晨的春江增添了几许生机和一丝朦胧的色彩。

“过沙溪急，霜溪冷，月溪明。”这三句一改前面描绘单幅画面的方式，穿越时空界限，写出了作者在旅途中不同时间感受到的不同景物特点。大意是：白天过江，江水清澈见底，能清楚地看到江底的沙石，感觉两岸的景物在飞快地后移。清晨过江，白霜满天，感觉有一丝微寒。夜晚过江，月光朗照，感觉江面明亮皎洁。这里的“急”、“冷”、“明”既是景物特点，又是作者的主观感受，为这幅“七里濑泛舟图”增添了几分诗情画意。

“重重似画，曲曲如屏。”这两句总括对上阙所写景物的印象，大意是：两岸的群山层峦叠嶂，江水沿着山谷蜿蜒向前，随着山势的每一转每一移，每一曲每一折，皆壮美如画，俏丽似屏。屏：字画的条幅，通常以四幅或八幅为一组。这几句高度赞美了七里濑的如画景色，处处皆有美好的风景。

“算当年，虚老严陵。”严陵：即严光，字子陵，东汉人。严陵曾为光武（刘秀）同学，刘秀称帝后，埋名隐居。刘秀多次派人征召其做官，皆不受，在富春山耕钓终生。后人名其钓处为严陵濑。这两句言作者经过严陵濑而想起当年在这里隐居垂钓的严陵，引发了自己对出世与入世的感慨，大意是：想当年严陵拒绝光武帝的征召不出仕，真是错失机遇，虚度岁月啊。这两句对严陵的评价表明了作者的政治立场。时宋神宗重用王安石不采纳他的意见，政治抱负难以实现，所以颇有些失落感，故在此对严陵的受重视而固辞表示惋惜。

“君臣一梦，今古虚名。”这两句是作者对人生更为深沉地思索，大意是：不管当年光武帝如何叱咤风云，也不管严陵是出仕还是隐居，一切都已成为历史，其功过是非也不过犹如一场大梦而已。作者的这种“人生如梦”的“虚空”思想，固有其消极的一面，但也是出于对现实的无奈，并夹杂着他的旷达和自我安慰。

"但远山长，云山乱，晓山青。"作者抚昔思今，重归于平静，认为人世的富贵功名若放在整个历史的长河中真是渺小得不值一提，人事易改，唯有江山依旧，还不如忘掉人生的失意，寄情于这山水之中。几句大意是：只有远处的山绵亘悠长，在白云缭绕下，迷蒙纷乱，拂晓时更显得青翠欲滴。这三句情景交融，语已尽而情未了。

综观全词，句法工整而又富于变化，作者把细致入微的景物描写同欲在大自然中求得心理平衡的主观动机巧妙地融为一体。词中作者的感情很复杂，失意而不失旷达，同时流露出一种意欲有所作为的积极心态，二者虽在形式上归于统一，但其矛盾则几乎贯穿于苏轼整个人生之中。

江城子·别徐州

天涯流落思无穷，既相逢，却匆匆。携手佳人，和泪折残红。为问东风余几许？春纵在，与谁同？

隋堤三月水溶溶，背归鸿，去吴中。回首彭城，清泗与淮通。欲寄相思千点泪，流不到，楚江东。

这是一首送别之作，写于宋神宗元丰二年（1079年）三月。当时苏轼由徐州知州改任湖州（州治在今浙江吴兴）知州，故作此词与友人田叔通、寇元弼、石坦夫等人告别。

词的上阕写分手前的依依难舍，下阕想象分别后的刻骨思念。

"天涯流落思无穷，既相逢，却匆匆。"天涯句：指苏轼自入仕以来的四处辗转，他已先后在凤翔、汴京、杭州、密州、徐州等地任过职，此番又要南下湖州。几句大意是：多年来我浪迹天涯，在每个地方都只能稍作停留，无休无止。在徐州的几年里，有幸与你们相识相知，结下了深厚的情意，不料今日又要分别了，真是来也匆匆去也匆匆啊。

"携手佳人，和泪折残红。"佳人：即美人，此指作者的友人。残红：将凋落的花。古人相别时多折柳折花相赠。两句大意是：与友人们执手相看泪眼，互相折取暮春的花儿相赠，以表达那份依依难舍之情。这两句写得悲切感人，一个"残"字，明写花残，实则烘托出人的心情之难过。

"为问东风余几许？春纵在，与谁同？"东风：春风。几句大意是：试问春风还要吹到什么时候？但这一别，纵使春天还在，又有谁能同我一起欣赏这春天的美景呢？这几句借自问来表达作者与友人分别的凄凉。"与谁同"暗含作者同友人之间的深厚情意及彼此之间的默契。

"隋堤三月水溶溶，背归鸿，去吴中。"隋堤：隋炀帝时沿通济渠、邗沟河岸修筑的堤坝。堤旁植杨柳，后人谓之隋堤。溶溶：水势盛大的样子。背：掉转身。归鸿：作者自称。吴中：此指湖州。几句大意是：站在隋堤上往河里看，只见三月的运河奔流不息。我如同一只往来穿梭的鸿雁，掉转身子，又奔向了湖州。作者以归鸿自比，表达了其多年来四处漂泊的凄凉；写河中的景色，表达了对此良辰美景的留恋之情。

"回首彭城，清泗与淮通。欲寄相思千点泪，流不到，楚江东。"彭城：即徐州的州治，在今江苏省徐州市。清泗：即泗水。楚江东：也指徐州。三楚："彭城以东，东海、吴、广陵，此东楚也。"（《史记·货殖列传》）几句大意是：回首怅望，见清清的泗水在彭城经运河与淮河相通。等我到了遥远的湖州，终日思念着你们，每天泪如水流，可是千里迢迢，恐怕也难以流到徐州啊。这几句表意形象而又别致，显示了作者高超的艺术手法，委婉地表达了相思难寄的惆怅。

这是一首表现离愁别绪的词，虽然也很缠绵，但又不同于传统的婉约格调，其情感的抒发自然健康，绝无无病呻吟之嫌，而且“天涯流思无穷”、“隋堤三月水溶溶”、“回首彭城，清泗与淮通”、“欲寄相思千点泪”等语句透出隐隐的悲壮和豪气，读来让人回肠荡气，难舍其味。

浣溪沙

软草平莎过雨新，轻沙走马路无尘。何时收拾耦耕身？
日暖桑麻光似泼，风来蒿艾气如薰。使君元是此中人。

这是苏轼《徐门石潭谢雨道上作》（五首）中的第五首。这五首词从不同的侧面描绘了春末夏初雨后农村生机勃勃的喜人景象，内容广泛，视角独特，笔法细腻，有很高的艺术成就，开了以农村题材入词的先河，辛弃疾的农村词就是直接受其影响的结果。

本首词生动地描绘了雨后田野清新秀丽的景象，抒发了作者向往田园生活，欲归隐其中的思想感情。

“软草平莎过雨新。”莎：指莎草，多年生草本植物。本句大意是：一场大雨过后，那长满莎草的柔软而平整的草丛显得更加清新可人。这扑面而来的清新气息，让人格外感到心旷神怡。

“轻沙走马路无尘。”因为刚下了一场雨，骑马在铺着少许沙子的大路上悠然前行，路面溅不起一点浮尘。这一句通过动作描写，进一步突出了雨后的清新景象及作者轻快、爽洁、愉悦的心情。

“何时收拾耦耕身。”收拾：摆脱，结束。耦耕：两个人用二耜并排耕作，泛指从事农业劳动。本句大意是：我有志于归隐躬耕，可什么时候我才能从充满权诈争斗的官场中解脱出来呢？作者由眼前看到和感到的清新自然引发出对农村生活的热爱，于是情不自禁地流露出厌倦官场争斗，渴望归隐的情绪。

“日暖桑麻光似泼，风来蒿艾气如薰。”蒿艾：两种草本植物。蒿：草本植物，花小，叶子做羽状分裂，有特殊气味。艾：多年生草本植物，叶子有香气。薰：一种香草。两句大意是：日光暖暖地照着大地，桑树和大麻的叶子反射出明亮的油光，像刚泼了水似的。一阵轻风吹过，送来了艾蒿叶的微微清香，好似薰草的气味。这两句一写视觉形象，一写嗅觉感受，虽不点“雨”，却明显带有大雨初过的清新痕迹。“光似泼”，比喻非常别致生动，形象地刻画出雨后植物叶子的明洁清润。

“使君元是此中人。”使君：对州郡地方长官的尊称，这里是作者自称。元是：本来就是。作者身居这清新秀丽的广阔田野中，感到赏心悦目，十分陶醉，情不自禁地发出了结句的感慨。大意是：我本应该属于这大自然啊。“元是此中人”深刻表达了作者对以往官场生涯的否定，再一次申明了自己不愿再让心被形役，渴望回归自然的强烈愿望。

这首词即景抒情，以景传情，情景交融，抒发了词人雨后的清新感受。作者善于抓住典型景物的典型特点，观察体验细致入微，描写形象生动，增强了感染力。作者在当时词被视为“艳科”，多被用来描写男欢女爱、离情别绪，格调“香而弱”的背景下能作出这一崭新的尝试和大胆的实践，尤显难能可贵，也是这组词作具有不朽价值的一个原因。

鹧鸪天

林断山明竹隐墙，乱蝉衰草小池塘。翻空白鸟时时见，照水红蕖细细香。
村舍外，古城旁，杖藜徐步转斜阳。殷勤昨夜三更雨，又得浮生一日凉。

苏轼被后人尊为宋词豪放派的开创者和代表人物之一，主要是由于他“以诗入词”，扩大了词的题材，丰富了词的意境，创作了不少笔力雄健、议论纵横、激昂慷慨的词作，为词坛注入了新的活力。但平心而论，在遗留下来的三百多首苏词中，大多数还是写得柔婉细腻。这首《鹧鸪天》就是如此。词的上阕生动地描绘了夏季乡间雨后初晴的清新景象，下阕表达了漫步其间的闲适心情。

这首词作于宋神宗元丰六年（1083年）夏，时苏轼谪居黄州（今湖北黄冈），属于戴罪看管，但从词中所透露出的恬淡闲适之趣则可以窥见其达观向上、飘逸洒脱的性格及高洁的情趣。

“林断山明竹隐墙，乱蝉衰草小池塘。”远方是茂密的树林，透过林带断开之处，可以看到明亮的山中流岚；粉墙掩映在竹林中，时隐时现。近处的树梢上到处是蝉儿喧嚣杂乱的叫声，地上满是衰败的野草，在草树环绕的地带，是一泓清澈碧绿的小池塘。这两句十四个字，却描绘了七种景物，作者对此并不是杂乱地堆砌，而是按由远及近，由上而下的逻辑顺序来排列，显得井然有序。这七种景物中，有视觉形象，也有听觉形象，景物中的绿树、青山、翠竹、粉墙、碧水等都色彩鲜明，蝉鸣则为整个环境增添了一分生气。从总体上看，这幅颇具山水田园风格的乡间图景是非常美丽迷人的。

“翻空白鸟时时见，照水红蕖细细香。”红蕖：粉红色的荷花。芙蕖是荷花的别称。两句大意是：美丽的白鸟不时在池塘上空上下翻飞，那亭亭玉立的粉红荷花像美丽的少女一样在水面上顾影自怜，散发出阵阵沁人心脾的清香。这两句将镜头瞄准池塘，对这里的美丽景色作了一次特写。此两句模仿杜甫“穿花蛱蝶深深见，点水蜻蜓款款飞”的句式，以旧瓶装新酒，显得更加有形有色有味，让人仿佛身临其境。

“村舍外，古城旁，杖藜徐步转斜阳。”杖藜：藜草茎做的拐杖，这里用作动词。藜：一种草本植物，高五六尺，老后茎坚者可做杖。几句大意是：我手拄藜杖，在村庄外面，黄州古城的旁边，悠闲自得地漫步于黄昏的斜阳之中。这几句生动地表现了词人高雅的意趣和闲适的心境。“村舍外，古城旁”点出了地点的幽僻，反映了作者独特的审美情趣及渴望摆脱人世的喧嚣，追求宁静、淡泊的思想。“徐步转斜阳”这一画面富有诗意，形神俱出。

“殷勤昨夜三更雨，又得浮生一日凉。”殷勤：及时，周到。浮生：是道家对漂浮不定的人生的称呼。《庄子·刻意》中有“其生若浮，其死若休”句。两句大意是：昨夜天公作美，于三更时分下了一场及时雨，因此使人在今天得以享受炎夏中一日难得的清凉。“殷勤”二字运用拟人的手法，把上天写得极富人情味；“浮生”借用道家的说法，蕴含着词人对自己人生起起伏伏，奔波忙碌的感慨。词人由夏季雨后的清凉舒适联想到天公的多情，于是心中的那份失意惆怅渐渐地消散了。

这首词笔触细腻，淡雅自然。作者用轻快的语言、跳动的节奏来写景状物，其中饱含着作者的热爱和喜悦之情；在抒情中又蕴含着深沉的思索，耐人寻味。全篇写景、叙述、抒情、说理相互交融，浑然一体。

西江月

玉骨那愁瘴雾，冰肌自有仙风。海仙时遣探芳丛，倒挂绿毛么凤。
素面常嫌粉涴，洗妆不褪唇红。高情已逐晓云空，不与梨花同梦。

这首词作于宋哲宗绍圣三年（1096年），时苏轼被贬谪于惠州。

这首词因所指蒙眬，可以看做是一首咏梅词，另据词意及史料来看，把它当做一首悼亡词也是有道理的，我们不妨将二意皆取来品玩。词中所悼之人是苏轼的侍妾朝云。朝云姓王，十一岁时在杭州被苏轼收留。她聪明、勤快又美丽，而且善解人意。她擅歌舞，常在苏轼与朋友的家宴上演唱助兴，作为一个侍女随苏轼南北奔波。元丰三年（1080年）苏轼贬黄州时，十八岁的朝云自愿随往侍奉。至苏轼贬惠州时，因为仆婢星散，只有侍妾朝云坚决跟随远走岭南。此时苏轼已经五十八岁了，自觉复官无望，精神十分压抑，唯有朝云日夕相伴，与之相依为命。不幸的是，两年后朝云为瘴雾所染，病重去世，年仅三十四岁。朝云跟随苏轼二十三年，由侍女、侍妾，最后成为苏轼晚年的精神支柱，她一直对苏轼十分尊重，也十分爱慕。朝云死后，苏轼十分悲痛，连写了《悼朝云》、《丙子重九二首》等多首诗及词《殢人娇》等悼念她，并为其写了墓志铭，将其安葬在惠州西湖楼禅寺东南，墓旁建“朝云祠”，植朝云所爱梅花一株。在这首词中，梅即是朝云，朝云即是梅，词人抓住二者的共同点来加以描写，大有“庄生晓梦迷蝴蝶”的意味。

“玉骨那愁瘴雾，冰肌自有仙风。海仙时遣探芳丛，倒挂绿毛么凤。”瘴雾：旧指南方山林间湿热郁蒸，致人疾病的气。海仙：海中的仙人。倒挂绿毛么凤：据载是广南的一种绿羽丹嘴禽，大如雀，状类鹦鹉，栖集皆倒挂于树上，土人呼为倒挂子。或云是惠州的一种栖息于梅花之上的珍禽，似绿毛凤而小。这一部分的大意是：惠州的白梅晶莹朗润，洁白无暇，见之使人忘俗，她傲然怒放于瘴雾缭绕之地。其品格及姿色惊动了海中的仙人，不时派遣一群绿毛么凤来到花丛中探看虚实。这几句状写了梅花的风神，并用浪漫的手法，以海仙遣仙鸟来探，从侧面烘托出其艳惊仙界的无穷魅力。如果理解成悼亡，则是形容朝云的姿色及品格。朝云毅然陪伴苏轼来到惠州这瘴疠之地，虽然多闻有人因中瘴雾之毒而病死，但她开始则一直安然无恙。另外，“玉骨”、“冰肌”、“仙风”等词用来形容朝云的雪肤花貌、气质姣好实在是再贴切不过。

“素面常嫌粉涴，洗妆不退唇红。”涴：涂污，弄脏。这两句若是状梅，则是形容岭南白梅的莹洁及其独特的美丽。据载，岭外梅花与中原的不同，其花类桃花之色，萎谢之后有残红。如果理解为写人，则是形容朝云不饰雕琢的天然美。据载，朝云自幼美貌，但不喜化妆，有一种朴素的本色美，秦少游曾作词赞之曰：“霭霭迷春态，溶溶媚晓光，不应容易下巫阳。”在这里，苏轼认为敷粉反而玷污了她的美丽，她的玉面红唇皆出自天然。

“高情已逐晓云空，不与梨花同梦。”梨花梦：化用王昌龄《梅》诗中之“落落寞寞路不分，梦中唤作梨花云”句。大意是：我与它的款款深情随着早晨云雾的散去已荡然无存，即使在梦中也难得相见。这两句的悼亡意味非常明显。“晓云”即是“朝云”。朝云终于离开作者而逝去，那段难忘的相濡以沫的日子一去不复返了，即便是在梦中也不复再有这样的日子了。另外“空”还含有另一层意思：朝云什么也没给他留下，之前朝云曾与苏轼生一子，乳名幹儿，不满百日即夭折，因此想来更觉“空”，更觉悲痛。

这首词，一方面赞美了梅花（朝云）丰神之美丽，品格之高尚。另一方面更传达出词人对其凋谢（死去）的无限痛惜之情。既不言“梅”，也不言“朝云”，含蓄深沉，耐人寻味。

西江月·真觉赏瑞香

公子眼花乱发，老夫鼻观先通。领巾飘下瑞香风，惊起谪仙春梦。
后土祠中玉蕊，蓬莱殿后鞓红。此花清绝更纤秾，把酒何人心动？

这是一首咏物词，所咏之物为杭州真觉院的瑞香花。瑞香又名露申、蓬莱紫、风流树，为常绿灌木，树高三四尺，枝干婆娑，枝叶四时长青。春季开花，花呈簇状，无花冠，有芳香。据《庐山记》载："其种始出于庐山。一比丘昼寝盘石上，梦中闻花香酷烈，及觉求得之，因名睡香。四方奇之，谓为花中祥瑞，遂名瑞香。"

本词追叙了同友人宿真觉院而赏瑞香之事，上片以人的感觉表现瑞香之芳香，下片以玉蕊花和牡丹名品"鞓红"作比，盛赞瑞香的"清绝"和"纤秾"。

"公子眼花乱发，老夫鼻观先通。"公子：指曹子芳。曹子芳，名辅，海陵人。1089 年自太仆丞为福建转运判官，与出守杭州的苏轼同出吴兴。后来曹子芳自闽归，取道杭州，写有《真觉院瑞香花》、《雪中同游西湖》二诗。此词所追忆盖指此事。老夫：作者自称。本词写于元祐六年（1091 年），时苏轼已五十六岁。鼻观：嗅觉，即佛经"六识"之一的"鼻识"。两句大意是：我与曹子芳宿于真觉院，子芳睡眼惺松，头发零乱，睡得正沉，没有感觉到瑞香花开，倒是我先闻到了一股花的芳香。这两句通过写年迈的词人于睡觉中尚能闻到瑞香花的香味，表现出花香之浓烈。

"领巾飘下瑞香风，惊起谪仙春梦。""领巾"句：化用风吹杨贵妃领巾而留香之典故。据《杨太真外传》载："乾元元年，贺怀智言曰：'昔上夏日与亲王棋，令臣独弹琵琶，贵妃立于局前观之。……风吹贵妃领巾于臣巾上。及后归，觉满身香气。'"谪仙：原指诗仙李白，此代指曹子芳。两句大意是：一阵轻风吹过，带来浓烈的瑞香花的芳香，仿佛当年杨妃领巾上飘落的香气。芳香太酷烈了，竟然把正酣然入梦的曹子芳也从梦中惊醒。这两句进一步刻画瑞香花芳香之浓，前一句用典，以瑞香比杨妃，意境绮丽，后一句暗合"睡香"之来历，意境清雅。

"后土祠中玉蕊，蓬莱殿后鞓红。"后土祠：古扬州城外一座祠庙。玉蕊：花名，《广群芳谱》载："花类梅而萼瓣缩小，心微黄，类小净瓶，暮春初夏盛开，叶独后凋，其花白玉色，其香殊异，高丈余。"蓬莱殿：北宋汴京皇宫内殿名。鞓红：牡丹之一种。欧阳修《洛阳牡丹记》载："鞓红其色类腰带鞓（鞓，深红色。宋制，贵官腰带为鞓色）。"两句大意是：瑞香花国色天香，堪与扬州后土祠中珍稀的玉蕊花及汴京蓬莱殿后的鞓红牡丹相媲美。

"此花清绝更纤秾，把酒何人心动？"纤秾：纤柔浓丽。两句大意是：这瑞香花既清雅绝伦又纤柔浓丽，把酒赏花，那秀美的姿色和浓烈的异香，怎不令人神怡心动呢？结拍两句直接盛赞瑞香花的秀美怡人。"何人心动"即"何人不心动"，词人用反问语气强调了瑞香花的美丽动人。

这首咏花词表现手法独特，全篇少有直接描写，主要是通过侧面烘托来表现。侧面烘托包括"老夫鼻观先通"、"惊梦"等人的反应，还包括同玉蕊和鞓红的比较等。读完本词，虽对瑞香没有具体的可感形象，但对其色香则印象深刻，令人难忘。

浣溪沙·咏橘

菊暗荷枯一夜霜，新苞绿叶照林光，竹篱茅舍出青黄。
香雾噀人惊半破，清泉流齿怯初尝，吴姬三日手犹香。

这是一首咏物词。词的上片赞美了橘树的傲寒品性，下片写其果实的甜美芳香。

“菊暗荷枯一夜霜，新苞绿叶照林光。”苞：丛生而茂密，这里指橘丛。两句大意是：深秋时节，一夜寒霜，以傲霜著称的菊花渐趋衰败，水中的荷花荷叶则早已枯萎，只有橘树仍在茁壮生长，那刚长出的丛丛绿叶在晨光的照耀下熠熠生辉。这两句以橘和菊、荷对比，以菊、荷的凋残衬托橘的勃勃生机，表现出橘树极耐岁寒的特征，立意上与“荷尽已无擎雨盖，菊残犹有傲霜枝。一年好景君须记，最是橙黄橘绿时”的诗意大致相同。“菊暗”的“暗”字用得传神，表现的是菊花将残未尽残，但颜色已经明显黯淡的形态。

“竹篱茅舍出青黄。”出青黄：长出或青或黄的橘子。橘实初青，既熟则黄。本句大意是：在竹篱内、茅舍旁，一棵棵的橘树上果实累累，挂满了未熟和已熟的橘子。这一句承接上两句对其枝叶的描绘，写其果实，使橘的形象更趋丰满。

“香雾噀人惊半破，清泉流齿怯初尝。”噀：喷。清泉：比喻橘汁。两句大意是：拿过一个橘子，才刚刚剥开一半，便有一股香雾喷出，溅人一手一脸，不禁让人一惊。将橘瓣放入口中，轻轻一嚼，橘汁便如清泉一样流布于齿间，味道酸中带甜，由于是新摘的橘子，未免有些生涩，使人微微有些畏怯。这两句描写生动，“香雾”、“清泉”比喻形象贴切；“惊”和“怯”两个词的运用则使描写更富有情趣，非常传神。

“吴姬三日手犹香。”吴姬：吴地的美女，此指吴地的采橘女。本句大意是：人们采橘剥橘以后，橘皮橘汁的芳香留在手上，经三日而不消失。这一句用夸张的手法表现了橘子芳香之浓郁持久，意境又很清新雅致，使橘的形象更为绮丽香艳。

这首咏物词运用对比、比喻、夸张等手法描摹橘的外在特征及内在质味，生动细腻，形色香兼备，韵味俱出，给人以深刻印象。

满庭芳

元丰七年四月一日，余将去黄移汝，留别雪堂邻里二三君子。会李仲览自江东来别，遂书以遗之。

归去来兮，吾归何处？万里家在岷峨。百年强半，来日苦无多。坐见黄州再闰，儿童尽，楚语吴歌。山中友，鸡豚社酒，相劝老东坡。

云何，当此去？人生底事，往来如梭？待闲看，秋风洛水清波。好在堂前细柳，应念我，莫剪柔柯。仍传语，江南父老，时与晒渔蓑。

这是一首离别之作，词中叙述了邻里、友人临别相送的感人场面，表达了作者的依依不舍之情，流露出多年辛苦奔忙依然前途未卜的淡淡忧伤，蕴含着词人对人生的深沉思索。

依词前的小序看，本篇写于宋神宗元丰七年（1084年）四月一日（农历）。是年正月二十五日，苏轼由黄州（州治在今湖北黄冈）团练副使转调为汝州（州治在今河南临汝）团练副使，此番去黄移汝属于内迁平调，仍非重用，苏轼心中并不感到高兴。雪堂：苏轼在黄州城东坡修建的住所，因在大雪中建造而成，故名。李仲览：即李翔，仲览是其字。遗：赠、寄。当时苏轼即将赴任，李仲览奉富川知县杨元素之命来此看望他，并邀他同赴富川，于是苏轼写下了这首词。

“归去来兮，吾归何处？万里家在岷峨。”归去来兮：回去吧。来、兮均为语气助词。岷峨：岷山和峨眉山，均在四川，此代指作者的老家。两句的大意是：回去吧，别再四处漂泊了，可我的家远在万里之外，我又能回到哪里去呢？作者化用陶渊明《归去来辞》之意表达了其多年来对官场生活的厌倦，有倦鸟思还之意，可与陶渊明不同的是，他是有家难归，因此更增添了一分悲凉。

“百年强半，来日苦无多。”强半：过半。两句大意是：人生百年，如今我已过大半，将来的日子不会太多了。时年苏轼虚岁四十九，言“百年强半”并非夸张说法，因为人生在世，大多是活不了百岁的。这两句化用韩愈《除官赴阙至江州寄鄂岳大夫》中“年皆过半百，来日苦无多”句，表达了作者对韶华已逝，来日无多而又未能建功立业的感慨。

“坐见黄州再闰，儿童尽，楚语吴歌。”再闰：两次闰年。苏轼在黄州住了四年零两个月，其间元丰三年闰九月，元丰六年闰六月，经过了两度闰年，故曰。楚语吴歌：黄州属古代战国楚地，又是三国吴地。两句大意是：我在黄州的四年多时间里正好遇上了两度闰年，来时的当地儿童都已长大成人，满耳里听到的都是楚语吴歌。这几句细腻地表达了作者在黄州谪居时间之长，饱含着不尽之世事沧桑。

“山中友，鸡豚社酒，相劝老东坡。”豚：小猪。社酒：春秋社日祭祀土神饮酒庆贺时所用之酒。老东坡：作者自称。这几句写山中的友人设宴为作者送行的欢乐场面。大意是：山中的友人们准备了鸡肉、猪肉，打开了储存的社酒，争相劝我多饮几杯。

“云何，当此去？”这是一个倒装句，大意是：当此离别之际，该说些什么呢？把“云何”提前，刻画出作者临别之时百感交集、无语凝噎的依依不舍的情态，同时也反映了其思想的迷茫，为进一步抒发感慨做好了过渡。

“人生底事，往来如梭？”底事：何事。大意是：人生这样奔波忙碌，往来如梭，到底是为了何事，到底是要追求些什么呢？这又是一个设问句，是作者对自己过去的岁月中从汴京到杭州，再到密州、徐州、湖州，经过入狱、出狱，然后到黄州，如今又要赶赴汝州的坎坷经历的反思。作者深感自己多年来“恰似飞鸿踏雪泥”，来去匆匆，饱受奔波之苦，志向终不得展，怅惘和厌倦之意溢于言表。

“待闲看，秋风洛水清波。”洛水：即洛河，发源陕西，流经河南入黄河。汝州距洛水不远。两句大意是：等到了汝州，不过是每天于秋风中对着洛水清清的波浪，闲散度日罢了。这两句是作者对前往汝州后的生活设想，一个“闲”字，一个“秋”字，看似悠闲，其实蕴含着词人对前途的失望和心境的萧索。

“好在堂前细柳，应念我，莫剪柔柯。仍传语，江南父老，时与晒渔蓑。”好在：依旧，如故。柯：草木的枝茎。江南父老：指作者在鄂城、武昌等地的故交好友。渔蓑：钓鱼时穿的蓑衣。几句大意是：我堂前所植的细柳仍旧留在故居，你们应念在我们的情意上好好看管它，临别伤感，但也不要折剪它柔嫩的枝条。请代我转告江南的那些旧友们，不要忘了常替我晒一晒那钓鱼穿的蓑衣啊。这几句是作者临别对邻里的叮嘱之语，深含依依惜别之情，所念之物虽极微屑，然正是于此细腻处充分表现了作者对旧居、对邻里友人的深厚情谊，曲尽以微见著之妙。最后一句则暗含重归之意，表现了作者对美好往事的留恋。

整首词既有娓娓的叙述，又有殷殷的叮咛和深沉的感慨，言词质朴，真挚感人。

满江红·怀子由作

清颍东流，愁来送，征鸿去翮。情乱处，青山白浪，万重千叠。孤负当年林下语，对床夜雨听萧瑟。恨此生，长向别离中，雕华发。

一尊酒，黄河侧。无限事，从头说。相看恍如昨，许多年月。衣上旧痕余苦泪，眉间喜气占黄色。便与君，池上觅残春，花如雪。

这首词写于宋哲宗元祐七年（1092年）二月，时苏轼已经五十七岁，由颍州知州调任扬州知州，临行前写下了此词。子由：是苏轼弟弟苏辙的字，当时他在京都汴梁任门下侍郎。苏轼和苏辙兄弟二人同年中进士，不但在文坛上同时享有盛名，而且政治见解相同，感情十分深厚。当年苏轼主动要求从扬州改任密州知州，其中一个重要的原因就是可以和在济南任职的弟弟相隔近一点。他的著名词作《水调歌头》（明月几时有）就表达了他对兄弟之情的珍视。当苏轼因“乌台诗案”被捕入狱时，曾托狱卒带给苏辙两首诀别诗（他以为当时自己必死狱中），其中一首说：“与君世世为兄弟，又结来生未了因。”可见二人之手足情深。

词的上片即景抒情，抒发了对兄弟之间长期不得相见的深深感慨和对弟弟的深切怀念，下片追忆从前，希望能有机会到京城与弟弟见上一面，并想象兄弟相会汴京的欢悦情景。全词苍劲淳厚，寄慨遥深，感情全自胸臆自然流出，读来颇为动人。“满江红”是词牌名，又名“上江虹”、“念良游”、“伤春曲”等，双调九十三字。此词调声情激越，音节高亢，向为苏辛派词人所喜用。

“清颍东流，愁来送，征鸿去翮。”清颍：指颍河，源于河南登封，流经颍州的治所阜阳，东入淮河。征鸿：此代指作者。翮：翅膀。两句大意是：清清的颍河水滚滚东流入淮，仿佛在满怀悲愁地为即将别颍适扬的我送行。因扬州在颍州东边，故有此说。词人开篇以情驭景，以四处迁徙的孤鸿自比，充满了即将远行前的孤寂和惆怅。

“情乱处，青山白浪，万重千叠。”青山重重叠叠，河水浩浩荡荡，白浪翻滚，我的情思更是烦乱不已。这几句情景交融，颍州的自然景物与词人复杂的离情浑然融为了一体。

“孤负当年林下语，对床夜雨听萧瑟。”只可惜我们两个至今仍陷身官场，不能像当年我们约好的那样归隐山林，一起对床倾听夜雨打叶的声音。苏轼与苏辙从小一同读书，形影不离。成年之后，不得已而分手仕宦四方，分手前，曾有感于韦应物的“那知风雨夜，复此对床眠”诗句，相约以后早退，共享闲居之乐。苏轼任凤翔幕府时，临别赠苏辙诗曰：“夜雨何时听萧瑟。”萧瑟：指风雨打叶声。这两句充满了对官场的厌倦和对兄弟的思念之情，意境清幽而浪漫，从中可见词人内心深处的高情雅致。

“恨此生，长向别离中，雕华发。”雕：这里是增添的意思。华发：即白发。三句大意是：这一生我们兄弟二人聚少离多，到如今均已华发盈把，仍然分处两地，不能长叙手足之情，想来真是让人感慨不已。这三句是对不得相见的抱怨，充满了无可奈何的沧桑之感，蕴含着对兄弟的深厚情意。

“一尊酒，黄河侧。无限事，从头说。”尊：通“樽”，酒杯。黄河侧：此指位于黄河南侧的汴京。四句大意是：我多么希望能到汴京与兄弟见上一面，举杯共饮，畅叙别情，说尽心中无限事。这四句开始转入对兄弟二人相会汴京的想象。

“相看恍如昨，许多年月。衣上旧痕余苦泪，眉间喜气占黄色。”我们二人彼此相互凝视，许多美好往事恍然如在眼前。虽然衣服上尚残留着当日苦苦相思滴落的泪痕，但我们的眉间脸上都充满了喜色。这四句继续想象重逢时的喜悦情景。“占黄色”指带有黄色。古人认为黄色为喜色，苏轼《送李公恕赴阙》诗中有“忽然眉上有黄气，吾君渐欲收英髦”句。

“便与君，池上觅残春，花如雪。”春尚未尽，花瓣飘零如雪，我将与你同游凤凰池，一起去寻觅那最后的春光。这三句想象与兄弟相见后共同游春赏景的情景，语言别致，意境清新优美，充满浓浓的诗意。池上：指凤凰池上。凤凰池为禁苑中池沼，中书省、门下省等亦设于禁苑，故古人多用“凤凰池”代之。

这首词感情真挚动人，词人以兄弟的情谊为主线来写景抒怀，情动于中而形于言，故而能感人肺腑。其中也夹杂着对官场的厌倦和人生不得意的感慨，是当时作者复杂心情的真实写照。

虞美人

波声拍枕长淮晓，隙月窥人小。无情汴水自东流，只载一船离恨向西州。
竹溪花浦曾同醉，酒味多于泪。谁教风鉴在尘埃，酝造一场烦恼送人来。

这首词写于宋神宗元丰七年（1084年）十一月，时苏轼由黄州贬地应召归京，在扬州与好友秦观饮酒话别，遂写下此词。秦观是“苏门四学士”之一，苏轼十分器重他，二人友情极为深厚，本词抒发的即是与秦观离别时依依难舍的痛苦心情。词的上片设想自己起程后的孤独寂寞，传达出依依难舍之意，下片回忆昔年二人交游的美好往事，为发现和结识秦观感到自豪，同时也为不能朝夕相处而痛苦。“虞美人”本是唐教坊曲名，取名于项羽的宠姬虞美人，后用作词牌。又名“一江春水”、“玉壶冰”、“巫山十二峰”等，双调五十六字。

“波声拍枕长淮晓，隙月窥人小。”长淮：指淮河。隙月：从船缝中透进的月光。作者此次入京系走水路，乘船要经过淮河和下句提到的汴水，于是设想与朋友分手并起程后的情景。两句大意是：我一个人乘船归京，夜行于淮河，天色欲晓时，我躺在船上不能入眠。波涛拍打着船舷，阵阵涛声传入我的耳中。月光透过船舱的缝隙射进来，小船渐行渐远，在月亮看来，人和船都变得越来越小。两句中“波声拍枕”形象地刻画出词人独卧舟中的情态，让人如临其境，好像看到了一只小船在波涛汹涌的河中缓缓行驶的情景；“隙月窥人小”用拟人的手法从月亮的角度来写人和船的远离，显得形象而别致。

“无情汴水自东流，只载一船离恨向西州。”汴水：古水名，故道在今河南省荥阳至开封一段。西州：泛指西边的州府。因汴京在扬州的西北，故词人此次行程为“向西州”。两句大意是：我的船迎着汴水而逆向行驶，滚滚的汴水向东急流，空使我满怀离愁地独自向西边的州郡进发。这两句表达了作者与友人分别后的伤感和落寞。“无情汴水自东流”句寓情于物，河水是无所谓有情无情的，说它“无情”和“自东流”是词人主观情感的外化；一句“载一船离恨”形象地道出了离恨之深重。

“竹溪花浦曾同醉，酒味多于泪。”此两句追忆与秦观昔年交游的往事。元丰二年（1078年），秦观入越省亲，苏轼自徐州徙知湖州，二人遂偕行，过无锡，游惠山，又会于松江，至吴兴，泊观音院，甚相得。浦：水边或河流入海的地方。两句大意是：当年我们曾同游吴越之地，在那长满青青翠竹的溪畔和两岸开满鲜花的浦口，都留下了我们举杯同醉的身影。回想往昔，那快乐的感觉一如久而弥醇的酒味，深深地留在了我的记忆中。

“谁教风鉴在尘埃，酝造一场烦恼送人来。”风鉴：识见，这里是鉴别人才之意。尘埃：尘世。两句大意是：上天让我在茫茫人海中发现并有幸结识了你这位情投意合的朋友，谁想却又安排你我从此分离，只留给我们无限的离愁别恨，真是天意难测啊。结拍两句把与秦观的相识和分离都看成是天意，包含着对结识秦观的无比庆幸和分别的痛苦与无奈，感情更为深沉蕴藉。

这首赠别之作把寻常的分离写得情深意挚，哀婉动人，表现出东坡与少游之间非同寻常的友情。关于本词的作者，别本有争议，但《全宋词》原题注：《冷斋夜话》云：“东坡与秦少游淮扬饮别，作此词。世传贺方回所作，非也。山谷亦云。大观中，于金陵见其亲笔，实东坡词也。”

诉衷情

小莲初上琵琶弦，弹破《碧云天》。分明绣阁幽恨，都向曲中传。

肤莹玉，鬓梳蝉，绮窗前。素娥今夜，故故随人，似斗婵娟。

这首词写的是月夜听一位名叫小莲的艺妓窗下弹奏琵琶的情景。词的上片重点描写曲声的婉转多情，下片描绘佳人的容仪，表现其绰约的丰姿。全词采用素描的手法，为我们展现出一位美丽而又多情的琵琶女形象。“诉衷情”是词牌名，本为唐教坊曲名，又作“桃花水”、“步花间”、“画楼空”等，有单双调两体，单调三十三字，双调有四十一字、四十四字、四十五字诸体。

“小莲初上琵琶弦，弹破《碧云天》。”破：破意，破题。《碧云天》：指范仲淹的《苏幕遮·怀旧》词，其前几句是“碧云天，黄叶地，秋色连波，波上寒烟翠”。是抒发思乡之情的词作。两句大意是：小莲姑娘弹奏起琵琶，破题便是《碧云天》的调子，非常凄婉动人。这两句写琵琶女技艺精湛，一鸣惊人。

“分明绣阁幽恨，都向曲中传。”在婉转低徊的琵琶声中，分明地传达出她深埋于内心的闺怨和幽恨。这两句写乐曲的幽怨婉转，传达出琵琶女的多情善感，词人虽未明言其所感何事，但知音者自然能心领神会，深得其味。这两句的写法与杜甫《咏怀古迹》之三中咏明妃的“千载琵琶作胡语，分明怨恨曲中论”句相近，又与白居易《琵琶行》中“低眉信手续续弹，说尽心中无限事”句取意略同。

“肤莹玉，鬓梳蝉，绮窗前。”鬓梳蝉：指鬓角梳理得似蝉翼。蝉鬓是古代妇女的一种发式。马缟《中华古今注》载：（莫）琼树始制为蝉鬓，望之缥缈如蝉翼，故曰“蝉鬓”。（莫琼树是魏文帝时的宫女）绮窗：装饰华丽的窗户。三句大意是：她的皮肤如美玉般莹洁细润，她的鬓角如蝉翼般缥缈清丽，怀抱琵琶，端坐于华丽的窗前。词人重点刻画的是琵琶女的皮肤和鬓角，并未写其颜容，但浮现在我们眼前的却是一俏佳人形象，并且每个人眼中的形象又不尽相同，这就是以点代面的勾勒方法，具有强烈的艺术表达效果。“绮窗前”一句采用烘托法，用窗户的绮丽为琵琶女的形象增添了几分秀雅。

“素娥今夜，故故随人，似斗婵娟。”素娥：指月亮。因传说月中有嫦娥，故称。故故：故意，特意。婵娟：美女，此指代琵琶女。两句大意是：今晚的月亮也格外有情，故意透过窗户照在琵琶女的身上，与她形影不离，仿佛要与佳人比一比谁更美丽一样。结拍几句以月亮和琵琶女比美从侧面进一步烘托出琵琶女的美，想象丰富，写得生动别致，饶有情趣。

这首小令生动地描绘了一位艺妓出众的色艺和内心的微妙情感，写得有血有肉，形神俱出，给人以深深的美感。

水龙吟

闾丘大夫孝终公显尝守黄州，作栖霞楼，为郡中胜绝。元丰五年，余谪居黄。正月十七日，梦扁舟渡江，中流回望，楼中歌乐杂作。舟中人言：“公显方会客也。”觉而异之，乃作此曲，盖《越调鼓笛慢》。公显时已致仕，在苏州。

小舟横截春江，卧看翠壁红楼起。云间笑语，使君高会，佳人半醉。危柱哀弦，艳歌余响，绕云萦水。念故人老大，风流未减。独回首，烟波里。

推枕惘然不见，但空江，月明千里。五湖闻道，扁舟归去，仍携西子。云梦南州，武昌东岸，昔游应记。料多情梦里，端来见我，也参差是。

这首词写于宋神宗元丰五年（1082 年），时苏轼被贬谪黄州（州治在今湖北黄冈），任黄州团练副使。全词借梦境表达了对好友闾丘孝终的深切怀念之情。上片记述梦境，写闾丘孝终在黄州栖霞楼弦歌高会的欢乐情景，下片则写的是梦醒之后对闾丘孝终的追忆与思念。整首词因梦写实，引实入梦，“空灵中杂以凄丽”，“有沧波浩渺之致”（郑文焯《手批东坡乐府》）。

词前有序言，交代了写作此词的背景。闾丘大夫孝终公显：姓闾丘，名孝终，字公显，曾任黄州知州，大夫是对其尊称。栖霞楼：楼名，在黄州城中。据陆游《入蜀记》载，栖霞楼为“太守闾丘孝终公显所作，下临大江，烟树微茫，远山数点，亦佳处也。”扁舟：小船。《越调鼓笛慢》：《水龙吟》俗名《越调》，词名《鼓笛慢》。《鼓笛慢》乃“添字水龙吟”兼摊破勾法，《词谱》将其归入《水龙吟》调。致仕：辞去官职，退休。

“小舟横截春江，卧看翠壁红楼起。”我乘着一叶小舟横渡长江，时值春天，我独卧舟中，忽然看到在江岸上矗立着一座绿墙红楹的华丽高楼。横截：横渡。江：指长江。开头两句直接写梦境，那下临大江、巍峨而又富丽的郡中绝胜——栖霞楼顿时屹立在我们眼前。“翠壁红楼”写出了栖霞楼的金碧辉煌，一个“起”字则使它仿佛横空出世一般，写得极有气势。

“云间笑语，使君高会，佳人半醉。危柱哀弦，艳歌余响，绕云萦水。”使君：此指黄州原知州闾丘孝终。宋代诗文中常沿用汉代对郡守的敬称“使君”来称呼州郡长官。高会：盛大的宴会。佳人：这里泛指参加宴会的男女宾客。危柱：拧得很紧的弦柱，可使发音高而急促。哀弦：感人的弦乐声。艳歌：表达男女之情的歌曲。萦：盘旋，缠绕。几句大意是：只听见楼内传出阵阵欢歌笑语，欢笑声回荡在夜空。听舟中人说，那是太守在大摆筵席，与宾客欢会，宾客们个个喝得酒意微醺，非常尽兴。节奏时而急促时而舒缓动人的弦乐声此起彼伏。歌女们唱起了美丽的情歌，歌声甜美嘹亮，响遏行云流水。这一部分详细描写了梦境中太守高会的欢乐盛大场面，词人以摹声为主，欢歌笑语和丝竹声交织在一起，令人陶醉和神往。

“念故人老大，风流未减。”故人：老友，指闾丘孝终。老大：年高、年老。两句大意是：眼前的情景使我感叹我的老友闾丘孝终虽然年事已高，但风流未减当年，依然是那么潇洒、飘逸。这两句为梦中所思，是对故友的赞美和钦羡。

“独回首，烟波里。”小船继续前行，我独自在烟波浩渺的江中回首张望。上片结拍二句继续写作者的行踪和神态，意境迷离恍惚，并流露出一丝孤寂和怅惘，是词人被贬黄州后失意心境在梦中的体现。

“推枕惘然不见，但空江，月明千里。”梦中忽然惊醒，我推枕而起，弦歌高会的情景已然不见了，让我不禁有些怅然若失。出门漫步江边，只见江面上空空荡荡，一轮明月高悬空中，银色的月光洒满辽阔的江面。这三句写梦醒后重寻梦境时所见，于清丽浩渺中蕴含了淡淡的惆怅和幽寂。

“五湖闻道，扁舟归去，仍携西子。”这三句借用范蠡功成隐退的典故表达归隐之意。据《国语·越语下》等载，范蠡帮助越王勾践灭吴之后，便弃官携西施乘小船泛游五湖，隐居不仕。五湖：古代吴越地区的湖泊，一说指太湖流域所有的湖泊。闻道：指领悟了功成身退的道理。西子：西施。三句大意是：那范蠡深知“鸟尽弓藏”的道理，及时地功成身退，携美女西施变名易姓，乘小舟浮游于江湖，隐居不仕，可谓明智之举。这里词人用范蠡的典故暗喻闾丘孝终辞官归隐苏州，并对此表示出赞许和钦羡之情。

“云梦南州，武昌东岸，昔游应记。料多情梦里，端来见我，也参差是。”云梦南州：指云梦泽东南的黄州。武昌东岸：亦指黄州。武昌为古县名，治所在今湖北鄂城，位于长江西岸，其对岸即黄冈。端来：应当来。参差：差不多，几乎。几句大意是：我猜想我的老友昔日任黄州知州时，一定饱览过黄州的风景名胜，并长记不忘。他要是知道我现在谪居黄州，于是神游黄州，到梦中来与我相会，也未必不可能。这几句是词人对梦的思索，不写自己思念友人，却写友人因思念自己而进入自己的梦中，写得委婉缠绵，反映出二人情谊之深厚，达到了心心相印的程度。

这首词表现的无非是怀友之情，但表现手法新颖独特，梦与现实相互交织，意境疏离飘乎，亦真亦幻。

念奴娇·赤壁怀古

大江东去，浪淘尽，千古风流人物。故垒西边，人道是，三国周郎赤壁。乱石穿空，惊涛拍岸，卷起千堆雪。江山如画，一时多少豪杰。

遥想公瑾当年，小乔初嫁了，雄姿英发。羽扇纶巾，谈笑间，樯橹灰飞烟灭。故国神游，多情应笑我，早生华发。人生如梦，一樽还酹江月。

这首词历来被当作苏轼豪放词的代表作而广为传诵。它的豪放表现为激情的奔纵，气势的雄迈和境界的宏伟壮阔。词人在词中由“如画”的江山，联想到历史上的“风流人物”，再联系到自己的“早生华发”，不禁发出“人生如梦”的感喟，流露出怅惘深沉的情绪。全词不仅描绘了祖国江山的瑰丽画面和历史人物“雄姿英发”的生动形象，而且表现出词人对江山的热爱，对历史英雄人物的缅怀，对理想事业的追求，所以通篇的基调还是积极向上、健康乐观的。

这首词写于宋神宗元丰五年（1082），时苏轼正被贬谪黄州（今湖北黄冈）。念奴娇是词牌名，赤壁怀古是题目。赤壁：这里指的是今湖北黄冈的赤壁矶，曾讹传为历史上周瑜大破曹军之处，现在称为东坡赤壁。

“大江东去，浪淘尽，千古风流人物。”大意是：长江滚滚东流，大浪淘尽泥沙。历史上有多少杰出的英雄人物被时间的滚滚洪流湮没。全词以“大江东去”而开头，气势恢弘，奠定了全篇雄浑、豪放的基调。词人由大浪淘沙而起千古之幽思，联想到历史上那无数曾经叱咤风云的“风流人物”，开始怀古思人。

“故垒西边，人道是，三国周郎赤壁。”故垒：这里指黄州长江边一处古代军营的壁垒。周郎：三国时东吴对周瑜的一种亲切的称呼。周瑜被孙策命为建威中郎将时年仅二十四，军中皆呼为周郎。周瑜少年得志，英年早逝，所以在人们的心目中他永远是一位翩翩少年郎君的形象。这几句大意是：在那古代军营壁垒的西边，人们传说三国时周瑜曾在此以少胜多，火烧曹操百万大军，奠定了三国鼎立的局面。这两句针对历史古迹，引发了对历史风云的回忆，并着重强调了这次战争的指挥者周瑜，确立了吟咏的主角。“人道是”说明作者并不肯定这里就是“赤壁之战”的古战场，但对于主题并无妨碍。

“乱石穿空，惊涛拍岸，卷起千堆雪。”这几句生动描绘了古战场雄浑、壮美的景象。大意是：江边参差的石壁峭立千尺，似乎要刺破长空；江中波涛汹涌澎湃，不断拍打着两岸，激起无数雪白的浪花。这三句景物描写中有形、有声、有色，写得极有气势，极富美感，历来为人所称道，为全词增色不少。

“江山如画，一时多少豪杰。”这两句承上启下，“江山如画”是对上面景物描写的概括，表达了作者对祖国江山的热爱，“一时多少豪杰”领起下文对以周瑜为代表的英雄人物的缅怀和敬仰。

在整个上阕中，词人大笔挥洒，把自己的思绪置于历史古迹奔涌的浪涛中，既对景物细描细刻，又自然地怀古思人，写得跌宕起伏，极有层次。

“遥想公瑾当年，小乔初嫁了，雄姿英发。”大意是：遥想当年的周公瑾，少年得志，统率三军，又迎娶了绝色佳人小乔，意气风发，踌躇满志，笑傲群雄，真是出类拔萃的一代风流人物。公瑾：周瑜的字。小乔：《三国志》载，孙策攻荆州时得乔公两女，皆国色，孙策取了大乔，周瑜娶了小乔。“乔”是姓，或作“桥”。这几句刻画了周瑜风流倜傥的气质，插入“小乔初嫁了”这一生活细节，绝非闲来之笔，而是以美人衬英雄，尽显其英俊潇洒，年轻威武。

“羽扇纶巾，谈笑间，樯橹灰飞烟灭。”纶巾：配有青丝带的头巾，和“羽扇”皆为儒将的装束。樯橹：船桅杆和摇船的器具，代指曹操的战船。这两句刻画了周瑜的风度和才干。大意是：周公瑾头戴纶巾，手摇羽扇，指挥若定，谈笑之间，便将曹军的无数战船烧得干干净净。简单的几句话，概括出历史上一场以少胜多、惊心动魄的著名战役，着意表现了周瑜足智多谋、气定神闲的大将风度。“樯橹灰飞烟灭”体现了此次大战水战火攻的特点。

“故国神游，多情应笑我，早生华发。”故国：此指古战场。华发：即花白头发。大意是：神游古战场，应该笑我在满头华发之时却自作多情地羡慕那年少有为的周郎。这几句由怀古到悲己。感叹自己青春早逝，功业无成。时年苏轼四十六岁，被贬黄州，正是十分失意痛苦之时，所以会有此感慨。

“人生如梦，一樽还酹江月。”樽：酒杯。酹：洒酒于地或水中以祭神。两句大意是：人生的一切愿望和抱负，不过是一场虚幻的梦想罢了，还是该洒脱些，让我举杯遥祭江月，一醉方休吧。这是词人对人生的思索和对自己的劝慰，流露出“今朝有酒今朝醉”的消沉和无奈。

下阕前半部分精心选择足以表现人物个性的素材，经过艺术加工，从气质、风度、才干等方面，着力塑造了周瑜这一年轻儒将的形象，寄寓了词人意欲建立千秋功业的愿望和理想。后半部分写严酷的现实粉碎了他的理想和愿望，使他感到失望和哀伤，于是发出了心底的悲叹。

综观全词，词人融写景、怀古和抒情于一体，结构精妙。在缅怀英雄中，插以奇景描写，在大笔挥洒时，间以细笔点染，有如坦荡平原中的秀山，有如奔腾江水中的细流。在写人时，作者以正面描写和侧面烘托相结合的表现手法，以典型素材表现典型性格的艺术方法来塑造人物形象，显得更加鲜明具体和生动。

卜算子

自京口还钱塘，道中寄述古太守。

蜀客到江南，长忆吴山好。吴蜀风流自古同，归去应须早。
还与去年人，共藉西湖草。莫惜尊前仔细看，应是容颜老。

这首词作于宋神宗熙宁七年（1054 年），时苏轼任杭州通判，到润州、常州等地赈饥，事毕，自京口还杭州，写下本词。词前有简单的序，交代了写作本词的缘由。京口：今江苏镇江。钱塘：古县名，为当时杭州的治所。述古：当时的杭州知州陈襄的字。太守：宋代对于知府、知州的别称。

这首词上阕描写途中思归的迫切心情，下阕想象与述古太守相会之后同游西湖的欢愉情形。本词虽为官员互赠之作，但言辞直白亲切，全无官场俗味。

“蜀客到江南，长忆吴山好。”蜀客：四川云游之客，是作者自称。苏轼是四川眉山人，眉山属蜀地。吴山：山名，又叫胥山，在杭州城西南隅。两句大意是：我一个四川人被调到江南的杭州任职，渐渐便对这里有了感情，日夜都思念着那秀丽的吴山。开首两句语言平实，感情真挚。一个“好”字概括了以吴山为代表的杭州风光的秀美；“长忆”与“蜀客”对举，表现了作者对杭州美好风光的热爱。

“吴蜀风流自古同，归去应须早。”风流：遗风。两句大意是：吴地和蜀地自古以来遗风就颇为相近，我迫切希望能尽快返回杭州。“吴蜀风流自古同”一方面指吴地和蜀地民风相近，来到杭州有种回到家中的亲切感；另一方面又暗含着作者和陈襄风度、气质相近，十分投缘。这两句由上面对自然景物的怀念转到对人的怀念，表达了盼望早日与朋友相见的迫切心情。

“还与去年人，共藉西湖草。”去年人：指去年冬季与作者分别的陈襄。藉：坐卧在某物上。两句大意是：回到杭州后，我要和陈太守一起再次坐在西湖岸边的草丛上，共同欣赏西湖迷人的景色。这两句用示现的手法，生动逼真地描绘了想象中的场面，温馨而又浪漫。“去年人”的称呼亲切感人，表现了彼此情谊之深厚，并暗含分别之久，思念之切。

“莫惜尊前仔细看，应是容颜老。”莫惜：莫怕。尊：同“樽”，酒杯。两句大意是：当相逢后我们举杯共饮时，不要因为彼此容颜的变老而不忍仔细端详。这两句生动刻画了二人重逢后相对凝望，共话别后思念及沧桑的感人场面。“容颜老”既言分别时间之长，又表现了思念之苦。

通观全词，作者感情真挚细腻，但表达又很别致委婉，有很强的艺术性。

柳宗元

柳宗元（773—819），字子厚，河东人。登进士第，应举宏辞，授校书郎，调蓝田尉。贞元十九年，为监察御史里行。王叔文、韦执谊用事，尤奇待宗元，擢尚书礼部员外郎。会叔文败，贬永州司马。宗元少精警绝伦，为文章雄深雅健，踔厉风发，为当时流辈所推仰。既罹窜逐，涉履蛮瘴，居闲益自刻苦，其堙厄感郁，一寓诸文，读者为之悲恻。元和十年，移柳州刺史。江岭间为进士者，走数千里，从宗元游。经指授者，为文辞皆有法，世号柳柳州。元和十四年卒，年四十七。集四十五卷，内诗二卷。今编为四卷。

驳《复仇议》

武则天执政时期，有个叫徐元庆的人，他的父亲被县尉杀死，他寻机报仇，亲手杀死了仇人，然后将自己捆绑起来，投案认罪。当时陈子昂建议杀掉他，但在他的里巷给以旌表，并请在法令中编进这种处理办法，作为国家法典。柳宗元认为陈子昂这种处理办法很荒唐，因为礼和法虽然作用不同，但并不矛盾，判案的关键在于分清案情的是非曲直，结尾肯定了徐元庆的合理行动，驳斥了陈子昂的错误建议，指出“有断斯狱者，不宜以前议从事”，斩钉截铁，毫不含糊。

【原文】

臣伏见天后时，有同州下邽人徐元庆者，父爽，为县尉赵师韫所杀，卒能手刃父仇，束身归罪。当时谏臣陈子昂建议，诛之而旌其闾，且请编之于令，永为国典。臣窃独过之。

臣闻礼之大本，以防乱也。若曰无为贼虐，凡为子者杀无赦。刑之大本，亦以防乱也。若曰无为贼虐，凡为理者杀无赦。其本则合，其用则异，旌与诛莫得而并焉。诛其可旌，兹谓滥，黩刑甚矣。旌其可诛，兹谓僭，坏礼甚矣。果以是示于天下，传于后代，趋义者不知所向，违害者不知所以立，以是为典可乎？盖圣人之制，穷理以定赏罚，本情以正褒贬，统于一而已矣。

向使刺谳其诚伪，考正其曲直，原始而求其端，则刑礼之用，判然离矣。何者？若元庆之父不陷于公罪，师韫之诛独以其私怨，奋其吏气，虐于非辜，州牧不知罪，刑官不知问，上下蒙冒，吁号不闻；而元庆能以戴天为大耻，枕戈为得礼，处心积虑，以冲仇人之胸，介然自克，即死无憾，是守礼而行义也。执事者宜有惭色，将谢之不暇，而又何诛焉？其或元庆之父，不免于罪，师韫之诛，不愆于法，是非死于吏也，是死于法也。法其可仇乎？仇天子之法，而戕奉法之吏，是悖骜而凌上也。执而诛之，所以正邦典，而又何旌焉？

且其议曰：“人必有子，子必有亲，亲亲相仇，其乱谁救？”是惑于礼也甚矣。礼之所谓仇者，盖其冤抑沉痛而号无告也，非谓抵罪触法，陷于大戮。而曰彼杀之，我乃杀之，不议曲直，暴寡胁弱而已。其非经背圣，不亦甚哉！

《周礼》：“调人，掌司万人之仇。凡杀人而义者令勿仇，仇之则死。有反杀者，邦国交仇之。”又安得亲亲相仇也？《春秋·公羊传》曰：“父不受诛，子复仇可也。父受诛，子复仇，此推刃之道，复仇不除害。”今若取此以断两下相杀，则合于礼矣。且夫不忘仇，孝也；不爱死，义也。元庆能不越于礼，服孝死义，是必达理而闻道者也。夫达理闻道之人，岂其以王法为敌仇者哉？议者反以为戮，黩刑坏礼，其不可以为典明矣。

请下臣议附于令，有断斯狱者，不宜以前议从事。谨议。

【译文】

小臣看到天后执政时的案件，有个同州下邽县人名叫徐元庆，他的父亲徐爽被县尉赵师韫杀死，他最后亲手刺杀杀父仇人，自己把自己捆绑起来投案认罪。当时的谏官陈子昂建议杀掉他，但在他的里巷给以旌表，并请在法令中编进这种处理办法，永远作为国家法典。小臣私自认为这个建议是错误的。

小臣听说礼的根本，是用来防乱的。比如说不要做行凶杀人的事，凡是做儿子的为了替父报仇杀了不该当做仇人的人都要抵命，不能赦免。刑法的根本，也是用来防乱的。比如说不要做行凶杀人的事，凡是当官的杀死了没有罪的人，也要抵命，不能赦免。它们的根本是一致的，但其手段却不一样，表彰和处死不能同时使用。处死可以表彰的，就叫做滥刑，亵渎刑法太厉害了。表彰应该处死的，就叫做越礼，破坏礼制太严重了。真的把这种做法向天下明白宣告，传到后代，就会使寻求正义的人不晓得正确方向，躲避祸害的人不晓得怎样立身处世，把它作为法典，这样可以吗？原本圣人的制礼立法，是要穷究事理来决定赏罚，根据情况来作出褒贬的，礼和法本就是统一的。

当初假使能够查明案情的真假，判定它的是非，推究它的发生，进而寻找它的缘由，那么刑法和礼制的功用就清楚地区分开了。为什么呢？假如徐元庆的父亲对于国法不构成犯罪，赵师韫把他处死，仅仅是为了报私仇，是滥用权势，对无罪的人肆意残害，州郡长官不晓得治赵师韫滥用刑法、借机报怨的罪，执法官吏也不去过问，上下蒙蔽掩饰，对呼冤叫屈不闻不问。可是徐元庆能够把跟杀父仇人共同活在世上作为极大羞耻，把枕着兵器时刻准备报杀父之仇作为符合礼制的事，处心积虑，用刀刺进仇人的胸膛，坚定地克制自己，就是牺牲也不怨恨。这就是遵守礼制、实行正义啊。管事的官吏应当有所惭愧，去向他表示歉意都来不及，为什么还要处死他呢？或者徐元庆的父亲的确是犯了罪不能赦免，赵师韫处死他并不违背法令，这就不是死在官吏的手中，而是死在国家的法令上面。国家的法令怎么可以仇视呢？仇视国家的法令，杀害执法的官吏，这是逆乱犯上啊。逮捕起来处死他，是为了整肃国家的法令，为什么还要表彰他呢？

并且，陈子昂的建议说："人一定有儿子，儿子一定有父母，因为热爱各自的亲人就互相仇杀，这样的混乱情势谁能纠正呢？"这种对礼制的糊涂观念实在是太严重了。礼所说的报仇，原来是说那种因为有冤屈，很沉痛，而又没有地方申诉的人，不是说触犯刑法，已经构成该判死刑的人。假使说他杀了人，我就杀了他。不问对还是错，这是不论是非曲直，威压弱小者罢了。这种违反经典，背离圣人的做法，不也太过分了吗！

《周礼》说："调人主管调解百姓的怨仇。凡是杀人而合乎情理的，规定不准报仇，报仇的人则处以死刑，假使有反过来杀人的，全国人民就共同把他当做仇人。"又哪儿会因热爱亲人而互相仇杀呢？《春秋·公羊传》说："父亲不该处死刑却被处死了，儿子报仇是可以的。父亲应该处死刑而被处死了，儿子报仇，这是一往一来互相杀戮的办法。这样的报仇是免不了相互仇杀的祸害。"如今，假使根据这个标准来判断双方仇杀的是非曲直，就符合礼制了。再说，不忘父仇，这是孝；不惜一死，这是义。徐元庆能够不超越礼制，遵循孝道，恪守正义，那肯定是个通晓事理、懂得道义的人。通晓事理、懂得道义的人，难道会与王法作对吗？议罪的官吏反倒以为应该把他处死，这是滥用刑法，破坏礼制，这种建议当然不能把它作为国家法典了。

请把小臣的意见发下去，附在有关法令的后面。以后凡有审判类似案件的，不应再照以前的建议办理。小臣谨上。

桐叶封弟辩

这是一篇史评。据史书载，周成王有次和其幼弟叔虞嬉戏，以一片桐叶为凭信，说要封他做诸侯。其实成王当时不过说了一句玩笑话，并非有意这么做，而周公则认为君无戏言，成王只好履行诺言，封弟于唐。柳宗元在这篇文章中驳斥了周公的做法，认为君主的言行应该考虑是否适当。人臣不应当迁就迎合，而应当启发诱导，把君主的一句戏言当成金科玉律是愚蠢可笑的。这在帝王至尊的封建时代，的确是相当大胆的议论。文章论辩犀利，义正辞严，可谓论辩文的力作。

【原文】

古之传者有言，成王以桐叶与小弱弟，戏曰："以封汝。"周公入贺。王曰："戏也。"周公曰："天子不可戏。"乃封小弱弟于唐。

吾意不然。王之弟当封邪，周公宜以时言于王，不待其戏而贺以成之也。不当封邪，周公乃成其不中之戏，以地以人与小弱者为之主，其得为圣乎？且周公以王之言，不可苟焉而已，必从而成之邪？设有不幸，王以桐叶戏妇寺，亦将举而从之乎？凡王者之德，在行之何若。设未得其当，虽十易之不为病；要于其当，不可使易也，而况以其戏乎？若戏而必行之，是周公教王遂过也。

吾意周公辅成王，宜以道，从容优乐，要归之大中而已，必不逢其失而为之辞。又不当束缚之，驰骤之，使若牛马然，急则败矣。且家人父子尚不能以此自克，况号为君臣者耶！是直小丈夫缺缺者之事，非周公所宜用，故不可信。

或曰：封唐叔，史佚成之。

【译文】

古书上记载说：周成王把剪成珪形的桐树叶拿给小弟弟并开玩笑说："把它封给你。"周公立刻进去祝贺，成王说："我只是随便说说的呀。"周公说："天子是不能随便开玩笑的。"于是就把小弟弟封在唐地。

我看后认为这是不可能的。成王的弟弟应当受封赏的话，周公就应该及时向成王进言，而不应该等到他开玩笑时才用庆贺的方式来促成这件事。如果不应该受封的话，周公却有意去促成这种不合适的玩笑，把土地人民，交给一个小弟弟，让他去做那里的君主，周公这样做怎么能够称为圣人呢？而且周公认为君主的话，不能随便说说就算了，一定要遵照着办成这件事吗？假使不幸，成王用桐叶当棄跟宫女和太监开玩笑，周公也准备提出来照着办吗？凡是帝王的德行，在于办事怎么样。假定他做得不合适，那么就是多次改变它也不算错；重要的在于是不是适当，适当就不能使它改变，何况是拿它来开玩笑呢！假若开玩笑的话也一定要实行它，这是周公在教成王成就错误啊。

我想周公辅助成王，应该拿不偏不颇的道理引导他，使他的举止都遵循"中庸"之道，肯定不会迎合他的错误还替他辩解的。也不会束缚他，劳累他，使他像牛马一样，训导过于苛刻，反而适得其反。况且在一家人中父子之间还不能用这种办法来管束，何况是称为君臣的呢！这仅仅是耍弄小聪明的人做的事，不是周公应当做的，所以不能相信。

有的书上说：封唐叔的事，是史佚促成它的。

箕子碑

唐代在汲郡建立了箕子庙，每年按时祭礼，以纪念这位上古贤人，柳宗元有感于箕子的历史影响为箕子庙写了这篇碑文。文章开篇提出中心论点，指出大人之道有三，即“正蒙难”、“法授圣”和“化及民”，随后逐条论述，高度赞扬了箕子处乱世而能自强不息，处治世而能训导圣王，制定国家法典，并远赴蛮荒，教化人民，传播礼乐的高贵品质和重大历史业绩。结尾特别提到隐忍图存，指出箕子本意，表达了对他的崇敬心情。

【原文】

凡大人之道有三：一曰正蒙难；二曰法授圣；三曰化及民。殷有仁人曰箕子，实具兹道以立于世。故孔子述六经之旨，尤殷勤焉。

当纣之时，大道悖乱，天威之动不能戒，圣人之言无所用。进死以并命，诚仁矣，无益吾祀，故不为。委身以存祀，诚仁矣，与亡吾国，故不忍。具是二道，有行之者矣。是用保其明哲，与之俯仰，晦是谟范，辱于囚奴。昏而无邪，证而不息。故在《易》曰：“箕子之明夷。”正蒙难也。及天命既改，生人以正，乃出大法，用为圣师。周人得以序彝伦而立大典。故在《书》曰：“以箕子归，作《洪范》。”法授圣也。及封朝鲜，推道训俗，惟德无陋，惟人无远，用广殷祀，俾夷为华。化及民也。率是大道，丛于厥躬，天地变化，我得其正，其大人欤？

呜呼！当其周时未至，殷祀未殄。比干已死，微子已去。向使纣恶未稔而自毙，武庚念乱以图存，国无其人，谁与兴理？是固人事之或然者也。然则先生隐忍而为此，其有志于斯乎？

唐某年，作庙汲郡，岁时致祀。嘉先生独列于《易》象，作是颂云。

【译文】

凡是有高尚情操的人，他的立身处世之道有三点：一是秉持正义，不惜经受苦难；二是撰述范则，授给明君；三是推行教化，泽被万民。殷朝有个仁人名叫箕子，他确实是以这种立身之则以处当世。所以孔子讲述六经大义时，屡次提及他。

在殷纣王的时候，天道混乱，上天的震怒不能使暴君警醒，圣人的教诲也没有什么作用。这时候，冒死进谏，不怕牺牲生命，这的确是可以称做仁人，不过对我们的宗族没有好处，所以不这样做。投身新王朝来保存宗族，这也可以称为仁人，不过要抛弃自己的家园，因此又不忍心这样做。况且两条道路，已经有人走过了。因此，箕子保存自己的明智，随世事而动，隐藏自己的谋略智识，忍受着做囚犯和奴隶的屈辱。生活在昏聩的时代，却出淤泥而不染，处在衰落的国家中，却能够自强不息。所以《易经》上说：“箕子不显露自己的明智。”这正是坚守正道，不惜经受磨难啊。等到天命重顾周室，百姓生活步入正轨，于是撰述范典，成为圣王的范典。周朝得以整顿人伦规范，从而制定国家法典。所以《书经》上说：“由于箕子归降才制定了《洪范》。”这就是撰述范典，授给圣王啊。等到他受封朝鲜后，推行礼义，转变风俗，有道德就不怕风气鄙偏，有人民就不怕地方偏远，因而推广了殷朝的政治文化，使边远民族同华夏民族一样。这就是推行教化，泽被万民。遵循这种圣人之道，使它在自己的身上集中，天地万物虽然变化无常，自己却能够坚守正道，这大概就是有高尚情操的人吧！

唉！在周朝兴盛的时机还没有到来，殷朝的天命还没有断绝，比干已经遇害，微子已经流亡的时候，倘使殷纣的罪恶没有达到极点就自然地死去，武庚担忧动乱并企图保存殷室，而国家没有杰出的人才，将同谁来挽救时局，治理国家呢？这原本是人事方面可能出现的情况啊。那么，先生委屈求全而这样做，难道是有这样的志向吗？

唐朝某年，在汲郡建立了先生的庙，每年按时祭祀。我欣赏先生独独能够在《易经》的卦象中列名，就作了这篇颂。

牛 赋

牛，性情温驯，吃苦耐劳。烈日下耕作，星月下负重。吃的是草，挤出来的是奶。给人极多，所得极少。劳苦终生，结果却悲惨，“皮角见用，肩尻莫保。或穿缄滕，或实俎豆”。

驴，不耕不驾，却吃上好饲料。凭借曲意奉迎，趋炎附势的伎俩，奔走于豪门大户，终生安稳，不用受怕担惊。

作者以动物界中的牛和驴，暗喻人类中的君子与小人。寓满腔悲愤于波澜不惊的文字中。然而末句“命有好丑，非若能力。慎勿怨尤，以受多福”，却带有消极的隐忍意味。

【原文】

若知牛乎？牛之为物，魁形巨首，垂耳抱角，毛革疏厚。牟然而鸣，黄钟满脰。抵触隆曦，日耕百亩。往来修直，植乃禾黍。自种自敛，服箱以走。输入官仓，己不适口。富穷饱饥，功用不有。陷泥蹷块，常在草野。人不惭愧，利满天下。皮角见用，肩尻莫保。或穿缄滕，或实俎豆。由是观之，物无逾者。不如羸驴，服逐驽马。曲意随势，不择处所。不耕不驾，藿菽自与。腾踏康庄，出入轻举。喜则齐鼻，怒则奋踯。当道长鸣，闻者惊辟。善识门户，终身不惕。牛虽有功，于己何益？命有好丑，非若能力。慎勿怨尤，以受多福。

【译文】

你了解牛吗？牛这种动物，身躯魁伟，头部硕大，两耳下垂，两角向上弯曲，毛疏皮厚。牛哞哞的叫声，像黄钟一样浑厚低沉。它冒着烈日，一天耕田百亩。它往来拉的田垄又长又直，可以种上你们的作物。它不但耕种收获，还要拉着车子奔跑。把一车车粮食送进官仓，自己却吃不上可口的食物。它使穷人富起来，使饿人吃得饱，却不争半点功劳。它有时陷入泥沼，有时跌倒在地，经常在野外忙碌。人们感到惭愧，天下都得到它的好处。它的皮角被利用，骨肉无法保全。有的用绳子穿起来制成用具，有的装在祭器里作为祭品。由此可见，没有什么东西比牛的用处更大。牛不像瘦驴那样，习惯地跟在劣马身后奔跑。不择场合地曲意奉迎，趋炎附势。瘦驴既不耕地，又不驾车，吃上好饲料。奔走在康庄大道上，出入自由自在。高兴时扬鼻相对，恼怒时使劲蹬蹄。站在大路上昂首长鸣，听到的人都吓得慌忙逃开。善于钻营，奔走豪门大户，终身安稳，不用受怕担惊。牛虽然对人们有功，但对自己能有什么好处？命运本来就有好有坏，不是能力所能改变的。千万不要怨天尤人，这样就能获得更多的洪福。

封建论

封建，指殷周时期“封国土，建诸侯”的世袭分封制度。本文就是评论这种分封制度的。

文章首段发端立案，提出论点：封建，非圣人意也。又以一“势”字挈其纲领，由势字探出圣人不得已之苦心。“彼其初”一段，遂极言“势”之所必至，从而为论点作确证。

接下来，文章探讨历代封建得失之大略。一段言周封建之失；一段言秦郡县之得；一段言汉矫秦循周之失；一段言唐制州立守之得。而后，针对三种不同观点的发难，一一予以反驳。至“或者又以为”一段，则因殷周不革封建一难，发出不得已之故，与开头“势”字照应。后以“吾固曰：非圣人意也，势也。”收束归源。

文章立论明确，间架宏阔，辩论雄俊，为历代评论家所称道。吕留良评此文："无懈可击，实文章豪雄。"

【原文】

天地果无初乎？吾不得而知之也。生人果有初乎？吾不得而知之也。然则孰为近？曰：有初为近。孰明之？曰封建而明之也。彼封建者，更古圣王尧、舜、禹、汤、文、武而莫能去之。盖非不欲去之也，势不可也。势之来，其生人之初乎？不初，无以有封建。封建，非圣人意也。

彼其初与万物皆生，草木榛榛，鹿豕狉狉，人不能搏噬，而且无毛羽，莫克自奉自卫，荀卿有言"必将假物以为用"者也。夫假物者必争，争而不已，必就其能断曲直者而听命焉。其智而明者，所伏必众，告之以直而不改，必痛之而后畏，由是君长刑政生焉。故近者聚而为群。群之分，其争必大，大而后有兵有德。又有大者，众群之长又就而听命焉，以安其属，于是有诸侯之列。则其争又有大者焉。德又大者，诸侯之列又就而听命焉，以安其封，于是有方伯、连帅之类，则其争又有大者焉。德又大者，方伯、连帅之类，又就而听命焉，以安其人，然后天下会于一。是故有里胥而后有县大夫，有县大夫而后有诸侯，有诸侯而后有方伯、连帅，有方伯、连帅而后有天子。自天子至于里胥，其德在人者，死必求其嗣而奉之。故封建非圣人意也，势也。

夫尧、舜、禹、汤之事远矣，及有周而甚详。周有天下，裂土而瓜分之，设五等，邦群后，布履星罗，四周于天下，轮运而辐集。合为朝觐会同，离为守臣扞城。然而降于夷王，害礼伤尊，下堂而迎觐者。历于宣王，挟中兴复古之德，雄南征北伐之威，卒不能定鲁侯之嗣。陵夷迄于幽、厉，王室东徙，而自列为诸侯矣。厥后，问鼎之轻重者有之，射王中肩者有之，伐凡伯、诛苌弘者有之。天下乖戾，无君君之心，余以为周之丧久矣，徒建空名于公侯之上耳。得非诸侯之盛强，末大不掉之咎欤？遂判为十二，合为七国，威分于陪臣之邦，国殄于后封之秦。则周之败端，其在乎此矣。

秦有天下，裂都会而为之郡邑，废侯卫而为之守宰，据天下之雄图，都六合之上游，摄制四海，运于掌握之内，此其所以为得也。不数载而天下大坏，其有由矣。亟役万人，暴其威刑，竭其货贿。负锄梃谪戍之徒，圜视而合从，大呼而成群。时则有叛人而无叛吏，人怨于下而吏畏于上，天下相合，杀守劫令而并起。咎在人怨，非郡邑之制失也。

汉有天下，矫秦之枉，徇周之制，剖海内而立宗子，封功臣。数年之间，奔命扶伤之不暇。困平城，病流矢，陵迟不救者三代。后乃谋臣献画，而离削自守矣。然而封建之始，郡邑居半，时则有叛国而无叛郡。秦制之得，亦以明矣。继汉而帝者，虽百代可知也。

唐兴，制州邑，立守宰，此其所以为宜也。然犹桀猾时起，虐害方域者，失不在于州而在于兵，时则有叛将而无叛州。州县之设，固不可革也。

或者曰：封建者，必私其土，子其人，适其俗，修其理，施化易也。守宰者，苟其心，思迁其秩而已，何能理乎？余又非之。周之事迹，断可见矣。列侯骄盈，黩货事戎。大凡乱国多，理国寡。侯伯不得变其政，天子不得变其君。私土子人者，百不有一。失在于制，不在于政，周事然也。秦之事迹，亦断可见矣。有理人之制，而不委郡邑，是矣。有理人之臣，而不使守宰，是矣。郡邑不得正其制，守宰不得行其理，酷刑苦役，而万人侧目。失在于政，不在于制。秦事然也。汉兴，天子之政行于郡，不行于国，制其守宰，不制其侯王。侯王虽乱，不可变也；国人虽病，不可除也。及夫大逆不道，然后掩捕而迁之，勒兵而夷之耳。大逆未彰，奸利浚财，怙势作威，大刻于民者，无如之何。及夫郡邑，可谓理且安矣。何以言之？且汉知孟舒于田叔，得魏尚于冯唐，闻黄霸之明审，睹汲黯之简靖，拜之可也，复其位可也，卧而委之以辑一方可也。有罪得以黜，有能得以赏。朝拜而不道，夕斥之矣；夕受而不法，朝斥之矣。

设使汉室尽城邑而侯王之，纵令其乱人，戚之而已。孟舒、魏尚之术，莫得而施；黄霸、汲黯之化，莫得而行。明谴而导之，拜受而退已违矣。下令而削之，缔交合从之谋，周于同列，则相顾裂眦，勃然而起。幸而不起，则削其半。削其半，民犹瘁矣，曷若举而移之以全其人乎？汉事然也。今国家尽制郡邑，连置守宰，其不可变也固矣。善制兵，谨择守，则理平矣。

或者又曰："夏、商、周、汉封建而延，秦郡邑而促。"尤非所谓知理者也。魏之承汉也，封爵犹建。晋之承魏也，因循不革。而二姓陵替，不闻延祚。今矫而变之，垂二百祀，大业弥固，何系于诸侯哉？

或者又以为："殷、周，圣王也，而不革其制，固不当复议也。"是大不然。夫殷、周之不革者，是不得已也。盖以诸侯归殷者三千焉，资以黜夏，汤不得而废；归周者八百焉，资以胜殷，武王不得而易。徇之以为安，仍之以为俗，汤、武之所不得已也。夫不得已，非公之大者也，私其力于己也，私其卫于子孙也。秦之所以革之者，其为制，公之大者也；其情，私也，私其一己之威也，私其尽臣畜于我也。然而公天下之端自秦始。

夫天下之道，理安，斯得人者也。使贤者居上，不肖者居下，而后可以理安。今夫封建者，继世而理。继世而理者，上果贤乎？下果不肖乎？则生人之理乱未可知也。将欲利其社稷，以一其人之视听，则又有世大夫世食禄邑，以尽其封略。圣贤生于其时，亦无以立于天下，封建者为之也。岂圣人之制使至于是乎？吾固曰："非圣人之意也，势也。"

【译文】

自然界果真没有原始阶段吗？这我无法知道。人类果真有原始阶段吗？这我也无法知道。那么，哪一种可能接近事实呢？我以为，有原始阶段这种说法更接近事实。拿什么来证明这个呢？通过分封制就可以证明。那分封制曾经历唐尧、虞舜、夏禹、商汤、周文王、周武王等古代圣明的帝王，没有谁能废除它。恐怕他们不是不想将分封制度除掉，而是客观形势不允许。这种形势的形成，大概就是由于人类原始阶段的存在吧！假如没有人类原始阶段的那种形势，就不能产生分封制。实行分封制，不是圣人们的意志。

人类在其原始阶段，与万物共存。那时草木杂乱丛生，各种野兽往来奔突，人不能搏杀撕咬，而且没有毛羽，无法自己养活自己和保护自己，正如荀卿所说的，人一定要凭借外物作为求生的工具。凭借外物以求生存，相互之间必定产生争斗，争斗无休无止，必定去找能判断是非的人而听从他的命令。这类人中有智慧、能明断的，服从他的人一定众多；他向相争的人讲明道理而有过失的一方仍不悔改，必将责罚他们而后使他畏惧，由此，君主、长官、刑法、政令就产生了。所以彼此亲近的人们便聚成一群。分为群体，以后争斗的规模必然加大；争斗的规模加大，就产生了用武力来镇压和用道德来安抚的统治方法。其中又有武力更强大、道德更高尚的人，各群体的首领就又去到他那里听从他的命令，以安抚其部属，于是产生了众多的诸侯。诸侯之间相互争斗，争斗的规模就又扩大了。后来又出现了威德更高尚的人，众诸侯又去听从他的命令，以安定自己的封国，于是就产生了方伯、连帅一类的诸侯首领。这样，方伯、连帅之间的相争规模就又进一步扩大了。又出现了比方伯、连帅道德更高尚的人，方伯、连帅们又归附于他而听从他的命令，以安定他们的人民，然后天下会合，统一于一个天子了。所以，先有乡里的长官而后有县的长官，有了县的长官之后才有诸侯，有了诸侯而后有方伯、连帅，有了方伯、连帅而后有天子。上至天子，下至乡里的长官，他们当中对百姓有恩德的人死了以后，大家必定拥护他们的后代而尊奉为领袖。所以，分封制不是圣人的个人意志，是形势所造成的。

尧、舜、禹、汤的事离当前太久远了，到了周代，文献的记载才比较详尽。周朝据有天下以后，把天下土地像切瓜一样进行分割，设立公、侯、伯、子、男五等爵位，分封诸侯。

诸侯国如众星罗列，布满天下四方。他们尊奉周王室，就像车轮以车轴为中心，车辐条集中于车毂那样。诸侯定时拜见天子，或在春天去朝见，或在秋天去朝见，或应天子之召随时前往，或数个诸侯联合前去朝见；诸侯离开天子回到自己的封国，就成为周王室的守土之臣和保卫朝廷的屏障。然而下传到周夷王时，以前的礼制遭到破坏，损害了天子的尊严，夷王竟亲自下堂去迎接诸侯。传到周宣王时，他虽然具备复兴国势的德行，显示了南征楚国、北伐玁狁的雄威，但他终究无力确立鲁国君位的继承人。周王朝衰落始于厉王、幽王，到周平王东迁洛邑，周天子已把自己降到了跟诸侯同等的地位了。自那以后，向周天子询问九鼎重量企图取代周朝的事出现了，放箭射中周天子肩膀的事出现了，伏击绑架周天子使臣凡伯、胁迫周天子杀掉大夫苌弘的事也出现了。天下反常，人心背谬，不再把天子当做天子。我认为周王朝丧失统治权很久了，只不过还在诸侯之上徒然留有一个空名而已。这难道不是诸侯的力量过分强大，形成尾大不掉的过失吗？于是周朝分成了十二个诸侯国，合并为七个强国，天子的权力被分到由诸侯的家臣所建立的国家，周王朝被它所后封的秦国灭掉。可见周朝败亡的最初的原因，就在于实行了分封制。

秦国统一天下后，分割原来诸侯国的属地并设置郡县，废除了从侯服到卫服的五等诸侯取而代之的是郡守、县令，凭借天下险要之处，建都在居高临下的咸阳，控制全国，把整个国家置于自己的掌握之中。这是秦朝的应对得当之举。稳定不久就天下大乱，那是另有原因的。秦朝一再征发数以万计的人去服劳役，政令、刑罚严酷苛刻，天下财物殆尽一空。于是那些扛着锄头木棍被责罚去守边的人们，彼此交换个眼神就诚心地结为联盟，大呼一声便聚集成反秦的队伍。当时只有反叛的百姓而没有反叛的官吏，老百姓对秦王朝心怀怨恨，而有一定地位的官吏则对朝廷十分畏惧。天下百姓同心同力，杀死郡守，劫持县令，联合起来造反。秦王朝的过错在于它的暴政激起了人民的怨恨，而不是郡县制的错误。

汉朝取得天下以后，为吸取秦亡的教训，袭用了周朝的制度，划分出一部分国家疆土用来分封同宗子弟和一些异姓功臣为王侯。没过几年，就出现了侯王叛乱的事，汉天子为平息叛乱而疲于奔命，奔忙不止。高祖刘邦领兵讨伐叛降匈奴的韩王信时，曾被匈奴军队在平城围困了七天七夜，又在镇压淮南王英布的反叛时被飞箭射成重伤而致死，而后汉朝逐渐呈现衰落之势，一直持续了三世之久。后来谋臣献策，朝廷对诸侯王的封地及拥有的权势加以离析、削弱，汉王朝才得以自保。不过，汉朝刚开始恢复分封制时，还有约占全国面积一半的地区实行的是郡县制，当时只有诸侯反叛却没有郡县反叛。秦朝创立的郡县制的正确可行，也可由此得到证明了。对汉朝之后的创立帝业的人来说，郡县制与分封制哪一种可取，哪一种不可取，即使再过百代，也是显而易见的。

唐朝建国以后，设置州县，任命州县长官，这是唐王朝的明智之举。但是仍有强悍奸猾的藩镇不时起来作乱，为害地方。造成这种情况的过错不在于建州立县，问题在于兵制，当时只有反叛的藩镇将领而没有反叛的州县长官。由此可见，州县的设置，确实是不可改变的。

有人说：分封制下的世袭诸侯，一定会把封地当做自家的私有产业尽心治理，把封国内的百姓当做儿子一样爱护，他们适应当地的风俗，修明那里的政治，因此施行教化是很容易的。而县制下的郡守和县令，常怀有得过且过的心理，想的不过是官位升迁，哪里能把所管辖的地方治理得好呢？我认为这种说法也是错误的。周朝的历史事实清楚地告诉我们：众诸侯骄横自大，贪财好战。总而言之，是政治混乱的国家多，治理得当的国家少。方伯、连帅之类的诸侯首领不能改变各诸侯国腐败的政治统治，天子也不能撤换不称职的诸侯国的国君。真正能够尽心治理封地和诚心爱护人民的诸侯，一百个当中找不出一个。造成这种局面的原因在于实行了分封制，而不在于具体政治措施如何。周朝的情况就是如此。秦朝的历史事实也明确地告诉我们：秦实行了治理人民的郡县制，可是不把权力交付给郡县，当时实际情况就是这样。任命了能够治理人民的郡守、县令，他们却无法行使郡守、县令的职权，当时实际情况就是这样。结果是所设置的郡县作用无法正常发挥，郡县长官无法施行其政治管理。再加上严酷的刑法，繁重的劳役，致使天下百姓心怀怨怒。造成这种局面的过错在于统治策略有错误，而不在于郡县制有什么不好。秦朝的情况就是如此。汉朝建国后，天子的统治命令可以在郡县贯彻执行，不能在诸侯国贯彻执行，可以控制郡守、县令，不能控制诸侯王。诸侯王就算是胡作非为，朝廷也无法改变这种状况，诸侯国的人民就算是苦难深重，朝廷也不能解除他们的痛苦。等到诸侯王叛上作乱，而后才拘捕捉拿、流放外地，或者率领军队去将叛乱平定。当诸侯王叛乱的迹象不明显的时候，尽管他们巧取豪夺谋财谋利，依仗权势作威作福，对百姓极端残暴，朝廷也拿他们没有办法。至于当时实行郡县制的地方，可以说是治理得当而且社会安定。为什么这样说呢？如汉文帝从田叔那里了解到高祖时被免官的孟舒德行很好，受到尊敬，从冯唐那里省悟到对守边有功的魏尚判罚有失妥当，汉宣帝听说黄霸执法明察，办事审慎，汉武帝看到汲黯为政简静，不苛政扰民，于是或将接连遭贬的黄霸官复原职，或将孟舒、魏尚重新起用，或将有病在身的汲黯委以重任以安抚治理一方百姓。在实行郡县制的地方，这是天子可以做到的。郡县长官如有罪过，天子可以罢他官，郡县长官有才能，天子可以奖赏他。早上任命了他，如有违逆越轨的行为，当天晚上就可以把他免职；晚上授予他官职，如果违法乱纪，第二天早晨就可以罢免他。假如汉王朝把全国城市乡镇的土地都分封给诸侯王，纵使他们欺害人民，朝廷对这种情况也只能焦虑担忧罢了。在这种情况下，孟舒、魏尚的治理方法难以施展，黄霸、汲黯的教化方式难以推行。朝廷公开批评、开导他们，他们当面恭敬应允，但一转身就又违法犯禁、我行我素了。朝廷如果下令削减他们的封地，他们就相互串通、订立盟约、联合秘谋，然后就彼此呼应，对朝廷怒目相视，气势汹汹地发动叛乱；如果不闹事，朝廷也只能削减他们一半封地，而另一半封地上的人民仍然受苦。与其这样，为何不把诸侯王全部废除而改为郡县，以保全那里的百姓呢？汉朝的情况就是这样。

现在国家全部实行郡县制，并设立郡守、县令，这种制度的不可改变是确定无疑的了。朝廷只要善于掌握兵权，谨慎地选择州县长官，国家就可以治理好了。

有人又说：夏、商、周、汉四代实行分封制而统治的时间都很长，秦朝实行郡县制而统治的时间却很短。说这种话的，更加不是所谓懂得治理国家的人了。曹魏承接汉朝立国，仍然建立了封土赐爵的分封制，司马晋继承曹魏立国，分封制仍沿袭不改。而曹氏和司马氏所建立的王朝都很快就衰败了，没听说他们国运长久。现在唐朝废止了分封制，采用郡县制，自开国至今将近二百年了，国家基业很巩固，这与分封诸侯有什么关系呢?

有人又认为：商汤王和周武王都是圣王，他们都不改变分封制，本不该再来讨论了。这种说法是非常错误的。商汤王、周武王不废除分封制，是迫不得已。因为商汤伐夏桀时有三千个诸侯归附于商，商借助他们的力量才灭掉了夏，所以商汤王不能废掉他们；周武王征伐商纣王时，归附周的诸侯有八百个，周借助他们的力量才战胜了商，所以周武王也不能废掉诸侯。因循旧制以安定国家，沿用旧制以顺应习俗，这是商汤王、周武王迫于形势而作出的决定。不得已而为之，就不是出于最大的公心，而是怀有偏私之心，因为诸侯曾为自己出过力，想利用他们来守卫保护自己的子孙后代。秦朝废除分封制，实行郡县制，从郡县制本身来说，这是最大的公了，但就动机来看，则是为私的，是想利用郡县制造就皇帝个人的权威，使天下人都服从自己的统治。不过，天下为公在行政制度上有所体现是从秦朝开始的。

天下的通理是，把国家治理好了，才能得民心。让贤能的人居上位，不贤的人居下位，然后国家才可以治理的好。分封制度下的统治者，是诸侯王一代继承一代的统治下去。这种世袭的统治者，在上位的果真就是贤能的吗？在下位的果真就是不贤的吗？那么老百姓是得到太平还是会遭逢祸乱，就无法知道了。诸侯王为了巩固他们的政权，就必须统一人民的认识，由世袭的大夫统治着世袭领地，以至于把封地内的土地都分光了。即使圣贤生在那个时代，也不能为人民立功立德。这都是分封制所造成的后果，哪里是圣人创立的制度使它这样的呢！所以我说：分封制不是圣人的本意，而是形势发展所决定的。

段太尉逸事状

状，是记叙死者世系、籍贯、生卒年月及生平事迹的文章，供撰写墓志或史传者采择。逸事状，只记录死者的逸事，其他生平事迹则从略。

段太尉，即段秀实，字成公。一生经历唐玄宗、肃宗、代宗、德宗四朝。德宗建中四年因反对朱泚称帝被害。德宗兴元元年诏赠太尉，谥曰“忠烈”。

本文叙述了太尉的三件逸事：保全郭氏，写其勇；卖马偿谷，写其仁；却朱泚帛，写其廉。人物形象栩栩如生，跃然纸上。文字亦洗练精审，值得细细品读。

【原文】

太尉始为泾州刺史时，汾阳王以副元帅居蒲，王子晞为尚书，领行营节度使，寓军邠州，纵士卒无赖。邠人偷嗜暴恶者，卒以货窜名军伍中，则肆志，吏不得问。日群行丐取于市，不赚，辄奋击折人手足，椎釜鬲瓮盎盈道上，袒臂徐去，至撞杀孕妇人。邠宁节度使白孝德以王故，戚不敢言。

太尉自州以状白府，愿计事。至则曰：“天子以生人付公理，公见人被暴害，因恬然，且大乱，若何？”孝德曰：“愿奉教。”太尉曰：“某为泾州，甚适，少事，今不忍人无寇暴死，以乱天子边事。公诚以都虞侯命某者，能为公已乱，使公之人不得害。”孝德曰：“幸甚！”如太尉请。既署一月，晞军士十七人入市取酒，又以刃刺酒翁，坏酿器，酒流沟中。太尉列卒取十七人，皆断头注槊上，植市门外。晞一营大噪，尽甲。孝德震恐，召太尉曰：“将奈何？”太尉曰：“无伤也。请辞于军。”孝德使数十人从太尉，太尉尽辞去，解佩刀，选老躄者一人持马，至晞门下。甲者出，太尉笑且入曰：“杀一老卒，何甲也？吾戴吾头来矣。”甲者愕。因谕曰：“尚书固负若属耶？副元帅固负若属耶？奈何欲以乱败郭氏？为白尚书，出听我言。”晞出，见太尉。太尉曰：“副元帅勋塞天地，当务始终。今尚书恣卒为暴，暴且乱，乱天子边，欲谁归罪？罪且及副元帅。今邠人恶子弟以货窜名军籍中，杀害人，如是不止，几日不大乱？大乱由尚书出，人皆曰尚书倚副元帅不戢士，然则郭氏功名，其与存者几何？”言未毕，晞再拜曰：“公幸教晞以道，恩甚大，愿奉军以从。”顾叱左右曰：“皆解甲，散还火伍中，敢哗者死！”太尉曰：“吾未晡食，请假设草具。”既食，曰：“吾疾作，愿留宿门下。”命持马者去，旦日来。遂卧军中。晞不解衣，戒候卒击柝卫太尉。旦，俱至孝德所，谢不能，请改过。邠州由是无祸。

先是太尉在泾州，为营田官。泾大将焦令谌取人田，自占数十顷，给与农，曰：“且熟，归我半。”是岁大旱，野无草，农以告谌。谌曰：“我知入数而已，不知旱也。”督责益急。且饥死，无以偿，即告太尉。太尉判状，辞甚巽，使人求谕谌。谌盛怒，召农者曰：“我畏段某耶？何敢言我！”取判铺背上，以大杖击二十，垂死，舆来庭中。太尉大泣曰：“乃我困汝。”即自取水洗去血，裂裳衣疮，手注善药，旦夕自哺农者，然后食。取骑马卖，市谷代偿，使勿知。淮西寓军帅尹少荣，刚直士也。入见谌，大骂曰：“汝诚人耶？泾州野如赭，人且饥死，而必得谷，又用大杖击无罪者。段公，仁信大人也，而汝不知敬。今段公唯一马，贱卖，市谷入汝，汝又取，不耻。凡为人，傲天灾、犯大人、击无罪者，又取仁者谷，使主人出无马，汝将何以视天地，尚不愧奴隶耶？”谌虽暴抗，然闻言则大愧流汗，不能食。曰：“吾终不可以见段公。”一夕，自恨死。

及太尉自泾州以司农征，戒其族：“过岐，朱泚幸致货币，慎勿纳。”及过，泚固致大绫三百匹，太尉婿韦晤坚拒，不得命。至都，太尉怒曰：“果不用吾言。”晤谢曰：“处贱，无以拒也。”太尉曰：“然终不以在吾第。”以如司农治事堂，栖之梁木上。泚反，太尉终，吏以告泚，泚取视，其故封识具存。

太尉逸事如右。

元和九年月日，永州司马员外置同正员柳宗元谨上史馆。今之称太尉大节者，出入以为武人一时奋不虑死，以取名天下，不知太尉之所立如是。宗元尝出入岐、周、邠、斄间，过真定，北上马岭，历亭鄣堡戍。窃好问老校退卒，能言其事。太尉为人姁姁，常低首拱手行步，言气卑弱，未尝以色待物，人视之儒者也。遇不可，必达其志，决非偶然者。会州刺史崔公来，言信行直，备得太尉遗事，覆校无疑。或恐尚逸坠，未集太史氏，敢以状私于执事。谨状。

【译文】

段秀实太尉刚刚担任泾州刺史时，汾阳王郭子仪正以副元帅的身份驻军蒲州，他的第三个儿子郭晞任尚书，代理副元帅行营节度使的职务，率领军队借驻邠州，纵容士兵肆意妄为。邠州人中那些狡猾、贪婪、凶横、邪恶的人，大都利用行贿在军队里挂个虚名，然后就放肆地为所欲为，地方官吏不敢干涉。他们每天成群结伙在大街上强行勒索财物，如果不满意，就打断别人的胳膊腿，砸碎人家的锅碗瓢盆，扔得满地都是，然后裸露着臂膀大摇大摆地走了，甚至撞死孕妇。邠阳节度使白孝德因为汾阳王的缘故，只是暗中忧虑不敢做声。

段太尉从泾州发文向邠阳节度使禀告，想与节度使商议此事，他到后便说：“天子让你管理老百姓，您见到百姓被暴力伤害，仍心安理得，眼看要出大乱子了，您想怎么办？”孝德说：“我愿接受你的指教。”太尉说：“我任泾州刺史很清闲，事务不多，现在我不忍心见百姓在没有动乱的情况下惨遭残害而死，并因此影响国家边防的安全。你假如任命我为都虞侯的话，我能为你制止暴乱，使你的百姓不再受苦。”孝德说：“那太好了！”就答应了太尉的请求。段太尉代理都虞侯的一个月以后，郭晞的十七个士兵到街上抢酒，又用刀刺杀了卖酒的老翁，毁坏了酿酒的器具，酒流进了沟里。太尉安排士兵抓住了那十七个人，把他们的头都砍下并插在长矛上，竖立在城门外示众。郭晞兵营里的士兵骚动起来，都穿上了铠甲。孝德十分害怕，召见太尉说：“这该怎么办？”太尉说：“不要紧，我到军营中去解释一下。”孝德派几十个人随太尉一起去，太尉把他们都辞掉了，他摘去佩刀，选了一名瘸腿老人替他牵马，来到了郭晞军营门口。穿着铠甲的士兵冲了出来，太尉笑着往军营里走，说道：“杀一个老兵，怎么用得着全副武装呢？我顶着我的脑袋来了。”穿着铠甲的士兵惊呆了。于是太尉开导他们说：“难道尚书对你们不好吗？难道副元帅亏待你们吗？为什么要作乱来败坏郭家呢？替我禀告尚书，请他出来听我说话。”郭晞出来会见太尉，太尉说：“副元帅的功勋充塞于天地之间，应当力求有始有终。现在尚书放任士兵横行不遵守法令，这样下去会出乱子的，破坏国家边防的安全，罪名将是什么呢？追查责任就会连累副元帅。现在邠州人中的一些恶少通过行贿，在军队中挂了名，欺侮百姓，像这样下去不加以制止，还能有几天安稳日子呢？大乱子出在尚书手里，人们都会说，尚书是依仗副元帅的势力不管束士兵，那么还能将郭家的功名存留多久呢？”太尉的话还没有说完，郭晞一再拜谢说：“感谢您用道理教导我，您的恩德太大了，我愿率领军队听从您的吩咐。”说罢，转过头呵斥身边的士兵说：“都把铠甲脱掉，回到各自的队伍中去，闹事的人将被处死！”这时太尉说：“我还未吃晚饭，请为我安排一顿便饭。”吃过饭又说：“我的病发作了，希望能在你这里过一夜。”他吩咐牵马人先回去，明天再来。于是在郭晞军营过夜。郭晞不脱衣服，吩咐负责警卫的士兵打更，保卫太尉。第二天早上，他同太尉一起到了白孝德那里，向白孝德道歉，说自己缺乏治军的才能，请求给他改正过错的机会。从此邠州没有祸乱了。

起先，太尉在泾州做营田副使。当时泾州刺史手下的大将焦令谌夺取老百姓的田地，自己强占了几十顷地，租给农民耕种。他对农民说："庄稼收割后，交一半给我。"这一年大旱，田野里不长草，农民把情况告诉了焦令谌。焦令谌说："我只知道应交纳的谷米数目，不管是否干旱。"更加急迫地催促农民交粮。农民快要饿死了，没有办法偿还租子，就去段太尉那里告状。太尉写在状词上的判语语气委婉，并派人求见焦令谌，告诉他实际情况。焦令谌知道后大为恼火，把那个告状的农民叫来，对他讲："难道我怕段秀实吗？怎么敢告我！"他把判词铺在农民背上，打了他二十大棒，几乎将农民打死，被人抬到段太尉衙门的院里。太尉流着眼泪对农民说："是我害你吃苦头了。"他立即亲自打来水洗掉农民的血污，撕下自己的衣服为他包扎了伤口，并亲手给他敷上好药。早晚亲自喂他吃饭，然后自己再吃。他又把自己骑的马卖掉，买了粮食替农民缴了租，还瞒着他。调驻泾州的淮西部队主帅尹少荣，是个刚烈正直的人。他到军营中见焦令谌，大骂他说："你还是个人吗？泾州田野旱得一片焦土，老百姓饥饿难当，你还一定要收租，还用大棒毒打没有罪的人。段公是个仁慈而又重信义的有道德之人，而你却不敬重他。现在段公仅有的一匹马，低价卖掉，买了谷子交给你顶租，你竟然收下还不觉得羞耻。总而言之，你的为人是无视天灾、冒犯大人、棒打无辜。又收了仁慈者的谷子，使营田副使出门没有马骑，你还有什么脸面活在人世上，你难道一点不觉得在奴隶面前感到惭愧吗？"焦令谌虽然凶暴强横，可是听了这番话也感到非常羞愧，汗流满面，羞愧得吃不下饭，说："我将永远羞于再见段公了。"万分悔恨，终于因此在一天夜里死去了。

等到太尉从泾州调任为司农卿时，告诫亲属："过岐州时，假如朱泚赠送财物来，你们千万不要收下。"等到经过岐州时，朱泚硬要送给段家三百匹大绫，太尉的女婿韦晤坚决不收，却没有推辞掉。到了京城，太尉很生气地说："你们真的没有听我的话！"韦晤道歉说："我的地位卑下，没有办法拒绝他。"太尉说："那无论如何也不能放这些东西在我家里。"便把大绫拿到司农卿办公的厅堂，放在大厅的梁木上。朱泚叛乱称帝，太尉因反朱泚而被杀害，一个官吏把这件事告诉了朱泚。朱泚派人把大绫拿来一看，原先包装时的标记都还在。

太尉散佚的事迹如上所述。

元和九年某月某日，永州司马员外置同正员柳宗元写了这些事，恭敬地呈献给史馆。现在有些人说到太尉的品德和气节，以为他不过是员武将，只是出于一时的勇敢不怕死，才名扬天下，不知太尉赖以立身扬名的事正是上面所说的那样。宗元曾经往来于岐州、周原、邠州、郃县一带，经过真定，北上马岭山，路过许多哨所、防御工事、城堡、岗楼，喜欢平常里访问年老的下级军官和退伍士兵，他们对段太尉的事迹比较了解。太尉为人和善，走路时常常低着头，两手抱在胸前，说话时语气谦和，从来不用严厉的脸色对待别人，人们看他就像一个斯文的读书人，可是遇到不公平的事情，一定要实现自己的主张，决不是偶然之中表现出来的坚强。正巧遇上永州刺史崔公来，他说话可信，行为正直，也很详尽地了解段太尉的事，两人反复核实，没有不实之处。又担心这些事迹散失，还未收集到史官那里，所以大胆把这些逸事写成材料私下交给您。我很诚心诚意地向您呈上这份材料。

六逆论

本文作于元和四年永州司马任上。六逆，即文中所说的六种违反礼制的行为，按《左传》，与“六逆”相对的“六顺”是指：君义、臣行、父慈、子孝、兄爱、弟敬。柳宗元此文虽是有感而发，不过写得较为庸常，所论事理浅显易懂，文章平铺直叙，在柳氏散文中属一般之作。不过评者见仁见智，林纾曾云：“所谓贱妨贵、远间亲、新间旧三事，不佞始读时，亦已疑之，顾未暇论也。柳州不惟不斥为乱源，而且直据为理本，使人不能不加意于此文。贵而愚，贱而圣且贤，此尤不可言妨。以下引据，节节精当，用笔活跳。盖有理之文，始能纵横如意。若文无把柄，一力搬演，虽引用宏富，究无著也。”

【原文】

《春秋左氏》言卫州吁之事，因载“六逆”之说曰：贱妨贵、少陵长、远间亲、新间旧、小加大、淫破义，六者，乱之本也。余谓“少陵长、小加大、淫破义”，是三者，固诚为乱矣。然其所谓“贱妨贵、远间亲、新间旧”，虽为理之本可也，何必曰乱？

夫所谓“贱妨贵”者，盖斥言择嗣之道，子以母贵者也。若贵而愚，贱而圣且贤，以是而妨之，其为理本大矣，而可舍之以从斯言乎？此其不可固也。夫所谓“远间亲，新间旧”者，盖言任用者之道也。使亲而旧者愚，远而新者圣且贤，以是而间之，其为理本亦大矣，又可舍之以从斯言乎？必从斯言而乱天下，谓之师古训可乎？此又不可者也。

呜呼！是三者，择君置臣之道，天下理乱之大本也。为书者，执斯言，著一定之论，以遗后代，上智之人固不惑于是矣。自中人而降，守是为大据，而以致败乱者，固不乏焉。晋厉死而悼公入，乃理；宋襄嗣而子鱼退，乃乱；贵不足尚也。秦用张禄而黜穰侯，乃安；魏相成璜而疏吴起，乃危；亲不足与也。苻氏进王猛而杀樊世，乃兴；胡亥任赵高而族李斯，乃灭；旧不足恃也。顾所信何如耳！然则斯言殆可以废矣。

噫！古之言理者，罕能尽其说。建一言，立一辞，则臲卼而不安，谓之是可也，谓之非亦可也，混然而已。教于后世，莫知其所以去就。明者慨然将定其是非，则拘儒瞽生相与群而咻之，以为狂为怪，而欲世之多有知者可乎？夫中人可及化者，天下为不少矣，然而罕有知圣人之道，则固为书者之罪也。

【译文】

《春秋左氏传》讲到卫国公子州吁的事，于是记载了“六逆”的说法，说：出身低贱的妨碍出身高贵的，年纪小的凌犯年纪大的，关系疏远的离间关系亲近的，新提拔的取代资历深的，小国凌犯大国，邪恶的破坏正义的，这六种情况，是国家混乱的根本。我认为，年纪小的凌犯年纪大的、小国凌犯大国、邪恶的破坏正义的这三种情况确实可以说是乱，但是所谓“出身低贱的取代出身高贵的、关系疏远的取代关系亲近的、新提拔的取代资历深的”，这三种情况，说它们是治理的根本也是可以的，为什么一定要说它们是乱呢？

所谓“出身低贱的妨碍出身高贵的”，是指确立国君继承人应遵循子以母贵的原则而言。但是，假如出身高贵却很愚蠢，出身低贱却既圣明又有贤能，因此后者代替前者，把这作为治理国家的重大原则，可以舍弃它而去听从“贱妨贵”这种话吗？当然不可以这样做。所谓“关系疏远的取代关系亲近的，新提拔的取代资历深的”，说的是任用官员的原则。假如关系亲近或资历深的官员愚蠢，关系疏远或新提拔的官员才德兼备，因此后者取代前者，这也是治理国家的重大原则，也可不去遵循而去听从“远间亲、新间旧”这种话吗？说这样做是效仿遵从古代的遗训，可以吗？这也是不可以的。

唉！这三种情况，是选择国君、任用臣下的原则，是与整个国家是“治”还是“乱”密切相关的根本问题。著书的人坚持这种说法，把它记载下来，当成固定不变的理论留传给后世。有大智慧的人固然不会被这种言论迷惑，但中等智慧以下的人，则抱定此说，认为这是论人处事的重要依据，而历史上由于这个原因造成国家败亡、天下大乱的，实在是不乏其例。晋厉公死后，悼公以旁支的身份继位为君，晋国于是大治；宋襄公以嫡子的资格继位，子鱼因为是庶子而不能继位，宋国于是大乱。可见出身高贵的不见得就值得崇尚。秦昭王任用魏国人张禄为丞相而免去了他的舅舅穰侯，秦国就安定了；魏文侯在他的弟弟季成和朋友翟璜两人中挑选国相而疏远吴起，魏国就出现了危机，可见关系亲近的未必就值得推崇。前秦国君苻坚任用王猛而杀了旧臣樊世，国家就兴旺了；秦二世胡亥任用赵高处死了李斯及其亲眷，国家就灭亡了，可见资历深的老臣未必就值得依靠。重要的是所任用的人德行如何，才能怎样。既然如此，那么所谓“贱妨贵、远间亲、新间旧”是祸乱根源的这种说法，大概是可以废弃了。

唉！古代那些谈论治理国家的人，很少有人能把道理说得明晰透彻的。他们创立一种学说，提出一种主张，总是摇摆不定，模棱两可。把它传授给后世，人们不知道怎样取舍与判断。明白事理的人对此感慨不已，想要评定这些主张、学说的是非，那些拘泥古训、无知盲从的儒生就成群结伙地对他加以指责，认为他是狂人、怪物。在这种情况下，希望世间多一些通达事理的人，可能吗？天下人中能够受到教化的为数不少，但是很少有人懂得圣人治国的道理，这确实是那些著书立说者的过错了。

晋文公问守原议

唐代宦官之祸最严重时，正是柳宗元写作此文时，可以断定作者对掌握军国大权的阉党深恶而痛绝，而又不能直接指斥，只好以曲笔讽谏，借以抒发对政事的愤慨。本文结构严谨，法度森严，行文步骤承接照应，写得非常巧妙。文章一起笔就以晋文公问勃鞮为例说起，立论明确，笔锋直接，接着一口气写下来，每段紧扣相连，虽然有许多倒注的回互转换，却组织得天衣无缝，意味深长。而通篇文字简约明快，不留斧凿痕迹，读来既清新爽朗，又让人警醒。有感时事而借古人发议，这是议论文的惯用手法，但柳宗元此文超出许多人的俗习，他悍然落笔而又猝然收笔，豹头虎尾，文中同样精神百倍，畅论宦官当权的危害，隐讥唐德宗对阉人的迁就与亲宠，写得义正词严，说理透彻，不愧是“柳文得意者”（谢枋得语）。

【原文】

晋文公既受原于王，难其守。问寺人勃鞮，以畀赵衰。

余谓守原，政之大者也，所以承天子，树霸功，致命诸侯，不宜谋及媟近，以忝王命。而晋君择大任，不公议于朝，而私议于宫；不博谋于卿相，而独谋于寺人。虽或衰之贤足以守，国之政不为败，而贼贤失政之端，由是滋矣。况当其时不乏言议之臣乎？狐偃为谋臣，先轸将中军，晋君疏而不咨，外而不求，乃卒定于内竖，其可以为法乎？且晋君将袭齐桓之业，以翼天子，乃大志也。然而齐桓任管仲以兴，进竖刁以败。则获原启疆，适其始政，所以观示诸侯也，而乃背其所以兴，迹其所以败。然而能霸诸侯者，以土则大，以力则强，以义则天子之册也。诚畏之矣，乌能得其心服哉！其后景监得以相卫鞅，弘、石得以杀望之，误之者晋文公也。

呜呼！得贤臣以守大邑，则问非失举也，盖失问也。然犹羞当时陷后代若此，况于问与举又两失者，其何以救之哉？余故著晋君之罪，以附《春秋》许世子止、赵盾之义。

【译文】

晋文公从周天子那里接受原地以后，很难决定由谁来守护那里。他询问宦官勃鞮，接受他的建议把这个职务给了赵衰。

我认为，治理好原地是晋国政治上的大事，是借以事奉天子、建立霸主功业、向诸侯传达王命的，不应该与宦官商议，以致玷污了天子的命令。可是晋文公在挑选担负重任的官员时，不在朝廷与大家一起商量，而在内宫私下讨论；不广泛在大臣中征求意见，而偏偏与宦官计议。虽然赵衰的才能、德行所幸可以担任原地的长官，国家的统治不因此而受损，而迫害贤良、政治混乱的祸根，却由此滋长出来了。何况当时晋国并不缺乏能够提出建议的臣子呢！狐偃是善于谋划的大臣，先轸是中军的统帅，晋文公疏远他们而不向他们询问，竟与宦官仓促商讨决定，这种做法能作为榜样吗？而且，晋文公准备像齐桓公那样建立功业以辅助天子，这是远大的志向。可是齐桓公因任用管仲而成就霸业，因任用竖刁而致使国势衰败。那么晋文公得到原地扩展了疆土，正是他开始创建霸业，给诸侯树立榜样的时候，而他竟不用齐桓公的成功经验，却重蹈齐桓公后来失败的覆辙。虽然晋文公后来能称霸诸侯，那是因为就国土而言，晋国是大国，从力量方面看，晋国兵力强，以名义而论，晋国是周天子所封的。众诸侯事实上是惧怕晋国，哪里是晋文公能使他们心悦诚服呢？以后景监能够任用商鞅为相，弘恭、石显能够害死萧望之，是晋文公导致的恶果。

唉！晋文公想派贤臣去担任原地那样的大地方的长官，那么被问者并非所举失当，问题在于他问了不该问的人。即使这样，他还是受到了当时人的耻笑，而且贻害后世，何况在问的对象和被推举的人两方面都错了的情况下，他用什么来挽救呢？所以我把晋文公的过错揭示出来，以附和《春秋》贬斥许世子止和赵盾的用意。

辩《晏子春秋》

《晏子春秋》一书，自唐以来，许多人认为它是后人采缀晏子言行而成，而本文中柳宗元则认为该书系齐国墨子之徒所作。作者以不容置疑的口气断定《晏子春秋》的编撰者为墨子之徒，列举了巧妙的佐论，让读者信服，文笔相当明爽。如“墨好俭，晏子以俭名于世”及“非晏子为墨也”等语，位置恰到好处，所论精到明晰。文章短而精悍，清楚了然，于义于理都似乎有法可循。不过据孙星衍等人考证，认为柳宗元所作论断是错误的。

【原文】

司马迁读《晏子春秋》，高之，而莫知其所以为书。或曰晏子为之，而人接焉；或曰晏子之后为之，皆非也。吾疑其墨子之徒有齐人者为之。

墨好俭，晏子以俭名于世，故墨子之徒尊著其事，以增高为己术者。且其旨多尚同、兼爱、非乐、节用、非厚葬久丧者，是皆出墨子。又非孔子，好言鬼事，非儒、明鬼，又出墨子。其言问枣及古冶子等，尤怪诞。又往往言墨子闻其道而称之，此甚显白者。

自刘向、歆，班彪、固父子，皆录之儒家中。甚矣，数子之不详也！盖非齐人不能具其事，非墨子之徒，则其言不若是。后之录诸子书者，宜列之墨家。非晏子为墨也，为是书者，墨之道也。

【译文】

司马迁读了《晏子春秋》一书，对晏子十分赞许，但是不知道这部书是怎样写出来的。有人说，这书是晏子自己写的，但经过别人的增补；也有人说，它是晏子的后代写的。这些都不对。

我怀疑它是墨子门徒中的某个齐国人写的。墨子推崇节俭，晏子也以节俭闻名遐迩，所以墨子的门徒尊崇晏子并记述他的事迹，借以提升学习、奉行墨家学说的学子们的地位。而且《晏子春秋》的内容与尚同、兼爱、非乐、节用相关，反对铺张浪费的葬礼和长期地服丧，这些都是出于《墨子》。它还反对孔子，喜欢谈论鬼神之类的事，责难儒家，谈论鬼神，这也是出自《墨子》。书中所讲的问枣和古冶子等故事十分怪诞。这书又经常提到墨子听到晏子的学说就赞成它，这更是明确的证据。

自刘向刘歆父子、班彪班固父子以来，都把《晏子春秋》归在儒家一类，这些人考察得太不仔细了。该书作者如果不是齐国人，就不可能如此详细地记述晏子的事迹；不是墨子的门徒，就不会有书中的论述。以后编纂诸子书目的人，应把《晏子春秋》列入墨家，不是因为晏子属墨家，而是写这书的作者表述的是墨家的观点。

设渔者对智伯

本文似为讽刺藩镇而作，当时柳宗元任永州司马。智伯是春秋末年晋国的四卿之一，他灭了范、中行氏后，又向赵襄子索地，遭拒绝，于是他便胁迫韩、魏共围晋阳。赵派张孟谈出城游说韩、魏反击智氏，智伯战败被杀，地为三家瓜分。概括本文大意，是说贪得无厌不知满足者，就如同螳螂捕蝉，黄雀在后一样，自己也免不了被人吞并或消灭。柳氏此文极力摹写，开阖繁简，处处入神，用字颇费斟酌，林纾评说：“华色似《汉书》，气势似《南华》，词锋似《国策》。”文章前半部分悉力喻鱼，后半部分即以鱼之贪而得死，喻智伯之贪而取败。语意连贯，喻理相承，自圆其说，浑然天成，是一篇很有特点的记叙性杂文。

【原文】

智氏既灭范、中行，志益大，合韩、魏围赵，水晋阳。智伯瑶乘舟以临赵，且又往来观水之所自，务速取焉。

群渔者有一人坐渔，智伯怪之，问焉。曰：“若渔几何？”曰：“臣始渔于河中，今渔于海。今主大兹水，臣是以来。”曰：“若之渔何如？”曰：“臣幼而好渔。始臣之渔于河，有鲂、鲔、鳣、鰋者，不能自食，以好臣之饵，日收者百焉。臣以为小，去而之龙门之下，伺大鲔焉。夫鲔之来也，从鲂鲤数万，垂涎流沫，后者得食焉。然其饥也，亦返吞其后。愈肆其力，逆流而上，慕为螭龙。及夫抵大石，乱飞涛，折鳍秃翼，颠倒顿踣，顺流而下，宛委冒懵，环坻溆而不能出。向之从鱼之大者，幸而啄食之，臣亦徒手得焉，犹以为小。闻古之渔有任公子者，其得益大。于是去而之海上，北浮于碣石，求大鲸焉。臣之具未及施，见大鲸驱群鲛，逐肥鱼于渤澥之尾。震动大海，簸掉巨岛。一啜而食若舟者数十。勇而未已，贪而不能止，北蹙于碣石，槁焉。向之以为食者，反相与食之，臣亦徒手得焉，犹以为小。闻古之渔有太公者，其得益大，钓而得文王。于是舍而来。”

智伯曰：“今若遇我也如何？”渔者曰：“向者臣已言其端矣。始晋之侈家，若栾氏、祁氏、郤氏、羊舌氏以十数，不能自保，以贪晋国之利，而不见其害，主之家与五卿，尝裂而食之矣。是无异鲂、鲔、鳣、鰋也。脑流骨腐于主之故鼎，可以惩矣，然而犹不肯寤。又有大者焉，若范氏、中行氏，贪人之土田，侵人之势力，慕为诸侯，而不见其害。主与三卿又裂而食之矣。脱其鳞，鲙其肉，刳其肠，断其首而弃之，鲲鲕遗胤，莫不备俎豆，是无异夫大鲔也。可以惩矣，然而犹不肯寤。又有大者焉，吞范、中行以益其肥，犹以为不足，力愈大而求食愈无厌。驱韩、魏以为群鲛，以逐赵之肥鱼，而不见其害。贪肥之势，将不止于赵，臣见韩、魏惧其将及也，亦幸主之蹙于晋阳。其目动矣，而主乃傲然，以为咸在机俎之上，方磨其舌。抑臣有恐焉，今辅果舍族而退，不肯同祸，段规深怨而造谋，主之不寤，臣恐主为大鲸，首解于邯郸，鬣摧于安邑，胸披于上党，尾断于中山之外，而肠流于大陆，为鲜薨，以充三家子孙之腹。臣所以大惧。不然，主之勇力强大，于文王何有？”

智伯不悦，然终以不寤。于是韩、魏与赵合灭智氏，其地三分。

【译文】

智伯消灭了范氏、中行氏以后，他的野心更加膨胀了，又联合了韩氏和魏氏围攻赵氏，挖开汾水的堤坝去淹晋阳。智伯瑶乘船去侦察赵境，又往来观察水的流向，必定要迅速攻占晋阳。

这时，在一群捕鱼的人中有个人坐在那里钓鱼，智伯见了感到十分不解，心想这里正在打仗，而且水势又大，他怎么还能安坐，于是问他说：“你捕鱼有多久了？”他回答说：“我开始在黄河里捕鱼，又在海上捕鱼，现在您决了汾水的堤坝，这里水势浩大，我便来到这里。”智伯问：“你的捕鱼本领怎么样？”钓鱼人说：“我自幼喜欢捕鱼。开始我在黄河里捕鱼，那里有鲂、鲂、鳣、鰋等各种鱼，它们不愿自己寻找食物，而喜欢吞吃我的诱饵，我每天都能捕获上百条鱼。我认为这些鱼太小，就离开那里来到龙门山下面，期待捕捉大鲔鱼。鲔鱼游来的时候，后面跟着几万条鲂鲤，垂涎流沫，它们就有吃的了。然而在鲔鱼饥饿的时候，也转身吞食鲂鲤。鲔鱼在这时更加费尽力气逆流而上，只想跳跃龙门，化成螭龙。等到碰上了大石头，就在汹涌的波涛中横冲直撞，结果弄断了脊背上的鳍，撞掉了两边的翅，十分疲惫地翻倒跌落下来，不由自主只得顺流而下，随着曲折的水势游动，冒冒失失，昏昏沉沉，绕着水中的暗礁浅滩转动，再也没有办法出来。先前跟在身后的鱼群中的大鱼，就高高兴兴地啄食它，我也只空着手就捉到了它，但我还认为鲔鱼太小。听说有个叫任公子的古代捕鱼人，他捕到的鱼更大。于是我又离开龙门前往大海，坐船向北到了碣石山，想在那里捕到大鲸鱼。我还没来得及用我的捕鱼的工具，只见大鲸鱼在渤海岸边驱赶着成群的鲛鱼去追逐肥鱼，掀起的浪涛震荡着大海，震动着大岛，大鲸鱼一口吞掉了像船那样大的鱼几十条，还一直向前，只顾贪吃不肯停止，搁浅在北面的碣石山前，终因缺水干枯而死。这时那些先前被它吃的鱼，便转回来相互争着啄食它，我也空手不费力地把它捉到了，但我认为这还是小鱼。听说古代钓鱼的人中有个叫姜太公的，他得到的更大，钓鱼而遇到了文王，于是我离开了大海来到了这里。”

智伯说：“今天你遇到了我怎样呢？”钓鱼人说：“刚才我已说明到这里来的原因了。原先，晋国的大贵族，如栾氏、祁氏、郤氏、羊舌氏等有几十家之多，他们之所以不能保存自己，是因为只顾去贪取晋国的利益，却看不见其中的祸害。您曾经同范氏、中行氏、韩氏、魏氏、赵氏一起把他们分割吞并了，这与鲂、鲂、鳣、鰋等鱼的结果没有不同。他们的脑浆迸流、骨头腐烂在您的旧鼎之中，本来应该引以为戒了，然而有的人还不醒悟。又有比栾氏等更贪的，如范氏、中行氏，他们贪图人家的土地，侵犯人家的势力，想成为诸侯，却看不到其中的弊处。您与韩氏、赵氏、魏氏一起又把他们瓜分吞并了，像宰鱼那样剥他们的鳞，切碎他们的肉，挖掉他们的肚肠，砍下并扔掉他们的脑袋，连他们的子孙也像小鱼苗一样，没有不成为你们碗碟中的食物的，这与大鲔鱼的结果没有分别。本来应该引以为戒了，然而有的人仍是不肯悔悟。还有比范氏、中行氏野心更大的，他吞并了范氏、中行氏，扩大了自己的地盘和势力，还认为不够多。力量愈大而贪图扩张的欲望越无休止，把韩氏、魏氏作为群鲛驱使，去追逐赵氏这条肥鱼，却不知道这其中的危险。贪图扩张的趋势，吞并赵氏并不是终止。我已看出韩氏、魏氏害怕灾难将轮到他们头上的情绪了，他们只希望您困在晋阳这里。他们已盘算伺机而动了，然而您狂妄自大，认为他们都在自己的掌握之中，正舔着自己的舌头，准备吃掉他们呢。并且我还担忧，现在智果已离开了智氏改为姓辅，不愿跟您同遭灭亡之灾。段规受您的侮辱之后心生怨恨，策划报复。您却还不醒悟，我担心您将会像大鲸鱼那样，脑袋掉在邯郸，两翅折断在安邑，胸部分裂在上党，尾巴会断在中山以外，肠子流在大陆泽里，做成鲜食和干食，让韩、赵、魏三家子孙吃个饱。因此，我非常担心忧虑。否则，您的势力强大，与周文王相比有什么差别呢？”

智伯听后十分不高兴，但始终没有醒悟。于是韩、赵、魏三家联合消灭了智氏，把他的领地瓜分了。

愚溪对

愚溪原名冉溪，在永州城西，柳宗元贬官永州后居住在此。本文假托作者与“溪神”的对话，曲折详尽地表达了他的愤懑之情。文中虽有作者自嘲之词，但内在的自矜隐约可见，而通篇以“名”、“实”二字为眼，就溪神设为问答，这种构思高妙奇特，引人入胜，有助于作者一吐胸中郁垒。此文中溪神所说的话要多于作者自述，这是为了借溪神之口发泄牢骚。比喻、排比等修辞手法的使用恰到好处，篇中以恶溪比养小人，以弱水比抑君子，浊泾不法知人，黑水赋质昏昧。文辞清癯劲健，情绪激动急迫，而缺乏一种气韵。柳宗元遭到贬斥，谪居“远王都三千余里”的永州，官场失意，生活困顿，怨愤不已。他以“愚”自喻，实际上是在替自己解嘲，“愚”字背后是对自己“英雄无用武之地”的感慨。林纾评其此文：“……泄其一腔之悲愤，楚声满纸，读之肃然。”

【原文】

柳子名愚溪而居。五日，溪之神夜见梦曰：“子何辱予，使予为愚耶？有其实者，名固从之，今予固若是耶？予闻闽有水，生毒雾厉气，中之者，温屯呕泄；藏石走濑，连舻糜解。有鱼焉，锯齿锋尾而兽蹄，是食人，必断而跃之，乃仰噬焉，故其名曰恶溪。西海有水，散涣而无力，不能负芥，投之则委靡垫没，及底而后止，故其名曰弱水。秦有水，掎汩泥淖，挠混沙砾，视之分寸，眙若睨壁，浅深险易，昧昧不觌，乃合清渭，以自彰秽迹，故其名曰浊泾。雍之西有水，幽险若漆，不知其所出，故其名曰黑水。夫恶弱，六极也；浊黑，贱名也。彼得之而不辞，穷万世而不变者，有其实也。今予甚清与美，为子所喜，而又功可以及圃畦，力可以载方舟，朝夕者济焉。子幸择而居予，而辱以无实之名以为愚，卒不见德而肆其诬，岂终不可革耶？”

柳子对曰：“汝诚无其实，然以吾之愚而独好汝，汝恶得避是名耶！且汝不见贪泉乎？有饮而南者，见交趾宝货之多，光溢于目，思以两手左右攫而怀之，岂泉之实耶？过而往贪焉，犹以为名，今汝独招愚者居焉，久留而不去，虽欲革其名，不可得矣。夫明王之时，智者用，愚者伏。用者宜迩，伏者宜远。今汝之托也，远王都三千余里，侧僻回隐，蒸郁之与曹，螺蚌之与居，唯触罪摈辱愚陋黜伏者，日侵侵以游汝，闯闯以守汝。汝欲为智乎？胡不呼今之聪明皎厉握天子有司之柄以生育天下者，使一经于汝，而唯我独处？汝既不能得彼而见获于我，是则汝之实也。当汝为愚而犹以为诬，宁有说耶？”

曰：“是则然矣。敢问子之愚何如而可以及我？”

柳子曰：“汝欲穷我之愚说耶？虽极汝之所往，不足以申吾喙；涸汝之所流，不足以濡吾翰。姑示子其略：吾茫洋乎无知，冰雪之交，众裘我絺；溽暑之铄，众从之风，而我从之火。吾荡而趋，不知太行之异乎九衢，以败吾车；吾放而游，不知吕梁之异乎安流，以没吾舟。吾足蹈坎井，头抵木石，冲冒榛棘，僵仆虺蜴，而不知怵惕。何丧何得，进不为盈，退不为抑，荒凉昏默，卒不自克。此其大凡者也。愿以是污汝可乎？”

于是溪神深思而叹曰：“嘻！有馀矣，其及我也。”因俯而羞，仰而吁，涕泣交流，举手而辞。一晦一明，觉而莫知所之，遂书其对。

【译文】

我给一条溪取名为愚溪，并居住在溪边。五天后的一个夜里，溪神托梦对我说："你为什么侮辱我，使我的名称叫'愚'呢？我如果当真愚蠢，当然应加以愚之名，我现在真的是愚蠢吗？我听说闽地有条河，生长出一种很毒的瘴气，人吸入毒气就会发烧，上吐下泻；水里有暗礁，激流奔腾，船一只接一只地被撞坏；水里还有一种鱼，长着像锯齿一样的牙齿，刀锋一般的尾巴，还长着四只兽蹄；这是吃人的鱼，经常把人咬断后抛起来，然后跳起来仰头咬住再吃掉，因而这条河的名字叫恶溪。在西海那里有条河，水涣散无力，连芥草都不能浮起；把芥草扔到水面上，就缓缓下沉，一直沉到底，所以它的名字叫弱水。在秦地还有一条河，河底掺杂混合着烂泥、沙子和碎石子，走到近处看就像看墙壁一样，是浅还是深，是险急还是平缓，昏昏暗暗看不清楚，与渭水会合后，更显出了这条河的混浊，所以它名叫浊泾。雍州的西面有条河昏暗凶险，水色漆黑，不知它源自哪里，所以它名叫黑水。'恶'、'弱'是所谓六种极坏事物中的两种，'浊'、'黑'是卑下的名称。他们获得这些名称而不推辞，经历世世代代而没有改变的原因，是由于名副其实。如今我清澈而优美，你很钟爱，又有浇灌菜园的功劳，又有运载两条并行船只的力量，朝夕都有人在此渡过，我荣幸地看到您选择居住在这里，却以不符事实的名称来侮辱我，把我叫做'愚'，到头来你不念我的好处反而肆意诬蔑我，难道永远不能改掉这个名称吗？"

柳子回答说："你确实不愚，但是像我这么愚的人却偏偏喜爱你，你怎能躲得了这个坏名称呢？况且，你不见那个贪泉吗？有人喝了这个泉的水后往南走，看见交趾的珍宝很多，光彩夺目，便想用两手从左右掠夺，不停往怀里藏，这难道是贪泉之'实'吗？有人从那里经过，之后变得贪财，还使这个泉得到了'贪'的名称。如今你偏偏招引愚蠢的人居住在你这里，并且久居而不离开，所以你已经无法改变'愚'这个名称。开明君主当权的时候，聪明的人被重用，愚蠢的人无出头之日。被重用的人当然经常在皇帝左右，不出头的人必然远离京城。现在你所在的这个地方，相距京城三千多里，偏僻闭塞，与迷雾为伴，与螺蚌为邻居，只有犯了罪受贬斥和因愚蠢而不被任用的人，才经常在你这里游玩，毫无拘束地跟你在一起。你想得到智的名称吗？为什么不叫如今那些聪慧高贵、掌握朝廷大权、主宰天下的人来，在你这儿经过一次也行，却只有我一个人待在这里呢？你既然不能得到他们而被我所喜爱，这就是你'愚'名的'实'，我认为你愚是符合上述原因的，而你却认为这是受了冤枉，难道你还有理由说吗？"

溪神说："您说的这些倒也是对的，我大胆地问一句你到底愚到什么程度，竟可以连累到我呢？"

柳子说："你想彻底了解我有多愚吗？即使沿着你流经的地方走到头，也没有我要讲的话长，我想写的话，用干你的水，也不够湿润我的笔。暂且给你讲个大概情况：我无知，冰雪交加的时候，大家穿皮袄而我穿单衣；潮湿闷热的三伏天，大家去吹风乘凉，而我去烤火。我驾上车扬鞭飞驰，不知道太行山的路不同于别处四通八达的路，以致我的车被撞坏；我坐船尽情游玩，不知吕梁水与别处平静的河水不一样，我的船沉没了。我脚踩上陷阱，头撞在木石上，冲撞在荆棘丛中，跌倒在毒蛇身边，而不知什么是害怕。什么是失，什么是得，我全都不计较，我不因被提拔而感到满足和高兴，也不因被贬而卑躬屈膝，终于冷漠，茫然不知，始终不能自拔。这就是我愚的情况，用这种愚来玷污你，同意吗？"

于是溪神深思之后感慨说："哈！你也太愚了，怎么能不连累我呀！"由此羞愧得低下头，又仰天长叹，满面泪流，挥手告别了。一暗一明，人神相隔，梦醒后，不知溪神到哪里去了，我就写了这段对话。

起废答

被贬谪的人总希望能被当权者重新起用，但往往难以如愿。柳宗元受“王叔文事件”影响被贬官永州，心情郁闷，壮志难酬，又盼不来东山再起的机会，只好埋头作文，其中模仿《离骚》所作数十篇，自怨自嘲，愤世嫉俗，本文就是这样一篇讽喻之作。文中先以瘸和尚与病马的遭遇来阐明“废物可以利用”的道理，此处描写栩栩如生，前因后果讲得翔实周到，如“躄浮图”时来运转成为寺里住持后，其弟子争相服侍的得意情景；又如“病颡驹”成为刺史坐骑后受人优待的荣耀场景，都写得活灵活现、热闹非凡。文中虽然在讲“变废为宝”，但从其所举事例来看，又隐射当时官场上滥竽充数者的丑态，讽刺了用人者有眼无珠，让庸者身居显职的不正常现象。作者接着借“黧老”之口自诩，称自己“足轶疾风，鼻知膻香，腹溢儒书，口盈宪章，包今统古，进退齐良”。“然而一废不复”，又为多舛的命运而悲叹，原因呢，当然不是因为健康问题，而是“吾以德病伏焉”。一语道破官场上政见不同的秘密。所谓“今朝廷洎四方，豪杰林立”等语，则更是对当时权贵高官的反讽。全文结构巧妙，语言清劲，令人寻味。

【原文】

柳先生既会州刺史，即治事，还游于愚溪之上。溪上聚黧老壮齿，十有一人，谡足以进，列植以庆。卒事，相顾加进而言曰：“今兹是州，起废者二焉，先生其闻而知之欤？”答曰：“谁也？”曰：“东祠躄浮图，中厩病颡之驹。”

曰：“若是何哉？”曰：“凡为浮图道者，都邑之会必有师，师善为律，以敕戒，始学者与女释者，甚尊严，且优游。躄浮图有师道，少而病躄，日愈以剧，居东祠十年，扶服舆曳，未尝及人，侧匿愧恐殊甚。今年，他有师道者悉以故去，始学者与女释者伥伥无所师，遂相与出躄浮图以为师，盥濯之，扶持之，壮者执舆，幼者前驱，被以其衣，导以其旗，怵惕疾视，引且翼之。躄浮图不得已，凡师数百生。日馈饮食，时献巾帨，洋洋也，举莫敢逾其制。中厩病颡之驹，颡之病亦且十年，色玄不庞，无异技，硿然大耳。然以其病，不得齿他马。食斥弃异皂，恒少食，屏立摈辱，掣顿异甚，垂首披耳，悬涎属地，凡厩之马，无肯为伍。会今刺史以御史中丞来莅吾邦，屏弃群驷，舟以溯江，将至，无以为乘。厩人咸曰：‘病颡驹大而不庞，可秣饰焉；他马巴、僰庳狭，无可当吾刺史者。于是众牵驹上燥土大庑下，荐之席，縻之丝，浴剔蚤鬋。刮恶除洟；笼以雕胡，秣以香萁；错贝鳞缠，凿金文羁；络以和铃，缨以朱绥；或膏其鬣，或劀其脽；御夫尽饰，然后敢持。除道履石，立之水涯；幢旂前罗。杠盖后随；千夫翼卫，当道上驰；抗首出臆，震奋遨嬉。当是时，若有知也，岂不曰宜乎？”

先生曰：“是则然矣。叟将何以教我？”黧老进曰：“今先生来吾州亦十年，足轶疾风，鼻知膻香，腹溢儒书，口盈宪章，包今统古，进退齐良，然而一废不复，曾不若躄足涎颡之犹有遭也。朽人不识，敢以其惑，愿质之先生。”先生笑且答曰：“叟过矣！彼之病，病乎足与颡也；吾之病，病乎德也。又彼之遭，遭其无耳。今朝廷洎四方，豪杰林立，谋猷川行，群谈角智，列坐争英，披华发辉，挥喝雷霆，老者育德，少者驰声，丱角羁贯，排厕鳞征，一位暂缺，百事交并，骈倚悬足，曾不得逞，不若是州之乏释师大马也。而吾以德病伏焉，岂躄足涎颡之可望哉？叟之言过昭昭矣，无重吾罪！”于是黧老壮齿，相视以喜，且吁曰：“谕之矣！”拱揖而旋，为先生病焉。

【译文】

柳先生参加了新任刺史到职仪式后，回来时，在愚溪边上游玩。溪边上聚集着脸色黑黄的老人、壮年人共十一名，他们一见柳先生便走过来，排队肃立向他问候。随后，相互看视，更走近几步说："如今我们州里有两个遭贬谪后重新起用的，先生可曾听说？"柳先生回答："哪两个？"他们说："一个城东寺庙里的瘸和尚，另一个是官府马棚里的脑袋有病的马。"

先生说："事情是怎样的呢？"他们答："凡是信佛教的人，城镇里必定有他们的大师。这些大师都精通佛家律令，用法规教导和告诫新弟子和尼姑，他们很受敬重，生活也悠闲自得。瘸和尚有大师的道行，他小时候因病腿瘸，后来日益严重。在东寺住了十年，行动有时爬着走，有时车拉着走，从不与人接触，见人时常躲避，非常羞愧、惶恐。今年，其他有修养的大师因各种缘故都离开了东寺，新出家的和尚和尼姑由于没有了师父都不知所措，于是大家一起请跛足和尚做寺里住持。他们给他洗干净手脚，走路时搀扶着他。外出时，健壮的弟子给他赶车，年少的在前面引路；弟子们为他披了袈裟，在前面举着大师的旗帜。他们谨慎地观察着四周，一路上簇拥着往前行。瘸和尚没有办法，只好听从弟子的意思，他收徒好几百人。弟子们每日给他端茶端饭，时时刻刻恭敬地侍奉巾帕、穿戴，瘸和尚真是春风得意啊！弟子们言行都不敢违背他的条规。官府里脑门子有毛病的那匹马，生病也有十年了。它一身黑毛无杂色，没有特别出众之处，只是长得高大。然而因为它有病，一直没有得到其他马的同等待遇。喂料时，这匹马被呵斥到另一个马槽，总是喂得很少，它对这种排斥孤立、备受欺侮的处境感到非常伤心。它经常低着头，耷拉着耳朵，流的口水一直拖到地上。马棚里所有马，没有愿意同它在一起的。刚好现任刺史以御史中丞的身份到永州来任职，他扔下马车，坐船逆江流来的，到达的时候没有马可乘坐。这时，养马人都说："脑门子有病的那匹马高大又无杂乱毛色，可以将它喂饱，打扮打扮。其他的马都是巴僰地方的，又矮又小，不配给我们的刺史拉车。"之后大家把脑门子有毛病的这匹马牵到堂屋旁边干燥的大屋里，为马垫上草席，系上丝编的缰绳；又给马洗澡、梳毛，修整四蹄，剪鬃毛，刮去污垢，清除鼻涕；铡碎雕胡做饲料，再加上香豆茎喂它；还把珠贝像鱼鳞般地镶嵌佩带在马肚带上，并用雕刻了花纹的金器来装饰马笼头；还在马笼头上系上一对铃铛，在马鞅上扎上红绳；有的人还给它的鬃毛涂上油，甚至把马屁股也擦得干干净净。赶车的人把马全部打扮好后，才敢牵出去驾车。人们把路也打扫得干干净净，让马踏着石板走到河边，把旌旗罗列在前面，举着杠盖的跟在车后，在两侧有武士护卫，它拉着车在路上飞奔；昂首挺胸、意气风发、精神抖擞、得意扬扬。在这个时候，如果它有知，难道不会说这一切是它应该得到的吗？"

先生说："这确实是实际情况啊！老人家将怎样教导我呢？"老人走近他说："如今先生来我们州也已经十年了。您走路迅过疾风，鼻子能分辨香臭，满腹经纶，满口法律规章，通晓古今之事，以贤人标准要求自己。然而一经贬谪就再不起用，还不如瘸和尚和病马有时来运转的时候。我们这些没用的人不明白，冒失地把我们的疑问说出来，请先生赐教。"先生笑着回答说："老人家错了！他们的病，病在脚和额上，我的病，病在主张观点不同上。再者，他们的情况是遇上了缺乏良材的时机。而如今从朝廷到地方，英雄豪杰像林木那么多，他们的智慧像奔流的河水，他们聚集在一起高谈阔论来较量谁最聪明，一排排地坐在一起争着展现自己的才华。他们衣着华丽耀眼，颐指气使，大声吆喝，声如雷鸣，年老的修养'德行'，年轻的名声远播。连那些年幼的，也一排排接踵而至，如果有一个位置暂时缺人，许多善用机巧钻营的事就会一齐出现，他们极力计谋争取，大部分仍然不能如愿以偿。这就不像这个州缺少佛师和马匹的情况了。而我是因为主张不同才被贬的，怎么会希望有瘸和尚和病马那样的机会呢？老人家的话是夸奖我了，请别这样加重我的罪过了！"于是，老人、壮年人互相望着，勉强笑了笑，叹息一声："明白了。"说罢拱手作揖转身而去，他们好像在为我的境遇惋惜似的。

天说

本篇是柳宗元在永州司马任上所作。天说，即关于天的论述。

两段文字表达了两种不同的观点。首段写韩愈对天道与人事关系的看法，韩愈认为福祸皆由天定，敬天则昌，逆天则亡。次段柳宗元予以反驳，柳宗元认为天并无意志，天地、元气、阴阳，都是自然现象，并不能"赏功罚祸"，"功者自功，祸者自祸"，天道与人事互不相干。作者的这些观点具有朴素唯物主义思想。

【原文】

韩愈谓柳子曰："若知天之说乎？吾为子言天之说。今夫人有疾痛、倦辱、饥寒甚者，因仰而呼天曰：'残民者昌，佑民者殃！'又仰而呼天曰：'何为使至此极戾也？'若是者，举不能知天。夫果蓏、饮食既坏，虫生之；人之血气败逆壅底，为痈疡、疣赘、瘘痔，虫生之；木朽而蝎中，草腐而萤飞，是岂不以坏而后出耶？物坏，虫由之生；元气阴阳之坏，人由之生。虫之生而物益坏，食啮之，攻穴之，虫之祸物也滋甚。其有能去之者，有功于物者也；繁而息之者，物之雠也。人之坏元气阴阳也亦滋甚，垦原田，伐山林，凿泉以井饮，窾墓以送死，而又穴为偃溲，筑为墙垣、城郭、台榭、观游，疏为川渎、沟洫、陂池，燧木以燔，革金以镕，陶甄琢磨，悴然使天地万物不得其情，悻悻冲冲，攻残败挠而未尝息。其为祸元气阴阳也，不甚于虫之所为乎？吾意有能残斯人使日薄岁削，祸元气阴阳者滋少，是则有功于天地者也；繁而息之者，天地之雠也。今夫人举不能知天，故为是呼且怨也。吾意天闻其呼且怨，则有功者受赏必大矣，其祸焉者受罚亦大矣。子以吾言为何如？"

柳子曰："子诚有激而为是耶？则信辩且美矣！吾能终其说。彼上而玄者，世谓之天；下而黄者，世谓之地；浑然而中处者，世谓之元气；寒而暑者，世谓之阴阳。是虽大，无异果蓏、痈痔、草木也。假而有能去其攻穴者，是物也，其能有报乎？繁而息之者，其能有怒乎？天地，大果蓏也；元气，大痈痔也；阴阳，大草木也；其乌能赏功而罚祸乎？功者自功，祸者自祸，欲望其赏罚者大谬；呼而怨，欲望其哀且仁者，愈大谬矣。子而信子之仁义以游其内，生而死尔，乌置存亡得丧于果蓏、痈痔、草木耶？"

【译文】

韩愈对柳子说："你知道有关天的道理吗？我为你讲述有关天的道理。人们遭受疾病、痛苦、劳累、屈辱、饥饿、寒冷很严酷的时候，就仰面问天，说：'残害人民的反而昌盛，保佑人们的反而遭殃。'又仰面呼天说：'为什么世道会发展到这样极端不合理的地步啊？'像这样的人，全都不了解天。果蓏饮食腐烂了，就生虫；人的血气衰退混乱、阻塞不通，就形成痈疡、疣赘、瘘痔，那里面也会生虫；树木朽烂，其中就会生出蛀虫；草腐烂，就有萤火虫飞出来：这些东西难道不是由于坏烂之后才生出虫来的吗？物体坏烂，虫就从里面生出来；元气阴阳受损坏，人就由此而生。虫生出以后，物体更加坏烂，虫子吃它、咬它，又在里面钻孔打洞，对物体的祸害更加严重了。假如有人能把虫除掉，那他对这些物体是有功劳的；繁殖虫子并帮它生长的，那就是物体的敌人了。人对元气阴阳的破坏更为厉害：开垦田地，砍伐山林，挖井开泉，取水以供饮用，挖掘墓穴埋藏死人，又挖坑作为厕所，修筑高墙矮垣、内城外郭、亭台楼榭以及可供游乐观赏的场所，疏浚河流，挖沟开渠，修建池塘，钻木取火以供焚烧，熔化铜铁等金属以铸造器物，制作陶器，雕琢玉石，使天地万物枯萎凋零，失却本性。人们气势汹汹地攻击、残害、破坏、扰乱天地万物，从来没有中止。他们对元气阴阳的祸害，不是比虫子所干的更厉害吗？我认为如果有谁能杀死这类人，使他们日益减少，那么祸害元气阴阳的也就越来越少，这就是对世间有功的人；让这类人滋生增长的，那就是天地的仇敌了。现在人们全都不能了解天，所以才呼喊它而且埋怨它。我认为天如果听到他们的呼喊和埋怨，那么有功于天地的人受到天的奖赏一定是很大的，而那些祸害天地的人受到天的惩罚也一定是很大的了。你怎么看待我的观点？”

柳子说：“你真的是有所愤激才讲这番话的吗？那么真可算得是善于辩论而且言辞华美动听了。我能把有关天的道理说个明白。那在上面的青黑色的东西，世人称它为天；在下面的黄色的东西，世人称它为地；浑然一体而在天地间的东西，世人称它为元气；寒暑变化，世人称它阴阳。这些东西虽然很大，但本质上与果蓏、痈痔、草木并没有什么不同。假如有人能除掉那些钻孔打洞的虫子，果蓏、痈痔、草木这些东西对他能有什么回报吗？如果有人繁殖虫子并帮它生长，果蓏、痈痔、草木能对他发怒吗？天和地，就像大果蓏；元气，就如同大痈痔；阴阳，就好比大草木：它们又怎能奖励有功劳而惩罚有罪过的呢？功绩是人们自己取得的；灾祸是人们自己造成的，希望天赏功罚祸的人是不对的。呼天怨天，希望天哀怜自己、对自己施以仁爱的人，那就更是错上加错了。你如果信奉你的仁义，凭借它生活于天地之间，那你就坚持着自己的信念生活好了，为什么要把生死得失寄托给像果蓏、痈痔、草木那样的不会思想、没有爱憎的天呢？”

观八骏图说

在这篇文章里，柳宗元批评了那种不到马群中去寻求骏马，而一定要按图索骥的错误做法，指出这种做法“终不能有得于骏也”。并由马之无异，类推圣人之无异。指出“慕圣人者，不求之人”，则“终不能有得于圣人也”。最后告诫人们，只有烧掉这些歪曲骏马和圣人本来面目的图画，骏马和圣人才能出现。

本文三段文字，层次清晰，脉络分明。每段论述中，正说反结，反说正结，正反相生，环环相扣，妙不可言。

【原文】

古之书有记周穆王驰八骏升昆仑之墟者，后之好事者为之图，宋、齐以下传之。观其状甚怪，咸若骞若翔，若龙凤、麒麟，若螳螂然。其书尤不经，世多有，然不足采。世闻其骏也，因以异形求之。则其言圣人者，亦类是矣。故传伏羲曰牛首，女娲曰其形类蛇，孔子如倛头，若是者甚众。孟子曰：“何以异于人哉？尧、舜与人同耳！”

今夫马者，驾而乘之，或一里而汗，或十里而汗，或千百里而不汗者，视之，毛物尾鬣，四足而蹄，龁草饮水，一也。推是而至于骏，亦类也。今夫人，有不足为负贩者，有不足为吏者，有不足为士大夫者，有足为者，视之，圆首横目，食谷而饱肉，絺而清，裘而燠，一也。推是而至于圣，亦类也。然则伏羲氏、女娲氏、孔子氏，是亦人而已矣。骅骝、白羲、山子之类，若果有之，是亦马而已矣。又乌得为牛，为蛇，为倛头，为龙、凤、麒麟、螳螂然也哉？

然而世之慕骏者，不求之马，而必是图之似，故终不能有得于骏也。慕圣人者，不求之人，而必若牛、若蛇、若倛头之间，故终不能有得于圣人也。诚使天下有是图者，举而焚之，则骏马与圣人出矣。

【译文】

古书上记载周穆王驾着八匹骏马登上昆仑山的故事，后来那些好事之徒把这段故事画成图，宋齐以后一直流传下来。看到画上那些马的形状，十分离奇怪异，好像在飞腾翱翔，好像龙、凤、麒麟、螳螂的样子。那些书上所记载的就更加荒诞不经了，这类书在世上有很多，然而都没有可取的地方。世俗的人听说这是骏马，因此就想象它是奇形怪状的样子。那么他们所说的圣人的形状，与此类似。所以传说伏羲氏长着牛头，女娲的身体像蛇，孔子面部好像戴着面具倛头，类似这样情况还有很多。孟子说："为什么会与常人不同呢？尧、舜也和普通人一样嘛。"

现在的马，驾车而行，有的走上一里路就出汗了，有的走上十里路才出汗，有的却走上千百里路还不出汗。可是就表面而言，都是满身长着毛，有尾有鬃，四脚有蹄，吃草饮水，全都没有区别。由此类推到骏马，自然也是一样。现在的人，有的当不成小商贩，有的不能当小吏，有的做不了大官，然而有的人就能胜任。从外表上看，他们的脑袋都是圆的，眼睛都是横着长的，都吃五谷，喜欢吃肉，觉得穿细麻衣裳凉快，穿上皮袄就感到暖和，全都一样。由此类推到圣人，自然也相同。那么，伏羲氏、女娲氏、孔子氏，他们也都是人罢了。骅骝、白羲、山子之类骏马，如果当真有的话，它们也不过是马罢了。又怎么能成为牛头，成为蛇身，成为倛头，成为龙、凤、麒麟、螳螂的样子呢？

可是世上那些寻求骏马的人，不在马群中找，而一定找像图上画的那种样子的马，所以终究得不到骏马。敬仰渴慕圣人的人，不从人群去寻求，而一定要去寻求像牛头、蛇身或倛头那样的人，所以终究寻找不到圣人。如果天下藏有这样的图画的人，把画统统拿来烧掉，那么骏马和圣人就出现了。

童区寄传

本文是一篇人物传记，通过叙述牧童区寄与两贼斗智斗勇，从而诛杀两贼，巧妙逃脱这一故事，塑造了一个少年英雄的形象。

文章叙述简洁明快。人物语言、动作描写凝练传神，给人生动逼真的印象，读其字如见其人。

此篇文章可谓事奇，人奇，文奇。

【原文】

柳先生曰：越人少恩，生男女，必货视之。自毁齿已上，父兄鬻卖，以觊其利。不足，则取他室，束缚钳梏之。至有须鬣者，力不胜，皆屈为僮。当道相贼杀以为俗。幸得壮大，则缚取幺弱者。汉官因以为已利，苟得僮，恣所为不问。以是越中户口滋耗。少得自脱，惟童区寄以十一岁胜，斯亦奇矣。桂部从事杜周士为余言之。

童寄者，郴州荛牧儿也。行牧且荛，二豪贼劫持反接，布囊其口，去逾四十里之墟所卖之。寄伪儿啼，恐脲为儿恒状。贼易之，对饮，酒醉。一人去为市，一人卧，植刃道上。童微伺其睡，以缚背刃，力下上，得绝，因取刃杀之。逃未及远，市者还，得童大骇。将杀童，遽曰："为两郎僮，孰若为一郎僮耶？彼不我恩也。郎诚见完与恩，无所不可。"市者良久计曰："与其杀是僮，孰若卖之；与其卖而分，孰若吾得专焉。幸而杀彼，甚善。"即藏其尸，持童抵主人所，愈束缚牢甚。夜半，童自转，以缚即炉火烧绝之，虽疮手勿惮，复取刃杀市者。因大号，一墟皆惊。童曰："我区氏儿也，不当为僮。贼二人得我，我幸皆杀之矣，愿以闻于官。"

墟吏白州，州白大府，大府召视，儿幼愿耳。刺史颜证奇之，留为小吏，不肯。与衣裳，吏护还之乡。乡之行劫缚者，侧目莫敢过其门。皆曰："是儿少秦武阳二岁，而讨杀二豪，岂可近耶！"

【译文】

柳先生说："越人缺乏恩爱，把生下的儿女看做商品。七八岁以上的小孩，父兄就卖掉他们，以贪图钱财。如果不满足的，就盗取别人家的孩子，把他们捆绑起来束住手脚然后卖掉。甚至已经长了胡须的人，因为力气不如别人，也被绑架卖掉被迫做僮仆。在大路上互相残杀已经成为风俗。有幸能长成强壮高大的，就去绑架那些力小体弱的。汉族的官吏利用这种情况为自己牟利，只要能得到僮仆，就对这种行为听之任之，不加追究。因此闽粤一带的户口逐渐减少。很少有人能逃脱这种为僮仆的悲惨遭遇，只有区寄以一个十一岁的孩子战胜了绑架的强盗，这真是奇事。桂管经略观察使的助手杜周士向我讲了这件事。

区寄是郴州地方的一个打柴放牛的孩子，当他在一边打柴一边放牛时，两个强盗将他绑架，把他双手反绑，用布堵住他的口，带到四十里以外的集市上准备出卖。区寄假装啼哭，做出小孩子常见的那种恐惧害怕的样子。因此强盗对他放松了警惕，两人畅快对饮，喝得酩酊大醉。其中一个去市上谈生意，另一个躺下睡觉，把刀竖插在道上。区寄暗中观察，见他已经睡着了，便背靠刀口把绳索在刀刃上用力上下摩擦，割断了绳子，于是拿起刀杀死了那个熟睡的强盗。逃出去不远，去集市谈生意的强盗回来了，碰上了区寄，非常惊讶，想要杀掉他。区寄急忙说："做两个主人的奴仆，哪有做一个主人的奴仆好呢？他待我不好呀。你如果真能保全我的生命并好好待我，你让我做什么都可以。"谈生意回来的强盗思量了很久。暗想："与其杀了这个奴仆，不如把他卖了；与其卖了他后两个人分钱，不如我一个人独得。多亏小孩杀了他，太好了。"立即将那个强盗的尸体埋了，把小孩押到了旅店里，捆绑得更加结实。半夜里，区寄移动身体，将绑手的绳子靠近炉火烧断，虽然烧伤了手也不怕，又取刀杀死了这个强盗。然后大哭大叫，惊动了整个集市上的人。区寄说："我是姓区人家的孩子，不应该当奴仆。我被两个强盗绑架。幸而把他们都杀了，希望向官府报告。"

管理市场的官吏把这件事报告州官，州官又上报桂管经略使衙门，官府召见区寄，一看原来是个老实的小孩子。刺史颜证认为他与众不同，想把他留下来当小吏，区寄不答应。于是赐给他衣裳，派当差的护送他回家。从此以后，乡里那班专事抢劫绑架行凶的人，非常害怕连正眼都不敢看他，更不敢经过他家门前。都说："这孩子比秦武阳还小两岁，但却杀了两个强盗，哪能去惹怒他啊！"

吊屈原文

本文作于永贞元年(805年)，其年柳宗元因参加王叔文领导的政治革新运动失败而被贬为永州司马。赴永州途经汨罗江时，触景伤怀，写下此文。

作者感叹屈原虽有才能和抱负，却不被浊世所容；关心国家命运，却只能以死殉国。作者赞美了屈原坚贞不渝的爱国精神，认为屈原的"明知不可为而为之"的救国理想是值得敬佩的。同时借以抒发了自己坚持理想和操守的决心。字里行间，渗透着作者爱国忧国的思想感情。

文章采用了离骚体的形式。语颇隽永，耐人寻味。

【原文】

后先生盖千祀兮，余再逐而浮湘。求先生之汨罗兮，揽蘅若以荐芳。愿荒忽之顾怀兮，冀陈辞而有光。

先生之不从世兮，惟道是就。支离抢攘兮，遭世孔疚。华虫荐壤兮，进御羔袖。牝鸡咿䛕兮，孤雄束咮。哇咬环观兮，蒙耳大吕。堇喙以为羞兮，焚弃稷黍。犴狱之不知避兮，宫庭之不处。陷涂藉秽兮，荣若绣黼。榱折火烈兮，娱娱笑舞。谗巧之哓哓兮，惑以为《咸池》。便媚鞠恧兮，美逾西施。谓谟言之怪诞兮，反置诡而远违。匿重痼以讳避兮，进俞、缓之不可为。

何先生之凛凛兮，厉针石而从之。但仲尼之去鲁兮，曰吾行之迟迟。柳下惠之直道兮，又焉往而可施？今夫世之议夫子兮，曰胡隐忍而怀斯？惟达人之卓轨兮，固僻陋之所疑。委故都以从利兮，吾知先生之不忍；立而视其覆坠兮，又非先生之所志。穷与达固不渝兮，夫唯服道以守义。矧先生之悃愊兮，蹈大故而不贰。沉璜瘗佩兮，孰幽而不光？荃蕙蔽匿兮，胡久而不芳？

先生之貌不可得兮，犹仿佛其文章。托遗编而叹喟兮，涣余涕之盈眶。呵星辰而驱诡怪兮，夫孰救于崩亡？何挥霍夫雷霆兮，苟为是之荒茫。耀乃辞之升朗兮，世果以是之为狂。哀余衷之坎坎兮，独蕴愤而增伤。谅先生之不言兮，后之人又何望。忠诚之既内激兮，抑衔忍而不长。芈为屈之几何兮，胡独焚其中肠？

吾哀今之为仕兮，庸有虑时之否臧！食君之禄畏不厚兮，悼得位之不昌。退自服以默默兮，曰吾言之不行。既傥风之不可去兮，怀先生之可忘！

【译文】

先生逝世后约一千年的今天啊，我又一次被贬逐乘船来到湘江。为访求先生的遗迹我来到汨罗江畔啊，采摘杜蘅向先生敬献芳香。愿先生在荒茫中能顾念到我啊，让我荣幸地向你倾诉衷肠。先生不屈从世俗不随波逐流啊，只遵循正确的政治主张。当时国家是那样的残破纷乱啊，你生活的世道实在令人忧伤。华贵的礼服被抛弃在地上啊，却穿起羊皮做的粗劣衣裳。母鸡咯咯乱叫啊，昂然独立的公鸡却不能放声高唱。庸俗下流的曲调人们围住欣赏啊，对高雅美妙的音乐反而捂住耳朵不去欣赏。把毒药当成美好的食物啊，却把真正的粮食抛弃烧光。明明是牢狱却不知回避啊，丢下美丽的宫殿任其荒凉。陷进泥坑坐在肮脏的地方弄得满身污秽啊，却自以为很荣耀像披上锦绣礼服。房屋已被烈火烧毁啊，却还歌舞欢笑喜气洋洋。喋喋不休的谗言巧语啊，却糊涂地当成悦耳动听的乐章。本是阿谀奉承厚言无耻的小丑啊，却把她看成比西施还要漂亮。把治国图强的言论视为怪诞啊，反而塞住耳朵把它抛到远方。有了重病还要讳疾忌医啊，其实就是请来名医也束手无方。

为什么像先生这样令人钦佩的人呀，还偏要磨砺针石去医治那不能治愈的创伤？但从前孔子离开鲁国的时候啊，曾说："我慢慢地走。"柳下惠奉行"直道"啊，也曾说过哪里都不能实现这种主张。现在世上的人都在议论先生啊，说你为什么那样遭受打击还要关怀楚国的兴亡？通达事理的人的卓越行为啊，本来是知识浅薄的人无法想象。抛弃自己的祖国去追求个人的私利啊，我知道先生决不忍心这样。袖手旁观坐视自己国家夭亡啊，这更不是先生的志向。无论处境好坏都不改变自己的志向啊，你始终坚守自己的节操和理想。何况先生对祖国是这样忠心耿耿啊，宁可壮烈投江而死也决不改变立场。沉在水底和埋进土里的美玉呀，怎么会变得幽暗无光？香草被隐藏起来啊，怎么会因时间久了就失去芳香？

先生的容貌再也看不到了啊，但从你的文章里却仿佛看到了你的形象。捧读先生的遗著我满腹感慨啊，禁不住热泪盈眶。你呵斥星辰而驱逐各种怪异啊，那样又怎能挽救国家的危亡？你为什么那样指挥风云驾驭雷霆啊，姑且浸沉于那渺茫的幻想。你写下了那些辞藻华美而又朦胧难明的文章啊，世上的一般人果真以为你在发狂。唯独我为你的遭遇深怀不平啊，内心充满了愤怒和悲哀。如果先生不写下这些文章啊，后世的人又如何把你敬仰？你那爱国的赤诚既然在胸中激荡啊，哪能长久忍耐在心中而不向外溢扬？芈姓的楚国同你姓屈的能有多大关系啊，为什么你忧心如焚地为它着想？

我对现在的那些当官的感到痛心疾首啊，他们中有哪一个关心国家的治乱兴亡！他们只担心自己的俸禄不多啊，又发愁的只是自己的官运不昌。我只好反身自守默不做声啊，因为我也难以实现我的主张。既然这恶劣的世风难以改变啊，我只有长怀先生永不遗忘！

吊乐毅文

乐毅，战国时燕国人。贤能而又精通兵法。燕昭王时，乐毅被任命为上将军，率领赵、楚、韩、魏、燕五国兵马攻打齐国，攻占了齐国七十多座城池。被封为昌国君。

燕昭王死后惠王即位。齐国大将田单利用惠王和乐毅之间的矛盾挑拨离间，迫使乐毅逃奔赵国。失去乐毅的燕国军队遂被田单率军大败。

本文主旨与《吊屈原文》相同，皆是借叙古人之事发自己之忧思。言辞激昂，感人肺腑。

【原文】

许纵自燕来，曰：燕之南有墓焉，其志曰“乐生之墓”。余闻而哀之。其返也，与之文使吊焉。

大厦之骞兮，风雨萃之。车亡其轴兮，乘者弃之。呜呼夫子兮，不幸类之。尚何为哉？昭不可留兮，道不可常。畏死疾走兮，狂顾徬徨。燕复为齐兮，东海洋洋。嗟夫子之专直兮，不虑后而为防。胡去规而就矩兮，卒陷滞以流亡。惜功美之不就兮，俾愚昧之周章。岂夫子之不能兮，无亦恶是之遑遑。仁夫对赵之悃款兮，诚不忍其故邦。君子之容与兮，弥亿载而愈光。谅遭时之不然兮，匪谋虑之不长。跽陈辞以陨涕兮，仰视天之茫茫。苟偷世之谓何兮，言余心之不臧！

【译文】

许纵来自燕地，说：燕南有一座坟墓，坟墓上刻着：“乐生之墓”。我听了感到很伤心。在他回燕地的时候，把这篇文章给他，请他前去表示悼念。

大厦崩坏时啊，风雨集中袭击它。车子失掉了主轴啊，就被乘车的人抛弃。唉，先生在昭王死后的遭遇啊，不幸的情况同这些相似。还能有什么作为呢？昭王不能长生不死啊，他治国的方略也不能长久保持。你为避祸只好逃走啊，既惊慌四顾又徬徨犹豫。一度属于燕国的领地又复归于齐国啊，东海依然是无边无际。你只知道以忠贞正直的态度对待君王啊，不知道为自己的未来做好预防。为什么厌弃圆滑而坚持正确主张啊，结果受到阻滞不得不流亡？只感叹您无法成就一番辉煌的功业呀，致使那些愚昧的家伙到处得逞。难道您就不能为自己多作打算啊，无奈厌恶他们奔走钻营？您回答赵王时体现了赤胆忠心，对故国实在是怀着不忍的心肠。您这种依恋故国的感情啊，到了千秋万代更加光彩夺目。实在是所遭遇的时势不好啊，并不是您的谋虑不够深长。我长跪着含泪向您陈词悼念啊，仰望天宇苍茫。像我这样苟且偷生，不知世人将怎样议论啊，大概会说我的心不好。

临江之麋

柳宗元“恒恶世之人，不知推己之本，而乘物以逞”。临江之麋可以恃主人之宠，与家犬相狎；一旦失去主人的庇佑，只落得被野犬杀食的下场。文章以麋暗喻那些“依势干非其类”之人，以麋身死犬口的下场对这些人敲响警钟。读此文让人警醒，文中寓意深刻，借物喻人，一针见血。

【原文】

临江之人，畋得麋麑，畜之。入门，群犬垂涎，扬尾皆来。其人怒，怛之。自是日抱就犬，习示之，使勿动，稍使与之戏。积久，犬皆如人意。麋麑稍大，忘己之麋也，以为犬良我友，抵触偃仆，益狎。犬畏主人，与之俯仰甚善，然时啖其舌。三年，麋出门，见外犬在道甚众，走欲与为戏。外犬见而喜且怒，共杀食之，狼藉道上。麋至死不悟。

【译文】

临江有个人，猎得一只小鹿，把它带回家养起来。他刚进家门，一群狗就流着口水，摇着尾巴跑过来。猎人很生气，就吓唬群犬让它们走开。从此他每天抱着小鹿接近群犬，经常将小鹿给狗看，教狗不要伤害它，还逐渐让小鹿和狗一起玩。时间久了，群犬的表现符合主人的意思。小鹿渐渐长大了，竟忘了自己是一只鹿，觉得狗真的是自己的朋友，和它们相互顶撞，在地上打滚，越来越亲热。狗因为害怕主人，只好跟它打闹，显出很友好的样子，但是狗时常舔着舌头，想要吃掉小鹿。这样过了三年，小鹿出门到外边，见大路上有许多野狗，便跑过去想和它们一起玩耍。野狗见到后非常高兴，同时又被鹿竟想与他们戏耍而激怒了，于是一齐把小鹿咬死，吃掉了。吃剩的皮毛骨头散乱地落在路上。鹿到死也不知道是怎么回事。

黔之驴

这篇文章是柳宗元寓言小品中的代表作。作者通过驴这种动物形象，借题发挥，托物寓意，讽刺那些仅有一点有限的本领，却去招惹强大对手，以致落到可悲下场的不自量力之徒。

文章短小精悍，描情绘影，因物肖形，使读者闻其解颐，忘其猛醒。

【原文】

黔无驴，有好事者船载以入。至则无可用，放之山下。虎见之，庞然大物也，以为神。蔽林间窥之，稍出近之，慭慭然莫相知。他日，驴一鸣，虎大骇，远遁，以为且噬己也，甚恐。然往来视之，觉无异能者。益习其声，又近出前后，终不敢搏。稍近，益狎，荡倚冲冒，驴不胜怒，蹄之。虎因喜，计之曰：“技止此耳！”因跳踉大㘎，断其喉，尽其肉，乃去。

噫！形之庞也类有德，声之宏也类有能。向不出其技，虎虽猛，疑畏，卒不敢取。今若是焉，悲夫！

【译文】

贵州一带本来没有驴，有位多事的人用船把一头驴运进来。运来后又没有什么用处，就把它放养在山下。老虎看见驴高大的样子，把它看得很神奇。躲到树林里偷看它，渐渐地又走出来接近它，一副小心谨慎的样子，却不知它是什么。

有一天，驴叫了一声，老虎非常害怕，逃得远远的，以为驴要吃掉自己，特别惊恐。但是它来回观察驴子，觉得它并没有什么特殊的本领。老虎慢慢地听惯了驴的叫声，就离它又近一点，在它的前前后后走动，却始终不敢去扑击它。老虎渐渐靠近驴子，更加轻松随便，不断碰撞，靠近，冲击冒犯戏弄驴子，驴子非常恼火，踢了老虎一脚，老虎因此非常高兴，心里合计道："它的本事不过这样罢了！"于是跳跃而起，大声怒吼，咬断了驴的喉管，吃光了驴子的肉，才扬长而去。

唉！那驴子形体高大并且好像很有修养，声音洪亮也好像很有本领。假使它不显示自己那一点有限的本领，老虎虽凶猛，但也心存疑惧，到底不敢去吃它，如今落得这个下场，真可悲呀！

永某氏之鼠

本文亦是寓言小品，讲永州一人，因自己属相为鼠，便视鼠为吉物，放纵老鼠在宅院恣意糟蹋，从不过问。后来此人迁居，新来的主人将老鼠消灭殆尽，老鼠的尸体竟堆积如小山，臭味几个月才消散。

作者用这个故事来讽刺那些利用时机为非作歹的人，告诫他们"多行不义必自毙"。文以"彼以其饱食无祸为可恒也哉"结尾，"可恒"二字，含无尽慨叹。

【原文】

永有某氏者，畏日，拘忌异甚。以为己生岁直子，鼠，子神也。因爱鼠，不畜猫犬，禁僮勿击鼠。仓廪庖厨，悉以恣鼠不问。由是鼠相告，皆来某氏，饱食而无祸。某氏室无完器，椸无完衣，饮食大率鼠之馀也。昼累累与人兼行，夜则窃啮斗暴，其声万状，不可以寝。终不厌。数岁，某氏徙居他州。后人来居，鼠为态如故。其人曰："是阴类恶物也，盗暴尤甚，且何以至是乎哉！"假五六猫，阖门撤瓦，灌穴，购僮罗捕之。杀鼠如丘，弃之隐处，臭数月乃已。呜呼！彼以其饱食无祸为可恒也哉！

【译文】

永州有个人，怕触犯忌日，家中禁忌特别多。他认为自己出生的年份正当子年（属鼠），视老鼠为子年的神物，因此喜爱老鼠。他家里不养猫狗，还训诫仆人不要捕老鼠。粮仓和厨房，都随老鼠任意糟蹋，从不过问。从此老鼠相互转告，都到他家，饱食终日而安然无事。这人家中没有一件完整的器具，衣架上没有一件完好的衣服，吃的喝的大都是老鼠吃剩下的东西。老鼠白天成群结队地在人前走来走去，夜里就偷咬东西，并使劲打架，发出各种各样的声响，吵得人不能睡觉。这个人始终不厌烦。

几年以后，这个人搬到别的州去了。又有人搬进了这所房子，老鼠的行为仍和从前一样。新主人说："这些老鼠是在阴暗地方活动的坏东西，偷盗捣乱格外厉害，是什么原因使它们猖狂到这种地步？"于是借来了五六只猫，关上大门，搬开屋里的瓦盆瓦罐，用水灌鼠洞，又雇人来捕捉老鼠。杀死的老鼠堆积如小山，把它们扔到偏僻无人的地方，臭味几个月才消散。

唉！老鼠以为它们吃饱肚子而没有祸患是可以长久的呢！

捕蛇者说

本篇为柳宗元被贬为永州司马期间所作。中唐时期，朝纲混乱，吏治腐败，贪官污吏巧取豪夺，苛捐杂税多如牛毛，农村破产，农民家破人亡，流离失所，生活极端痛苦。柳宗元谪居永州，目睹这些事实，写了这篇《捕蛇者说》。

文章借捕蛇者蒋氏一家三代宁愿死于毒蛇之口也不愿负担赋税这一事实，揭露了中唐时期社会的种种弊端，写出了当时劳动人民在残酷剥削下的痛苦生活，向贪暴的统治者提出了强烈的控诉，表达了作者对劳动人民的深切同情。

文章深沉曲折，波澜起伏，通过叙述异蛇之毒，捕蛇之险，官吏征蛇之狠，最后点出"赋敛之毒，有甚是蛇者"的主题思想。

【原文】

永州之野产异蛇，黑质而白章，触草木尽死，以啮人，无御之者。然得而腊之以为饵，可以已大风、挛踠、瘘、疠，去死肌，杀三虫。其始太医以王命聚之，岁赋其二。募有能捕之者，当其租入。永之人争奔走焉。

有蒋氏者，专其利三世矣。问之，则曰："吾祖死于是，吾父死于是；今吾嗣为之十二年，几死者数矣。"言之貌若甚戚者。余悲之，且曰："若毒之乎？余将告于莅事者，更若役，复若赋，则何如？"蒋氏大戚，汪然出涕曰："君将哀而生之乎？则吾斯役之不幸，未若复吾赋不幸之甚也！向吾不为斯役，则久已病矣。自吾氏三世居是乡，积于今六十岁矣，而乡邻之生日蹙。殚其地之出，竭其庐之入，号呼而转徙，饥渴而顿踣，触风雨，犯寒暑，呼嘘毒疠，往往而死者相藉也。曩与吾祖居者，今其室十无一焉；与吾父居者，今其室十无二三焉；与吾居十二年者，今其室十无四五焉。非死则徙尔，而吾以捕蛇独存。悍吏之来吾乡，叫嚣乎东西，隳突乎南北，哗然而骇者，虽鸡狗不得宁焉。吾恂恂而起，视其缶，而吾蛇尚存，则弛然而卧。谨食之，时而献焉。退而甘食其土之有，以尽吾齿。盖一岁之犯死者二焉。其余则熙熙而乐，岂若吾乡邻之旦旦有是哉？今虽死乎此，比吾乡邻之死则已后矣，又安敢毒邪？"

余闻而愈悲。孔子曰："苛政猛于虎也。"吾尝疑乎是。今以蒋氏观之，犹信。呜呼！孰知赋敛之毒，有甚是蛇者乎！故为之说，以俟夫观人风者得焉。

【译文】

永州出产一种奇异的蛇，黑色的皮肤，白色的花纹。只要一接触到草木，草木就要枯死。假如咬到人，没有人能够医治好。可是如果捉到它把它风干制成药物，可以治好麻风、四肢挛曲、脖子肿大和各种恶疮，还可以除去坏死的肌肉，杀死体内的各类寄生虫。开始时，太医奉皇帝的命令搜集这种蛇，每年征收两次。招募有能捉到这种蛇的人，免去他应缴的赋税。永州的贫民都竞相应募。

有一个姓蒋的，他家已经三代独享这种捕蛇免税的好处了。我问他，他就说："我祖父死于捕蛇，我父亲也死于捕蛇，如今我接着干这件事已经十二年，几乎送命的情况已有多次了。"谈到这件事，神色非常悲伤。我很可怜他，就对他说："你怨恨这件事吗？我愿意告诉管这件事的官吏，更换你的差使，恢复你的赋税，怎么样？"姓蒋的更加悲痛，眼泪汪汪地说："您打算可怜我让我活下去吗？那么，我这项役事的不幸，还不如恢复我赋税的不幸厉害呀！倘若我以前不干这个差使，我早就穷苦不堪了。自从我家三代住在这个乡里，到如今已经六十年了，而乡邻们的生活一天比一天困苦。他们倾尽了地里的出产，用尽了自己的收入，哭喊着到处流亡，饥渴劳累得倒下去，冒着风雨寒暑，呼吸着瘟疫毒气，往往因而死掉的尸体一具一具地互相压叠着。过去同我祖父住在一村的，如今十家中没有一家了；同我父亲住在一村的，如今十家中没有二三家了；同我住在一村十二年的，如今十家中没有四五家了。不是死了就是流亡了。唯独我们家因为捕蛇而保存下来。蛮横的公差到我们乡里来的时候，到处吵闹，到处骚扰，老百姓吓得惊慌失措，即使鸡狗也不得安宁呀。我赶紧起来，看看那只瓦罐，见蛇还在里面，就放心地去睡觉。平时谨慎地饲养它，按时献上它。回家后就津津有味地吃着自己地里出产的东西，以度过我的余生。一年中冒着死亡危险的时候只有两次。其余时间就舒服地过着安乐的日子，怎么会像我的乡邻们那样天天抱怨有死亡的威胁呢？现在我即便死在捕蛇这件事上，比我的乡邻们已经算是死得晚的了，又怎么敢怨恨呢？”

我听完这一席话后更加悲伤。孔子说：“苛刻的政令比老虎还凶啊！”我曾经对这句话怀疑过。现在以姓蒋的事情来看，还是可信的。唉！谁知道赋税的毒害，比这种毒蛇更厉害呢！所以，我写了这篇《捕蛇者说》，以等待这些视察民情的人得到它。

乞巧文

传说农历七月七日夜，天上牛郎和织女相会。妇女于当晚穿针引线，或在庭院中陈列瓜果以乞巧。这一民俗自古以来吸引着众多骚客文人，从而创作出相关诗文，其中绝大部分都以男欢女爱、风俗人情为主旨。柳宗元写《乞巧文》别出心裁，他以小题目营造大文章，虽然是从乞巧二字入手，却并不描绘妇女穿针献果的情景，而是刻画了阿谀逢迎、投机取巧的官场丑态，借此反衬自己“抱拙终身”的品行。本文是自嘲之作，满腹牢骚不平，都化为奇言妙语，文章体例近于祭祀祷文，这是与表现题材相和谐的。文中反复陈述自己之“拙”，又极言“巧夫”的巧言令色，反语正用别有机杼。柳宗元因时运不佳，被贬谪到荒僻之地，自然心情郁结，所作托物言志之文甚多，借以自慰。此文历来和韩愈的《送穷文》相提并论，享有一定声誉。

【原文】

柳子夜归自外庭，有设祠者，馆饵馨香，蔬果交罗，插竹垂绥，剖瓜犬牙，且拜且祈。怪而问焉。女隶进曰：“今兹秋孟七夕，天女之孙将嫔于河鼓。邀而祠者，幸而与之巧，驱去蹇拙，手目开利，组纴缝制，将无滞于心焉。为是祷也。”

柳子曰：“苟然欤？吾亦有所大拙，倘可因是以求去之。”乃缨弁束衽，促武缩气，旁趋曲折，伛偻将事，再拜稽首称臣而进曰：“下土之臣，窃闻天孙，专巧于天，轇轕璇玑，经纬星辰，能成文章，黼黻帝躬，以临下民。钦圣灵、仰光耀之日久矣。今闻天孙不乐其独得，贞卜于玄龟，将蹈石梁，欵天津，俪于神夫，于汉之滨。两旗开张，中星耀芒，灵气翕欻，兹辰之良。幸而弭节，薄游民间，临臣之庭，曲听臣言：臣有大拙，智所不化，医所不攻，威不能迁，宽不能容。乾坤之量，包含海岳，臣身甚微，无所投足。蚁适于垤，蜗休于壳。龟鼋螺蚌，皆有所伏。臣物之灵，进退唯辱。彷徉为狂，局束为谄，吁吁为诈，坦坦为忝。他人有身，动必得宜，周旋获笑，颠倒逢嘻。己所尊昵，人或怒之。变情徇势，射利抵巇。中心甚憎，为彼所奇。忍仇佯喜，悦誉迁随。胡执臣心，常使不移？反人是己，曾不惧疑。贬名绝命，不负所知。抃嘲似傲，贵者启齿。臣旁震惊，彼且不耻。叩稽匍匐，言语谲诡。今臣缩恧，彼则大喜。臣若效之，瞋怒丛己。彼诚大巧，臣拙无比。王侯之门，狂吠狴犴。臣到百步，喉喘颠汗，睢盱逆走，魄遁神叛。欣欣巧夫，徐入纵诞。毛群掉尾，百怒一散。世途昏险，拟步如漆，左低右昂，斗冒冲突。鬼神恐悸，圣智危慄。泯焉直透，所至如一。是独何工，纵横不恤。非天所假，彼智焉出？独啬于臣，恒使玷黜。沓沓骞骞，恣口所言。迎知喜恶，默测憎怜。摇唇一发，径中心原。胶加钳夹，誓死无迁。探心扼胆，踊跃拘牵。彼虽佯退，胡可得旃！独结臣舌，喑抑衔冤。擘眥流血，一辞莫宣。胡为赋授，有此奇偏？眩耀为文，琐碎排偶，抽黄对白，啽哢飞走。骈四俪六，锦心绣口。宫沉羽振，笙簧触手。观者舞悦，夸谈雷吼。独溺臣心，使甘老丑。嚚昏莽卤，朴钝枯朽。不期一时，以俟悠久。旁罗万金，不鬻敝帚。跪呈豪杰，投弃不有。眉矉颎蹙，喙唾胸欧。大赧而归，填恨低首。天孙司巧，而穷臣若是，卒不余畀，独何酷欤？敢愿圣灵悔祸，矜臣独艰。付与姿媚，易臣顽颜。凿臣方心，规以大圆。拔去呐舌，纳以工言。文词婉软，步武轻便。齿牙饶美，眉睫增妍。突梯卷脔，为世所贤。公侯卿士，五属十连。彼独何人，长享终天！”

言讫，又再拜稽首，俯伏以俟。至夜半，不得命，疲极而睡，见有青袖朱裳，手持绛节而来告曰：“天孙告汝，汝词良苦，凡汝之言，吾所极知。汝择而行，嫉彼不为。汝之所欲，汝自可期。胡不为之，而诳我为！汝唯知耻，谄貌淫词，宁辱不贵，自适其宜。中心已定，胡妄而祈？坚汝之心，密汝所持，得之为大，失不汙卑。凡吾所有，不敢汝施，致命而升，汝慎勿疑。”

呜呼！天之所命，不可中革。泣拜欣受，初悲后怿。抱拙终身，以死谁惕！

【译文】

那天夜晚，我从外庭回到家里，看见有人摆设祭品在祭祀，糕饵浓香扑鼻，蔬菜水果交错陈列，桌子两旁插着旗杆，缨丝下垂，剖开的瓜果陈列错置，她一边叩头一边祈祷。我感到很奇怪，就上前询问。女仆过来回答说：“今晚是七月七日夜，织女星就要去与牛郎星相见。迎候并祭祀她的人，有希望得到她赐予的智巧，驱走原来的迟钝笨拙，变得眼明手巧，编织缝纫的活就会得心应手。这就是我们祈祷的原因。”

我说：“果真这样吗？我也非常笨拙，也许可以因此乞求织女星帮助我去掉它。”于是系好冠带，整好衣服，迅速迈步前行，屏住呼吸，我从旁边快步绕道走过去，弯腰行礼，开始祈祷。我跪在地上，一再叩首行礼，向织女星称臣祈祷说：“我这个凡间的小臣，听说天上只有你织女星最灵巧。你连缀十分复杂的天体，编织大大小小的星辰，缝制成有精美花纹的华丽衣服装饰在天帝身上，俯视下界万民。我钦佩你的聪明，仰望你的光辉，已经很长时间了。现在我听说你不喜欢孤独生活，占卜了一个吉日，将要踏上石桥，渡过天河，去与牛郎相聚在天河对岸。左旗九星，右旗九星，两面大旗在两边张开，中间的牵牛星放射着耀眼的光芒，灵光闪烁，这真是个吉日良辰。希望你能稍稍休息一下，到民间来游历，请降临到我的庭院里，认真听我诉说。我非常笨拙，聪明的人难以感化我，高明的医生无法治愈我，威武不能强迫我改变，再宽厚也不会对我容忍。天地有广大的容量，可以容纳高山大海，我的身体虽然十分微小，却没有可以立足的地方。蚂蚁居住在窝里，蜗牛栖息在壳内，乌龟、元鱼、螺蛳、河蚌都有藏身的地方。我作为万物之灵的人，却前进后退都要经受屈辱，稍不约束就被认为狂妄，约束一下自己又被看成是奉迎谄媚上司，我忧愁叹息被认为是在装腔作势，我安然自得却又被嘲笑为恬不知耻。有些人活在世上，常常左右逢源，处处吃香，他们善于逢迎应酬，得到别人称赞，他们举止不适当，也会获得欢喜。他们所尊崇熟悉的人，如果有人生他气，他们就会屈从恼恨者的情势，见机行事，为博取名利而投机钻营。他们内心十分怨恨的人，为了得到他的特殊照顾，也常常忍着内心的仇恨，装出一副高兴的样子，一味肉麻谄媚，迁就别人。为什么我坚持自己的看法，从不改变？以为别人不对自己正确，从不畏惧动摇。即使遭到贬谪和丧命，也不背离放弃自己所掌握的道理。那些‘巧夫’们丑态百出，实在是傲慢无理，但那些显贵们却因此开怀大笑。我在一旁感到惊讶，‘巧夫’们却不觉羞耻。他们匍匐在地叩头乞怜，举止奸佞使我替他们害臊，他们却十分得意。我如果学他们的样子，大家一定会瞪着眼睛，把愤怒都集中到我身上。可见他们确实十分乖巧，而我真是十分愚笨。那些达官贵人的家门口，有很多狂叫的恶狗。我走到距离它们还有百步的地方，就气喘吁吁，汗流满脸，只有瞪着眼睛，十分惊恐地转身就跑，吓得魂飞魄散。那些得意扬扬的‘巧夫’，却能大摇大摆地从容走进去，看门的恶狗都摇着尾巴，所有的怒气完全消失。真是世道昏暗，人情险恶，就好像在暗夜摸索行走，一脚低一脚高，东碰西撞，分辨不出东西南北。这样的情况，就是神鬼也感到心惊肉跳，就是最聪明的人也会惊恐发抖。然而在‘巧夫’面前，却不存在这些危险，无论到哪里都畅通无阻。他们这是一种什么样的高招，竟可以横冲直撞，无所顾忌！他们这种‘智慧’如果不是天授的，又是怎么获得的呢？为什么老天偏偏对我这样吝啬，使我常常受到羞辱与挫败？那些‘巧夫’们滔滔不绝，高谈阔论，信口开河。他们预先揣摩、暗中推测别人的爱憎，鼓舌摇唇一说话，就说到了上司的心坎上。他们与上司的关系亲密，像用钳子夹在一起，永不改变！他们揣摩上司的心理，抓住上司的脾气，一举一动都勾结在一起。他们即使假装退让，又哪能得到上司的同意！只有我拙嘴结舌，含冤难诉，急得眼眶破裂流血，还是一句话也说不出来。为什么上天赐给人的巧与拙，有这样大的分别？‘巧夫’们写些文章为了炫耀自己，文辞琐碎，专讲排比对偶，拿黄色对白色，将鸟鸣对兽吼。用四言句六言句排比成文，文章从头到尾，一味追求华丽。声调抑扬顿挫，好像演奏乐器一样动听。那些阅读文章的人高兴得手舞足蹈，夸奖之声如同雷鸣。唯独我的思想不愿改变，使我喜爱苍劲朴质的文风，显得愚笨糊涂、鲁莽粗糙、拙劣枯槁。我不希望得到一时的名声，期待后世的公论。即使旁边堆着万两黄金，我也舍不得卖掉虽破旧却对自己而言很珍贵的东西。我把自己写的文章恭恭敬敬地呈送给那些权贵们看，却被他们掷在一旁不屑一顾。他们皱起眉头，耸着鼻梁，胸中作呕，连连唾口水。我只得心中充满羞愧和怨恨，低着头转身就走。织女星，你主管赐灵巧给人，而我如此窘困，却始终不把灵巧赐给我，为什么只对我这样残酷？我大胆地请求你改变已经造成的祸害，怜惜同情我艰难的处境。请授予我媚人的姿态，改变我顽劣的容貌；把我这端正耿直的心肠变得能善于随机应变；拔掉我这不会说话的舌头，使我善于巧言令色；使我能把文章写得委婉曲折，步履变得轻便，牙齿长得丰美，眉毛更加漂亮；使我能随波逐流，甘愿委曲求全，去博取世人的称赞。公侯、卿士和地方上的权豪大僚，他们究竟都是些什么样的人，为什么能终生享有尊贵的地位？”

我说完后，又跪拜叩头，趴在地上等待。直到半夜，还是得不到答复。于是疲倦地睡去，梦见一个穿青花红裙的人，手里拿着红色符节而来，对我说：“织女要我来告诉你——你的话讲得实在悲苦。你所讲的一切，我都十分了解。你是有选择地去行动，你不去做自己不想做的事情。你所苦苦追求的，你一定能够实现愿望。你为什么不按照自己的想法去做，反而来欺骗我呢？你最知羞耻，对那种谄媚取宠的样子和不符合正道的胡言乱语，你宁可受到屈辱，也鄙视它，而做着自己认为应该做的事。你已下定决心，为什么还要胡乱地乞求灵巧呢？坚定信心，坚持你的主张吧！你如果能够实现理想，固然很不错；即使不能实现，也不为耻。凡是我所有的灵巧，实在不敢传授给你。这是织女要我传达给你的话，现在已经讲完，马上返回天宫，望你千万不要怀疑。”

唉！上天赋予一个人的品性，不能改变。我含着眼泪下拜，很高兴接受织女的指教，初听时我很悲痛，后来就心悦诚服。我决心坚守自己的节操终身不变，纵然因此而死，也不感到畏惧！

师友箴并序

此文精悍短小，是柳氏文集中的“袖珍式”作品，但却流布甚广，深为人知，不愧为一篇劝世箴言。作者开宗明义，以当时社会上不重视选择师长、朋友的现象为忧，因此写下此文以警示自己，并教诫后人。“中焉可师，耻焉可友”是该文主旨，而“道苟在焉，佣丐为偶；道之反是，公侯以走”则又是作者求师交友的一种严肃态度。文章言简意赅，流畅自然，具有警示意义。

【原文】

今之世，为人师者众笑之，举世不师，故道益离；为人友者，不以道而以利，举世无友，故道益弃。呜呼！生于是病矣，歌以为箴。既以儆己，又以诫人。

不师如之何，吾何以成！不友如之何，吾何以增！吾欲从师，可从者谁？借有可从，举世笑之。吾欲取友，谁可取者？借有可取，中道或舍。仲尼不生，牙也久死，二人可作，惧吾不似。

中焉可师，耻焉可友，谨是二物，用惕尔后。道苟在焉，佣丐为偶；道之反是，公侯以走。内考诸古，外考诸物，师乎友乎，敬尔毋忽！

【译文】

在当今的社会上，众人常常讥笑老师，整个社会上都不求师，所以愈加偏离正道；与别人交朋友，不是因为志同道合，完全是利益相关，以致整个社会上没有真正的朋友，因此正道也就更被人抛弃了。唉！我对这种现状实在痛心疾首，于是以这篇歌作为箴言。既用来警戒自己，又用来劝勉别人。

没有老师怎么行？我怎么能有所成就！没有真正的朋友怎么可以？我怎么会有所进步！我想跟从老师学习正道，然而又不知应该跟从谁。如果确有可以跟从的，却又会被整个社会讥笑。我很想交个朋友，但是可以与谁真正成为朋友呢？如果有个人可以交往，又怕在半道中被舍弃。仲尼不会再生，鲍叔牙也早已死亡；即使二人在世，恐怕我的道也与他们的不同。

言行合乎中道的可以为老师，不屑唯利是图的可以交朋友；谨慎地用这两条为标准，时时提醒你怎样求师交友。如果能坚持中道的，即使是用人乞丐也可以成为良师高朋；如果背弃中道的，就是公侯卿相也应不接近。内要考察历史，外要考察怎样现实，对于从师交友，一定要慎重，不要疏忽大意。

舜禹之事

此文乃柳宗元论述文中的精品，历来为人所称道。正如题目所示，文章的中心论点虽然是说舜、禹禅让有理，但围绕这个论点，作者又详细讲述舜、禹时候的事，以此来证明禅让的合理性。开篇以曹丕受禅于汉献帝后所说“舜、禹之事，吾知之矣”一语，先为文章设置悬念，具有较强的艺术感染力，引人注目，并使人产生一睹为快的兴趣。接着作者顺水推舟，郑重地赞同曹丕所言，认为他说的话没错，从而自然地将笔触伸向尧、舜、禹的故事。作者不急不躁、娓娓谈来，夹叙夹议，不讲众所皆知的“推位让国”的缘由，而是别出心裁地陈述让位者与受禅者有计划的事先准备。“尧知其道不可，退而自忘；舜知尧之忘已而系舜于人也，进而自系。”“舜之与禹也亦然。”作者接连举例来佐证此论，言辞缜密，有理有据。欲辩曹丕所受非议，必讲汉魏历史，文章到此以“丕之父攘祸以立强”来写，称曹操父子三十余年的征伐诸侯、治理天下的功绩，已为曹氏入主天下奠定了基础，因为普天之下的民心已归曹氏。行文到此，既回应了前文引用的曹丕一事，又已将“禅让”有理论得透彻明白。

【原文】

魏公子丕，由其父得汉禅。还自南郊，谓其人曰：“舜、禹之事，吾知之矣。”由丕以来皆笑之。

柳先生曰：丕之言若是可也。向者丕若曰：“舜、禹之道，吾知之矣。”丕罪也。其事则信。吾见笑者之不知方，未见丕之可笑者也。

凡易姓授位，公与私，仁与强，其道不同；而前者忘，后者系，其事同。使以尧之圣；一日得舜而与之天下，能乎？吾见小争于朝，大争于野，其为乱，尧无以已之。何也？尧未忘于人舜未系于人也。尧之得于舜也以圣，舜之得于尧也以圣，两圣独得于天下之上，奈愚人何？其立于朝者，放齐犹曰“朱启明”，而况在野者乎？尧知其道不可，退而自忘；舜知尧之忘已而系舜于人也，进而自系。舜举十六族，去四凶族，使天下咸得其人；命二十二人，兴五教，立礼刑，使天下咸得其理；合时月，正历数，齐律、度、量、权衡，使天下咸得其用。积十余年，人曰：“明我者舜也，齐我者舜也，资我者舜也。”天下之在位者，皆舜之人也。而尧隤然，聋其聪，昏其明，愚其圣。人曰：“往之所谓尧者果乌在哉？”或曰“耄矣”，曰“匿矣”。又十余年，其思而问者加少矣。至于尧死，天下曰：“久矣，舜之君我也。”夫然后能揖让受终于文祖。舜之与禹也亦然。禹旁行天下，功系于人者多，而自忘也晚。益之自系犹是也，而启贤闻于人，故不能。夫其始系于人也厚，则其忘之也迟。不然，反是。

汉之失德久矣，其不系而忘也甚矣。宦、董、袁、陶之贼生人盈矣，丕之父攘祸以立强，积三十余年，天下之主，曹氏而已，无汉之思也。丕嗣而禅，天下得之以为晚，何以异夫舜、禹之事耶？然则汉非能自忘也，其事自忘也；曹氏非能自系也，其事自系也。公与私，仁与强，其道不同，其忘而系者，无以异也。尧、舜之忘，不使如汉，不能授舜、禹；舜、禹之系，不使如曹氏，不能受之尧、舜。然而世徒探其情而笑之，故曰：笑其言者非也。

问者曰：“尧崩，天下若丧考妣，四海遏密八音三载。子之言忘若甚然，是可不可欤？”曰：是舜归德于尧，史尊尧之德之辞者也。尧之老更一世矣，德乎尧者，〔盖〕已死矣，其幼而存者，尧不使之思也。不若是，不能与人天下。

【译文】

魏公子曹丕依靠他父亲曹操打下的基础得到汉朝的禅让。他从南郊祭天回来，对他的群臣说：“现在我完全了解舜禹接受禅让的事宜了。”从曹丕以来人们都讥笑他这句话。

我柳先生说：曹丕这样说是可以的。当时曹丕如果说：“我已经懂得了舜禹禅让的道理。”这是曹丕的大错误。然而他讲的是事势，那是符合实际的。我只看到讥笑者不懂得这句话的意思，看不出曹丕有什么值得耻笑的地方。

凡是在改朝换代的情况下禅让帝位，是出于公还是私，是凭借道德还是依靠强力，它所遵循的原则是不一样的；但前代的帝王已被人们遗忘了，继承的君主已为人们所拥护，这种情况是相同的。即使像尧那样圣明，得到舜以后立即就把天下交给他，可以吗？我可以预见那样就会发生动乱，小则在朝廷上引起激烈的辩论，大则在民间发生斗争，那样造成的混乱局面，尧也没有办法收拾。那是什么原因呢？因为尧还没有被人们遗忘，舜还没有被人们拥护。尧信任舜是因为尧圣明，舜得到尧的信任是因为舜圣明，只有圣明的人被天下人了解他们之前互相了解，对那些不了解他们的该做些什么呢？不要说那些老百姓，就是那个在朝做官的放齐都还不了解舜的圣明而竟说："丹朱开明。"更何况那些在民间的人呢？尧知道那样的办法行不通，就退居幕后让人们慢慢忘掉他；舜知道尧这样做是为了让人们忘掉他而拥护舜，于是舜就积极主动争取人民对自己的拥护和爱戴。舜选拔了十六个氏族首领，除掉了四个凶恶的氏族首领，使天下人都得到有才能的首领；他任命了二十二个大臣，鼓励五种道德规范，制定礼制刑法，很好地治理天下；正确划分四时月份，整理历法，统一乐律和度、量、权衡，使天下人都能正确地使用。经过十多年后，人们都说："引导我的是舜，治理我的是舜，帮助我的是舜。"天下那些做官的，全都是舜任用的人。然而尧衰老了，耳朵聋了，眼花了，头脑也不清楚了。人们说："从前所说的那个尧究竟去到何处？"有人说："他老了。"也有人说："隐居起来了。"又过了十多年，那些问及思念他的人更加少了。及至尧逝世时，天下的人说："舜当我们的君主已经很久了。"在这样的情况下，舜才在祖庙里接受尧的禅让，继承尧最终放弃了的帝位。舜后来把帝位禅让给禹，也是这样的情况。禹治水走遍天下，人们怀念他的许多功绩，而他退居幕后很迟。伯益也一直没有在人们中间树立威望，取得拥护，而人们又了解启的才能，所以禹最后没有能够把帝位禅让给伯益。君主当初功绩大，对人们的影响深，那么人们不会很快忘记他。不然的话，人们就会很快忘记他。

汉朝的政治腐败已经很久了，它不受拥戴而被人们遗忘的情况十分严重。宦官、董卓、袁氏兄弟、陶谦等人残害百姓，罪恶十分深重。曹丕的父亲曹操平息祸乱，建立强大的权威，经过了三十多年，天下的统治者实际上是曹姓的人了，天下人已渐渐忘却汉朝。曹丕继承曹操而受汉献帝的禅让，天下的人感到得到他为君已经晚了，这跟舜禹禅让的情况有什么区别呢？然而汉朝的帝王并不能像尧舜那样自愿让人们忘记，而是人们遗忘他们是因为他们不得人心；曹氏父子也不能像舜禹那样使人们拥护自己，而是他们建立的功绩获得了人们的拥戴。虽然其中或从公心出发，或由私心出发，或者凭借仁德，或者依仗强力，舜禹禅让和汉魏禅让所依据的原则是不同的，但他们中间一方被遗忘，一方受拥护，这是相同的。尧和舜如果不像汉末帝王一样被人们遗忘，就不可能把帝位传给舜和禹；舜和禹如果不像曹氏父子一样受人们拥护，就不可能从尧和舜那里接受帝位。但是社会上的一般人只是探究曹丕的思想动机就讥笑他。所以我说：讥笑他的言论的人是不对的。

有人问："尧去世时，天下的人好像父母死了一样，全国三年不奏乐。你说人们忘记了他，似乎说得言无其实了，这可不可以这样说呢？"我回答说：这是舜有意给尧赋予很高的功德，以及史书上尊崇尧的德行的说法。尧衰老退居幕后已经有三十年之久了，那些感激怀念尧的人，越来越多地死去了。其中当时年幼而还活着的人，尧设法不让他们怀念拥戴自己。如果不这样做，尧就无法把天下禅让给别人。

谤 誉

文中主要论述如何对待诽谤与赞誉。韩愈有篇《原毁》，辞意主题和本文相似。柳宗元此文笔法灵活，意味隽永，曲折有致。这篇议论文的大意可用孔子"不如乡人之善者好之，其不善者恶之"一语来概括，作者为论述这句话，便在笔端变出许多层次、转折，写来挥洒有度，议论风生。本文推理严密，井井有条，先将谤誉之常者作为旧论，再转入世人谤誉之变者，作为新论，然后以孔子的观人之法作为本文的定论。承接处畅明通达，自然宛转。文章后段主要点明：观人者不可以谤誉而轻为进退，修己者不可以谤誉而轻为忧喜。作者的观点富有哲理，其所表达的荣辱不惊的人生态度，对读者是有教育意义的。当然，纵观此文，字里行间仍有着怀才不遇者对美丑不分的现实的失望与抱怨。

【原文】

凡人之获谤誉于人者，亦各有道。君子在下位则多谤，在上位则多誉；小人在下位则多誉，在上位则多谤。何也？君子宜于上不宜于下，小人宜于下不宜于上，得其宜则誉至，不得其宜则谤亦至。此其凡也。然而君子遭乱世，不得已而在于上位，则道必咈于君，而利必及于人，由是谤行于上而不及于下，故可杀可辱，而人犹誉之。小人遭乱世而后得居于上位，则道必合于君，而害必及于人，由是誉行于上而不及于下，故可宠可富，而人犹谤之。君子之誉，非所谓誉也，其善显焉尔。小人之谤，非所谓谤也，其不善彰焉尔。

然则在下而多谤者，岂尽愚而狡也哉？在上而多誉者，岂尽仁而智也哉？其谤且誉者，岂尽明而善褒贬也哉？然而世之人闻而大惑，出一庸人之口，则群而邮之，且置于远迩，莫不以为信也。岂惟不能褒贬而已，则又蔽于好恶，夺于利害，吾又何从而得之耶？孔子曰："不如乡人之善者好之，其不善者恶之。"善人者之难见也，则其谤君子者为不少矣，其谤孔子者亦为不少矣。传之记者，叔孙武叔，时之贵显者也。其不可记者，又不少矣。是以在下而必困也。及乎遭时得君而处乎人上，功利及于天下，天下之人皆欢而戴之，向之谤之者，今从而誉之矣。是以在上而必彰也。

或曰："然则闻谤誉于上者，反而求之，可乎？"曰："是恶可，无亦征其所自而已矣！其所自善人也，则信之；不善人也，则勿信之矣。苟吾不能分于善不善也，则已耳。如有谤誉乎人者，吾必征其所自，未敢以其言之多而举且信之也。其有及乎我者，未敢以其言之多而荣且惧也。苟不知我而谓我盗跖，吾又安取惧焉？苟不知我而谓我仲尼，吾又安取荣焉？知我者之善不善，非吾果能明之也，要必自善而已矣。"

【译文】

凡是一个人受到别人的诽谤或称赞，各有不同的原因。君子处在下位时受到诽谤多，处在上位时受到赞扬多；小人处在下位时受到赞扬多，处在上位时受到指责多。这是为什么呢？因为君子适合处于上位而不适合在下位，小人适合在下位而不适合在上位。一个人所处的地位适宜，伴随而来的是赞扬；所处的地位不适宜，毁谤也就来了，这是常理。但是，君子如果不幸遇到乱世，又不得已处在上位，那么他的政治主张一定会与君主发生冲突，然而人们一定会从他的主张中获益。因此，对他的诽谤就只会流行于上层，而不会影响到下面，所以他可能被杀戮，可能受屈辱，然而民众还是称赞他。小人却要遇到乱世，然后才能够爬到上位，那么他的政治主张必然与君主相吻合，然而人民就一定会受损害。因此，对他的称赞就只会流行于上层，而不会达到下面，所以他会受到宠爱，能够获得富贵，但是民众还是要指责他。对君子的称赞，其实并不能叫称赞，只不过是如实地彰显了他的美德而已；对小人的指责，其实并不能叫指责，只不过是揭露了他的罪恶。

这样说来，那些处在下位而受到很多指责的人，难道都是愚蠢和奸诈的人吗？处在上位而受到很多赞扬的人，难道都是有道德和本事的人吗？那些指责或称赞别人的人，难道都明白道理又善于把握评判好坏的标准吗？可惜社会上一些人听到某种称赞或指责就分不清是非，本来出自某个庸人之口，大家就不加以分辨纷纷传播，并且传到远近四方，所有人都深信不疑。岂只是褒贬不当而已，他们还被自己的好恶所蒙蔽，根据自己的利害去判断，我们如何去了解一个人好坏的真实情况呢？孔子说："不如他家乡的好人称赞他，家乡的坏人毁谤他。"好人是难得见到的，那么岂不是诽谤君子的人就很多，诽谤孔子的人也不少？《论语》上记载着的叔孙武叔，是当时的一个有地位有声望的人，他就批评责难过孔子。至于那些没有记下来的人，还很多。因此，君子在下位时，处境一定很困难。等到他得到良好的机会，得到君主的信任，处在一般人之上，他的政绩就能遍于天下，天下人都喜欢他拥护他，以前诽谤他的人，现在也跟着赞扬他了。因此君子处在上位，就一定会扬名。

有人问：“那么听到来自上面的指责或称赞，就回过头探究自身的原因，可以吗？”我说：“这怎么可以呢？不过也应考察这些指责或称赞来自何人吧！那些出自好人之口的，我就相信它；出自坏人之口的，就不应该相信。如果我分辨不了这是好人还是坏人，那就算了。如果有人被指责或称赞，我一定考察那指责或称赞的话出自什么地方，不能因为那种话多就全部相信。那种指责或赞扬如果有涉及我的，我也不会因为那种话多而感到荣耀或恐惧。如果是不了解我的人，辱骂我是盗跖，我又怎么会感到害怕呢？如果是不了解我的人，赞扬我像仲尼，我又怎么会感到荣耀呢？那些熟悉我的人谁是好人谁是坏人，我也不一定都能了解，总之，我一定使自己的言行尽量正确罢了。”

杨评事文集后序

杨评事，即杨凌，字恭履，是柳宗元岳父杨凭的弟弟，官至大理评事。本文是为他的文集而作的后序。序文历来多应景之作，称颂原作者是其共同的套路，本文对杨凌其人其学褒扬有加，很显然是过誉之词，吹捧得不能令人信服。如“用是陪陈君之后，其可谓具体者欤”等语，竟然将籍籍无名的杨凌与大名鼎鼎的陈子昂相提并论，明眼人一看就知道这是奉承话。不过，序文论及作者时大体上都是溢美之词，以求锦上添花，皆大欢喜，所以这点并不妨碍柳宗元此文的艺术性。本文先说明文章的流别，即诗与文；又说两者兼通者世所罕见；接着述评事能兼通诗文；最后述己叙述遗文。文章互相照应，虚实相间，反衬手法熟妙。尤其说杨评事虽有奇能，可不幸逝去，来不及施展满腹才华，故不能与陈子昂并肩。其言又赞又惜，所指有理有据，写得巧妙、得体。

【原文】

赞曰：文之用，辞令褒贬，导扬讽谕而已。虽其言鄙野，足以备于用。然而阙其文采，固不足以竦动时听，夸示后学。立言而朽，君子不由也。故作者抱其根源，而必由是假道焉。作于圣，故曰经；述于才，故曰文。文有二道，辞令褒贬，本乎著述者也；导扬讽谕，本乎比兴者也。著述者流，盖出于《书》之谟、训，《易》之象、系，《春秋》之笔削，其要在于高壮广厚，词正而理备，谓宜藏于简册也。比兴者流，盖出于虞、夏之咏歌，殷、周之风雅，其要在于丽则清越，言畅而意美，谓宜流于谣诵也。兹二者，考其旨义，乖离不合。故秉笔之士，恒偏胜独得，而罕有兼者焉。厥有能而专美，命之曰艺成。虽古文雅之盛世，不能并肩而生。

唐兴以来，称是选而不怍者，梓潼陈拾遗。其后燕文贞以著述之馀，攻比兴而莫能及；张曲江以比兴之隙，穷著述而不克备。其馀各探一隅，相与背驰于道者，其去弥远。文之难兼，斯亦甚矣。若杨君者，少以篇什著声于时，其炳耀尤异之词，讽诵于文人，盈满于江湖，达于京师。晚节遍悟文体，尤邃叙述。学富识远，才涌未已，其雄杰老成之风，与时增加。既获是，不数年而夭。其季年所作尤善，其为《鄂州新城颂》、《诸葛武侯传论》、饯送梓潼陈众甫、汝南周愿、河东裴泰、武都符义府、泰山羊士谔、陇西李练凡六序、《庐山禅居记》、《辞李常侍启》、《远游赋》、《七夕赋》皆人文之选已。用是陪陈君之后，其可谓具体者欤？

呜呼！公既悟文而疾，既即功而废，废不逾年，大病及之，卒不得穷其工、竟其才，遗文未克流于世，休声未克充于时。凡我从事于文者，所宜追惜而悼慕也！宗元以通家修好，幼获省谒，故得奉公元兄命，论次篇简。遂述其制作之所诣，以系于后。

【译文】

评论说：文章的作用，在于交流意见、褒贬善恶和引导称颂、讽刺劝诫罢了。即使语言粗糙平庸，也能适应需求。然而文章缺乏艺术性，一定不能影响当时人们的听闻，也不能拿出来向后来的文学之士夸耀。著书立说而被淘汰，有道德和学问的人是不会这样做的。因此作者抱定创作的根源一定要凭借提高艺术性去达到目的的观念。古代圣人的著作，称为经书；有才能的人的作品，叫做文章。文章有两种类别：交流意见和褒贬善恶的作品，起源于古代的著作；引导颂扬和讽刺劝诫的作品，起源于古代的诗歌。著述一类作品，源于《尚书》中的谟、训，《周易》的象辞、系辞，《春秋》中经过增删的文字，其要领在于气势磅礴、内容丰富、言词正大、道理充分，认为只有这样才适合在书籍中保存。诗歌一类作品，源于虞夏时的歌谣，殷周两代的风雅，其要领在于华美而有规则、音韵清亮高昂、语言流畅、意境优美，认为只有这样才适合在吟咏中广泛流传。著述和诗歌这两类作品，对它们的意义进行探索考究是不同的。所以从事写作的人，经常是擅长其中某一方面，而很少有两者兼备的；若有能够写作并擅长这两种作品的人，就称得上在艺术上到了家。但是，即使在古代文化发达到极盛时期，也没有同时产生过两个以上兼备这种才能的人。

自唐朝开国以来，称得上是这种优秀人物而当之无愧的，只有陈子昂。他之后，燕文贞（张说）在从事著述之余，努力研究比兴之法但却不能取得很高的成就；张曲江（张九龄）在发挥他的诗歌才能的闲暇时间里，尽力钻研著述也没有达到完美的境地。至于那些各自探索某一个方面，却与道相背而驰的人，其差距就更远了。著述与诗歌的才能要兼备，这真是难到极点了。至于杨凌先生，他早年就以诗歌闻名于当时，文人们称赏吟诵他那些特别光彩夺目的佳句，其美誉传遍全国各地，并传播到了京城。他晚年对各种文体都有所领悟，尤其精通叙述文。他学问渊博，见识高远，才华横溢，他那雄健老练的文风，随着时间的推移日臻完善。他获得这样的成就后不出数年，不幸逝世。他最后几年的作品尤为出色，《鄂州新城颂》、《诸葛武侯传论》、饯送梓潼陈众甫、汝南周愿、河东裴泰、武都符义府、泰山羊上谔、陇西李錬共六篇序，以及《庐山禅居记》、《辞李常侍启》、《远游赋》、《七夕赋》，都是人世间的佳作。用这些去与陈子昂的成就相配，大概可以说得上是著述、诗歌两方面的才能都具备了吧！

唉！杨公领悟了各种文体后便得病了，功力已达到却停止了写作，停止写作还不到一年，竟又大病缠身，最终来不及极尽他艺术上的造诣，完全发挥他的才能。他遗留下来的诗文还没有能够在社会上广泛流传，美好的名声还没有能够在当时得到传播。凡是我辈从事写作的人，都应当追忆、惋惜和哀悼、仰慕啊！我以世交的关系不断友好往来，年幼时就曾拜谒过他，所以得受杨公长兄的嘱托，把他的文稿按次序编辑成册。于是对他创作上的成就进行阐述，附在文集的后边。

种树郭橐驼传

本文作于唐德宗贞元末年，当时柳宗元正积极投身于王叔文领导的政治革新运动。这篇寓言体的政治性散文所记叙的郭橐驼是一位技艺高超的农艺家，他种树能“顺木之天，以致其性”，因而所种树木无不成活。作者的目的并不是要写人，而是通过其种树的经验之谈，借题发挥，抨击那些居身显要而又不懂治国之道的当权者，并表达了自己崇尚自然，反对扼杀事物个性的政治生活理想。这与作者当时正积极参与的政治革新活动，在精神实质上是相通的。文章写得深入浅出、笔调轻松活泼。

文章用浅显的语言来说明深刻的道理，对比生动，写法灵活。

【原文】

郭橐驼，不知始何名。病瘘，隆然伏行，有类橐驼者，故乡人号之“驼”。驼闻之，曰：“甚善，名我固当。”因舍其名，亦自谓橐驼云。其乡曰丰乐乡，在长安西。驼业种树，凡长安豪家富人为观游及卖果者，皆争迎取养。视驼所种树，或迁徙，无不活，且硕茂，蚤实以蕃。他植者，虽窥伺效慕，莫能如也。

有问之，对曰：“橐驼非能使木寿且孳也，能顺木之天，以致其性焉尔。凡植木之性，其本欲舒，其培欲平，其土欲故，其筑欲密。既然已，勿动勿虑，去不复顾。其莳也若子，其置也若弃，则其天者全，而其性得矣。故吾不害其长而已，非有能硕茂之也；不抑耗其实而已，非有能蚤而蕃之也。他植者则不然，根拳而土易。其培之也，若不过焉则不及。苟有能反是者，则又爱之太殷，忧之太勤，旦视而暮抚，已去而复顾。甚者爪其肤以验其生枯，摇其本以观其疏密，而木之性日以离矣。虽曰爱之，其实害之；虽曰忧之，其实仇之。故不我若也。吾又何能为哉？”

问者曰：“以子之道，移之官理可乎？”驼曰：“我知种树而已；官理非吾业也。然吾居乡，见长人者，好烦其令，若甚怜焉，而卒以祸。旦暮吏来而呼曰：‘官命促尔耕，勖尔植，督尔获，蚤缫而绪，蚤织而缕，字而幼孩，遂而鸡豚。’鸣鼓而聚之，击木而召之。吾小人辍飧饔以劳吏者，且不得暇，又何以蕃吾生而安吾性邪？故病且怠。若是，则与吾业者其亦有类乎？”

问者嘻曰：“不亦善夫！吾问养树，得养人术。”传其事以为官戒也。

【译文】

郭橐驼，不知道他过去叫什么名字。得了驼背的毛病，背部高耸，身体前倾，面朝下行走，好像骆驼的样子，所以乡里的人叫他“骆驼”。驼子听到这个外号，就说：“很恰当，这样叫我本来就合适。”于是，他就丢掉自己的名字，也自称为“骆驼”。他住的村庄叫丰乐乡，在长安城的西面。骆驼的职业是种树，所有长安城中的豪富人家要种花木供玩赏的，以及卖水果的，都争相接他到家里供养。骆驼栽种的树，或者移植的树，没有不成活的，而且长得壮实、茂盛，果实结得早而且多。别的种树人即使偷看仿效，也没有谁能赶上他的。

有人问他是什么原因，他回答说：“我并不能使花木活得长久而且繁殖得快，不过是顺应它的生长规律，让它的本性得到充分发展罢了。种树的要领是，树木的根要让它舒展，树根的土要培得平，根旁的土要用原来的，根周围的土则要堆砌固实。种好以后，就别动它，也别担心它，离开它不要管它。栽种树木时应该像爱护子女一样，栽下以后应该像丢弃了一样。那么，它的天性能够保持不变，它的本性也就能够充分发展了。所以，我不过是不妨害它们的生长罢了，而不是有使它们长得又高大又茂盛的诀窍啊；不过是不压抑不损坏它们的果实罢了，而不是有使果实结得早而且多的秘法啊。其他种树的人却不是这样。栽种时，树根拳曲，泥土又换了新的。培的土不是过多，就是不够。偶尔有能够不这样做的人，又太过于爱护它们，太过于忧虑它们，早上看后，晚上又摸摸，已经离开，又回来望望。严重的甚至抓破树皮来验看它们是死还是活，摇动树根来观察培的土是松还是实，于是树木的本性就一天天受到损害。虽说是爱它，其实是害它；虽说是担心它，其实是仇视它。所以他们种的树不如我的。我哪里有什么特殊的本领呢？”

问的人说：“根据你说的种树的方法，移到为官治民方面去可以吗？”骆驼说：“我只知道种树罢了，做官治民不是我的事。我住在乡里，看到当官的总是不厌其烦地发布政令，好像很爱百姓似的，结果却给我们带来了灾祸。差役总是一到就呼喊：‘官府命令，催促你们耕耘，勉励你们种植，督促你们收割，早些缫好你们的丝，早些织好你们的布，养育好你们的孩子，饲养好你们的家禽和牲畜！'一会儿擂起鼓来集合他们，一会儿敲起梆子来召唤他们。我们小百姓就是不吃早晚饭来慰劳公差还来不及，又靠什么来增加我们的生产、安定我们的生活呢？所以总是困苦而劳累。这样看来，和我从事的工作或许有些类似吧！"

问的人赞叹着说："这不是很好吗！我问种树的方法，却得到了治民的方法。"于是记下这件事，把它作为官戒。

梓人传

梓人，即木工，在封建社会属于巫医、乐师、百工一类，为士大夫所不齿。但柳宗元以极大的热情描写了一位名叫杨潜的建筑工人的高超技艺，对他在营造大厦中所发挥的巨大作用作了高度的评价，这是难能可贵的。篇末的"梓人之道类于相"是全篇的警语。柳宗元认为宰相应像梓人"善运众工"那样，善"择天下之士，使称其职；居天下之人，使安其业"，这表现了他在政治上的远见卓识。

通篇运用对比的写法，叙述和议论结合在一起，读来令人感到合情合理，到今天仍有借鉴意义。

【原文】

裴封叔之第，在光德里。有梓人款其门，愿佣隙宇而处焉。所职寻引规矩绳墨，家不居砻斫之器。问其能，曰："吾善度材。视栋宇之制，高深圆方短长之宜，吾指使而群工役焉。舍我，众莫能就一宇。故食于官府，吾受禄三倍；作于私家，吾收其直大半焉。"他日，入其室，其床阙足而不能理，曰："将求他工。"余甚笑之，谓其无能而贪禄嗜货者。

其后，京兆尹将饰官署，余往过焉。委群材，会众工。或执斧斤，或执刀锯，皆环立向之。梓人左持引，右执仗，而中处焉。量栋宇之任，视木之能，举挥其杖曰"斧！"彼执斧者奔而右。顾而指曰"锯！"彼执锯者趋而左。俄而斤者斫，刀者削，皆视其色，俟其言，莫敢自断者。其不胜任者，怒而退之，亦莫敢愠焉。画宫于堵，盈尺而曲尽其制，计其毫厘而构大厦，无进退焉。既成，书于上栋曰："某年某月某日某建。"则其姓字也。凡执用之工不在列。余圜视大骇，然后知其术之工大矣。

继而叹曰：彼将舍其手艺，专其心智，而能知体要者欤？吾闻劳心者役人，劳力者役于人，彼其劳心者欤！能者用而智者谋，彼其智者欤！是足为佐天子相天下法矣，物莫近乎此也。

彼为天下者，本于人。其执役者为徒隶，为乡师、里胥；其上为下士，又其上为中士，为上士。又其上为大夫，为卿，为公。离而为六职，判而为百役。外薄四海，有方伯、连帅。郡有守，邑有宰，皆有佐政。其下有胥吏，又其下皆有啬夫、版尹，以就役焉，犹众工之各有执技以食力也。彼佐天子相天下者，举而加焉，指而使焉，条其纲纪而盈缩焉，齐其法制而整顿焉，犹梓人之有规矩绳墨以定制也。择天下之士，使称其职，居天下之人，使安其业。视都知野，视野知国，视国知天下，其远迩细大，可手据其图而究焉。犹梓人画宫于堵而绩于成也。能者进而由之，使无所德；不能者退而休之，亦莫敢愠。不炫能，不矜名，不亲小劳，不侵众官，日与天下之英才讨论其大经。犹梓人之善运众工而不伐艺也。夫然后相道得而万国理矣。

相道既得，万国既理，天下举首而望曰："吾相之功也。"后之人循迹而慕曰："彼相之才也。"士或谈殷、周之理者，曰伊、傅、周、召，其百执事之勤劳而不得纪焉，犹梓人自名其功而执用者不列也。大哉相乎！通是道者，所谓相而已矣。

其不知体要者反此。以恪勤为公，以簿书为尊，炫能矜名，亲小劳，侵众官，窃取六职百役之事，听听于府庭，而遗其大者远者焉。所谓不通是道者也。犹梓人而不知绳墨之曲直，规矩之方圆，寻引之短长，姑夺众工之斧斤刀锯以佐其艺，又不能备其工，以至败绩用而无所成也。不亦谬欤？

或曰："彼主为室者，傥或发其私智，牵制梓人之虑，夺其世守而道谋是用，虽不能成功，岂其罪邪？亦在任之而已。"

余曰不然。夫绳墨诚陈，规矩诚设，高者不可抑而下也，狭者不可张而广也。由我则固，不由我则圮。彼将乐去固而就圮也，则卷其术，默其智，悠尔而去，不屈吾道，是诚良梓人耳。其或嗜其货利，忍而不能舍也；丧其制量，屈而不能守也；栋桡屋坏，则曰：非我罪也。可乎哉？可乎哉？

余谓梓人之道类于相，故书而藏之。

梓人盖古之审曲面势者，今谓之都料匠云。余所遇者，杨氏，潜其名。

【译文】

裴封叔的住宅，在光德里。有个木匠师傅敲响了他的大门，想在他那里租间空屋居住。他随身只带有量尺、圆规、曲尺、墨线和墨斗等东西，家里没有木工用的磨刀石和刀斧等工具。问他的技能如何，他说："我善于计算建筑材料。看房屋建筑的规模，考虑怎样用料适合高低、深浅、方圆和长短的需要；随后我就指挥工匠操作。若是没有我，工匠们就无法建成一座房屋。所以，到官府干活，我得到的工资是工人们的三倍；假如到私家工作，我得到的工钱是总收入的大半。"有一天，我到他的屋里去，看见他睡的床缺一只脚，自己却不会修理，说："打算请别的木工来修。"我觉得他很可笑，觉得他是个没有技术却贪图工钱和财物的人。

后来，京兆尹要修建衙门，我经过那里，看到许多建筑材料已经集中了，工人们也都集合了。他们有的拿着斧头，有的拿着刀锯，都围成圈子面对那个木匠师傅站着。木匠师傅左手拿着计算工具，右手拿着一根棒站在中间。他估量房屋的规格，观察哪根木头可以选用，然后挥着手里的那根木棒说："砍！"那拿斧头的工人们就奔向右边。回过头去指着说："锯！"拿锯子的工人们就奔向左边。一会儿，拿斧头的在砍，拿刀子的在削，都看他的脸色，等他说话，没有哪一个敢自己决定怎么干。其中有个别担当不起任务的，他就生气地斥退那个工人，也没有人敢怨恨他。他在墙上画了一座房屋的图样，只有一尺见方的面积，却可以把房屋结构丝毫不差地全部勾画出来，照着图样的尺寸计算来建造大厦，就不会有出入。房屋建成以后，在正梁上题字说："某年某月某日某人建造。"就是他的姓名。所有实际动手造房子的工匠们都不列名，我向四周一看大吃一惊，这才明白那个木匠师傅的技术确实是十分高超。

接着，我叹口气说：那个木匠师傅可能是放弃了他的手艺，专门发挥他的智力，而且是了解、掌握建筑学的关键的人吧！我听说用脑力的人可以指挥人，用体力的人被人指挥，他大概就是用脑力的人吧！有手艺的人使用他的技能，有智慧的人出谋划策，他也许就是有智慧的人吧！这完全可以成为辅佐帝王、治理国家的法则，事情没有什么比这更近似的了。

治理国家的根本，就在于用人。那些干工作的人，地位最低是服劳役的，稍高一些的是乡长、里长。在他们上面是下士，再上面是中士，是上士。再上面是大夫，是卿，是公。分开来说，上头是从下士到公有六种官职，下面是各种做具体工作的人。在京城外面，远地有方伯、连帅。郡有郡守，邑有邑宰，他们都有协助工作的副职。在他们下面，有胥吏，再下面还有啬夫、版尹，各自按照职务来做工作。这就像工人们各自利用自己的一技之长来从事劳动那样。那辅佐皇帝、治理国家的宰相，选拔、任命官吏，指挥、使用官吏，分别按照国家的法律规定来升降他们，一律按政府的制度来整顿他们，就像那个木匠师傅依据规矩绳墨来决定房屋的规格一样。选择天下的官吏，使他们适合所担当的职务；安定天下的百姓，使他们专心工作。观察了京城就了解郊区，观察了郊区就能了解各地，观察了各地就能了解全国。那些远的近的小的大的各种事情，都可以用手按着图纸来决定怎样处理它们。这就像木匠师傅在墙上先画房屋草图照着它建造房屋直到完成一样。有才能的人提拔上来重用他们，也不要求他们感激自己的恩德；没有才能的人就辞退，停止他们的工作，也没有人会怨恨自己。不夸耀自己的才能，不夸张自己的名气，不亲自参加琐碎的事务，不干预官吏们的职权，每天同国家的有高尚德才的人商讨那些有关国计民生的大事，就像那个木匠师傅善于使用每个工人而不卖弄自己的才艺一样。只有这样才能真正掌握做宰相的方法，全国各地也就能治理好了。

将做宰相的方法真正掌握好了，全国各地真正治理好了，天下的人就会抬头仰望着说："这是我们宰相的功劳呀！"后人也会根据史书记载的事迹向往地说："这是那个宰相的才能呀！"读书人有时谈论殷、周两代的政绩，总是说伊尹、傅说和周公、召公，其他的许许多多的官吏的功劳却没有记载在史书上。就像那个木匠师傅把自己的劳绩写明在梁上，而实际动手造房子的工人们却不能列名一样。宰相真是伟大呀！懂得这个道理的，这才是我们所说的宰相。

那些不晓得宰相任务的关键的人正好与此相反。他们以谨慎勤劳为唯一的美德，将批阅文件当做最高的任务，夸耀自己的才能，夸张自己的名气，亲自参加琐碎的事务并干预下属官员们的职权，侵夺大大小小内外官吏的本职工作，在朝堂上争论不休，却把那些重大深远的国家政事丢之脑后。这就是我们所说的不知道做宰相的方法的人。就像当了木匠师傅却不晓得绳墨的作用是校正曲直，规矩的作用是确定方圆，寻引的作用是计量长短，随随便便地夺去工人们的斧头和刀锯，来帮助他们干活，又不能完全替代他们所干的各个工种，以至于破坏了功用而没有取得成就，这岂不是很荒谬吗？

有人说："主管造屋的人倘若拿出他的个人之见，牵制木匠师傅的设计，迫使他放弃原来的经验，听取外行人的意见，结果不能成功，难道也是那个木匠师傅的错误吗？不过在于任用他的人罢了。"

我觉得不能这样说。想那绳墨已经确实完备、规矩已经真正定下来，高的就不能压成低的，狭的就不能扩成宽的。照我的设计，房屋就坚固；不照我的设计，房屋就会倒塌。他假如乐意不要坚固而要倒塌，那么，我就隐藏起自己的技术和设计，心安理得地离去，不使我的法则遭受屈辱，这才是真正优秀的木匠师傅。或者贪图那些钱财，忍受着不愿意离开他；丢弃自己的正确设计，心甘情愿受委屈不能坚持自己的主张；等到梁断屋塌的时候，却说：这不是我的过错。可以吗？可以吗？

我认为做木匠师傅的道理跟做宰相的道理相似，因而写了这篇文章并且将之保存起来。

梓人，大概就是古代的审察木材曲直正反形状的人，现在称为"都料匠"。我碰到的那个梓人，姓杨，潜是他的名字。

与友人论为文书

柳宗元的这篇《与友人论为文书》，并非论作文之艰苦，而是叙述了文人之遇及为文之流弊。

文章第一段破题说一"难"字，既言"得之为难"，又言"知之愈难"。然后将得与知之难分两段论述。言得之难，作者认为一个做文章的人，如果他的见解高明，道理深刻，即使他文章中有败笔也无大碍，但这样的人得名的少，湮没的多。言知之难，作者认为好的作品往往难于被人们接受，并以司马迁、扬雄死后他们的作品才受到重视的事实，指责现今社会并不能正确判定文章优劣，对当世文家的流弊给予谴责。

文章立论独特，让人信服，从中不难体悟到作者愤世嫉俗的不平之心。

【原文】

古今号文章为难，足下知其所以难乎？非谓比兴之不足，恢拓之不远，钻砺之不工，颇扣之不除也。得之为难，知之愈难耳。苟或得其高朗。探其深赜，虽有芜败，则为日月之蚀也，大圭之瑕也，曷足伤其明黜其宝哉？

且自孔氏以来，兹道大阐。家修人励，刓精竭虑者，几千年矣。其间耗费简札，役用心神者，其可数乎？登文章之箓，波及后代，越不过数十人耳。其余谁不欲争裂绮绣，互攀日月，高视于万物之中，雄峙于百代之下乎？率皆纵臾而不克，踯躅而不进，力蹙势穷，吞志而没。故曰得之为难。

嗟乎！道之显晦，幸不幸系焉；谈之辩讷，升降系焉；鉴之颇正，好恶系焉；交之广狭，屈伸系焉。则彼卓然自得以奋其间者，合乎否乎？是未可知也。而又荣古虐今者，比肩叠迹。大抵生则不遇，死而垂声者众焉。扬雄没而《法言》大兴，马迁生而《史记》未振。彼之二才，且犹若是，况乎未甚闻著者哉！固有文不传于后祀，声遂绝于天下者矣。故曰知之愈难。而为文之士，亦多渔猎前作，戕贼文史，抉其意，抽其华，置齿牙间，遇事蜂起，金声玉耀，诳聋瞽之人，徼一时之声。虽终沦弃，而其夺朱乱雅，为害已甚。是其所以难也。

间闻足下欲观仆文章，退发囊笥，编其芜秽，心悸气动，交于胸中，未知孰胜，故久滞而不往也。今往仆所著赋、颂、碑、碣、文、记、议、论、书、序之文，凡四十八篇，合为一通，想令治书苍头吟讽之也。击辕拊缶，必有所择，顾鉴视其何如耳，还以一字示褒贬焉。

【译文】

自古至今，大家都认为写文章是一件难事，您知道难在什么地方吗？不是指运用表现手法不完善，也不是指意境不高远，或构思炼句不精巧，更不是指文理不通的毛病没有去掉。在写文章时，要具有某种独到的见解是很困难的，要了解文章的优劣那就更加困难了。

如果能够得到某种高明的见解，探求某种深刻的道理，那么即使文章中夹杂着败笔，那也只是像日月出现亏蚀和宝玉上有瑕疵一样，哪能损害它的光辉、降低它的珍贵价值呢？况且从孔丘以后，写文章的学问大大兴盛起来。形成家家学习、人人勉励、冥思苦想、竭力思考的风气，已经近一千年了。在这段时间里，耗费了笔墨纸张、呕心沥血的人，怎么可以数得清呢？但是载入史册，对后代产生影响的人，只不过几十个人罢了！其余那些人，谁不想把文章写得优美动人，争先恐后攀登文坛高峰，凌驾于万物之上，称雄于世代之后呢？但大多竭尽全力却不能达到希求的目的，徘徊而不能前进，以致精疲力竭、处境艰难，至死也没有实现愿望，所以说写文章是很困难的。

唉！正确的主张是否得以彰显，在于一个人的遭遇好坏；一个人的言谈是否有说服力，在于他的地位高低；评论别人的文章正确与否，在于他的好恶如何；一个人的交往范围宽窄，在于他是否得志。那么那些具有突出的独到见解并在文坛上有所作为的人，他们的文章是否完全符合人们的口味，这还是难以预料的。何况厚古薄今的人，在社会上层出不穷，所以就总体而言，生前怀才不遇，死后却名声显赫的人就很多。扬雄去世后，他的《法言》才在社会上盛行；司马迁活着的时候，人们并不重视他的《史记》。他们这两个有才学的人尚且如此，更何况那些不太闻名的人呢？这里边确实有文章不能流传后世，名声在社会上埋没的人，所以说要判定文章的优劣就更加困难了。而且那些写文章的人，也多喜欢剽窃前人的作品，割断古代的文史，从中断章取义，摘抄辞藻，把它挂在嘴上四处炫耀，遇到有什么重大事情就蜂拥而起，写一些华而不实的文章，来欺骗那些见识短薄的人，博取一时的名誉。虽然他最终难免被湮没和被唾弃，但那种以假乱真的做法却造成了非常严重的恶果。这就是造成前面所说两难的原因。

最近听说您想看我的文章，我回去打开书箱，整理那些不成样子的作品，心头交织着紧张和激动的心情，竟分不清哪一篇更好，所以耽搁了很久，一直没有送上文章。现在我把以前写的赋、颂、碑、碣、文、记、议、论、书、序等几类文章，一共选了48篇，编成一卷送上，想来您会让管理书籍的仆人吟咏诵读的。这些粗糙的东西，也许还有可以借鉴之处，只在您如何鉴别对待罢了，希望用文字表示褒或贬回复。

答韦中立论师道书

本文作于元和八年（813年）永州司马任上。韦中立，唐州刺史韦彪之孙，元和十四年中进士。韦中立曾自京赶永州向柳宗元求教，返京后致书宗元，求宗元为其师，本篇即为宗元复信。

文章前半部分，作者用大量笔墨批评了当时社会“师道不传”的弊病，以“蜀犬吠日”讽刺了那些“不事师”的流俗之辈，并且自谦不敢为师。后半部分详解为文之法，将自己作文的心得体会倾囊相授。可谓辞师之名，示师之实。

文章命意深厚，文因折得势，句奥而生姿。

【原文】

二十一日，宗元白：辱书云欲相师，仆道不笃，业甚浅近，环顾其中，未见可师者。虽常好言论，为文章，甚不自是也。不意吾子自京师来蛮夷间，乃幸见取。仆自卜固无取，假令有取，亦不敢为人师。为众人师且不敢，况敢为吾子师乎？

孟子称“人之患在好为人师”。由魏、晋氏以下，人益不事师。今之世，不闻有师，有辄哗笑之，以为狂人。独韩愈奋不顾流俗，犯笑侮，收召后学，作《师说》，因抗颜而为师。世果群怪聚骂，指目牵引，而增与为言辞。愈以是得狂名，居长安，炊不暇熟，又挈挈而东，如是者数矣。屈子赋曰：“邑犬群吠，吠所怪也。”仆往闻庸蜀之南，恒雨少日，日出则犬吠，余以为过言。前六七年，仆来南，二年冬，幸大雪，逾岭，被南越中数州，数州之犬，皆苍黄吠噬狂走者累月，至无雪乃已，然后始信前所闻者。今韩愈既自以为蜀之日，而吾子又欲使吾为越之雪，不以病乎？非独见病，亦以病吾子。然雪与日岂有过哉？顾吠者犬耳。度今天下不吠者几人，而谁敢炫怪于群目，以召闹取怒乎？

仆自谪过以来，益少志虑。居南中九年，增脚气病，渐不喜闹，岂可使呶呶者早暮咈吾耳，骚吾心？则固僵仆烦愦，愈不可过矣。平居望外，遭齿舌不少，独欠为人师耳。

抑又闻之，古者重冠礼，将以责成人之道，是圣人所尤用心者也。数百年来，人不复行。近有孙昌胤者，独发愤行之。既成礼，明日造朝至外廷，荐笏言于卿士曰：“某子冠毕。”应之者咸怃然。京兆尹郑叔则怫然曳笏却立曰：“何预我耶？”廷中皆大笑。天下不以非郑尹而快孙子，何哉？独为所不为也。今之命师者大类此。

吾子行厚而辞深，凡所作，皆恢恢然有古人形貌，虽仆敢为师，亦何所增加也？假而以仆年先吾子，闻道著书之日不后，诚欲往来言所闻，则仆固愿悉陈中所得者。吾子苟自择之，取某事去某事，则可矣。若定是非以教吾子，仆材不足，而又畏前所陈者，其为不敢也决矣。吾子前所欲见吾文，既悉以陈之，非以耀明于子，聊欲以观子气色诚好恶何如也。今书来，言者皆大过。吾子诚非佞誉诬谀之徒，直见爱甚故然耳。

始吾幼且少，为文章，以辞为工。及长，乃知文者以明道，是固不苟为炳炳烺烺，务采色、夸声音而以为能也。凡吾所陈，皆自谓近道，而不知道之果近乎，远乎？吾子好道而可吾文，或者其于道不远矣。故吾每为文章，未尝敢以轻心掉之，惧其剽而不留也；未尝敢以怠心易之，惧其弛而不严也；未尝敢以昏气出之，惧其昧没而杂也；未尝敢以矜气作之，惧其偃蹇而骄也。抑之欲其奥，扬之欲其明，疏之欲其通，廉之欲其节，激而发之欲其清，固而存之欲其重，此吾所以羽翼夫道也。本之《书》以求其质，本之《诗》以求其恒，本之《礼》以求其宜，本之《春秋》以求其断，本之《易》以求其动，此吾所以取道之原也。参之谷梁氏以厉其气，参之《孟》、《荀》以畅其支，参之《庄》、《老》以肆其端，参之《国语》以博其趣，参之《离骚》以致其幽，参之太史以著其洁，此吾所以旁推交通而以为之文也。凡若此者，果是耶，非耶？有取乎，抑其无取乎？吾子幸观焉择焉，有馀以告焉。苟亟来以广是道，子不有得焉，则我得矣，又何以师云尔哉？取其实而去其名，无招越、蜀吠怪，而为外廷所笑，则幸矣！宗元复白。

【译文】

二十一日，宗元陈述如下：承蒙来信说想要拜我为师，我的道德修养不高，学业也很浅薄，从各方面衡量自己，看不到可以为师的品质。虽然我经常喜欢发议论，写文章，但不认为自己很好。想不到您从京师长安来到这偏远的永州，就荣幸地被您认为我尚有可取之处。我自忖确实没有可以为师的品质，即使尚有可取之处，也不敢当别人的老师。我当一般人的老师都不敢，难道还敢成为您的老师吗？

孟子说：“人的毛病就是乐于当别人的老师。”从魏、晋以后，人们愈加不敬重老师。当今的时世，没听说还有老师。如果有个老师，大家就一起讥笑他，把他说成是狂妄之人。只有韩愈有勇气，不顾社会上的坏风气，敢冒别人的讥笑侮辱，招收学生，还写了一篇《师说》，从而态度严正地当起老师来了。社会上果真群起对他责怪谩骂，他们指指点点相互会意竞相诽谤韩愈。韩愈因此得到了狂人的名称，居住在京城长安，连饭都来不及煮熟，又匆匆忙忙东去，这样的情况出现不止一次。屈原的赋《九章·怀沙》中说：“县城里的狗成群结队，看到不熟识的就狂吠不止。”我以往听说庸国蜀国南面，经常下雨，很少见到太阳，太阳出来狗就对着太阳狂吠，我认为这是夸大其词。六七年前，我来到南方的永州，第二年冬天恰逢下大雪，越过五岭，覆盖南越（今两广）的几个州，这几个州的狗都惊慌失措地吠叫，到处狂奔，接连好几天，直到雪化尽了为止。从此以后，我才相信以前听到的蜀犬吠日的传闻。现在韩愈既然已经成为蜀地之日，您又想让我成为南越之雪，不是使我感到为难了吗？这不仅是使我为难，也会因此让你难堪。然而雪与日难道有什么错误吗？只是狗狂吠不止啊！料想如今世上见怪不吠的能有几人，那么又有谁敢以不同凡响的行动招引群人侧目而视，引起大家取闹，惹来别人恼怒？

我自从遭贬谪以来，更加缺乏志向没有什么打算，在南方居住了九年，增添了脚气病，渐渐不喜欢热闹，哪里经受得了喧闹的声音，早晚在耳边吵闹，骚扰我的心神？这样一来，那么本来困顿烦恼的日子就更加无法过下去了。平时在这里，经常发生意外，遭到别人非难的事不少，就差做人老师一事了。

我又听说，古代很看重成人加冠仪式，表示将要用成年人的标准来要求他，这是圣人特别认真思考的问题。近几百年来，人们不再举行成人仪式了。近来有个叫孙昌胤的人，独自发愤举行成人礼仪，仪式结束后，下一天上朝去，到达等候朝见的地方时，把笏板插在衣服上，对在等待朝见的同僚们说：“我的儿子举行完加冠仪式了。”跟他交谈的人都茫然不知道怎么应答。京兆尹郑叔则生气地倒提着笏板后退一步站稳了说：“这与我有什么关系呀！”在场的人都哄然大笑。世上的人没有人认为郑叔则的行动不对，反而取笑孙昌胤，什么原因呢？因为孙昌胤独自做了别人不做的事。如今认为是老师的人跟这事非常相似。

您品行纯厚，文学修养很深，所有的作品恢弘博大有古人作品的特征，即使我敢于当你的老师，你又能收获什么呢？如果因为我比你年长几岁，闻道著书的时间比你早一些，真的想彼此交谈学习写作的心得体会，那么我一定愿意把我知道的东西全部告诉你。您可以任意选择，决定取舍哪些就可以了。如果要我来判定是非对错来教导您，我的才能不够，而且又畏惧前边所说的难以为师的情况，因此我不敢为师的主意已下定。您以前说想看我的文章，我就把它们全部陈列到您的面前，这不是在您面前要夸耀自己，而只是想借此观察您的表情态度来鉴别我的文章的好坏。如今您来信，实在言过其词了。我知道您确实不是巧言令色、阿谀奉承一类人，只是过分看重我的文章。

起初我年轻幼稚，写文章认为讲究辞藻才算巧妙。等到长大以后，才明白文章是用来阐明圣人的学说，这本来就不该单纯追求辞采丰富、声韵和谐；不能着意于华丽的辞藻、显耀声韵的悠扬，认为这是能事。凡是我所陈列在您面前的，都是我自认为接近圣人之道，然而并不彻底清楚这些究竟与圣人之道距离的远近。您熟悉圣人之道而又赞许我的文章，也许我的那些文章离圣人之道不远了。因此，我每次写文章，从不敢放松要求，担心太轻率不深刻；从不敢以懈怠的态度来进行写作，担心文章结构松散不严密；从不敢随意写出来，担心内容不明条理不清；从不敢以骄矜的态度写出来，担心文章盛气凌人，不平易。我写文章，不任意挥洒，想要文章体现的深刻；尽情发挥，想要文章显得明快；通顺语气，想要文章流畅；严格遣词造句，想要文章精练有力；反复修改，剔除陈腐的词句，想要使文章清新不落俗套；凝聚保存文章的气势，想要使文章凝重不浮躁，这就是我用来阐明圣人之道的写作态度。根据《尚书》设法做到文章质朴，根据《诗经》设法做到充满艺术感染力，根据《礼记》设法做到进退适宜，根据《春秋》设法做到论点明确，根据《易经》设法做到富于变化，这就是我学习圣人之道的源泉。参考《谷梁传》锻炼语气通畅；参考《孟子》、《荀子》使文章内容博大，条理清晰；参考《老子》、《庄子》开拓视野；参考《国语》扩大韵致；参考《离骚》达到含义幽深；参考《史记》，使文章的语言简练，这就是我广泛推崇吸取并融会贯通从而作为写文章的准则。凡是像这样做的到底是对还是错？可取还是不可取？希望您看后作出抉择，抽空把您的选择告诉我。希望常来信阐发这些写文章的方法和态度，这样，您即使没有什么收获，我却很有收获，又还说什么拜我为师呢？我们取交流写文章之道的实质，除去拜师的虚名，不要招来越犬吠雪、蜀犬吠日的事，而致使被朝野所讥笑，那么实在万幸！宗元禀告。

序棋

本文名为《序棋》，似乎是要说棋，其实不然，乃是托物言志之作。

柳宗元所处时期，政治黑暗，官场腐败，庸庸碌碌的人占据高位，有才能的贤德之士却沦为下僚。柳宗元通过相同的棋子经过朱墨点染便区分出贵贱，联想到人的遭遇；对于将人定为高低贵贱的社会现实，作者深恶痛绝。文章无声抨击了那些身居显要而又不懂治国之道的当权者，同时抒发了自己志不得申的苦闷心情。

【原文】

房生直温，与予二弟游，皆好学。予病其确也，思所以休息之者。得木局，隆其中而规焉，其下方以直，置棋二十有四。贵者半，贱者半，贵曰上，贱曰下，咸自第一至十二，下者二乃敌一，用朱墨以别焉。房于是取二毫，如其第书之。既而抵戏者二人，则视其贱者而贱之，贵者而贵之。其使之击触也，必先贱者，不得已而使贵者，则皆堤焉凄焉，亦鲜克以中。其获也，得朱焉则若有馀，得墨焉则若不足。

余谛睨之，以思其始，则皆类也，房子一书之而轻重若是。适近其手而先焉，非能择其善而朱之，否而墨之也。然而上焉而上，下焉而下，贵焉而贵，贱焉而贱，其易彼而敬此，遂以远焉。然则若世之所以贵贱人者，有异房之贵贱兹棋者欤？无亦近而先之耳！有果能择其善否者欤？其敬而易者，亦从而动心矣，有敢议其善否者欤？其得于贵者，有不气扬而志荡者欤？其得于贱者，有不貌慢而心肆者欤？其所谓贵者，有敢轻而使之者欤？其所谓贱者，有敢避其使之击触者欤？彼朱而墨者，相去千万不啻，有敢以二敌其一者欤？余墨者徒也，观其始与末，有似棋者，故叙。

【译文】

房生直温，跟我的两个弟弟关系很好，他们都勤奋好学。我担心他们过于刻苦，便寻思找一个让他们休息的方法。找到了一个木棋盘，它中间隆起而呈圆形，下面是方形的。共摆子二十四个，一半贵子，一半贱子。贵的叫上等子，贱的叫下等子，都从第一摆到十二。两个下等子才顶得上一个上等子，用红色和黑色来分辨上下。于是房生拿来两支毛笔，按照棋子摆放的顺序分别涂上颜色。接着两人开始下棋，于是看着贱子就不重视它，看着贵子就重视它。他们使棋子互相撞击时，一定先使用贱子，万不得已才使用贵子。然而这两种棋子都是急速地盲目地往前冲，很少有击中对方的。但在他们赢得对方的棋子时，得了红的就感到心满意足；得了黑的，就觉得很不高兴。

我仔细地观看他们下棋，想到它们开始时，都是同样的棋子，只是房生用笔一涂颜色便如此分明地区分出贵贱。恰好接近他手边的棋子他就先涂，并不是选择好的棋子就涂上红的，差的棋子就涂黑的。然而一经涂上颜色把它定为上等就成了上等，定为下等就成了下等，定为贵子就成了好的，定为贱子就成了低贱的，人们轻视那个而重视这个，于是差距就很大了。这样看来，像现今世上把人定贵贱的那种情况，跟房生把棋子分为贵贱又有什么区别呢？那种对某人尊重对某人轻视的想法，也跟着上面对他的态度产生从而就在人们的心里，有谁敢议论他们的好坏呢？那些获得高贵地位的人，哪有不趾高气扬而意志薄弱的呢？那些地位卑贱的人，哪有不神态委靡而心情烦乱的呢？那些所谓高贵的人，有谁敢轻视而对他们进行差使呢？那些所谓卑贱的人，有谁敢逃避受人驱使去到处奔劳呢？那些地位高贵的人和地位卑贱的人，他们之间相距非常遥远，有谁敢用两个卑贱者去抵挡一个高贵者呢？我是个地位卑贱的人，看到人们遭遇的始末，觉得有同棋子相似的地方，所以写了这篇文章。

愚溪诗序

柳宗元谪居永州期间，曾在风景幽静秀美的冉溪边筑室定居。他感到自己虽有才能和抱负，却因不满现实，不能同流合污，而为世俗所不容，以至于谪居荒远，愚不可及；而这条小溪，虽然清澈明净，却无灌溉之利，舟楫之便，与世无益，同样愚不可及。因而他把这条溪水引为同调，改其名为“愚溪”，并特地写了《八愚诗》及这篇序刻于溪边石上。序中一再以“愚”自喻和喻溪，其实字里行间所蕴涵的满是对愚溪不能为世所用的惋惜心情和自己抱负不能施展的愤闷情绪。

【原文】

灌水之阳有溪焉，东流入于潇水。或曰：冉氏尝居也，故姓是溪为冉溪。或曰：可以染也，名之以其能，故谓之染溪。余以愚触罪，谪潇水上。爱是溪，入二三里，得其尤绝者家焉。古有愚公谷，今余家是溪，而名莫能定，土之居者，犹龂龂然，不可以不更也，故更之为愚溪。

愚溪之上，买小丘，为愚丘。自愚丘东北行六十步，得泉焉，又买居之，为愚泉。愚泉凡六穴，皆出山下平地，盖上出也。合流屈曲而南，为愚沟。遂负土累石，塞其隘，为愚池。愚池之东，为愚堂。其南为愚亭。池之中，为愚岛。嘉木异石错置，皆山水之奇者，以余故，咸以愚辱焉。

夫水，智者乐也。今是溪独见辱于愚，何哉？盖其流甚下，不可以灌溉；又峻急多坻石，大舟不可入也；幽邃浅狭，蛟龙不屑，不能兴云雨，无以利世，而适类于余，然则虽辱而愚之，可也！

宁武子“邦无道则愚”，智而为愚者也。颜子“终日不违如愚”，睿而为愚者也。皆不得为真愚。今余遭有道而违于理，悖于事，故凡为愚者，莫我若也。夫然，则天下莫能争是溪，余得专而名焉。

溪虽莫利于世，而善鉴万类，清莹秀澈，锵鸣金石，能使愚者喜笑眷慕，乐而不能去也。余虽不合于俗，亦颇以文墨自慰，漱涤万物，牢笼百态，而无所避之。以愚辞歌愚溪，则茫然而不违，昏然而同归，超鸿蒙，混希夷，寂寥而莫我知也。于是作《八愚诗》，记于溪石上。

【译文】

灌水的北面有一条溪，向东流入潇水。有人说，过去有个姓冉的曾经住在溪边，所以把这条溪称做冉溪。也有人说，这条溪水可用来染色，因此就用它的功能来称呼它，叫做染溪。我因为愚笨而得罪了权贵，被贬到潇水。我非常喜欢这条溪水，便沿着它找寻了二三里路，找到了一个景致特别好的地方安下了家。古时有个愚公谷，我现在住在这条溪边，溪的名称却不能确定，当地的居民还在争论不休，不能不换个名称了，所以改称愚溪。

我在愚溪的上面买了一座小山丘，叫愚丘。从愚丘向东北走大约六十步，发现了一泓清泉，我又买下来，名为愚泉。愚泉共有六个泉眼，都在山下平地上，原来是向上涌出来的。泉水合流后向南曲折前进形成一条沟壑，叫愚沟。于是填土垒石，堵住它的狭窄处，围出了愚池。在愚池的东面又建造了一座愚堂。堂的南面修了一座愚亭。愚池的当中砌了座愚岛。然后种上茂盛的林木，垒出奇特的怪石，林石错落相间，都是山水中最奇险的，可是因为我的缘故，它们全被一个愚字屈辱了。

水，是有智识的人所喜爱的。而今这条溪水偏偏被愚字所屈辱，是为什么呢？因为它的水道太低，不能用来浇灌农田；水流又湍急，中间多巨石，大船不能行驶。偏僻狭窄，蛟龙看不上眼，觉得在这里不能兴云致雨，对世人没有什么益处。这些情况恰好和我的情况类似，因此，虽屈辱它称它为愚，也是可以的啊。

过去，宁武子“在国家动乱时就表现得愚蠢”，那是聪明人装作愚笨。颜回“整天唯唯诺诺，从来不提跟老师相反的意见，似乎很愚蠢”，那是通达的人装作愚人。他们都不能算是真的愚蠢。今天我身逢太平盛世，所作所为却违背世故、人情，所以凡是称为愚笨的人没有哪一个比得上我的。既然如此，那么天底下没有人能同我争夺这条溪，我就能够专擅地给它起名字了。

愚溪虽然没有为世间带来什么利益，但是它善于映照各种事物，清澈明净，能发出像金石那样的铿锵之声，能使愚蠢的人欢笑眷念，快乐得不肯离去。我虽然不适应人情世故，但喜欢用文章来自己抚慰自己，评说天下万物，讲述世间万态，而无所顾忌。用愚蠢的歌辞来歌颂愚溪，就会茫茫然不会相互违背，昏昏然相安在一起，超出自然之气，融合在虚无缥缈、形神俱忘的境界中，清静冷落，没有一个人会知道我。因此，我写了《八愚诗》，镌刻在溪边的石头上。

永州韦使君新堂记

本文是柳宗元为永州司马期间参观永州刺史韦彪的新堂时写下的一篇即景抒怀之作。文中运用议论和记叙交叉的方法，通过新堂建筑前后的变化，借他人之口赞美韦使君“因俗成化”、“除残而佑仁”、“废贪而立廉”的政治举措，从而抒发了自己改革政治的抱负。

【原文】

将为穹谷嵁岩渊池于郊邑之中，则必辇山石，沟涧壑，陵绝险阻，疲极人力，乃可以有为也。然而求天作地生之状，咸无得焉。逸其人，因其地，全其天，昔之所难，今于是乎在。

永州实惟九疑之麓。其始度土者，环山为城。有石焉，翳于奥草；有泉焉，伏于土涂。蛇虺之所蟠，狸鼠之所游。茂树恶木，嘉葩毒卉，乱杂而争植，号为秽墟。

韦公之来，既逾月，理甚无事。望其地，且异之。始命芟其芜，行其涂。积之丘如，蠲之浏如。既焚既釃，奇势迭出。清浊辨质，美恶异位。视其植，则清秀敷舒；视其蓄，则溶漾纡余。怪石森然，周于四隅。或列或跪，或立或仆，窍穴逶邃，堆阜突怒。乃作栋宇，以为观游。凡其物类，无不合形辅势，效伎于堂庑之下。外之连山高原，林麓之崖，间厕隐显，迩延野绿，远混天碧，咸会于谯门之内。

已，乃延客入观，继以宴娱。或赞且贺曰：“见公之作，知公之志。公之因土而得胜，岂不欲因俗以成化？公之择恶而取美，岂不欲除残而佑仁？公之蠲浊而流清，岂不欲废贪而立廉？公之居高以望远，岂不欲家抚而户晓？夫然，则是堂也，岂独草木土石水泉之适欤？山原林麓之观欤？将使继公之理者，视其细，知其大也！”

宗元请志诸石，措诸壁，编以为二千石楷法。

【译文】

倘若要在郊邑之间人为地营造出有幽深的山谷、陡峭的崖壁和深深的池塘的景致，那就必定要搬运山石，采凿溪涧，历尽艰险，耗尽人力，才能实现。然而，要想寻求天造地设的模样，这从来都不曾见过。不用花费人力，就着那里的地势，保全它的本来状态，过去难以做到的事情，如今却在这里实现了。

永州位于九嶷山的山脚下。最初勘测这个地方的人，环山修建了一座城池。这儿有岩石，掩藏在杂草丛中；有泉水，埋没在泥土之中。毒蛇盘踞于此，狸鼠出没其间。还有挺拔的林木，盘曲的荆棘，奇美的野花，致命的毒草，纷繁错乱地生长，所以人们称这里为废墟。

韦公到永州上任，已经过了一个月，公务处理好后，没有什么事情。一天，他望着那块地方，觉得有些奇特。这才派人去清理那里的荒草，挖掉那里的污泥。堆积起来的杂物如小山那样，显露出的泉水明澈见底。荒草烧掉了，泉水疏通了，美妙的景色就不断呈现。洁净与污浊得以区分；美丽与丑陋得以剥离。树木花草清秀舒展，积蓄的泉水漾漾生波。奇异的岩石屹立于四周：有的像排列，有的像跪下，有的像站立，有的像卧倒；洞穴曲折幽深；石山耸峙峻拔。于是韦公又建造楼台，以作为游览之地。那里的各类景物，因形就势，如自然天成，在厅堂之前各显美姿。远眺可见连绵的山峦，起伏的高原，树林覆盖的山脚，错落纷致，或隐或现；近处连着碧绿的旷野，远处融入蔚蓝的天空，所有景色全都会聚到门楼之内。

新堂建成以后，韦公就邀请客人去参观，接着设宴娱乐。有人一边称赞一边祝贺说："看到您的新堂，就知道您的志向。您依着地势而取得美景，难道不是想要顺着当地风俗以成教化之功吗？您在丑陋之地能发掘出美好事物，难道不是想要除去残暴保护善良吗？您挖去污泥使清泉流泻，难道不是想要摒弃贪鄙之习，以树立勤廉之风吗？您站在高处，来眺望远处，难道不是想要安抚百姓并使人们了解您的志向吗？如果是这样，那么建造这座厅堂，难道只是为了欣赏草木土石水泉的适意吗？难道只是为了观赏山峦高地和林麓的美景吗？这是想让接替您管理永州的官员，能从发掘美景的小事上体会到安抚百姓的大事啊！"

宗元请将此文刻在石头上，把石头嵌在墙壁上，并且编进地方志，作为刺史们学习的楷模。

钴鉧潭西小丘记

这是柳宗元所写《永州八记》中的第三篇。文章记述了游赏永州西山的钴鉧潭西小丘时的情景。记游前半写景，后半抒情，两部分各有侧重，又契合无间。写景主要抓住小丘石多而怪的特点，用"牛马之饮之溪"，"熊罴之登于山"比喻各种怪石的不同情状，显得十分鲜明生动。同时写小丘经整治后"嘉木立，美竹露，奇石显"以及周围的高山、浮云、流水、鸟兽给予自己的美好感受。写出了小丘的景色之美后，就为后面的抒情作了铺垫。以小丘之胜，在京城长安即使日增千金也不可购求，如今它却被弃置永州，"连岁不能售"。作者慨叹小丘的无人赏识，实际上是抒发自己被贬荒远，怀才不遇的愤懑。

【原文】

得西山后八日，寻山口西北道二百步，又得钴鉧潭。潭西二十五步，当湍而浚者为鱼梁。梁之上有丘焉，生竹树。其石之突怒偃蹇，负土而出，争为奇状者，殆不可数。其嵚然相累而下者，若牛马之饮于溪；其冲然角列而上者，若熊罴之登于山。

丘之小不能一亩，可以笼而有之。问其主，曰："唐氏之弃地，货而不售。"问其价，曰："止四百。"余怜而售之。李深源、元克己时同游，皆大喜，出自意外。即更取器用，铲刈秽草，伐去恶木，烈火而焚之。嘉木立，美竹露，奇石显。由其中以望，则山之高，云之浮，溪之流，鸟兽之遨游，举熙熙然回巧献技，以效兹丘之下。枕席而卧，则清泠之状与目谋，瀯瀯之声与耳谋，悠然而虚者与神谋，渊然而静者与心谋。不匝旬而得异地者二，虽古好事之士，或未能至焉。

噫！以兹丘之胜，致之沣、镐、鄠、杜，则贵游之士争买者，日增千金而愈不可得。今弃是州也，农夫渔父过而陋之。价四百，连岁不能售。而我与深源、克己独喜得之，是其果有遭乎？书于石，所以贺兹丘之遭也。

【译文】

发现西山后的第八天，我们顺着山口向西北走了约二百步，又发现钴鉧潭。潭的西面约二十五步，在水流湍急深险处有一座鱼梁。鱼梁上面有个小土山，生长着不少竹树。小土山上的石头，有的突起，有的俯卧，它们背负着泥土而出，形成千姿百态的奇形怪状，几乎数不清。那些高耸陡峭、相互重叠挤压而下的石头，如同在溪旁饮水的牛马；那些你倾我轧，挺然向前的石头，就像熊罴向上攀登。

土山很小，不到一亩，似乎用一个笼子就可以把它装下。询问这个小土山的主人是谁，当地的人说："这是唐家废弃的土地，要卖却卖不掉。"再问它的价格，说："只要四百文。"我很喜欢这座小土山，就买下了它。李深源、元克己当时和我一道游玩，他们都很高兴，认为是意外之获。我们就轮番拿着器具铲除杂草，砍去不好的树木，点燃大火烧毁它们。于是挺拔的树木耸立出来，耸立的竹子显露出来，奇美的怪石凸现出来。从其中眺望，山的高远，云的缥渺，溪水的流动，以及飞鸟走兽的嬉戏，都欣欣然各显风姿，呈现在小丘之下。如果在这里垫着枕头、铺上席子睡下，那么，清凉的景色就会和眼睛接触，塚塚的水声就会跟耳朵接触，遥远而虚寂的境界就会同精神接触，深沉而安静的气氛就会与思想接触。在不到十天的时间里就找到了两处景致奇异的地方，即使是古时爱好山水的人，恐怕也不能做到吧！

唉，以这个小土山的美好景致，如果将它搬到沣、镐、塭、杜等地，那么，那些富贵而又爱好游赏的人争相购买，就是每天加价一千金也还不能买到。如今弃置在永州，来往路过的农民和渔夫都不正眼相看。价格不过四百文，却一连几年不能卖出。我和李深源、元克己却偏偏高兴地买下它，这个小土山果真有所谓的运气吗？把这些话写在岩石上面，用来祝贺这个小土山的好运气。

小石城山记

本文亦是柳宗元著名的"永州八记"之一，文中描写了小石城山的奇妙优美的山水景色，并且感叹这样奇妙优美的山水景色，却被弃置在偏远的地方，"不得一售其伎"，含蓄地表达了自己怀才不遇、被贬在外的愤懑。

【原文】

自西山道口径北，逾黄茅岭而下，有二道：其一西出，寻之无所得；其一少北而东，不过四十丈，土断而川分，有积石横当其垠。其上为睥睨、梁㰅之形，其旁出堡坞，有若门焉。窥之正黑，投以小石，洞然有水声，其响之激越，良久乃已。环之可上，望甚远。无土壤而生嘉树美箭，益奇而坚。其疏数偃仰，类智者所施设也。

噫！吾疑造物者之有无久矣。及是，愈以为诚有。又怪其不为之于中州，而列是夷狄，更千百年不得一售其伎，是固劳而无用。神者倘不宜如是，则其果无乎？或曰："以慰夫贤而辱于此者。"或曰："其气之灵，不为伟人，而独为是物，故楚之南少人而多石。"是二者，余未信之。

【译文】

自西山的路口一直向北，越过黄茅岭然后向下走，有两条路，其中一条向西延伸，沿途没有发现什么景致；另一条路稍微偏北后又折向东，朝前走不超过四十丈，道路中断，被水流分开，有一座石头堆成的小山横亘在路边。小山的上面，有些石头环绕着像城墙上的女墙那样，有些石头搁在上边像屋梁的形状；小山的旁边突出一座天然的堡垒，中间有像门似的洞。朝里看黑黝黝的，拿小石块扔进去，咚的一声，如同落在水里发出的音响，声音清脆响亮，过了很长时间才停止。绕过它走上山顶，可以眺望得很远。上面没有泥土，却在石缝中长着不少茂盛的树木和竹子，看上去格外奇特而遒劲。它们长得疏密相间，高低适宜，就像聪明的人布置的一般。

唉！我怀疑到底有没有创造万物的神灵已经很久了。等看到这里的景致后，我才越发认为它的确是有的。可是，又奇怪它为什么不在中原地区创造这种美景，却将它们安置在这边远地区。使它们经历了千百年也没有机会向人们展现出它的优美的风姿，这实在是劳而无功。神明的造物主应该不会这样，难道神灵果真是不存在的吗？有人说：“这是用它宽慰那些有才能却又辱没在此的人的。”也有人说：“这里灵秀的地气，不创造伟大的人物，却偏偏创造出这种优美景色，所以古楚国的南部缺少人才而多怪石。”这两种说法，我都不相信。

贺进士王参元失火书

失火本是件不幸的事情，而作者听到朋友家失火后却“始闻而骇”、“中而疑”、“终乃大喜”，进而贺之。文章开篇旨意奇特，出人意表。继而细述因由，阐明所贺之立足点。作者认为祸福相倚，王参元怀抱奇才，品行端正，而一把天火将其家资毁弃殆尽，岂非“天将降大任于是人也，必先苦其心志”？此前“京城人多言足下家有积货，士之好廉名者，皆畏忌不敢言足下之善。”现在得火神之助，“黔其庐，赭其垣，以示其无有。而足下之才能，乃可显白而不污”，再也不会因为你家资财丰厚而被某些人借故阻止你的晋升，因而可喜可贺。文章立论耸人听闻，但作者能自圆其说，让人信服。从中我们也不难体悟到作者愤世嫉俗的不平之气。

【原文】

得杨八书，知足下遇火灾，家无馀储。仆始闻而骇，中而疑，终乃大喜，盖将吊而更以贺也。道远言略，犹未能究知其状，若果荡焉泯焉而悉无有，乃吾所以尤贺者也！

足下勤奉养，乐朝夕，唯恬安无事是望也。今乃有焚炀赫烈之虞，以震骇左右，而脂膏滫瀡之具，或以不给，吾是以始而骇也。

凡人之言皆曰：盈虚倚伏，去来之不可常。或将大有为也，乃始厄困震悸，于是有水火之孽，有群小之愠。劳苦变动，而后能光明。古之人皆然。斯道辽阔诞漫，虽圣人不能以是必信，是故中而疑也。

以足下读古人书，为文章，善小学，其为多能若是。而进不能出群士之上，以取显贵者，盖无他焉。京城人多言足下家有积货，士之好廉名者，皆畏忌不敢道足下之善。独自得之，心蓄之，衔忍而不出诸口。以公道之难明，而世之多嫌也。一出口，则嗤嗤者以为得重赂。

仆自贞元十五年见足下之文章，蓄之者盖六七年未尝言。是仆私一身而负公道久矣，非特负足下也。及为御史尚书郎，自以幸为天子近臣，得奋其舌，思以发明天下之郁塞。然时称道于行列，犹有顾视而窃笑者。仆良恨修己之不亮，素誉之不立，而为世嫌之所加，常与孟几道言而痛之。

乃今幸为天火之所涤荡，凡众之疑虑举为灰埃。黔其庐，赭其垣，以示其无有。而足下之才能，乃可显白而不污，其实出矣。是祝融、回禄之相吾子也。则仆与几道十年之相知，不若兹火一夕之为足下誉也。宥而彰之，使夫蓄于心者，咸得开其喙；发策决科者，授子而不瓶虽欲如向之蓄缩受侮，其可得乎？于兹吾有望于子，是以终乃大喜也。

古者列国有灾，同位者皆相吊。许不吊灾，君子恶之。今吾之所陈若是，有以异乎古，故将吊而更以贺也。

颜、曾之养，其为乐也大矣，又何阙焉？

【译文】

收到杨八的来信，知道您家遇到火灾，家中没有留下一点财物。我刚得知时非常惊骇，而后又有些迷惑，最后却大为欣喜。原准备慰问您的，现在却要改为祝贺您了。因为路途遥远，信中的话又过于简略，还不能详细了解您那里的情况。如果真的烧得干干净净，什么都没了，那就是我更要向您祝贺的理由啊！

您一向辛勤地赡养老人，安宁地过日子，只盼平安无事地生活。而今竟发生了烈火焚烧的不虞之事，使您受到极大的惊吓，甚至日常生活中的必需品，也可能供应不上，因此我刚听到时非常震惊。

人们通常都说：吉凶祸福相互依存、转化，来来去去，不会恒定不变。有的人将要大有作为，开始却要遭受艰难，因此会有水火之灾，有小人的憎恨。经历了不断的磨难苦痛，这才能够见到光明。古代的贤人都是这样的。这个道理深远而不可捉摸，即使圣人也不敢认为这是一定可信的，因此我又疑惑起来。

就您来说，平时攻读圣贤之书，既能写文章，又擅长小学，可算是多才多艺。然而为官不能超出众人之上，以获得显赫尊贵的地位，这没有别的原因。只因为京城里的人都传言说您家中聚敛了许多钱财，爱惜自己清白名声的士人，都因之有所顾忌，不敢称赞您的才能；只是自己了解您，藏在心里，强忍着不让它从嘴里说出来。这是由于公道不行于世，而人多有捕风捉影之习啊！只要称赞您的话一说出口，那些望风生事的人就会认为我受了您的贿赂。

我自贞元十五年看见您的文章后，赞美的话藏在心里有六七年了，从来不曾讲过。我因明哲保身之念而有负公道很久，不只是辜负您啊。等到我任御史台的尚书郎时，自以为侥幸做了皇帝的近臣，可以畅所欲言，为您辩白天下人对您的误解。但是，有时在同事中称赞了您，却发现有人在相视暗笑。我深恨自己修养不高，清白的声誉没有树立，因而遭到世人的猜疑。我常常跟孟几道谈起这件事，备感到痛心。

如今幸而被一场大火烧光，所有众人的怀疑顾虑全都化为灰烬。大火熏黑了您的房屋，烧红了您的垣墙，昭示了您的一无所有。这样，您的才能才可以显示明白而不被侮辱，事情的真相也得以表露。这是祝融、回禄在帮助您啊。我与孟几道十年来对您的了解，还不如这场大火一夜之间给您彰显出的声誉。大火帮助您，让您的真实情况显现出来，使那些把称颂您的话藏在心里的人，都能够开口；负责考核的人，也不会因授予您官职而提心吊胆。即使想要像以前那样钳口结舌受人嘲讽，难道还可能吗？因此我对您的前程抱有很大的希望，所以最后又大为欣喜起来。

古代诸侯国中有发生了灾害的，同等爵位的国家都去慰问。许国不派人去慰问，有德行和见地的人就憎恶它。如今我说的这些情况，与古代时有所不同，所以我把慰问改成祝贺。

能有颜回、曾参那样的安贫乐道的生活方式，其中的乐趣也是很大的，又有什么遗憾呢？

冉 溪

少时陈力希公侯，许国不复为身谋。
风波一跌逝万里，壮心瓦解空缧囚。
缧囚终老无馀事，愿卜湘西冉溪地。
却学寿张樊敬侯，种漆南园待成器。

柳宗元因参与王叔文的变革而被贬谪永州时，曾在冉溪居住过多年。在永州期间，表面上他过着隐居的生活，实际上仍是壮心未已。这首诗正是这种心态的体现。冉溪，又名染溪，在永州西南。

诗的头两句叙说诗人年少时的远大抱负。“少时陈力希公侯，许国不复为身谋。”陈力：贡献才力。句意为：年轻的时候我为国贡献才力，希望能够建立公侯一般的事业，把自己的一切交给国家，从不为自己的个人利益着想。

中间四句写诗人理想破灭，终成囚徒，只好卜居荒远的冉溪。“风波一跌逝万里，壮心瓦解空缧囚。缧囚终老无馀事，愿卜湘西冉溪地。”风波一跌：指“永贞革新”失败而获罪遭贬。缧：拘禁犯人用的绳索。卜：卜居，择地而居。句意为：“永贞革新”以失败而告终，我在政治风浪中跌倒，被贬逐到万里以外的蛮荒之地。早年的雄心壮志在顷刻间烟消瓦解，成了被流迁拘禁的囚徒。我这个流迁拘禁的囚徒整天无事可做，于是只好抱着终老天年的心态，在这湘江西岸的冉溪择地隐居。诗人的失意痛苦之情于此可想而知。

诗末两句表达了诗人不愿自甘沉沦，而想自强不息、蓄器待用的雄心壮志。“却学寿张樊敬侯，种漆南园待成器。”寿张樊敬侯：东汉樊重，曾于制作器物前先种漆树，时人讥其迂腐，后终从中获取极大的好处。樊重后封寿张侯，谥敬。诗人在此以东汉樊重自比，表明自己要和樊重一样，不管环境多么恶劣都不改初衷，忍辱负重，等待自己施展才能、为国效力的那一天的到来。

本诗是一首七言古体诗，诗意放达，用语明畅，鲜明地反映了柳宗元永不衰减的政治热情和积极用世的精神。

旦携谢山人至愚池

新沐换轻帻，晓池风露清。
自谐尘外意，况与幽人行。
霞散众山迥，天高数雁鸣。
机心付当路，聊适羲皇情。

此诗所写的是诗人被贬谪永州，隐居冉溪期间与友人清晨出游时所见的景色和诗人心中的感受。谢山人，诗人的一位友人。愚池是冉溪边的一个小池。柳宗元冠之以“愚”，实指此处山水都因自己被贬谪而蒙羞。

“新沐换轻帻，晓池风露清。”诗人早上起床刚洗完头，用质地轻软的发巾束着头发，便与谢山人一道前往愚池赏景。拂晓的池水边，风爽露清，十分惬意。此句写人亦写景，情景交融，别有一番情趣。

“自谐尘外意，况与幽人行。”尘外：尘世之外，世俗之人，此处指当地老百姓。幽人：指隐士。句意为：诗人自觉居住在这里已能与当地老百姓心意相通，情投意合。更何况还能时常与隐居在这里的谢山人走在一起，观光赏景，吟诗谈兴呢？此时的诗人流连于眼前的山川景色，似乎忘却了被贬谪蛮荒的痛苦。

“霞散众山迥，天高数雁鸣。”站在愚池边上举目远眺，朝霞渐渐散去，群山显得更加高远清晰，高高的天空中，几只大雁飞过，发出阵阵清脆、响亮的鸣叫。诗人此句极写环境的清新幽雅，映衬了内心归于这山水之间时所流露出的避世心态。

“机心付当路，聊适羲皇情。”机心：机变之心，钩心斗角之心。当路：身居要路者，引申为身居要职的人。句意为：让那些有权势的人在政争中去运用机心、钩心斗角吧，我愿学陶渊明的样子，做个清静闲适的羲皇上人，去过那种无忧无虑的生活。羲皇即为传说中的伏羲氏。古人都以为那时的人们都过着无忧无虑的生活。陶渊明在《与子俨等疏》中说：“北窗下卧，遇凉风暂至，自谓羲皇上人。”这两句直抒胸臆，表达了诗人的避世心态，但字里行间仍可窥见其难以平静的愤世情绪。

全诗写景抒情，情景交融，语调清新，流露出诗人想要退出倾轧不休的官场、隐居于世外的心态。但诗人心中愤激难平之情，仍溢于言表。

晨诣超师院读禅

汲井漱寒齿，清心拂尘服。
闲持贝叶书，步出东斋读。
真源了无取，妄迹世所逐。
遗言冀可冥，缮性何由熟。
道人庭宇静，苔色连深竹。
日出雾露余，青松如膏沐。
澹然离言说，悟悦心自足。

诗人被贬永州后，喜欢到佛院遨游，也热心读佛经，研寻佛理。此诗写的便是诗人到超师院读佛经的感受。超师院：姓超的僧人所住的寺院。

佛教传入中国后，不少文人加入到信佛的队伍中。但很少有顺境中的文人皈依佛教的。文人信佛，往往是在生活中遇到大挫折以后，柳宗元便是这样一个例子。

诗的开头，写出了诗人一副笃诚信佛的样子：“汲井漱寒齿，清心拂尘服。闲持贝叶书，步出东斋读。”汲取冰凉的井水漱口洗齿，清净内心再拂去粘在衣衫上的尘土。然后安闲地捧着经书，漫步到东斋外虔诚地诵读。贝叶书：古代印度人多用贝、罗树叶写佛经，因而称佛经为贝叶书或贝叶经。

然而，诗人的信佛却并不同于一般世俗的信佛，他追求的是佛教的真源，而并非世人所追求的释教中荒诞不经的东西。“真源了无取，妄迹世所逐。”真源：即佛家的真意。了：全然。妄迹：虚妄的事迹。句意为：世人对佛经真正的本源毫不了解，却热心地追寻那些荒诞虚妄的东西。

但是佛教的真源是什么呢？诗人对此也感到难以领悟。“遗言冀可冥，缮性何由熟？”遗言：指佛经上的文字。冥：暗相吻合。缮性：修治心性。句意为：我本以为可以凭诵读佛经上的文字就能默默地体悟佛家的真源，但无论我怎样修冶心性，还是觉得没有办法真正领悟。

诗人无法领悟到佛教的真源，不觉慢慢地走神了，渐渐地被佛院清静幽雅的环境所吸引：“道人庭宇静，苔色连深竹。日出雾露余，青松如膏沐。”僧人的庭院静寂幽雅，地上的青苔蔓延到了竹林深处。太阳徐徐升起，晨雾和露气还未散尽，晓露映着日光，葱郁的青松仿佛刚刚用油脂沐浴过。

“澹然离言说，悟悦心自足。”澹然：宁静的样子。悟悦：悟道的快乐。言说：佛经上的文字说教。句意为：撇开佛教经典上的说教，以宁静的心境品味这优美、淡雅的环境，一种猛然顿悟的快感竟油然而生。原来佛教的真源并不在佛经的文字中，而在宁静的大自然里。只要人与自然和谐相处，物我两忘，就能体悟到佛教的真源。

全诗清新典雅，用语明畅。表达了诗人在政治上遭受打击后，想借僧院清静幽雅的环境，暂时忘却尘世的繁扰和苦闷，以山水自娱的心境。

溪 居

久为簪组束，幸此南夷谪。

闲依农圃邻，偶似山林客。
晓耕翻露草，夜榜响溪石。
来往不逢人，长歌楚天碧。

此诗作于永州，描述的是诗人被贬后的谪居生活。溪，指零陵冉溪。柳宗元贬谪永州后曾建房于此，过着隐居的生活。

诗人被贬谪永州，应该是有满腹牢骚的，却在诗的开头将其称为幸事：“久为簪组束，幸此南夷谪。”诗人认为他长久地为在朝中做官所累，幸亏贬谪南来这荒夷之地，可以让他过上闲适的生活。此两句正话反说，将不幸之事说成是幸事，表达了对朝中当权派的不满。

“闲依农圃邻，偶似山林客。”闲暇时常与相邻的农户聊天；有时也像隐居之士，在山林间漫步。

“晓耕翻露草，夜榜响溪石。”夜榜：指夜间划船。榜：指摇船工具。意即：天刚拂晓的时候，踏着朝露，披着晨雾，在田中耕田除草；日暮降临的时候，放舟清溪，听着水浪拍打溪石的响声。这种生活真是悠闲极了。

“来往不逢人，长歌楚天碧。”有时整日独来独往碰不见一个行人，于是放声高歌，声音久久地回荡在沟谷碧空之中，多么清越空旷。这闲适潇洒的生活，让诗人仿佛对自己的不幸遭贬无所萦怀，心胸旷达开朗。

纵观全诗，诗人似乎已经淡忘了遭贬的痛苦，诗中把被贬谪的不幸称之为幸，将孤独冷静的生活诠释为飘逸闲适的生活。实际上这全都是诗人激愤的反语，在这种被美化了的谪居生活的背后，隐蕴的是诗人内心深深的郁闷和怨愤。表面的平淡所蕴含的激愤，更让人为之怦然心动，正如沈德潜所言：“不怨而怨，怨而不怨。”

全诗清丽简练，含蓄深沉，意在言外，耐人寻味。

同刘二十八哭吕衡州兼寄江陵李元二侍御

衡岳新摧天柱峰，士林憔悴泣相逢。
只令文字传青简，不使功名上景钟。
三亩空留悬磬室，九原犹寄若堂封。
遥想荆州人物论，几回中夜惜元龙。

此诗是诗人在永州所作。元和六年(811年)，政治家兼著名诗人吕温病死，噩耗传来，诗人极为悲痛，写下了这首悼念亡友的千古传诵之作。刘二十八，即刘禹锡。吕衡州，即吕温，曾为衡州刺史。李、元二侍御，李景俭和元稹，二人都是吕温好友，他们都写诗哀悼过吕温。

“衡岳新摧天柱峰，士林憔悴泣相逢。”吕温之死，好像衡岳刚刚折断了天柱峰，噩耗传来，整个知识阶层都为之而悲痛哀愁，相见时都禁不住痛哭流涕。天柱峰乃衡岳主峰，诗人用衡岳天柱峰的崩摧来喻指吕温之死，其实是喻指国家痛失栋梁。足见对其评价甚高。

“只令文字传青简，不使功名上景钟。”吕温满腹经纶，壮志未酬，英年早逝，可惜只有诗文流传后世，却没有机会在生前一展抱负，在政治上建立功勋，把自己的业绩铭刻于大钟之上。青简：竹简。我国古代曾用竹片书写文章和典籍。此处指史册。景钟，古人常刻功臣业绩于钟上，以示不朽。诗人此联痛惜吕温生前曾经横遭斥逐，不为重用。

“三亩空留悬磬室，九原犹寄若堂封。”吕温所居的地方狭小不堪，仅留下了座空无一物的小屋立在那儿。死后还暂时只能安葬在异乡，不能将坟墓迁回故土。悬磬：室内空虚，只有梁椽，如同古代用做乐器的磬石，只有一个悬挂着的人字形架子一样。古人常以此形容家里一无所有。九原：春秋时晋国卿大夫的葬地，后人常用以泛指墓地。这里指吕温生前家中极端贫困，死后还不得不客葬异乡。

“遥想荆州人物论，几回中夜惜元龙。”我想李、元二人在江陵谈论人物时也会怀念和推崇吕温，就像当年荆州刘表、刘备纵论天下英雄，有好几回在深夜还在替陈登惋惜一样。陈登，《三国志·魏书·吕布传》中有载：“陈登者，字元龙，在广陵有威名。又掎角吕布有功，加伏波将军，年三十九卒。后许汜与刘备并在荆州牧刘表坐，表与备共论天下人，汜曰：‘陈元龙湖海之士，豪气不除。’……表曰：‘欲言非，此君为善士不宜虚言；欲言是，元龙名重天下’。……备因言曰：‘若元龙文武胆志，当求之于古耳，造次难得比也。’”诗人在此借荆州人物论喻指李、元二人在江陵谈论英雄人物，借元龙喻指吕温，认为吕温有当年元龙那样的才智，表达了诗人对吕温才学和人品的推崇。

全诗取譬不凡，用事深厚，结论得体，高度赞扬了吕温的人品和才学，表达了诗人对吕温的深切哀悼和怀念。

南涧中题

秋气集南涧，独游亭午时。
回风一萧瑟，林影久参差。
始至若有得，稍深遂忘疲。
羁禽响幽谷，寒藻舞沦漪。
去国魂已远，怀人泪空垂。
孤生易为感，失路少所宜。
索寞竟何事？徘徊只自知。
谁为后来者，当与此心期。

这首诗是诗人谪居永州秋日出游南涧时所作，抒发了诗人的身世之感，流露出深沉的哀怨情绪。南涧，在永州朝阳岩东南。

诗的前八句写诗人出游南涧时所见到的景色。

“秋气集南涧，独游亭午时。”秋天到了，南涧的秋色很美，正午时刻诗人独自一人前去游赏。这两句交待了诗人游南涧的时间和背景。

“回风一萧瑟，林影久参差。”树木随着秋风的吹拂而摇动，发出“哗哗”的声音，林影也随着树木的摇动而忽长忽短，参差不齐。“一”字在这里并无实义，而是用做了语气助词。这两句逼真地写出了秋风拂林的美丽景色，让人有身临其境之感。

“始至若有得，稍深遂忘疲。”刚刚到达这儿的时候是一种若有所得的感受，但稍一深入这景色之中，便忘了游玩的疲劳。景色的优美动人让诗人流连忘返，乐在其中了。但随着景物的转换，诗人的心情也开始发生变化：

“羁禽响幽谷，寒藻舞沦漪。”飘零的鸟儿在悲鸣，那凄厉的声音在幽谷中久久回荡；阴寒的萍藻随风摇曳，在涧水中激起阵阵涟漪。这两句笔锋陡转，鸟啼幽谷，藻浮寒波，诗人触景伤怀，引出了下文的感慨。

紧接着，在中间六句诗人开始抒发自己去国怀人的幽思。

“去国魂已远，怀人泪空垂。”去国：离开国都。魂已远：指被流放到边地。句意为：

诗人被贬离开京城长安，流迁边地，怀念故人时，只能一个人空自流泪。

“孤生易为感，失路少所宜。”失路：不得志。句意为：孤独的生活让人容易触景生情，不得志的人很少有所欢乐的东西。诗人直接点明心迹，是孤独的生活让他如此触景伤情。

“索寞竟何事？徘徊只自知。”索寞：消沉。句意为：消沉落寞究竟是为了什么？徘徊不定只有自己心里清楚。诗人心情不好，追问缘故却“只自知”，无人了解。其心中的孤苦于此可见一斑。

“谁为后来者，当与此心期。”期：原意为约会，此处指领会、理解。句意为：在我之后被谪居此地的人，当他游至南涧时，目睹眼前的风物，我想他肯定会理解我此时的心情的。诗人被贬至永州，又孤身一人置身于南涧秋景之中，此时此景此情，也唯有自己心中知晓。诗人此刻却寄望于后人，实是知音难求的无奈之举。

全诗出语自然，清劲纡徐，音谐韵永，在优游闲适中流露出自己孤寂而愁苦的哀怨情绪。诗中佳句不少，尤其是“回风一萧瑟，林影久参差”一联，更是让人回味无穷。

首春逢耕者

南楚春候早，馀寒已滋荣。
土膏释原野，百蛰竞所营。
缀景未及郊，穑人先耦耕。
园林幽鸟啭，渚泽新泉清。
农事诚素务，羁囚阻平生。
故池想芜没，遗亩当榛荆。
慕隐既有系，图功遂无成。
聊从田父言，款曲陈此情。
眷然抚耒耜，回首烟云横。

柳宗元被贬谪至永州后，由于身份地位的下降，有了更多的机会接近下层人民，了解他们的生产和生活情况。这首诗便是柳宗元在永州一次和农民倾谈心情后写下的。

诗的前八句是写早春的南国之野。

“南楚春候早，馀寒已滋荣。”南楚：即诗人贬居之地永州。句意为：永州春天的物候来得很早，冬天的余寒尚未退尽，万物已经开始滋长繁荣。

“土膏释原野，百蛰竞所营。”蛰：冬眠的小动物。句意为：大地回春，土壤中开始散发膏泽，在泥土中冬眠的小动物，争先恐后地爬了出来，开始了自己又一年的谋生工作。

“缀景未及郊，穑人先耦耕。”缀景：成片的景色。耦耕：两人并肩耕种，耦通“偶”。句意为：诗人走出门外欣赏这连片的春景，还未走到郊外就已远远望见农夫在原野中并肩耕作。

“园林幽鸟啭，渚泽新泉清。”渚：水中小块陆地。泽：聚水的洼地。句意为：园林中隐蔽的鸟儿宛转地鸣唱着，渚泽中的泉水流淌不息，色泽清澄。诗中明亮清新的景色映衬了诗人此刻的心情，永州早春大地欣欣向荣的田园风光让诗人暂时忘却了被贬谪的痛苦。

接下来的八句写诗人向农夫倾诉郁结在胸中的郁闷。

“农事诚素务，羁囚阻平生。”素务：高尚的事务。句意为：农事的确是一件很高尚的工作，我却在政争中沦为了囚徒，自己的理想反正无法实现了，倒不如务农，安居乐业算了。

“故池想芜没，遗亩当榛荆。”遗亩：指家中的田亩。句意为：家中的池塘想必已经荒芜了吧，田亩里肯定已经草木丛生。

“慕隐既有系，图功遂无成。”句意为：我羡慕隐居生活却苦于不能摆脱牵系，想成就一番事业又以失败告终。

“聊从田父言，款曲陈此情。”聊：姑且。款曲：诚恳婉曲。句意为：姑且听从种田老父的话，诚恳曲折地陈述自己心中的想法，现在心里好受多了。诗人将遇贬进退失据的心情在此和盘托出，表达了对官场纷争的厌倦和对农事生活的向往。

最后两句写诗人耕作时的欢快情景。“眷然抚耒耜，回首烟云横。”诗人高高兴兴地手抚耒耜，翻土耕作；累了之时，回首眺望，只见远处的天边，云霞横空。这一结尾开阔疏朗，令人愁绪顿失。

此诗格调清新，用语流畅，写景、抒情和叙事有机结合，情景交融，读来颇感恬静淡雅。

江 雪

千山鸟飞绝，万径人踪灭。
孤舟蓑笠翁，独钓寒江雪。

此诗作于永州，全诗以白描的手法，勾勒出一幅“寒江独钓图”。

“千山鸟飞绝，万径人踪灭。”重重的山峦中，看不见飞鸟的影子；纵横交错的条条道路上，看不见行人的足迹。这两句写雪景，却不着一个“雪”字，但一幅大雪纷飞、天寒地冻的图景已鲜明地展示在我们眼前。句中一“绝”一“灭”让人顿感境界之空灵蕴藉，浓重劲峭，足见诗人炼字之功底。

“孤舟蓑笠翁，独钓寒江雪。”一叶孤舟载着一位披蓑衣戴斗笠的老人，在雪花漫天的寒江中独自垂钓。雪天、孤舟、老人、独钓、寒江，境界之凄清、孤寂、冷峭于此可见一斑。

白雪象征着皎洁，孤舟、寒江象征着孤高、特立独行的品格。这一切实际上是诗人的自我咏叹，表达了诗人在遭受打击之后不屈而又深感孤寂的心绪。渔翁不过是诗人的影子而已。

此诗意境生动，妙在自然，却又极富神韵，展示了一种不同寻常的艺术境界。

早 梅

早梅发高树，迥映楚天碧。
朔吹飘夜香，繁霜滋晓白。
欲为万里赠，杳杳山水隔。
寒英坐销落，何用慰远客。

此诗是柳宗元贬谪永州时所作，诗人以梅喻己，表达了自己绝不同流合污的高尚节操，及其对友人的怀念。

全诗共八句，可分为两个部分来看。前四句为第一部分。“早梅发高树，迥映楚天碧。朔吹飘夜香，繁霜滋晓白。”早开的梅花点缀在高高的梅树上，远远望去，梅花与碧蓝的天空交相辉映。寒冷的北风吹拂着梅花，在夜色里散发着芬芳；严霜降下，梅花在拂晓的晨光中显得洁白。此四句盛赞梅花傲霜斗雪的精神，于凌寒中独开，芳香四溢，这又何尝不是诗人自己的写照呢？诗人参与变革、坚持真理，受迫害而贬居于永州，他坚贞不屈、不与流俗合污的高尚品格不正如这洁白的梅花吗？

后四句为第二部分。“欲为万里赠，杳杳山水隔。寒英坐销落，何用慰远客？”我要折一枝早梅，赠给远方的友人，但因路途遥远，山水阻隔，不能实现。寒冬中盛开的梅花将会因时久而萎谢，那时我用什么来慰藉远方的友人呢？诗人被贬于永州，与昔日友人天各一方，思念与日俱增，他想摘一枝早梅给远方的友人表达思念之情，却因空间和时间的阻隔，无由与友人相慰藉，想到这些不觉黯然神伤。

全诗语调清新，诗意婉曲，写景抒情，别具韵味。

田家三首

其一

蓐食徇所务，驱牛向东阡。
鸡鸣村巷白，夜色归暮田。
札札耒耜声，飞飞来乌鸢。
竭兹筋力事，持用穷岁年。
尽输助徭役，聊就空自眠。
子孙日已长，世世还复然。

《田家》三首是柳宗元在柳州时，某次路过农村，在农民家里投宿后所写的，这首诗是其中的第一首，形象而深刻地描写出了农民的悲惨境遇。

诗的前八句描写农民辛勤劳作的场面。

“蓐食徇所务，驱牛向东阡。鸡鸣村巷白，夜色归暮田。”蓐食：坐在床席上吃早饭。徇：从事，尽全力去做。所务：所从事的农务。句意为：农民在天还没亮时就得起床，坐在床席上吃完早饭，就开始去地里干活了，他们赶着耕牛匆匆向田间小路走去。天刚亮就下地里劳动，直到天黑才回家。

“札札耒耜声，飞飞来乌鸢。”耒耜：耕地翻土的工具，由木柄和铁铲两部分组成。这里泛指农具。乌鸢：乌鸦和老鹰。这里泛指鸟类。句意为：在紧张的劳作中，田地里只听见他们用耒耜翻土发出的声响和鸟儿飞过时的鸣叫声。

“竭兹筋力事，持用穷岁年。”竭：尽。兹：这个。筋力事：指重体力劳动。持用：拿来取用。穷：过完，渡过。句意为：他们竭尽全力地劳动，才赚得一点收入来维持全年的生活。以上八句中诗人并没有发表任何评论，而农民劳作的辛苦和紧张程度却已跃然纸上。一句“持用穷岁年”不仅体现了诗人对农民的同情，也为下文揭示田赋、徭役的繁重作好了铺垫。

“尽输助徭役，聊就空自眠。”农民辛苦一年，却因没有劳力替官府无偿劳动，只得把纳租后剩下的一点粮食全都上缴代替徭役，然后回到空无一物的屋中无聊地打发日子。前句中的一个“尽”字，无情地揭露了官府诛求的无餍；后句中的一个“空”字，又深刻地描绘了农民生活的凄惨。

“子孙日已长，世世还复然。”农民的子孙们一天天长大，这种境遇还得世世代代延续下去。这无望的结句揭露了农民世世代代永无休止的悲惨命运，使得全诗的感情更加深沉凝重。

全诗语言精炼，叙事直接，诗人对社会现实的揭露是刻骨的：农民一年四季从早到晚，辛勤紧张地在地里劳动，到头来却无法维持生计，因为他们的劳动果实全都被官府以田赋和徭役的形式搜刮去了。他们不仅无法改变自己的处境，而且子子孙孙还得把这种悲惨的遭遇延续下去。这是怎样的一种悲哀！这个社会又是一个多么残酷、毫无人性可言的社会。此诗深刻地体现了诗人对劳动人民的深切同情。

其二

篱落隔烟火，农谈四邻夕。
庭际秋虫鸣，疏麻方寂历。
蚕丝尽输税，机杼空倚壁。
里胥夜经过，鸡黍事筵席。
各言官长峻，文字多督责。
东乡后租期，车毂陷泥泽。
公门少推恕，鞭朴恣狼藉。
努力慎经营，肌肤真可惜。
迎新在此岁，唯恐踵前迹。

此诗是柳宗元《田家》组诗中的第二首，反映了夏秋之交农村景象的萧条和农民生活的贫困。

诗的第一部分写农民们傍晚聚在一块闲聊时的情景："篱落隔烟火，农谈四邻夕。庭际秋虫鸣，疏麻方寂历。蚕丝尽输税，机杼空倚壁。"傍晚时分，被篱笆彼此隔着的农家，聚在一起聊天。院落里秋虫在鸣叫，今晚没有风吹草动，疏麻寂静无声。大家都说家里的蚕丝全都缴了租税，机杼无丝可织，不得不闲置在家里。空倚壁：空空地靠在墙边。诗人借农民自己的一席话，把租税的繁重揭示了出来，与宁静淡泊的聊天气氛形成了严重的不和谐，让人似有所悟，也为下文里胥的登场作了铺垫。

第二部分写里胥夜晚前来催租的情景："里胥夜经过，鸡黍事筵席。"劳作了一天的农民刚刚坐下，还没来得及喘口气，里胥就带着一帮如狼似虎的差役到了。虽然农民的生活已经十分困难，却不得不杀鸡做饭来招待他们。这里胥来后，对农民更是肆意威吓，催逼农民缴租交税。

接下来的八句是里胥恐吓农民的话："各言官长峻，文字多督责。"大家都在讲述官长的严厉，征赋文告也在一个劲儿地加紧催逼。"各言官长峻"暗示来的不是里胥一人。文字：文书。"东乡后租期，车毂陷泥泽。公门少推恕，鞭朴恣狼藉。"东乡因车轮陷入了泥潭而超过了规定的缴租期限。官府并未因此而酌情宽恕，结果交租税的农民被打得遍体鳞伤，皮开肉绽。"努力慎经营，肌肤真可惜。"你们可要小心筹措准备好规定缴纳的租税，早早交纳，免得到时候受皮肉之苦，要好好地珍惜自己的身体。短短八句，通过描写里胥极尽威吓逼迫之能事来催逼租税，把官府贪得无厌、残酷冷毒的嘴脸刻画得淋漓尽致。农民所受之苦的深重，也就可想而知了。夏税已使"机杼空倚壁"，面对着更为繁重的秋赋，他们又将如何呢?

末两句写农民听完里胥的一席威胁话语之后所产生的恐惧心理。"迎新在此岁，唯恐踵前迹。"马上就要迎接新谷登场了，唯恐再像东乡人一样惨遭鞭打。农民盼望改善境遇而又感到渺茫的心情，在诗人笔下同样被写得极其沉痛。

全诗语言朴实，叙事简练，深刻地揭露了封建官府的横征暴敛，反映了农民悲惨的生活遭遇。

其三

古道饶蒺藜，萦回古城曲。
蓼花被堤岸，陂水寒更渌。
是时收获竟，落日多樵牧。
风高榆柳疏，霜重梨枣熟。
行人迷去住，野鸟竞栖宿。
田翁笑相念，昏黑慎原陆。
今年幸少丰，无厌馆与粥。

这首诗主要写农村秋收后的情景和诗人晚上迷途后投宿农家，受到殷勤款待的经过。诗中描写了农村秋日的美景，赞颂了农民的勤劳和淳朴。

诗的前八句描绘的是秋收后农村的景象。

“古道饶蒺藜，萦回古城曲。”饶：盛多。曲：角落。句意为：长满了蒺藜的古道，盘曲回绕在古城的一角。

“蓼花被堤岸，陂水寒更渌。”蓼花：一年生草本植物，多生长在水边或湿地。被：遮盖。渌：澄清。句意为：蓼花遮盖了堤岸，池塘的水因为秋寒的到来而变得更加澄清。

“是时收获竟，落日多樵牧。”这时候作物的收获已经完毕，日落的傍晚时分，砍柴和放牧的人也都纷纷回家了。

“风高榆柳疏，霜重梨枣熟。”秋后风大，榆柳的树叶已经脱落得很稀少；秋霜深重，梨枣也都成熟了。诗人此刻仿佛在临摹一幅乡土风景画，画中景色优美，意境幽雅，突出了秋收后农村景象的恬淡静逸。

诗的后六句则是描绘诗人迷路借宿的经过：

“行人迷去住，野鸟竞栖宿。”行人：指诗人自己。句意为：诗人在欣赏美丽的乡村风景的时候，迷失了道路，旷野中的鸟儿此时也都在竞相归巢栖宿，不知不觉中天色快黑了。

“田翁笑相念，昏黑慎原陆。”念：关心。原陆：高而平的地面。句意为：种田的老翁此时微笑着留我住宿，说虽然这儿的地面高而平坦，但千万不要摸黑赶路。

“今年幸少丰，无厌馆与粥。”老翁告诉我今年幸亏赶上收成较好，尚有米粥来招待我，希望我不要嫌弃。

诗人在诗中用非常朴素的语言刻画了一位淳朴可敬的田翁老人形象，反映了诗人和农民亲密无间的关系。也正因为如此，诗人才能真正了解到农民可爱可敬的品质和可悲可痛的处境，并用自己的笔把他们生动地描绘出来。

行路难

其一

君不见夸父逐日窥虞渊，跳踉北海超昆仑。
披霄决汉出沆漭，瞥裂左右遗星辰。

须臾力尽道渴死，狐鼠蜂蚁争噬吞。
北方竫人长九寸，开口抵掌更笑喧。
啾啾饮食滴与粒，生死亦足终天年。
睢盱大志小成遂，坐使儿女相悲怜。

《行路难》三首是诗人运用古乐府的形式，以寓言笔调写成的政治讽喻诗，此诗为其中之一。诗中借夸父逐日的故事歌颂了为伟大抱负作出牺牲的英雄人物，对庸碌无能却又喜欢排挤打击能人之辈进行了无情的嘲讽。

诗的前六句是对夸父逐日这一神话传说的描述，为读者展开了一幅神奇的画卷。“君不见夸父逐日窥虞渊，跳踉北海超昆仑。”夸父追日时，双眼盯着虞渊，跳过茫茫大海，跨越了莽莽昆仑。“披霄决汉出沆漭，瞥裂左右遗星辰。”他排开云层，冲破了天河，从宇宙广无边际的大气中跃出，眼光飞快地掠过左右两边被冲裂的天空，把星辰抛在脑后。“须臾力尽道渴死，狐鼠蜂蚁争噬吞。”一会儿，夸父的力气终于用尽，渴死在道路旁，“狐鼠蜂蚁”都涌出来争着撕咬吞噬他的尸体。“夸父”是神话传说中的人物。据《山海经》载，他因追赶太阳口渴，一口气喝干了黄河、渭水，却仍感不足，当他再去北方大泽喝水时，没有走到便渴死在路旁。他死后遗留下的手杖化为邓林，广数千里，后人因而能避日遮荫。“虞渊”，一名“禺谷”，传说中的日入之处。“北海”，古人所指因代而异，或指渤海，或指里海，也有指贝加尔湖或巴尔喀什湖等。这里泛指海洋。“昆仑”，昆仑山，西起帕米尔高原，横贯新疆、西藏、青海等省，为我国最大山脉。“夸父逐日”这一神话传说歌颂的是对远大理想的执着追求精神。诗人在诗中就是用夸父来喻指具有远大理想、从事社会改革的仁人志士，用狐鼠蜂蚁喻指社会败类。“狐鼠蜂蚁争噬吞”实是喻指诗人参与的“永贞革新”失败了，社会败类乘机迫害参与改革的仁人志士，包括诗人自己。诗人借夸父追日这一神话传说既表达了对仁人志士雄才大略、豪情壮志的歌颂和对失败与挫折的无限愤慨，也表达了对社会败类的鄙夷。

接下来的四句则是对北方竫”的描写。“北方竫人长九寸，开口抵掌更笑喧。”北方的矮人只有九寸来高，开口拍掌来嘲笑夸父说他不知天高地厚，居然敢去和太阳赛跑。“啾啾饮食滴与粒，生死亦足终天年。”是啊，这些竫人们终日吃着好的饭食，饮着美酒，发出“啾啾”的声音，醉生梦死终享天年，怎么会去干夸父逐日那样的事呢？诗人用这九寸矮人比喻那些反对改革的贪官污吏、卑鄙小人，逍遥自在却又庸碌无能。并借此反衬像自己一样有济世抱负的仁人志士横遭贬逐，抒发了心中的愤怒。

末了是诗人对所有的志士仁人和自己壮志难酬的慨叹。“睢盱大志小成遂，坐使儿女相悲怜。”放眼天下自古有大志的人都很少能够实现自己的报负，只能空留下壮志未酬的遗憾让后人悲叹惋惜。诗人这两句既是对夸父有大志而不能实现的惋惜，更是对和自己一样的仁人志士所发动的“永贞革新”惨遭失败的深深地悲叹。

全诗写得慷慨激越，苍凉悲壮，寓意深刻，形象生动，与诗人的寓言小品相似却又各尽其妙。

其二

虞衡斤斧罗千山，工命采斫杙与椽。
深林土剪十取一，百牛连鞅摧双辕。
万围千寻妨道路，东西蹶倒山火焚。
遗余毫末不见保，躏跞涧壑何当存。

群材未成质已夭，突兀哮豁空岩峦。
柏梁天灾武库火，匠石狼顾相愁冤。
君不见南山栋梁益稀少，爱材养育谁复论。

此诗为《行路难》三首中的第二首，是一首极具现实针对性的政治讽喻诗，诗人在诗中借滥伐山林表达了对统治阶级摧残人才的罪恶行径的强烈愤慨和无情鞭挞。

诗的前四句描绘的是滥伐山林的庞大场面："虞衡斤斧罗千山，工命采斫杙与椽。深林土剪十取一，百牛连鞅摧双辕。"虞衡，是古代掌管山林的官。杙，小树桩或小树条。椽，屋梁上支架屋面的木条。土剪，齐土把树木砍下。鞅，套牛马的皮带。连鞅，即把牛套在一起拉车。句意为：掌管山林的官儿强迫人民手持刀斧，搜遍群山，按照官府发布的命令来砍伐木材，采伐杙、椽之类的建屋材料。于是，一片片的森林被齐土砍光，然后从被砍下来的大批树木中择优选取最好的木材，用近百头牛拉的双辕车拖走。没想到双辕车也为之毁坏折断。诗人笔下这浩大的采伐场面实际上喻示着统治者对人才的无尽的摧残，字里行间充斥着诗人无声的谴责。

采伐来的木材怎么样了呢？"万围千寻妨道路，东西蹶倒山火焚。"围：环绕。寻：古代以八尺(也有以七寸)为一寻。蹶：跌倒。句意为：砍下来的木材堆积如山以致妨碍了道路的通畅，不久又被突如其来的山火烧得精光。物尚未尽其用，就被付之一炬，这种对木材的浪费又何尝不是统治者对人才的浪费?

然而这还不算，"遗余毫末不见保，躏跞涧壑何当存？"毫末：指树苗。《老子》中有"合抱之木，生于毫末"之语。躏跞：践踏伤害。涧壑：溪涧山谷。句意为：就连幸存下来的小树和涧壑中的树木也都不能幸免。统治者的暴戾和无道在诗人笔下已经到了令人发指的地步。

对那些被摧残和浪费的有用之材，诗人深表惋惜。"群材未成质已夭，突兀哮豁空岩峦。"哮豁：高大而开阔。岩峦：山冈。面对还未成材便已被砍伐的树木，面对高耸空旷而又荒芜的山岗，诗人联想到了人才的命运，联想到了自己的命运，心中无限悲愤。"柏梁天灾武库火，匠石狼顾相愁冤。""柏梁"，即汉武帝时建造的柏梁台，在长安城中的北门内，因以香柏为梁，故名。汉武帝太初元年柏梁台毁于一次火灾。"武库"，古代储存宝器的仓库。晋惠帝元康三年，武库失火，累代异宝，一时荡尽。"匠石"，一作"匠伯"，古代人名，以善识木材优劣而著称。此两句诗人引经据典，伤感众多良木的无端被毁。意即要是古人匠伯看到这些木材被焚，也会怜惜而发出悲叹。古人匠伯怜惜木材的悲叹，实际上也就是诗人怜惜人才的悲叹。

末了，诗人由木材的日益稀少而想到统治者的不注意爱惜人才，甚至对人才的横加摧残，抒发了自己心中的愤懑与不平："君不见南山栋梁益稀少，爱材养育谁复论。"大家难道没看见偌大的南山堪做栋梁的木材已越来越少了，即使在栋梁之才濒临绝灭之时，又有谁想到过去保护它们甚至培植新的栋梁之才啊！诗人言下之意是说朝廷现在已无多少栋梁之才了。

纵观全诗，统治者的暴戾无道，诗人的牢骚不平，都流露在字里行间。显而易见，诗人对"永贞革新"失败后大批有志之士惨遭打击迫害一直耿耿于怀，对最高当权者及大批保守势力摧残革新志士，阻挡历史前进的车轮是极为愤慨和不满的。全诗托物咏怀，含蓄而不隐晦，读来颇感悲愤、苍凉。

梅 雨

梅实迎时雨，苍茫值晚春。
愁深楚猿夜，梦断越鸡晨。
海雾连南极，江云暗北津。
素衣今尽化，非为帝京尘。

此诗作于永州，诗人借梅雨喻愁，表达了自己遭贬后的痛苦心情及思乡怀友情绪。

首二句借梅实、梅雨起兴。“梅实迎时雨，苍茫值晚春。”烟雨苍茫的晚春时节，正是梅子成熟、梅雨漫天的时候。“时雨”，即为梅雨。俗称黄梅雨，此雨细密，且持续时间漫长。这两句不仅点明了题旨，也烘托出了诗人此刻的愁绪，犹如这梅雨般连绵而漫长。

中间四句抒写环境的恶劣，表达自己对家园和亲友的怀念。“愁深楚猿夜，梦断越鸡晨。海雾连南极，江云暗北津。”诗人在雨夜中听到了楚猿的悲啼，愁思更深。破晓时的鸡鸣，又打断了他魂归故园的好梦。永州雾气蒸腾，天气湿热，密布的江云，遮住了他回家的渡口。“越鸡”，一种司晨的越巂鸡。“海雾”，永州地处边陲，濒临海洋，雾气来自海上，故说海雾。“南极”，南端，指永州一带。“江”，指湘江。诗人身处恶劣的环境，心情坏到了极点，深重的愁思，引发了他对家园和亲友深深的思念。

末二句是诗人的感叹。“素衣今尽化，非为帝京尘。”白色的衣服都已改变了颜色，却不是因为京都长安的风尘。诗人这两句诗翻用了陆机诗《为顾彦先赠妇》中“京洛多风尘，素衣化为缁”句意，意思是被贬在外已经很久，就连衣服都已经改变了颜色。久迁不归，素衣改色，诗人胸怀抱负终不能为朝廷所用，仿佛已经被遗忘了一样，此时的心情可想而知。此二句既是诗人的牢骚，更流露出诗人的无奈。

全诗诗情曲折，寄慨遥深，以雨寄愁，读来让人回味无穷。

笼鹰词

凄风淅沥飞严霜，苍鹰上击翻曙光。
云披雾裂虹霓断，霹雳掣电捎平岗。
砉然劲翮翦荆棘，下攫狐兔腾苍茫。
爪毛吻血百鸟逝，独立四顾时激昂。
炎风溽暑忽然至，羽翼脱落自摧藏。
草中狸鼠足为患，一夕十顾惊且伤。
但愿清商复为假，拔去万累云间翔。

这首诗是柳宗元被贬永州后所作，诗中借鹰言志，抒发了诗人当年参与政治革新运动的豪情，以及失败后受到摧残迫害的悲愤。

诗的前八句描写苍鹰搏击长空的英武豪雄之姿。“凄风淅沥飞严霜，苍鹰上击翻曙光。”凄风：寒冷的风，此指秋风。翻：飞动。句意为：秋风呼啸，严霜降临，苍鹰迎着曙光在天空中翱翔。迎风顶霜，上击长空，这两句写出了苍鹰的飒爽英姿。

“云披雾裂虹霓断，霹雳掣电捎平岗。”披：劈开。裂：冲破。句意为：苍鹰冲破云雾，截断彩虹，迅雷闪电般掠过山岗。劈云截虹，如电飞掠，这两句写出了苍鹰的惊人气势。

“砉然劲翮翦荆棘，下攫狐兔腾苍茫。”砉然：动作迅速而发出的声音。劲翮：有力的翅膀。攫：抓取。句意为：苍鹰展开强劲的翅膀，剪断荆棘，俯冲到地上，抓起狐狸、兔子，又飞上了旷远迷茫的高空。这两句通过对苍鹰捕食的描写突出了它的威猛和身手的敏捷。

“爪毛吻血百鸟逝，独立四顾时激昂。”苍鹰的爪上带着毛、嘴上沾着血，群鸟都吓得飞走逃避了，只有它独立四顾，显得气宇昂扬。这两句写出了苍鹰豪迈的气概。

柳宗元被贬前参与了王叔文的改革运动，王叔文集团的成员大都是当时出身较低、学有专长、品质优秀的知识分子。贞元二十一年(805年)正月(这年八月改为永贞元年)，德宗去世，顺宗即位。王叔文集团成员包括柳宗元在内都担任了朝廷要职。他们在短短的五六个月内就积极推行了一系列有利于国家和人民的政治改革，史称“永贞革新”，其速度之快，对豪强权贵打击之猛烈，引起了太监和反动大官僚的一致恐慌。诗人在前八句诗中便是借写苍鹰搏击长空、奋发有为，来喻指“永贞革新”参加者的英勇豪迈、雷厉风行的果敢气魄，为当时革新所取得的成果感到喜悦。

接下来的二句写苍鹰因气候突变而折翅。“炎风溽暑忽然至，羽翼脱落自摧藏。”炎热潮湿的天气忽然到来，苍鹰翅膀上的羽毛凋落，无法奋飞，只好收敛了羽翼。被“永贞革新”所打击的反动势力不甘心自己的利益受到损害，于是联合起来进行反扑，逼迫支持改革的顺宗皇帝退位，将皇位传给了对王叔文集团素有成见的李继，即宪宗。宪宗执政后，便将王叔文集团的主要成员贬的贬、逐的逐，轰轰烈烈的改革也就此夭折。此二句借气候突变，苍鹰被摧，喻指了改革的失败及改革者的横遭迫害。

苍鹰折翼，于是乎“草中狸鼠足为患，一夕十顾惊且伤。”草丛中的野狸田鼠因为没了苍鹰，又逐渐多了起来，甚至足以对苍鹰构成威胁。苍鹰一夜间竟要多次张望，小心提防野狸田鼠的侵害。这两句写苍鹰担惊受怕，夜寐不安，实际上是写改革失败后，改革派在日益猖獗的反动势力的迫害下，随时都有死亡的可能。诗人在此对这种遭遇和迫害表达了深深的愤慨。

末两句是写诗人希望苍鹰能重新奋起，搏击长空。“但愿清商复为假，拔去万累云间翔。”清商：指秋风。商是古代乐曲中的五音之一，古人认为商音和初秋的季节相配合。假：凭借。拔去：排除。万累：重重束缚。句意为：但愿秋天能尽快重新到来，让苍鹰摆脱重重束缚，再次在晴空的云间翱翔。诗人在这里希望重新出现苍鹰展翅的大好时机，实际上是暗喻自己要为实现政治改革而继续斗争，表示了要重新有所作为的强烈愿望。

全诗形象生动，寓意显豁，气势磅礴，表现了改革者锐意革新的豪情，及希望于逆境中再次奋起的愿望。

渔翁

渔翁夜傍西岩宿，晓汲清湘燃楚竹。
烟消日出不见人，欸乃一声山水绿。
回看天际下中流，岩上无心云相逐。

柳宗元被贬永州后，不但写出了流传千载的散文名篇，也写出了不少脍炙人口的山水诗。此诗可视作他的山水诗的代表作。

“渔翁夜傍西岩宿，晓汲清湘燃楚竹。”傍：靠近。西岩，指永州境内的西山，为永州胜景。柳宗元被贬为永州司马后，曾写下著名散文《永州八记》，其中《始得西山宴游记》

中的西山便是此处的西山。汲：取水。楚竹：永州故属楚地，此地之竹故称楚竹。句意为：渔翁晚上在靠近西山的地方泊舟歇息，早上起来打起清澈的湘江之水，燃起江边的竹子生火做饭。这两句写的是湘江上的渔翁逍遥自在的生活，燃竹煮炊也引出了下文的“烟消日出”。

“烟消日出不见人，欸乃一声山水绿。”等到烟雾散尽，旭日升起时，夜泊西山的渔翁已经不见了。只听得渔歌一声，回荡在青山绿水之间。欸乃，唐时湘中有棹歌名为《欸乃曲》，此指渔歌声。渔翁的身影虽然此时已经消失，却留下了炊烟和渔歌声回荡在山水间，令人回味无穷。

“回看天际下中流，岩上无心云相逐。”回看水天交接处，渔翁正摇着小舟顺中流而下，西岩上悠然而又随意的白云正在互相追逐。渔翁隐而复现，在天际中遨游，那情形是多么悠闲自在！末句化用了陶渊明《归去来兮词》中“云无心以出岫”之意，却无斧凿之痕，意境浑然。

此诗是一幅飘逸的风情画，充满了色彩和动感，境界奇妙动人。诗中所描绘的那种闲适逍遥自在的生活，实际上是诗人鄙视官场上那种钩心斗角的心绪的自然流露。

饮 酒

今旦少愉乐，起坐开清樽。
举觞酹先酒，为我驱忧烦。
须臾心自殊，顿觉天地喧。
连山变幽晦，绿水函晏温。
蔼蔼南郭门，树木一何繁。
清阴可自庇，竟夕闻佳言。
尽醉无复辞，偃卧有芳荪。
彼哉晋楚富，此道未必存。

此诗作于诗人贬谪永州期间。诗人的谪居生活中，心绪不好的时候占了多数。这首诗的开头虽也提到了少许的不快，整个基调却并不那么衰颓。而且此诗与一般常见的反映闲适生活的饮酒诗也有所不同。

诗的首二句写诗人早上起来，情绪有点低落，心中不甚舒畅，“今旦少愉乐”，于是，诗人“起坐”而“开清樽”，试图用饮酒来消除心中的不快。

接下来的八句写诗人心情的由抑转舒。“举觞酹先酒，为我驱忧烦。”酹：以酒洒地，表示祭奠或立誓。先酒：第一个发明酿酒的人。句意为：诗人举起酒杯，以酒洒地，祭奠第一个发明酿酒的人，希望他能为自己消除心中的忧虑和烦恼。这是诗人良好的祈愿，也收到了明显的效果：“须臾心自殊，顿觉天地喧。”须臾：一会儿。殊：不一样，指心情变得好起来。喧：热闹。句意为：一会儿诗人的心情便变得好了起来，顿时觉得天地间热闹了不少。其实诗人此刻已经稍有醉意，他眼中的景色也因心情的好转而逐渐开朗：“连山变幽晦，绿水函晏温。蔼蔼南郭门，树木一何繁。”幽晦：昏暗不明。函：包含。晏温：晴天的暖气。蔼蔼：茂盛的样子。南郭门：指永州外城的南门。郭：指外城。一何：多么。一，助词，用以加强语气。句意为：连绵的群山由昏暗而变得明媚青翠，绿色的水面上蒸腾起一股股暖气，郁郁葱葱的永州外城南门，树木是何等的繁茂。

诗中最富新意的便是“清阴可自庇，竟夕闻佳言”一联了，前句化用了《左传·文公七年》“葛藟犹能庇其本根”的句意，意思是说无知的草木都懂得保护自己，自己却不如草木，连保护自己都不懂得。葛藟又名“千岁藟”，是一种藤本植物。后句则应承前句，说：这些树木整夜好像在向自己诉说什么，现在才明白，原来它们要说的正是这种有启发性的话。诗人在饮酒微醉之时领悟了树木之言而突发感慨，立意不可谓不奇。

在发完一番感慨后，诗人真的醉了：“尽醉无复辞，偃卧有芳荪。”偃卧：仰卧。芳荪：指草地。句意为：烂醉如泥的诗人躺在了草地上，再也说不出话来。诗人饮酒的全过程，从微酣到尽醉，至此也全部结束。

末了两句则是诗人在酒醒之后的感慨：“彼哉晋楚富，此道未必存。”晋楚富：语出《孟子·公孙丑下》：“晋楚之富，不可及也。”这里指财雄一方的富豪。句意为：那些财雄一方的富豪们虽然也会喝酒，但喝酒的真正趣味他们却未必懂得。这两句反衬了诗人已于饮酒间懂得了喝酒的趣味，一扫此诗开头低落的情绪，体现了诗人蔑视世俗的个性。

全诗以清丽流畅的语言，写出了诗人在特定环境中似醉非醉的特有状态，以及他蔑视世俗的鲜明个性，不失为诗人自画像中的一幅力作。

掩役夫张进骸

生死悠悠尔，一气聚散之。
偶来纷喜怒。奄忽已复辞。
为役孰贱辱？为贵非神奇。
一朝纩息定，枯朽无妍媸。
生平勤皂枥，剉秣不告疲。
既死给槥椟，葬之东山基。
奈何值崩湍，荡析临路垂。
髐然暴百骸，散乱不复支。
从者幸告余，眷之涓然悲。
猫虎获迎祭，犬马有盖帷。
伫立唁尔魂，岂复识此为？
畚锸载埋瘗，沟渎护其危。
我心得所安，不谓尔有知。
掩骼著春令，兹焉适其时。
及物非吾事，聊且顾尔私。

此诗作于永州。张进是柳宗元从前的一个马夫，他死后，尸骨竟被洪水冲至路上。诗人想到他生前一生辛劳，死后骸骨暴露，竟不如猫虎犬马，心情很不平静，于是手持畚锸将他的尸骨掩埋，并写下了此诗。

诗的前八句是阐述诗人对生死的看法。“生死悠悠尔，一气聚散之。偶来纷喜怒，奄忽已复辞。为役孰贱辱？为贵非神奇。一朝纩息定，枯朽无妍媸。”生死渺茫，气聚则生，气散则死。人一旦降临世间，喜怒之情便随之产生；人一旦死亡，喜怒之情也就随之而消失了。作为仆役有什么低贱的？作为富贵的人又有什么了不起？人一旦死去，只剩下一堆枯骨，便无美丑、贵贱之分了。纩，一种新丝棉，因质地轻薄，古人常用来放在病人的口鼻上，以测定其是否在呼吸；若纩不飘动，证明此人已气绝身亡。枯朽，指骨枯尸腐。妍媸，即美丑。诗人在此对自然规律的陈述不仅反映了他的贵贱平等的观念，也为下文叙写役夫张进作了必要的铺垫。

接下来直到全诗结束是描写张进辛苦的一生及诗人掩埋张进尸骨时所发出的感慨。

“生平勤皂枥，剉秣不告疲。既死给槥椟，葬之东山基。”张进在世的时候，刷洗马槽，割草喂马从不言累。死后被装在一副小而薄的棺材里，葬在了东山脚下。皂枥，指马槽。皂通“槽”，这里指养马。剉秣，截草喂牲口。剉，一种刀具，这里指裁草。秣，饲养。槥椟，指小而薄的棺材。前二句写出了役夫张进一生的辛苦。后二句则写出了张进死后菲薄的待遇。张进一生的凄凉，在寥寥几笔中，从生到死，便展现在了我们的眼前，然而，如此还不算，更大的悲哀还在于他死后的暴尸露骨。

“奈何值崩湍，荡析临路垂。髐然暴百骸，散乱不复支。”无奈碰到了山洪暴发，张进的坟墓被山洪冲垮，尸骨也被冲至路边，暴露在外的尸骨残骸，全部散乱不堪，无法再连续在一起。崩湍，急流，指山洪暴发。荡析，冲荡分散。路垂，路边。髐然，形容枯骨暴露的样子。不复支，不再支撑，指尸骨各部分不连接在一起。这几句所描述的景象真令人惨不忍睹。

“从者幸告余，眷之涓然悲。猫虎获迎祭，犬马有盖帷。”庆幸的是我手下的人把这件事告诉了我，我一看见这场面也禁不住流出了痛苦的眼泪。猫虎死后尚且可以得到祭祀，犬马的尸体尚有破车盖和破帐幕来包裹掩埋。眷，视。涓然，流泪的样子。“猫虎”句：古代有迎祭猫神和虎神的习俗，因猫能捕鼠，虎能食野猪，有保护庄稼之功，故迎而祭之。盖帷，车盖和帐幕。古人常用破车盖和破帐幕掩埋死狗死马。诗人以猫虎犬马与张进对比，人的待遇尚不如畜生，这是多么令人悲哀伤痛的事。

“伫立唁尔魂，岂复识此为？畚锸载埋瘗，沟渎护其危。”我在你面前伫立良久来吊慰你的灵魂，难道你还会知道吗？我用畚箕和铁锹将你重新掩埋，并挖了排水沟让你的新坟不再受到洪水的伤害。唁，吊慰。识，知道。畚锸，畚箕和铁锹。瘗，埋葬。渎，小渠。诗人的同情之心在此显露无遗。

“我心得所安，不谓尔有知。掩骼著春令，兹焉适其时。”我因能做这件事而心里稍有所安，不知道你在天之灵是否有知。掩埋你尸骨的时候适逢春天的节令，古书上说这正是安葬尸骸的好时候。著，载明。春令，春天的节令。兹焉，现在。焉，语气助词，这里有“是”的意思。这两句是诗人对死去的张进的安慰。

“及物非吾事，聊且顾尔私。”仁德及于万物并非我所能做到的事，我这样做姑且是念你和我有过私交。及物，指仁德及于万物。此两句是诗人的谦词。“及物非吾事”实际上反衬了诗人愿施仁德于世人的高尚情操。

全诗语言疏淡简朴，感情深厚炽烈。表现了诗人对劳动人民的深切同情和“为役孰贱辱？为贵非神奇”的贵贱平等的观念，这种思想在当时是极为难能可贵的。

汨罗遇风

南来不作楚臣悲，重入修门自有期。
为报春风汨罗道，莫将波浪枉明时。

元和十年(815年)正月，柳宗元忽然接到皇帝诏书，召他进京，在进京途中，他再次经过了汨罗江，写下了这首《汨罗遇风》诗。汨罗，即汨罗江，在湖南省东北部，战国时楚国大诗人屈原因忧愤国事，投此江而死。诗人在此诗中庆幸自己没有像屈原那样投水而死，能够重回京城，再次为国效力，表达了诗人回京途中的喜悦心情。

“南来不作楚臣悲。”楚臣悲，指屈原因忧愤国事，在汨罗江投江而死。句意为：我被贬来这南方蛮荒之地时，途经汨罗江，却没学屈原投江而死。诗人刚被贬谪之时，“却学寿张樊敬侯，种漆南园待成器”(《冉溪》)，心中希望与抱负尚未泯灭，故而“不作楚臣悲”。

“重入修门自有期。”修门，楚国都城郢的城门，这里指长安。自有期，总算有这么一天。句意为：如今总算有重回长安的这么一天了。此句应承上句，诗人此刻已经奉诏回京，正在途中，认为自己又可再次施展才华，为国效力。

“为报春风汨罗道，莫将波浪枉明时。”枉明时，错过为国效力的机会。句意为：春风啊春风，请你寄语汨罗江水，不要掀起波浪，阻碍行程，耽搁我为国效力的时机。此两句诗人让春风寄语江水，将春风和江水拟人化，语调欢快明畅，真实地表达了诗人内心的激动，十年的流囚生活即将结束，怎不令人兴奋呢?

此诗格调明快，语言清新，读来轻松自然。诗人的兴奋之情在诗中得到了酣畅淋漓的表现。毕竟十年流放，一朝云开复见天，哪有不高兴的道理。

衡阳与梦得分路赠别

十年憔悴到秦京，谁料翻为岭外行。
伏波故道风烟在，翁仲遗墟草树平。
直以慵疏招物议，休将文字占时名。
今朝不用临河别，垂泪千行便濯缨。

元和十年(815年)，奉诏回京的柳宗元和韩泰、韩晔、陈谏、刘禹锡在长安不到一月，又被贬往更为边远的柳州、漳州、汀州、封州和连州任刺史。是年三月，他们带着失望的心情匆匆离开长安，踏上更遥远的征途。柳宗元陪同刘禹锡一直行至衡阳才分手，临别时柳宗元作了此诗，和友人惜别。

“十年憔悴到秦京，谁料翻为岭外行。”从被贬永州开始，熬过了十年的困顿生活才得以重返京都长安，可谁又料到会再次被贬到更为遥远的岭南之地。岭外，即岭南，古时中原人把岭南看做五岭以外的地区。开头这两句充分表现了诗人被召回后再次遭贬的惊讶之情，对排挤打击他们的小人的愤恨之情更是溢于言表。

“伏波故道风烟在，翁仲遗墟草树平。”一路上，当年伏波将军马援率军南征所到之处，风光烟景依然如故，而马援庙前的石人早已被草木所遮掩，只遗下废墟一片。伏波，指东汉开国功臣马援，光武帝时曾被封为伏波将军，领兵南征，衡阳湘水两岸有马援庙。翁仲，据传秦代有巨人阮翁仲，秦始皇曾命他西征匈奴，并在他死后为其铸铜像一尊，立于咸阳宫司马门外，因此后人称铜像、石像为“翁仲”。此指马援庙前的石人。物是人非，诗人通过对古道荒凉环境的描写，烘托出自己内心的悲苦。

“直以慵疏招物议，休将文字占时名。”直，但，特。慵疏，懒散粗疏，这是托词，实际上是指不愿同流合污。物议，别人的议论、非难。占，争。句意为：只因慵懒粗疏不愿同流合污，而招来小人的非难、排挤和打击，看来从今以后不要再指望用文章去博得什么好名声了。诗人因“永贞革新”而遭到保守势力的攻击和诽谤，获罪被贬。在古人看来，“文章乃经国大业，不朽盛事”，在保守势力的打击下而不得不放弃用文章言志、指陈时事、反映生活，这对那些满腹经纶、文采焕发的有志之士来说，是一件多么痛苦的事呀!

“今朝不用临河别，垂泪千行便濯缨。”今天我们不用像当年的李陵、苏武那样去河中

“濯长缨”来表示惜别了，因为我们分别时已泪流千行，足可用此泪水来“濯缨”了。诗人在最后引苏武赠李陵诗中“临河濯长缨，念子怅悠悠”的句意，表达了与友人分别时的痛苦心情，此地一别，这两位患难之交从此又要天各一方了。

此诗风格婉转凄凉，感情沉郁愤闷，悲苦气氛贯穿全诗，深刻地表达了诗人再次遭贬后又与友人惜别时的失望与痛苦。

岭南江行

瘴江南去入云烟，望尽黄茆是海边。
山腹雨晴添象迹，潭心日暖长蛟涎。
射工巧伺游人影，飓母偏惊旅客船。
从此忧来非一事，岂容华发待流年。

此诗作于诗人被贬谪柳州途中，全诗实写途中所见景物，暗寓不甘沉沦之心绪，表现了一贯的政治节操。岭南，又称岭表、岭外，指五岭以南地区，即今广东、广西一带。

诗的前六句是诗人对贬谪途中所见岭南地区景色的描写。“瘴江南去入云烟，望尽黄茆是海边。”充满瘴气的河流向南流去，直入云际。放眼望去，黄色的茅草连绵不断，消失在海边。瘴江，岭南地区的江河多瘴气，故曰“瘴江”。茆通“茅”，即茅草。首联呈现出的是一幅荒凉的远景，那正是诗人被贬谪前往赴任的地方，恶劣的自然环境于此可见一斑。

“山腹雨晴添象迹，潭心日暖长蛟涎。”雨过天晴后的山腰，飘浮着团团云气，好像大象的足迹一样。日光照射下的潭池中央，升腾起股股蒸汽，好像是蛟龙在吐涎一样。山腹：指山腰。这两句突出了岭南风景的奇异。诗人的两个比喻更是构思奇特，贴切传神，让人叹服。不过这混蒙的景象也更让人感到诗人此去前途难卜。

“射工巧伺游人影，飓母偏惊旅客船。”射工机灵地窥伺着过往游人的身影，飓母唯独喜欢威胁惊吓过往的客船。射工，一种叫蜮的毒虫，能含沙射人，人或人影被射中，都会害病。飓母，飓风来临之前天空中出现的一种浓云。这两句虽是写景，却兼寓人事，世情的险恶和诗人自身遭遇的突变，无不隐蕴在句中。

“从此忧来非一事，岂容华发待流年。”到岭南这地方来后，使人忧虑的事还会很多，我怎么能容许我自己枉自嗟叹，虚度年华呢？流年，流水般逝去的光阴。这是诗人对前途多事的感叹，也是自己不甘沉沦之心情的自然流露。诗人虽再次被贬，雄心壮志却依然如故，并未被岭南恶劣的自然环境所吓倒。

全诗以景寓情，行文流畅，对仗工整，比喻贴切，诗情奔放，字里行间充满了对险恶世情的鞭挞和积极向上、“不容华发待流年”的逆境奋发精神。

登柳州城楼寄漳、汀、封、连四州

城上高楼接大荒，海天愁思正茫茫。
惊风乱飐芙蓉水，密雨斜侵薜荔墙。
岭树重遮千里目，江流曲似九回肠。
共来百越文身地，犹自音书滞一乡。

元和十年(815年)六月，被贬为柳州刺史的柳宗元到达柳州，登上了柳州城楼，极目远眺，但见原野纵横，海天茫茫，想到自己坎坷的政治遭遇，不禁感慨万千，挥毫写下了这首七律，分别寄给同时遇贬的友人韩泰、韩晔、陈谏和刘禹锡。此时四人分别为漳州、汀州、封州、连州刺史。

“城上高楼接大荒，海天愁思正茫茫。”诗人登上柳州城楼，远眺茫茫荒原，想起同时被贬南来的友人，不禁产生了如海天般相连的无限愁思。句中的一个“愁”字层层翻涌，笼罩了全诗。

“惊风乱飐芙蓉水，密雨斜侵薜荔墙。”急风骤然而至，荷花随风在水波中乱晃；密雨斜飘，浸透了覆盖着薜荔的城墙。这两句写近景，“惊风”、“密雨”，透露出了诗人此刻纷乱无章的心绪，同时又隐蕴了诗人政治上所受的摧残和处境的险恶。

“岭树重遮千里目，江流曲似九回肠。”江：指柳江。句意为：城外山岭上的树木重重叠叠，层层遮挡了我遥望千里的目光；柳江的水迂回曲折，犹如我曲折的愁肠。这两句是写远景，表达了诗人因路重山遥不能与友人相见和自己独自一人、孤独无依的愁苦心情。

“共来百越文身地，犹自音书滞一乡。”百越：也作“百粤”，古代泛指南方少数民族地区。柳、漳、汀、封、连五州都属古代百越之地，故称。文身：在身上刺花纹。古时南方各少数民族有断发文身的习俗。句意为：我们共同被贬谪流放来到这蛮荒之地，却音书阻隔，天各一方。此句转承上联远望之意，怀念之情溢于言表，催人泪下。

此诗境界壮美，诗人以阔大宏伟之景抒写澎湃愤怒之情，郁愤激越，撼人心弦。全诗情景交融，情语景语妙合天成，语言清峻，对仗工整，读来别有一番韵味。

种柳戏题

柳州柳刺史，种柳柳江边。
谈笑为故事，推移成昔年。
垂阴当覆地，耸干会参天。
好作思人树，惭无惠化传。

柳宗元被贬谪到柳州后，曾在柳江边种柳树明志。此诗便是这一举动的真实记载。柳江是西江支流，流经今广西壮族自治区柳州市。

“柳州柳刺史，种柳柳江边。”柳州有个柳刺史，在柳江边种了许多柳树。此联点明题旨，一连四个柳字，更添“戏题”之感，令人玩味。

“谈笑为故事，推移成昔年。”随着时间的推移，柳刺史种的柳树将壮茂成荫，成为后人谈论的历史掌故。此联是诗人对柳树未来的遐想，表明了诗人很想做出一番政绩，让后人景仰。

“垂阴当覆地，耸干会参天。”低垂的柳枝当会覆盖地面，高耸的树干定能直耸云天。此联是诗人在对将来柳树枝繁叶茂的情形作想象性的描绘。

“好作思人树，渐无惠化传。”思人树，用周代召公的典故。相传召公有德政，他曾宿于甘棠树下，后人为追念他，对这棵树也备加爱护。句意为：柳刺史也想学周代召公施德政于民，让这些柳树成为后人怀念他的“思人树”，但却总是惭愧自己没什么惠政留传给后世。由此联可以看出诗人虽有贬谪之苦，却仍然在努力去做一个好地方官，为人民多做一点有益的事情。这种精神是应该受到高度赞扬的。

全诗行文流畅，富于想象，语调清新诙谐。体现了诗人诗风的另一方面。

得卢衡州书因以诗寄

临蒸且莫叹炎方，为报秋来雁几行。
林邑东回山似戟，牂牁南下水如汤。
蒹葭淅沥含秋雾，橘柚玲珑透夕阳。
非是白蘋洲畔客，还将远意问潇湘。

此诗是柳宗元在柳州为回答友人卢衡州的来书而作。卢衡州，生平不详。

“临蒸且莫叹炎方，为报秋来雁几行。”衡阳的友人，你不要把衡阳当做蛮荒之地，每到秋天，不是有几行大雁来报秋吗。临蒸，衡阳的旧名。炎方，南方炎热的地区。友人可能在来书中说了很多关于衡阳如何不好的牢骚话，表明自己受不了那里的生活。诗人开门见山，劝他打消这种念头，秋来雁至，不正可借雁寄语吗?

“林邑东回山似戟，牂牁南下水如汤。”从林邑往东回绕的山峰林立如戟，从牂牁南下的河水水热如汤。林邑，古县名，即汉代日南郡所属的象林县。这里泛指南方边远地区。牂牁，古郡名，辖境约当今贵州大部、云南东部、广西西北部。这两句是写柳州地形复杂、气候恶劣。诗人借此与衡阳相比，说明柳州还不如衡阳可居，但诗人都已适应了，言下之意是劝友人不应再有不满的情绪。

“蒹葭淅沥含秋雾，橘柚玲珑透夕阳。”未长穗的芦苇在秋雾中淅淅沥沥地滴着露珠，玲珑剔透的橘柚，在夕阳的光照下格外诱人。蒹葭，未长穗的芦苇。这两句写衡阳一带美好的景色，对偶工整，色泽明丽，起承上启下的过渡作用。

“非是白蘋洲畔客，还将远意问潇湘。”我虽然不是白蘋洲畔的归客，但还是要从遥远的柳州问候你这个居住在潇湘的故人。白蘋洲畔客，指南朝诗人柳恽。柳恽贬吴兴太守时，曾作《江南曲》：“汀洲采白蘋，日暮江南春。洞庭有归客，潇湘逢故人。”潇湘，潇水和湘水合流后的一段。末了二句诗人引用典故，劝勉友人，回应了前文，让人顿感诗意浑成。

此诗感情真挚，如话家常，体现了诗人对友人的真切关怀。

柳州峒氓

郡城南下接通津，异服殊音不可亲。
青箬裹盐归峒客，绿荷包饭趁虚人。
鹅毛御腊缝山罽，鸡骨占年拜水神。
愁向公庭问重译，欲投章甫作文身。

柳州是少数民族聚居的地区，柳宗元被贬谪至柳州后，曾经深入到这些少数民族中去，了解他们的生活，学习他们的语言，和他们打成一片。他还非常尊重他们的风俗，为破除汉族和少数民族间的隔膜作出了很大的贡献。这首诗以柳州地区的日常生活为题材，生动地描绘了当地少数民族的风俗习惯。峒，指山洞。氓，民。峒氓，是指居住在柳州山区的少数民族。

诗的前六句是对峒氓风俗习惯的观察和描写。

“郡城南下接通津，异服殊音不可亲。”在柳州城南的渡口边，身着本族服装的峒人来来往往，但因风俗不同，语言不通，没法和他们接近。这两句交代了峒人经常往来的地点，引出了下文对峒人风俗习惯的观察与描写。

“青箬裹盐归峒客，绿荷包饭趁虚人。鹅毛御腊缝山罽，鸡骨占年拜水神。”有的峒人买了盐巴，用青箬包着返回自己的村寨；也有的峒人，带着用荷叶包裹的饭食，匆匆前去赶集。他们用鹅毛缝制的衣被御寒过冬，用鸡骨来占卜吉凶祸福和年成的好坏，用向水神跪拜求雨的方式来消除旱灾。青箬，指青色的箬竹叶片，叶大而长，可包裹东西。趁虚，赶集。山罽，山区出产的一种兽毛织品。寥寥四句就将峒人的风俗习惯勾勒得如此清楚，足见诗人对峒人生活观察的仔细。

“愁向公庭问重译，欲投章甫作文身。”我不愿在官府通过译员和峒人接触，而是想抛弃汉族的服饰习俗，像峒人一样在身上刺上花纹，与他们接近，生活在一起，学习他们的语言，了解他们的一切。章甫，古代士大夫所戴的一种礼帽，这里泛指士大夫的服饰。这两句直抒胸臆，表明诗人已经对柳州的少数民族产生了感情，并准备深入“峒氓”中去和他们打成一片。

全诗用语朴实，语调随和，主旨鲜明，反映了诗人把少数民族和汉族视同一家，主张消除民族隔阂的可贵思想。

柳州二月榕叶落尽偶题

宦情羁思共凄凄，春半如秋意转迷。
山城过雨百花尽，榕叶满庭莺乱啼。

柳宗元被改贬柳州刺史后，所居之地更为荒僻，对家乡的思念也愈加深切，时常独自感伤于自己的远谪，此诗所描绘的便是这种感伤的心绪。

“宦情羁思共凄凄，春半如秋意转迷。”政治上遭受打击、被贬边地为官的心情和谪居他乡的思绪交织在一起，使诗人心中感到特别忧伤，春天刚过一半却仿佛已萧瑟如秋了。诗人徘徊漫步庭中，往昔的种种变故一齐涌上心头，目睹眼前雨后凋零的景象，触景伤怀，贬谪之苦、飘零之感也就油然而生了。“春半如秋”在行文上起到了很好的过渡作用，自然地引出了下文的景物描写。

“山城过雨百花尽，榕叶满庭莺乱啼。”柳州城中，一场大风雨刚刚过去，百花在风雨过后尽皆凋零，榕叶落满了庭院，黄莺在树上杂乱地鸣叫。这一凄凉的景象正是对“春半如秋”的照应和补叙。

此诗情景交融，用语流畅，诗意显豁。虽不直言远谪之苦，然而花尽叶落，春半如秋，远谪之苦已含蕴其中。

别舍弟宗一

零落残红倍黯然，双垂别泪越江边。
一身去国六千里，万死投荒十二年。
桂岭瘴来云似墨，洞庭春尽水如天。
欲知此后相思梦，长在荆门郢树烟。

柳宗元再贬柳州时，随同前往的还有他的从弟柳宗直和柳宗一。到柳州后不久，柳宗直因病去世，柳宗一不久则前往江陵，临行前柳宗元写下了这首送别诗。

“零落残红倍黯然，双垂别泪越江边。”衰败凄凉的景象让人备感神情沮丧，在柳江边我和从弟宗一依依惜别，彼此都流下了伤心的眼泪。“零落残红”，凋零的残花，这里用来点明时令是暮春时节，并衬托离别时的心情。“倍黯然”，翻用江淹《别赋》：“黯然销魂者，唯别而已矣”之句意。“越江”，即粤江，珠江的别称，这里指柳江。首联描绘了诗人刚丧一弟，又将与另一弟离别时的复杂心情，沉痛凄楚，黯然神伤。

“一身去国六千里，万死投荒十二年。”我孤身一人受贬离开长安到达这边远的蛮荒之地，在艰难困苦中度过了十二年。“六千里”，指长安至柳州的漫长路程，并非实数。诗人从永贞元年十一月被贬永州，到元和十一年春夏与柳宗一在柳州分别，恰为十二个年头。此联概叙被贬谪的时间之久和地域的偏远及孤苦悲惨的遭遇，激愤之情溢于言表。

“桂岭瘴来云似墨，洞庭春尽水如天。”我居住的柳州地处山林之中，满山瘴雾浓云，天昏地暗；而你北去将要经过洞庭，春天将尽，那里却是碧波浩渺，水天一色。“桂岭”，山名，在今广西壮族自治区，这里泛指柳州一带的山岭。前句写柳州的恶劣环境，后句写宗一此去经过洞庭将要看到的开阔景象，互相映衬，点明一去一留前景不同：留者处境艰险，去者前途光明。此联既表达了诗人对谪居柳州的伤感，同时也体现了对宗一此去江陵的鼓励和祝福。

“欲知此后相思梦，长在荆门郢树烟。”此次分别之后，我会经常梦到你居住地一带高大的荆门郢树。“荆门郢树”，荆门是山名，在今湖北省宜都县西北。郢树则指郢地的高树，郢是春秋时楚国的都城，在今湖北省江陵附近。屈原《哀郢》曾写离郢途中回“望长楸而太息”，可知郢都多高树。此处的“荆门郢树”是指柳宗一北去将要居住的地方。末二句主要是写别后无尽的相思，表达诗人对宗一的深情。

此诗格调沉郁伤感，诗情动人。颔联与颈联对仗工整，缘情造景，即景抒情，表达了诗人对从弟无限真挚的情谊及其对惨遭贬谪的无限感伤。

柳州城西北隅种柑树

手种黄柑二百株，春来新叶遍城隅。
方同楚客怜皇树，不学荆州利木奴。
几岁开花闻喷雪，何人摘实见垂珠。
若教坐待成林日，滋味还堪养老夫。

柳宗元在柳州任刺史期间，组织群众兴修水利，植树造林，发展生产，并亲自参加了一些劳动。这首诗便是描写他在柳州城西北种植柑橘一事。

诗的头两句是写诗人种植的柑橘在春日已呈现出一派欣欣向荣的景象。“手种黄柑二百株，春来新叶遍城隅。”“隅”，角落。句意为：自己亲手种植的二百株柑橘在春天到来时已长出了新叶，郁郁葱葱遍布城中西北角一带。目睹这一派喜人的景象，诗人喜悦的心情和成就感不禁溢于言表。

接下来诗人阐述了自己种树的目的。“方同楚客怜皇树，不学荆州利木奴。”我种植柑橘，同屈原一样，是出于对它们的喜爱，而不是学当年荆州的李衡，利用种植柑橘来发财致富。“楚客”，指屈原，因其曾被楚顷襄王迁逐，故称“客”。“皇树”，即指柑树。屈原在《桔颂》中称之为“后皇嘉树”，并以此自比，故而得名。“荆州”，辖当今湖南、湖北两省及河南、贵州、两广的一部分，三国时属东吴。用在此处指东吴丹阳太守李衡。“利木奴”，史载李衡曾派人在龙阳汜州(今属湖南)种柑橘千株，临死时对其子言道：“吾州里有木奴千头，不责衣食，岁绢千匹。”这两句表明诗人种树的目的不在利己，而在喜好。

最后四句是诗人的自娱，表达了将来能亲自品尝一下自己劳动果实的愿望。“几岁开花闻喷雪，何人摘实见垂珠。若教坐待成林日，滋味还堪养老夫。”几年后柑树将开出洁白如雪的花朵，芳香四溢，但不知那时是谁来摘取那丰硕光润、宛如珠宝般的果实。如果让我在柳州待到柑树茂壮成林的时候，我还可以亲口尝到柑橘的滋味吧！

全诗语调清新，用典贴切，充满了欢快祥和的气氛，反映了诗人高尚的情操和为官的勤奋，也表明了他通过参加当地的生产劳动，已对当地的风土人情和物产产生了很特殊的感情。

酬曹侍御过象县见寄

破额山前碧玉流，骚人遥驻木兰舟。
春风无限潇湘意，欲采蘋花不自由。

此诗作于柳州，是诗人对故友曹侍御寄来的诗的回赠。象县，今广西壮族自治区象州县。见，加于我之词。见寄，指曹侍御过象县时写给柳宗元的诗。

“破额山前碧玉流，骚人遥驻木兰舟。”破额山前，碧绿清澈的柳江水向南流去，曹侍御南来泊舟象县寄诗相赠。“破额山”，当在象县附近柳江畔。“木兰舟”，用木兰造的船。木兰是一种香木。诗家常用木兰舟作为船的美称。此联中“骚人”一词表现了诗人对曹侍御极为推崇，赞美他是一位高雅的诗人。

“春风无限潇湘意，欲采蘋花不自由。”读了您寄来的诗，使人仿佛置身于春风荡漾的潇湘岸边。想采蘋花来作为酬答之物，却因官职拘身而不能成行。“蘋花”，一种水草。古人常以名花香草比拟酬答之物。前句赞美友人的诗写得很好，用“春风”喻指曹侍御的诗很有文采，用“潇湘意”喻指诗的内容和情感，给予了曹侍御的诗很高的评价。后句则表明诗人欲以蘋花相赠却无由达到的苦衷，隐蕴了诗人长期被贬不得自由的情怀。

全诗采用比兴手法，用语清丽，诗意婉曲，别有一番韵味。表达了诗人对友情的珍重和渴望自由的情怀。

与浩初上人同看山寄京华亲故

海畔尖山似剑铓，秋来处处割愁肠。
若为化得身千亿，散上峰头望故乡。

这是一首七言绝句，写出了诗人屡遭贬逐，流落异乡的苦闷心情。浩初上人，即浩初和尚，潭州（今湖南长沙）人，是诗人的好友。山，指柳州境内的仙人山。

“海畔尖山似剑铓，秋来处处割愁肠。”秋天，我与浩初上人登仙人山观景，只见周围的山峰宛如一把把利剑，仿佛要把我的一腔愁肠寸寸割断。“海畔”，柳州位于边远地区，地近海域，故称。这两句借景抒情，起笔突兀，气势磅礴。诗人以“剑铓”喻所见之尖山，由此而设想“割愁肠”，其心中之痛，可想而知。

“若为化得身千亿，散上峰头望故乡。”我要怎样才能像释迦牟尼那样，把自己化成千万个身躯，散落到所有的峰顶，一起向故乡眺望。“化得身千亿”，相传佛教始祖释迦牟尼为超度众生，而把自己化为各种形象。诗人化用佛教故事，借助于丰富的想象，表达了自己思乡的痛苦。

诗人被贬谪柳州后，虽放情山水以排遣忧思，但心中却从来不曾真正闲适过，这首诗就是此种心情的体现。全诗大气磅礴，境界开阔，虚实结合，联想丰富，把诗人漂泊异乡时的思乡之痛刻画得淋漓尽致。

苏 辙

苏辙（1039—1112），字子由、同叔，号颍滨遗老，宋眉州眉山（今属四川）人。嘉祐进士，授商州军事推官。神宗时以反对王安石变法中之青苗法，出为陈州教授、齐州掌书记监、筠州盐酒税。哲宗立，召为右司谏，建议司马光缓行废除新法，累官至尚书右丞，进门下侍郎。绍圣初，出知汝州，谪徙雷州、循州、永州、岳州，后筑室许州。徽宗时，以提庠宫观致仕。其文汪洋澹泊，与其父洵、其兄轼并称“三苏”，同为“唐宋八大家”之一。有《栾城集》、《春秋集解》、《诗集传》。

六国论

本文是一篇读史评论，写六国之所以败亡的原因。文章从军事战略的高度剖析了东方六国斗不过西鄙之秦的关键在于没有很好地贯彻合纵抗秦的外交策略，尤其是齐楚燕赵没有很好地团结韩魏二国，致使二国归附强秦，秦军得以假其道东征南伐，各个击破。

【原文】

尝读六国世家，窃怪天下之诸侯，以五倍之地，十倍之众，发愤西向，以攻山西千里之秦，而不免于灭亡。常为之深思远虑，以为必有可以自安之计。盖未尝不咎其当时之士虑患之疏而见利之浅，且不知天下之势也。

夫秦之所与诸侯争天下者，不在齐、楚、燕、赵也，而在韩、魏之郊；诸侯之所与秦争天下者，不在齐、楚、燕、赵也，而在韩、魏之野。秦之有韩、魏，譬如人之有腹心之疾也。韩、魏塞秦之冲，而蔽山东之诸侯，故夫天下之所重者，莫如韩、魏也。

昔者范睢用于秦而收韩，商鞅用于秦而收魏。昭王未得韩、魏之心，而出兵以攻齐之刚、寿，而范睢以为忧，然则秦之所忌者可见矣。秦之用兵于燕、赵，秦之危事也。越韩过魏，而攻人之国都，燕、赵拒之于前，而韩、魏乘之于后，此危道也。而秦之攻燕、赵，未尝有韩、魏之忧，则韩、魏之附秦故也。夫韩、魏，诸侯之障，而使秦人得出入于其间，此岂知天下之势耶？委区区之韩、魏以当强虎狼之秦，彼安得不折而入于秦哉！韩、魏折而入于秦，然后秦人得通其兵于东诸侯，而使天下遍受其祸。

夫韩、魏不能独当秦，而天下之诸侯藉之以蔽其西，故莫如厚韩亲魏以摈秦。秦人不敢逾韩、魏以窥齐、楚、燕、赵之国，而齐、楚、燕、赵之国因得以自完于其间矣。以四无事之国，佐当寇之韩、魏，使韩、魏无东顾之忧，而为天下出身以当秦兵。以二国委秦，而四国休息于内，以阴助其急。若此，可以应夫无穷，彼秦者将何为哉？不知出此，而乃贪疆埸尺寸之利，背盟败约，以自相屠灭。秦兵未出，而天下诸侯已自困矣。至于秦人得伺其隙以取其国，可不悲哉！

【译文】

我曾经研读过《史记》中的六国世家，奇怪这些诸侯国们，凭着五倍于秦的土地，十倍于秦的军民，决心向西进兵，去攻打崤山以西方圆不过千里的秦国，却免不了被消灭。我时常为他们深入地思考，长远地谋划，认为他们必定有可以保全自己的办法。因而不得不责备当时的那些谋士考虑问题不周全疏忽了潜伏着的祸患，目光短浅，只看到眼前的小利，并且不了解天下的大势。

当时秦国同六国争夺天下的要害地方，不是在齐、楚、燕、赵四国的广大地区，而是在韩、魏二国的郊野；六国同秦国争夺天下的关键地方，也不是在齐、楚、燕、赵四国的广大地区，而是在韩、魏二国的郊野。秦国一旦占有了韩、魏，对于其他四国来说，好比人有腹心的疾病一样。韩、魏二国挡住了秦国的要道，遮蔽着崤山以东的四国，所以那时天下的最重要的地方，没有哪里赶得上韩、魏二国了。

从前，范雎被秦国重用后就主张收服韩国，商鞅被秦国重用后又建议制伏魏国。秦昭王还没有得到韩、魏二国的真心降服，就出兵攻打齐国的刚、寿两处地方，范雎因此而担忧；那么，秦国最忌讳的地方就可以看出来了。秦国出兵到燕、赵二国去，是秦国冒险的事情。因为秦国越过韩、魏二国去攻打别人的国都，若燕、赵二国在前面抗拒它，韩、魏二国乘机在后面截击它，这在军事上是冒险的做法。然而秦国在攻打燕、赵二国的时候，不曾有韩、魏二国从后面袭击的忧患，那是因为韩、魏二国归附秦国的缘故。韩、魏二国是其他国家的屏障，却让秦国人能够在它们中间随便出入，这难道可以说那些谋士了解天下大势吗？抛弃小小的韩、魏二国，让它们独自去抵挡强暴得像虎狼那样的秦国，它们怎么能够不转身去投入秦国的怀抱呢？韩、魏二国转身去投入秦国怀抱，这样，秦国人就能够让他的部队通过二国到达崤山以东的各国，从而使普天之下遭受它的灾祸。

韩、魏二国是不能够独自抵挡秦国的，天下的诸侯却想依靠它们来挡住那来自西方的侵略，所以不如团结亲近韩国和魏国，使韩、魏断绝同秦国的关系，以抵抗秦国的侵略。这样，秦国人就不敢越过韩、魏二国来窥伺齐、楚、燕、赵这些国家，而齐、楚、燕、赵这些国家也就能够因此而得以保全自己了。以这四个没有战事的国家，去帮助面对敌人的韩、魏二国，使韩、魏二国没有来自东面的后顾之忧，他们就能够为天下挺身而出，去抵挡秦国的军队。以两个国家的兵力去对付秦国，四个国家在内部休养生息，来暗中援助这两个国家以解除危急。假如这样，就可以没完没了地应付下去，那秦国还能有什么作为呢？六国不知道作出这样的决策，却贪图边境上的尺寸土地的利益，背弃誓言，撕毁协定，而且在自己营垒里互相屠杀、吞并。秦兵还没有出关，而天下各国却已经自己搞得疲惫不堪了。结果使得秦国人能够利用这个机会，去进攻、占领他们，这不正是六国的悲剧吗？

新 论

苏辙有三篇新论，写于宋仁宗嘉祐七年。文章主要对北宋社会的突出问题提出新的看法，故曰“新论”。

在此文中，作者通过士大夫对待国家形势的不同而引出自己对当前国家形势的论述，即“今世之弊，患在欲治天下而不立为治之地”。作者旁征博引，举了大量事例论述古代治理国家的人因才能各异，所以成就的事业各不相同，但他们能够有所建树，都是因为首先确立了治国的基础，即“未尝不先为其地也”。文章重点引用了齐桓公任用管仲从而使齐国国力强盛壮大最终成为霸主，晋文公治理晋国成为继齐桓公之后的第二个霸主的事例，最后再次有力地提出自己的观点：莫若先立其地，其地立，而天下定矣。

整篇文章写得气概非凡，作者的才华横溢在他气势磅礴、一吐为快的笔势中。同时，字里行间流露出作者忧国忧民的悲悯情怀。

【原文】

古之君子，因天下之治，以安其成功；因天下之乱，以济其所不足。不诬治以为乱，不援乱以为治。援乱以为治，是愚其君也；诬治以为乱，是胁其君也。愚君胁君，是君子之所不忍而世俗之所侥幸也。故莫若言天下之诚势，试请言当今之势。

当今天下之事，治而不至于安，乱而不至于危，纪纲粗立而不举，无急变而有缓病，此天下之所共知，而不可欺者也。然而世之言事者，为大则曰无乱，为异则曰有变。以为无乱，则可以无所复为，以为有变，则其势常至于更制，是二者皆非今世之忠言至计也。

今世之弊，患在欲治天下而不立为治之地。夫有意于为治而无其地，譬犹欲耕而无其田，欲贾而无其财，虽有钼耰车马、精心强力，而无所施之。故古之圣人将治天下，常先为其所无有而补其所不足，使天下凡可以无患而后徜徉翱翔，惟其所欲为而无所不可，此所谓为治之地也。为治之地既立，然后从其所有而施之。植之以禾而生禾，播之以菽而生菽，艺之以松柏梧檟，丛莽朴樕，无不盛茂而如意。是故施之以仁义，动之以礼乐，安而受之而为王；齐之以刑法，作之以信义，安而受之而为霸；督之以勤俭，厉之以勇力，安而受之而为强国。其下有其地而无以施之，而犹得以安存。最下者，抱其所有依依然无地而施之，抚左而右动，镇前而后起，不得以安全而救患之不给。故夫王霸之略，富强之利，是为治之具而非为治之地也。有其地而无其具，其弊不过于无功。有其具而无其地，吾不知其所以用之。

昔之君子，惟其才之不同，故其成功不齐。然其能有立于世，未始不先为其地也。古者伏羲、神农、黄帝既有天下，则建其父子，立其君臣，正其夫妇，联其兄弟，殖之五种，服牛乘马，作为宫室、衣服、器械，以利天下。天下之人，生有以养，死有以葬，欢乐有以相爱，哀戚有以相吊，而后伏羲、神农、黄帝之道得行于其间。凡今世之所谓长幼之节、生养之道者，是上古为治之地也。至于尧舜三代之君，皆因其所阙而时补之。故尧命羲和历日月以授民时，舜命禹平水土以定民居，命益驱鸟兽以安民生，命弃播百谷以济民饥。三代之间，治其井田沟洫步亩之法、比闾族党州乡之制。夫家卒乘车马之数，冠婚丧祭之节，岁时交会之礼，养生除害之术，所以利安其人者，凡皆已定而后施其圣人之德。是故施之而无所龃龉。举今《周官》三百六十人之所治者，皆其所以为治之地，而圣人之德不与也。故周之衰也，其《诗》曰："虽无老成人，尚有典刑。"由此言之，幽、厉之际天下乱矣，而文、武之法犹在也。文、武之法犹在，而天下不免于乱，则幽、厉之所以施之者不仁也。施之者不仁而遗法尚在，故天下虽乱而不至于遂亡。及其甚也，法度大坏，欲为治者，无容足之地，泛泛乎如乘舟无楫而浮乎江湖，幸而无振风之忧，则悠然惟水之所漂，东西南北，非吾心也，不幸而遇风则覆没而不能止。故三季之极，乘之以暴君，加之以虐政，则天下涂地而莫之救。然世之贤人，起于乱亡之中，将以治其国家，亦必于此焉先之。齐桓用管仲，辨四民之业，连五家之兵，卒伍整于里，军旅整于郊。相地而衰征，山林川泽各致其时，陵阜陆墐各均其宜，邑乡县属各立其正，举齐国之地，如画一之可数。于是北伐山戎，南伐楚，九合诸侯，存邢卫，定鲁之社稷，西尊周室，施义于天下，天下称伯。晋文反国，属其百官，赋职任功，轻关易道，通商宽农，懋穑劝分，省财足用，利器明德，举善援能，政平民阜，财用不匮，然后入定襄王，救宋卫，大败荆人于城濮，追齐桓之烈，天下称之曰二伯。其后子产用之于郑，大夫种用之于越，商鞅用之于秦，诸葛孔明用之于蜀，王猛用之于苻坚，而其国皆以富强。是数人者，虽其所施之不同，而其所以为地者一也。夫惟其所以为地者一，故其国皆以安存。惟其所施之不同，故王霸之不齐，长短之不一。是二者不可不察也。

当今之世，无惑乎天下之不跻于大治而亦不陷于大乱也，祖宗之法具存而不举，百姓之患略备而未极，贤人君子不知尤其地之不立，而罪其所施之不当、种之不生，而不知其无容种之地也，是亦大惑而已矣。且夫其不跻于大治与不陷于大乱，是在治乱之间也，徘徊彷徨于治乱之间而不能自立，虽授之以贤才，无所为用，不幸而加之以不肖，天下遂败而不可治。故曰：莫若先立其地，其地立，而天下定矣。

【译文】

古代品性正直的士大夫，既顺应国家的政治稳定而安享它的成就，也根据国家动荡混乱的局势，采取补救措施。既不把“治”诬蔑为“乱”，也不把“乱”附会为“治”。把“乱”附会为“治”，这是在欺骗皇帝；把“治”诬蔑成“乱”，这是在要挟皇帝。欺骗皇帝和要挟皇帝，这是正直的人所不忍干的事情，而世俗小人却常常通过这种方式来实现其卑鄙的企图。所以，最好不过的是讲出国家现在真正的局面和形势。请允许我讲当今的国家大势。

现在的国家情形，说是治平吧，却没有达到安稳的程度；说是混乱吧，还不至于立即就有危险。各种法制都已粗略地建立起来，却未能遵守执行；国家不会很快就有什么急剧的变故，但却逐渐经历着病变。这些是天下人都知道的，谁都明白，无法欺骗。但是，国家的那些负有言责的士大夫们，有的只追求表面、笼统，就说“没有乱子”；有的追求标新立异，就说“有变故”。以为“没有乱子”，那就意味着无事可做；而以为“有变故”，那趋势就往往意味着要更改制度。这两种意见，对国家当前的形势来说，不是诚实的评价和上选的计策。

国家现在的毛病，在于主观上想治理国家却不去确立治理国家的基础。想治理国家却没有基础，就像是想耕耘没有土地，想做生意却无资本。这样，即使是有锄耰等农具和车马等运输工具，并且一心一意、身强体壮，也没用武之地。所以，古代帝王将要治理国家，常常是先从没有的事情上做起，同时把不足的方面弥补起来，从而使天下的人都可以无忧无虑，自由自在地往来，随心所欲。这就是所谓治理国家的基础。治国的基础既已确立，然后就依据自己所有的东西逐一施行。这样，种粟长粟，种豆得豆，种植松树、柏树、梧桐、楸木，或者是莽竹、朴樕，无论是什么，都会长得枝繁叶茂，遂心如意。在这样的基础上，如果能用仁义教化人，用礼乐规范人，治理国家的人就可以安享其成而为帝王。如果是用行政法律统治人们的行为，用诚实忠义鼓励人们的精神，那么，治理国家的人就可以安享其成而为霸主。如果是用勤劳俭朴督促人，用勇敢强壮磨砺人，国家便会强大。比这低一等，如果是只确立了基础却没有什么别的措施办法，那国家还是可以安然存在的。最低一等是，手里有一些措施办法，却心中茫然不知，没有地方去施行。安抚左边的，右边的又动了；压下前边，后边又起来了。结果，根本得不到安全，连救助祸患都忙不过来。因此，称帝王、做霸主的策略，有利于富足强盛的措施，这些都是治理国家的工具而不是治理国家的基础。有了基础而没工具，其弊病不过是无法建功立业；而如果是仅有工具却没有基础，那他就不知道如何使用工具。

古代治理国家的人，因才能各异，所以成就的事业各不相同。但是，他们所以都能够有所建树，未尝不是因为首先确立治国的基础。远古时代的伏羲、神农、黄帝，他们统治天下，就为父子、君臣、夫妇、兄弟之间的关系制定了一系列的规则。播种各种粮食作物，用牛载重，用马代步，还修屋建房，制做衣服和各种器具，以便利人民。天下的人，活的时候有食物及其他各种物品来维持生存，进行生活，死了也有棺木等来埋葬；欢乐时有相爱的对象，悲哀时也有人慰问。这样，伏羲、神农、黄帝他们的那些策略才有可能在人们中间实行。凡是现在人们所说的长幼礼节、赡养制度，这些都是上古时代治理国家的基础。至于尧、舜以及夏、商、周三代的帝王，他们也都是首先针对基础方面短缺的东西，随时补充。所以，尧命令羲和根据日月运行的规律定出四时节令，教授百姓，以便不违农时。舜命令大禹治水，以便使百姓有一个安定的居住环境；命令伯益驱逐鸷禽猛兽，以便使百姓的生命不受危害；命令后稷播种粮食，以便使百姓免受饥饿困苦。夏、商、周三代的时候，还制定了井田、沟洫、步亩等农业生产方面的法令制度，建立了比、闾、族、党、州、乡等一整套地方基层组织，澄清了全国男女人口、军队和车马的数量，规定了冠礼祭祀、婚丧嫁娶的法度和逢年过节交往聚会的礼节，教给百姓有利健康、免除灾害的办法。总之，凡是有利于百姓生活安定的各种制度都已确立，然后才用圣贤之人的高尚品节来教导百姓臣民，因而百姓感到非常自然，没有任何不融洽的地方。周代总共有三百六十种官吏所管理的事情，都是属于国家治理基础范围之内，而圣人的高尚思想品德教育还不在其中。所以，到周代没落的时候，《诗经》上说："虽然没有了德高望重的老臣，但那足以垂范后世的法度依然留存。"由此可见，周幽王、周厉王的时候，天下的确是动荡混乱了，但周文王、周武王时代制定的法度还是存在的。他们制定的法度还存在，而天下却不能避免出现混乱局面，这说明周幽王、周厉王实在是暴政统治啊。不过，尽管他们实行暴政，因为文王、武王的法度还存在，所以国家大乱，却还不至于马上就灭亡，及至后来情况更加严重，文王、武王的法度遭到彻底破坏，抱着治理国家理想的人就连下脚的地方都没有了。他们就像坐在船上却没有桨，飘忽不定地游浮于江湖上，如果运气好，不碰上大风，那就只能随江水漂流游荡，至于东西南北，究竟会往哪个方向漂，就不由自主了。万一不幸而碰上大风，那就肯定要船翻人亡，无法制止。所以，到了夏、商、周三代的末期，暴君统治，实行暴政，天下的百姓就如陷入泥淖之中，再也无法拯救了。然而，世上一些德才兼备之人，他们在国家混乱衰亡的时候兴起，准备治理他们的国家，也必定是首先确定治国基础。齐桓公任用管仲，所做的事情就是把士、农、工、商各行各业分开，各得其所，各司其职，又建立了一套完善的军事编制。这样，从都城到乡野之地，就都有了军容整齐的武装力量。又根据土地肥沃与贫瘠状况进行征税，这样，就使得从山林川泽到高原丘陵，都既不失农时，又负担合理，从而促进了生产的发展。此外，又划分了国都之外的各级行政区域，并一一确立了主管行政的官员。如此一治理，整个齐国的土地就变得整齐一律，简直都可以数出来了。经过整顿，齐国国力强盛壮大，他们就向北进攻山戎，向南讨伐楚国，九次会合天下的诸侯，出力挽救了邢、卫两个小国的危亡，帮助安定了鲁国，到西面对周天子表示尊崇，又在天下普施道义，因而天下各国诸侯都称齐桓公为霸主。晋文公返回晋国之后，接见所有的官员大臣，任用有功的人，授给他们职权，减税灭盗，使道路畅通，搞活商业，减轻农民负担，鼓励农耕，对救济贫乏的富人进行奖励，节省财物，满足国用，器具便利，道德昌明，举荐道德高尚的人，提拔才能出众的人，因而政治清明，人民富足，国家也变得财力雄厚。在此基础上，晋文公又辅佐襄王平定叛乱，援救了被攻打的宋、卫两个国家，在著名的城濮之战中，大败强大的楚国，建立的功业简直可与齐桓公媲美。所以，天下的诸侯就把他称为继齐桓公之后的第二个霸主。后来，子产用此法治理郑国，文种把这种办法用在越国，商鞅把这种办法用在秦国，诸葛孔明用此法治理蜀汉，王猛把这种办法用在苻坚的前秦，结果，他们的国家都因此而得以富强。以上这些人，虽然具体实施方法不相同，但他们在首先确立治理国家的基础这一点上却是完全相同的。正因为他们都是先将国家的基础确立下来了，所以他们的国家才得以安然存在；也正因为他们的具体做法不一致，有高低优劣的区别，所以才有的为王，有的称霸，有的统治时间长，有的却国家早亡。这两个方面，切不可不加辨别，同一而论。

对于国家当前的状况，绝不可自以为是糊里糊涂，以为尽管没达到大治的程度，但也还没陷于大混乱的境地。祖辈制定的法度都遗存下来了，但却未能真正执行。老百姓的祸患，各种各样，大体都有了，只是还没有达到极端。官僚士大夫们不知道责怪治理国家的纪纲、法度没有确立，却只知道指责一些具体措施不适当。作物的种子不能生芽成长，却不知道是因为没有用来播种的地方。这也实在是太糊涂了。况且，国家既未治理适当也没陷于混乱的境地，这本身就说明正处在治乱之间。本来已经处于治与乱两者之间，却还踌躇茫然，不能独立强盛，在这种情况下，即使是有贤能的人出来，才能也无处施展。而万一不幸，让不贤的人执掌大权，那么，国家必定是要灭亡了。所以我认为：最好是先确立治理国家的基础；治国的基础一旦确立，那天下就会安定了。

上枢密韩太尉书

本文是宋仁宗嘉祐二年作者考中进士后即将回乡待选时写给韩太尉请求谒见的一封信。信中表达了自己对文章风格的看法，认为文章的风格取决于作家的精神修养、生活阅历，很切合作者当时的身份和口吻。随后写自己少时在家熟读诸子之书，继而离家“求天下奇闻壮观，以知天下之广大”，入京师后，遍交群贤以广见识，如今即将离京，深以未能聆听“才略冠天下”的韩太尉的教诲为憾事，表达了渴求一见的迫切心情。文章写得从容不迫，气概不凡，疏荡而又奇气，很能打动人心。

【原文】

太尉执事：辙生好为文，思之至深。以为文者气之所形，然文不可以学而能，气可以养而致。孟子曰：“吾善养吾浩然之气。”今观其文章，宽厚宏博，充乎天地之间，称其气之小大。太史公行天下，周览四海名山大川，与燕、赵间豪俊交游，故其文疏荡，颇有奇气。此二子者，岂尝执笔学为如此之文哉？其气充乎其中而溢乎其貌，动乎其言而见乎其文，而不自知也。

辙生十有九年矣。其居家所与游者，不过其邻里乡党之人。所见不过数百里之间，无高山大野可登览以自广。百氏之书虽无所不读，然皆古人之陈迹，不足以激发其志气。恐遂汩没，故决然舍去，求天下奇闻壮观，以知天地之广大。过秦、汉之故都，恣观终南、嵩、华之高；北顾黄河之奔流，慨然想见古之豪杰。至京师，仰观天子宫阙之壮，与仓廪府库城池苑囿之富且大也，而后知天下之巨丽。见翰林欧阳公，听其议论之宏辩，观其容貌之秀伟，与其门人贤士大夫游，而后知天下之文章聚乎此也。太尉以才略冠天下，天下之所恃以无忧，四夷之所惮以不敢发，入则周公、召公，出则方叔、召虎，而辙也未之见焉。

且夫人之学也，不志其大，虽多而何为？辙之来也，于山见终南、嵩、华之高，于水见黄河之大且深，于人见欧阳公，而犹以为未见太尉也。故愿得观贤人之光耀，闻一言以自壮，然后可以尽天下之大观而无憾者矣。

辙年少，未能通习吏事。向之来，非有取于斗升之禄，偶然得之，非其所乐。然幸得赐归待选，使得优游数年之间，将以益治其文，且学为政。太尉苟以为可教而辱教之，又幸矣。

【译文】

太尉执事：我平生喜欢写文章，对于怎样写好文章这件事想得很深刻。我认为文章是一个人气质的负载，但是写好文章不是靠单纯学习就能够做到的，而气质却可以通过加强修养而得到。孟子曾经说过：“我善于修养使我具有博大刚正的气质。”今天看他的文章，内容开阔，思想深厚、宏大、广博，充盈在天地之间，同他气质的大小完全相称。司马迁游览天下，看遍整个中国的名山大川，同燕、赵之间的英雄豪杰们交友，所以他的文章流畅奔放，有一种很奇特的气概。这两个人难道曾经拿着笔学过这样的文章吗？那种正气充满了他们的胸膛，在他们的面貌上流露出来，在他们的语言中表达出来，在他们的文章中显露出来，但自己却不知道是怎样做出来的啊。

我出生已经十九年了，在家时所交往的人，不过是自己的邻居或者同乡的人；看到的也仅限于几百里路以内，没有什么高山旷野可以登临游览，来广大自己的心胸。诸子百家的著作虽然无所不读，然而都是古代人的思想和语言，不能够激发自己的豪情壮志。我害怕就此消沉，所以断然离开他们，访求天下奇闻美景，来了解天地之间的宽广浩大。经过秦汉两朝的故都，尽情游览高耸的终南山、嵩山和华山，向北眺望黄河，可以看到它奔腾的急流，感慨万千地想象着古时候的英雄豪杰。到了京城，抬头看到皇帝壮丽的宫殿，以及粮仓、兵库、城池、花园的众多而且巨大，这才知道天下的广阔美丽。谒见了翰林学士欧阳公，听到他雄辩的议论，看到他清秀壮美的长相，与跟他学习的那些贤明的士大夫交游，这才知道天下的好文章都汇集在这里。太尉凭着雄才大略，成为天下一流大臣，国家放心依靠而用不着担忧，四方夷人有所惧怕而不敢进犯。您在朝廷相当于周公、召公，带兵在外则相当于方叔、召虎，可是我却没有见到您啊。

再说，一个人学习，若不留意重要的地方，就是学得再多又有什么用呢？我来到这里很有收获：山，我看到了终南山、嵩山和华山的高峻；水，我见识了黄河的大和深；人，我看到了欧阳公，但还是以没有见到太尉而遗憾。所以，希望能够瞻仰您的光辉，听到您简短的教导来充实自己，这样，才能够真正看遍天下的雄伟人物，也就没有什么遗憾了。

我年纪轻，还没有熟习行政事务。先前来京应试的时候，不是为了获取些微的俸禄，偶然考中了并且做了官，也不是自己喜欢的。然而，幸亏得到朝廷恩赐，准我回乡等待选拔，使我能够有几年的空闲时间可用，因此打算趁此加紧自己文章的进修，并且学习治理政事。太尉如果认为我还可以教导而教导我，那么这就是我的幸运了。

上昭文富丞相书

此文写于嘉祐六年。昭文富丞相，宋承唐制，以上相为昭文馆大学士、监修国史。富丞相即富弼，于至和三年，召拜同中书门下平章事、集贤殿大学士，与文彦博共执相柄。

作者写这篇文章，本意只是想讽刺富丞相行事太缓，只求万全。但又不便直说，所以将秦越人治病的事情用来隐喻，喻意说得透，则正意自不妨说得略。故写富公处虚婉，写越人处详尽。写越人处越详尽，影射富公就越让人心地自明。最后一段还是指出富公有与秦越人一样的缺点与不足。但还是不便明说，又举出《三国志》中曹操与袁绍对阵的例子，借贾诩的话说出“意者顾万全之过耳”。当然，作者也提出了“急之则丧”的观点，也是不便直说富公过缓不及。作者的煞费苦心可见一斑。从作者委婉的措词里，也可知作者的匠心独运。同时，也从侧面体现了封建社会言论的不自由。

【原文】

辙，西蜀之人，行年二十有二，幸得天子一命之爵，饥寒穷困之忧不至于心，其身又无力役劳苦之患，其所任职不过簿书米盐之间，而且未获从事以得自尽。方其闲居，不胜思虑之多，不忍自弃，以为天子宽惠与天下无所忌讳，而辙不于其强壮闲暇之时早有所发明，以自致其志，而复何事？恭惟天子设制策之科，将以待天下豪俊魁垒之人。是以辙不自量，而自与于此。

盖天下之事，上自三王以来以至于今世，其所论述亦已略备矣，而犹有所不释于心。夫古之帝王，岂必多才而自为之？为之有要，而居之有道。是故以汉高皇帝之恢廓慢易，而足以吞项氏之强；汉文皇帝之宽厚长者，而足以服天下之奸诈。何者？任人而人为之用也，是以不劳而功成。至于武帝，材力有余，聪明睿智过于高、文，然而施之天下，时有所折而不遂。何者？不委之人而自为用也。由此观之，则夫天子之责亦在任人而已。窃惟当今天下之人，其所谓有才而可大用者，非明公而谁？推之公卿之间而最为有功；列之士民之上而最为有德；

播之夷狄之域而最为有勇。是三者亦非明公而谁？而明公实为宰相，则夫吾君之所以为君之事，盖已毕矣。

古之圣人，高拱无为，而望夫百世之后，以为明主贤君者，盖亦如是而可也。然而天下之未治，则果谁耶？下而求之郡县之吏，则曰："非我能。"上而求之朝廷百官，则曰："非我责。"明公之立于此也，其又将何辞？嗟夫，盖亦尝有以秦越人之事说明公者欤？昔者秦越人以医闻天下，天下之人皆以越人为命。越人不在，则有病而死者，莫不自以为吾病之非真病，而死之非真死也。他日，有病者焉，遇越人而属之曰："吾捐身以予子，子自为子之才治之，而无为我治之也。"越人曰："嗟夫，难哉！夫子之病，虽不至于死，而难以愈。急治之，则伤子之四肢；而缓治之，则劳苦而不肯去。吾非不能去也，而畏是二者。夫伤子之四肢，而后可以除子之病，则天下以我为不工；而病之不去，则天下以我为非医。此二者，所以交战于吾心而不释也。"既而见其人，其人曰："夫子则知医之医，而未知非医之医欤？今夫非医之医者，有所冒行而不顾，是以能应变于无穷。今子守法密微而用意于万全者，则是子犹知医之医而已。"天下之事，急之则丧，缓之则得，而过缓则无及。孔子曰："道之难行也，我知之矣。知者过之，不肖者不及也。"夫天下患于不知，而又有知而过之者，则是道之果难行也。

昔者，世之贤人，患夫世之爱其爵禄，而不忍以其身尝试于艰难也。故其上之人，奋不顾身以搏天下之公利而忘其私。在下者亦不敢自爱，叫号纷呶，以攻讦其上之短。是二者可谓贤于天下之士矣，而犹未免为不知。何者？不知自安其身之为安天下之人，自重其发之为重君子之势，而轻用之于寻常之事，则是犹匹夫之亮耳。

伏自明公执政，于今五年，天下不闻慷慨激烈之名，而日闻敦厚之声。意者明公其知之矣，而犹有越人之病也。辙读《三国志》，尝见曹公与袁绍相持久而不决，以问贾诩，诩曰："公明胜绍，勇胜绍，用人胜绍，决机胜绍。绍兵百倍于公，公画地而与之相守，半年而绍不得战，则公之胜形已可见矣。而久不决，意者顾万全之过耳。"夫事有不同，而其意相似。今天下之所以仰首而望明公者，岂亦此之故欤？明公其略思其说，当有以解天下之望者。不宣。辙再拜。

【译文】

苏辙我是西南蜀中人，现已二十二岁，侥幸考中进士，皇帝赐予我一个官职。从此，不再因为饥寒穷困而心生忧愁，身体也免除了干活劳累的忧患，职责又不过是管管账簿米盐一类小事，再说目前还没有正式上任。当此闲居之时，我虽然还没有为国家干什么事，但却已思考了许多问题，并没有放纵自己懒散地混日子。我觉得，如今皇帝对下宽厚恩惠，政治气候宽松，没有什么忌讳。在国有明君、国家安宁的大好形势之下，苏辙我如果不趁体力充沛、时间充裕的时候有所作为和成就，以便将来实现自己的抱负，还能做什么呢？正好皇帝开设了"制科"的考试科目，用来挑选全国最有才学的人，所以苏辙我便不自量力，准备参与这一考试。

关于治理国家的有关事项，从远古的三王直到现在，议论已经是多种多样了，该讲的基本上都已经讲到了。不过，在我的心里，依然存在着一些疑虑。那些王朝历代以来的统治者们，难道一定是凭借自己的突出才能、自己去开创事业的吗？其实并非如此，他们不过是能够抓住时机把握规律而已。正因为如此，汉高祖宽宏简慢，却能使项羽溃败；汉文帝一派宽厚长者的姿态，却使天下的奸诈之人折服。为什么呢？原因就在于他们能够慧眼识才、任贤纳士，而这些人又乐于为他们效劳，所以他们用不着自己费力，便可征服天下，实现抱负。到了汉武帝，自己的才力出众，聪明智慧也超过了汉高祖和汉文帝，但他在治理国家上，却经常遭受到失败，不能随心所愿。这又是为什么呢？原因就在于他不把治国大事委托给别人而一味地自己去干。由此看来，皇帝的职责，也就在于纳用有才德的人为他做事罢了。我暗自思忖，如今天下的人民之中，能称得上英才豪杰而又值得朝廷重用的，除了贤明的您以外，还有谁呢？在朝廷的王公官僚之中最有功劳，在士人百姓当中最有威信，在周边少数民族区域中最受敬畏，能身兼这三方面功德威望的人，除了贤明的您以外，还有谁呢？而贤明的您正是我们的宰相。这说明，我们的皇帝完成了身为皇帝的那些应尽的职责啊！

古代那些庸碌无所作为、希望百世以后能被视作贤明君主的杰出的帝王，也不过做到这样便可以了。然而，国家仍未被治理得好，这责任到底在谁呢？如果把责任归咎到下边州县的官吏身上，他们会争辩说："这不是我们能做到的。"如果把责任推给上边朝廷里的官员们，他们又会反驳说："这不是我们的责任。"那么，在这种情况下，贤明的您作为宰相，又如何解释这个呢？啊！曾经有人对您讲过秦越人的故事吗？从前，秦越人以医术闻名于天下，天下的人都把秦越人当做自己的生命。当秦越人不在的时候，因为生病而死去的人，都认为自己的病不是真病，死也不是真死。直到这么一天，有一位病人遇到秦越人，告诉他说："我把我的身体捐献给您，您只管为了您的才能去治疗，而不要为了医治好我的病而治疗。"秦越人说："啊！这可太难了。您的病虽然还不至于有生命危险，但要治好也不容易。如果抓紧时间治疗，病可以治好，然而会让您四肢伤残；要是慢慢地来治疗，那您受苦不说，病还除不了。我不是不能给您彻底治好，而是有这两点的顾忌。因为，如果让您的四肢伤残而治好您的病，天下的人就会以为我的医术不高明；若慢慢地治疗，病治不好，不具有当一个医生的资格。这两点正是我心里反反复复思考而不能解除的顾虑。"后来秦越人又见到那个人，那人说："您只是一位医术高明的医生，恐怕还不知道有不是医生的医生吧？所谓不是医生的医生，根本不加考虑就干起来，没有任何顾忌，所以能够做到随机应变。如今，您谨慎地抱着严密细微的法度，又想做到完全成功，所以您还只能算是一位仅通医术的医生罢了。"天下的事情，办得匆忙了可能会做错，办慢了可能对，而办得太慢了又可能办不成。孔子说："思想学说难以贯彻，我是知道的。因为，圣贤有才能的人往往会超过限度，而愚蠢鲁钝的人又无法明白领会这些思想。"天下怕的是人们什么也不懂，但却偏偏又有明白得超过了限度的人。如此看来，思想学说确实是难以贯彻的了。

从前，世上贤明的人，担心世人爱惜爵位、功名利禄而不愿意舍身冒险，所以，为了作出表率，身处高位的就奋不顾身地去为天下的公理斗争，而不为自身后果有所顾虑；地位低下的也不敢爱惜自己，总是大声疾呼，呵斥职位在上的人的失误过错。这两种人可以说比天下的一般人要强得多了，但还不得不列入不明智的一类。为什么呢？因为他们不懂得不轻易舍身正是为了保护天下百姓的安定，不懂得不随便地指责什么正是为了加重有道德有知识的人的分量；而轻率地为一些琐碎之事而轻易地舍身或随便地指责，这只不过是像那种独来独往的人的忠诚正直罢了。

我想，自从贤明的您执掌国家大政以来，至今已有五年，天下不再有以慷慨激烈来争名的人，而每天听到的都是一片敦实温厚的声音，可见贤明的您是属于明智的人了。但我以为您也有和秦越人一样的缺点和不足。苏辙我曾经阅读《三国志》，看到曹操与袁绍两军相持，长久不能取胜，曹操不明白缘由便请问贾诩，贾诩说："无论从哪方面比，您的才能都超过袁绍；勇武超过袁绍，善于用人超过袁绍，当机决断的能力也超过袁绍。袁绍的军队实力比您的强一百倍，您画出地域与他相持，经过了半年时间，袁绍也不敢与您交战。这说明，您获胜的形势早已经明显可见了。之所以久久不能决出胜负，我猜想，您是过分谨慎，担心万一考虑不全面，会败于袁绍吧？"具体事情虽然不同，但道理却有相似之处。如今天下的人都仰起头来盼望贤明的您了，大概也正是这个缘故吧！希望贤明的您能思考一下我提出的意见和想法。我相信，只要这样，天下人所企盼您的事您就必定能够完成。不再一一细说。苏辙再拜。

黄州快哉亭记

此文作于宋神宗元丰六年，时作者监筠州盐酒税，游张梦得所建之快哉亭，有感而写下了此文。文中极力渲染登临“快哉亭”之所见胜景及古人风流遗迹，进而联想到楚襄王与景差、宋玉游兰台时关于风有雌雄之分的论争，发出了“士生于世，使其中不自得，将何往而非病？使其中坦然，不以物伤性，将何适而非快”的感喟，并借此赞扬了快哉亭的主人张梦得“不以谪为患，收会稽之馀功，而自放山水之间”的旷达胸襟。同时也表达了作者不以得失为怀的思想感情。笔势雄浑而又灵活多变。

【原文】

江出西陵，始得平地，其流奔放肆大。南合湘、沅，北合汉、沔，其势益张。至于赤壁之下，波流浸灌，与海相若。清河张君梦得，谪居齐安，即其庐之西南为亭，以览观江流之胜。而余兄子瞻名之曰“快哉”。

盖亭之所见，南北百里，东西一舍。涛澜汹涌，风云开阖。昼则舟楫出没于其前，夜则鱼龙悲啸于其下。变化倏忽，动心骇目，不可久视。今乃得玩之几席之上，举目而足。西望武昌诸山，冈陵起伏，草木行列，烟消日出，渔夫、樵父之舍，皆可指数。此其所以为“快哉”者也。至于长洲之滨，故城之墟，曹孟德、孙仲谋之所睥睨，周瑜、陆逊之所驰骛。其流风遗迹，亦足以称快世俗。

或楚襄王从宋玉、景差于兰台之宫，有风飒然至者，王披襟当之，曰：“快哉此风！寡人所与庶人共者耶？”宋玉曰：“此独大王之雄风耳，庶人安得共之？”玉之言，盖有讽焉。夫风无雄雌之异，而人有遇不遇之变。楚王之所以为乐，与庶人之所以为忧，此则人之变也，而风何与焉？士生于世，使其中不自得，将何往而非病？使其中坦然，不以物伤性，将何适而非快？今张君不以谪为患，收会稽之馀功，而自放山水之间，此其中宜有以过人者。将蓬户瓮牖，无所不快，而况乎濯长江之清流，挹西山之白云，穷耳目之胜以自适也哉！不然，连山绝壑，长林古木，振之以清风，照之以明月，此皆骚人思士之所以悲伤憔悴而不能胜者，乌睹其为快也哉！

【译文】

长江从西陵峡流出，刚到平坦的地方，它的水流便逐渐湍急强大起来。当它与南面的沅水和湘水，北面的汉水和沔水汇合时，它的水势更加强大。到了赤壁的下面，水流越来越大，简直跟大海相似了。清河张梦得君，降职到了齐安，在靠近他住宅的西南方建造了一座亭子，在此欣赏江水的美景。我的哥哥子瞻给它起了个名字叫“快哉”。

亭子上能望到的，从南到北约有一百里，从东到西约有三十里。波涛汹涌澎湃，风吹着云使云忽然散开又忽然聚合。白天，就看见船只在亭子的前面来来往往；夜晚，则听到鱼龙在亭子下面悲壮的啸声。景色变化快而忽然，惊心动魄，不能长时间观赏。如今却能够靠着几案，坐在这里欣赏这些景色，只要抬起眼皮就可以看够。向西眺望武昌的山，冈峦丘陵，高低起伏，草木一行行，一排排，雾气消散，太阳出来，打鱼人和砍柴人的屋舍都可以指明数清。这就是命名为“快哉”的原因啊。至于长洲边上，故城废墟上，是曹孟德、孙仲谋曾经窥伺过的地方，周瑜、陆逊所追逐的场所，他们留下来的影响和事迹，也足够在社会上被称为畅快的事情。

过去，楚襄王带领宋玉、景差在兰台宫玩赏，有一阵风飒飒吹来，襄王对着风敞开衣襟，说："这阵风很畅快呀！我跟百姓能共同享受到的吧？"宋玉说："这不过是大王的雄风罢了，百姓怎么可以跟大王共同享受它呢？"宋玉的话原是含有讥讽意味的。风并没有雄雌的分别，人却有得意和不得意的区别。楚襄王觉得欢快的原因和老百姓觉得愁苦的原因都是不同的，这就是人的境遇的差别，与风有什么关系呢？读书人活在世上，假使他的心里不能泰然自得，那么走到哪里会没有愁苦呢？假使他的心里坦然，不会因身外之物而伤害性情，那么走到哪里会不快乐呢？现在，张君不因为降职而感到愁苦，他利用办公以外余下的精力和时间，让自己在山水之间尽情游玩欣赏，他的心里大概是有什么超越一般人的东西吧。这样，他就是在非常贫困的环境中也没有什么不快乐的了，更何况在长江的清流中荡涤污垢，从西山的白云中寻找欢乐，竭尽耳目所能看到听到的美好景物，从而使自己畅快呢！如果不是这样，那么绵延的山岭，幽深的峡谷，高大的森林，古老的树木，清风的吹拂，明月的照映，这些都成为诗人和思士悲伤颓废而不能忍受的原因，哪能看到它有什么快活的地方呢！

墨竹赋

竹子是古今文人墨客竞相歌咏的对象，历来备受尊崇，被描绘得超绝尘世，俨然高士。苏辙此篇明是评论文与可的墨竹图，而实则借物喻人，通过对画中竹子的赞叹，抒发了作者以竹为精神寄托的高洁气质。"性刚洁而疏直，姿婵娟以闲媚。涉寒暑之徂变，傲冰雪之凌厉。"竹子的这种秉性，正是作者的追求。

此文笔精墨妙，文字遒劲秀丽，行文自然洒脱，易于诵记。且文章寓意深刻，读之令人振奋，有一种特殊的美感，是一篇声情并茂的感人的古文佳作。

【原文】

与可以墨为竹，视之良竹也。客见而惊焉，曰："今夫受命于天，赋形于地，涵濡雨露，振荡风气，春而萌芽，夏而解驰，散柯布叶，逮冬而遂。性刚洁而疏直，姿婵娟以闲媚。涉寒暑之徂变，傲冰雪之凌厉。均一气于草木，嗟壤同而性异。信物生之自然，虽造化其能使。今子研青松之煤，运脱兔之毫，睥睨墙堵，振洒缯绡，须臾而成。郁乎萧骚，曲直横斜，秾纤庳高，窃造物之潜思，赋生意于崇朝。子岂诚有道者耶？"与可听然而笑曰："夫予之所好者道也，放乎崇竹矣。始予隐乎崇山之阳，庐乎修竹之林，视听漠然，无概乎予心，朝与竹乎为游，莫与竹乎为朋，饮食乎竹间，偃息乎竹阴。观竹之变也多矣。若夫风止雨霁，山空日出。猗猗其长，森乎满谷，叶如翠羽，筠如苍玉。澹乎自持，凄兮欲滴，蝉鸣鸟噪，人响寂历。忽依风而长啸，眇掩冉以终日。笋含箨而将坠，根得土而横逸，绝涧谷而蔓延，散子孙乎千亿。至若丛薄之余，斤斧所施，山石荦确，荆棘生之。蹇将抽而莫达，纷既折而犹持，气虽伤而益壮，身已病而增奇。凄风号怒乎隙穴，飞雪凝冱乎陂池。悲众木之无赖，虽百围而莫支。犹复苍然于既寒之后，凛乎无可怜之姿。追松柏以自偶，窃仁人之所为，此则竹之也。始也余见而悦之，今也悦之而不自知也。忽乎忘笔之在手与纸之在前，勃然而兴，而修竹森然。虽天造之无朕，亦何以异于兹焉？"客曰："盖予闻之。庖丁，解牛者也，而养生者取之。轮扁，斫轮者也，而读书者与之。万物一理也，其所从为之者异尔，况夫子之托于斯竹也。而予以为有道者非耶？"与可曰："唯唯。"

【译文】

文与可用墨画竹子，看上去如同真的竹子。客人看见他画的墨竹惊叹道："竹子接受大自然赋予的生命，在大地上生长成形。享受雨露的滋润，听凭风露的振荡。春天萌生发芽，夏季就挣脱笋壳，茁壮生长，竹子的枝叶渐渐地舒展开来，到冬天便长成了。竹子的品性刚正纯洁而又疏离独立，姿态优美而又娴雅妩媚，历经寒暑，仍傲视凌厉的冰雪。和草木一样共同接受天地之气，生长在同样的土壤中，而品性迥异。这确实是万物的自然生长过程，即使是老天爷，大概也指挥不了吧？如今，您研磨松烟做成的墨，挥动兔毛制成的笔，或者在墙壁上斜视作画，或者在绢帛上奋笔挥洒，用不了一会儿就成就一幅竹子的画图，看上去长得茁壮茂盛，仿佛还能听到微风轻拂枝叶发出的声音。有的曲，有的直，有的横，有的斜；或浓密，或纤细，或矮小，或高大；形态各异，姿态横生，简直就像窃取了造物主已经想好还没有表现出来的构思，赋予竹子如在清晨一般的生机。您难道确实是已经掌握了这其中规律的人吗？”

与可赞同地笑着说：“我所喜爱、追求的就是事物的规律，已经不仅限于对竹子的具体认识了。起先，我隐居在高山的向阳处，在优美的竹林里结庐而住。无论是双眼看见的，还是双耳听见的，都觉得很冷漠，一点儿也不关心。白天与竹子集结为游伴，晚上把竹子当成朋友。在竹林中吃喝，在竹荫下躺倒休息。天长日久，我观察到竹子的变化实在是太多了。比如在风静雨停的时候，太阳出来，山色空明，竹子旺盛地生长，漫山遍谷都是繁茂的一片。竹叶就像翡翠鸟的羽毛，竹皮如同青色的美玉。那竹子淡泊恬静，独立不倚，竹叶上凝结的让人感到有一丝寒意的晶莹露滴，仿佛就要滚落下来。这时，远近没有一点儿人的声响，只听见蝉叫鸟鸣。忽然风起，竹子就随风偃仰，发出悠长的啸声。辽阔的竹林，一整天都是那样东倒西歪。竹笋紧裹在笋壳里往外长，似乎就要掉下来的样子；而竹根只要有土，就向周围延展生长。它们穿过山谷，四处蔓延，让新繁殖出来的成千上万的子孙后代散布在山野里。至于杂草丛生的边缘地带，经常会被刀斧砍伐；而满山乱石之处，则又荆棘丛生。在这种恶劣的自然环境里，竹笋艰难地将要抽芽，而不能畅达生长；竹子被纷纷砍断，却还直立不倒。它们的元气尽管受到损害，却越发显得茁壮；身体正因为有了伤残，才更增加了一种独特的魅力。凄厉的寒风在缝隙洞穴间怒吼，大雪把池塘都凝固冻结。在这样的严寒之中，众多的树木都无可奈何，即使是百围粗的大树也经受不了，真让人不得不为此感到悲伤哀叹。而竹子却在寒冷过去之后，还能呈现出青翠的颜色，神气让人敬畏，却没有一丝一毫让人感到可怜的姿态。它们把自己与松柏相配、并列，效仿有仁德的人的行为。这就是竹子所以成为竹子的独特品质。刚开始，我看到这些觉得非常喜欢。现在，我仍然喜欢竹子的这些特殊品格，但自己却已经不觉得了。一瞬间，我忘记了手里的笔和面前的纸，猛然站起来，奋笔挥洒，葱郁优美的一幅墨竹就画成了。即使是造物主化育，天衣无缝，与我用墨绘出的竹子相比起来，又能有什么不同呢？”

客人说：“我听说：庖丁，只是一个宰牛剔骨的屠夫而已，而注意于摄养身心的人却从中吸取了有益的经验；轮扁，只是一个砍伐树木制造车轮的工匠，而读书人却十分赞同他的意见。由此可见，世间万物的规律都是共同的、一样的。只不过是各种行业的具体做法互不相同罢了。况且，您把自己的精神寄托在这种高洁的竹子身上，我把您当做掌握了这其中奥妙规律的人，这难道不对吗？”与可说：“对！对！”

答黄庭坚书

本文作年不详，但可以肯定此时苏辙与黄庭坚尚未熟识，这封信则标志着两人友谊的开始。在作者笔端自然流露出的真情，毫不伪饰，直抒胸臆，给人以坦荡之感。文中虽无华美辞藻，语言简洁明快，却以节俭的文字容纳了丰富的内涵，叙事与抒情两全其美。此文历来颇受好评，明·茅坤称其："雅致。"张伯行《唐宋八大家文钞》卷九云："尺牍甚佳，亦可想见山谷风韵高处。"

【原文】

辙之不肖，何足以求交于鲁直？然家兄子瞻与鲁直往还甚久，辙与鲁直舅氏公择相知不疏，读君之文，诵其诗，愿一见者久矣。性拙且懒，终不能奉咫尺之书，致殷勤于左右，乃使鲁直以书先之，其为愧恨可量也。

自废弃以来，颓然自放，顽鄙愈甚，见者往往嗤笑，而鲁直犹有以取之。观鲁直之书，所以见爱者，与辙之爱鲁直无异也。然则书之先后，不君则我，未足以为恨也。比闻鲁直吏事之余，独居而蔬食，陶然自得。

盖古之君子不用于世，必寄于物以自遣。阮籍以酒，嵇康以琴。阮无酒，嵇无琴，则其食草木而友麋鹿，有不安者矣。独颜氏子饮水啜菽，居于陋巷，无假于外，而不改其乐，此孔子所以叹其不可及也。今鲁直目不求色，口不求味，此其中所有过人远矣，而犹以问人，何也？闻鲁直喜与禅僧语，盖聊以是探其有无耶？渐寒，比日起居甚安，惟以时自重。

【译文】

苏辙我是一个没有什么贤才的人，哪里配与鲁直结交呢？但我的哥哥子瞻与鲁直交往已经很久了，我与您的舅父公择也彼此相知，关系很密切，又拜读研诵过您的诗文作品，非常钦佩，所以，心中想拜见您的想法已经很久就有了。只是我生来性情愚笨懒惰，因而尽管我们离得很近，但也始终没有写信向您表达恳切深厚的情意，反而让鲁直您先给我寄书来，太羞惭自愧。

我自从被贬弃以来，委靡不振，放荡不羁，更加愚钝粗俗了。看见我的人往往都讥讽嘲笑我，而鲁直您却居然认为我还有可取之处。读罢鲁直的书信，知道我被您爱慕的地方，与我敬爱仰慕您的地方完全相同。既然我们互相爱慕，那么，我们就总会通信联系的，您或我总会有个人先写信。这样说来，我没有先写信，也就无须遗憾了。

近来听说，鲁直在公务之余，就一人独处只吃素食，精神十分愉快。古代有德有才的人，如果被朝廷排遣，就必然会寄托于某种外物来自我排遣。比如，阮籍就用饮酒来排遣，嵇康则靠弹琴来排遣；阮籍如果不寄托以饮酒来排遣忧愁，嵇康如果不寄托以弹琴来排遣胸中烦闷，那他们在以草木之实为食、以麋鹿为友的时候，心中也不会觉得安稳自在。只有颜回一个人，以水为饮，以豆为食，居于陋室之中，完全不凭借什么外物，却保持愉悦的心境，这正是孔子赞叹他不可企及的原因。如今鲁直眼里不贪求什么绝世美色，口中不贪求什么佳肴美味，这说明您心中蕴蓄的东西已远远胜于他人，却还要向别人请教，这是为什么呢？听说鲁直很喜欢同禅宗的僧人们在一起聊天，是不是暂时用求教的办法来探测一下我有没有禅家的清静功夫呢？天气逐渐变冷了，近来我的日常生活安宁。希望您顺应节候，多加保重。

上两制诸公书

本文写于嘉祐五年。两制，内制和外制的合称。唐宋时由中书舍人或知制诰所掌的皇帝的诰命称外制，由翰林学士所掌之诰命称内制。

此文看似在说圣道高深，其实纯粹是在叙说作者自己的治学。一般的读书人，开始时都必须博览群书，方可深思自得其终，然后能饱足。但作者此文，反从得效处，倒写到用工处。故前面说圣人之道，与人各足。然后引工匠等人以喻其理，引颜渊诸人以实其事，见得自己亦曾有得圣道一番过来。接着说到圣人之道，不明告天下，见得圣道虽予人以各足，然学者必须深求自得，以见自己亦曾深求一番过来。又说到圣人之微言，散坏于异说，见得学者欲深思求得，必先博综群言，以见自己亦尝博综一番过来。通篇文字，处处自叙为学甘苦，也表明自己非不学之士，以此进质群公，也算不卑不亢了。

全文如汹涌之涛，汪洋浩瀚之势不可挡。作者的渊博学识与才情亦可见一斑。

【原文】

辙读书至于诸子百家纷纭同异之辩，后世工巧组绣钻研离析之学，盖尝喟然太息，以为圣人之道，譬如山海薮泽之奥，人之入于其中者，莫不皆得其所欲，充足饱满，各自以为有余，而无慕乎其外。

今夫班输、共工，旦而操斧斤以游其丛林，取其大者以为楹，小者以为桷，圆者以为轮，挺者以为轴，长者扰云霓，短者蔽牛马，大者拥丘陵，小者伏榛莽，芟夷蹶取，皆自以为尽山林之奇怪矣。而猎夫渔师，结网聚饵，左强弓，右毒矢，陆攻则毙象犀，水伐则执鲛鳝，熊罴虎豹之皮毛，鼋龟犀兕之骨革，上尽飞鸟，下及走兽昆虫之类，纷纷籍籍，折翅摭足，鳞鬣委顿，纵横满前，肉登鼎俎，膏润砧几，皮革齿骨，披裂四出，被于器用。求珠之工，隋侯夜光，间以颣玭，磊落的皪，充满其家。求金之工，辉赫晃荡，铿锵交戛，遍为天下冠冕佩带饮食之饰。此数者皆自以为能尽山海之珍，然山海之藏，终满而莫见其尽。

昔者夫子及其生而从之游者，盖三千余人。是三千人者，莫不皆有得于其师，是以从之周旋奔走，逐于宋、鲁，饥饿于陈、蔡，困厄而莫有去之者，是诚有得乎尔也。盖颜渊见于夫子，出而告人曰："吾能知之。"子路、子贡、冉有出而告人亦曰："吾知之。"下而至于邽巽、孔忠、公西舆、公西箴，此数子者，门人之下第者也，窃窥于道德之光华，而有闻于议论之末，皆以自得于一世。其后田子方、段干木之徒，讲之不详，乃窃以为虚无淡泊之说。而吴起、禽滑厘之类，又以猖狂于战国。盖夫子之道，分散四布，后之人得其遗波余泽者至于如此。而杨朱、墨翟、庄周、邹衍、田骈、慎到、韩非、申不害之徒，又不见夫子之大道，皇皇惑乱，譬如陷于大泽之陂，荆榛棘茨，蹊隧灭绝，求以自致于通衢而不可得，乃妄冒蒺藜，蹈崖谷，崎岖缭绕，而不能自止。何者？彼亦自以为己之得之也。

辙尝怪古之圣人，既已知之矣，而不遂以明告天下而著之六经。六经之说皆微见其端，而非所以破天下之疑惑，使之一见而寤者，是以世之君子纷纷至此而不可执也。今夫《易》者，圣人之所以尽天下刚柔喜怒之情、勇敢畏惧之性，而寓之八物。因八物之相遇，吉凶得失之际，以教天下之趋利避害，盖亦如是而已。而世之说者，王氏、韩氏至以老子之虚无，京房、焦贡至以阴阳灾异之数。言《诗》者不言咏歌勤苦酒食燕乐之际，极欢极戚而不违于道，而言五际子午卯酉之事。言《书》者不言其君臣之欢，吁俞嗟叹，有以深感天下，而论其《费誓》、《秦誓》之不当作也。夫孔子岂不知后世之至此极欤？其意以为后之学者，无所据依感发以自尽其才，是以设为六经而使之求之。盖又欲其深思而得之也，是以不为明著其说，使天下各以其所长而求之。故曰："仁者见之谓之仁，智者见之谓之智。"而子贡亦曰："在人，贤者识其大者，不贤者识其小者。"夫使仁者效其仁，智者效其智，大者推明其大，而不遗其小，小者乐致其小，以自附于大，各因其才而尽其力，以求其至微至密之地，则天下将有终身于其说而无倦者矣。至于后世不明其意，患乎异说之多而学者之难明也，于是举圣人之微言而折之以一人之私意，而传疏之学横放于天下，由是学者愈怠，而圣人之说益以不明。今夫使天下之人因说者之异同，得以纵观博览，而辩其是非，论其可否，推其精粗，而后至于微密之际，则讲之当益深，守之当益固。《孟子》曰："君子深造之以道，欲其自得之也。自得之，则居之安。居之安，则资之深。资之深，则取之左右逢其原。故君子欲其自得之也。”

昔者辙之始学也，得一书，伏而读之，不求其传，而惟其书之知，求之而莫得，则反复而思之，至于终日而莫见，而后退而求其传。何者？惧其入于心之易，而守之不坚也。及既长，乃观百家之书，纵横颠倒，可喜可愕，无所不读，泛然无所适从。盖晚而读《孟子》，而后遍观乎百家而不乱也。而世之言者曰：学者不可以读天下之杂说，不幸而见之，则小道异术将乘间而入于其中。虽扬雄尚然，曰：“吾不观非圣之书。”以为世之贤人所以自养其心者，如人之弱子幼弟不当出而置之于纷华杂扰之地，此何其不思之甚也！古之所谓知道者，邪词入之而不能荡，诐词犯之而不能诈，爵禄不能使之骄，贫贱不能使之辱。如使深居自闭于闺闼之中，兀然颓然而曰“知道知道”云者，此乃所谓腐儒者也。

古者伯夷隘，柳下惠不恭，隘与不恭，是君子之所不为也。而孔子曰：伯夷、叔齐“不降其志，不辱其身”。“柳下惠、少连降志而辱身，言中伦，行中虑”。“虞仲、夷逸隐居放言，身中清，废中权。而我则异于是，无可无不可”。夫伯夷、柳下惠，是君子之所不为，而不弃于孔子，此孟子所谓孔子集大成者也。至于孟子，恶乡原之败俗，而知於陵仲子之不可常也。美禹、稷之汲汲于天下，而知颜氏之自乐之非固也；知天下之诸侯其所取之为盗，而知王者之不必尽诛也，知贤者之不可召，而知召之役之为义也。故士之言学者皆曰孔孟。何者？以其知道而已。

今辙山林之匹夫，其才术技艺无以大过于中人，而何敢自附于孟子？然其所以泛观天下之异说，三代以来，兴亡治乱之际，而皎然其有以折之者，盖其学出于孟子而不可诬也。今年春，天子将求直言之士，而辙适来调官京师，舍人杨公不知其不肖，取其鄙野之文五十篇而荐之，俾与明诏之末。伏惟执事方今之伟人，而朝之名卿也，其德业之所服，声华之所耀，孰不欲一见以效薄技于左右？夫其五十篇之文，从中而下，则执事亦既见之矣。是以不敢复以为献，姑述其所以为学之道，而执事试观焉。

【译文】

苏辙我每每阅读到诸子百家不同学说之间纷繁杂乱的辩难争论以及后代那些精心编织、条分缕析、近乎钻牛角尖的所谓学问，曾经感慨嗟叹，觉得圣人之道就像山海湖泽那样深不可测，人们凡是进入其中的，都能够有所收获，并且每个人都会感到收获巨大，充足有余，再也不羡慕别的什么了。

假如现在有公输班和共工二人，他们早晨起来，手拿刀斧走入森林之中，砍取大树用做厅堂前的柱子，砍伐小树用做椽子，圆形的用做车轮，挺直的用做车轴。树林里的树木，高的耸入云端，矮的也能遮蔽住牛马，树冠大的就像山丘，小的则匍匐在地，就像荆棘草木。他们斧劈刀砍，脚推手拿，都自以为把山林里珍稀罕见的东西全得到了。而那些猎户们则是左手持着强弓，右手拿着毒箭；渔夫们结网备饵。前者在陆地上进攻，则把大象、犀牛击毙；后者在江河中征伐，则把鲨鱼、鼍收入网底。于是，熊罴虎豹的华丽皮毛，鼋龟犀兕的珍奇骨革，上至天上飞鸟，下至地面走兽，不是折翅就是断腿，就连鱼类的鳞片和鬣毛也都疲困得不再动弹，纷乱众多，横躺竖卧，满眼皆是。它们的肉或是被摆在俎案上，或是被放到鼎里煮，油脂把切肉的砧板都滋润了。至于它们的皮革、牙齿与骨头，则被分劈开来，制成各种供人使用的器具。那些采集珍珠的工人，则获得隋侯、夜光以及其他各种明亮的珍珠，家里堆得满满的。那些寻求金银的人，则把得到的金银经过铿锵作响的加工锻敲，全部制成服装和餐具的光彩显耀、光芒四射的装饰品。这些人，他们自己都以为全部占有了山海的珍宝。然而，山海所蕴涵隐藏的奇珍异宝却始终都是满满的，没人能看到它有穷尽的时候。

赶上孔夫子活着并随之游学的人，大略有三千人。这三千人，都从他们的老师学有所获。所以，他们跟随孔子到处奔波周旋，在宋、鲁两国曾被驱逐，在陈、蔡两国曾粮草断绝，忍受饥饿，处境非常困难也没有人离开他，这说明这些人确实是从他那里有所收获的。颜渊拜见过孔子，出来后对人说："我能领会他的学说。"子路、子贡和冉有，出来后也对人说："我们理解他的学说。"学生中往下数到邽巽、孔忠、公西舆、公西箴，这几位都是孔子门人中最下等的，他们不如子路、颜渊幸运，只能在远处瞻望一下孔夫子那德高望重的风采，坐在远处听一听人家的议论，但即使只能这样聆听孔子教诲，他们也觉得一生都有收获。这之后，田子方、段干木一班人，探究不清，未得要领，于是就私下倡导起虚无淡泊的学说；而吴起、禽滑厘一伙人，又以他们自己的所得在战国时代猖狂妄行。总之，孔子的学说分布到四面八方，后来的人多少受点影响的，就也能达到这种境地。而杨朱、墨翟、庄周、邹衍、田骈、慎到、韩非、申不害这些人，则没有与孔夫子博大的学说接触过，惊恐惑乱，就好像被困在大沼泽的岸边，荆棘遍地，无路可寻，想使自己走上四通八达的大道，却无论如何也做不到，于是就胡乱地蹈踩荆棘灌木，踩踏峡谷，在回旋颠簸的山谷里冲横不停。为什么呢？因为他们也都自以为获得了真理。

苏辙我曾经觉得迷惑不解，古代的圣人既然一切都清楚了，却怎么不明白地告诉普天下的人，清清楚楚地在《诗》、《书》、《礼》、《易》、《乐》、《春秋》六部经典里写出来。六部经典里的学说都只是稍微显露了一点端倪，而不解释破除天下人们的困惑与疑问，让人一看就彻底醒悟，所以弄得世上有德有才的人们众说纷纭到了这种程度而不能控制。实际上，《易经》是圣人把世人凡夫俗子所具有的刚柔喜怒的感情和勇敢畏惧的本性，寄托在八种图形里，靠着八种图形的不同变化，预示出某种吉凶得失，并且以此来教育引导人们懂得趋利避灾，不过如此而已。而世上解释《易经》的人们，王弼、韩康伯却用老子的虚无学说来阐述，而京房、焦贡一些人则更以阴阳灾变的术数来加以牵强附会。讲《诗》的人，不谈其中写到劳动的艰苦辛劳或宴饮的愉快享乐，即使是欢乐到极点或者悲伤到极点的时候也不违背正道，却大谈什么阴阳五行一套学说。解释《尚书》的人，不谈书里表现出来的君臣关系融洽，足够打动天下的人，却只知道指责《费誓》、《秦誓》两篇不应该写。孔子难道不知道后世的人们会走到这种极端吗？他的意思不过是，恐怕后来的学者缺乏凭借感发，以便发挥出自己的才能来，所以才写作六经，让人们从中探求；而又想使他们先自己思索一番而后有所得，所以不把话说得明白透彻，希望天下的人各凭自己的特长去探求。因此，孔子说："有仁德的人见到它就认为是'仁'，有智慧的人见到它就认为是'智'。"而子贡也说："对人们来说，贤能的人可以懂得把握它大的方面，不贤能的人可以明白它小的方面。"假使有仁德的人发挥其"仁"的天性，有智慧的人发挥其"智"的本领，能究明大的方面而又不忽略小的方面，只能理解小的也乐于获得小的方面而又自觉地依附于大的方面，天下每一个人都凭借自己的才能而使尽全力，以探求经典中最细微隐妙的真谛，那么，天下的人们就会终身孜孜求学而没有倦怠的了。可是，到了后世，一些人不懂得贤圣的人的意思，他们担心不同学说太多，求学的人难以明白圣人真正想告诉世人的意思，于是就把圣人那些隐微的话按照自己的意见加以解释。这样一来，传、疏一类学问就遍布于天下，而求学的人们就更加懒惰，圣人的学说因此也就越发晦涩让人不懂了。如果让天下的人在众说纷纭当中广泛地阅览，自己去辨别谁是谁非，讨论谁可谁不可，判断谁精深谁粗浅，而后逐步达到经典中的细微隐秘之处，这样，探求得才能更深，坚持得也就会牢固。孟子说："有德才的人深刻领会一种思想体系，是想通过自己钻研来获得。自己才会安稳地将探求来的据为己有，能安稳地占有才会积累得深厚，积累深厚才会广采博取，左右逢源。所以，有德有才的人总是希望通过自己的努力钻研探索来获得。”

以前，苏辙我开始学习的时候，得到一本经典著作就伏在书桌上阅读，并不去寻找经文的注解，而只阅读经文本身。自己探求没有收获，就反复思考，直到思考一整天也没什么想法见解，这才退一步找来注解经文的书看。为什么呢？我是害怕如果很轻易地就理解了，那么，以后，就会记得不牢固。等到年龄大了，才阅读各家各派的著作，众说纷纭，莫衷一是，使我既高兴又惊愕，于是就阅览群书，结果却使自己飘飘忽忽，无所适从了。后来阅读了《孟子》一书，再回过头来阅读各家各派的书籍，心中就有了一定之规，再也不被迷乱了。可是，世上一些人却说：钻研学问的人不能阅读儒家经典以外的学说，如果万一不幸见到了，那么，旁门左道、异端邪说就会钻入大脑。即使是像扬雄这样的人也是如此，说什么“我不读不合圣人之道的书”。他们认为，世上贤能的人用来修心养性的方法，就像人们家里弱小的子弟，不能抱出门放在人事纷繁、扰嚷杂乱的地方。这种论调，实在是欠考虑！古代的所谓洞察事物规律的人，邪僻不正的话接触了也不会动摇，面对偏颇怪异的言论也不会受到欺骗，功名利禄不能使他们变得骄横傲慢，贫困低贱也不能使他们自感屈辱。如果深居内室，不与外界往来，整天都是一副浑然无知、委靡不振的样子，而嘴里却念念有词，夸耀自己“洞察真理，洞察真理”，这只不过是人们所说的迂腐的读书人罢了。

古代的伯夷狭隘偏执，柳下惠对人不恭敬。有德才的人都不会狭隘偏执与对人不恭敬。但孔子却说：伯夷、叔齐“不降低他们的志向，不辱没他们的身躯”；“柳下惠、少连降低志向而辱没自身，但言论合乎伦理，行为经过考虑”；“虞仲、夷逸隐居山林，放肆直言，乱尘俗世之中不以身出仕，合乎纯洁的原则；自我废弃以避祸患，可以算是善变。而我却同他们的行为不一样，既无所谓行，也无所谓不行，怎么都可以”。伯夷、柳下惠的行为，一般有德有才的人都不干，但孔子并不会完全否定这种做法，这正是孟子所说的孔子是一位集大成的人。至于孟子，厌恶乡愿那种虚伪的言行会败坏风俗，因而清楚於陵仲子那种自洁行为不可能持久；赞美大禹、后稷真诚恳切地为天下的人们奔忙，因而知道颜回自得其乐的做法不会固定不变；知道天下的王公官僚所索取的都是不义之财，因而推知即使有王者出来，也不会例外，未必全要屠杀；明白贤能的人是不应该受人召的，但却认为应召去服徭役是符合准则的。所以，追求学问的人谈起学习的榜样来，无不以孔孟为榜样。为什么呢？因为他们真正掌握了规律性的知识罢了。

苏辙我是草野中的一个极普通的人，才艺也没有什么可以大大超过中等智慧的人的地方，哪里敢自我比附于孟子呢？不过，我博览天下各种不同的学说，分析三代以来历朝兴亡治乱的原因，对它们能够有一种清清楚楚的判断，原因就在于我的学问源于《孟子》，这是不欺骗人的。今年春天，皇上要搜寻逮捕敢于直言的人士，苏辙我正好调官来到京师，中书舍人杨公不了解我不贤能，拿了我五十篇浅薄粗陋的文章向皇上推荐，使我得以最末一位的资格参与制科考试。您是当今的伟人，朝廷的功臣，道德业绩覆盖四方，声气风采照耀天下，谁不想见一见您，以便向您奉献浅薄的技艺呢？我的那五十篇文章，朝廷会下发，料想您已经见到了，所以不敢再呈上献给您看。如今姑且讲述一下我的治学态度与方法，希望您尝试着看一看。

筠州圣寿院法堂记

作者于元丰三年被贬到偏僻的筠州高安。作者开篇写到高安“其险且远”，而被贬的作者却并不失意，反而觉得这里是自己定居的乐土。此地佛教兴盛，僧人络绎不绝地来到这里。多病的作者常与佛教徒接触，从而被他们感染和教化，看破了人世间一切虚妄的东西，因而心中的烦恼和忧愁也自然无影无踪。作者常去“城东南隅”的佛寺圣寿院游玩，听主持省聪讲佛。而郡城中一个叫吴智讷的人出资“既为僧堂之后室，又为聪治其法堂，皆极壮丽”。于是省聪“求余为记”。此点明了作此文的缘由。虽为记文，其实主要表达了作者在逆境中寄情山水、寄情佛法的超脱闲适心情，同时也流露出一种随遇而安的消极思想。

【原文】

高安郡本豫章之属邑，居溪山之间，四方舟车之所不由，水有蛟蜃，野有虎豹。其人稼穑渔猎，其利粳、稻、竹、箭、楩、楠、茶、楮，民富而无事。然以其险且远也，士之行乎当时者，不至于其间。元丰三年，余以罪迁焉。既至，幸其风气之和，饮食之良，饱食而安居，忽焉不知险远之为患。然以有罪故，法不得释官而游，间独取郡之图书，考其风俗人物之旧，然后信其宜为余之居也。昔东晋太宁之间，道士许逊与其徒十有二人，散居山中，能以术救民疾苦，民尊而化之。至今道士比他州为多，至于妇人孺子，亦喜为道士服。唐仪凤中，六祖以佛法化岭南，再传而马祖兴于江西。于是洞山有价，黄蘗有运，真如有愚，九峰有虔，五峰有观。高安虽小邦，而五道场在焉。则诸方游谈之僧接迹于其地，至于以禅名精舍者二十有四。此二者，皆他方之所无，予乃以罪故，得兼而有之。余既少而多病，壮而多难，行年四十有二，而视听衰耗，志气消竭。夫多病则与学道者宜，多难则与学禅者宜。既与其徒出入相从，于是吐故纳新，引挽屈伸，而病以少安。照了诸妄，还复本性，而忧以自去，洒然不知网罟之在前与桎梏之在身，孰知夫险远之不为予安，而流徙之不为予幸也哉！然郡之诸山，近者数十里，远者数百里，皆非余所得往。独圣寿者近在城东南隅，每事之间，辄往游焉。其僧省聪，本绵竹人，少治讲说，晚得法于浙西本禅师。听其言，亹亹不倦。郡人有吴智讷者，治生有余，辄尽之于佛。既为僧堂之后室，又为聪治其法堂，皆极壮丽。凡材甓金漆皆具于智讷。堂成，聪以余游之亟也，求余为记。余亦喜聪之能以其法助余也，遂为记其略。四年六月十七日。

【译文】

筠州治所高安本是洪州属下的一个县城，处于山峦溪涧之间，地势偏僻，各方来往的船或车都不经过这里。河里有鲨鱼和蚌类水生动物，山野里有虎豹，当地人耕种、打渔、狩猎，并以此为生，物产主要是稻米、竹子、楩树、楠树和茶叶、纸张。百姓生活富裕，社会秩序良好。但由于它地势艰险又处于偏僻的地方，所以，官运亨通的人是不来这里的。

元丰三年，我因为获罪朝廷，被谪庶迁放到这里。来了以后，很喜欢这里祥和的风气，美味的食品，于是便安宁而快乐地居住在这里，竟然忘记了自己来这个艰险偏远的地方的贬责身份。只是由于获罪朝廷的原因，按照法律规定，自己不能抛弃办公而去随意地游山玩水。在这期间，只好找来当地的方志一类书籍翻阅，了解当地风俗、人物等历史状况，而后才知道，这的确是适宜我定居的一片乐土。

从前，东晋的太宁年间，一个道士叫许逊，他率着他的十二个徒弟散居在这里的群山中。他们善于医术，救治百姓，百姓尊敬他们，进而受到他们的感化，这就是这里的道士比其他川郡多的原因，甚至连妇女、小孩儿也喜欢穿戴道士服装。唐朝仪凤年间，佛教的第六代祖师在五岭以南讲禅传法，他的再传弟子马祖则在江西传授佛法。于是，佛教就在江西兴起，洞山有价禅师，黄蘗有运禅师，真如有愚禅师，九峰有虔禅师，五峰有观禅师。高安虽不是个繁华的大地方，但却有五位禅师的道场。自此以后，各地的僧人便络绎不绝地来到这里，以至于这里专供僧人修炼居住的精舍就曾经达到二十四处之多。这都是别处没有而高安县的独特之处，而我却由于获罪的缘故，居然全都得到了。我幼时身体单薄多病，壮年以后又屡遭患难，所以，如今虽然只有四十二岁，视力、听力却都已衰退，往昔的豪情壮志早已消失殆尽了。多病对学道的人适宜，多难适于学佛之人。我既与道教徒互相来往，懂得了他们那些吐故纳新、引挽屈伸的修炼方法，不断试着做，结果也不常生病。我既与佛教徒接触，受到他们的感染和教化，看破了人世间一切虚妄的东西，回归到人的本来面目，因而心中的烦恼忧愁也就自然无影无踪了。这样，我就变得心胸开朗，潇洒随意起来，根本不知道前面有罗网羁绊，身上有镣铐束缚。由此看来，谁能说艰险偏远之处不是我的安居之地，而流徙贬责的遭遇不是我的一种幸运呢？然而，郡城周围的群山，近则数十里，远则数百里，我因不能离开职守游玩，所以这些地方都不是我能够去的。只有佛寺圣寿院位于郡城东南角，经常在办公闲暇之余就可以去游玩。寺院有个住持僧，法名省聪，本是四川绵竹人，年轻时研读讲解经义的书，晚年又师从浙江西路的本禅师，获得了佛法的真谛。听他讲话，觉得引人入胜让人一点也不困倦。郡城中有一位叫吴智讷的人，经营产业，家境富庶，有盈余，就全部捐献给佛寺。他既出资为僧堂盖了后室，又出资为省聪禅师修建法堂。这些建筑都非常壮观华美，建筑用的木材、砖瓦、金饰、油漆等各种费用全是智讷支付。法堂建成以后，省聪禅师因为我常到禅寺里游玩，就求我为他作一篇记文。我也很感激省聪禅师能用佛法给我以帮助，于是就写下这篇文章以记下法堂修建的大致情形。（元丰）四年六月十七日。

东轩记

古人作文，大都是言之有物，有感而发，《东轩记》便是成功一例。苏辙初贬筠州，身境可谓穷愁，际遇实属可伤。写作此文，通篇充满了失意，看似处处在写无聊，而实际上蕴涵了对人生之乐的深情呼唤，笔下自有旷达。文中悽怆、沉郁之气，充分表达了谪居一隅的作者的悲愤。苏辙出于为兄长苏轼赎罪，被降职为监酒税的小官，不得志，也知道不会再有大的作为，因只寄望回归田园，潜心学习，终老故里，这种人生态度虽然不是很积极，但也是一种明智的选择，是淡泊人生的一种体现。

【原文】

余既以罪滴监筠州盐酒税，未至，大雨，筠水泛溢，蔑南市，登北岸，败刺史府门。盐酒税治舍俯江之沍，水患尤甚。既至，敝不可处，乃告于郡，假部使者府以居。郡怜其无归也，许之。岁十二月，乃克支其欹斜，补其圮缺，辟听事堂之东为轩，种杉二本，竹百个，以为宴休之所。然盐酒税旧以三吏共事。余至，其二人者适皆罢去，事委于一。昼则坐市区鬻盐、沽酒、税豚鱼，与市人争寻尺以自泚。莫归筋力疲废，辄昏然就睡，不知夜之既旦。旦则复出营职，终不能安于所谓东轩者。每旦莫出人其旁，顾之，未尝不哑然自笑也。

余昔少年读书，窃尝怪颜子以箪食瓢饮，居于陋巷，人不堪其忧，颜子不改其乐。私以为虽不欲仕，然抱关击拆尚可自养，而不害于学，何至困辱贫窭自苦如此！及来筠州，勤劳盐米之间，无一日之休，虽欲弃尘垢，解羁絷，自放于道德之场，而事每劫而留之。然后知颜子之所以甘心贫贱，不肯求斗升之禄以自给者，良以其害于学故也。

嗟夫！士方其未闻大道，沉酣势利，以玉帛子女自厚，自以为乐矣。及其循理以求道，落其华而收其实，从容自得，不知夫天地之为大与死生之为变，而况其下者乎？故其乐也，足以易穷饿而不怨，虽南面之王不能加之，盖非有德不能任也。余方区区欲磨洗浊污，希圣贤之万一，自视缺然，而欲庶几颜氏之乐，宜其不可得哉！若夫孔子周行天下，高为鲁司寇，下为乘田委吏，惟其所遇，无所不可，彼盖达者之事而非学者之所望也。

余既以谴来此，虽知桎梏之害而势不得去，独幸岁月之久，世或哀而怜之，使得归复田里，治先人之敝庐，为环堵之室而居之，然后追求颜氏之乐，怀思东轩，优游以忘其老，然而非所敢望也。

元丰三年十二月初八日，眉阳苏辙记。

【译文】

我得罪被贬后，成为管理筠州盐酒专卖的收税官。还没有到任，筠州就连降暴雨，洪水泛滥，淹没了城南的街市和城北的堤岸，还冲坏了知州官府的大门。盐酒税的官舍正好在江边，被洪水毁坏得就更厉害了。我到任之后，看到官舍被毁坏得根本无法居住，就向州守提出请求，希望能暂借三司使者空闲的府第办公居住。州守怜悯我无处可归，便答应了。直到当年的十二月，开始整修官舍，把倾斜的地方扶正，把倒塌的地方补齐，又在办公厅堂的东边留出布置了一小块地，加上栏杆，种了两株杉树，栽了一百棵竹子，给它取了个名叫“东轩”，作为宴请宾客和自己休闲的场所。负责管理盐酒税的，按编制，共有三个人。我到任的时候，另两个人正好都调走了，所以所有的事务都只能由我一人负责。这样一来，我白天就坐在门市部卖盐，卖酒，收取卖猪、卖鱼人的税钱，与来到市场上的人们斤斤计较，尽职尽责。劳累一整天，等晚上回到家里，早已筋疲力尽，常常是一躺下便睡着了，直到天大亮才醒来。而早晨起来，又得照往常一样，赶紧至门市部收取税钱。结果，从来也没机会到空闲在“东轩”里惬意过。每当早晨出去、晚上回来经过“东轩”的时候，看着它，便不禁暗自觉得好笑。

我从前年轻的时候读书，知道颜渊先生家里只有一个吃饭的箪，一个饮水的瓢，住在狭隘的小巷里，在别人看来是无法忍受的，可他自己却乐在其中。我对此曾经不以为然。我想，就算不愿意作官，但当个守门的、打更的，也可以维持生计，并不妨碍读书学习，何必一定要那样贫困低贱呢？我来到筠州以后，精力都用在了为柴米油盐操劳上，连一天的空闲时间也没有，尽管很想远离尘俗，解脱羁绊，在道德修养的场所里徜徉，但常常为些琐碎的公务缠身，无一刻自由和空闲。只到这时，我才明白，颜渊先生之所以对贫困低贱的处境心甘情愿，不肯为了养活自己而去谋求微薄俸禄，正是因为这样会羁绊读书学习。

啊！作为一个士大夫，当他还不了解洞察人生的真正意义，整天沉湎在权势利禄当中，只要能够赚取钱财，生儿育女，自己便觉得非常满足了。等到他遵循着事理去探求人生真谛，把一切缥缈虚无的东西都抛弃掉，获取到实实在在的结果，才会真心做到从容自得，能把天地视为沧海一粟，能置生死于度外，更何况是在此之下的别的事，那就更不值得一提了。这种精神上的满足快乐，完全克服肉体上的困乏饥饿而无所怨悔，即使是帝王也不能强加于他。当然，一个人如果没有高尚的品节和道德是做不到这一点的。我如今只是想一点一点地把自己身上的污浊磨洗掉，仰望人格品德超凡出众的人，我连人家万分之一的品质都没有，得到与颜渊先生差不多的那种惬意与快乐，理所当然是不可能得到的了。至于像孔夫子那样周游天下，处高位时可以做鲁国的司寇，在下位时可以当管理牧场、饲养牲畜的小吏，什么都做，做什么都出色的，那就更是通过知命的人的事了，不是一般的凡人俗子经过学习、修养可以实现的。

我既然因遣谪而来到这里，所以，尽管深深体味到枷锁困缚一般的苦楚，而客观情势却使我无法摆脱。我只能寄希望于随着岁月的推移，使我能够回到家乡，将我父亲遗留下来的破房旧室修葺成一所陋室居住其间，然后再追求颜渊先生的那种满足快乐，怀想“东轩”的一切，悠闲自得，安度晚年。然而，我现在连这一点也断然是不敢奢望的了。

元丰三年十二月初八日，眉阳苏辙记。

为兄轼下狱上书

真情是文章的灵魂。此文通篇充满情感，真切动人，感人肺腑，作者为替下狱的兄长苏轼求情，便用饱含哀痛、急迫与披肝沥胆般的真挚笔墨，向最高统治者婉转陈言。作者情愿以免除自己的官职来赎苏轼的罪过，兄弟手足之情可谓深矣。虽是求情文字，不免有违心迎逢的痕迹，但整体上的感觉仍然不卑不亢，没有摇尾乞怜之态。此文貌以平铺直叙，实则暗布玄机，巧妙地贯穿着一条通幽曲径。文字平实而富有震撼力，一股发自内心的真情给文章增添了份量。

【原文】

臣闻困急而呼天，疾痛而呼父母者，人之至情也。臣虽草芥之微，而有危迫之恳，惟天地父母哀而怜之。

臣早失怙恃，惟兄轼一人，相须为命。今者窃闻其得罪逮捕赴狱，举家惊号，忧在不测。臣窃思念，轼居家在官，无大过恶，惟是轼性愚直，好谈古今得失，前后上章论事，其言不一。陛下圣德广大，不加谴责。轼狂狷寡虑，窃恃天地包含之恩，不自抑畏。顷年通判杭州及知密州日，每遇物托兴，作为歌诗，语或轻发，向者曾经臣寮缴进，陛下置而不问。轼感荷恩贷，自此深自悔咎，不敢复有所为。但其旧诗已自传播。臣诚哀轼愚于自信，不知文字轻易，迹涉不逊，虽改过自新，而已陷于刑辟，不可救止。轼之将就逮也，使谓臣曰："轼早衰多病，必死于牢狱，死固分也。然所恨者，少抱有为之志，而遇不世出之主，虽龃龉于当年，终欲效尺寸于晚节。今遇此祸，虽欲改过自新，洗心以事明主，其道无由。况立朝最孤，左右亲近，必无为言者。惟兄弟之亲，试求哀于陛下而已。"臣窃哀其志，不胜手足之情，故为冒死一言。

昔汉淳于公得罪，其女子缇萦，请没为官婢，以赎其父。汉文因之，遂罢肉刑。今臣蝼蚁之诚，虽万万不及缇萦，而陛下聪明仁圣，过于汉文远甚。臣欲乞纳在身官，以赎兄轼，非敢望末减其罪，但得免下狱死为幸。兄轼所犯，若显有文字，必不敢拒抗不承，以重得罪。若蒙陛下哀怜，赦其万死，使得出于牢狱，则死而复生，宜何以报！臣愿与兄轼，洗心改过，粉骨报效，惟陛下所使，死而后已。臣不胜孤危迫切，无所告诉，归诚陛下，惟宽其狂妄，特许所乞，臣无任祈天请命激切陨越之至。

【译文】

臣下我听说，穷困急迫的时候呼天抢地，极度悲痛的时候呼唤父母，这是人的最本能的一种感情。臣下我尽管如草芥一般卑微，但却有危急紧迫的请求，希望皇上给予哀悯怜惜。

臣下我很小双亲早逝，只有和兄长苏轼相依为命。如今听说他获罪，被捕入狱，全家人都惊惧呼号，担心将会有不可预测的大祸临头。臣下我暗自思想，苏轼不论是在家里还是在朝廷为官，并没有大的过错罪恶，只是天性愚钝刚直，喜欢谈论古今的成败得失。前前后后给朝廷上奏状论时事，发表过不少言论。陛下圣德广大，始终没有加以追查责问。苏轼狂妄偏激而又缺少思虑，自恃有皇上给予的宽容的恩惠，便不加克制，无所顾忌。近年来在任杭州通判与密州知州的日子里，常常触景生情，托物寄兴，作了一些诗，其中有的话就说得很轻率。以前有的臣僚就曾经向朝廷上奏过他的诗，结果陛下放置一边，并没追查。苏轼感谢受到皇上的恩惠与宽贷，从此以后便深深地悔过自新，不敢再写这类诗，但他的那些旧诗却早就流传开来，已经无法挽回。臣下我确实哀怜苏轼过于盲目自信，不懂得在文字上轻率简慢，客观上就会造成对朝廷不恭敬的嫌疑。尽管他已改过自新，却已经触犯了刑法，无法弥补。苏轼在被逮捕之前，让人对臣下我说："苏轼未老先衰，又多疾病，肯定将老死于牢狱之中。死本来是该得的。但遗憾的是，少年时抱着有一番作为的志向，又遇上并不是每个时代都能出现的圣明的君主，尽管正当壮年，与朝廷有些不融洽，但一直想着能在晚年向朝廷报效尺寸之功。如今遇上这一患难，纵然想改过自新，洗心革面，来为圣明的君主效力，也没办法做到了。况且，我在朝廷里又最孤立无援，皇上周围亲近的人，肯定没有帮我说情。只有兄弟之亲还可托赖，请试着向陛下乞求哀怜吧。"臣下我暗自哀怜他的志向，又割不断手足情谊，所以冒着触犯死罪的危险，为他说一次情。

从前，汉代的淳于意犯罪当受肉刑，他的女儿缇萦上书请求将自己没入官当奴婢，为父亲赎罪。汉文帝受到感动，因此就取消了肉刑。如今，臣下我微不足道的一点诚心，尽管比不上缇萦的万分之一，但陛下的聪明仁圣，却远远超过了汉文帝。臣下我请求免除自己现有的官阶来赎兄苏轼之罪，不敢奢望能减轻他的罪过，只要能救他出牢狱不会老死在那里，那就是万幸了。我兄长苏轼犯的罪，如果确实明显地有文字在，那他肯定不敢拒不承认，罪上加罪。假使承蒙陛下哀怜，赦免了他的该当万死之罪，使他能够从牢狱里出来，那就等于是死而复生，该用什么来报效皇上的恩德呢？臣下我真心愿意与兄苏轼洗心改过，粉身碎骨，来报效皇上，一切听从陛下的驱使，直到生命结束为止。臣下我禁不住孤立、危急、紧迫、急切，而又没有地方去诉说，所以只能寄希望于陛下了。希望陛下宽贷我的狂妄举动，准许我的请求。臣下我祈求皇上赦免兄长的罪，留下他的性命，心情万分急切，已经到了极点，实在无法承受了。

子瞻《和陶渊明诗集》引

此文是为苏轼《和陶渊明诗集》而写的序文。因作者祖父名序，故苏氏父子终生讳"序"，为人作序，即称"叙"或"引"。在这篇序中，作者以亲弟弟的身份叙述兄长的为人处世之道，尤其称赞苏轼诗作的"精深华妙"，其情之真切可见一斑。文字明快，叙事清晰，评论果断。其中引用苏轼书信中的一段话，将这位大诗人恃才自傲与感叹时事的性情表露无遗。该文不但写出了苏轼的性情，而且记录了他的一段生活，真实可信。不过，文中也有溢美之辞，如"其诗比杜子美、李太白为有余"就有些言过其实。

【原文】

东坡先生谪居儋耳，置家罗浮之下，独与幼子过负担渡海。葺茅竹而居之，日啖薯芋，而华屋玉食之念不存于胸中。平生无所嗜好，以图史为园囿，文章为鼓吹，至此亦皆罢去。独喜为诗，精深华妙，不见老人衰惫之气。

是时，辙亦迁海康，书来告曰："古之诗人有拟古之作矣，未有追和古人者也。追和古人，则始于东坡。吾于诗人，无所甚好，独好渊明之诗。渊明作诗不多，然其诗质而实绮，癯而实腴。自曹、刘、鲍、谢、李、杜诸人皆莫及也。吾前后和其诗凡百有九篇，至其得意，自谓不甚愧渊明。今将集而并录之，以遗后之君子。子为我志之。然吾于渊明，岂特好其诗也哉？如其为人，实有感焉。渊明临终，疏告俨等：'吾少而穷苦，每以家贫，东西游走。性刚才拙，与物多忤，自量为已，必贻俗患，黾俛辞世，使汝等幼而饥寒。'渊明此语，盖实录也。吾今真有此病而不蚤自知，半生出仕，以犯世患，此所以深服渊明，欲以晚节师范其万一也。"

嗟夫！渊明不肯为五斗米一束带见乡里小儿，而子瞻出仕三十余年，为狱吏所折困，终不能悛，以陷于大难，乃欲以桑榆之末景，自托于渊明，其谁肯信之？虽然，子瞻之仕，其出处进退，犹可考也。后之君子其必有以处之矣。孔子曰："述而不作，信而好古，窃比于我老彭。"孟子曰："曾子、子思同道。"区区之迹，盖未足以论士也。

辙少而无师，子瞻既冠而学成，先君命辙师焉。子瞻尝称辙诗有古人之风，自以为不若也。然自其斥居东坡，其学日进，沛然如川之方至。其诗比杜子美、李太白为有馀，遂与渊明比。辙虽驰骤从之，常出其后，其和渊明，辙继之者，亦一二焉。绍圣四年十二月二十九日海康城南东斋引。

【译文】

我的哥哥东坡先生自惠州又被贬谪到儋州，他就把家人安置在罗浮山下的白鹤峰新居，只与幼子苏过一起渡海来到了被贬去的地方。在那里，他住在用茅草和竹子搭盖的房子里，每天只吃苦菜和芋头，那种住豪华房屋、吃精美食品的念头，一点点都想不到了。他平生除了读书、作文就没有什么其他的嗜好，把书籍当成园圃，把文章当成鼓吹。但是，到了儋耳以后，连读书、作文也都不去做了，剩下的唯一爱好就是作诗，而且诗艺比以前更加精妙了，诗文中一点也不见老人的那种衰竭疲惫的气息。

这时，苏辙我也从贬所筠州迁徙到海康。东坡写信给我说："古代的诗人已经有过写拟古诗的了，但还没有追和古人诗的人；追和古人的诗，从我东坡开始。我对古代的诗人没有特别喜欢的，唯独喜欢陶渊明的诗。陶渊明作的诗不多，但他的诗表面上质朴，实际上却华丽；表面上清瘦，实际上却丰满。古代的曹植、刘祯、鲍照、谢眺、李白、杜甫这些诗人，没有一个人的诗作能比上陶渊明的。我前前后后和他的诗，共有一百好几十首，其中有些得意之作，自以为同陶渊明的原作相比，也不会自愧觉得不如他的。如今，我准备把它们抄录到一起，结成一个集子，以便留给后来志趣相同、有才德的人，请您给我写一篇《引》叙述一下。然而，我对陶渊明，难道仅仅是喜爱他的诗吗？对他的为人品质作风，我也是有感触的。陶渊明临终前写了一篇《与子俨等疏》告诉他的几个儿子说：'我小的时候很苦，常常因为家里穷困，不得不到处奔波。我性情刚直才能拙笨，与外界的人物一定有不少怨结矛盾。料想因为我自己，必定留下不少世俗的祸患。如今又勉强隐居避世，使得你们小小的年纪就遭受饥寒之苦。'渊明的这些话是他一生如实的记录。如今，我现在倒真有这些毛病，但一直没有及早发现。做了半辈子官，结果触犯了世俗的祸患。这正是我深深地为他折服、敬佩的地方，并且决心在晚年把他当做效法的榜样，哪怕是学到他的万分之一也好。"

啊！陶渊明不愿为了挣五斗米的微薄俸禄，整衣束带，去拜见一个无德无才的人，而子瞻做了三十年的官，饱受入狱之苦，遭受狱卒的折磨困辱，仍然不知悔改，最后终于陷入大灾难，却要在晚年的时候以陶渊明为寄托，这有谁会相信呢？尽管如此，但是，子瞻做官，无论是在朝在野，是升是降，立身行事，光明磊落，都还是可以考察的，我相信后世有德有才的人是肯定会给以正确评价的。孔子说："阐述前人的观点而不自己写作，相信并喜爱古代文化，我私自和老聃、彭祖相比。"孟子说："曾子和子思在道义上是一致的。"评价一个人关键是要看他的为人的实质，仅从一些表面的小事做出评断，是不足以对人作出正确评价的。

苏辙我青少年时代没有老师，子瞻二十岁后学业已成，父亲就让我把子瞻当做老师。子瞻曾夸赞我作的诗有古人之风，认为他的诗不如我。但是，自从他被贬谪到黄州以后，他的学问日益进步，就像河道里的大水奔来，奔腾汹涌，不可扼止。他的诗歌也超过了李白、杜甫，而与陶渊明并驾齐驱。我虽然奋力疾追，也常常只能落在他的后面。他追和陶渊明的诗，我也跟着作了很少的一点。绍圣四年（1097年）十二月十九日，在海康县城南的东斋里特作此《引》。

卜居赋并引

“所遇而安，孰匪吾宅？”这样的处世态度来之不易，苏辙颠沛一生，东奔西走，早就领悟到了人生之真谛。虽然老年落寞，心怀强烈的回归故里的愿望，而且其父也有遗愿，希望他叶落归根，把家安在蜀地眉山一带，但是在现实面前，他想到“老死所未能免……此心了然，或未随物沦散，然则卜居之地，惟所遇可也……”因此写下此文，以表心迹。他认为只要自己不忘故乡与祖先，不管居住在什么地方都无所谓。文章充满豁达坦然，闪耀着朴素的哲理之光。此文感情真挚，具有发人深思的韵味。

【原文】

昔予先君以布衣学四方，尝过洛阳，爱其山川，慨然有卜居意，而贫不能遂。予年将五十，与兄子瞻皆仕于朝，裒橐中之余，将以成就先志，而获罪于时，相继出走。予初临汝，不数月而南迁。道出颍川，顾犹有后忧，乃留一子居焉，曰：“姑糊口于是。”既而自筠迁雷，自雷迁循，凡七年而归。颍川之西三十里，有田二顷，而僦庐以居。西望故乡，犹数千里，势不能返，则又曰：“姑寓于此。”居五年，筑室于城之西，稍益买田，几倍其故，曰：“可以止矣。”盖卜居于此，初非吾意也。昔先君相彭、眉之间，为归全之宅，指其庚壬曰：“此而兄弟之居也。”今子瞻不幸已藏于郏山矣，予年七十有三，异日当追蹈前约，然则颍川亦非予居也。昔贡少翁为御史大夫，年八十一，家在琅琊。有一子，年十二，自忧不得归葬。元帝哀之，许以王命办护其丧。谯允南年七十二终洛阳，家在巴西，遗令其子轻棺以归。今予废弃久矣，少翁之宠，非所敢望，而允南旧事，庶几可得。然平昔好道，今三十余年矣，老死所未能免，而道术之余，此心了然，或未随物沦散。然则卜居之地，惟所遇可也，作《卜居赋》，以示知者。吾将卜居，居于何所？西望吾乡，山谷重阻。兄弟沦丧，顾有诸子。吾将归居，归与谁处？寄籍颍川，筑室耕田。食粟饮水，若将终焉。念我先君，昔有遗言。父子相从，归安老泉。阅岁四十，松竹森然。诸子送我，历井扪天。汝不忘我，我不忘先。庶几百年，归扫故阡。我师孔公，师其致一。亦入瞿昙，老聃之室。此心皎然，与物皆寂。身则有尽，惟心不没。所遇而安，孰匪吾宅？西从吾父，东从吾子。四方上下，安有常处？老聃有言：夫惟不居，是以不去。

【译文】

从前，我父亲曾作为个平民到各地游学，曾经到过洛阳，喜爱那里的山川景色，感叹不已，产生了在洛阳选择一个地方筑室定居的意向，只是因为贫穷才没有如愿。我将近五十岁的时候，与哥哥子瞻两人同时在朝廷中任职，当时本想把积攒下来的钱集中起来买地筑室，以实现父亲的遗愿，可就在此时，兄弟两人都得罪朝廷被贬庶，相继离开京师。我开始时出守临汝，没几个月又被南迁。路过颍川的时候，想到以后可能会遭受更大的灾患，于是就让一个儿子留下来住在颍川，对他说：“你就姑且在这里糊口吧。”后来，我又从筠州被迁谪到雷州，从雷州迁谪到循州，一直过了七年我才被赦免北归。我曾在颍川西边三十里的地方买下过二顷田，于是就租赁房子在这里住下了。向西遥望故乡，还有好几千里远，而当时的形势又不能回去，于是心里想说：“暂且就住在这里吧。”过了五年，在颍川城西边自己盖了房子，又买下了一些田，总数差不多比原先增加一倍，这时才对自己说：“可以在这里定居了。”实际上我起初并不想在这里定居。早先，我父亲经过观察，把彭州、眉州之间的地方定为安葬之地，并且指着它的西北方位说：“将来你们兄弟两人就在这里居住吧。”如今，子瞻已经去世，埋葬在郏城县的嵩阳峨眉山；我也已经七十三岁，以后我还要努力实现父亲的志愿。既然如此，那么，颍川也就不是我永久定居的地方了。从前，西汉的贡少翁任御史大夫，已经八十一岁，老家在琅琊，只有一个十二岁的儿子，担心自己死后无法回故乡安葬。汉元帝哀怜他，特地准许，等他死后，皇帝下谕令在他死后将其棺材送回家乡安葬。三国时的谯允南，七十二岁时死在洛阳，老家在巴西郡，临终前就告诉他儿子，率先准备一口轻便的棺材，他死后便能运回家乡安葬。现在，我已经退出官场、赋闲家居很久了，不敢奢望能有少翁那样的荣宠，但像谯允南那种死后归葬的事或许还可以实现。不过，我平常就喜爱道家思想，受道家思想感染，至今已有三十多年了。衰老死亡自然是不能避免的，但我几十年学道的结果，对一切都已看得清清楚楚，即使死了以后，这颗心也决不会随着尸体的腐朽而埋没散失，它将永远系念着我的家乡。既然如此，那么，定居的地方也就无所谓了，定居哪里都可以的。所以，我写作了这篇《卜居赋》，让了解我的人来阅读。

我将要选择地点定居下来，究竟该住在哪里呢？向西遥望我的家乡，只见层峦叠嶂，山势险要。兄弟二人虽已沉沦埋没，环视左右，还有好多后代。我想回到老家居住，但回去后和谁住在一起呢？只好寄宿暂住在颍川，在这里盖起房，耕田种地，自食其力。每天起来吃着这里的小米，喝着这里的水，就好像要老死在这里了。想到去世的父亲曾经留过这样的遗言：父子要在一起，都回归老翁泉旁。四十年过去了，父亲坟地里种下的松树、竹子都已枝叶繁茂。孩子们送我回归故乡，摸着天空和星辰，行进在山高入云的蜀道上。你们不忘我，我也决不会忘记祖先。或许我死了之后，能回乡祭祖扫墓。我以孔夫子为师，效法他矢志不渝，始终如一。也兼学释氏、道家吸取他们合理的东西。我的心明亮，我的躯体也与我的心一样都异常地沉着静谧。我的躯体终有一天会腐朽而埋没消失，但我的心不会随之消失。碰到什么地方就在什么地方安居下来，哪里不可以是我的住宅呢？我向西居住可以追随我的父亲，向东居住能依从我的儿子。上下天地，左右四方，哪里有什么永久居住的地方呢？老子曾经说过：只因为不居住，所以才不存在去与不去的问题。

秦 论

康熙《御选古文渊鉴》卷五十一云："拨度嬴秦国势终始，竖议高卓，迥出意表。"这是对苏辙《秦论》的高度评价。此文立意较高，作文自然流畅，气势雄强，充满自信。其论据严肃、典型，环环相扣，步步深入，有不容置辨的气势，是一篇成功的政论文。

【原文】

秦人居诸侯之地，而有万乘之志，侵辱六国，斩伐天下，不数十年之间，而得志于海内。至其后世，再传而遂亡。刘季起于匹夫，斩刘豪杰，蹶秦诛楚，以有天下。而其子孙，数十世而不绝。盖秦、汉之事，其所以起者不同，而其所以取之者无以相远也。

然刘、项奋臂于闾阎之中，率天下蜂起之兵西向以攻秦，无一成之聚，一夫之众，驱罢弊适戍之人，以求所非望，得之则生，失之则死。以匹夫而图天下，其势不得不疾战以趋利，是以冒万死求一生而不顾。今秦拥千里之地，而乘累世之业，虽闭关而守之，畜威养兵，拊循士卒，而诸侯谁敢谋秦？观天下之衅，而后出兵以乘其弊，天下夫谁敢抗。而惠文、武、昭之君，乃以万乘之资，而用匹夫，所以图天下之势，疾战而不顾其后，此宜其能以取天下，而亦能以亡之也。夫刘、项之势，天下皆非吾有，起于草莽之中，因乱而争之，故虽驰天下之人，以争一旦之命，而民犹有待于戡定，以息肩于此。故以疾战定天下，天下既安，而下无背叛之志。若夫六国之际，诸侯各有分地，而秦乃欲以力征，强服四海，不爱先王之遗黎，以为子孙之谋，而竭其力以争邻国之利，六国虽灭，而秦民之心已散矣。故秦之所以谋天下者，匹夫特起之势，而非所以承祖宗之业以求其不失者也。

昔者尝闻之：周人之兴数百年，而后至于文、武。文、武之际，三分天下而有其二，然商之诸侯犹有所未服，纣之众，未可以不击而自解也。故以文、武之贤，退而修德，以待其自溃。诚以为后稷、公刘、太王、王季勤劳不懈，而后能至于此，故其发之不可轻，而用之有时也。嗟夫！秦人举累世之资，一用而不复惜，其先王之泽，已竭于取天下，而尚欲求以为国，亦已惑矣。

【译文】

秦国的统治者在战国时代处于诸侯的位置上，但却胸怀统治全国的志向。于是，它就侵略齐、楚、燕、韩、赵、魏其他六国，讨伐征服全国。结果，不到几十年，秦人就统一了全国，秦始皇就成为全国的最高主宰。然而，国家统一以后，却只传了两代便灭亡了。刘邦身为普通百姓，起而造反，斩伐英雄豪杰，践踏秦国，诛杀项羽，夺取了天下，灭秦建汉，并且传了几十代而政权仍然延续不绝。秦、汉两朝政权，他们的起点是不同的，但他们夺取天下的做法却是相似的。

然而，刘邦、项羽是自民间揭竿起义，率领着全国蜂拥而起的士兵向西攻打秦国。他们原本连十平方里的地盘也没有，手下连一兵一卒也没有。只有疲乏困顿征守边疆的人，想达到他们非分的目的。这就是说，他们只有达到目的才能够活下来，否则便只有死路一条。作为一介草民来争夺天下，这种形势就决定了只能速战速决，所以他们能不惜冒着万死的危险去求得一线生机。秦国本来方圆上千平方里的土地，又有几代祖先创下的基业，即使是闭住函谷关维持现有的局面，只要积蓄威力，培养士兵，安抚自己的百姓，其他六国哪敢讨伐秦国？这样，只要静观天下的形势，发现有机可乘的时候再出兵，又有谁敢于抵抗呢？然而，身为一国之君却采用普通草民夺取天下的办法，只图速战速决，而不管其他。这样做的结果，固然可以很快夺取天下，但迅速灭亡也就有情可原了。刘邦、项羽当时的形势是，他们一无所有，他们只是在民间起来造反，想趁混乱之机夺取天下。所以，他们即使驱赶着天下的人们争夺国家政权，而老百姓还渴望混乱平定以后能有喘息的时间，他们速战速决平定天下。天下平定以后，老百姓自然便不再存有背叛他们的想法。至于战国时期，全国划为各个诸侯国，而秦国却想用武力来强行征服天下。他们不爱惜百姓的生命，也不为子孙考虑，而是竭尽全力去争夺邻国的利益。这样，其余六国尽管被消灭了，但秦国自己百姓的心也已经不再齐向秦国了。因此，秦国平定天下的办法，只是普通草民造反时采用的策略，而不是继承了祖宗的基业并务求不丧失的人所应当采取的。

从前，我曾经听说，周代的兴起，经过好几百年之后才到了文王、武王时期。周代在文王、武王的时候，三分天下已经有其二。但是商代的诸侯中仍有对周心存不满不愿服从，商纣王的军队也还没有到不攻自垮的程度。所以，贤能的文王、武王，并不急于攻取，而是把精力用在修善自己的德行上，静待时机，等候商朝自己崩溃。他们确实是从内心深处感到，周代经过后稷、公刘、太王、王季这些先王不懈的勤劳奋斗，才有了如今的大好形势，来之不易。所以他们决不轻举妄动，而要等待最合适的时机。啊！秦国把几代人积累的资本，一次性地用到夺取天下的战役中而不可惜。他们虽然平定了天下，但也因此而把历代祖宗遗留下来的恩泽消耗殆尽。这样，还想凭借这些来维护国家政权，太让人迷惑费解了。

汉 论

本文借汉朝事例说论“王道”，其观点鲜明，论述有力，行文自然。虽其思想酸腐，是封建士大夫文人的愚忠的一种体现，但文章写得灵活、生动、有理有据，不愧是论史议政的成功之作。

【原文】

古之圣人，制为君臣之分，天子以其一身，立乎天下之上，安受天下之奉己而不辞。天下之人，奇才壮士，争出其力，自尽于天子之下，而无所逃遁。此二者何为如此也？

天下之事，固其贤者为之也。仁人君子尽心以制天下之事，而无所不成；武夫猛士竭其力以翦天下之暴乱，而无所不定。此其类非不智且勇也，然而不得其君，则其心常鳃鳃然，旷四海而不能以自安，功成事业立，缺然反顾，而莫之能受。是以天下之贤才，其才虽足以取之，而常喜天下之有贤君者，利其有以受之也。盖古之人君，收天下之英雄，而不失其心，故天下皆争归之也。而英雄之士，因其君之资，以用力于天下，功成求得，而不敢为背叛之操。故上下相守，而可以至于无穷。惟其君臣相戾，而不能以相用，君以为无事乎其臣，臣以为无事乎其君，君无所用，以至于天下之不亲，臣无以用之，以至于茕茕而无所依，而天下始大乱矣。且彼不知夫天下之意也，天下之人，皆人臣也，而谁能以相从？惟其因天子之权而用之，是以虽其比肩之人，而莫敢抗。彼见天下之莫吾抗也，则以为天下之畏我，而不知己之戴君之威而行也。故或狃天下之畏己，而反以求去其君。其君既去，而天下之人，孰畏而不为变哉？

昔者西汉之衰，王莽窃取其人君之权而执之，以求取其天下。方其执之而未取也，天下不知其将取之，是以俯首而奉其所为。何者？天下之心，犹以为汉役之也。至于天下在莽，而其英雄之士，遂起而共攻之，不数年，而莽以大败。何者？天下不服无汉之王莽也。其后东汉之乱，献帝奔走于草莽之中，曹操出之以为帝王。当是之时，天下已无汉矣，而唯曹氏之为听。然天下之英雄，犹以为名，皆起而争之，终曹公之身，而不能以自安。犹幸其当时之人，皆知汉之天下已去，而操收之也，是以心服曹氏而安为之臣。故孔子曰：“天下有道，礼乐征伐自天子出。天下无道，礼乐征伐自诸侯出。自诸侯出，盖十世希不失矣。自大夫出，五世希不失矣。陪臣执国命，三世希不失矣。”盖天下之情，居下而于其上之政者，以为己之享其利也，而不知天下之争心皆将嚣然而不平。是以其素所服者愈狭，则其失之也愈速。何则？其不平者众也。故曰：“禄之去公室五世矣，政在大夫四世矣，而三桓之子孙微矣。”呜呼！公室既微，则三桓之子孙，天下之所谓宜盛者也，而终以衰弱而不振，则夫君臣之分可知也已。

【译文】

远古的时候，最具贤德的圣人就给君王和臣下规定了各自的本分：君王一个人高高地处在天下的一切人之上，心安理得地接受天下的人为自己奉献而不辞让；而天下的一切其他人，包括才能杰出的文士和勇猛强壮的武夫，都要积极贡献出自己的才能，为君王效力，没有人可以例外。究竟为什么要规定两种本分呢？

天下的事情，本来是贤能的人办的。那些品德高尚、才能出众的文士尽心竭力来办天下的事，没有办不成的事；那些勇猛强劲的武夫尽心竭力除灭天下的暴乱，没有平息不了的暴乱。这些人都并不是没有智慧、不够勇猛，如果上无君王统治，那他们的心里就常常会有一种恐惧感，普天下空空荡荡的，他们也会深感不安；事情成功以后，都会左顾右盼，却没有人敢于把功劳据为己有。所以，天下有才能的人，他们的才能虽然足够办成天下所有的事，但却总是希望国家能有一位贤明的君王，这正是因为只有君王才有资格享有这一切。古时候的君王，能够把天下的英雄豪杰都召集在自己身边，而又不让他们心里失望；而这些英雄豪杰也都能凭借着君王的资望在天下施展自己的才能，大功告成之后也不敢有丝毫背叛君王的想法。上下两方面都各自恪守本分，所以政权稳固，一朝一代地延续下去。只有君王和臣下彼此背叛，彼此不能为对方尽职尽责的时候，君王才以为没有必要为臣下做什么事，臣下也没有为君王做什么事的必要了。君王不对臣下尽职尽责，最后落得天下人都不敢亲近他的下场。臣下不对君王尽职尽责，最后就会发展到闷闷不乐，心里没有着落。这样，国家就要大乱了。而且，那些不能尽臣下职责的人实际上并不懂天下人的心愿。天下的人都是君王的臣下，彼此之间谁能让别人跟随自己呢？只是因为他们凭借着君王的权威来指使别人。所以即使与他们有等同的资格，可以平起平坐的人，也没人敢于违抗他。那些人看见天下的人都不敢违抗他，便以为天下的人都畏惧他，而不知道只是由于自己凭借君王的权威才会如此的。正是由于这些人一相情愿地以为天下的人真的是害怕自己，反而要以此为理由去弑君夺位。然而，君王一旦去掉，天下的人谁还会再惧怕他而不打起旗号造反叛变呢？

从前，西汉衰落的时候，王莽窃取皇帝的权力，而把这种权力据为自有，企图夺取汉代的天下。当他把皇帝的权力掌握在自己手中但还没有暴露要夺取汉朝天下的企图时，天下的人不知道他有夺取汉朝天下的野心，所以大家听从于他。为什么呢？因为天下人的心里还以为这是汉朝政权在指使他们。直到汉朝正式变成了王莽的政权。天下的英雄豪杰便群起而攻之。结果，没几年时间，王莽就彻底被打败了。为什么呢？这是因为天下的人不服篡权夺位的王莽。这之后，东汉又发生了变乱，汉献帝被迫颠沛流离，在荒野里逃窜的时候，曹操辅佐他重新成为皇帝。这个时候，汉代政权实际已经灭亡了，全国只听从曹操一个人的指挥。然而，天下的英雄豪杰还是打起恢复汉朝政权的旗号，与曹操争霸夺权，使得曹操直到老死时也不得安宁。所幸的是，当时的人们都清楚汉朝实际上已经灭亡，所以大家都甘心服从曹氏政权，而愿意安稳地成为这个政权的臣下。

所以，孔夫子说：“天下走上正轨的时候，礼乐征伐等各种号令都由天子发布；天下偏离正轨的时候，礼乐征伐等各种号令就都由诸侯来发布。在号令由诸侯发布的情况下，政权延续十代就极少有不垮台的；在号令由大夫发布的情况下，政权延续五代就极少有不垮台的；大夫的家臣如果掌握了诸侯国的命脉，政权延续三代就极少有不垮台的。”这是因为，凡是下属干预上级，都自以为自己享受到了上级的权利，而不知道这样一来，天下的人们便会愤愤不平，群起而攻之。所以，平素能折服的范围愈狭窄，那他的失败也就会愈快。为什么呢？因为这时候愤愤不平、心存不满的人就越来越多。所以孔夫子说：“鲁国百官的俸禄不由公室发出已经五代了，政权掌权在大夫的手中已经四代了，而大夫仲孙、叔孙、季孙这三桓的子孙却也衰微了。”啊！鲁国的公室既然已经衰微，那作为大夫的三桓的子孙，依照天下人们的一般认识，按理说是应该兴盛才对，而实际上却终于衰弱，并且一蹶不振。由此，君主与臣子之间的本分便由此可明白看见了。

三国论

有关三国的议论文章，历来众说纷纭，指点英雄，下笔各有千秋，苏辙此篇写法极尽开阖抑扬，出入转折，不可直通要旨，深得驭题之法。文中提及三国的君主，却只论得一个刘备。论刘备，却反论得一个汉高祖。孙琮云：“盖论得高帝明，则刘备之不及高帝自见；论得刘备透，则曹孙之不及刘备更可见。此真射马擒王手段，若他人为此，只向三国之君身上並长较短，不知更要费几多笔墨写来，又成坌相。”然而方苞曾云：“于刘、项三国情事俱不切，而在作者诸论中当为拔出者。”

【原文】

天下皆怯而独勇，则勇者胜；皆暗而独智，则智者胜。勇而遇勇，则勇者不足恃也；智而遇智，则智者不足用也。夫唯智勇之不足以定天下，是以天下之难蜂起而难平。盖尝闻之，古者英雄之君，其遇智勇也，以不智不勇，而后真智大勇乃可得而见也。

悲夫！世之英雄，其处于世，亦有幸不幸邪。汉高祖、唐太宗，是以智勇独过天下而得之者也；曹公、孙、刘，是以智勇相遇而失之者也。以智攻智，以勇击勇，此譬如两虎相併，齿牙气力，无以相胜，其势足以相扰，而不足以相毙。当此之时，惜乎无有以汉高帝之事制之者也。昔者项籍，乘百战百胜之威，而执诸侯之柄，咄嗟叱咤，奋其暴怒，西向以逆高祖，其势飘忽震荡，如风雨之至。天下之人，以为遂无汉矣。然高帝以其不智不勇之身，横塞其冲，徘徊而不得进，其顽钝椎鲁，足以为笑于天下，而卒能摧折项氏而待其死，此其故何也？夫人之勇力，用而不已，则必有所耗竭；而其智虑久而无成，则亦必有所倦怠而不举。彼欲用其所长以制我于一时，而我闭而拒之，使之失其所求，逡巡求去而不能去，而项籍固已惫矣。

今夫曹公、孙权、刘备，此三人者，皆知以其才相取，而未知以不才取人也。世之言者曰：孙不知曹，而刘不如孙。刘备唯智短而勇不足，故有所不若于二人者，而不知因其所不足以求胜，则亦已惑矣。盖刘备之才，近似于高祖，而不知所以用之之术。昔高祖之所以自用其才者，其道有三焉耳：先据势胜之地，以示天下之形；广收信、越出奇之将，以自辅其所不逮；有果锐刚猛之气而不用，以深折项籍猖狂之势。此三事者，三国之君，其才皆无有能行之者。独有一刘备近之而未至，其中犹有翘然自喜之心，欲为椎鲁而不能纯，欲为果锐而不能达，二者交战于中，而未有所定。是故所为而不成，所欲而不遂。弃天下而入巴蜀，则非地也；用诸葛孔明治国之才，而当纷繁征伐之冲，则非将也；不忍忿忿之心，犯其所短而自将以攻人，则是其气不足尚也。嗟夫！方其奔走于二袁之间，困于吕布，而狼狈于荆州，百败而其志不折，不可谓无高祖之风矣，而终不知所以自用之方。夫古之英雄，唯汉高帝为不可及也夫。

【译文】

全天下都怯懦而只有一个勇猛，那结果就是勇猛的人获胜；举世都愚昧而只有一个人聪明，那结果就是聪明的人获胜。要是勇猛的人与勇猛的人相遇，那么勇猛本身就不足以依赖了；要是聪明人与聪明人相遇，那么，聪明本身也就发挥不了什么作用了。正是因为单凭聪明或勇猛不足以平定天下，所以天下的战乱才多得像蜜蜂一哄而起那样很难平定。我曾经听说，古代可以称得上是英雄豪杰的君主，是用不智不勇的办法来对付智勇，然后才显示出他们真正的大智大勇来。

可悲啊！天下的英雄，处在世上，也有幸运与不幸运之别吗？汉高祖和唐太宗，是分别独自以智慧和勇猛远远超过天下的人而获得政权的。而曹操、孙权和刘备三人，却是智慧和勇猛碰到了一起，输赢难以定夺，因而谁也没有夺得全国的政权。以智慧攻智慧，以勇猛斗勇猛，这就像是两只勇猛的老虎相斗，不论是拼力气还是拼牙齿，谁也战胜不了对方，因而，其结果便只能是互相扰乱一番，却不可能把对方置于死地。在这个时候，很可惜没有人能够用汉高帝的那套办法来战胜对方。从前，项羽乘百战百胜的威风，又拥有着统辖诸侯的权力，暴怒呼喝，不可一世，向西迎击高祖，不可一世，就像暴风雨降临一般，天下的人们都以为刘邦就要不复存在了。但是，高祖却以他那不智不勇的身体，堵住交通要道，徘徊不前，那种愚钝的样子为天下人所耻笑。可是刘邦终于战胜项羽，直到使项羽自刎而死。这是什么缘故呢？人的勇猛气力，如果不停地使用，就肯定会逐渐消耗殆尽；人的智慧谋虑，如果总是无法成功，也就肯定疲倦怠惰而不再会产生灵感了。对方利用他的优势在很短的时间内制服我，而我却关闭起来避免与他正面交锋，让他无法达到目的。这样，他就会犹疑不决，进退失据。楚汉相争中一出现这种局面，用不着等待最后结果，项羽本来就已经失败了。

如今，曹操、孙权、刘备这三个人，都知道运用他们的才能互相取胜，却不懂得用“不才”的办法战胜别人。世上爱发议论的人说：“孙权才能上不如曹操，而刘备又比不上孙权。”刘备只因为勇猛有余见识不足，所以，比起另外两个人来，便有所不如。但他却不懂得以己之长取得胜利。也算是够糊涂的了。为什么这样说呢？因为，刘备的才能不在汉高祖之下，但却不懂得运用他的这种才能的办法。从前，在楚汉相争期间，汉高祖运用他的才能的办法不过是三点罢了：先占取有利地形，并把这种有利的形势展示在世人面前，让人们明白天下的大势所趋；广收召集韩信、彭越这样一些出类拔萃的将帅，用以辅佐自己，弥补自身的才能缺憾；自己本来具有果决锐利、刚强勇猛的气概，但却深藏不露，从而使项羽那种狂妄横行的气势深受挫折。这三个方面，三国时代的君主，凭借他们自己的才能，没有人能够实行。只有一个刘备，他的才能与高祖近似，但却没有真正达到高祖的那种程度，他的内心还有一种超群出众、沾沾自喜之意。所以，想显示愚钝，却不能达到；想表现得果决锐利，却又不能完全做到。就这样，两个方面在内外表里互相斗争，犹豫不决，因而所要办的事情办不到，想要得到的东西也不能如愿以偿。他不顾全国的大局，独自进入四川，而那里却并不是理想的地方；接纳重用诸葛孔明这种只善于治理国家的人才，却让他去应付纷繁复杂的战争就不是最适合的将领；他不能忍耐内心的愤怒，却去干自己不善于干的事情，亲自率领军队侵犯他人，这说明他的气度还不足以让人崇敬。啊！当他在袁绍、袁术之间疲于奔命的时候，当他备受吕布羞辱的时候，当他在荆州处于狼狈窘迫境地的时候，尽管屡战屡败，但他却桀傲不屈，不能说他没有汉高祖的风范气度，可他却最终也没有明白运用这种才能的办法。古时的英雄豪杰，只有汉高帝刘邦是没有人能够比得上的！

晋论

“自处太高”是晋代灭亡的根本原由吗？苏辙的这个观点鲜有赞同者，但此文立意坚决，反写正写，有理有据，一气呵成。茅坤云：“晋之士患在不习事，故无以经略当世。子由议之未当，而行文自佳。”而孙琮、王志坚等人都认同苏辙的评点，对其文章风采大加赞叹。

【原文】

御天下有道：休之以安，动之以劳，使之安居而能勤，逸处而能忧，其君子周旋揖让不失其节，而能耕田射御，以自致其力，平居习为勉强而去其惰傲，厉精而日坚，劳苦而日强，冠冕佩玉之人而不惮执天下之大劳。夫是以天下之事，举皆无足为者，而天下之匹夫，亦无以求胜其上。何者？天下之乱，盖常起于上之所惮而不敢为，天下之小人，知其上之有所惮而不敢为，则有以乘其间而致其上之所难。夫其上之所难者，岂非死伤战斗之患，匹夫之所轻而士大夫之所不忍以其身试之者耶？彼以死伤战斗之患邀我，而我不能应，则无怪乎天下之至于乱也。故夫君子之于天下，不见其所畏，求使其所畏之不见，是故事有所不辞，而劳苦有所不惮。

昔者晋室之败，非天下之无君子也。其君子皆有好善之心，高谈揖让，泊然冲虚，而无慷慨感激之操，大言无当，不适于用，而畏兵革之事。天下之英雄，知其所忌而窃乘之，是以颠沛陨越，而不能以自存。且夫刘聪、石勒、王敦、祖约，此其奸诈雄武，亦一世之豪也。譬如山林之人，生于草木之间，大风烈日之所咻，而雪霜饥馑之所劳苦，其筋力骨节之所尝试者，亦已至矣。而使王衍、王导之伦，清淡而当其冲，此譬如千金之家，居于高堂之上，食肉饮酒，不习寒暑之劳，而欲以之捍御山林之勇夫，而求其成功，此固奸雄之所乐攻而无难者也。是以虽有贤人君子之才，而无益于世；虽有尽忠致命之意，而不救于患难。此其病起于自处太高，而不习天下之辱事，故富而不能劳，贵而不能治。

盖古之君子，其治天下，为其甚劳而不失其高；食其甚美而不弃其粝。使匹夫小人，不知所以用其勇，而其上不失为君子。至于后世，为其甚劳而不知以自复，而为秦之强；食其甚美而无以自实，而为晋之败。夫甚劳者，固非所以为安；而甚美者，亦非所以自固。此其所以丧天下之故也哉！

【译文】

治理国家用正确的方法，这就是，既要以安定的生活条件使百姓得到休养，又要通过艰难困苦的环境锻炼考验他们，从而使他们生活舒适却能勤苦，居安却能思危。百姓中有修养、有知识的人，一方面都能按照礼教行事，不越规矩，同时又能耕田种地、驾车射箭，磨炼增强体力。平日无事，也要养成紧张的习惯，以便去掉懒惰的毛病。要使他们锻炼自已的精神，做到一天比一天意志坚定；要使他们经受艰难困苦的考验，做到一天比一天身强体壮。地位高贵的官员，要勇于去完成最艰难的工作。只有做到这些，那国家的一切事情才都可以办好，全都不足挂齿。只有做到这点，天下的那些独往独来、胆大妄为的人也就没办法犯上作乱了。为什么呢？因为国家局势动荡，常常是因为地处高位的人心理惧畏而对某些事情不敢去做。天下那些居心不良的人，知道地处高位的人害怕而不敢去做，这样他们就觉得有机可乘，从而制造出足以使地处高位的人感到为难的事来。地位高贵的人，不就是士大夫们不愿意自己碰到而那些独来独往、胆大妄为的人又看得很轻的战斗死伤一类事吗？那些人以战争死伤来威胁我们，而我们束手无措，这样，国家最后出现动乱，不足为怪。所以，贤能的人治理国家，要能无所畏惧。只有做到无所畏惧，才能遇到任何事情都不躲闪逃避，遇到任何艰险都不害怕。

从前，晋朝的失败，并不是当时国家无贤人。而是因为，当时贤能的人都只有一颗向善的心，只知高谈阔论，繁文缛节，心境淡泊，思想空虚，却缺乏慷慨激昂的节操。只知高谈阔论，空洞无用，而又都害怕战争。天下的英雄豪杰知道他们的忌讳所在，乘机而起，因而便使得晋朝的政权摇摇欲坠而不能自保。况且，刘聪、石勒、王敦、祖约这帮人，都是些奸诈雄猛之徒，也可称为豪强了。他们就像是山野里的人，生长在荒山野外，风吹日晒，饥寒交迫，身体经受的各种艰难困苦的磨炼，也可以算是达到极点了。当他们起兵作乱时，国家却让王衍、王导一班只知清谈的人去镇压抵抗他们。这就像是富贵人家，住的是高堂大屋，只知吃喝作乐，从来没吃过严寒酷暑的苦头，却想让他们去抵御生长在荒山野外的勇猛武夫，并且希望他们能够获得胜利一样。这当然是那些奸诈雄猛的人乐于攻击而丝毫也不觉得困难的了。所以，当时虽然有贤能的人才，于国家却无丝毫用处；那些人虽然有为国尽忠献身的心愿，但却拯救不了国家的患难。他们的弊病就在于把自已看得太高贵，而没有经受过天下低贱的事的锻炼和考验。结果，生活富裕而不能艰苦耐劳，地位高贵却不会治理国家。

古代贤明的君王，他们治理国家，让人干非常劳苦的事，却又不使人们丧失高贵的身份；让人品尝到精致美食，但也不让人们丢弃粗劣的食品。这样，就使那些胆大妄为、心术不正的人不知该从哪里下手起乱而使其阴谋得逞，而地处高位的却不失为贤明的人。到了后来，让人干非常劳苦的事，却不懂得让人恢复体力，休养生息，这就是秦国的所谓强大；让人享受特别精美的食品，却不能使他们自身充实强壮，这就是晋朝失败的最根本原因所在。非常劳苦的事情，本来就难以让人感到安居乐业；而只贪图享受特别精美的食品，也不是使自己能够变得坚强的好习惯。这大概就是秦国与晋朝政权被夺灭亡的缘故吧！

隋论

这篇文章是论隋守天下之失，不是论隋取天下之失。其行文奇特之处是，中间欲说隋视天下甚重，前后文都说圣人轻视天下，并不泛论一段甚重，并不挽带一句自附，笔墨高妙。此文构思巧妙，落笔俊健，两行内便有三节之韵，一冒一正一反。文中句句照应，连环相扣，秦隋并提，互相映证。其文笔意高明微妙，远处是其近处，淡处是其浓处，且宽处是紧，徐处是疾。文章结尾话语悠扬，余味悠长。

【原文】

人之于物，听其自附，而信其自去，则人重而物轻。人重而物轻，则物之附人也坚。物之所以去人，分裂四出而不可禁者，物重而人轻也。古之圣人，其取天下，非其驱而来之也；其守天下，非其劫而留之也。使天下自附，不得已而为之长，吾不役天下之利，而天下自至。夫是以去就之权在君，而不在民，是之谓人重而物轻。且夫吾之于人，已求而得之，则不若使之求我而后从之；已守而固之，则不若使之不忍去我，而后与之。故夫智者或可与取天下矣，而不可与守天下。守天下则必有大度者也。何者？非有大度之人，则常恐天下之去我，而以术留天下。以术留天下，而天下始去之矣。

昔者三代之君，享国长远，后世莫能及。然而亡国之暴，未有如秦、隋之速，二世而亡者也。秦、隋之亡，其弊果安在哉？自周失其政，诸侯用事，而秦独得山西之地，不过千里。韩、魏压其冲，楚胁其肩，燕、赵伺其北，而齐掉其东。秦人被甲持兵，七世而不得解，寸攘尺取，至始皇然后合而为一。秦见其取天下若此其难也，而以为不急持之，则后世且复割裂以为敌国。是以销名城，杀豪杰，铸锋镝，以绝天下之望。其所以备虑而固守之者甚密如此，然而海内愁苦无聊，莫有不忍去之意。是以陈胜、项籍因民之不服，长呼起兵，而山泽皆应。由此观之，岂非其重失天下而防之太过之弊欤？

今夫隋文之世，其亦见天下之久不定，而重失其定也。盖自东晋以来，刘聪、石勒、慕容垂、符坚、姚兴、赫连之徒，纷纷而起者，不可胜数。至于元氏，并吞灭取，略已尽矣，而南方未服。元氏自分而为周、齐。周并齐而授之隋。隋文取梁灭陈，而后天下为一。彼亦见天下之久不定也，是以既得天下之众，而恐其失之；享天下之乐，而惧其不久；立于万民之上，而常有猜防不安之心，以为举世之人，皆有曩者英雄割据之怀，制为严法峻令，以杜天下之变。谋臣旧将诛灭略尽，而独死于杨素之手，以及于大故。终于炀帝之际，天下大乱，涂地而莫之救。由此观之，则夫隋之所以亡者，无以异于秦也。

悲夫！古之圣人，修德以来天下，天下之所为去就者，莫不在我，故其视失天下甚轻。夫惟视失天下甚轻，是故其心舒缓，而其为政也宽。宽者生于无忧，而惨急者生于无聊耳。昔尝闻之：周之兴，太王避狄于歧，豳之人民扶老携幼，而归之岐山之下，累累而不绝，丧失其旧国，而卒以大兴。及观秦、隋，唯不忍失之而至于亡，然后知圣人之为是宽缓不速之行者，乃其所以深取天下者也。

【译文】

人对于物，如果能做到任从它主动依附又听任它自己离开，这样，就会使人相对于物，其重量便会增加。人的分量加重、物的分量减轻，这样，物对人的依附反而会更加牢固。物所以会离开人四散，原因就在于物的分量重而人的分量轻。古代人格品德最杰出的帝王，他们据有天下，并不是凭借武力强迫人们来顺从依附于他；他们保持政权，也不是强行劫持人们留在自己这里。他们能让天下的人主动地听从依附于他，而自己实际上迫不得已充当了这些依附他人的人的头领。从我自己来说，不去役使天下的人为我所用，而天下的人却主动来为我所用。这样，来去的权利就牢牢地把握在君王手中，而不在百姓手中。这就叫人的分量大于物的分量。况且，自己对于别人，勉强追求而得到，总不如让别人主动要求来依附自己，然后答应别人的请求；自己死守着把别人固定在这里，总不如让他们不愿意离开自己，而后答应他们继续留下来。所以，有智慧的人，有的可以与他们一起来夺取天下，却不能够与他们一起来保持政权，因为保持政权需要气度宏大的人。为什么呢？因为，心胸狭窄的人，常常担心天下的人会离开自己而去，于是便总是玩弄权术来留住天下的人。而如果到了只有依靠权术才能收留人的时候，那天下的人也就开始离他而去了。

从前，夏、商、周三代的君王，他们的国家长久，以后的世代没有能比得上的。而国家政权迅速灭亡的，要首推秦国与隋朝，都是只经过两代便灭亡了。秦国与隋朝的灭亡，根源究竟是什么？自从周代丧失政权以后，诸侯国便各自为政。秦国距秦岭以西不过一千里，韩、魏两国挡在它的正面，楚国就像是威胁着它的肩部，燕、赵两国窥伺在它的北边，而齐国却大摇大摆地据守在它的东边。那时候，秦国人身披盔甲，手执武器，经过七代的不懈战斗，一点一点地扩大地盘，直到秦始皇以后才统一了全国。秦国看到自己夺取天下是如此的艰难，便以为如不严加把持，用不了多久国家就会分裂割据，各个地方又会变成与自己敌对的势力。于是，就把有名的大城池销毁，杀死天下枭雄，销毁天下所有兵器，企图通过这些措施使天下人叛离的希望彻底破灭。秦国人用来预防祸患和牢固守卫的措施，竟然严密到如此程度。然而，这样做的结果，却导致全国百姓愁怨困苦，百无聊赖，没有不想离开它的。所以，陈胜、项籍就顺从响应了百姓这种不愿臣服的心理，振臂高呼，举兵起义，赢得了全国各地的响应。由此看来，秦国灭亡的如此迅速，难道不正是因为它把丧失政权看得太重，从而防范过分严密造成的恶果吗？

隋朝建国之初，隋文帝大概也是看到天下局势混乱，长久不能安定，很害怕丧失统一安定的国家形势，自从东晋以来，天下大乱，刘聪、石勒、慕容垂、苻坚、姚兴、赫连等一批人纷纷起义，多得让人数都数不过来。到了拓拔氏，才吞并消灭了北方各处列强，建立了北魏王朝，但仍然没有统一南方。北魏后来又分裂为北周、北齐。北周吞并了北齐，而隋朝又夺取了北周的政权。以后，隋文帝逐一灭了南方的梁、陈两朝政权，这才最后统一了全国。隋文帝也是看到天下长期不得安定，建立了全国的统一政权之后，又害怕失掉政权；享受到了把天下据为己有的帝王的快乐之后，又害怕这种享乐长久不了。所以，他尽管处在全国百姓之上，却时常心存疑忌，惴惴不安，以为天下的所有人全都有以往那些豪强们割据独立的思想。于是，他就制定了严酷的法令来杜绝天下人们发动变乱，把过去帮助他的谋臣将领几乎诛杀殆尽。然而，他却偏偏死在自己的宠臣杨素手中，并由此使隋朝政权出现祸患，终于在隋炀帝时天下大乱，隋朝政权无法挽救，彻底灭亡。由此看来，隋朝政权遭到灭亡，原因与秦国也没有什么不同。

可悲啊！上古超凡出众的帝王注重品德修养，以此来吸引天下的人；天下的人是决定依附还是决定离开，主动权都掌握在帝王的手中。所以，那些超凡出众的帝王把失去权力看得很轻。正因为他们把失去权力看得很轻，所以能够做到心胸开阔，在制定政策上很宽松。政策的宽松，根源就在于他们心中没什么忧虑；而政策的严酷，根源就在于掌握政权觉得特别无依靠。我过去曾经听说，周代兴起的时候，太王为了避免北方少数民族的侵袭骚乱，迁到了岐山一带。而原先在豳地的百姓，却全都扶老携幼，到岐山一带来归附太王，道路上的人竟然连绵不绝。结果，周代尽管丢弃了原先的旧地盘，但国家势力却反而大大增强。反观秦国与隋朝，正是由于不愿意失去，结果造得其反灭亡得更为迅速。明白了历史上的这些成败得失，然后才会真正地领会到，那些超凡出众的帝王制定的宽松舒缓的政策，正是他们能够深深吸引住天下人的好办法。

唐 论

茅坤曾这样评论此文："此等文古今有数。"而唐顺之云："深究利害，是大文字。"细读之下，作者见识果然高明，论事极有分寸，其文章体式似从柳宗元的《封建论》中脱化出来。"通篇虽然内外并举，而大段归宿外重一边。欲重外以反秦汉以来，偏于内重之弊，则当如唐分地于节度。其意实以讽宋。"(徐扬贡语)文章立意精警，用笔相当雄健，是一篇传世名作。

【原文】

天下之变，常伏于其所偏重而不举之处，故内重则为内忧，外重则为外患。古者聚兵京师，外无强臣，天下之事，皆制于内。当此之时，谓之内重。内重之弊，奸臣内擅而外无所忌，匹夫横行于四海而莫能禁。其乱不起于左右之大臣，则生于山林小民之英雄。故夫天下之重，不可使专在内也。古者诸侯大国，或数百里，兵足以战，食足以守，而其权足以生杀，然后能使四夷、盗贼之患不至于内，天子之大臣有所畏忌，而内患不作。当此之时，谓之外重。外重之弊，诸侯拥兵，而内无以制。由此观之，则天下之重，固不可使在内，而亦不可使在外也。

自周之衰，齐、晋、秦、楚，绵地千里，内不胜于其外，以至于灭亡而不救。秦人患其外之已重而至于此也，于是收天下之兵而聚之关中，夷灭其城池，杀戮其豪杰，使天下之命皆制于天子。然至于二世之时，陈胜、吴广大呼起兵，而郡县之吏，熟视而走，无敢谁何。赵高擅权于内，颐指如意，虽李斯为相，备五刑而死于道路。其子李由守三川，拥山河之固，而不敢较也。此二患者，皆始于外之不足而无有以制之也。至于汉兴，惩秦孤立之弊，乃大封侯王。而高帝之世，反者九起，其遗孽馀烈，至于文、景而为淮南、济北、吴、楚之乱。于是武帝分裂诸侯，以惩大国之祸，而其后百年之间，王莽遂得以奋其志于天下，而刘氏之子孙无复龃龉。魏晋之世，乃益侵削诸侯，四方微弱，不复为乱，而朝廷之权臣，山林之匹夫，常为天下之大患。此数君者，其所以制其内外轻重之际，皆有以自取其乱而莫之或知也。

夫天下之重，在内则为内忧，在外则为外患。而秦汉之间，不求其势之本末，而更相惩戒，以就一偏之利，故其祸循环无穷而不可解也。且夫天子之于天下，非如妇人孺子之爱其所有也。得天下而谨守之，不忍以分于人，此匹夫之所谓智也，而不知其无成者，未始不自不分始。故夫圣人将有所大定于天下，非外之有权臣，则不足以镇之也。而后世之君，乃欲去其爪牙，剪其股肱，而责其成功，亦已过矣。夫天下之势，内无重，则无以威外之强臣，外无重，则无以服内之大臣，而绝奸民之心。此二者，其势相持而后成，而不可一轻者也。

昔唐太宗既平天下，分四方之地，尽以沿边为节度府，而范阳、朔方之军，皆带甲十万，上足以制边陲之难，下足以备匹夫之乱，内足以禁大臣之变。而将帅之臣常不至于叛者，内有重兵之势，以预制之也。贞观之际，天下之兵八百余府，而在关中者五百，举天下之众，而后能当关中之半。然而朝廷之臣亦不至于乘间衅以邀大利者，外有节度之权以破其心也。故外之节度，有周之诸侯外重之势，而易置从命，得以择其贤不肖之才。是以人君无征伐之劳，而天下无世臣暴虐之患。内之府兵，有秦之关中内重之势，而左右谨饬，莫敢为不义之行。是以上无逼夺之危，下无诛绝之祸。盖周之诸侯，内无府兵之威，故陷于逆乱而不能自止。秦之关中，外无节度之援，故胁于大臣而不能以自立。有周秦之利，而无周秦之害，形格势禁，内之不敢为变，而外之不敢为乱，未有如唐制之得者也。而天下之士不究利害之本末，猥以成败之遗踪而论计之得失，徒见开元之后，强兵悍将皆为天下之大患，而遂以太宗之制为猖狂不审之计。

夫论天下，论其胜败之形，以定其法制之得失，则不若穷其所由胜败之处。盖天宝之际，府兵四出，萃于范阳，而德宗之世，禁兵皆戍赵、魏，是以禄山、朱泚得至于京师，而莫之能禁，一乱涂地。终于昭宗，而天下卒无宁岁。内之强臣，虽有辅国、元振、守澄、士良之徒，而卒不能制唐之命，诛王涯，杀贾㔸，自以为威震四方，然刘从谏为之一言，而震慑自敛，不敢复肆。其后崔昌遐倚朱温之兵以诛宦官，去天下之监军，而无一人敢与抗者。由此观之，唐之衰，其弊在于外重，而外重之弊，起于府兵之在外，非所谓制之失，而后世之不用也。

【译文】

天下的祸乱，往往潜伏在给予较重分量而举不起来的地方。所以，内部重的时候便形成内患，外部重的时候便形成外患。古时候把军队全都集中在京城，地方上没有势力强大的臣僚，国家的一切事情的管理权力都集中于中央。在这种时候，就叫作内重。内重的弊端在于，容易造成奸臣专权而丝毫不用顾忌地方势力的反对；地方上独来独往的人到处横行，又没有力量能够禁止。这样一来，变乱不是由朝廷里的大臣挑起，便是在荒野百姓的豪强中产生。所以，国家力量的重心，决不可仅仅集中在中央。古时候的诸侯国，大的方圆数百里，军队足以应付战争，食物足以保证守卫，国君又掌握着生杀大权，这样，周边少数民族与国内盗贼制造的祸乱便不至于威胁到中央，而身处中央的大臣也对他们心存畏惧，不敢在中央制造变乱。在这种时候，就叫作做重。外重的弊端在于，容易造成地方势力仰仗兵权逞强，而中央却没办法加以制伏。由此看来，国家权力的重心固然不可以集中于中央，但也不能使重心偏落在地方。

自从周代衰败以后，齐、晋、秦、楚四国的土地都绵延千余里。地方力量大于中央，才终于使得国家政权灭亡而无法挽救。秦国人曾担忧地方力量过重会导致国家政权灭亡，于是就把全国各地的武器都没收汇聚在京城咸阳，又把各地的大城池销毁，杀死无数英雄豪杰，从而使国家的命脉完全控制在了中央的手中。然而，到了秦二世的时候，陈胜、吴广振臂高呼，举兵起义，州县的官吏却全都仓皇逃走，无人敢与之抵抗。而赵高又在朝廷内部专权，颐指气使，终于使贵为丞相的李斯也竟然备尝五种酷刑的残害而死在道路之上。当时，李斯的儿子李由正据守在三川之地，尽管那里地势险要易于防守，但他也不敢同赵高对抗。陈胜、吴广举兵于山野与赵高专权于中央，这两种祸患，全是由于地方势力不强，没有能力加以制止而造成的。到了汉代建国以后，吸取了秦国孤立无援的教训，便极力将同姓封为王侯贵族，使他们遍布全国各地。然而就在汉高祖在位的时候，侯王制造动乱的，先后就有九起。动乱虽然全部平息，但各侯王的后代却仍然继续积蓄力量，到了文帝、景帝时便终于爆发了以淮南、济北、吴、楚为首的“八王之乱”。于是，汉武帝又吸取诸侯国势强大、容易制造祸乱的教训，分割原来的诸侯国，大大缩小了他们的势力范围。但这样一来，只过了百年时间，王莽就将权力集中于中央，并逐渐篡夺了汉代的政权，而刘氏的子孙后代却束手无策。到了魏、晋的时候，诸侯势力被进一步削弱，地方势力极大地衰弱，再也没有能力制造动乱了。然而，也正是由于这一点，朝野中专权的奸臣，山野里独往独来、胆大妄为的坏人，又成了国家的隐患。以上这些帝王，他们在权衡内外力量轻重时候，都往往是自己选择了造成祸乱之道，而自己还未曾明白这一点。

国家中央的力量强大，祸患就发生在中央；地方的力量强大，祸患就会出自地方。然而，秦、汉两代，不去探讨事变发生的原因，却只是盲目错误地吸取教训，片面地追求偏重于某一方面所得到的好处，所以他们的祸患便循环往复，无穷无尽，最终还是免不了落个灭亡的下场。况且，帝王对于天下，不能像妻子、小孩儿那样当成自己的来爱惜。夺取了政权，如果只是一味地谨慎守护着，不舍得把权力适当地分给别人，只称得上是独来独往的人的智慧。岂不知，他们之所以不能最终永保成功，没有不是因为不想分散权力造成的。所以，那些人格品德超凡出众的帝王，为了最大程度地稳定国家政权，深知如果没有强大的地方势力，便不足以钳制中央企图专权的奸臣。而后代的国君们，却要剪去自己的爪牙，除掉自己的股肱，企图以此来求得政权的稳定，也实在是错得荒谬。我个人以为，就国家的整个形势而言，如果中央力量不强大，便无法在地方的强大势力面前产生威严效果；而如果地方势力不强大，便无法震慑中央掌握大权的重臣，也没能力杜绝百姓中那些一心想造反的坏人的企图。这两个方面，只有造成互相牵制的形势，然后才可以获得成功，而决不能出现一轻一重的局面。

从前，唐太宗平定了天下以后，重新划分区域，把边防地区都作为节度使的使府，其中范阳、朔方的军队，竟有十万人之多。这样一来，他们对外就足以防备周边少数民族政权的侵扰，对下就足以应付胆大妄为的人的造反作乱，而对内又足以钳制朝廷大臣制造变故。而这些在外血战的将帅们所以不至于拥兵叛乱，则又在于朝廷同样拥有重兵在预先钳制着他们。唐太宗贞观年间，全国的府兵有八百多处，而在关中一带就有五百多处，全国的军队正好相当于关中的一半。然而，朝廷里掌握大权的重臣仍然不敢乘此时机犯上作乱，就因为地方上的节度使势力强大，使他们不敢有丝毫妄想。所以，唐代全国各地的节度使，有相当于周代诸侯的强大形势，却又不像诸侯分封之后就不再变动，而是任命调动完全服从中央，使中央可以选贤任能，罢黜庸才，这样就使得国君不必再饱受亲自率军征战的劳苦，而天下又杜绝了世袭权臣起兵作乱的祸患。唐代中央的府兵，有像秦代那样关中一带中央权重的形势，但又能做到相互防范钳制，谁也不敢有作乱犯上的行为。因而，国君既没有被逼让位的危险，而臣下也不存在被杀戮的祸患。而周代时的诸侯，正因为中央没有像唐代拥有府兵那样的权威，所以往往诸侯叛乱中央陷于困难之中而无法抑制。而秦国的关中一带，由于没有像唐代各地节度使那样的声援，因而国君便受到大臣的要挟而不能独立自主。因而，既有周代、秦国的长处所在，又避免了周代、秦国的害处，做到各种势力互相制约，既能使中央的权臣不敢发动政变，又能使地方势力也不敢制造动乱，还从来没有像唐代所实行的制度这么周密完全的。

然而，天下的人们，不追究利害原因，多数人却仅仅根据成败的历史陈迹来判断政策的得失。他们只看到唐代开元年间以后节度使拥有重兵，成为国家的极大祸患，便认为唐太宗制定政策不够慎重，随意妄行。啊！探讨国家大事，只就胜败的表面现象发议论，从而据此认定它的法律制度的功过得失，则远不如进一步深究造成胜败结果的原因。实际上，唐玄宗天宝年间，中央兵力四散，集中于范阳一带；唐德宗时，禁兵又全都屯戍在赵、魏一带。这才使安禄山、朱泚得以乘虚到达京城，中央无力镇压。结果，安禄山的一场暴乱，就使唐王朝一败涂地。从此以后，唐王朝直到接近覆灭的唐昭宗时代，没有一年安宁过。中央朝廷内虽然有李辅国、程元振、王守澄、仇士良这样一班掌握重权的宦官，但也最终没能使唐王朝逃脱灭亡的命运。尽管他们诛杀了王涯、贾郇，自以为可以威震四方了，但节度使刘从谏一发异议，他们便恐惧收敛，自此再也不敢为所欲为。后来，崔昌遐倚仗着节度使朱温的军队诛杀宦官，废除掉中央派在地方军队里的监军，最终无人有胆量相对抗。由此看来，唐王朝的衰败，弊病是在于地方力量的权势过重。然而，地方力量权力过于大的原因，却是由于府兵全都屯驻在远离中央的地方，与唐朝制度本身并没有关系。然而，可悲的是，后代却不再延袭采用唐代的这种制度了。

五代论

“五代”从公元907年至公元960年，其间共历五十四年，其王朝持续时间最长的是后梁，仅十七年，最短的后汉仅有三年。频繁更替的朝代都很短命，原因何在呢？苏辙此文例举了商、周兴盛而长久的原因——“其成功甚难，而享天下之利重缓也”。又以晋文公、汉高祖的建功立业的经历为证，提出作者的观点：“有可以取天下之资而不用，有可以乘天下之势而不顾，抚循其民，以待天下之自重。”而对纷乱的五代群雄的败绩，该文持这样两个观点，就是“故夫取天下不可以侥幸于一时之利，侥幸于一时之利，则必将有万岁不已之患”。帝王取天下，有近利者必有远忧，如果没有深厚的统治基础，想要流传下去是不容易的。

【原文】

昔者商周之兴，始于稷、契，而至于汤、武，凡数百年之间，而后得志于天下。其成功甚难，而享天下之利至缓也。然桀、纣既灭，收天下，朝诸侯，自处于天子之尊，而下无不服之志，诛一匹夫，而天下遂定，盖其用力亦甚易而无劳也。至于秦汉之际，其英雄豪杰之士，逐天下之利惟恐不及，而开天下之衅惟恐其后之也。奋臂于大泽，而天下之士云合响应，转战终日，而辟地千里。其取天下，若此其无难也。然天下已定，君臣之分既明，分裂海内，以王诸将，将以传之无穷，百世而不变。而数岁之间，功臣大国反者如猕毛而起。是何其取之之易而守之之难也？

若夫五代干戈之际，其事虽不足道，然观其帝王起于匹夫，鞭笞海内，战胜攻取。而自梁以来，不及百年，天下五擅，远者不过数十年，其智虑曾不足以及其后世，此亦甚可怪也。盖尝闻之：梁之亡，其父子兄弟自相屠灭，虐用其民，而天下叛；周之亡，适遭圣人之兴，而不能以自立。此二者君子之所以不疑于其间也。而后唐之庄宗、明宗与晋、汉之高祖，皆以英武特异之姿，据天下大半之地，及其子孙材力智勇亦皆有以过人者，然终以败乱而不可解，此其势必有以自取之也。盖唐、汉之乱，始于功臣，而晋之乱，始于戎狄，皆其以易取天下之过也。庄宗之乱，晋高祖以兵趋夷门，而后天下定于明宗；后唐之亡，匈奴破张达之兵，而后天下定于晋；匈奴之祸，周太祖发南征之议，而后天下定于汉。故唐灭于晋，晋乱于匈奴，而汉亡于周。盖功臣负其创业之勋，而匈奴恃其驱除之劳，以要天子。听之则不可以久安，而诛之则足以召天下之乱，戮一功臣，天下遂并起而轧之矣。故唐夺晋高祖之权而亡，晋绝匈奴之和亲而灭，汉诛杨邠、史肇而周人不服，以及于祸。彼其初，无功臣，无匈奴，则不兴；而功臣、匈奴卒起而灭之。

故古之圣人，有可以取天下之资而不用，有可以乘天下之势而不顾，抚循其民，以待天下之自至。此非以为苟仁而已矣，诚以为天下之不可以易取也。欲求天下而求之于易，故凡事之可以就天下者，无所不为也。无所不为而就天下，天下既安而不之改，则非长久之计也。改之而不顾，此必有以忤天下之心者矣。昔者晋献公既没，公子重耳在翟，里克杀奚齐、卓子而召重耳。重耳不敢入。秦伯使公子絷往吊，且告以晋国之乱，将有所立于公子。重耳再拜而辞，亦不敢当也。至于夷吾，闻召而起，以汾阳之田百万命里克，以负蔡之田七十万命丕郑，而奉秦以河外列城五。及其既入，而背内外之赂，杀里克、丕郑而发兵以绝秦，兵败身虏，不复其国。而后文公徐起而收之，大臣援之于内，而秦、楚推之于外，既反而霸于诸侯。唯其不求入，而人入之，无赂于内外，而其势可以自入。此所以反国而无后忧也。

其后刘季起于丰沛之间，从天下武勇之士入关，以诛暴秦，降子婴。当此之时，功冠诸侯，其势遂可以至于帝王。此皆沛公之所自为，而诸将不与也。然至追项籍于固陵，兵败，而诸将不至，乃捐数千里之地以与韩信、彭越，而此两人卒负其功，背叛而不可制。

故夫取天下不可以侥幸于一时之利。侥幸于一时之利，则必将有百岁不已之患。此所谓不及远也。

【译文】

从前，商、周两代的兴盛，一个始于契，一个始于稷。而商代直到成汤，周代直到武王，经过了好几百年的时间，才夺得天下。他们获得成功非常艰难，都是经过漫长的时间才开始享受到了夺取天下的好处。正因为如此，所以商代消灭了夏桀、周代消灭了商纣以后，占有天下，让所有的诸侯都朝会，使自己处于天下最高主宰的地位，而臣下没有不折服的。商代只消灭了夏桀这个独夫，周代只消灭了商纣这个独夫，便能使天下安定。从这个意义上说，它们所花气力很小，也没有付出太多的辛劳。到了秦代、汉代的时候，英雄豪杰蜂拥而起，大家都想夺取江山以获利，谁都怕自己落在后边；大家都想先挑起事端，使天下混乱，谁都不甘居于人后。于是，英雄豪杰们振臂高呼，天下的人们便群起响应，四面汇集到他们的周围。这些英雄豪杰，率领大众转战一天，就可以占领千里范围的土地，他们夺取天下竟是如此的容易。天下平定之后，确定了君臣的名分，又把全国的土地分别赐给有功将领，封他们为王，希望能够这样不断继承下去永世不变。然而，仅仅几年之内，那些有功将领与势力大的王国揭竿造反的事件就像刺猬的毛一样多。为什么他们夺取天下如此容易，而保天下又这么艰难呢?

至于梁、唐、晋、汉、周五代这一段战争蜂起的时期，其间发生的事件尽管没有什么值得论说的，但是，他们各代的帝王都是平民出身。然后驰骋海内，用武力夺取天下。然而，从梁代到周代，竟然在不到一百年的时间里，却更换了五个朝代，最长的也不过几十年，他们的智慧竟然没有传及下一代，这也太让人感到奇怪了。我曾经听说，梁代的灭亡，起因是他们父子兄弟之间自相残杀，虐待百姓而引起天下背叛。周代的灭亡，是因为恰逢有圣明的宋太祖兴起，所以它便无法继续立国，只好灭亡。这两个朝代的灭亡，实属理所当然，有道德的人们对此无话可说。然而，后唐的庄宗、明宗与后晋的高祖、后汉的高祖，都是英武特异的人物，并且凭借他们的杰出才能占据了大半个天下。就连继承他们事业的子孙，也都有超人的智慧和胆量。但最终却也都相继破败覆灭，实在让人不可理解。看来，历史发展趋势必然导致它们自取灭亡。实际上，后唐、后汉的变乱起始于有功劳的大臣，而后晋的变乱则是由北方的少数民族引起的。他们的失败，都是由于夺取天下太容易的缘故。后唐庄宗时发生叛乱，石敬瑭率兵赶至夷门，辅佐明宗继承皇位。后唐灭亡的时候，先是匈奴人击败张达的军队，继而石敬瑭取代后唐，自立为晋高祖。匈奴之祸，起于周太祖建议南征，而使南朝建立了后汉。所以，后唐被后晋消灭，后晋又由于抵挡不住匈奴侵扰而败亡，而后汉则被后周所灭。这些变乱的根本原因是，功臣自恃有创业之功，匈奴人也自恃有驱赶之劳，他们都用自己的功劳来要挟天子。皇帝如果听从摆布，那政权就不可能长治久安；如果诛灭他们，就会引起天下大乱，只要动一个功臣，其余的人就会群起而攻之。因此，后唐夺了晋高祖的权而导致灭亡，后晋断绝了与匈奴的和亲政策而灭亡，后汉诛杀了杨邠、史肇两人而后周的人不服气，最终将后汉消灭。这几个朝代，开始时如果没有那些功臣与匈奴，便不可能夺取天下、建立政权。但最终却又是功臣和匈奴出其不意地消灭了他们。

因此，古代最具品德才能的人，他们即使具有夺取天下的资本也不利用，即使具备驾驭天下的形势的能力也不看重，而是把精力集中在抚恤顺应老百姓上，以便等待天下自然而然地归于已有。他们并非有意地作出一种仁道的姿态，而是确实认识到天下决不可能轻易地取得。想夺取天下而寄希望于能够轻易地夺取，那么，只要是对夺取天下有利的事情，他就会无所不为。而凡是不择手段地夺取了天下，等到天下安定之后，如果不把这种风气加以扭转，则别人也会效法，势必不是长久之计；而如果无所顾忌地加以改变，这样又势必会触犯天下某些人的意愿，因而结果仍然会很糟糕，古时候，晋献公死的时候，公子重耳正在翟地。里克杀死公子奚齐、卓子，召重耳继位，而重耳却不愿回去。秦伯派遣公子絷前往吊慰，并且告诉重耳晋国国内一片混乱，答应秦国将拥立重耳当国君。但重耳却仍然再三拜谢辞避，不敢承当。重耳既不应命，里克便派使者迎立公子夷吾。公子夷吾闻召立刻动身，并且答应把汾阳之百万亩地封给里克，把负蔡之田七十万亩封给丕郑，还答应把河西的五座城池奉献给秦国。但夷吾回到晋国继位之后，却违背了原来作出的对内对外所有许诺，不仅杀了里克、丕郑，还出兵征讨秦国。结果，晋兵大败，夷吾也被秦军俘虏，不能返还晋国。在这种情况下，公子重耳才从容地站出来收拾残局。在国内有大臣们拥戴他，秦、楚两国也在国外援助他，结果，重耳返回晋国，自立为晋文公，终于成为诸侯的霸主。正是因他自己不急于返回晋国而别人却主动请求他回去，所以他用不着贿赂国内外的当权者。就当时的形势而言，他完全是凭借着一已之力返回晋国、执掌政权的，因此，重耳返国以后，便没有留下后患。

后来，刘邦在沛县丰邑崛起。率领天下的勇武兵卒西入函谷关，消灭了秦国，虏获了子婴。这个时候，刘邦功盖各路诸侯。若照此形势发展下去，刘邦显然可以顺理成章地当上帝王。而且，这完全是凭借刘邦自己的力量，手下的将领无力与他相比。然而，后来刘邦追赶项籍到固陵，自己打了败仗，手下的将领却迟迟不来救援。于是，刘邦只好拿出几千里土地封给韩信、彭越。结果，二人自恃辅佐刘邦有功，最终背叛了刘邦而不可控制。

因此，夺取天下决不可心存侥幸，寄希望于一时的好运气，凭偶然的机会获得的成功，必将留下百年难治的祸患。这种祸患，必然会导致政权难以长久地维持。

蜀论

苏辙本是蜀人，因此论蜀头头是道，说来底气十足，颇有真知灼见。此篇为论证“天下之人，知夫至刚之不可屈，而不知夫至柔之不可犯”，便以秦、晋之人与蜀汉之人为例，点明“故虽秦、晋之勇，而其为乱也，志近而祸浅；蜀人之怯，而其为变也，怨深而祸大”，从而亮出作者的感慨“古者君子之治天下，强者有所不惮，而弱者有所不侮”。文章说理严密，进退有度，末尾一句喟叹为文添加了鲜活的情感。

【原文】

匹夫匹妇，天下之所易也；武夫任侠，天下之所畏也。天下之人，知夫至刚之不可屈，而不知夫至柔之不可犯也。是以天下之乱，常至于渐深而莫之能止。盖其所畏者，愈骄而不可制，而其所易者，不得志而思以为乱也。秦、晋之勇，蜀、汉之怯，怯者重犯禁，而勇者轻为奸，天下之所知也。当战国之时，秦、晋之兵弯弓而带剑，驰骋上下，咄嗟叱咤，蜀、汉之士所不能当也。然而天下既安，秦、晋之间，豪民杀人以报仇雠，椎埋发冢以快其意，而终不敢为大变也。蜀人畏吏奉法，俯首听命，而其匹夫小人，意有所不适，辄起而从乱。此其故何也？观其平居无事，盗入其室，俱伤而不敢校，此非有好乱难制之气也。然其弊常至于大乱而不可救，则亦优柔不决之俗，有以启之耳。

今夫秦、晋之民，倜傥而无所顾，负力而傲其吏。吏有不善，而不能以有容也，叫号纷呶，奔走告诉，以争毫厘曲直之际，而其甚者，至有怀刃以贼其长吏，以极其忿怒之节，如是而已矣。故夫秦、晋之俗，有一朝不测之怒，而无终身戚戚不报之怨也。若夫蜀人，辱之而不能竞，犯之而不能报，循循而无言，忍诟而不骤发也。至于其心有所不可复忍，然后聚而为群盗，散而为大乱，以发其愤憾不泄之气。故虽秦、晋之勇，而其为乱也，志近而祸浅；蜀人之怯，而其为变也，怨深而祸大。此其勇怯之势，必至于此而无足怪也。是以天下之民，惟无怨于其心，怨而得偿，以快其怒，则其为毒也，犹可以少解。惟其郁郁而无所泄，则其为志也远，而其毒深，故必有大乱，以发其怒而后息。

古者君子之治天下，强者有所不惮，而弱者有所不侮，盖为是也。《书》曰："无虐茕独，而畏高明。"《诗》曰："不侮鳏寡，不畏强御。"此言天下之匹夫匹妇，其力不足以与敌，而其智不足以与辩，胜之不足以为武，而徒使之怨以为乱故也。嗟夫，安得斯人者，而与之论天下哉！

【译文】

普通的男女百姓，天下的人们都不重视；武夫侠客，天下的人们都觉得畏惧。天下的人们，只知道特别刚强的人不可屈服，却不知道特别柔弱的人其实也是不可侵犯的。因此，天下的混乱局面，常常是逐步加深，最后发展到不可收拾。因为，让人感到畏惧的武夫侠客越来越骄横而难以控制，而人们所轻视的普通男女百姓，意志总是被压抑，便想起来造反。

秦、晋一带的人们生性勇悍，蜀、汉一带的人们生性懦弱。懦弱的人们把触犯禁令看得很重，而勇悍的人们却随便就可以干出违法的事来。这是天下的人们都明白的。在战国时代，秦、晋两国的士兵弯弓带剑，上下奔驰，呼喊叫嚣，蜀、汉一带的士兵根本没有办法抵挡。然而，当天下战乱平定之后，秦、晋一带勇悍的人，能够杀人报仇，盗掘坟墓，来遂他的心愿，却始终也不敢造反作乱。而蜀人虽然畏惧官吏，遵守法令，处处俯首听命，但他们当中那些品行不端的人，只要觉得不合自己的心意，便起来造反作乱。这是什么原因呢？看他们平常没事的时候，就连小偷钻进他的家，也害怕会受到伤害而不敢计较，这说明他们并不具有喜欢作乱、难以控制的那种气质。然而，他们这种气质的害处却常会导致暴发动乱而无法制止，这也正是这种优柔寡断的风气造成的必然结果。

秦、晋一带的百姓，豪迈放荡而且无所顾忌，自恃有力而不把官吏放在眼里。官吏只要有一点不好的行为，他们也不能容忍，大嚷大叫，到处张扬，就连鸡毛蒜皮的小事，也一定要争出个是非曲直不可。再厉害一点的，甚至还会持刀把官吏杀死，以表达他们极端的愤怒情绪。但是他们的行为，也不过如此罢了。所以，秦、晋一带人们的风气是，说不准什么时候就会突然大怒，但绝不会有一生都耿耿于怀却不去报复的怨恨。至于蜀人，别人侮辱他却不会抗争，侵犯他却不能报复，顺从沉默，含垢忍辱，并不针锋相对地突然爆发。一直到他们心里觉得实在忍无可忍的时候，这才聚在一起当强盗，分散开来制造大乱，以此发泄他们很长时间积压在心头的愤怒与不平。因此，秦、晋一带人虽然勇悍，但他们爆发动乱只是泄一时的愤怒，考虑得并不深远，所以造成的危害比较小。蜀人虽然懦弱，但是他们一旦起来作乱，那就是怨恨深到了极点，所以造成的危害相当大。这是勇悍与懦弱两种气质的必然发展结果，没有什么值得奇怪的地方。所以，天下的老百姓，只要让他们心里没有怨恨，或者有怨恨却获得补偿，从而使愤怒的情绪得到慰藉，这样，他们造成的危害还能够加以弥补。只要他们愤怒的情绪积压在心中不能够得到发泄，那么，他们考虑得就会长远，造成的危害就会深重，只有爆发大动乱发泄完他们的愤怒之后才可能平息下来。

古时候，贤能的人治理天下，既不惧怕强者，也不侮辱弱者，也是因为这个原因。《尚书》里说："不要虐待孤苦无依的人，也不要畏惧高贵受宠的人。"《诗经》上说："不侮辱孤单的人，不畏惧强暴的人。"这里表明的意思是，天下的普通男女百姓，他们的力量不足以和别人对抗，他们的智能也不足以与人争辩；战胜他们根本算不上威武，却只能使得他们心怀怨恨，从而起来造反作乱。啊！哪里能找到明了这种道理的人来同他讨论天下大事呢？

巢谷传

巢谷是苏辙家乡眉山的一位贤者，他曾从眉山徒步访辙于循州，又将去海南见苏轼，在半路上病逝了，时年七十三岁。苏辙满怀悼念之情，为他写了这篇传。此文叙述生动感人，不用粉妆玉琢，自然平实，而于简洁文字中蕴涵了厚重的知音友情。作者把巢谷这位年长的朋友，描画得颇为真实，把这位意趣高洁的贤士刻画得极其突出，尤其是写他不顾年迈千里迢迢拜会苏氏兄弟的壮举，给人耳目一新之感，其精神令人肃然起敬。文字有生色，人物形象栩栩如生。

【原文】

巢谷，字元修，父中世，眉山农家也。少从士大夫读书，老为里校师。谷幼传父学，虽朴而博。举进士京师，见举武艺者，心好之。谷素多力，遂弃其旧学，畜弓箭，习骑射。久之业成，而不中第。闻西边多骁勇，骑射击刺为四方冠，去游秦凤、泾原间，所至友其秀杰。有韩存宝者，尤与之善。谷教之兵书，二人相与为金石交。熙宁中，存宝为河州将，有功，号熙河名将，朝廷稍奇之。会泸州蛮乞弟扰边，诸郡不能制，乃命存宝出兵讨之。存宝不习蛮事，邀谷至军中问焉。及存宝得罪，将就逮，自料必死，谓谷曰："我泾原武夫，死非所惜，顾妻子不免寒饿，橐中有银数百两，非君莫使遗之者。"谷许诺，即变姓名，怀银步行，往授其子，人无知者。存宝死，谷逃避江淮间，会赦乃出。

予以乡闾，故幼而识之，知其志节，缓急可托者也。予之在朝，谷浮沉里中，未尝一见。绍圣初，予以罪谪居筠州，自筠徙雷，自雷徙循。予兄子瞻，亦自惠再徙昌化，士大夫皆讳与予兄弟游，平生亲友无复相闻者。谷独慨然自眉山诵言，欲徒步访吾兄弟。闻者皆笑其狂。元符二年春正月，自梅州遗予书曰："我万里步行见公，不自意全，今至梅矣，不旬日必见，死无恨矣。"予惊喜曰："此非今世人，古之人也。"既见，握手相泣，已而道平生，逾月不厌。时谷年七十有三矣，瘦瘠多病，非复昔日元修也。将复见子瞻于海南，予愍其老且病，止之曰："君意则善，然自此至儋数千里，复当渡海，非老人事也。"答曰："我自视未即死也，公无止我。"留之不可，阅其橐中，无数千钱，予方乏困，亦强资遣之。船行至新会，有蛮隶窃其橐装以逃，获于新州，谷从之至新，遂病死。予闻，哭之失声，恨其不用吾言，然亦奇其不用吾言而行其志也。

昔赵襄子厄于晋阳，智伯率韩、魏决水围之。城不没者三版，县釜而爨，易子而食，群臣皆懈，惟高恭不失人臣之礼。及襄子用张孟谈计，三家之危解，行赏群臣，以恭为先。谈曰："晋阳之难，惟恭无功，曷为先之？"襄子曰："晋阳之难，群臣皆懈，惟恭不失人臣之礼，吾是以先之。”谷于朋友之义，实无愧高恭者，惜其不遇襄子，而前遇存宝，后遇予兄弟。予方杂居南夷，与之起居出入，盖将终焉，虽知其贤，尚何以发之。闻谷有子蒙，在泾原军中，故为作传，异日以授之。谷始名佛，及见之循州，改名谷云。

【译文】

巢谷字元修。父亲名叫中世，出身于眉山县的一个农民之家，年青时跟着当地有地位、有声望的人读书，老了之后就在乡里做老师。巢谷从小就跟随父亲学习，尽管朴实无华，但知识却很渊博。后来到京城应举考进士，看见有参加武举的，从心底里喜欢。巢谷向来有力气，于是就把以前学的东西丢开，积聚弓箭，学习骑马射箭。经过好长时间，终于武艺有所成就，但武举却没有考中。巢谷听说西方边境一带多有勇猛矫健的人，骑马射箭击剑等各种武功都是天下最厉害的，所以就离开家乡，到秦凤、泾原一带游历；每到一个地方，就同那里优秀杰出的人结成朋友。有一个叫韩存宝的人，尤其和他友好，巢谷教他兵法，两个结成了生死之交，友谊如金石一般坚固。宋神宗熙宁年间，存宝任河州的将官，有功劳，号称熙、河一带的名将，朝廷也很重视他。正好遇上少数民族“泸州蛮”的酋长乞弟侵扰边境，附近各州郡的官兵都束手无措征服不了，朝廷就命令韩存宝领兵去讨伐。存宝不熟悉“泸州蛮”的情形，所以就把巢谷邀请到军队里来，向他请教这方面的事情。后来由于韩存宝擅自引兵撤退，朝廷怪罪。被捕之前，韩存宝自己估计肯定会被处死，就对巢谷说：“我是泾原一带的一个武夫，死了没什么值得可惜的。只是我的妻子儿女无人依靠，就会受饥寒之苦。我的袋子里装有好几百两银子，除了托你，再没有别人能去送给他们了。”巢谷答应了存宝的请求，就改换姓名，揣上银子，步行上路，一直走到存宝家，把银子交给他的儿子。这件事别人谁也不知道。存宝被处死以后，巢谷因为当时也在军中，受到牵连，所以逃到长江、淮河一带躲藏起来，直到朝廷发出赦免令，才又露面，回到四川。

我由于是同乡，所以从小就认识他，了解他的志向节操，深知这是一位在情势危急之时可以值得托付的人。我在朝廷里做官的时候，巢谷正在乡里浮沉，一次也没有来见我。绍圣初年，我得罪贬谪在筠州，再又从筠州迁徙到雷州，从雷州迁徒到循州；我哥哥子瞻也从惠州迁徙到昌化。这期间，以前结识的为官的人们都避讳同我们兄弟二人交往，平素的亲朋好友也不再与我们有任何联系。而巢谷却从眉山老家愤激地表示，要徒步来慰问我们兄弟二人。听到他的话的人，都讥笑他有点儿发疯了。元符二年（1099年）春正月，巢谷从梅州给我送来书信说：“我不远万里，步行来看望您，自己也不曾奢想可以性命保全。如今我已到了梅州，要不了几天就肯定能见面了。这样，我就是死了也没什么可遗憾的了。”我又惊又喜，心里说：“如今的人做不到这一点，这个人不像现在的势利小人，倒像是古代有节气的人。”等到见面之后，两人紧握着手，禁不住热泪夺眶而出，接着就互相诉说阔别以来的情况，相互团聚相处一个多月，还觉得不满足。这时，巢谷已经七十三岁了，体弱多病，再不像从前健壮的巢元修了。他还要到海南岛去看望子瞻，我哀怜他既年老又病弱，就阻止他说：“您的心意是太好了。但是，从这里去儋州，有好几千里路程，还得坐船漂渡过海，这可不是年老的人能够办到的事情。”巢谷说：“我自己估计不会很快就死的，您不要劝阻我。”我无法劝留住他，看他袋子里没有多少钱，尽管当时我也贫困，匮缺资财，也只好勉强给予资助，把他打发走。他乘船走到新会，被少数民族当差役的人偷了钱袋行装，逃跑到新州被抓获。巢谷跟到新州，就生病死了。我听到消息，失声痛哭，后悔他不听我的话。不过，也惊异他正因为没听我的话，才实现了自己的志向。

从前，赵襄子被围困在晋阳城，智伯率领韩、魏两家决开汾河灌城，城墙只差三版(八尺一版)就要被淹没了。城里满是积水，只能把锅吊起来烧火煮饭。人们因为没有粮食饥饿得无法再忍受，只好把孩子互相交换了吃掉。在这种情况下，赵襄子的臣下对他都有点怠慢，只有高恭一个人始终对他保持着应有的礼节。等到襄子运用相父张孟谈的计策，摆脱智伯、韩、魏的包围，冲破困境，对部下论功行赏时，就给高恭记了头功。张孟谈说："晋阳危难的时候，只有高恭一点儿功劳也没有，为什么却要给他记头功呢？"襄子说："晋阳被困时，群臣都对我有点儿怠慢，只有高恭一人始终保持着应有的礼节，我因此给他记头功。"巢谷在对朋友讲义气方面，实在不比高恭差，不会因此而惭愧。只可惜他没有遇上赵襄子而受到器重，却先是碰上了韩存宝，后来又碰上了我们兄弟两人。如今，我正同南方的少数民族杂处在一起，和他们一样地生活着，并且将要老死在这里，虽然深知巢谷的贤德，又怎么才能把他的贤才品德展现出来给世人看呢？听说巢谷有个儿子叫巢蒙，在泾、原一带的军队里，所以特地为他写了这篇传记。等以后交给他。巢谷原先名叫"彿"直到在循州相见后，才改名叫"谷"。

《书》论

执政者如何才能使政令畅达通行，而且又能使百姓心悦诚服呢？总有一种观点认为，凡是统治阶级有意造福于民，出台的政策法令都是善行德政的话，必定会得到百姓拥护，从而得到顺利实施。本文作者自然赞同这一点，但他的思想显然更深刻，就是认为改革不仅需要好的构想，更需要巧妙的实行步骤。此文以商鞅变法为例，说明其尽管有勇气，但却缺乏施政的高明技巧，他变法全凭强权推行，有议论是非或反对者一律用酷刑镇压，给老百姓不留思考的余地，虽然也算办成了一件好事，但付出的代价大，遇到的阻力大，且受到了民众的反感，有"出力不讨好"的弊病。这篇文章又以夏、商、周三代君主施政时必先向百姓晓谕，在取得天下归心的基础上再推行的事例，反复强调"王道"与"霸道"的本质区别。文章观点鲜明，论据有力，发人深思，对古今执政者均有警醒意义。

【原文】

愚读《史记·商君列传》，观其改法定令，变更秦国之风俗，诛秦民之议令者以数千人，黥太子之师，劓太子之傅，而后法令大行，未尝不壮其勇而有决也。曰：嗟夫！世俗之不可与虑始而可与乐终。使天下之人，各陈其所知，而守其所学，以议天下之事，则事将有格而不得成者。

然及观三代之书，至其将有以矫拂世俗之际，则其所以告谕天下者，常丁宁激切，昇昇而不倦，必使天下尽知其君之心，而又从而折其不服之意，使天下皆信以为如此，而后从事。其言回曲宛转，譬如平人自相议论而诘其是非者。愚始读而疑之，以为近于濡滞迂远而无决，然其使天下乐从而无黾勉不得已之意，其事既发而无纷纭异同之论，此则王者之意也。故常以为，当尧、舜之时，其君臣相得之心，欢乐而无间，相与吁俞嗟叹，惟诺于朝廷之中，不啻若朋友之亲，虽其有所相是非论辩，以求曲直之当，亦无足怪者。及至汤、武征伐之际，周旋反复，自述其用兵之意，以明晓天下，此又其势然也。惟其天下既安，君民之势阔远而不同，天子有所欲为，而其匹夫匹妇私有异论于天下，以龃龉其上之画策，令之而莫肯听。当此之时，刑驱而势胁之，天下夫谁敢不听从？而其上之人，优游而徐譬之，使之信之而后从。此非王者之心，谁能处而待之而不倦欤？盖盘庚之迁，天下皆咨嗟而不悦。盘庚为之称其先王盛德明圣而犹五迁，以至于今。今不承于古，恐天之断弃汝命，不救汝死。既又恐其不从也，则又曰："汝罔暨余同心，我先后将降汝罪疾，乃祖先父亦将告我高后曰：'作大，戮于朕孙。'"盖其所以开其不悟之心，而谕之以其所以当然者如此其详也。

若夫商君则不然，以为要使汝获其利，而何恤乎吾之所为，故无所求于众人之论，而亦无以告谕于天下，然其事亦终于有成。是以后世之论，以为三代之治柔懦而不决。然此乃王霸之所以为异者也。夫三代之君，惟不忍鄙其民而欺之，故天下有故，而其议及于百姓，以观其意之所向。及其不可听，则又反复而谕之，以穷极其说而服其不然之心，是以其民亲而爱之。呜呼，此王霸之所为不同也哉！

【译文】

我阅读《史记·商君列传》，看到商鞅为了废除旧法，颁布新令，变更秦国的风俗，诛杀了非议新法的秦国百姓有好几千人，甚至还在太师的脸上刺了字，将太傅的鼻子割掉。这样一来，商鞅的新法才得以畅通无阻地在秦国实行。我每当读到这里的时候，都会情不自禁地对商鞅的勇敢与果断无比佩服。啊！无知的百姓是不能同他们商讨谋划的，但最终却能与他们一起来享受大功告成之后的快乐。假使让天下的人都陈述各自的见解，墨守他们各自所学的知识，并且以此来议论国家大事，那么，事情往往受阻而办不成。

然而，等到后来再读夏、商、周三代的书，看到他们将要改革社会风俗的时候，总是把所要做的事情告诉给老百姓，并且常常是反复叮咛，不厌其烦，务必使老百姓完全明白国君的意图，说服各种不同的意见，从而使老百姓全都相信这样做对，而后才开始实行。他们所用的语言温和婉转，就如普通人之间讨论问题、互相争辩一样。我开始读的时候，对他们这种做法心存怀疑，认为他们有点软弱迂腐、优柔寡断。但是，他们这样做，却使老百姓乐于服从，毫无勉强无奈的意思。事情进行起来之时，也不会出现纷纷嚷嚷的不同意见。这实际上是推行王道的人的本意。因此，我常常认为在尧、舜的时代，君臣之间心心相印，亲密无间，在朝廷之上互相赞许一问一答，实在就像是朋友一般。这样，他们即使有不同意见的争论，也是为了找到办妥事情的正确方法，彼此之间丝毫也不会在意。直到商代的成汤和周代的武王，他们在率军征战的时候，也还是要反复陈述用兵的意义，以便使天下的老百姓都能够理解。当然，这又是客观形势需要的，不能不这样。只是在天下安定之后，国君与百姓之间产生距离，互相很少交流。国君决定办什么事，而老百姓却在下边发表异议，阻挠国君的计划；即使是下命令，他们也不肯听从。在这种情况下，如果用刑罚来驱从，以权力来胁迫，老百姓谁还敢不服从呢？然而，至高无上的国君却不这样做，而是从容不迫，慢慢地开导老百姓，直到使他们相信自己，跟从自己。这要不是推行王道的人用心如此，谁能停下来等待老百姓的觉悟而不厌倦呢？盘庚决定国都西迁的时候，全国的老百姓都怨声载道。盘庚为了说服百姓，先是称颂他的祖先德高圣明，尚且根据实际情况，五次迁都，一直迁到此。接着又对百姓说，现在如果不沿袭祖先的做法，恐怕上天就会断绝你们的活路，不能拯救你们走出死路。这样讲了之后，还恐怕百姓不听从，就进一步指出：“你们如果不和我同心协力，我就要降罪于你们。不仅我要惩罚你们，就是你们的先祖先父也会向我的先王成汤发出请求：‘请用重刑惩罚我的子孙。’”由此可见，盘庚在消除老百姓的疑虑和引导他们应当如何做的时候，竟是如此的不厌其烦。

至于商鞅，却完全不是这样。他以为，我既然是为了你们的利益着想，那又何必考虑我怎么做呢？因此，他既不想知道大家在议论什么，也不愿对老百姓讲什么道理。不过，他要办的事情，最终也还是办成了。所以，后世之人议论起来，便总以为夏、商、周三代治理国家有点懦弱而不果断。实际上，这正是王道与霸道的区别所在。这三代时的国君，不忍心鄙夷百姓而欺压他们，所以，当遇到国家大事，便与老百姓共同议论，以便了解老百姓的意向。碰到老百姓不能接受的时候，就反复晓谕开导他们，尽可能详细地阐述自己的道理，说服老百姓放弃不同意见。所以，三代的时候，老百姓都亲近而爱戴他们的国君。啊！这便是王道与霸道所作所为的不同之处。

君术策(二)

策，文体名。古代考试取士，策是内容之一。此文乃第二篇“君术”，主要论述君御臣之术在洞察臣情。整篇文字，极为整齐。起处借上篇术字，提出情字，作一总起。结处双绾君子小人，作一总收，是首尾整齐。上半篇，详说君子之情，下半篇，详说小人之情，是两对整齐。说君子之情，将情字放在前，说小人之情，将情字放在后，是倒转得整齐，通前通后是一篇整齐文字。

作者明于天下之情，欲感悟主上，察臣下之情，而施其御之之术，犹是纵横家言。引古处透，曲尽小人心事，但影今处不切。茅坤说：此其所以不及欧阳子也。

【原文】

臣闻将求御天下之术，必先明于天下之情。不先明于天下之情，则与无术何异？夫天下之术，臣固已略言之矣，而又将窃言其情。今使天子皆得贤人而任之，虽可以无忧乎其为奸，然犹有情焉，而不可以不知。

盖臣闻之：人有好为名高者，临财推之，以让其亲；见位去之，以让其下。进而天子礼焉，则以为欢；进而不礼焉，则虽逼之，而不食其禄，方为廉耻之节，以高天下。若是而天子不知焉，而豢之以厚利，则其心赧然有所不平。人有好为厚利者，见禄而就之，以优其身，见利而取之，以丰其家。良田大屋，惟其与之，则可以致其才。如是而天子不知焉，而强之以名高，则其心缺然，有所不悦于其中。人惟无好自胜也，好自胜而不少柔之，则忿斗而不和；人惟无所相恶也，有所相恶而不为少避之，则事其私怒而不求成功。素刚则无折之也，素畏则无强之也。强之则将不胜，而折之则将不振。凡此数者，皆所以求用其才，而不伤其心也。然犹非所以制天下之奸雄。

盖臣闻之：天下之奸雄，其为心也甚深，而其为迹也甚微。将营其东，而形之于西；将取其右，而击之于左。古之人，有欲得其君之权者，不求之其君也，优游翱翔而听其君之所欲为，使之得其所欲而油然自放，以释天下之权。天下之权既去，其君而无所归，然后徐起而收之，故能取其权，而其君不之知。古之人有为之者，李林甫是也。夫人之既获此权也，则思专而有之。故常恐其下之人从而倾之。夫人惟能自固其身，而后可以谋人。自固之不暇，而欲谋人也实难。故古之权臣，常合天下之争。天下且相与争而不解，则其势无暇及我，是故可以久居而不去。古之人有为之者，亦李林甫是也。世之人君，苟无好善之心。幸而有好善之心，则天下之小人，皆将卖之以为奸。何者？有好善之名，而不察为善之实。天下之善，固有可以谓之恶，而天下之恶，固有可以谓之善者。彼知吾之欲为善也，则或先之以善，而终之以恶。或有指天下之恶，而饰之以善。古之人有为之者，石显是也。人之将欲为此衅也，将欲建此事也，必先得于其君。欲成事，而君有所不悦，则事不可以成。故古之奸雄，劫之以其所必不能，其所必不能者，不可为也，则将反而从吾之所欲为。古之人有为之者，骊姬之说献公，使之老而避祸是也。

此数者，天下之至情。故圣人见其初而求其终，闻其声而推其形。盖惟能察人于无故之中，故天下莫能欺。何者？无故者，必有其故也。古者明王在上，天下之小人伏而不见。夫小人者，岂其能无意于天下也？举而见其情，发而中其病，是以愧耻退缩而不敢进。臣欲天子明知君子之情，以养当世之贤公名卿，而深察小人之病，以绝其自进之渐，此亦天下之至明也。

【译文】

臣下我听说，要想求得驾驭天下的策略，就必须得先能洞察天下人的情志；如果不能先洞察天下人的情志，那与没有驾驭天下的策略有什么区别呢？关于驾驭天下的策略，臣下我已经在《君术策(一)》中简略地说过了，现在再来讲一讲关于洞察天下人的情志的问题。现在，假设皇帝选择任命的官员都是贤能正派的人，这样，尽管可以不用担心他们做出奸邪的事来，但这些官员每个人都各有自己的情趣志向，这也是皇帝不可不知的。

臣下我听说，有的人只是喜欢追求名节，遇到钱财的时候，往往推辞不受，而是让给他的亲属；遇到升迁的机会时，也往往退避，而把升迁的机会让给他的下属。他们在皇帝面前如果受到礼遇，心里于是觉得很满足；如果皇帝对他们不是以礼相待，那么，即使进行威逼，他们也不会去做官而接受俸禄。他们努力要保持的就是这样一种廉耻的节操，希望以此在天下享有崇高的名望。像这样的人，如果皇帝不体谅他们的情志，而只是想用丰厚的钱财来豢养他们，那他们的心里就会觉得羞愧而愤愤不平。另有一些人却只喜欢丰厚的钱财，只要给俸禄就干，以便享受荣华富贵；只要有利可图就敢攫取，以便使自己的家境富裕。凡是好土地、好房子，只要能给他，就可以把他收买来替自己效力。像这样的人，如果皇帝不明白他们的情志，而只是想用高尚的节操来激励他们，那他们的心里就总会感到缺少实惠因而郁郁寡欢。人不争强好胜则已，要是有的人就爱争强好胜，却不能使他变得平和一些，那彼此就会争斗不休，不能和好地相处了。人与人互相之间不厌恶也就罢了，要是有的人就是互相厌恶，却不能让他们适当地回避，那办起事来互相之间就会发泄私愤，事情就肯定办不好。秉性刚强的人，就不要硬去摧折他；秉性畏缩的人，就不要再用强硬的态度对待他。秉性畏缩的人，如果用强硬的态度对待他，那他就更难以承受了；秉性刚强的人，硬去摧折他，那他就可能会一蹶而不振。以上讲的这些，都是为了更好地发挥人们的才干而且又不至于使他们的情志受到伤害。但是，这些还并不是控制天下那些奸诈的野心家的方法。

臣下我听说，天下那些奸诈的野心家，他们的野心隐藏得特别深，而表面上却不露痕迹，让人一点都看不出来。他们常常本意是要经营东边，但却在西边做一些表面文章；本意是想要夺取右边，但却作出攻打左边的姿态。古代的时候，有的人想得到皇帝的权力，但却不直接向皇帝求取，而是百般逢迎投合皇帝的爱好，皇帝喜欢什么，都会让他得到满足，这样就使皇帝沉湎于享乐之中而且放浪不羁，主动放弃了治理国家的权力。皇帝既然放弃了治理国家的权力，这些野心家便从容不迫地把这种权力收归己有。这样，他们攫取了皇帝的权力，而皇帝自己却还不知道。古代有的人就是这么做的，他就是李林甫。那些野心家既然已经攫取了皇帝的权力，就想要把这种权力牢牢掌握在自己一个人手里，所以他们常常害怕下属起来把他们搞垮。人总是首先使自己站稳脚跟，然后才会去算计别人；如果自身都难保，那恐怕就很难再去算计别人了。所以，古时候那些手握重权的阴谋家，常常会挑拨别人互相争斗。别人都争斗得难解难分，自然就顾不上算计他了，所以他们就能长久地手握重权，占据要津。古代有的人就是这么干的，这个人还是李林甫。皇帝如果没有好善之心也就罢了，万一皇帝具有好善之心，那么天下居心不良的人就都会出来自我标榜，把自己出售给皇帝，而后却去干自己的奸邪勾当。为什么这么说呢？因为空有好善的名义，却不明察在善的名义下掩盖的事实。人世间，善有时固然能被说成是恶，而恶有时候也同样能被说成是善。那些居心不良的人知道你想要做善事，于是，有的人就可能会先做一点善事迷惑你，赢得你的信任，然后便去做他们的恶事；有的人则更干脆就把恶事加以粉饰，直接说成是善事。古代的人就真有这么干的，他就是石显。一些人想挑起某种衅隙，想办成某种事情，就一定要先得到国君的支持。这是因为，自己想要办成的事，如果没有国君的支持，那是不可能办成的。

所以，古时候的大野心家就利用国君绝对不会同意的事来胁迫国君。国君既然绝对不同意，那他就一定不会答应。这样，国君就只好反过来按照他们的意思去做。古代的人就真有这么干的。骊姬向晋献公做了一番虚假的陈说，博得献公的欢心，从而使自己达到目的、避免祸患，就是这种情况。

以上这几种，是天下的阴谋家们最主要的情态。圣明的国君既要看他们开始的表现，还要看他们最终的作为；既要听他们说些什么，还要观察他们实际上做些什么。总之，只有可以在看似无缘无故的现象中认识人，这才不会被人欺骗。为什么呢？因为，表面上看似乎无缘无故，实际上恰恰是大有缘故的。古时候，圣明的君王在上，天下那些心术不正的人就隐藏起来不敢出现。那些心术不正的人们，难道会不想攫取国家的权力吗？当然不是。他们之所以隐藏起来不敢出现，是因为，只要他们一有举动，人们就可以看出他们的邪恶用心；只要他们一旦发作，人们就可以击中他们的要害。所以，他们才羞愧退缩，不敢前进。臣下我希望皇帝一方面要清楚地明白品行端正的人的情绪，从而更好地培养扶持现在那些杰出的优秀人才；另一方面还要深刻地洞察居心不良的人的祸心，从而彻底杜绝他们的阴谋得逞的一切可能。能做到这样，那就可以算是最圣明的了。

君术策(四)

此文为“君术”第四篇，旨在论述君主要待臣以宽，以求君臣相知，通其君臣之欢而又严格执法。

禁防太深，督责太急，自是后世之失。作者写此文，只说要宽厚待臣。作者先说起古者至宽，以形起后世猜忌，是其主意侧重处。然说宽厚待臣，又恐过于优柔。所以接着说古者至宽，即说古者至险，说后世宽不得中，即说后世严不得中，是其立论不偏处。然后又对写至宽至险，而写至宽处则详，写至险处则略，详略分明。最后以至宽至险双收。“文势离离合合，可谓极纵宕之奇。”陈廷敬说：深情曲笔，亹亹言之，如读《鹿鸣》《鱼藻》诸什。

【原文】

臣闻古者君臣之间，相信如父子，相爱如兄弟。朝廷之中，优游悦怿，欢然相得而无间。知无所不言，言无所不尽；开心平意，表里洞达，终身而不见其隙。当此之时，天下之人出身以事君，委命于上而无所忧惧，安神定气以观天下之政，荡然肆志，有所欲为，而上不见忌。其所据者甚坚而无疑，是以士大夫皆敢进而博天下之大功。至于后世，君臣相虞，皆有猜防之忧，君不敢以其诚心致诸其臣，而臣亦不敢直己以行事。二者相与龃龉而不相信，上下相顾，鳃鳃然而不能以自安，而尚何暇及于天下之利害？故天下之事，每每扰败而无所成就。臣窃伤之，而以为其蔽在于防禁之太深而督责之太急。

夫古之圣人，至严而有所至宽，至易而有所至险，使天下有所易信而有所不可测，用之各当其处而不失节，是以天下畏其严而乐其宽。至于后世之君，徒知天下之不可以甚宽也，而用之其君臣之际，使其公卿大臣终日忧惧，不得安意肆志以自尽于其上，而以为畏威。徒知天下之不可甚严也，而用之其法律之事，使其天下之官吏欺其长上，得以苟免取容，不畏天子之法，而以为行惠。盖其所以用之之术甚悖而不顺者，至于如此。

夫天下之人，上自百官，而下至于庶民，其为奸安可穷尽？而天子者，以其一身寄乎其中。论其众寡之势，则天下至众，而天子至寡。论其智诈巧伪之术，则天下之众，固必有过于天子者。吾欲临之以天子之威，则彼有畏惮而不敢言。多为之堤防，以御其变诈，则彼之智，将有以出于堤防之所不能及。是以古之圣人，推之以至诚，而御之以至威；容之以至宽，而待之以至易。以君子长者之心待天下之士，而不防其为诈，谈笑议论，无所不及，以开其欢心。故天下士大夫皆欣然而入于其中，有所愧耻而不忍为欺诈之行，力行果断而无忧惧不敢之意。其所任用，虽其兄弟朋友之亲，而不顾徇私之名；其所诛戮，虽其仇怨眦睚之人，而不恤报怨之嫌。何者？君臣相信之笃，此所谓至严而有所至宽者也。然至大吏纵横放肆，犯法而无所忌，天下之所指目，律令之所当取，则虽天子有所不可辄释，使之一人而不可解，而后天下知有所畏，此所谓至易而有所至险。二者其事不同，而相与为用。

夫是以至宽而天下无颓惰靡迤之风；至险而君臣无猜防逼迫之虑。夫惟能通其君臣之欢而尽行其刑法之所禁，而后可以及此也。

【译文】

臣下我听说，在古代，国君与臣僚之间，彼此就像父子一般信任，就像兄弟一般相爱。在朝廷里边，君臣之间从容欢乐，相互依靠，没有丝毫芥蒂。大家知无不言，言无不尽，敞开胸襟，表里一致，终生也看不到他们之间有什么隔阂。那时，天下的士大夫们侍奉国君，献身于国家，把性命托付给君王，而没有任何担忧，他们都能集中精力处理国家大事。当他们完全按照自己的意志想干什么事情的时候，国君也不会存什么戒心。因为能够得到国君坚定不疑的信任，所以士大夫们都敢于奋进有为，一心希望能够建立不朽的功业。可是，到了后来，君臣之间互相戒备，上下都猜疑防范着对方。国君不敢把一片真心交给他的臣僚，然而臣僚也不敢坦率地办事。双方互相埋怨，互不信任；国君对臣僚有顾忌，臣僚对国君也有顾忌。大家都怀有一种恐惧感，谁的心里也不踏实。像这样，哪里还能顾得上国家大政的利害得失呢？所以，国家大事常常会无端地受到阻挠而失败，什么事也办不成。臣下我对这种状况深深的感到悲哀，并且认为，造成这种状况的原因就在于防范得太森严，督责得太急迫。

古代圣明的君主，既有非常严厉的一面，又有非常宽松的一面；既有特别平易的一面，又有特别险峻的一面。他们让天下的人们既觉得平易可亲，又感到神秘莫测。他们把这两方面分别用到该用的地方，而且又能做得恰到好处。所以，天下的人们既惧怕他的威严，又喜欢他的宽松。可是，后代的君主，他们只知道对待天下的人们不能一味地过分宽松，但却把这种认识运用到了君臣关系上，以致他的公卿大臣们整天心存忧惧，不能安心率意地为国君尽职尽责，而国君反倒认为这是臣僚们害怕他的威严；他们只知道对待天下的人们不能一味地过分严厉，但却把这种认识运用到了法律方面，使他的各级官吏都蒙骗上司，而且能侥幸过关，一点儿也不畏惧国君的法律，而国君却反倒认为这是自己在施行恩惠。他们实行宽严相济政策的做法乖戾不顺，居然到了这样荒谬的地步。

天下的人，上至于百官公卿，下至于普通百姓，人数众多，哪里能够穷尽呢？而国君却是孤身于这数也数不尽的人群中。若论众寡的形势，自然是天下的人们最多，而国君却最少；如果论欺诈作伪的办法，自然也是天下的人们肯定会大大超过国君。从国君方面来说，如果想以帝王的威严凌驾于天下的人们之上，那么，天下的人们就都只有畏惧害怕而不敢讲话了；如果多设提防来防御天下的人们变乱欺诈，那么，天下人们的智慧又肯定会超出设防的范围，结果必将防不胜防。所以，古代圣明的帝王，把一片诚心交给人们，而以不使人感到威严的姿态来统治百姓；用非常宽松的政策容人，以非常平易的态度待人。他们用君子一般的、长辈一般的心来对待天下的士大夫，而不防范他们欺诈自己。他们与士大夫谈笑议论，什么话都说，用来开启他们对自己的欢心。所以，天下的士大夫们都高兴地加入到为国君效力的行列中。他们都好像有一种负疚感，不忍心对国君有欺诈行为，都能够坚决果断地办事而不存在忧惧不敢的想法。他们决定任用的人，即使是自己的兄弟或朋友一类的关系，也用不着顾忌会招来徇私舞弊的恶名；他们决定诛杀的犯人，即使是与自己有仇怨的人，也用不着忧虑会引起公报私仇的嫌疑。这是因为什么呢？就因为君臣之间深信不疑。这就是所谓非常严厉而又非常宽松的一面。然而，如果有大官僚恣意横心，触犯法律而无所顾忌，只要是激起了天下人的公愤，又是法令应当制裁的，那么，即使是国君，也不会凭借自己的权威随意宽恕，务必要使这些人一旦触犯法律就不得解脱，从而也使天下的人们都明白应该有所畏惧。这就是所谓非常平易而又有非常险峻的一面。这两方面，事体不同，但却相互为用。

正因为如此，所以，尽管非常宽松，但是天下的人们却并无颓废懒惰的风气；尽管非常险峻，但是君臣之间却没有猜疑防范和倾轧逼拶的担心。只有能够沟通君臣之间的欢心，能够对刑法禁止的行为实行全面的严厉地打击，然后才可能形成上边所说的这种局面。

水调歌头

徐州中秋

离别一何久？七度过中秋。去年东武今夕，明月不胜愁。岂意彭城山下，同泛清河古汴，船上载《凉州》。鼓吹助清赏，鸿雁起汀洲。

坐中客，翠羽帔，紫绮裘。素娥无赖，西去曾不为人留。今夜清尊对客，明夜孤帆水驿，依旧照离忧。但恐同王粲，相对永登楼。

这首词写于宋神宗熙宁十年(1077 年)。是年四月，苏轼离京赴徐州任徐州知州，作者与之偕行。到达后，苏辙在徐州停留了百余日，兄弟二人共同度过了一段美好的时光。中秋节时，二人一起泛舟赏月，终于得过一个团圆的佳节。然中秋过后，苏辙又要转道赴南都(今河南淮阳)留守签判任，于是在临别前写下此词。词中抒写了作者与其胞兄久别重逢继而又要分别的依依难舍之情，生动地表现出苏氏兄弟的手足情深。

“离别一何久？七度过中秋。”一何：多么。七度过中秋：指从 1071 年苏轼通判杭州到 1077 年的七个年头。两句大意是我与兄长不得相聚有多长时间了？屈指算来，到今年中秋，已整整七个年头了。作者一开始就点出与兄长分别时间之久，并用传统的团圆佳节中秋来计算，其中包含着对兄弟聚少离多的深深怨艾和无奈。

“去年东武今夕，明月不胜愁。岂意彭城山下，同泛清河古汴，船上载《凉州》。”东武：密州(今山东诸城)。苏轼于 1074 年至 1076 年任密州知州。彭城：徐州。清河：古河名，在黄河下游。古汴：古汴河。《凉州》：《凉州曲》。唐开元中自凉州传入内地。几句大意是记得去年的中秋节，我在济南，兄长在密州，兄弟二人只能独对明月遥想对方，那种寂寞愁苦真是难以形容。没想到今年在徐州我们能有缘共同泛舟赏月，共享天伦之乐。船上宾客满座，歌女弹唱悠扬的《凉州曲》，乐声洒满船舷。这几句以去年和今年相对比，表达出对此次兄弟团圆的庆幸和喜悦。去年中秋，苏轼在密州写下了流传千古的《水调歌头》(明月几时有)词，其题曰：“丙辰中秋，欢饮达旦，大醉。作此篇，兼怀子由。”苏辙此次以本词赠兄，当有酬谢之意。

“鼓吹助清赏，鸿雁起汀洲。”汀洲：水中的平地。两句大意是：船上乐音悠扬，为我们饮酒赏月增添了不少兴致。我们的船一路前行，惊起了夜栖于水中沙洲上的鸿雁。此两句写泛舟赏月的情景，境界清幽，让人流连难舍。

“坐中客，翠羽帔，紫绮裘。”帔：披肩。裘：皮衣。三句大意是座中的宾客们，有的身着饰有翠鸟羽毛的华丽披肩，有的穿着带有紫色花纹的华贵皮衣。这三句详细描写座中客的穿着打扮，渲染出融融的华美氛围，表达出对今夜相聚时光的珍惜。

“素娥无赖，西去曾不为人留。今夜清尊对客，明夜孤帆水驿，依旧照离忧。”素娥：代指月亮。因传说月宫中有嫦娥，故称。无赖：无情。水驿：水路的转运站。几句大意是夜色渐深，一轮素月悄悄西移，不肯为我多停留一刻。今夜我与众宾客尚在月下共同举杯，明天这个时候，我就将一个人踏上了漫漫征程，在那寂寥的水边驿站里，将只有我一个人满怀离愁地独对明月。在这几句中，作者的感情开始变得低沉，流露出深深的离愁和依依不舍之情。作者巧妙地移情于物，把原本无情的月亮作为其留恋和悲愁情绪的见证人和抒情载体，写得委婉含蓄，富有感染力。

“但恐同王粲，相对永登楼。”王粲：东汉末文学家，博闻强记。流寓荆州，依附刘表，不受重用，曾作《登楼赋》。两句大意是如今你我仕途均不得意，不受朝廷重用，我真担心我们会像当年的王粲一样空有满腹才学，却只能写下一篇《登楼赋》来抒发心中的怨愤。结拍两句化用典故，表达了作者对艰难的政治处境的担忧，沉郁而伤感。

本词语言通畅自然，直抒胸臆，如话家常，但全篇又笼罩着浓厚的忧愁气氛，基调悲凉、伤感。据载，苏轼读此词后也即席写了一首同调和韵之作，序中云：“余去岁在东武，作《水调歌头》以寄子由。今年子由相从彭门百余日，过中秋而去，作此曲以别。余以其话过悲，乃为和之，其意不以早退为戒，以退而相从之乐为慰云。”